인문학과
아완 雅玩

인문학과 아완 雅玩

/ 임기중 지음 /

學古房

　사람은 누구나 태어나면서 이 세상에서 일하다 갈 장소와 시간을 부여받는다. 사람은 누구나 태어나면서 이 세상에서 놀다 갈 장소와 시간도 부여받는다. 생업(生業)과 기호(嗜好)는 같은 것이 아니지만 그렇다고 하여 아주 무관한 것도 아니다. 생업의 다양성처럼 가지고 노는 도구와 방법 또한 다양하다. 무엇을 가지고 어떻게 놀 것인가는 맨 처음은 부모나 친지가 결정하여 주지만 성장하면 본인이 결정하도록 되어 있다.

　초등학교에 입학하기 전 조부께서는 연과 얼레 잘 만드는 이한테 부탁하여 태극연과 육모얼레를 만들어 주셨다. 외조부께서는 팽이 잘 깎는 이에게 부탁하여 한 쌍의 예쁜 팽이를 만들어 보내주셨다. 그 이전에는 무엇을 가지고 놀았는지 기억이 잘 나지 않는다. 최근에 중국인 노학자 한분이 나에게 건신구(健身球, health ball) 두 알을 보내왔다. 손 안에서 굴리면서 맑은 소리를 듣고, 볼에 그려진 선녀를 자주 살펴보라고 한다. 노인의 노리개다. 얼마 전에 나는 세 살 남짓 된 손자의 요청으로 터닝메카드를 사 주었다. 가지고 놀 것을 자기가 결정하는 시기가 빨라진 것 같다.

　이 책 아완(雅玩)을 쓰면서 나는 내가 어떻게 살아왔는가를 잠시 뒤돌아보는 시간을 가졌다. 나는 사람을 사랑하고, 자연을 사랑하고, 학문을 사랑하고, 아완을 사랑하면서 살아온 것 같다. 지나온 길에 떨어져 있는 이삭들이 그러하니 그것이 객관적 시각으로 볼 때 어쭙잖은 것이라고 하더라도 나의 삶에서 나름대로 다소의 의미를 지닌 가치의 편린들이라고 아니할 수 없다. 사람들은 무엇인가를 가지고 놀다가 떠나는 존재다. 그것을 장난감이라고 하여도 좋고 아완(雅玩)이라고 하여도 좋다. 갓 태어난 어린아이는 빈 젖꼭지를 입에 물고 즐기면서 논다. 손에 아직 힘이 안 붙었기 때문에 입에 물고 즐기며 노는 것이다. 잠을 자면서도 입으로 빨면서 즐긴다. 젖꼭지와 더불어 놀면서 거기에 사랑이 움트고 정이 붙고 그것으로 인한 안정감과 신뢰감이 생겨나서 불완전한 나, 개체화된 나를 위로할 수 있기 때문일 것이다. 자라면서 나이가 들어

가면 그런 영역이 점점 확장되어 가다가 세연(世緣)을 다할 때쯤 되어서는 손에 힘이 다 빠지고 입까지도 힘이 다하여지면 눈과 귀로 그것을 즐기다가 떠나는 것 같다. 부채를 가지고 노는 남자, 노리개를 가지고 노는 여자, 벼루를 가지고 노는 사람, 수석(壽石)을 가지고 노는 사람, 담배 파이프를 가지고 노는 사람, 술병을 가지고 노는 사람, 차호(茶壺)를 가지고 노는 사람, 바둑판을 가지고 노는 사람, 호두알을 가지고 노는 사람, 골프채를 가지고 노는 사람 등등 가지가지다. 그런 여러 가지 물형(物形) 중 어느 것에 특별하게 느낌이 꽂혀 정을 주고 매만지면서 오래오래 가지고 즐기는 경우가 있다. 그런 것을 아완(雅玩)이라고 이름 하여본다. 사람들은 그런 아완과 더불어서 살아간다. 거기에서 여유로움을 찾고, 탈속한 정서를 회복하고, 심미적 안목을 비옥하게 가꾼다. 아완은 사람들에게 잔잔한 행복을 안겨 준다. 아완은 더 자주 더 가까이 할수록 더 많은 가치와 더 깊은 행복을 만들어 준다. 이것이 사람과 아완의 관계다.

사람은 태어나면서부터 다른 사람과 관계를 맺으면서 살다가 그런 관계를 소중하게 생각하면서 떠나는 존재인 것 같다. 맨 처음은 부모와 나의 관계로부터 비롯된다. 자라면서 나이가 들어가면 그런 관계의 영역이 형제자매 친지, 국내외의 여러 사람들로 까지 점점 확장되어 가면서 관계의 장력(張力)도 성장하여 간다. 그러다가 세연(世緣)을 다할 때쯤 되어서는 관계의 장력이 점점 약화되어 가다가 마침내 내면세계로 잠재(潛在)하여 버리는 것 같다. 가족관계 등의 친연(親緣)을 중시하는 사람, 지연(地緣)을 중시하는 사람, 학연(學緣)을 중시하는 사람, 사랑의 인연을 중시하는 사람, 취미의 인연을 중시하는 사람, 직장의 인연을 중시하는 사람, 군대의 인연을 중시하는 사람, 여행의 인연을 중시하는 사람 등등 가지가지다. 사람과 사람의 관계를 어찌 사람과 아완의 관계로 비길 수 있겠는가. 그렇지만 그런 아완과 유사한 인간관계의 정서가 아주 없는 것도 아닌 것 같다. 지나간 아름다운 인간관계를 자주 꺼내 보고 싶고, 그 고마운 마음을 기억하면 행복할 수 있기 때문이다. 그런 고마움을 더 자주 더 많이 가질수록 더 행복하여진다. 인간은 관계를 가지지 않고서는 존재할 수가 없다. 아완도 그런 관계의 일종이다.

사람과 사람의 관계에서 아완을 생각할 때, 아완의 자리는 있을 수도 있고 없을 수도 있다. 그러나 사람과 아완의 관계에서 아완을 생각할 때는 아완의 자리는 꼭 있어야만 한다. 아완은 여유가 없는 곳에 여유를 가져다준다. 나를 잃어버리고 있을 때 나를 찾아다 준다. 인간은 옴과 감, 곧 오기와 가기 사이에 존재하는 것 같다. 내가 이 세상에 올 때 어떻게 왔는지를 잘 모르듯이 내가 이 세상을 떠날 때도 또한 어떻게 떠나는지를 알 수가 없을 것 같다. 그저 왔다가 갈 뿐이 아닌가. 올 때는 포대기를 만들어 맞을 준비를 하였을 터인데, 갈 때는 잊은 것 없이 모두 가지고 내리라고 한다. 어지럽혀 놓은 자취들을 깨끗이 주워 담기도 쉽지가 않다는 것을 알아가고 있다. 그것 또한 알아가고 있을 뿐이 아닌가. 이것이 인문학을 하였다는 한 사람의 생각이다. 알았다고 할 수 있는 것은 모든 과정 속에 있다가 떠난다는 것뿐이다. 사람은 사람과 사람들 사이, 곧 인간(人間)에 존재하다가 사라질 뿐이다. 한 사람이 한 시대를 어떻게 살다가 떠났는가는 그 자취의 흔적이 화석화되어 잠시 남아 있는 경우도 있다. 이 책이 그러한 화석의 한 조각이라도 되어준다면 후대 사람들이 이 시대를 이해하는데 다소의 흥미소가 되지 않을까. 스스로를 위로하며 웃어본다. 이 책을 펴내주신 하운근 사장님께 감사를 드린다.

2017년 1월 1일 아침에
압구정 관수재(觀水齋)에서 한강을 바라보면서
임기중 씀

차례

제1편 사람과 아완

제2편 사람과 인간

제1편
사람과 아완雅玩

인정이 오고간 사연

귀재유연貴在有緣 간찰簡札

사계沙溪 김장생金長生의 간찰

　인편으로 편지를 보내고 받았던 시대에도 사람과 사람 사이에서는 늘 따뜻한 정이 오고 갔던 것 같다. 그런 따뜻한 마음으로 인해서 차마 버리지 못 하였던 간찰들이 때때로 내 손에 들리는 때가 있었다. 어떤 것에서는 정갈한 선비의 인품이 보이며,

어떤 것에서는 간결한 함축미의 교양이 묻어난다. 여기 사계(沙溪) 김장생(金長生, 1548~1631)의 간찰이 전자에 속한다면 다음의 고산 윤선도(1587~1671)의 간찰은 후자에 속한다.

김장생의 간찰은 수결(手決: 인장을 대신하는 사인. one's signature)이 있고, 시작 배사장(拜辭狀: 감사의 글을 올립니다)과 마침 윤사월십육 장생(閏四月十六 長生, 윤4월 16일 김장생)과 같이 간찰의 격식에 잘 맞추어 썼으며, 배사장(拜辭狀), 소명(召命: 임금이 신하를 부르는 명령) 2번, 상교(上敎: 임금의 지시) 2번, 본문(本文), 결말(結末)의 글자 안배에 당시 편지글의 예절과 격식, 그리고 내용과의 조화미 등을 고루 잘 갖추어 쓴 편지글이다. 상교(上敎) 올려 쓰기, 소명(召命) 한 글자 내려 쓰기, 본문의 한 글자 더 내려 쓰기 등 예도(禮度)와 균제미(均齊美)를 두루 갖추어 썼다. 그뿐 아니라 오자(誤字)를 정성껏 긁어내고 다시 쓴 흔적까지 드러나 있다.

이 간찰의 내용은 인조 임금의 부름과 지시에 따르지 못하는 자신의 현실적 상황을 예의를 갖추어서 간단명료하게 밝히고 있다. 나이가 이미 83세의 고령이어서 벼슬길에 나아갈 나이가 아니라는 것이다. 무슨 일이 있었기에 이런 편지를 썼을까? 조선왕조실록을 보면 이런 기록이 있다.

인조 7(1629)년 윤4월 1일 우의정 이정구가 조강에서 오늘의 급무는 교화(敎化)를 밝히는 데 있으므로, 성혼(成渾)에게 포증(褒贈)을 하여 사림(士林)들이 긍지를 갖고 그를 표본으로 삼게 하자는 제안을 하였다. 그러자 인조가 "김장생(金長生)·장현광(張顯光)은 모두 숙덕(宿德)의 사람들로서 저번에 올라왔으나 금방 되돌아가 버렸다. 어떻게 하면 그들을 서울에다 머물려 둘 수 있겠는가?" 하니, 이정구가 "김장생은 원래 시골 사람이 아닌데 다만 나이 늙고 병이 많아 오지 않는 것입니다. 상께서 그를 지성으로 대하신다면 오게 할 수도 있습니다. 강이 끝나자, 인조께서 윤대관(輪對官)을 인견하고 이어 하교하기를, "김장생·장현광에게 교자를 타고 올라오도록 하라."하였다. 그러나 김장생(金長生)은 이 배사장(拜辭狀)으로 자기의 생각을 분명하게 밝힌 것 같다.

이 일이 있은 다음에도 인조 7년 윤4월 29일에 인조는 김장생을 다시 불렀다. 김장생이 오지 않고 상소하여 자기가 처음 마음먹었던 대로 살면서 여생을 마치게 해줄 것을 빌었는데, 인조께서 거기에 답하였다. "경은 이 나라 대로(大老)로서 덕행(德行)이 남달리 뛰어나다. 만약 서울에 와 있으면 사대부들의 본보기가 될 뿐만 아니라 반드시 나에게도 계옥(啓沃)의 도움이 있을 것이므로 내 지금 자리를 비워두고 기다리고 있다. 경은 다시 사양 말고 빨리 올라와 이 지극한 소망에 실망이 없도록 하라."라고 하면서 또 불렀다. 그러나 인조 9(1631)년 8월 9일 전 형조 참판 김장생의 졸기가 나오고 만다. 그는 덕망이 있는 선비였다. 인조는 죽은 이에게 포증(襃贈)하기보다는 살아 있는 이를 가까이 하는 것이 더 의미 있고 타당한 일이라고 판단하였지만 때가 늦었다.

그는 송익필(宋翼弼)한테 사서(四書) 등을 배운 뒤에 율곡 이이(李珥)의 문하에서 공부하였다. 청백리로 익산 군수를 지낸 이다. 그는 기라성 같은 많은 문인을 두었는데 송시열(宋時烈)·장유(張維)·최명길(崔鳴吉) 같은 이들이 모두 그의 문하에서 공부하였다. 그는 84세에 세상을 떴으므로 이 간찰은 그가 세상을 뜨기 일 여 년 전에 쓴 것 같다. 선비가 쓴 간찰의 한 전범(典範)으로 소개할 만하다. 이 간찰에서 청백리의 말년 모습을 관조할 수 있다. 누구나 그런 말년의 모습을 동경할만하다.

고산孤山 윤선도尹善道의 간찰

오우가(五友歌) '내 벗이 몇이냐 하니 수석(水石)과 송죽(松竹)이라, 동산(東山)에 달 오르니 긔 더욱 반갑고야, 두어라 이 다섯 밖에 또 더하여 무엇하리'로 잘 알려진 고산 윤선도(1587~1671)는 손수 시전지(詩箋紙: 편지나 시를 주고받을 때 사용하였던 문양이 있는 종이)를 만들어서 편지를 썼다. 그가 만든 시전지는 백색 한지에다 쪽빛의 단색 목판을 찍었다. 옥토추자(玉兎秋者)라고 찍어서 추월옥토(秋月玉兎)를 연상케 한다. 나무 아래 앉은 토끼를 그려 찍었다. 그리고 죽간(竹簡) 모양의 괘선(罫線)을 만들어 찍었다. 그의 짙은 아취가 묻어난다. 그는 어부사시사 가을 노래에서 '흰 이슬 비꼈는데 밝은 달 돋아온다. 배 세워라 배 세워라 봉황루 묘연하니 청광(清光)을 누를 줄꼬, 지국총 지국총 어사와 옥토(玉兎)의 찧는 약을 호객(豪客)을 먹이고자'라고 노래하였다. 이처럼 그한테서 옥토는 선경과 장생의 의미가 있고, 가을 달은 오우가에서처럼 친한 벗이란 의미도 있을 것 같다. 편지는 신속하게 잘 전달되어야하기 때문에 토끼의 제 빠름, 곧 탈토지세(脫兎之勢)를 바라는 의미도 있었을 것 같다. 그의 간찰을 원본 그대로 읽어보기로 한다.

낭패중	狼狽中
극문여기감 천리분별 회	亟問如其感 千里分別 懷
여기고 제유궁음	如其苦 第惟窮陰
학이하여 지자경경 생귀대	學履何如 祇自耿耿 生歸對
고산 익지	故山 益知
성은여천 차각일출판뇌치 진	聖恩如天 且覺一出辦牢癡 眞
격언야 제여복침 망언 지희	格言也 諸餘伏枕 忘言 只希
심양 근후장	心諒 謹候狀
임납순팔 선도	壬臘旬八 善道
정정언 시원소시 천재강향	鄭正言 試院小詩 千載强響
지금저작망기 낙문기동기지	至今詛嚼忘飢 洛聞其同氣之
상 금인참참 견시시승 도	喪 今人慘慘 見時始承 道
차의	此意.

이처럼 성은(聖恩)을 두 글자 올려 쓰고, 나머지 글자들을 예도에 맞게 정확히 안

배하였다. 놀랄만한 완벽한 구성미를 보여준다. 이것을 현대어로 옮겨보기로 한다.

낭패 중에 자주 문안하여 주시어서 그와 같이 감사하였고, 천리 밖에 헤어져 있었던 심회가 그와 같이 괴로웠었네. 그런데 추운 겨울에 학문하는 형편이 어떠하신지 궁금하네. 나는 돌아와서 옛 산을 대하니, 성은이 더욱 하늘과 같음을 알게 되었고, 또 한 번 나오므로 견고한 어리석음에서 벗어나려던 것이 참으로 격언인 것을 깨달았네. 나머지 여러 가지는 베개머리에서 할 말을 잊었으므로, 다만 마음으로 헤아려주기 바라며 삼가 문안드리네.

임오년(1642) 12월 18일 선도.

정정언(鄭正言: 고려 인종 때의 시인 鄭知常일 듯)의 시원소시(試院小詩)는 천년이 되어도 강하게 울려서 지금 음미하여도 배고픔을 잊게 하네. 서울에서 들었던 동기간의 상사는 사람을 슬프고 슬프게 하니 편지 보았을 때 처음 들었기에 이 뜻을 이르네.

이 편지는 윤선도가 병자호란이 평정된 뒤 왕께 인사를 드리지 않았다는 죄로 1638년(인조 16) 경상북도 영덕(盈德)으로 귀양 갔다가 이듬해에 풀려났는데, 그 얼마 뒤 1642년 임오(壬午, 인조 20)년 12월 18일에 쓴 것으로 보인다. 간결함 속에 깊은 정이 담긴 함축미를 느낄 수 있다. 고산이 유배생활을 할 때 자주 문안하여준 정을 못 잊어하고 있는 것 같다.

윤선도는 그의 나이 20세에 승보시(陞補試)에 1등을 하였으며 연이어서 향시(鄕試)와 진사시(進士試)에 합격하였다. 그리고 1628년(인조 6) 그의 나이 42세 때에 별시문과(別試文科) 초시에 장원으로 합격하여 봉림대군(鳳林大君)과 인평대군(麟坪大君)의 스승이었던 뛰어난 인재였다.

소정邵亭 김영작金永爵이 만든 것으로 보이는 고매산관첩古梅山館帖

때때로 안부를 묻고 싶은 서첩(書帖)이 있다. 추사(秋史) 김정희(金正喜, 1786~1856) 선생이 기세하던 해 정월 초순에 써 보냈던 간찰과 그분의 친인척과 지인들의 간찰을 모아서 만든 외형이 허름한 서첩, 영재(寧齋) 이건창(李建昌, 1852~1898)의 혜진 소형 서첩, 소정(邵亭) 금영작(金永爵, 1802~1868)의 고매산관첩(古梅山館帖) 등이 그런 대상이다. 고매산관첩은 대형 첩으로 온갖 정성을 쏟아 부어 만들었다. 김노경, 이서구, 조인영, 서영보, 정원용, 조두순 등등 40여인의 필적을 담았다.

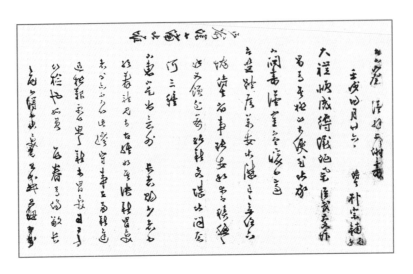

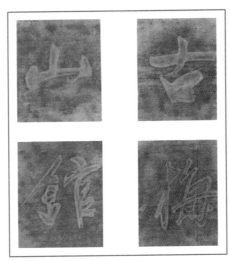

지질과 상태 등이 뛰어난 간찰만을 정선하여 모아 붙였다. 누가 그런 간찰 첩을 만들었을까? 소정 금영작이 만든 것으로 여겨진다. 그는 충주목사 김사직(金思稷)의 아들이며 영의정 김홍집(金弘集)의 아버지가 아니던가. 1843년 식년문과에 급제하여 홍문관제학 등을 역임한 뒤 고종 초에는 개성부 유수를 지냈다. 그는 외직에 있을 때 선정을 베풀어 지방민들의 칭송을 받았으며 정주와 청주 목사로 재임할 때는 폐단이 많던 대동미(大同米) 조운제도의 개혁을 시도하기도 하였다. 경사(經史)에도 밝았으며 시문(詩文)에도 능하였다. 그가 그렇게 정성을 들여서 그런 간찰 첩을 만든 까닭은 무엇 때문이었을까? 편지의 사연은 각기 다르다. 당색은 노론 색체가 강하다. 그거야 그럴 수밖에 없겠지. 상상의 문을 개방하여놓고 펴보는 때가 자주 있었다. 이 첩은 보기 드문 고급 장정이다. 첩을 들면 첩의 무게감에 압도된다. 양질의 순지를 썼기 때문이다. 간찰들도 수준이 고르고 그들이 쓴 지질도 대부분 높은 수준이다. 보관 상태도 아주 양호한 편이다. 만든 이의 정성을 생각하면서 펼쳐볼만하다. 격조와 품격이 느껴진다. 추사 김정희(1786~1856)가 말년의 정월에 쓴 것으로 보이는 간찰에 그 친지와 지인들의 간찰을 모아 만든 초라한 첩이나 영재 이건창(1852~1898)의 낡은 소형 서첩과 항상 내비하여 살펴보게 되는 까닭은 무엇 때문일까?

마오쩌둥毛澤東이 아내 장칭江青에게 보낸 편지

북경대학 북초대소 2층 방에서 한해 겨울을 보냈다. 춥고 바람이 많이 부는 날이다. 도서관은 휴관이고 낮에는 난방 문제로 더 추웠다. 유리창에 나가 해왕촌 고서점에 들렀다. 편지처럼 보이는 구겨진 종이 몇 장이 허술하게 유리창문 책장 속에 방치되어 있다. 마오쩌둥(毛澤東, 1893.12.26~1976.9.9)이 그의 아내 장칭(江青)에게 보낸 편지다. 비좁고 손님이 많아서 제대로 읽어보지도 못하고 구하였다. 모두 7쪽이나 되는 긴 문장이다. 펼쳐보니 이 편지와 '위요신중국호호학습 모택동(爲了新中國好好學習 毛澤東)'이라고 쓴 1쪽이 별도로 더 들어 있었다. 그들의 부부애가 궁금하였는데 집에 와서 읽어보니 내용은 딴판이다. 간간이 꺼내 보면서 생각하여보니 꼭 그렇

지는 않은 것 같다. 그렇지, 그들의 부부애는 그러한 것이 아니었을까? 편지의 내용은 류샤오치(劉少奇), 저우언라이(周恩來), 린뱌오(林彪), 덩샤오핑(鄧小平) 동지와 중앙문혁소조성원들에게 문화혁명의 당위성을 공유하여달라는 간청이다. 1967년 8월 9일에 쓴 편지다. 문화대혁명(文化大革命)은 1966년부터 1976년까지 10년간 중국의 최고지도자 마오쩌둥이 주도한 극좌 사회주의운동이다. 이 기간에 쓴 편지다.

마오쩌둥(毛澤東)은 1965년 10월부터 사실상 연금 상태에 있다가 1966년 홍위병을 앞세운 문화대혁명을 통해서 공산당의 실력자들을 물리치고 다시 권력을 잡았다. 1971년 9월 린뱌오는 반 마오쩌둥 운동에 실패하여 죽는다. 마오쩌둥은 1970년 헌법 수정초안을 채택하여 1인 체제를 확립하고 중국 최고지도자로 군림한다. 1981년 덩샤오핑(鄧小平)이 정권을 잡은 중국 정부에서는 마오쩌둥의 문화대혁명은 내란이었다는 공식 입장을 밝혔다. 그가 아내에게 편지를 쓴 1967년 8월 9일 무렵은 그가 내심 다소 불안하고 초조하고 외로운 시기였을 것 같다. 마오쩌둥이 아내에게 린뱌오와 덩샤오핑을 설득하여달라는 부탁은 그들 부부한테서는 뜨거운 애정의 주고받음이었을 것 같다.

장칭(江青, 1914.3.19~1991.5.14)은 마오쩌둥이 추진하는 중국 문화대혁명을 계기로 정치 전면에 나서게 된다. 당시 문화대혁명은 중국 대륙을 뒤흔든 큰 사건이었고, 장칭(江青)은 문화대혁명의 지도자가 되어서 막강한 권력을 행사하였다. 1966년 중국공산당 중앙문화혁명소조 제 1조장, 중국공산군 문화공작 고문, 1969년 당 제 9기 중앙위원, 중앙정치국 위원이 되었다. 1973년 당 제 10기 중앙위원, 중앙정치국 위원으로 활동하였으나, 1976년 9월 마오쩌둥이 사망하자 문화대혁명을 이끌었던 과격주의자 4인방(四人幇)사건으로 분류되어 체포되었다. 1980년 장칭은 반혁명집단의 주범으로 재판에 회부되었고, 1981년 사형선고를 받았으나 형 집행이 2년간 유예되었고, 1983년 무기형으로 감형되어 가택에 연금되었다. 1991년 집에서 자살하여 생을 마감하였다. 이 편지를 받을 당시 장칭은 중국공산당 중앙문화혁명소조 제 1조상과, 중국공산군 문화공작 고문을 맡고 있을 때였던 것 같다. 남편 마오쩌둥의 간청을 따뜻한 부부애로 받아드릴 수도 있지 않았을까?

2

옛 사람과 더불어

여고인동락與古人同樂 서화書畵

백하白下 윤순尹淳이 쓴 시권試券 문호연지기問浩然之氣

　백하(白下) 윤순(尹淳)의 시권(試券)이다. 내 옆에 있는 시권 중 글씨와 글의 내용이 좋아서 자주 꺼내 보았다. 시권의 종이 선택으로 본다면 특별히 애착이 가는 시권도 옆에 있다. 대형의 장지를 특별하게 제작하여 차별화시킨 시권이다. 시권이란 과거 응시자들이 제출한 답안지나 채점지다. 윤순의 행장을 읽어보면 33세 때 진사시 구일제(九日製)에 수석을 하였고, 이듬해 가을에 전시(殿試) 병과(丙科)로 합격하였다. 평점이 이상(二上, 二之上)으로 되어 있으므로 구일제(九日製)의 시권(試券)은 아닌 것 같다. 시권은 시지(試紙) 또는 명지(名紙)라고도 했다. 시험의 종류에 따라서 제술시권(製述試券), 강서시권(講書試券), 사자시권(寫字試券), 역어시권(譯語試券) 등으로 나누어졌다. 시험 점수는 시대마다 다소 차이가 있었지만 9등급 내지 12등급이었다. 일지상(一之上)·중(中)·하(下), 이지상(二之上)·중(中)·하(下), 삼지상(三之上)·중(中)·하(下), 차상(次上)·차중(次中)·차하(次下), 갱(更)·불(不) 등으로 표시하였다. 과차(科次)는 과거의 종류에 따라 다르지만 등급을 일지일(一之一)·이(二)·삼(三), 이지일(二之一)·이(二)·삼(三), 삼지일(三之一)·이(二)·삼(三) 등으로 기재하였다. 시험 결과가 발표되면 시권은 합격 시권과 낙방 시권인 낙폭(落幅)으로 분류되어 합격 시권은 합격증서인 홍패(紅牌), 백패(白牌)와 함께 본인에게 돌려주었다.

　백하(白下) 윤순(尹淳, 1680~1741)은 조선 후기의 문신이며 서화가다. 자는 중화(仲和), 호는 백하, 학음(鶴陰), 만옹(漫翁)이라 하였다. 임진왜란 때의 명신 두수(斗壽)의 5대 손이다. 조선조 양명학의 태두 정제두(鄭齊斗)의 문인이다. 정제두의 학문은 박세채(朴世采)의 영향을 받았다. 박세채의 남계집(南溪集) 답금기지상문학(答金起之相問學)에 문호연지기(問浩然之氣)가 실려 있다. 윤순은 당시 조정과 산림에 있는 선비들의 허위와 타락을 논하면서 양심적 시정(施政)과 개혁을 주장하였다. 1712년(숙종 38) 진사시에 장원급제하고, 이듬해 증광문과에 급제하여 부수찬에 등용되었다. 1723년(경종 3) 사은사 서장관(書狀官)이 되어 청나라에 다녀왔다. 1727년(영조 3) 이조참판으로 대제학을 겸임하였다. 1729년 공조판서가 되고 예조판서를 역임하였다. 1735년 원자보양관(元子輔養官), 1739년 경기도관찰사를 지냈다. 그 뒤 평안도관찰사로 관내를 순찰하던 중 벽동(碧潼)에서 객사하였다. 윤순은 시문과 산수, 인물, 화조 등의 그림도 잘하였다. 조선 후기를 대표하는 글씨의 대가로 우리나라의 역대서법과 중국서법을 아울러 익혀 한국적 서풍을 일으켰다. 그의 문하에서 이광사(李匡師) 등이 배출되었다. 서풍은 왕희지(王羲之)와 미불(米芾)의 영향이 많았다는 평이다. 김정희(金正喜)는 "백하의 글씨는 문징명(文徵明)에서 나왔다."고 하였다. 이같이 그는 옛사람의 서풍을 자유자재로 구사할 수 있는 대가의 역량을 지녔다. 행서는 각가(各家)의 장점을 조화시켜 일가를 이루었다고 평가한다.

　호연지기가 무엇인가를 묻는 '문호연지기(問浩然之氣)'가 시험 문제였다. 맹자 공손추 장구 상(孟子 公孫丑 章句 上)에 '호연지기'가 있다.

맹자 공손추 장구 상

"감문부자오호장?" 왈 : "아지언, 아선양오호연지기." "감문하위호연지기?" 왈: "난언야. 기위기야, 지대지강, 이직양이무해, 칙새어천지지간. 기위기야, 배의여도, 무시, 뇌야. 시집의소생자, 비의습이취지야. 행유불겸어심, 칙뇌의. 아고왈, 고자미상지의, 이기외지야. 필유사언, 이물정, 심물망, 물조장야. 무약송인연 : 송인유민기묘불장이알지자, 망망연귀, 위기인왈 : '금일병의! 여조묘장의!' 기자추이왕시지, 묘칙고의. 천하지불조묘장자과의. 이위무익이사지자, 불운묘자야 ; 조지장자, 알묘자야 , 비도무익, 이우해지."

孟子 公孫丑 章句 上

"敢問夫子惡乎長?" 曰 : "我知言, 我善養吾浩然之氣." "敢問何謂浩然之氣?" 曰: "難言也. 其爲氣也, 至大至剛, 以直養而無害, 則塞於天地之間. 其爲氣也, 配義與道, 無是, 餒也. 是集義所生者, 非義襲而取之也. 行有不慊於心, 則餒矣. 我故曰, 告子未嘗知義, 以其外之也. 必有事焉, 而勿正, 心勿忘, 勿助長也. 無若宋人然 : 宋人有閔其苗之不長而揠之者, 芒芒然歸, 謂其人曰 : '今日病矣! 予助苗長矣!' 其子趨而往視之, 苗則槁矣. 天下之不助苗長者寡矣. 以爲無益而舍之者, 不耘苗者也 ; 助之長者, 揠苗者也, 非徒無益, 而又害之."

공손추가 물었다. "실례인지 모르겠습니다만 선생님께서는 무엇을 잘하십니까?" 맹자가 말하였다. "나는 남의 말을 잘 판단한다. 또한 나의 호연지기를 잘 기른다." "호연지기란 무엇인지 가르쳐줄 수 있습니까?" 맹자가 말하였다. "한두 마디로 해석하기가 어려운 것이다. 이 호연지기라는 것은 지극히 크고 지극히 굳센 것이어서 바르게 길러서 하나도 손상시키지 않으면 천지지간에 가득 차게 되는 것이다. 그렇지만 이 '기'는 언제나 인의와 도덕을 원력으로 하는 것이어서 일단 인의도덕을 떠나게 되면 그의 기력을 상실하게 되는 것이다. 또한 이 '기'는 정상적인 인의도덕의 수양에서 점차적으로 이루어지는 것이지 한두 번의 의로운 행위에서 우연히 얻어지는 것이 아니다. 일단 자기의 행위에 스스로 그 어떤 자책감을 느끼게 되면 이 '기'는 저도 모르게 소실되는 것이다. 호연의 기란 이런 것이기 때문에 나는 고자라는 사람은 인의의 참뜻을 모른다고 하였다. 고자는 인의를 신외지물로 알고 있다. 호연지기를 기르려면 반드시 인의도덕의 수양을 마음속에 깊이 품어두고 잊지 말아야 하며 멈추지도 말아야 하는 것이다. 그렇다고 해서 그 어떤 지나친 행위로 조속히 얻어가지려고 해서도 아니 되는 것이다. 이 일을 송나라의 사람처럼 해서는 안 되는 것이다. 송나라의 어떤 사람이 곡식이 빨리 자라지 않는 것이 걱정스러워서 손으로 싹을 뽑아 올려놓았다. 그는 기진하여 집으로 돌아와 집안사람들에게 '오늘은 참 피곤하구나! 나는 오늘 싹이 빨리 자라게 해놓았다.'고 하였다. 그의 아들이 아버지의 말이 이상하게 여겨져 밭으로 달려가 보니 싹들이 모두 말라죽어버렸다. 이 세상에는 싹을 뽑아 올려 빨리 자라게 하려는 착오를 범하지 않는 사람이 별로 없다. 호연지기가 별로 이로운 것 같지 않다며 수양을 하지 않는 것은 마치 곡식을 가꾸지 않는 게으름뱅이와 같고 소중한 줄은 알지만 비정상적인 방법으로 빨리 기르려는 것은 마치 싹을 뽑아주는 것과 같은 것이다. 싹을 뽑아주면 말라죽는 것처럼 그렇게 하는 것은 호연지기를 이루는데 이롭다기보다 도리어 해로운 것이다."

호연지기(浩然之氣)는 지대지강(至大至剛)한 기(氣)다. 그 기는 인의도덕이나 정의감과 같은 고상한 정기다. 그 기는 천지의 정기와 같이 인간의 정기여서 위대한 자연력처럼 자연스럽게 양성해야 한다는 것이다. 호연지기는 도의(道義)에 근거를 두고 굽히지 않고 흔들리지 않는 바르고 큰 마음을 말한다. 풍우란(馮友蘭)은 호연지기를 지대(至大)하고 지강(至剛)한 기라고 하였다. 이희승은 도덕적 용기, 넓고도 큰 원기, 자유스럽고 유쾌한 마음이라고 하였다. 호연지기는 마음이 흔들리지 않는 부동심의 근거가 되고, 인의예지라는 착한 본성은 호연지기의 근거가 된다.

이 시권(試券)의 많은 비점(批點)은 맹자(孟子)의 호연지기(浩然之氣)를 이해하고 있는 범주 안에 들어있는 부분인 것 같아 보이고, 몇 군데의 관주(貫珠)는 적절하고 창의적인 비유(比喩)와 그 궁행(躬行)에 있는 것 같다. 그런 평가가 이상(二上)이라는 결과였다. 윤순의 문장에 들어간 불필요한 글자 한 자까지 지적하여 놓은 철저한 채점이었던 것임을 알 수 있다.

원교圓嶠 이광사李匡師가 쓴 횡거장재선생찬橫渠張載先生贊

　원교 이광사의 글씨를 처음 만난 곳은 지리산 천은사다. 대학 답사여행 때였다. 절묘한 자획과 전체의 흐름이 기억에 생생하다. 그 글씨를 얼마 전에 다시 찾아가 보았더니 너무 작아졌다. 왜 그럴까? 원교(圓嶠) 이광사(李匡師, 1705~1777)는 예조판서의 아들이었지만 영조의 등극으로 소론이 실각함에 따라 벼슬길에 오르지는 못하였다. 그는 백하(白下) 윤순(尹淳)의 문하에서 글씨를 배웠다. 그리고 원교체(圓嶠體)를 이룩하여 후대에 많은 영향을 주었다. 소론 일파의 역모사건에 연좌되어 유배지인 신지도(薪智島)에서 생을 마친 이다.

신모씨로 기억되는 어느 분이 장편가사 한편을 주석하여 책을 냈다. 학계에 있는 분이 아니었다. 출판사로 연락하여 그분의 연락처를 알게 되었다. 그 가사의 원본을 확인하여 보기 위해서였다. 허름한 한옥 집인데 처마 밑까지 책으로 가득 차 있는 집이었다. 서재에는 책상도 없이 책만 가득 차 있다. 그분이 만든 책 추사진적(秋史眞蹟)을 먼저 보여준다. 그 도록에 들어 있는 유명박물관 소장의 추사 대련 밑에 엑스표를 한 사연을 설명 들었다. 선대의 수집이라면서 추사의 대병(大屛) 두 틀을 펼쳐 보여준다. 뜻밖에 처음 누리는 안복이었다. 내가 보기를 원하는 책은 그분한테서는 이미 멀어진 대상이 되어 대화 밖으로 밀려버렸다. 화제가 온통 글씨로 바뀌었다. 그분 등 뒤에 거꾸로 마구 말아서 던져 놓은 글씨 몇 자가 보였다. 저것 원교 글씨 아닙니까? 그분이 놀란다. 임 선생 가지시오. 알아보는 사람이 가져야지. 얼마 전 청계천 고서점에서 나뒹굴고 있어서 샀는데 기명이 없어서 모르는 이는 휴지에 불과하지요. 내 손에 들려준다. 안 됩니다. 그렇게는 할 수 없는 것이지요. 청계천에서 주고받았다는 말씀대로 셈을 하고 받기로 하였다. 그분이 자장면을 불러서 점심도 잘 대접받고 나왔다. 그길로 나손 김동욱 교수 연구실을 찾았다. 연세대학에서 단국대학으로 연구실을 옮긴 때다. 그 무렵 그 그분은 원교가 만든 서첩에 깊이 빠져 있을 때다. 들고 간 글씨를 펼쳐 이것 원교 글씨가 틀림없지 않을까요? 원교 글씨지. 먹을 갈아 즉석에서 '원교 이광사 팔곡병풍 나손(圓嶠 李匡師 八曲屛風 羅孫)'이라 써 주었다. 글씨의 흐름이 멋스럽고 고아한 품격이 전체에 스며있다. 장지의 윤기가 아직도 살아 있으며, 그 매끄러운 윤기를 타고 필획이 흘러나갔다. 정서가 순조롭지 않을 때면 간간이 펼쳐보았다. 이내 곧 순화되는 것을 느낄 때가 한 두 번이 아니었다. 인연이란 이런 것이 아닐까. 이 글은 송(宋)나라 주희(朱熹)가 지은 육선생찬(六先生贊)에 들어 있다. 육 선생은 주돈이(周敦頤), 정호(程顥), 정이(程頤), 장재(張載), 소옹(邵雍), 사마광(司馬光)을 말한다. 그 중에서 장재(張載)를 찬한 것이다. 장재는 서화담 등에 많은 영향을 준 이다.

횡거선생찬 橫渠先生贊

조열손오 早悅孫吳 젊어서는 손자(孫子)와 오기(吳起)를 좋아하다가

만도불로 晚逃佛老 만년에는 노불(老佛)에 빠져들었네.

용철고비 勇撤皐比 과감히 강석(講席)을 거두고

일변지도 一變至道 한 번 변하여 도에 이르렀네.

정사역천 精思力踐 정밀하게 생각하고 힘써 행하여

묘계질서 妙契疾書 오묘한 비결을 글로 썼네.

증완지훈 證頑之訓 완고함을 바로잡은 가르침

시아광거 示我廣居 나에게 어진 마음을 보여주었네.

주자어록(朱子語錄)에 보면, '장횡거의 학문은 고심하여 얻은 것이므로 그것은 지극히 노력한 결과이다(橫渠之學 苦心得之 乃是致曲)'라는 평가가 들어 있다. 나머지 4폭은 이일분수(理一分殊)로 세계를 관철하는 보편적인 원리와 구체적이고 개별적인 원리 사이에 일치성이 있다고 보는 성리학 이론을 썼다.

자하紫霞 신위申緯가 쓴 시고詩稿

이 시고(詩稿)는 신위(申緯)의 친필 초고(草稿)다. 그의 문집 경수당전고(警修堂全藁)에도 실려 있다. 경수당전고와는 시제(詩題)와 시어(詩語)에 다소의 다른 점이 발견된다. 오래 동안 내 서재에 놓여 있었기 때문에 종이가 변색되었다. 원고 상태로 처음 수중에 들어왔을 때는 묵향(墨香)과 종이의 윤기(潤氣)와 시향(詩香)의 조화가 가득함을 느꼈다. 그 신선한 이미지를 즐겨왔다. 이 시고의 자하와 계습승지는 어떤 인물인가.

계습승지(季習承旨)는 홍학연(洪學淵)이다. 홍학연(洪學淵, 1777~1852)은 자가 계습(季習)이고 호는 임간(林磵)이다. 1812년(순조12) 증광문과(增廣文科)로 급제하여 여러 벼슬을 거쳐 1822년 강원도 암행어사로 나갔다. 1835년(헌종 1) 대사성(大司成)을 거쳐 이듬해 공조 참의(工曹參議)가 되고 이조 참판(吏曹參判)과 도승지(都承旨)를 역임하였다. 1845년 대사헌이 되었고, 1848년 형조 판서에 올랐다. 이어 광주부 유수(廣州府留守)에 이르러 기로소(耆老所)에 들어갔고, 1850년(철종 1) 지경연사(知經筵事), 지춘추관사(知春秋館事), 도총관(都摠管), 대사헌을 역임하고, 이듬해 공조 판서를 지냈다. 독서를 즐겼으며 서예(書藝)와 문학(文學) 및 법리(法理) 등에 능했던 이다.

신위(申緯, 1769~1845)는 자가 한수(漢叟)고 호는 자하(紫霞), 경수당(警修堂)이다. 1799년(정조 23) 춘당대문과에 급제하여 초계문신(抄啓文臣: 당하관 중에서 제술과 강독에 의해 특별히 뽑힌 문신)으로 발탁되었다. 1812년(순조 12) 진주 겸 주청사(陳奏兼奏請使)의 서장관(書狀官)으로 청나라에 갔는데, 그때를 자신의 안목을 넓히는 기회로 삼아 중국학자 및 문인들과 활발하게 교유하였다. 당시의 대학자 옹방강(翁方綱)과의 교유는 그의 문학세계에 많은 영향을 주었다. 1816년 승지를 거쳐서 1818년에 춘천부사로 나갔다. 1828년에는 강화유수로 부임하였다. 그러나 윤상도(尹尚度)의 탄핵으로 2년 만에 물러나 시흥 자하산에서 은거하였다. 1832년 다시 도승지에 제수되었으나 벼슬에 환멸을 느낀 끝에 사양하였다. 다음 해 대사간에 제수되어 나갔으나 평산에 유배되었다. 그 뒤 복직되어 이조참판과 병조참판 등을 역임하였다. 글씨와 그림 및 시에 많은 업적을 남겼다. 그는 시에서 한국적인 특징을 찾으려고 노력하였다. 없어져가는 악부(樂府)를 보존하려고 노력한 소악부(小樂府), 시사평(詩史

評)을 한 동인논시(東人論詩) 35수, 우리나라의 관우희(觀優戲)를 읊은 관극시(觀劇詩)가 바로 그것이다. 김택영(金澤榮)은 시사적(詩史的)인 위치로 볼 때 500년 이래의 대가라고 칭송하였다. 이러한 그의 영향은 강위(姜偉), 황현(黃玹), 이건창(李建昌), 김택영(金澤榮)으로 이어졌다. 그림은 산수화와 함께 묵죽(墨竹)에 능하였다. 이정(李霆), 유덕장(柳德章)과 함께 조선시대 3대 묵죽화가로 손꼽힌다. 강세황(姜世晃)에게서 묵죽을 배웠던 그는 남종화(南宗畵)의 기법을 이어받아 조선 후기 남종화의 꽃을 피웠다. 그의 묵죽화풍은 조희룡(趙熙龍) 등 추사파(秋史派) 화가들에게까지 영향을 미쳤다. 글씨는 동기창체(董其昌體)를 따랐으며 조선시대에 이 서체가 유행하는 데 기여하였다. 경수당전고 등을 남겼다. 조선후기 시·서·화(詩書畵) 삼절(三絶)로 칭송받는다. 이 자하의 시고는 아래와 같다. ( ) 안은 警修堂全藁의 표기다.

희홍계습승지야과 嘻洪季習承旨夜過

홍계습승지가 밤에 찾아온 것을 반기며

세인멱관교간알 世人覓官巧干謁	세상 사람들 벼슬 찾아 교활하게 찾아다니며
혼야불지차마고 昏夜不知車馬苦	어두운 밤에도 수레와 말의 고통을 알지 못하네
아재사가가최벽 我在斜街家最僻	나는 비탈길가 벽지에 사니
용양호군인수수 龍驤護軍人誰數(誰比數)	나라 호위하는 군인 누가 알아주겠는가
의산미경초극고 依山微徑草棘枯	산비탈 오솔길 풀과 멧대추나무 시들었는데
형연잔설서환도 炯然殘雪棲環堵	하얀 잔설이 담을 두른 오두막에 살고 있네
공당야심무오언 空堂夜深無晤言(語)	텅 빈 집 밤은 깊어 적막한데
해의욕침군입호 解衣欲寢君入戶	옷 벗고 자려 할 때 그대가 찾아왔네
편여야학출림래 翩如野鶴出林來	날렵한 모습은 들 학이 숲 밖으로 나온 듯하고
교여강월피운토 皎如江月披雲吐	희기는 강달(江月)이 구름을 해치고 비치는 듯하네
기점홍등대옥인 起點紅燈對玉人	일어나 불 밝히고 옥골선풍 마주하니
한무록료온수두 恨無綠醪溫繡肚	막걸리가 창자를 따뜻하게 못 하는 게 아쉽구나
군언청좌고역가 君言淸坐固亦佳	그대 다소곳이 앉은 모습 또한 아름다우니
음식패위도진부 飮食敗胃徒陳(腥)腐	음식이 위를 상하고 케케묵을까 걱정이구나
하야기무차죽백 何夜豈(可)無此竹柏	어느 밤인들 이런 대나무와 잣나무가 어찌 없겠는가

한인단소오빈주 閑人但少吾賓主 | 한가한 사람으로 우리 두 사람처럼 주인과 객이 된 이 적을 뿐이지

대소극담출문회 大笑劇談出門回 | 크게 웃고 농담하며 대문 밖 전송하고 돌아오니
불각한경하오고 不覺寒更下五鼓. | 차거운 밤 벌써 새벽이 된 것을 미처 몰랐네.
희계습승지야과구호장구 喜季罶承旨夜過口號長句 | 계습승지가 밤에 장구를 읊고 간 것을 기뻐하며
자하북선원소낙엽두타고 紫霞北禪院掃落葉頭陀稿 | 자하가 북선원에서 낙엽을 쓰는 두타행을 하며 쓰다.

완당노인阮堂老人 김정희金正喜가 쓴 대련對聯

이 대련의 '한래위소백운망(閒來爲笑白雲忙: 흰 구름 분주한 것이 우습구나)'가 간혹 나를 멍하니 바라보게 하여주었다. 방서(傍書)는 서예 이야기인데, 중국의 등석여(鄧石如)는 전서의 대가이며, 한국의 김정희는 예서의 대가이므로 그렇게 쓰는 것은 완당(阮堂) 답다고 이해된다. 그런데 이 대련 '산당수초참치견(山當樹抄參差見) 한래위소백운망(閒來爲笑白雲忙)'을 죽완(竹琬)에게 주기 이전에 이미 완당은 리움미술관에 있는 호고유시수단갈(好古有時搜斷碣: 옛것을 좋아해서 때로는 깨어진 비석을 찾고) 연경루일파음시(研經婁日罷吟詩: 경전 연구로 여러 날 시를 읊지 못하네)라는 대련을 죽완(竹琬)에게 써주지 않았던가. 그렇다면 죽완(竹琬)이 누구일까? 늘 궁금하게 생각하였던 인물이다.

이 대련은 김정희(金正喜, 1786~1856)가 쓴 것이다. 金正喜의 자는 원춘(元春)이고, 호는 추사(秋史), 완당(阮堂), 예당(禮堂), 시암(詩庵), 노과(老果), 농장인(農丈人), 천축고선생(天竺古先生) 등을 썼다. 순조 때 문과에 급제하여 암행어사·시강원 보덕 등을 역임하였다. 윤상도의 옥사에 연루되어 9년간 제주도로 유배되었고 헌종 말년에 귀양이 풀려 돌아왔다. 그러나 다시 친구 영의정 권돈인(權敦仁)의 일에 연루되어 함경도 북청으로 유배되었다가 2년 만에 풀려 돌아왔다. 말년에 아버지의 묘소가 있는 과천에 은거하다가 생을 마쳤다. 아버지 노경(魯敬)이 동지부사로 연경에 갈 때 동행하여 당대 최고의 석학 옹방강과 완원 등을 만나 교류하였다. 어려서부터 글씨를 잘 써서 채제공과 박제가 등이 높이 평가하였다. 그는 아래와 같은 서체(書體) 이야기를 남겼다.

산당수초참치견 山當樹抄參差見　산은 나무를 짝하여 들쭉날쭉해 보이고
한래위소백운망 閒來爲笑白雲忙　틈 사이로 흰 구름 분주한 것이 우습구나.

방서傍書

죽완아감병청삭정	竹琬雅鑑并請削定.
근일예법개종등완백	近日隸法皆宗鄧完白,
연기장재전	然其長在篆,
전고직소태산랑야	篆固直溯泰山琅邪,
유변현불측	有變現不測,
예상속제이	隸尙屬第二.
여이묵경파기고	如伊墨卿頗奇古,
역유니고지의	亦有泥古之意,
지당종오봉황룡자	只當從五鳳黃龍字,
참지촉비	參之蜀碑,
사득문경	似得門徑.
욕모추이차	欲暮追耳此.
완당노인	阮堂老人.

죽완(竹琬)께서 잘 살펴보시고 아울러 정평(定評)도 하여주십시오. 요즈음 예서(隸書)를 쓰는 필법(筆法)에 대하여 이야기할 때 대부분의 사람들이 등완백(鄧完白, 1743~1805. 자는 石如)을 으뜸으로 삼고 있으나 그의 강점은 오히려 전서(篆書)에 있습니다. 그의 전서 글씨는 곧바로 진시황(秦始皇) 때 태산각석(泰山刻石)과 낭야대각석(琅邪臺刻石)으로 거슬러 올라갔기 때문에 변화불측(變化不測)의 묘(妙)를 구현(具現)하였으며 예서(隸書)는 그 다음입니다. 이병수(伊秉綬, 자는 墨卿, 1754~1815)같은 사람의 예서(隸書)는 상당히 기이하고 예스러운 묘미(妙味)가 있기는 하지만 너무 옛 것에 얽매어 있습니다. 그러니 예서(隸書)는 마땅히 서한(西漢) 오봉(五鳳: 漢나라 宣帝의 年號, B.C. 57~49) 시대의 황룡(黃龍: 黃龍鐙에 쓰인 隸書) 문자를 따르고 촉비(蜀碑)를 참고로 해야 바른 길을 찾았다고 말할 수 있을 것입니다. 늘그막에 이루려고 한 것도 이것뿐입니다. 완당노인(阮堂老人).

이미 잘 알려진 리움미술관 소장 대련의 방서에다 '욕모추이차(欲暮追耳此)'만 더 하였다. 받는 이도 다 같이 죽완(竹琬)이므로 리움미술관 소장본을 쓴 훨씬 뒤에 이 대련을 썼을 것으로 보인다.

완당阮堂이 쓴 양천지부揚泉之賦

완당(阮堂) 김정희(金正喜)가 방서(傍書)로도 썼던 글이다. 서첩(書帖)처럼 접혀서 전해 오다가 표구한 것이다. 중국 양(梁)나라 원제(元帝)가 쓴 상동궁고적계(上東宮古跡啓)에 들어 있는 내용이다. 1663년 김진흥(金振興)의 전대학(篆大學)에 구첩전(九疊篆)을 상방대전(上方大篆)이라고 표기한 것을 볼 때 구첩전(九疊篆)을 조선조에 와서 상방대전이라고 한 것 같다. 대전(大篆)이 지니고 있는 신성성(神聖性)과 형상성(形象性)을 높이 평가한 것이다. 그리고 이어서 초서(草書)의 대가인 삭정(索靖)의 초서(草書)와 비백체(飛白體)를 창시한 채옹(蔡邕)의 비백체(飛白體)에 관한 서예사적 의미를 부각시켰다. 전서(篆書)란 한자 서체의 한 종류이다. 고문(古文)의 자체(字體)와 서풍(書風)이 정리된 것으로서 대전(大篆)과 소전(小篆)의 두 종류가 있다. 대전은 주문(籒文)이라고도 불리고 주(周)의 사주(史籒)가 만들었다고 한다. 소전은 대전의 체세(體勢)를 길게 하고 점획(点劃)을 방정하게 하여 서사(書寫)를 편리하게 한 것으로서 진시황제(秦始皇帝)의 문자통일 때에 승상(丞相) 이사(李斯)가 창시한 것이다.

양천지부 揚泉之賦	양천(楊泉)의 부(賦)와
상방지대전 尙方之大篆	상방(尙方)의 대전(大篆)은
천기뇌락 天其牢落	그 타고남이 지속성과 광범성을 가져서
난경지세 鸞驚之勢	필세(筆勢)가 비동(飛動: 날아움직임)하는 것은
기문지어삭응치 旣聞之於索鷹時	삭정(索靖)한테서 널리 알려졌고 필력(筆力)이 주경(遒勁: 굳세고 날카로움)한 것은 채옹(蔡邕)한테서 드러났다.

양(梁)나라 원제(元帝)의 상동궁고적계(上東宮古跡啓)의 내용으로 미루어볼 때 여기에서 양천(揚泉)의 부(賦)는 조전(鳥篆)을 일컫는 것 같다. 중국의 고문헌에 양웅(揚雄)을 양웅(楊雄)이라고도 썼기 때문에 양천(揚泉)을 양천(楊泉)이라고도 쓸 수 있을 것이다. 다음은 양나라 원제의 글이다.

명 매정조 편, 『량문기』 권사, 「상동궁고적제」, 양 원제.

사의팔분지교, 원상삼체지묘, 사주리사지전, 량곡(곡일작홍, 일작작)조희지서, 막불총화(일작체)계궁, 영만갑관, 절이란경지기(기일작세), 기문지어색정; 응치지교, 우현지어채옹. 시이유무중운, 전경례지법; 조힐어항, 표양천지부. 파호륙문, 다참삼례, 상방대전, 기기뢰락, 주하방서, 하증방불. 공모하간지취서, 경미동평지헌표, 제유척독, 고사결연; 북해해예, 종성난의.

明 梅鼎祚 編, 『梁文紀』 卷四, 「上東宮古跡啓」, 梁 元帝.

師宜八分之巧, 元常三體之妙, 史籀李斯之篆, 梁鵠(鵠一作鴻, 一作鵲)曹喜之書, 莫不擸華(一作萃)桂宫, 盈滿甲館, 竊以鸞驚之奇(奇一作勢), 旣聞之於索靖; 鷹跱之巧, 又顯之於蔡邕. 是以游霧重雲, 傳敬禮之法; 鳥頡魚頑, 表楊泉之賦. 頗好六文, 多慙三禮, 尙方大篆, 旣其牢落, 柱下方書, 何曾髣髴. 空慕河間之聚書, 竟微東平之獻表, 齊攸尺牘, 顧已缺然; 北海楷隸, 終成難擬.

이 글은 『연감유함(淵鑑類函)』 권326, 『패문운부(佩文韵府)』, 『서원청화(書苑菁華)』, 『병체문초(駢体文鈔)』 등에도 실려 있으며, 『사고전서』를 검색해 보면 총 11종의 문헌에 수록되어 있다. 완당이 이 글을 쓴 것이 탁첩(拓帖)으로 전하고 있어서 과천시 한국미술연구소가 2004년 세상에 널리 알렸다. 그 글은 다음과 같다.

師宜八分之巧, 元常三體之妙, 史籀李斯之篆, 梁鵠曹喜之書, 莫不擸華桂宫, 盈滿甲觀, 竊以鸞驚之藝, 旣聞之於索靖 雁跱之巧, 又顯之於蔡邕. 是以游霧重雲, 傳敬禮之法; 鳥頡魚亢, 表楊宗之賦. (頗好六文, 多慙三禮,) 尙方大篆, 天其牢落, 柱下方書, 何曾彷弗. (空慕河間之聚書, 竟微東平之獻表, 齊攸尺牘, 顧已缺然; 北海楷隸, 終成難擬.) 書爲元藝正政. 阮堂.

사의관(師宜官)의 팔분서(八分書)의 교묘함, 원상(元常)의 삼체(三體)의 오묘함, 사주(史籀)와 이사(李斯)의 전서(篆書), 양곡(梁鵠)과 조희(曹喜)의 글씨는 모두 아름다운 궁전에 온통 화려함으로 가득 찬 으뜸의 볼거리라 아닐 수 없다. 적이 생각건대, 난세가 놀라는 듯한 기예는 색정(索靖)에게서 이미 소문났고, 기러기가 웅크린 듯한 교묘함은 채옹(蔡邕)에게서 드러났다. 그러므로 노니는 안개와 겹친 구름 모양은 경례(敬禮)의 법에 전하고, 새가 날아오르고 물고기가 목을 내미는 모양은 양종(楊宗)의 부(賦)에 나타났다. 상방(尚方)의 대전(大篆)은 자연처럼 거대하나, 주하(柱下)의 방서(方書)는 어찌 비슷한 적이 있었던가. 원예(元藝)에게 바로잡아주기를 바라며 쓰다. 완당(阮堂).

이 글의 핵심을 발췌(拔萃)한 것이 완당의 이 양천지부(揚泉之賦)인 것 같다. 원만한 이해를 돕기 위하여 다음 몇 가지의 설명을 붙여둔다.

- 사의관(師宜官) : 후한 말의 서예가. 팔분서(八分書)의 일인자.
- 팔분서(八分書) : 예서에 동세를 더하여 미화한 것. 균형이 잡힌 글씨체.
- 원상(元常) : 종요(鍾繇, 151~230)의 자가 원상(元常). 왕희지(王羲之)가 존경한 위(魏)나라의 서예가.
- 사주(史籀) : 주나라 선왕(宣王) 때 사람. 대전(大篆)을 만든 이. 그래서 대전을 주문(籀文)이라 함.
- 이사(李斯) : 이사(李斯, ?~기원전 208년) 진(秦)나라 때 문자 통일을 위해 대전(大篆)을 기반으로 소전(小篆)을 만든 이. 태산각석을 쓴 이.
- 양곡(梁鵠) : 자는 맹황(孟皇). 동한(東漢) 때 서예가. 팔분서(八分書)를 잘 썼음. 사의관(師宜官)한테서 배움.
- 조희(曹喜) : 동한(東漢) 때 전서(篆書)를 잘 쓴 이. 소전(小篆) 오대가(五大家) 중 한 사람.
- 갑관(甲館) : 한나라 때 태자궁(太子宮). 세자시강원.
- 삭정(索靖) : 삭정(索靖, 239~303)은 서진(西晉)의 서예가. 소식(蘇軾)의 시에 "진(晉)의 이묘(二妙)라 일컬어진 위관(衛瓘)과 삭정(索靖)이 죽은 뒤론 필법의 세계가 텅 비었는데, 지금 홀연히 구름바다에서 뭇 기러기가 희롱하는 글씨를 보고는 깜짝 놀랐네. [二妙凋零筆法空 忽驚雲海戱群鴻]"라는 시구가 나옴.(蘇東坡詩集 卷33 遊寶雲寺云云). 진(晉)나라 삭정(索靖)이 서법(書法)을 논하면서 "멋지게 휘돈 것이 흡사 은 갈고리와 같다.[婉若銀鉤]"라고 초서(草書)를 평한 말에서 '은구(銀鉤)'라는 말이 유래함.(晉書 卷60 索靖列傳).
- 채옹(蔡邕) : 채옹(蔡邕, 132~192)은 후한 말의 서예가. 서예 이론의 기초를 마련한 이.
- 상방(尚方) : 황실을 위하여 도검병기(刀劍兵器)와 진복기완(珍服器玩) 등을 제조하는 기구. 진한시대에 있었음. 상의원(尚衣院).
- 양천(楊泉) : 자는 덕연(德淵). 서진(西晉) 때의 학자이며 서예가. 물리론(物理論)과

양웅(揚雄)의 태현경(太玄經)을 본떠 지었다는 태현경(太玄經), 문집 양천집(楊泉集) 등의 저술이 있음. 양(梁)나라 사람이란 기록도 있음. 고려 이달충(李達衷)의 제정집(霽亭集) 제1권 부(賦), 초부(礎賦)에 중국 진(晉)나라 양천(楊泉)의 물리론(物理論)에 "돌은 기운이 맺힌 씨이다〔石氣之核也〕"라고 하였다는 말이 나옴.

- 주하(柱下): 춘추관(春秋館)의 별칭. 국가기록원.

- 방서(方書) : 관부(官府)의 문서. 사기(史記) 권96 장승상열전(張丞相列傳)에 "장창(張蒼)이 진나라 때 어사가 되어, 주하의 방서를 주관하였다〔秦時爲御史 主柱下方書〕"라는 말이 나옴.

- 뇌락(牢落): 요락(寥落) 또는 요락(遼落)과 같음. 희소영락한 것(稀疏零落貌 ; 零落荒蕪貌). 《文選 · 司馬相如 <上林賦>》

- 응치(鷹峙): 필력이 주경(遒勁)한 것을 말함(形容筆力遒勁). 필력이 강경하고 힘이 있음(剛勁有力). 한(漢)나라 채옹(蔡邕)의 전세(篆勢).

- 양 원제(梁 元帝): 남북조(南北朝) 때 양(梁) 나라 제3대의 임금. 성은 소씨(蕭氏). 이름은 역(繹). 휼수집(潏水集) 권3에 "후주(後周) 승성(承聖) 말기에 우근(于謹)을 보내어 강릉(江陵)을 습격하였다.. 양 원제(梁元帝)가 항복하기 전에 고금의 도서 14만 권과 왕희지(王羲之)와 왕헌지(王獻之) 부자의 글씨를 모아 놓고 후각 사인(後閣舍人) 고선보(高善寶)에게 명하여 모두 불태워 버렸다. 이에 역대에 소장했던 서적이 모두 잿더미가 되어 버렸다."라고 하였음.

- 양웅(揚雄, BC53~18): 중국 전한(前漢) 말기의 사상가이며 문장가. 자는 자운(子雲). 젊어서부터 박식하였으나 말을 더듬었기 때문에 많은 책을 탐독하면서 사색하였다고 함. 그의 나이 30세가 지난 뒤에야 대사마(大司馬)인 왕음(王音)에게 재주를 인정받아 성제(成帝)의 급사황문랑(給事黃門郎: 궁중의 제사를 관장하는 관원)이 되었음. 궁정 쿠데타로 왕망(王莽)이 신(新)의 왕조를 일으키자 노년의 선비로서 대부(大夫)가 되었음. 이로 인해서 송대(宋代) 이후의 절의관(節義觀)으로부터 비난을 받았음. 정세와 함께 부침하면서 일신을 보전한 사람임. 그는 당대의 고문가(古文家)에 영향을 준 고풍적이고 난해한 문체를 사용하였음. 당시 지배층의 유교 신비화에 불만을 품고 노자(老子)와 역(易)에 의거하여 범신론적 도가의 자연과 객관을 중시하였음. 원시 유가의 인위적인 도덕 교화의 필요성을 말하면서 선악 양성의 인성론을 주장하였으며 그에 상응하는 합리주의적인 윤리사상을 강조하였음. 저서로 주역(周易)을 모방한 태현경과 논어(論語)를 모방한 법언이 있음. 젊었을 때 동향의 선배 사마상여(司馬相如)를 사모하여 우렵(羽獵), 장양(長楊) 등 장문의 부(賦)와 해조(解嘲) 해난

(解難) 등 산문의 사부(辭賦)를 남겨 세론을 풍자하였음. 양웅은 성제의 사냥을 내용으로 한 감천부(甘泉賦)와 우렵부(羽獵賦)를 지었음. 그의 사부(辭賦)는 성제(成帝,BC32~BC7)를 감탄시켰음.

- 원예(元藝) : 서승보(徐承輔, 1814~1877)의 자가 원예(元藝), 호는 규정(圭庭). 홍문관 제학. 서예에 능함.

- 아정(正政) : 아정(雅正)과 같음. 바로잡아주기 바람.

- 채옹(蔡邕): 채백개(蔡伯喈, 132~192). 중국 후한(後漢) 영제(靈帝)~헌제(獻帝) 때의 문신이며 서예가이고 학자다. 여류 문인 채염(蔡琰)의 아버지이자 완우(阮瑀)의 스승으로, 좌중랑장(左中郞將) 등을 지냈음. 비백체(飛白體)를 창시하고 문장에 뛰어났으며, 저서로 채중랑집(蔡中郎集) 등이 있음.

- 비백체(飛白體): 후한(後漢)의 채옹(蔡邕)이 좌관(左官)이 솔로 글자를 쓰고 있는 것을 보고 고안했다고 함. 본래 예서에다 필획 속에 스치듯이 비치는 수법을 많이 내 쓰는 기교를 특색으로 함. 당시는 궁전의 액자에 사용되고 있었다고 함. 예서체는 아니지만 당비(唐碑)나 공해(空海)의 글씨에 비백(飛白)의 유례(遺例)가 보임. 우리가 흔히 말하는 비백은 획이 마르거나 거칠 때 또는 부지불식간의 속도에서 희게 나오는 특수한 선질을 일컬음.

- 구첩전(九疊篆): 구첩전(九疊篆)은 한자(漢字)의 여러 서체 중 하나로 글자의 가로획이 아홉 줄을 이루도록 변형한 전서(篆書)의 일종. 가로획의 줄이 하나씩 줄어들 때마다 팔첩(八疊), 칠첩(七疊) 방식으로 줄어드는데, 아홉을 완전한 숫자로 여겨 그 이상으로 가로획을 늘리지 않았음. 보통 이러한 형식의 전서를 통틀어 구첩전이라 하며, 주로 왕실과 관청의 인장(印章)을 새길 때 활용하였음. 격이 가장 높은 국새(國璽), 어새(御璽), 어보(御寶)에는 구첩전, 중앙 관청 및 장관(長官)의 관인(官印)에는 팔첩전, 당상관(堂上官)의 인장에는 칠첩접을 사용하는 식으로 인장의 격에 차등을 두었음.

- 비백체(飛白體): 비백서(飛白書). 글씨의 점획을 새까맣게 쓰지 않고 마치 비로 쓴 것처럼 붓끝이 잘게 갈라져서 하얀 부분이 드러나게 쓰기 때문에 필세(筆勢)가 비동(飛動)한다 하여 비백(飛白)이란 이름이 붙여졌음. 후한(後漢)의 채옹(蔡邕=蔡伯喈)이 창시하였다고 전해옴. 동한(東漢)의 영제(靈帝) 때 홍도문(鴻都門)을 보수하였는데 그때 미장이가 하얀색을 사용하여 빗질하듯 칠하는 것을 보고 채옹(蔡邕)이 비백서(飛白書)를 쓰기 시작하였다고 함. 한(漢), 위(魏)시대의 궁전 제액(題額)에 이 서체(書體)가 쓰였으며, 후한(後漢) 때에는 장지(張芝)가 일필서(一筆書)의 비백을 썼다 하고 위(魏)나라의 위탄(韋誕), 진(晉)나라의 위항(衛恒)과 왕희지(王羲之) 왕헌지(王獻之) 등도 모

두 비백체를 썼다고 전해지지만 현재 남아 있지 않음. 남송(南宋)의 포조(鮑照)가 비백서세명(飛白書勢銘)이라는 글을 지어 그 서체(書體)의 아름다움을 말한 것을 보면 그 무렵에 훌륭한 비백(飛白)의 작품(作品)들이 있었음을 짐작할 수 있음. 제(齊)나라와 양(梁)나라 시대에 유행한 잡체 속에는 이 서체가 포함되어 있음. 제(齊)나라 소자량(蕭子良)의 전례문체(篆隸文體)에도 이 서체(書體)가 잡체의 일종으로 도시(圖示)되어 있음. 양나라의 소자운(蕭子雲)은 소(蕭)자를 이 비백체로 벽서(壁書)한 것으로 유명함. 당(唐)나라 때는 태종이 이에 능하여 가끔 신하에게 써주기도 하였음. 태종의 진사명제액(晉祠銘題額), 고종의 기공송제액(紀功頌題額), 효경황제예덕기제액(孝敬皇帝睿德記題額), 측천무후(則天武后)의 승선태자비제액(昇仙太子碑題額) 등은 모두 비백체(飛白體)로 쓴 현존(現存)하는 유적들임. 대영박물관 소장의 돈황문헌(敦煌文獻) 속에도 이 서체(書體)로 제액을 쓴 고본(稿本)이 있음. 이들은 모두 당(唐)나라 때의 유법임. 송(宋)나라 때는 인종(仁宗)이 제1인자로 꼽혔으며 명(明)나라 청(淸)시대 이후(以後)에는 문인묵객(文人墨客)들이 감상하며 즐겼고 청(淸)나라의 육소증(陸紹曾)은 비백(飛白)에 관한 문헌(文獻)을 모아 비백록(飛白綠)을 저술하였음.

앞에서 살펴본 것처럼 이 글은 완당이 중국 글씨를 평가한 것이 아니며, 양나라 원제의 글을 그대로 쓴 것이다. 참고로 당나라 두보의 소전가(小篆歌)를 읽어보기로 한다.

이조팔분소전가李潮八分小篆歌 이조의 팔분소전을 노래하다. 두보(杜甫)

창힐조적기망매	蒼頡鳥跡旣茫昧	창힐의 새 발자국 글자 이미 아득하게 어두워져
자체변화여부운	字體變化如浮雲	자체의 변화가 뜬 구름 같구나
진창석고우이와	陳倉石鼓又已訛	진창의 석고체 또한 이미 와전되어
대소이전생팔분	大小二篆生八分	대전과 소전이 팔분서를 낳았구나
진유리사한채옹	秦有李斯漢蔡邕	진나라에는 이사가 있었고 한나라에는 채옹이 있었지만
중간작자적불문	中間作者寂不聞	그 중간의 작자는 적막하여 아무도 전하지 않는구나
역산지비야화분	嶧山之碑野火焚	진시황의 역산의 비석도 들불에 다 타버리니
조목전각비실진	棗木傳刻肥失眞	대추나무에 옮겨 새겨 전하나 자획이 굵어져 진품과 다르구나
고현광화상골립	苦縣光和尙骨立	고현에는 한나라 때 세운 노자비가 아직 우뚝 서있지만
서귀수경방통신	書貴瘦硬方通神	글씨는 여위고 굳어야만 신통하다네

석재리채불부득 惜哉李蔡不復得　아깝구나 이사와 채옹은 다시 나오지 않으니
오생리조하필친 吾甥李潮下筆親　나의 생질 이조의 글씨가 그들과 가깝구나
상서한택목기조채유린 尙書韓擇木騎曹蔡有隣　상서 한택목과 병조참판 채유린이 있네
개원이래수팔분 開元已來數八分　개원 이래로 몇 사람의 팔분서를 쓰는 사람이 있는데
조야엄여이자성삼인 潮也奄與二子成三人　이조에게는 두 아들이 있으니 모두 세 사람이고
황조소전핍진상 況潮小篆逼秦相　더구나 이조의 소전은 진나라 제상 시사와 핍진(逼眞)하니
쾌검장극삼상향 快劍長戟森相向　예리한 칼과 긴 창이 삼엄하게 마주보는 듯하구나
팔분일자직백금 八分一字直百金　팔분 한 글자는 백금의 값이 나가니
교룡반나육굴강 蛟龍盤拏肉屈强　교룡이 서리어 근육이 억세게 보이는구나
오군장전과초서 吳郡張顚誇草書　오군의 장전이 초서를 자랑하지만
초서비고공웅장 草書非古空雄壯　초서는 옛 것이 아니고 부질없이 웅장하기만 하구나
기지오생불류탕 豈知吾甥不流宕　어찌 내 생질이 제멋대로 방탕하지 않은 것을 알겠는가
승상중랑장인행 丞相中郎丈人行　승상 이사와 중랑 채옹의 노숙한 행렬에 이르렀구나
파동봉리조 巴東逢李潮　파동에서 이조를 만났는데
유월구아가 逾月求我歌　한 달이 지나 나에게 노래 지어줄 것을 바라는구나
아금쇠로재력박 我今衰老才力薄　내가 이제 노쇠하고 재능도 보잘것 없는데
조호조호내여하 潮乎潮乎奈汝何　조여, 조여, 내가 너를 어찌 노래할 수 있겠는가.

완당阮堂이 쓴 설제대강雪霽大江

　이른 봄기운을 타고 단순하게 정제된 필획이 차분하게 다가오는 원고다. 흰 눈과 차가운 시냇물을 뚫고 봄의 화신으로 매화가 산뜻 다가와 있다.

설제대강간석벽 雪霽大江看石壁　눈 개인 큰 강 건너로 돌담장이 보이고
매개고사방한계 梅開古寺訪寒溪　매화 핀 고찰에 차가운 시냇물이 찾아왔네
소정괴석여인립 小亭怪石如人立　자그마한 정자 앞의 괴석은 사람이 서있는 것 같고
괴도애단동객음 壞道哀湍動客吟　무너진 길로 흐르는 여울물을 보며 애잔함을 읊네.

완당(阮堂)이 만년에 경기도 과천(果川)의 별서(別墅)와 강남(江南)의 봉은사(奉恩寺)를 왕래하면서 지내던 과지초당(瓜地草堂) 시절에 쓴 것으로 여겨진다. 어느덧 봄기운이 찾아온 고찰(古刹)의 운치가 고즈넉하여 마음을 고요하게 하여준다. 매년 그때가 좋았던 기억이 남아 있다.

주자朱子의 무이구곡武夷九曲

주자의 본명은 희(熹)다. 주희(朱熹)의 무이구곡(武夷九曲)이다. 누가 썼는지는 알 수 없으나 자암(自庵) 김구(金絿, 1488~1534)의 글씨 같기도 하고, 무릉도인(武陵道人) 주세붕(周世鵬, 1495~1544)의 글씨 같기도 하다. 원래 10폭이었는데 앞의 서사(序詞) 4행 1폭과 뒤의 8곡의 끝 행과 9곡 4행 1폭이 결락(缺落)되었다. 주희(朱熹, 1130~1200)는 남송(南宋) 때 성리학을 집대성한 사람이다. 무이산(武夷山)은 중국의 복건성(福建省) 건녕부(建寧府) 숭안현(崇安縣) 남쪽에 있는 산이다. 신선(神仙) 무이군(武夷君)이 산다고 해서 무이산(武夷山)이라고 이름 하였다. 여기에 무이구곡(武夷九曲)이 있다. 주자의 무이구곡(武夷九曲)에서 비롯된 구곡원림(九曲園林)의 문화는 우리나라에도 전해져 조선왕조 때 퇴계(退溪) 이황(李滉)의 도산구곡(陶山九曲), 율곡(栗谷) 이이(李珥)의 고산구곡(高山九曲), 우암(尤庵) 송시열(宋時烈)의 화양구곡(華陽九曲) 등이 만들어지는 등 크게 성행하였다.

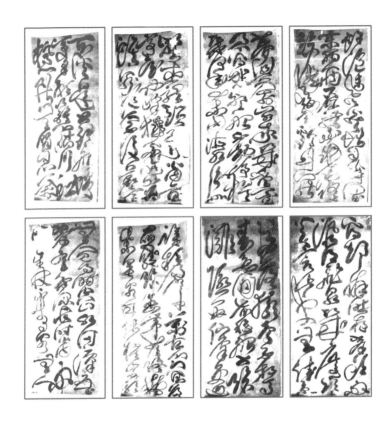

주희朱熹의 무이구곡武夷九曲

제1쪽: 결락(缺落)

무이산상유선영　武夷山上有仙靈　무이산 위 높은 곳에 신선이 살고 있는데(缺落)
산하한류곡곡청　山下寒流曲曲淸　산 아래 차가운 물줄기 굽이굽이 맑구나(缺落)
욕식개중기절처　欲識箇中奇絶處　그 가운데에 빼어난 경치 알려고 하면(缺落)
도가한청양삼성　櫂歌閑聽兩三聲　노 젓는 소리를 한가하게 두세 곡 들어보세.(缺落)

제2쪽

일곡계변상조선　一曲溪邊上釣船　한 굽이 돌아서 시냇가 낚싯배에 오르니
만정봉영잠청천　慢亭峯影潛淸川　만정봉의 그림자가 맑은 물에 잠겨있네
홍교일단무소식　虹橋一斷無消息　무지개다리는 한번 끊어진 뒤 소식이 없고
만학천암쇄취연　慢壑/千岩鎖翠烟　절벽에 가득한 바위에는 비취 빛 안개가 둘러있네.

이곡정정옥녀봉　二曲亭亭玉女峯　두 굽이 돌아서 우뚝 솟은 옥녀봉이여
삽화임수위수용　插花臨水爲誰容　꽃을 꽂고 물가에서 누구를 기다리시나
도인부부황대몽　道人不復荒坮/夢　도인은 황대몽을 다시꾸지 않으리라
흥입전산취기중　興入前山翠幾重　흥에 겨워 앞산에 들어가니 푸르름이 겹겹이구나.

삼곡군간가학선　三曲君看架壑船　세 굽이 돌아 그대는 절벽에 매달린 관을 보았는가
불지정도기하년　不知亭櫂幾何年　노 젓기 멈춘 지 몇 해 인지 알 수 없는데
상전해수금여허　桑田海水今如/許　뽕나무 밭이 바다가 된 것이 지금부터 언제던가
포말풍등감자련　泡沫風燈堪自憐　물거품과 바람 앞의 등불 같은 우리들 슬퍼지네.

사곡동서양석암　四曲東西兩石岩　네 굽이 돌아 동서에 마주한 두 바위산이 있는데
암화수로벽람산　岩花垂露碧藍山　바위에 핀 꽃이 이슬을 머금어 푸른 산이 되었구나
금계규파무인견　金鷄叫罷/無人見　금계가 울어 아침을 열지만 아무도 본 사람 없고
월만공산수만담　月滿空山水滿潭　달빛은 빈산에 가득하고 물빛도 호수에 가득하구나.

오곡산고운기심　五曲山高雲氣深　다섯 굽이돌아 산이 높고 구름 기운도 두텁고
장시연우암평림　長時烟雨暗平林　오랜 안개비는 숲을 덮어 어둑어둑하구나
임간유인무객식　林間有人無客/識　숲 속에 사람이 있으나 알아보는 이 없고
애내성중만고심　欸乃聲中萬古心　뱃사공 노 젓는 소리에는 만고의 근심이 서렸구나.

육곡창병요벽만　六曲蒼屛繞碧灣　여섯 굽이 돌아 시퍼런 절벽은 푸른 물굽이가 둘렀고
모자종일엄시관　茅茨從日掩柴關　띠 집의 싸리문은 종일토록 닫혀있구나
객래의도암화락　客來倚櫂/巖花落　객이 와서 노를 맡기고 나니 바위 절벽의 꽃은 지고
원조부경춘의한　猿鳥不驚春意閒　원숭이와 새들도 놀래지 않아 봄뜻이 한가하구나.

칠곡이선상벽탄　七曲移船上碧灘　일곱 굽이 돌아 배를 몰아 푸른 여울에 올라가니
은병산선장갱간　隱屛山仙掌更/看　은병봉과 선장암을 다시 보게 되었구나
각련작야봉두우　却憐昨夜峯頭雨　오히려 가엾어라 어제 밤 산봉우리에 비 내리더니
첨득비천기도한　添得飛泉幾度寒　폭포의 물줄기는 얼마나 더 차겁게 되었을까.

제9쪽

팔곡풍연세욕개 八曲風烟勢欲開　여덟 굽이 돌아 바람 불어 구름이 개려 하는데
고루암하수영회 鼓樓岩下水濚匯　고루암 아래에는 물결이 돌아드네
막언차처무가경 莫言此處無佳景/　이곳에 아름다운 경치 없다고 말하지 말라
자시유인부상래 自是遊人不上來　여기서부터 지나는 이는 올라갈 수 없다네.(缺落)

제10쪽: 결락(缺落)

구곡장궁안활연 九曲將窮眼豁然　아홉 굽이 다다라 눈앞이 훤히 트이는데(缺落)
어랑갱멱도원로 漁廊更覓桃源路　뱃사공은 무릉도원 가는 길 다시 찾아(缺落)
상마우로견평천 桑麻雨露見平川　뽕나무 삼나무에 비이슬로 맺힌 평천을 보네(缺落)
제시인간별유천 除是人間別有天　이곳이 바로 인간 세계의 별천지라네.(缺落)

초서草書 육곡병풍六曲屏風

이 초서는 조형미를 앞세워 예술적 창신(創新)을 마음껏 즐긴 글씨다. 선택한 글의
내용도 서체와 조화를 이루고 있다.

제1쪽

청정당심처 清淨當深處　청정함은 깊은 곳에 마땅하나니
허명향원개 虛明向遠開　허명함이 저 멀리 열려 있구나.
권렴무속객 捲簾無俗客　발을 걷어도 속객이 오지 않으니
응지월운래 應只月雲來　응당 달과 구름만이 찾아올 것이다.

제1쪽은 당(唐)나라 시인 장적(張籍, 768~830경)의 비파대(琵琶臺)다. 청정한 곳에서 달과 구름을 벗 삼아서 살아가는 삶의 모습니다. 장적은 곤궁한 가정에서 태어났으며 높은 벼슬에 오르지도 못하였다. 가난 속에서 살았으며 두보를 배우려고 노력하였다. 전쟁의 비정함과 전란을 겪는 백성들의 고난을 사실적으로 잘 그려낸 시인이다. 봉건시대 지배계층이 농민들에게 안겨준 고통을 시로 표현하고 고난에 허덕이는 농민들에 동정심을 가졌다. 그의 시는 전란기 서민들의 고통과 관리들의 횡포, 또는 부녀자의 비극 등이 근간을 이루고 있으며 자연을 읊거나 우정을 기리는 작품들도 있어서 그의 시적 역량을 잘 보여주고 있다.

제2쪽:

낙락만초초 落落萬楚楚	늘어지게 드넓고 아득한
홍연생동정 紅煙生洞庭	동정호수에 붉은 연기 피어오르네.
곡종인부견 曲終人不見	물굽이 끝났는데 사람은 보이지 않고
강상수봉청 江上數峯靑	강 위의 두어 산봉우리만 푸르구나.

　제2쪽은 당(唐)나라 시인 전기(錢起, 722~780경)의 시구 상령고슬(湘靈鼓瑟)에 나오는 "곡종불견인(曲終不見人) 강상수봉청(江上數峰靑)" 앞부분의 시상(詩想)을 자기화한 것으로 다른 쪽과 글자의 균형을 맞추어 안배한 것 같다. 시 속에 그림이 들어 있는 시중유화(詩中有畵)의 한 장면이다. 전기(錢起)는 청신하고 수려한 시를 잘 썼다. 진사시험 때 지었던 시 상령고슬(湘靈鼓瑟)의 "곡종불견인(曲終不見人) 강상수봉청(江上數峰靑)"이란 2구가 특히 유명하다. 그는 친구들과 주고받은 이야기와 자연을 제재로 삼은 온화한 시를 많이 썼다. 다음은 그가 진사시험 때 지었다는 시 상령고슬(湘靈鼓瑟)이다.

성시상령고슬 省試湘靈鼓瑟	진사 시험제목 상령고슬
선고운화슬 善敲雲和瑟	악기 운화슬을 잘 탔다던
상문제자령 常聞帝子靈	황제 딸들의 영성(靈聲)이 늘 들려오는구나
풍이공자무 馮夷空自舞	물의 신 풍이는 헛되이 춤을 추고

초객불감청 楚客不敢聽　　　초나라 나그네는 감히 듣지를 못하는구나
고조처금석 苦調凄金石　　　애처로운 절조를 악기에 올려서
청음입향명 淸音入香冥　　　맑은 음이 향기로운 저승으로 드는구나
창오래원모 蒼梧來怨慕　　　창오(蒼梧) 땅에서 흘러온 원망과 그리움에
백지동방향 白芷動芳香　　　지초(芝草)는 향기를 풍기는구나
유수전상포 流水傳湘浦　　　흐르는 물은 상수의 포구로 전해지고
비풍과동정 悲風過洞庭　　　슬픈 바람은 동정호를 지나는구나
곡종인불견 曲終人不見　　　곡은 끝났는데 사람은 보이지 않고
강상수봉청 江上數峰靑　　　강위의 몇 산봉우리만 푸르디푸르구나.

상령고슬(湘靈鼓瑟)은 초사(楚辭) 원유(遠遊)의 "사상령고슬혜(使湘靈鼓瑟兮), 령해약무풍이(令海若舞馮夷), 상수의 신령으로 하여금 거문고를 타게 하고, 바다의 신 해약이나 수신 풍이로 하여금 춤추게 하노라"에서 따온 것이다.

제3쪽
천리장귀객 千里裝歸客　　　먼 길 차림으로 돌아가는 나그네
무심억구유 無心憶舊遊　　　무심히 예 놀던 곳 추억해 보네
괘표유백수 掛瓢遊白水　　　속세 떠나 맑은 마음으로 노닐며
고침도량주 高枕到涼州　　　한가하게 양주(涼州)로 돌아오네.

제3쪽은 당(唐)나라 시인으로 서경절도사(西京節度使)였던 가운(嘉運)이 지은 시다. 원시(原詩)를 몇 글자 바꾸어 시상을 더 선명하게 드러냈다. 속세를 떠나 유유자적(悠悠自適)하는 신선미가 느껴지는 시다.

제4쪽
자애신매호 自愛新梅好　　　새로 핀 매화가 사랑스러워
행심일경사 行尋一徑斜　　　비탈진 오솔길로 찾아 나서네.
불교인소석 不敎人掃石　　　돌길을 쓸도록 하지 않는 건
공손낙래화 恐損落來花　　　지는 매화 다칠까 염려해서네.

제4쪽은 당(唐)나라 시인 장적(張籍, 768~830경)의 매계(梅溪)다. 매화를 애틋하게 사랑하는 아취가 느껴진다. 6편의 시 중 장적의 시 두 편을 제1쪽과 제4쪽에 안배하였다.

제5쪽

미도신정상 未到新亭上	새로 지은 정자에 이르기도 전에
선제명원시 先題明遠詩	먼저 명원정(明遠亭)의 제시(題詩)를 짓네.
운간귀안소 雲間歸雁小	봄철 돌아가는 기러기는 구름 사이로 작아지는데
산외석양지 山外夕陽遲	서산 밖에 저녁볕은 느리고도 느리네.

제5쪽은 원(元)나라 시인 조맹부(趙孟頫, 1254~1322)의 기제진정명원정(寄題眞定明遠亭)이다. 봄철을 맞아 기러기는 다시 고향으로 돌아가고 하루해는 길어져서 명원정(明遠亭)을 오래오래 비추어준다. 정자 위 구름사이로 날아가는 기러기와 자연의 섭리를 그려내고 있다. 조맹부는 송나라 종실의 후손이지만 원나라 때 벼슬길에 나가 한림학사(翰林學士) 영록대부(榮祿大夫)에 이르렀다. 청나라 건륭제가 그의 글씨를 특히 좋아하였다. 고려의 충선왕이 중국의 연경에 만권당을 세우고 고려의 신예 학자 이제현 등을 데려다 공부 시켰을 때 중국학자로서 만권당에 초대되어 학문을 가르친 사람이다.

제6쪽

지일강산려 遲日江山麗	해 더디 지는 봄날 강과 산은 아름다운데
춘풍화초향 春風花草香	봄바람은 화초 향기 싣고 솔솔 불어오네.
이융비연자 泥融飛燕子	진흙 눅진해지니 집 지으려는 제비들 날아들고
사난수원앙 沙暖睡元央	모래 벌 따스해지니 원앙이 짝지어 조네.

제6쪽은 당(唐)나라 시인 두보(杜甫, 712~770)의 절구(絶句)다. 온화하고 평화로운 자연의 조화미를 그려내고 있다. 원시(原詩) 원앙(鴛鴦)을 원앙(元央)으로 써서 초서(草書)의 전체적인 조형미를 완성하였다. 두보는 시성(詩聖)이라 불렸던 성당시대(盛唐時代)의 대표 시인이다. 이백(李白)과 병칭하여 이두(李杜)라고 일컫는다.

우봉又峰 조희룡趙熙龍의 묵난화

　이 그림의 숭난관주인(崇蘭館主人)은 우봉(又峰) 조희룡(趙熙龍, 1789~1866)일
것이다. 그는 김정희(金正喜)의 문인이다. 19세기 대표적인 여항시사였던 벽오사(碧
梧社)의 중심인물이며 헌종의 명을 받아 금강산의 명승지를 그렸다. 그림은 난초와
매화를 많이 그렸다. 호를 매수(梅叟)라고 하였듯이 특히 매화를 잘 그린 것으로 알
려져 있다. 그의 난초는 김정희의 묵란화(墨蘭畵)를 본받아 그렸다고 한다. 스승 김
정희는 조희룡의 난초 그림이 서법에 의한 문인화답지 않게 아직도 화법만을 중시하
는 태도를 면하지 못하였다고 낮게 평가하였다. 그러나 그의 묵란화는 절제 있고 힘
찬 필선으로 된 우수한 작품이 많다. 추사가 낮게 평가한 바로 그 부분이 강점인 작가
가 아니었던가? 이 묵란화는 화제도 좋은 것 같고 그가 밝혔듯이 실험적인 아주 작은
시작(試作)이라고 말할 수 있다. 그러나 그의 호방한 필법과 구도가 탁월하다. 내가
자주 꺼내보는 까닭이다.

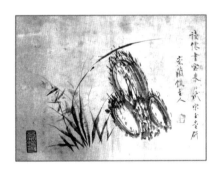

매학 도인 화법梅壑道人畵法

　청강 열수(晴江列峀)를 매학노인 화법(梅壑老人 畵法)으로 그린 그림으로 보였다.
중국 청나라 때 사사표(査士標, 1615~1698)가 강상우봉도(江上雨峰圖), 공산결옥도
(空山結屋圖), 추림원수도(秋林遠峀圖) 등을 그렸다. 그의 호가 매학산인(梅壑散人)

인데 매학노인(梅壑老人)이나 매학도인(梅壑道人)으로도 쓸 수 있는 것이어서 그렇게 보인 것이다. 화풍도 보기에 따라서는 가능성이 있어보였다. 박건중(朴建中, 1766~1841)의 자는 사표(士標)며 호는 선곡(仙谷)이다. 인조 때 승지 이환(而煥)의 후손인데 송환기(宋煥箕)와 김정묵(金正默)한테서 배운 예학자다. 청강 열수도(晴江列峀圖)와 박건중(朴建中)의 글씨와 그의 여러 문건들이 같은 곳에 있었다. 사표(士標)라는 인연도 있고 하여, 박사표(朴士標)가 사사표(査士標)의 그림을 가지고 있었거나 아니라면 박사표(朴士標)가 사사표(査士標)의 화법으로 그린 그림일 수도 있겠다싶어서 그림과 글을 연결하여 표구하였다. 식자우환(識字憂患)이라는 모험을 무릅쓰고 벌인 일이다.

신라 최치원崔致遠의 시

북경 대학에 1년간 있다가 귀국할 때, 중국 북경대학 위욱승 교수가 신라 최치원(崔致遠, 857~ ?)의 시를 중국 남개대학 왕승빈 교수에게 쓰게 하여 가지고 왔다. 지난 정초에도 내 숙소에 찾아와서 북경의 정초 풍습을 이야기 하면서 차를 마셨다. 귀국하여 여러 해가 지냈을 때인데 전화가 걸려왔다. 중국 하이난섬(海南島)에 깨끗한 별장형 주택이 하나 있는데 늘 비어 있으므로 자유롭게 사용하여보라는 안내 소식이었다. 뜻만 감사히 받고 가보지는 못하였다. 이제 그가 보내준 시를 풀어보니 다음과 같다.

제해문난야류 題海門蘭若柳

광능성반별아미 廣陵城畔別蛾眉
개료상봉재해애 豈料相逢在海涯
지공관음보살석 只恐觀音菩薩惜
임항부감절섬지 臨行不敢折纖枝

해문의 난야에 있는 버들을 읊다

광릉성 기슭에서 작별했던 눈썹처럼 생긴 버들잎을
바닷가에서 상봉할 줄 어찌 알았으랴
단지 관음보살이 아까워할까 두려워서
떠날 임시에 여린 가지 감히 꺾지 못 하겠네

옛날 한(漢)나라 사람들이 헤어질 때에는 장안(長安) 동쪽 패교(覇橋)에 와서 버들 가지를 작별 선물로 주곤 하였으므로, 버들가지를 꺾는 것이 증별(贈別) 혹은 송별(送別)의 뜻으로 쓰이게 되었다. 나에게 송별시를 써준 것이다. 최치원이 당나라 장안을 떠날 때처럼 당신도 이제 북경을 떠난다는 것을 생각하여보라는 것이었을까? 그이도 그이의 아내도 이미 이 세상 사람이 아닌데 나는 이 시를 꺼내서 읽어본다.

무애无涯 양주동梁柱東 선생의 두 편지

무애 양주동(1903~1977) 선생이 연세대 용재(庸齋) 백낙준(白樂濬) 총장께 보낸 두 장의 편지다. 한 장은 깊은 가족애가 담긴 사연이고 다른 한 장은 백낙준(白樂濬) 총장께 보낸 「조선고가연구」에 들어 있는 편지다. 가족애가 담긴 편지도 양주동 역, 「T. S. 엘리어트시전집」(1955) 속에 들어 있었다. 고염무(顧炎武, 1613~1682)의 「일지록(日知錄)」으로 서두를 꺼낸 것은 무애선생 다운 특색이다. 고염무처럼 독창적 긍지를 맨 앞에 내세운 내심이 엿보인다. 「일지록(日知錄)」은 매일 새로운 깨달음의 기록이라는 의미를 가지고 있지 않는가. 무애학인(无涯學人)이 근정(謹呈)한 저자(著者)이고, 받은 이는 용재선생(庸齋先生)이다. 증정한 책의 면지(面紙)에 쓰지 않고 별지로 정중하게 증서(贈書)의 변을 적은 것은 아주 특별한 예의를 갖춘 것이다. 인간 혈육의 정이 어찌 다를 수 있겠는가. 가족애가 담긴 편지를 읽으면서 생각하여 보았다.

 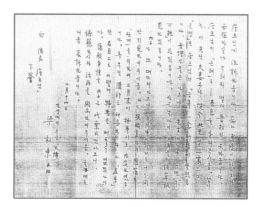

서옹西翁스님의 일체유심조一切唯心造

대학에서 학연이 있었던 법현스님이 은사 서옹(西翁, 1912. 10.10~2003.12.13)스님이 쓴 일체유심조(一切唯心造)를 보내 왔다. 일체유심조(一切唯心造)는 화엄경(華嚴經)의 중심 사상 이다. 일체의 모든 것은 오로지 마음에 있다는 것이다. 일체유심조와 관련해서 항상 인용되는 것이 신라의 고승 원효(元曉)와 관련된 이야기다. 원효는 661년 의상(義湘)과 함께 당나라 유학길에 올라서 당항성(唐項城 곧 南陽)에 이르러 어느 무덤 앞에서 잠을 잤다. 잠결에 목이 말라서 물을 마셨는데, 날이 새어 깨어 보니 잠결에 마신 물이 해골에 괸 물이었음을 알고, 사물 자체에는 정(淨)도 부정(不淨)도 없고 모든 것은 오로지 마음에 달렸음을 깨달아 대오(大悟)하였다는 이야기이다. 원효는 그 길로 유학을 포기하고 돌아왔다는 것이다. 간혹 법현스님을 만나면 마음이 조용하여졌는데 이심전심의 어떤 인연이 있었을까? 펼쳐 볼 때마다 여러 가지 상념에 잠기곤 하였다.

미당未堂 서정주徐廷柱선생의 두 선면扇面

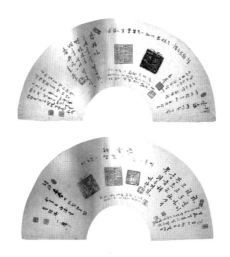

미당(未堂) 서정주(徐廷柱, 1915~2000) 시인이 어느 여름날 내 연구실에 왔다. 편지봉투를 주면서 '부채가 있었으면 좋았을 것 인디…….' 라며 웃는다. 간직하고 있다가 세연을 다하신 다음 꺼내 보았다. 순간 떠오른 생각 몇 글자를 아무 준비도 없이 적고 말았다. 처음 생각은 써 준 시귀의 여백에 조화로운 그림을 그려보려고 하였는데 엉뚱하게 달라지고 말았다. 글씨도 정성스럽지 못하여 늘 송구스런 생각으로 펼쳐보고 있다.

중국 마소소馬蕭蕭와의 석별惜別

제1회 국제 현장학회 학술 연토회가 1994년 중국 낙양에서 열렸다. 처음 이틀간은 낙양에서, 다음 이틀간은 서안에서 진행하고 관련 유적지를 답사하였다. 나는 첫날 두 번째 발표자로 발표를 하였다. 처음으로 중국 문장으로 원고를 써서 서툰 발음으로 읽어 내려가는 발표를 하였다. 사회자가 발표 직후 곧바로 토론으로 진행한다. 첫 번째 지정 토론자는 독일 하이델베르크대학 알렉산더 교수다. 불교사학자란다. 독어, 영어, 중국어가 다 가능한 학자다. 나의 언어 장벽 때문에 4명의 통역자가 등장하였다. 주된 쟁점은 현장의 인도 여정(旅程) 문제 때문이었다. 다른 일정을 취소하고 오전 내내 토론이 이어졌다. 우산을 쓰고 낙양의 유적지를 답사하면서도 알렉산더 교수는 내 곁에 붙어서 계속 반론을 제기하였다. 결국 한국어 바퀴라는 보편적 개념의 의미와 독일어의 바퀴 개념어에서 오는 정밀성의 충돌이었다. 알렉산더는 바삐 귀국해야 한다면서 낙양에서 헤어졌다. 일루핑안(一路平安: 가는 길 평안하길)을 여러 번 반복하면서 손을 흔들어 준다. 서안 행사가 끝나던 날에 한분의 중국인 학자가 인상 깊은 만남이었다면서 마소소(馬蕭蕭)가 쓴 강응린(江應麟)의 시귀를 헤어짐의 선물로 가져왔다.

한국 임기중(林基中) 교수에게 강응린(江應麟)의 시귀(詩句)를 중국의 마소소(馬蕭蕭)가 써서 드린다라고 쓴 방서(傍書)가 있다.

因庭楓葉開詩卷 인정풍엽개시권
自勢芭蕉寫佛經 자세파초사불경

단풍잎에 시를 쓴 이와 파초잎에 불경을 써서 인연을 맺은 고사가 있는 시를 왜 나에게 써 주었을까? 나의 현장법사에 대한 이해의 수준이 그와 만난 인연처럼 시작에 불과하다는 의미였을까? 순진한 시야와 사물에 대한 초보적 단계의 인식을 말하여주려는 것이었을까? 나는 문학을 공부하고(詩卷), 그는

불교를 공부하는(佛經) 이로 서로 처음 만났으니 동체자비(同體慈悲)의 삶을 살아가
자는 것일까? 늘 궁금하게 생각되어 읽어보는 때가 많았다. 만남의 인연이 핵심어인
것은 틀림이 없을 터인데 다시는 만나지 못할 것 같다. 말 울음소리(蕭蕭馬, 馬蕭蕭)
는 시경의 시귀(詩句)를 연상시키는 성명(姓名)이기도 하여서 실명(實名)인지의 여부
도 늘 궁금하다.

중국 위인전位仁田이 써 보낸 지격언수이地隔言雖異

어느 해 봄 중국인 교수 두 분이 찾아왔다. 그들은 국
제 서평 연토회(書評研討會) 초청장과 낙범산동제일주
(落帆山東第一州)라는 저서와 위인전(位仁田)이 쓴 족
자를 들고 왔다. 연행록 연구서 국제 서평 연토회에 와서
가져온 책의 서평 발표를 하여달라는 부탁이다. 위인전
이 내가 펴낸 연행록 150권을 살펴본 감동이 하도 커서
이 족자를 가지고 나를 만나러 같이 오기로 하였는데 갑
자기 입원을 하게 되어 족자만 보냈다고 한다.

중국 산동반도 등주(登州: 현재는 蓬萊)의 문인 오청
천(吳晴川)과 조선 연행사 최유해(崔有海, 1588~1641)
가 등주에서 헤어지면서 창화(唱和)한 시구다. 최유해가
써준 시에 나온다. 위인전(位仁田)을 봉래 연토회장에서
처음 만났다. 건강이 회복되고 인품이 훌륭한 분이었
다. 그때 우리 둘도 최유해의 시심(詩心)을 공유할 수
있었다.

지격언수이 地隔言雖異　　　　땅 사이가 멀리 떨어져 있어서 언어는 서로 다르지만
심동도이친 心同道已親　　　　마음은 한가지로 서로 통하여서 도는 이미 가까워졌네.

한의학韓醫學 교수 소허素虛 김기택金基澤이 보내온 강상청풍江上淸風

신장결석으로 고통을 받고 있을 때다. 석사논문 작성과 강의를 병행하는 나날이었다. 당시 신장 수술은 쉽지 않았다. 고대 의대의 전신인 우석의대에 이 분야 명의가 있어 찾아갔다. 곧 바로 수술해야 한다는 진료 소견이다. 수술 시간은 4시간 내외라고 한다. 수술할 형편이 아니었다. 당시 서울의대 신장과 과장인 주근원 교수를 찾아갔다. 수술을 하여도 또 생길 가능성이 많으므로 좀 견디어 보라고 한다. 30여년 뒤 주근원 박사를 만나 명의라고 하였더니 웃는다. 당신의 부인이 그때 결석이 재발되어서 했던 이야기일 뿐이란다. 향가의 주력(呪力)을 공부하다가 유사는 유사를 낳는다는 주술의 유사법칙을 읽었다. 경희한의대 김기택(金基澤) 교수의 고금한의학연구회(古今韓醫學研究會)를 찾아갔다. 그의 처방은 석수어(石首魚)의 백석(白石)을 고열로 분말화하여 복용하여보라는 것이다. 내가 알고 있는 유사법칙 바로 그 원리다. 그렇게 인연이 되었다. 당시 그는 한국의학대사전의 민간약 부분을 집필하여서 알고 있던 터다. 그는 한

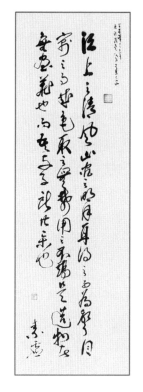

의사 집안에서 태어났다. 조부도 한의사고 부친도 한의사며 외숙도 모두 유명한 한의사였다. 그는 중국 연길(延吉)로 유학을 가서 이상화(李常和)의 한의학강습소에서 공부하였다. 경희대 한의대 전신인 동양의대 1기생으로 졸업하자 곧바로 교수가 되었다. 그의 방에는 수많은 한의서 원전들과 주역과 노장서적이 쌓여있었다. 고전 경시의 한의학계에 경종을 울린 이다. 그는 퇴근하고 찾아오는 한의대 교수들한테 한의서 원전 강의로 바삐 지내고 있었다. 그런 그가 나에게 어떤 글을 써주었을까?

강상지청풍 江上之淸風　　강 위에 부는 맑은 바람과
여산간지명월 與山間之明月　　산 사이의 밝은 달은

이득지이위성 而得之而爲聲	귀로 들으면 소리가 되고
목우지이성색 目遇之而成色	눈으로 보면 색이 되니
취지무금 取之無禁	갖는다고 금할 사람 없고
용지불갈 用之不竭	아무리 써도 끝이 없으니
시조물자지무진장야 是造物者之無盡藏也	조물주의 무진장한 보물이구나
이오여자지소공락 而吾與者之所共樂	이로써 그대와 내가 함께 즐기리라.

소식(蘇軾)의 전적벽부(前赤壁賦)에 나오는 글이다. 소식(蘇軾, 1037~1101)은 자가 자첨(子瞻), 호는 동파거사(東坡居士)다. 아버지 순(洵), 아우 철(轍)과 함께 삼소(三蘇)라고 불리며 모두 당송 8대가다. 시, 문, 서법 등에 깊은 조예가 있었다. 21세 때 진사가 되어 벼슬길에 나아갔지만 당쟁의 소용돌이 속에서 정치적으로는 불운을 겪은 이다. 나더러 당신의 통증도 같이 즐기자는 생각이었을까?

두시학자杜詩學者 이병주李丙疇 교수의 첫 일자호一字號

중앙이 석전(石田) 이병주(李丙疇, 1921~2010) 선생이 대만에서 돌아와 귀국선물로 보내준 내 아호(雅號) 인장(印章)이다. 내 석사논문의 면지(面紙)에 이병주 선생이 쓴 나의 아호기(雅號記)가 있다. 그 글의 맨 앞에 한학자 우전(雨田) 신호열(辛鎬烈, 1914~1993)선생과 같이 생각을 모아 일용(一庸)이라하기로 하였다는 기록이 나온다. 부담감이 좀 있는 아호 같아서 오랫동안 쓰지 못하고 지냈다. 석전 선생은 일자 아호의 의미와 취지는 물론 그 시작을 알리고 싶어 하였다. 한참 뒤에 연세대 연민 이가원 교수한테서 한국의 일자 아호에 관한 풍성한 담론을 들을 수 있었다. 그때부터 석전선생과 우전 선생의 깊은 뜻을 받아들여 일용(一庸)이라는 아호를 쓰기 시작하였다. 그 후 석전 선생은 일자 아호를 몇몇 후학에게 내려주었다.

운학자韻學者 이동림李東林 교수가 떠나면서

이동림(1923~1997) 교수가 정년퇴직을 하고 아드님이 살고 있는 미국으로 떠났다. 내 연구실 건너편에 자리 잡고 있었던 당신의 연구실을 여러 날에 걸쳐서 정리하였다. 이 대련을 나한테 주면서 간직하라고 하였다. 당신이 동국정운연구로 박사학위를 받은 축하의 글 같아 보였다. 동국정운 연구를 진행할 때 참고한 희귀도서를 연필로 원본처럼 필사하여 보관해 오던 책들도 참고하라며 모두 싸주고 떠나셨다.

> 남아수독오거서 男兒須讀五車書
> 학문선수변득진 學問先須辨得眞
> 학자는 많은 책을 읽어야 하고
> 학문은 진리를 판단할 수 있어야 한다.

남아수독오거서(男兒須讀五車書)는 장자(莊子)의 혜시다방기서오거(惠施多方其書五車)에서 유래한 말로 장자가 친구 혜시의 많은 장서를 두고 한 말이다. 두보(杜甫)의 시 제백학사모옥(題柏學士茅屋)에도 있다.

제백학사모옥 題柏學士茅屋	백학사 모옥에서
벽산학사분은어 碧山學士焚銀魚	벽산의 학사가 은어모양 학사증서 불태우고
백마각주신암거 白馬却走身巖居	백마로 달려서 몸을 바위 속에 숨기었네
고인이용삼동족 古人已用三冬足	옛사람은 겨울동안 독서에 몰두했다하거늘
년소금개만권여 年少今開萬卷餘	그대 젊은 나이에 이제 만여 권을 읽었네
청운만호전경개 晴雲滿戸團傾蓋	채색 구름이 집에 가득하여 덮개 덮은 듯하고

추수부계유결거 秋水浮階溜決渠　가을 물이 섬돌에 넘쳐서 도랑으로 떨어지네
부귀필종근고득 富貴必從勤苦得　부귀는 반드시 근면한 데서 얻어야 하니
남아수독오거서 男兒須讀五車書　남아로서 모름지기 다섯 수레의 책을 읽으리라.

　바라볼 때마다 깊은 학연과 그분의 훈훈한 인간미를 느낀다. 내가 캐나다에 나가 있을 때 미국에서 보내 온 그분의 부음을 들었다. 미국으로 달려갈 형편이 못되었다. 귀국하여 보니 한국에서의 영결식도 이미 끝난 뒤였다. 영월 산소에 올라 인사를 드리는 것으로… 아, 무상하구나. 그분의 학문을 기념하는 책을 하나 만들면서 발문을 쓰려고 아호를 여쭈었다. 허탕이라고 하여주게. 그래서 아호가 허당(虛堂)이 된 것이다.

국문학자 김기동金起東 교수가 주석酒席에서

　어느 해 봄 미아리 고개 넘어 깊은 골목길에 박혀 있는 내 누옥에 김기동(1927~ 1986) 교수가 왔다. 학위논문 작성의 노고를 위로하고 축하도 하고 싶어서였던 것 같다. 시원한 맥주 몇 잔을 하였다. 지필묵을 가져오라고 한다. 공락재실(孔樂在室)을 쓰고, 석수난(石壽蘭)을 그리고 이 글을 섰다. 이 글에 담긴 내용을 나한테 각인(刻印)시켜주려고 시간을 마련한 것으로 판단되었다. 공락재실(孔樂在室)과 석수난(石壽蘭)은 구겨버리고 이 글만 내밀었기 때문이다.

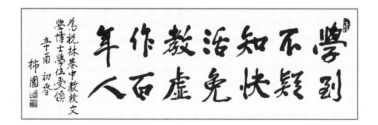

학도불의지쾌활 學到不疑知快闊　학문이란 의혹이 없어야 상쾌하며
면교허작백년인 免敎虛作百年人　학문은 평생의 허랑함을 면케 할 수 있다.

곰곰이 생각하여보았다. 화담(花潭) 서경덕(徐敬德)의 독서유감(讀書有感)에 있는 말이 아닌가.

독서당일지경륜　讀書當日志經綸　독서하는 당년에 경륜에 뜻을 두었더니
세모환감안씨빈　歲暮還甘顔氏貧　만년에 안빈락도 오히려 달갑구나
부귀유쟁난하수　富貴有爭難下手　부귀엔 시샘이 많아 손대기 어려웠고
임천무금가안신　林泉無禁可安身　임천에 금함이 없어 심신이 편하였네
채산조수감충복　探算釣水堪充腹　나물 캐고 고기 잡아 배를 채우고
영월음풍족창신　咏月吟風足暢神　음풍영월로 마음을 풀었네
학도불의지쾌활　學到不疑知快闊　학문이란 의혹이 없어야 상쾌하니
면교허작백년인　免敎虛作百年人　평생의 허랑함을 면케 할 수 있네.

큰 원(願)을 새우고 큰 학문(學問)을 도모(圖謀)하라는 불교적 해석으로 받아드렸다. 글씨에 주기(酒氣)가 들어나 있지만 그래도 학문이 할 만한 것이라는 것을 알려 주고 싶었던 것이 아니었을까.

국어학자 최세화崔世和 교수의 일람중산소─覽衆山小

내가 국문학과 교수로 왔다고 최세화 교수가 보내 준 것이다. 국어교육과에 당신이 중요한 일이라고 생각될 때면 자주 불러주었던 이다.

일람중산소 一覽衆山小 　　　 뭇 산의 작음을 굽어보리라

두보(杜甫)의 시 망악(望嶽)에 있는 말이다. 망악은 두보가 24세 때 지었는데 현존하는 두보의 시 가운데는 가장 이른 시기의 작품이다. 태산의 웅대함을 접하고 작은 산들을 굽어보는 태산처럼 되겠다는 젊은 시인의 기백이 잘 드러나 있다. 두시를 전공한 석전(石田) 이병주(李丙疇) 교수가 내 석사논문 심사지 첫 면에 써 준일이 있었다.

망악望嶽산을 바라보며

대종부여하 岱宗夫如何	태산이 어떠한가 했더니
제로청미료 齊魯靑未了	제나라와 노나라에 걸쳐 가없이 푸르구나
조화종신수 造化鐘神秀	신령함과 빼어남이 모두 모이고
음양할혼효 陰陽割昏曉	산 남북이 밤과 새벽을 가르는구나
탕흉생층운 盪胸生層雲	층층인 구름에 흉금을 씻어내고
결자입귀조 決眥入歸鳥	눈을 크게 뜨고 돌아가는 새를 바라본다
회당능절정 會當凌絶頂	반드시 산꼭대기에 올라가
일람중산소 一覽衆山小	뭇 산의 작음을 굽어보리라.

대종(岱宗)은 중국 오악(五嶽) 중 태산(泰山)을 가리킨다. 태산은 하도 커서 산의 북쪽은 새벽인데도 남쪽은 아직 밤이다. 태산 같은 큰 학자가 되어서 남산(南山)을 태산으로 만들어달라는 무언의 요청 같아서 무거웠던 생각이 떠오른다.

불교학자 목정배睦楨培 교수가 그린 일용거사一庸居士

일본의 학회에서 한두 번 자리를 가까이 한 일이 있는 불교 학자 목정배 교수가 어느 해의 세말에 웃으며 내민 것이다. 당신은 문음(文音)을 잘 듣는다는 것일까? 당신한테서 문음(文音)이 잘 들려온다는 것일까? 두 가지 다 일까? 이런 저런 요청이었을까?

송일용 거사頌一庸 居士

하나 한가운데
본래(本來) 고요하니
여래일심(如來一心)은
적적광명(寂寂光明)이리

　　위축 임기중 박사(爲祝 林基中 博士)
　　경오(庚午) 섣달 미천(彌天, 목정배)

한문학자 이종찬李鐘燦 교수의 수고정화搜古精華

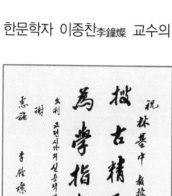

　　소석 이종찬 교수가 고전시가의 실증적 연구를 받아보고 써 보내준 평가서다. 논문을 몇 편 모아 펴낸 책인데 평가가 과분하다. 그때의 책들은 연활자 한 글자 한 글자씩을 핀셋으로 뽑아내서 조판한 것이어서 650여 쪽을 조판하여 낸 인쇄소의 내공이 드러나 있으므로 그 부분은 정화(精華)란 표현도 하여줄만하고 그런 성실성은 지남(指南)이라 할 수도 있을 것 같다. 선배 교수들한테 저서를 보내고 받아보는 이런 글들은 항상 큰 행복이었다.

　　수고정화 搜古精華　　고전시가의 정수(精髓) 부분을 찾아내
　　위학지남 爲學指南　　후학들을 계도(啓導)할만한 저서다.

법학자 심태식沈泰植 교수가 보내준 대련

　　경희대학교 총장을 한 심태식(沈泰植, 1923~2014)교수가 법대 학장 시절 써 보내

준 것이므로 내 나이 30대 초반에 받은 것 같다. 그때
이 글을 받고 여러 가지 상념에 잠겼던 기억이 난다.
겉돌기 이해였기 때문이었다. 법학도들에게 던질 화
두 같다.

군자유어의 소인유어이 君子喻於義 小人喻於利
수지청칙무어 인지찰칙무도 水至淸則無魚 人至察則無徒

　군자는 의(義)를 밝히고, 소인은 이(利)를 밝힌다.
논어(論語)의 이인편에 나오는 말이다. 대인은 의(義)
를 탐하므로 욕(慾)을 버릴 수 있지만, 소인은 이(利)
를 탐하므로 욕(慾)을 버릴 수 없다는 공자의 말이다.
　물이 너무 맑으면 고기가 없고, 사람이 너무 살피면
무리가 따르지 않는다. 사람의 마음에 인자함이 없으
면 그 안에 아무것도 살 수가 없으며, 인자함이 없이
살피고 따지기만 하면 아무도 그를 따르지 않는다. 명심보감 성심편에 나오는 가어
(家語)다.

모산慕山 심재완沈載完 교수의 하필賀筆

　모산 심재완(1918~2011) 선생이 방대한 역대시조문학전서를 학계에 내놓았을 때,
나는 역대가사문학전집의 작업을 진행하고 있을 때여서 그 연구 발상의 유사성에 크게
감동을 받았던 기억이 지금도 생생하다. 모산학보 창간호 원고청탁서에 당시로서는
아주 많은 원고료가 들어 있었다. 그러나 나는 그때 다른 작업으로 정해진 기간 내에
원고를 보내드릴 수가 없어서 송구스런 마음으로 불가피한 사정을 적어 원고료를 돌려
보내드린 일이 있었다. 그 후 늘 마음이 무거웠다. 그런데 얼마 뒤 아래와 같은 따뜻한

하필을 받았다. 돌이켜보니 내가 북경대학에 있을 때 격려의 편지도 보내주시고 광개토왕비탁본집성을 출간하였을 때는 전화로 축하까지 하여주었는데 나는 어떤 보답도 하지 못하고 지나치고 말았다. 저승에 계신 모산 선생께 이승에서 베풀어주신 배려에 이제라도 감사의 인사를 드리고 싶어 이 책에 그분의 글을 싣기로 하였다.

수여산제 壽如山齊　　수명은 산과 같이 오래오래
복수춘지 福隨春至　　축복은 봄을 따라 매일매일

중국 구서중邱瑞中 교수의 공심백연功深百練

중국 내몽고사범대학(內蒙古師範大學) 도서관장 구서중(邱瑞中) 교수가 한국의 내 연구실까지 두 번을 찾아왔다. 내가 펴낸 연행록전집 150책을 보고 감동이 너무 커서 찾아왔다면서 그의 연행록 연구서와 공심백연(功深百練) 재구천균(才具千鈞)을 들고 왔다. 그 정성의 공이 놀랍고 그 재주가 또한 놀랍다고 생각한 것 같다. 연행록의 수집과 편찬의 공이 크고, 기여도가 돈황 문건의 발굴에 비견된다는 평가를 하였다. 돈황 문건의 조사와 발굴로 돈황학이 성립되었듯이 연행록전집 150책의 출간으로 연행학이 성립될 것이라는 전망도 하였다. 공

자(孔子)가 벗이 먼 곳에서 찾아오니 또한 즐겁지 아니한가(有朋自遠方來 不亦樂乎)라고 하였던가.

김삿갓 시비詩碑

영월에 김삿갓의 시비(詩碑)를 세우고 그 제막식에 갔다. 참석자는 서울에서 내려간 시가비 동호인들이 많았다. 서울대 이숭녕 교수, 소설가 정비석 선생, 동국대 이동림 교수, 연세대 김동욱 교수, 서울대 김완진 교수, 국민대 이상보 교수, 단국대 진동혁 교수, 건국대 박용식 교수, 동국대 임기중 교수 등등이 제막식에 참석하였다. 이 글씨는 그 날 김동욱 교수가 써가지고 와서 돌에 붙여놓고 제막식을 한 것이다. 방서는 그 중 못난 한 사람 일용학인(一庸學人)이 낙서한 것이다. 그 날 세운 시

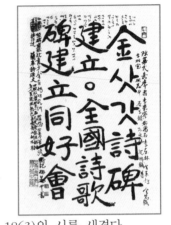

비에는 다음과 같은 난고(蘭皐) 금병연(金炳淵, 1807~1863)의 시를 새겼다.

사각송반죽일배 四脚松盤粥一盃　　개다리 송반에 죽 한 그릇
천광운영공배회 天光雲影共排徊　　하늘과 구름이 얼비치는데
주인막도무안색 主人莫道無顔色　　주인아, 미안하다 말하지 마소
오애청산도수래 吾愛靑山倒水來　　내사 청산이 거꾸로 잠긴 것이 더욱 조애.

이소연李素然 선생의 담박명지澹泊明志

그분은 나에게 담박명지(澹泊明志)를 써 보내고 떠났다. 내 나이 30대 초반이었다. 이 말은 담박명지 영정치원(澹泊明志 寧靜致遠)에 나오는 담박명지다. 촉한의 제갈량(諸葛亮, 181~234)이 54세 때 8살 된 아들 첨(瞻)에게 학문의 길을 훈계하였다는 편지 계자서(戒子書)에 나온다. 욕심 없이 마음이 깨끗해야 큰 뜻을 세울 수 있고, 마음이 편안하고 고요해야 원대한 이상을 이룰 수 있다는 말이다. 제갈량의 지혜가 담겨 있는 말이다. 제갈량의 계자서를 우리말로 풀어본다.

제갈량諸葛亮, 181~234의 계자서誡子書

군자는 마음을 고요히 하여 몸을 닦고 검소한 생활로 덕을 쌓아야 한다. 마음이 깨끗하지 않으면 생각이 밝을 수가 없으며, 마음이 평안하고 고요하지 않으면 심오한 경지에 이르지 못한다. 학문은 고요한 마음을 가져야 성취되며, 재능은 열심히 배워야 길러진다. 배우지 않으면 재능을 넓힐 수 없고, 뜻이 없으면 학문을 이룰 수 없다. 지나치게 느슨하면 학문의 알짜(정수精髓)를 파고들 수 없고, 너무 조급하면 사물의 본질을 깨달을 수 없다. 나이는 기회와 함께 지나가고 생각은 세월과 함께 내몰리니, 마침내 노쇠하고 외로워지면 인간다운 대우를 받지 못 할 것이다. 가난한 오두막집에 살면서 슬퍼한들 이미 흘러간 세월을 어떻게 다시 돌이킬 수 있겠는가.

夫君子之行(부군자지행), 靜以修身(정이수신), 儉以養德(검이양덕) ; 非淡泊無以明志(비담박무이명지), 非寧靜無以致遠(비녕정무이치원). 夫學須靜也(부학수정야), 才須學也(재수학야) ; 非學無以廣才(비학무이광재), 非志無以成學(비지무이성학). 淫慢則不能研精(음만즉불능연정), 險躁則不能理性(험조즉불능이성). 年與時馳(연여시치), 意與歲去(의여세거), 遂成枯落(수성고락), 多不接世(다부접세). 悲守窮廬(비수궁려), 將復何及(장부하급).

허소치許小癡의 위천천묘재흉중渭川千畝在胸中

소치(小癡) 허련(許鍊, 1809~1892)이 두 줄기 대나무를 그리고 위천천묘재흉중(渭川千畝在胸中)이라는 화제를 썼다. 마음을 텅 비우면 비운 만큼의 큰 것을 그 품에 안을 수 있을 것이다. 이렇게 읽으면서 책장 옆에 세워놓은 것이다. 허련(許鍊)은 조선 말기의 문인화가다. 그는 홍길동전을 지은 허균(許筠)의 후예로 진도에 정착한 허대(許垈)의 후손이다. 자는 마힐(摩詰)이고 호를 소치(小痴), 노치(老痴), 석치(石痴)

라고 하였다. 조희룡(趙熙龍), 전기(田琦) 등과 함
께 추사 김정희(金正喜) 일파다. 중국 당나라 수묵
산수화(水墨山水畫)의 효시라고 일컬어지는 왕유
(王維)의 이름을 따라서 허유(許維)라고 개명(改
名)하였다. 그가 자를 마힐(摩詰)이라고 한 것 또
한 왕유의 자를 따른 것이다. 초년에는 해남의 윤
선도(尹善道) 고택에서 윤두서(尹斗緖)한테 전통

화풍을 익혔으며 해남 대흥사 초의선사(草衣禪師)의 소개로 서울로 올라와서 추사
김정희 문하에서 서화 수업하였다. 그 뒤에 이재(彝齋) 권돈인(權敦仁)의 집에 머물
면서 궁중과 인연을 맺고 명류(名流)들과 교류하면서 남종화의 문기(文氣)와 화경(畫
境)을 체득하였다. 왕유의 영향을 많이 받은 이다. 왕유(王維)의 시 한 편 위천전가
(渭川田家)를 읽어보기로 한다.

위천전가 渭川田家	위천 땅의 농가
사광조허낙 斜光照墟落	지는 해는 가난한 촌락을 비추고
궁항우양귀 窮巷牛羊歸.	좁은 마을길로 소와 양들이 돌아온다.
야노념목동 野老念牧童	촌로는 목동을 걱정하여
의장후형비 倚杖候荊扉.	지팡이 집고 사립문에 나와 기다린다.
치구맥묘수 雉雊麥苗秀	꿩 울음소리에 보리 이삭은 패고
잠면상엽희 蠶眠桑葉稀.	누에잠에 뽕나무 잎이 줄어든다.
전부하서립 田夫荷鋤立	농부는 괭이 메고 서서
상견어의의 相見語依依.	서로 바라보며 정담을 나눈다.
즉차선한일 卽此羨閑逸	이런 정경에 한가함이 너무 부러워
창연음식미 悵然吟式微.	창연히 시경 식미편을 읊조려본다.

이처럼 왕유의 시에는 평화로운 농가의 그림이 들어 있다. 시중유화(詩中有畫)라
고 할만하다. 그의 그림 속에는 시적 정취가 녹아들어 있어서 화중유시(畫中有詩)라
고 평하는 이도 있었다. 송나라 때 소동파는 그의 그림에는 시의(詩意)가 풍부하고

시 또한 화의(畵意)가 넘쳐서 시중유화(詩中有畵) 화중유시(畵中有詩)라고 평하기도 하였다.

남계헌南溪軒 주인의 전篆

소박하고 담박한 전서 네 글자가 좋다. 논어(論語)에 있는 말이다. '자하왈 박학이 독지, 절문이근사, 인재기중의. 子夏曰 博學而篤志, 切問而近思, 仁在其中矣.' 풀이 하면 이런 말이다. '자하가 말했다. 광범위하게 배우고 배우려는 의지를 돈독하게 하며, 간절하게 묻고 비근하게 생각하면 인(仁)은 그 가운데 있다.' 따라서 박학독지(博學篤志)는 널리 공부하여 덕을 닦으려고 뜻을 굳건히 함을 이르는 말이다.

한국의 이삼만李三晩과 중국의 정민鄭珉

전라북도 정읍 출생으로 호남(湖南)의 명필가인 창암(蒼巖) 이삼만(李三晩, 1770~1847)은 전주 제남정(濟南亭)의 편액(偏額)을 쓴 이다. 그가 휘호흥자생(揮毫興自生) 소쇄기쟁영(瀟灑氣崢嶸)이라고 썼다. 이것이 그가 생각하고 있는 글씨 휘호의 정도였다면, 그런 생각의 맥락에서 후대에 나타난 한 작품이 중국 정민(鄭珉)의 이 대련 글씨가 아닐까 하는 생각이 들었다.그런 화두를 가지고 두 사람의 글씨를 비교하면서 살펴보는 것은 어떨까. 휘호흥자생(揮毫興自生) 소쇄기쟁영(瀟灑氣崢嶸)이라는 화두를 가지고 정민(鄭珉)의 글씨를 살펴보자. 당나라 이백(李白, 701~762)의 춘야낙성문적(春夜洛城聞笛: 봄밤 낙양성 피리소리 들으며)첫 구를 썼다.

수가옥적암비성(誰家玉笛暗飛聲)　누가 부나 어둠 속에 들려오는 피리소리
산입동풍만낙성(散入東風滿洛城)　봄바람에 흩어들어 낙양성에 가득 하네
차야곡중문절류(此夜曲中聞折柳)　이 밤 노래 속에 절류곡 들려오니
하인불기고원정(河人不起故園情)　누구인들 고향생각 나지 않으랴.

석전石田 황욱黃旭이 쓴 낙지론樂志論

중장통(仲長統)의 낙지론(樂志論)을 펼쳐 성독(聲讀)하고 싶을 때가 있다. 황욱(黃旭)이 쓴 낙지론 병풍을 서재 한 모서리에 세워놓고 펼쳐 읽어보는 때가 있었다. 황욱(黃旭, 1898~1992)은 동향인으로 호를 석전(石田), 남고산인(南固山人), 칠봉거사(七峰居士), 백련산인(白蓮山人)이라고도 한 전라북도 고창 출신의 한학자다. 왕희지(王羲之)와 조맹부(趙孟頫)의 필법을 익혔고 신위(申緯)를 사숙하였다. 일찍이 정인보(鄭寅普) 등이 그의 글씨를 높이 평가하였다. 그의 소박한 글씨와 낙지론의 내용은 언제 보아도 잘 조화를 이루고 있다.

다음은 중장통(仲長統)의 낙지론(樂志論)이다.

낙지론 樂志論	뜻대로 삶을 즐김
사거유양전광택 使居有良田廣宅	거처하는 곳에 좋은 논밭과 넓은 집이 있고
배산임류 背山臨流	산을 등지고 냇물이 앞으로 흐르고
구지환잡 溝池環匝	도랑과 연못이 둘러 있으며
죽목주포 竹木周布	대나무와 나무들이 둘러져있고
장포축전 場圃築前	마당과 채소밭이 집 앞에 있고
과원수후 果園樹後	과수원이 집 뒤에 있으며
주차족이대보섭지난 舟車足以代步涉之難	수레와 배가 길을 걷고 물을 건너는 어려움을 대신하여 줄 수 있고
사령족이식사체지역 使令足以息四體之役	심부름하는 이가 육체를 부리는 일에서 쉬게 한다.
양친유겸진지선 養親有兼珍之膳	부모를 봉양함에는 진미를 곁들인 음식을 드리고
처노무고신지로 妻孥無苦身之勞	아내나 아이들은 몸을 괴롭히는 수고가 없다.
양붕췌지칙진주효이오지 良朋萃止則陳酒肴以娛之	좋은 벗들이 모여 머무르면 술과 안주를 차려서 즐기며
가시길일칙팽고돈이봉지 嘉時吉日則烹羔豚以奉之	좋은 때 좋은 날에는 염소와 돼지를 삶아 받든다.
주저휴원 躕躇畦苑	밭이랑이나 동산을 거닐고

유희평림 遊戲平林　　　　　평지의 숲에서 노닐며

탁청수 濯淸水　　　　　　　맑은 물에 몸을 씻고

추량풍 追凉風　　　　　　　시원한 바람을 좇으며

조유리 釣游鯉　　　　　　　헤엄치는 잉어를 낚고

익고홍 弋高鴻　　　　　　　높이 나는 기러기를 주살로 잡는다.

풍어무우지하 諷於舞雩之下　기우제를 지내는 제단 아래에서 바람을 쐬며 놀다가

영귀고당지상 詠歸高堂之上　시를 읊조리며 돌아온다.

안신규방 安神閨房　　　　　안방에서 정신을 편안히 하고

사노씨지현허 思老氏之玄虛　노자의 현묘하고 허무한 도를 생각하며

호흡정화 呼吸精和　　　　　조화된 정기를 호흡하여

구지인지방불 求至人之彷彿　지인(至人)과 같아지기를 구한다.

여달자수자 與達者數子　　　통달한 사람 몇 명과

논도강서 論道講書　　　　　도를 논하고 책을 강론하며

부앙이의 俯仰二儀　　　　　하늘을 올려다보고 땅을 내려다보며

착종인물 錯綜人物　　　　　고금의 인물들을 한 데 섞어 종합하여 평한다.

탄남풍지아조 彈南風之雅操　'남풍'의 전아한 곡조를 타보기도 하고

발청상지묘곡 發淸商之妙曲　'청상곡'의 미묘한 곡조도 연주한다.

소요일세지상 逍遙一世之上　세상을 초월한 위에서 거닐며 놀고

비예천지지간 睥睨天地之間　천지 사이의 사물을 곁눈질하며

불수당시지책 不受當時之責　시대의 책임을 맡지 않고

영보성명지기 永保性命之期　기약된 목숨을 길이 보존한다.

여시칙가이릉소한 如是則可以凌霄漢　이와 같이 하면 하늘을 넘어서

출우주지외의 出宇宙之外矣　　우주 밖으로 나갈 수 있을 것이니

기선부입제왕지문재 豈羨夫入帝王之門哉　어찌 제왕의 문으로 들어가는 것을 부러워하겠는가.

　중장통(仲長統, 180~220)은 중국 후한(後漢) 말의 사람으로 자는 공리(公理)이다. 젊을 때부터 학문을 좋아하였으며, 책을 많이 읽었고 기억력과 글 쓰는 능력이 뛰어났다. 20세가 지나고 청주(靑州)·서주(徐州)·병주(并州)·기주(冀州) 등을 돌아다니며 학문을 익혔고, 상당(上黨)에서 그를 만난 상림(常林)과 동해(東海) 사람 무습(繆襲) 등이 중장통을 높이 평가하였다. 특히 무습(繆襲)은 그가 전한(前漢)의 가의(賈

誼)·동중서(董仲舒)·유향(劉向)·양웅(揚雄)의 뒤를 이을 재능을 가졌다며 극찬하였다. 중장통은 세상일에 신경을 쓰지 않는 성격이었으며, 직언을 서슴지 않았고 옳지 못한 일을 보고도 모르는 척 하기도 하고 나서기도 하였기 때문에 주위에서는 그를 "미친 놈(狂生)"이라고 부르며 멸시하는 사람도 있었다. 주나 군에서 초청을 하여도 병을 핑계로 응하지 않았다. 상서령(尙書令) 순욱(荀彧)이 그의 재능을 높이 평가하여 상서랑(尙書郞)에 천거하였으며, 그 후 참승상군사(參丞相軍事)가 되어 조조(曹操)를 섬겼다. 중장통은 옛날과 지금의 일을 비교하며 항상 분개하고 탄식하였다. 그래서 '창언(昌言)'을 지었다. '창언(昌言)'은 전하지 않으나 전통적인 유교사상을 바탕으로 당시의 사상과 사회를 비판한 것으로 전해진다. 연강(延康) 원년(220)에 41세의 나이로 죽었다고 한다.

탄허呑虛스님의 시심마是甚麼

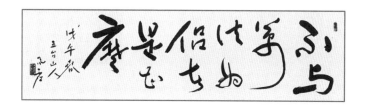

　탄허스님의 꾸밈이 없고 막힘이 없는 운필법은 우리를 늘 선(禪)의 경지로 인도한다. 불여만법 위려자 시심마(不與萬法 爲侶者 是甚麼). 만법과 짝하지 않은 사람이 누구입니까? 어떤 것에도 걸리지 않고 일체로부터 초탈한 사람이다. 걸리지 않은 표시도 없고, 초탈한 흔적도 없고, 깨달음의 체취도 없고, 성스러운 기운마저도 없는 비범한 보통사람이다. 탄허스님의 필체와 이 화두는 아주 조화롭고 숙세의 인연을 생각하게 한다. 선가(禪家)에 널리 알려진 화두다. 당나라의 방거사(龐居士)가 마조선사(馬祖禪師, 709~788)께 물었다고 한다. 그는 부유한 명문가에서 태어나 유학을 공부한 선비였으나 깨달은 바 있어 부모한테 물려받은 전 재산을 동정호에 내다 버리고 출가하여 석두(石頭)와 마조(馬祖)의 문하에서 수행한 이다.

3
....

삶의 무늬를 새기고

인해연印海緣 전각篆刻

향가를 연구하며

기의심고 절차어삼구육명 사청구려
其意深高 切磋於三句六名 詞淸句麗
(一庸 作)

삼구육명 사청구려 기의심고
三句六名 詞淸句麗 其意深高
(一庸 作)

　나는 국내외의 여러 사람들이 향가 연구를 시작한지 100여년이나 지나간 다음에 그 공부를 처음 시작하였다. 거론하지 않은 분야가 없었을 것 같았는데, 연구사를 쓰면서 살펴보았더니 그렇지는 않았다. 한참 연구를 진행하여 연구서를 펴낸 훨씬 뒤에야 놀라운 사실을 발견하였다. 향가는 이미 향가 시대의 독자들이 정곡을 찌르는 평가를 하고 있었다는 것이다. 삼국유사와 균여전에 겨우 몇 편의 향가가 실려 전하고 있는데, 바로 그곳에 향가를 삼구육명(三句六名), 사청구려(詞淸句麗), 기의심고(其意深高)라고 평가하고 있었다. 삼구육명은 향가 형식의 아름다움을, 사청구려는 시어와 시귀의 아름다움을, 기의심고는 향가의 높깊은 사상성을 인식한 것이다. 지난 한 세기의 연구가 이와는 아주 먼 거리로 많이 이탈하였다는 것을 발견하고 두 개의 돌에 향가 당시인들의 평가를 새겨 내 깨달음의 징표로 삼았다.

가사를 모아 주해하고

우리겨레 참 글월 모아 풀기
서른 돌 열매 임기중 큰 뜻
(一庸 作, 정고암 刻)

조선 진문장 한국 가사 주해 연구실
주인 임기중 장 朝鮮 眞文章 韓國
歌辭 註解 硏究室 主人 林基中 章
(一庸 作, 정고암 刻)

　나는 우리 한지에 붓으로 쓴 여러 형태의 한글 가사들이 무참하게 장판지와 벽지 밑으로 사라져가는 것을 보면서 자랐다. 아까운 생각이 궁금한 생각으로 바뀌더니, 한국문학을 전공한다는 단어가 나한테 달라붙으면서는 왠지 그래서는 안 된다는 생각으로 바뀌었다. 그래서 모으다보니 6천 5백여 건의 목록이 만들어졌다. 한글로 쓴 한국고전문학으로서는 가장 많은 분량이 전해지고 있는 것이 아닌가. 그중 2천여 편을 골라서 21권의 책을 펴내면서 떠오르는 것이 있었다. 구운몽을 쓴 서포 김만중이 가사를 우리나라의 참문장이라고 하였었지. 그렇다. 그의 혜안이 놀랍다. 숙종 때 그의 생각과 현재의 내 생각이 일치하는구나. 한글과 한자로 한 쌍을 새겨 21권의 책 판권 인장으로 찍었다. 각을 누구에게 부탁할까? 현재 한글 전각의 일인자는 누구일까? 창조적 전각가라고 말할 수 있는 이는 누구일까? 물색하다가 결정한 이가 정고암이다.

연행록을 수집 정리하며

고려 말부터 조선왕조 말까지 7백여 년 동안 한국 사신들이 중국에 다녀와서 남긴 사사로운 기록들을 모아 1백 50권의 책을 만들어냈다. 처음 100권을 만들고 그 다음 50권을 만들었다. 적자 나는 책을 출판사에 만들어 달라고 부탁할 용기가 나지 않아서 연행록속집 50권은 자비출판을 하여 기증하였다. 처음부터 그런 결정이어서 위의 기증 인을 만들어 찍고 인쇄를 하였다. 당시의 여러 상황을 함축한 것이어서 소중하게 간직하고 있다.

연행록전집 편자 동봉 임기중 지 기증본 燕行錄全集 編者 東峯 林基中 之 寄贈本(一庸 作)

광개토왕비원석초기탁본을 찾아내고

중국 북경대학의 미 정리 서고에서 조용히 잠자고 있던 탁본 3건의 실물이 중국인들의 옛 기록과 서로 합치하는 것으로 최종 판단을 하였다. 그리고 선본실에 소장되어 열람되고 있는 탁본 1건도 원석탁본임을 확인하였다. 가장 오래된 것으로 판단되는 광개토왕비원석초기탁본 4종을 동시에 찾아낸 것은 큰 행운이었다. 이끼와 돌가루와 먼지로 범벅이 된 시탁본(試拓本) 하나를 반조음이 같이 소장하고 있었던 것으로 판단하였던 조사 당시의 일이 떠오른다. '광개토왕비원석초기탁본집성(廣開土王碑原石初期拓本集成, 1995.11.30. 서울 동국대출판부, 총 400쪽, 사륙배판)'이 출간된 지 이제 20여년이 지났다. 검증될 만큼 검증되었다. 한·중·일에서 최근 이 책과 그 탁본에 대한 평가가 다시 시작되는 것 같다. 반가운 일이다. 얼마 전 광개토왕이 서거한 지 1600주년을 맞아 국제학술회의가 열렸다. 중국 측의 전공 학자들이 그 일련의 탁본들을 정밀하게 조사하지 못하였다는 것을 처음 알게 되었다. 그러니 일본 소장 탁본이 우수하다고 말할 수

광개토왕비원석최고사탑발굴해독해석출판인연기
廣開土王碑原石最古四搨
發掘解讀解釋出版因緣記
(一庸 作. 金石欠 刻)

밖에 없지 않겠는가. 일본 소장은 하자가 있는 탁본이다. 이른바 정탁(精拓)이 아니다. 한 면의 상단 한 부분이 접힌 탁본이다. 최고(最古) 탁본(拓本)의 신뢰도로 평가한다면, 그 위에 북경대 선본실 탁본이 있고, 또 그 위에 미 정리 서고의 3종 탁본이 있다. 이런 연유로 감사하는 마음이 겹쳐 인연기를 새겼다.

정통 코스로 전각을 공부하고 창신(創新)이 돋보이며 도법(刀法)이 생기를 발하는 작가가 누구일까를 생각하면서 여러 날 찾아보았다. 찾고 보니 인연이 있었던 작가다. 전화로 취지를 설명하자 흔쾌히 봉사적 참여를 허락하였다. 이것 또한 특별한 인연이 아닌가. 나는 그림이나 글씨도 작품으로 인연을 맺어왔다. 언제나 그 작품이 곧 그 사람이었기 때문이다. 나는 김석흠 선생을 만나본 일이 없다. 그분의 작품도 도록과 인터넷 검색을 통하여 만났다. 이 시대 우리들의 삶의 한 단면이다. 김석흠(金石欠)선생께 감사를 드린다.

무애 양주동선생 전집을 내며

은사이신 이병주, 이동림 두 분께서 무애선생 전집을 펴내려고 많은 노력을 하였지만 성취하지 못하였다. 내가 동국대 교수로 오자 두 분께서는 이제 자네가 그 일을 성취하여 보라고 과제를 던졌다. 유족과 출판사의 허락을 받아내고, 간행위원회를 만들어 꼬박 5년 동안 자료 수집과 편집을 완료하여 12권의 전집을 만들어냈다. 두 분 선생님들께서는 이미 정년으로 대학을 떠난 뒤였다. 그 전집의 판권에 찍으려고 제작한 인장이다. 오래전에 내가

무애 양주동 전집 간행 위원장 임기중 지 인 无涯 梁柱東 全集 刊行 委員長 林基中 之 印
(一庸 作)

중국 악록서원에 갔을 때 구한 돌이 하나 있었다. 내가 쓰려던 돌이었다. 생각을 바꾸어 이것을 새겼다. 전집을 받아보신 두 분 선생께서 그 인장은 누가 각한 것이냐고 물어온 일이 있었다.

동봉양월지실로 자리를 옮기며

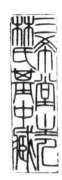

삼희당 주인
임씨기중 장
三希堂 主人
林氏基中 藏
(一庸 作)

　　동국대 교수로 오면서 세 가지 학문의 원을 이곳에서 이루어보리라는 생각을 하였다. 연구실을 옮길 때 언젠가 누가 보내온 목제 직사각 인재가 하나 책상 서랍에서 나왔다. 거기에 새긴 것이다. 방각에 사연을 적었다. 이때부터 내 연구실도, 내 집도 모두 삼희당이 되었다.

　　연구사 일백여년을 맞는 향가 연구는 이제 새로운 생각과 새로운 방법으로 새 출발을 할 필요가 있다는 인식을 하게 되었다. 그것을 하여 보겠다는 것이 첫째의 바람이었다. 가사문학은 원전연구가 가장 시급한 과제다. 원전을 수집 정리하여 원전연구로 새로운 연구토대를 만들어야 하겠다는 것이 두 번째의 바람이었다. 그리고 연행록을 수집 정리하고 그 원전을 연구하여 한국고전문학의 사상적 형성과정을 추적할 기틀을 마련하여 보겠다는 것이 세 번째의 바람이었다. 미흡한 점이 많았지만 그런대로 그 성취를 이루었다고 판단할 즈음 돌을 꺼내들었다. 능력의 한계가 들어나서 부끄럽다. 마무리를 위한 마무리 같지만 삼대발원심을 가지고 살아온 기간인 것은 틀림없기 때문에 스스로를 위로하는 내심을 새겼다.

필삼대발원일편심 일희 향가신법연구 이희 가사원전
연구 삼희 연행록원전연구 삼희당 주 임기중
畢三大發願一片心 一希 鄕歌新法硏究 二希 歌辭原典
硏究 三希 燕行錄原典硏究 三希堂 主 林基中(一庸 作)

송천학구정주인 임기중 장
松泉鶴鷗亭主人林基中章
(一庸 作, 중국 돈황 만굉 刻)

우리의 선대는 송월동(松月洞)에 사셨다. 나는 송촌(松村)에서 태어났다. 아주 좁았지만 서울에서 집다운 집을 마련한 곳이 송천동(松泉洞)이다. 다음 이사한 곳은 학동(鶴洞)이었다. 그 다음이 이곳 압구정동이다. 아주 오래 전 중국 돈황에 갔다. 그곳에서 만난이가 만굉(万宏)이라는 아마추어 전각가다. 서로 궁금한 점이 당신은 어디에서 온 누구인가였다. 저녁에 그와 헤어졌는데 이른 아침에 그가 내 숙소로 이 각을 만들어 가지고 찾아왔다. 소박하고 미숙한 맛이 담긴 정과 함께 가까이 다가오는 때가 많았다.

나에게 늘 모자라는 것은 지식이다. 그것을 인정하면서 극복하려고 노력하는 집이 지부족재(知不足齋)다. 모자라는 것을 널리 알려야 다소라도 채울 수 있지 않겠는가. 이것을 새겨 자주 찍으면서 지적 결핍을 해소하여 보려고 노력한 것이다. 학연후(學然後)에 지부족(知不足)이라고 하였지. 아는 만큼 모르는 것이 더 많아지는 것이 지식이다.

지부족재 임기중 장
知不足齋 林基中 章
(一庸 製)

예기(禮記) 학기편(學記篇)에 이런 말이 있다. 학연후 지부족, 교연후 지곤. 지부족연후 능자반야, 지곤연후 능자강야. 고왈 교학상장야(學然後 知不足, 敎然後 知困. 知不足然後 能自反也, 知困然後 能自强也. 故曰 教學相長也). 배운 뒤에야 자기가 부족함을 알게 되고, 가르친 뒤에야 자기 능력으로 할 수 없어 막힘을 알게 된다. 부족함을 안 뒤에야 자신을 반성할 수 있고, 막힘을 안 뒤에야 스스로 힘써 노력할 수 있다. 그러므로 이르기를, 남을 가르치는 일과 스승에게서 배우는 일이 서로 도와서 자기의 학업을 발전시킨다.

창 너머로 한강을 바라보면서 살아온 지 한 세대가 흘렀다. 한강은 늘 한강이다. 무념무상으로 정지하고 싶을 때가 있다. 한강은 흐르지만 늘 멈춰 있는 것으로 보인다. 사람들도 그러하리라. 상선(上善)은 약수(若水)라고 하였던가. 멈추고 싶을 때는 자주 관수재(觀水齋)에 앉았었다는 징표다.

관수재 觀水齋(一庸 製)

대학의 연구실을 동봉량월지실(東峰涼月之室)로 옮겼다. 정년이 되었기 때문이다. 창문을 열면 동봉이 다가왔다. 내 어렸을 때 아침에 안방 문을 열고 나오면 언제나 동봉에 태양이 떠올랐다. 저녁에는 그곳에서 시원한 달이 올라왔다. 비가 갠 날 저녁에 떠오르는 달은 유난히 청랑하였다. 남은 시간은 그런 청랑한 곳에 머물면서 쌓인 속진을 털어내며 살고 싶었다. 그래서 붙인 이름이다. 방마다 종이 뭉치로 가득하다. 묵지를 종이 사이에 넣고 3부씩 필사하여 만든 원고, 카드상자, 한국 1세대 데스크탑부터 최근 노트북까지, 5.25인치 디스켓상자, 3.5인치 디스켓상자, CD상자, DVD상자, USB외장하드상자, 출력한 파일상자, 여러 분야의 서적들로 가득 찬 공간이다. 명실상부(名實相符)한 공간이 아니라 명실상이(名實相異)한 공간이다. 이것이 20세기 후반과 21세기 전반을 살았던 한국 한 인문학자의 현주소다. 그러니 동봉량월지실(東峰涼月之室)로 위로를 받을 수밖에 없지 않은가. 여유는 마음속에 있는 것이니까. 첫 방문객

동봉량월지실
東峰涼月之室
(一庸 作, 석농 刻)

동봉량월東峰涼月
(一庸 作)

은 민 총장이다. 전화 방문객이다. 잘 모르지만 부럽다는 것이다. 고맙다. 김 총장은 며느리한테 받았다는 차 항아리를 들고 왔다. 내 연구실을 꼭 한번 보고 싶어서 왔단다. 참 고마운 일이다. 이미 피안으로 멀리 사라져 버린 이름이었을 터인데 기억을 하여주다니. 내가 대학 연구실에서 나와 동봉량월지실(東峰涼月之室)로 온 뒤에 그분들이 첫 손님이었던 인연은 아마도 이 이름 때문이었을 같다. 여기 동봉량월석(東峰涼月石)은 그 방의 동쪽 창 아래 놓고 본 것이다.

정선의 동봉량월석
東峰涼月石

그 안에 즐거움이

낙재기중(樂在其中 문방文房)

마상봉후 필통馬上封侯筆筒

대나무 아랫동을 잘라내 목숨 수자 두자를 양쪽 중앙에 배치하고 수자(壽字) 외곽에 동그랗게 아름다운 전서를 배치하였다. 그리고 그 두 축을 중심으로 삼아서 행초(行草)로 온갖 운치를 창조하였다. 대나무통의 생래적 조형미를 그대로 살렸다. 오랜 연륜으로 수자(壽字)가 마모되고 대나무의 윤기가 빠져나가서 나무처럼 부드럽게 변하였다. 연륜과 수택이 새로운 미를 만들어냈다. 한 두 곳만 읽어본다. 마상봉후(馬上封侯)라고 새겼다. 마상봉후(馬上封侯)는 말 위에 올라탄 원숭이 모양의 도자기다. 중국에서 승진과 영전을 기원하는 의미에서 주고받던 귀한 선물이다. 말의 등이나 머리 위에 원숭이가 올라탄 형태의 그림을 도자기 위에 그리거나 조각을 해서 굽는다. 원숭이는 영장류고 동물 가운데 인간과 가장 그 외모가 유사하다. 그래서 도움을 받아 승승장구하기를 바란다는 뜻이 담겼다. 이것은 도자기 대신 대나무 필통이고 그림 대신 글귀다. 받는 사람의 승진을 기원하는 뜻이 담겨 있다. 춘흥청계장(春興淸溪長)이라고 새겼다. 봄의 흥취가 청계수처럼 길게 흐르기를 기원하였다. 청운만리(靑雲萬里)를 바란다는 뜻이 담긴 것 같다. 오추생 증 인형 아완(伍秋生贈仁兄雅玩). 만들어 보내는 사람이 받는 이에게 잘 사용하여 달라는 뜻을 담았다. 만들어 보낸 때는 강희삼년추일명(康熙三年秋日銘)으로 볼 때 1664년 가을인 것 같다. 정이 가는 필통이다.

쌍엽도형 연적雙葉桃形硯滴

　　잘 익고 탐스러운 복숭아의 꼭지에 한 쌍의 두 잎이 양 옆으로 조화롭게 붙어 있는 연적이다. 건륭(乾隆, 1735~1975) 때 만들어졌다. 물방울이 복숭아의 한 쪽 잎을 타고 내려와서 벼루에 떨어지도록 만들었다. 탁월한 기법과 조형미를 갖추었다. 도자기의 색채 또한 아름다운 조화를 만들어낸다. 그 창의적 발상이 놀랍다. 복숭아는 장수(長壽)를 상징하므로 연적이 벼루에 헌수(獻壽)를 하는 것이다. 그리고 다산(多産)을 상징하기도 하므로 쓰는 글이 여러 사람들에게 널리 오래오래 읽히기를 바라는 의미도 있었을 것 같다.

호박연적南瓜硯滴

　　이 연적은 꼭지가 붙어 있는 호박 모양이다. 호박을 남과(南瓜)라고도 한다. 호박은 덕을 상징하기도 한다. 이 연적에는 이런 기명이 있다. 과질면 면감지 영년 진명 제(瓜瓞綿 綿甘之 永年 陳鳴 製). 곧 과질면(瓜瓞綿) 면감지(綿甘之) 영년(永年) 진명 제(陳鳴 製)다. 진명이라는 이가 이 연적을 만들고 글을 썼다. 시경의 어디쯤에서 가져온 것 같다. 어떤 사연이 있었을까? 이런 시귀들이 있다.

본지백세 本支百世   본손과 지손이 백세를 이어
과질면면 瓜瓞綿綿.   종손 지손 모두 끝없이 번창하소서.

또 이런 시귀도 있다.

적덕지기 積德之基   대대로 덕 쌓으며 기반 닦아서
과질면면 瓜瓞綿綿.   훌륭한 후손들이 번성하였네.

덕을 닦아서 가문이 오래오래 번창하기를 기원하는 글을 호박 연적에 새겼다 호박은 덕의 상징이고 호박에 쓴 글은 기원의 내용이다. 진명이라는 이가 연적을 만들고 거기에 글을 썼다. 그리고 그것을 어떤 지인에게 준 것 같다. 그런데 이 연적에는 기발한 창의적 발상이 들어 있다. 호박의 꼭지를 들어 올리면서 꼭지 중앙에 뚫려 있는 구멍을 손가락으로 막고 있다가 벼루 중앙으로 이동하여 구멍에서 손가락을 떼면 적당한 물방울이 벼루에 떨어지도록 만들었다. 글의 내용도 좋고 조형미도 있으면서 창의적 아이디어가 돋보이는 연적이다.

고려 분청 필세高麗粉靑筆洗

고려 때의 분청 필세다. 작지만 굽이 있고 입구에 소박한 두 선도 둘렀다. 세필(細筆), 곧 작은 붓을 빨았던 필세다. 한국적인 투박미가 있다.

화조문 필세花鳥紋筆洗

봉황과 모란을 그리고 내시순세창(來時舜世昌)이라고 썼다. 만든 때는 동치(同治,

1861~1875) 을묘(乙卯)년이고, 만든 이는 장진량(章振良)이다. 1867년에 장진량이 만든 필세(筆洗)다. 얼마나 많은 붓을 빨았는지 적잖이 마모의 흔적이 있다. 새 중의 왕은 봉황새고 꽃 중의 왕은 모란이다. 봉황은 모든 새의 으뜸이다. 이 새가 한 번 나타나면 천하가 태평하여진다. 모란은 부귀의 상징이다. 내시순세창(來時舜世昌)은 태평성대를 구가할 시대가 오고 있다는 의미다. 양질의 태토로 빚은 도자기다. 정갈한 느낌을 주는 필세다.

흑단 필가黑檀筆架

흑단의 견고한 본성을 부드러운 솜의 느낌이 피어나도록 조각하였다. 안정감은 흑단의 무게보다 조각가의 칼에서 더 많이 나온 것 같다. 큰 붓, 작은 붓, 여러 형태의

붓을 놓을 수 있게 배려하였다. 부조는 상징적이며 추상적 형상화로 투식적 단조로움을 극복하였다. 수택으로 보아 제작 시기도 최근이 아니다. 창의성이 돋보인다. 부드럽게 다가오는 느낌이 정을 더하여주는 필가다.

청화백자 송원문 문진靑華白磁松猿紋文鎭

청화로 소나무에 매달려 게를 잡으려는 원숭이의 그림을 그린 문진이다. 문진(文鎭)은 서진(書鎭)이라고도 한다. 원숭이의 한자 '후'는 제후의 후와 비슷하고, 게딱지의 한자 '갑'은 으뜸을 뜻해 장원 급제를 기원하는 뜻이 담겨 있다. 그래서 원숭이의 모습을 도장이나 벼루 같은 선비들의 물건에 많이 그렸다. 선비들이 벼슬이나 출세를 원하는 기원을 담고 있다. 가경(嘉慶, 1796~1820) 때 만든 문진이다. 시전지(詩箋紙)

등에 올려놓고 줄을 맞추어서 글을 쓰는데 유용하게 만든 아이디어가 뛰어난 문진이다. 곳곳에 오랜 세월의 흔적이 남아 있고 백자의 유약도 많이 달아져 있다. 종이에 닿는 한 면은 미끄럼을 방지하기 위하여 6개의 주꾸미 발을 정교하게 만들어 놓았다. 그런 세심한 배려는 작가의 오랜 체험에서 나왔을 것이다.

청화백자 문진靑華白磁文鎭

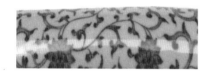

도광(道光, 1821~1850) 때 만든 것이다. 크기와 형태로 볼 때 이 문진도 시전지(詩箋紙) 등에 올려놓고 썼을 것이다. 타원형이지만 종이와 접촉하는 부분은 평면을 만들어냈다. 적당한 무게를 유지하기 위해서 원통 속을 공간으로 처리하였다. 보존 상태가 정갈하고 청화도 아름다우며 그 농도와 흐름의 조절을 성공시켰다. 섬세함과 우아한 형태와 문양이 품격을 만들어낸 문진이다.

묵상墨床

묵상(墨床)은 먹을 올려놓는 상인 먹 받침이다. 석재(石齋)라는 이가 석질이 좋은 황토색의 돌로 우아한 먹 상을 만들었다. 먹을 올려놓는 자리에 세필로 그림을 그리고 화제를 썼다. 화제의 글씨가 너무 작아서 읽기가 쉽지 않다. 나무의 그림 아래서 깨알만한 두 사람이 만나고 있다. 먹과 먹상의 형상화일 것 같다. 누가 이 먹상 위에 어떤 먹을 올려놓고 썼을까? 늘 궁금하다. 모필 문화권에서만 누릴 수 있었던 멋을 이 시대에서도 소중하게 간직하고 싶은 생각이 든다.

쌍학문雙鶴紋 연상硯箱

　연상(硯箱)은 벼룻집이다. 벼루와 같이 현재도 많이 남아 있어서 어렵지 않게 볼 수 있다. 이 연상은 우리 집 세전품으로 전하여 오는 쌍학문(雙鶴紋) 음각 연상이다. 원 속에 쌍학을 조각하였다. 그 속에는 일월연(日月硯)이 들어 있었으며 얼마나 오래 많이 먹을 갈았는지 벼루가 세 골로 깊이 파여 있었다. 어느 해 벼루를 옮기다가 얇게 닳은 부분이 파손되고 말았다. 그러나 연상은 옷 칠이 처음 그대로이고 형태도 거의 변하지 않았다. 어느 할아버지께서 처음 만들어 쓰셨는지는 듣지 못하였다. 작지만 품격이 느껴진다.

순자어荀子語 금사연金砂硯

　어느 해 가을 중국 황산(黃山)에 올라서 하루 밤을 쉬고 그 주변 지역을 여행하였다. 벼루만 모아놓고 파는 규모가 큰 상점이 하나 있었다. 그곳에 찾아가서 벼루를 보는 제미에 빠져서 하루의 반을 보내고 왔다. 그때 구한 벼루가 하나 있다. 형태가 빼어난 금사연(金砂硯)이다. 주인은 고연(古硯)이라고 하였지만 나는 최근작이 아니라는 정도로 이해하였다. 그러나 금사(金砂)의 배치가 조화롭고, 그에 따라서 자연스런 조형미를 만들어냈다. 전시된 수 백 개 중에서 마음에 와 닿는 것은 이것 하나뿐이었다. 집에 와서 배면에 '제자호학(弟子

好學) 천불망야(天不忘也)'라는 순자어(荀子語)를 새겼다. '공부하기를 좋아하는 사람은 하느님께서도 그를 잊지 않고 늘 기억하여주신다'는 의미다. 그리고 측면에 인연기를 새겨 세전품으로 간직하려는 생각을 하였다.

오창석 명 연吳昌碩銘硯

북경대학 북초대소 2층 18호실에 있을 때다. 추운 겨울에 유리창에 나가서 이 벼루를 구하였다. 먹이 너무나 겹겹이 두텁게 붙어 있어서 연명(硯銘)이 잘 보이지 않았다. 물에 씻어도 먹이 쉽게 덜어지지 않아서 욕조에 더운 물을 받아 그 안에 3일을 넣어두었다가 먹을 닦아냈다. 연명(硯銘)이 선명하게 드러났다. 한쪽은 오창석(吳昌碩, 1844~1927)의 '전거(田車)...'로 시작되는 4행의 아름다운 전서(篆書)가 음각되어 있고, 행을 바꾸어 '을묘 하오월(乙卯 夏五月)... 오창석 전각 인(吳昌碩 篆刻 印)'으로 끝났다. 기명이 없어도 오창석의 전서임을 족히 알만하다. 다른 한쪽은 '독(讀)...'으로 시작한 전서(篆書) 4행이 음각되어 있으며, 완백 제(頑伯弟) 등석여(鄧石如, 1743~1805)라는 기명(記銘)이 있다. 기명(記銘)으로 볼 때 그의 친필임이 분명하다. 오창석(吳昌碩)은 누구인가?

중국 예술계의 거장이다. 그는 청나라의 서화가(書畵家)며 전각가(篆刻家)다. 이름은 준경(俊卿)이고 자는 향보(香補)였는데 중년 이후 창석(昌碩)으로 바꾸었다. 창석(倉碩), 창석(蒼石)이라고 쓰기도 하였다. 어려서부터 수재였는데 17살 때 태평천국(太平天國)의 난으로 가족을 데리고 노수(滬水)에 살면서 그림으로 생계를 유지하였다. 시와 그림, 글씨, 전각에 조예가 매우 깊었다. 한나라의 비문(碑文)을 많이 읽었으며 역대 전각의 장점을 취한 새로운 전각법을 개발하였다. 서법(書法)과 전각 분야에서 업적이 탁월하다. 석고문(石鼓文)을 연구하면서 석고 문자를 모방한 글씨를 잘 썼고 독자적인 전법(篆法)을 창안했다. 오른쪽 어깨를 치켜 올린 신선한 모양의 전서(篆書)와 예서(隸書), 해서(楷書), 행서(行書), 초서(草書)에 모두 정통하였다. 30살 이후에는 전서 필법(筆法)으로 그림을 그렸다. 만년에는 주로 전서와 예서, 광초(狂草)를 썼는데 아주 호쾌하고 분방하였다. 등석여(鄧石如)는 누구인가? 그는 청나라 중기 사람이다. 본 이름은 염(琰)이다. 이름 또는 자를 석여(石如), 완백(頑伯)이라고 하였다. 호는 완백산인(完白山人), 급유산인(笈游山人)이라고 하였다. 관직에 나가지 않고 오직 글씨와 전각(篆刻)에 전념한 이다. 금릉(金陵) 매류(梅鏐)의 집에 8년 동안 머물면서 소장하고 있던 진한(秦漢) 이래의 금석선본(金石善本)들을 모두 모사하였다. 네 가지 서체에 모두 능했고 특히 전서(篆書)에 뛰어났다. 그는 진(秦)나라의 이사(李斯)와 당나라의 이양빙(李陽冰)을 전범으로 삼아서 새로운 창신을 도모하였다. 그는 강한 복고적 신서풍(新書風)을 세웠으며 청초(淸初) 이래 첩학(帖學)의 폐단을 일소하여 비학파(碑學派)의 선구자며 서예가로서의 지위를 굳혔다. 전각에서 등파(鄧派)의 시조로 여겨지며 웅장하고 세련된 작풍(作風)이 높이 평가되고 있다.

오창석이 등석여 명연(銘硯)을 소장하고 있다가 자기의 자명(自銘)을 더하여 사용하였던 벼루가 아닐까? 늘 이런 생각을 가져본다. 찬찬히 살펴보면 그런 사연이 점점 더 가까이 다가온다.

이홍장 제명 연李鴻章題銘硯

벼루의 상단이 특이하다. 중앙에 큰 호랑이가 꼬리를 들고 앞으로 달려 나가는 부조를 만들었다. 그리고 상단의 양변에는 각기 두 마리의 작은 승냥이들이 밖으로 달려 나가고 있다. 상변은 두 마리의 작은 승냥이와 한 마리의 작은 승냥이가 마주 보고 달리는 부조를 만들었다. 무슨 의미였을까? 호랑이가 승냥이들을 퇴치하는 것이 아닌가. 국가의 근심 걱정을 없애겠다는 상징일 것 같다. 호랑이는 곧 이홍장(李鴻章)의 형상화일 것 같다. 벼루의 뒷면에 '중추(中秋)...'로 시작하는 4행의 제명(題銘)이 음

각되어 있고 '광서 십육년 숙의백 이홍장 제(光緒 十六年 肅毅伯 李鴻章 題)'라고 썼다. 광서 16년은 1890년이다. 이홍장(李鴻章, 1823.2.15~ 1901.11.7)은 누구인가?

청나라의 군사 전략가이며 정치인이고 외교관이다. 그는 25세 때 진사가 되어 한림원에서 수학하였으며 쩡꿔판(曾國藩)의 제자가 되었다. 태평천국(太平天國)의 난을 진압하고 염군의 반란을 진압하는데도 공을 세웠다. 그는 이런 업적들로 주목받는 인물로 부상하였다. 양무운동을 이끌어내고 군사 과학 분야의 서구화를 추구하였다. 중국의 근대화를 앞당기려고 노력했으며 군사강국을 이루기 위해 북양해군(北洋海軍)을 창설하여 군권을 장악했다. 장개석의 토벌 전까지 이 북양군이 중국 북방을 장악하고 있었다. 청나라 말기의 주요 외교문제들을 거의 혼자 처리하였다. 1882년 조선에 위안스카이(袁世凱)를 파견하여 일본의 진출을 견제하게 하였다. 묄렌도르프, 데니 등 외국인 고문을 보내는 등 조선의 내정과 외교에 깊이 관여하였다. 그리고 이이제이(以夷制夷), 곧 오랑캐로써 오랑캐를 다스린다는 전통적 수단에 의하여 열강들을 서로 견제시키면서, 다른 한편으로는 양보와 타협정책을 썼다. 1894년 청일전쟁이 일어나자 황해 해전에서 일본해군에 대패하여 그의 권력기반이었던 북양해군을 잃었다. 평양전투에서도 패하여 그가 양성하였던 해군을 잃었다. 그는 전권대사로 이토 히로부미(伊藤博文)와 협상을 벌여 군비 배상과 영토를 제공하는 시모노세키조약(下關條約)에 조인하였다. 그때 괴한이 쏜 총에 맞아 왼쪽 광대뼈에 총알이 박히는 중상을 입었다. 이후 1896년 청과 러시아의 밀약과 프랑스와 독일의 도움을 받아 일본에 할양된 요동반도를 반환하도록 하였다. 그러나 러시아에게는 만주철도부설권을 내주어 만주지역의 지배권을 내주는 결과를 초래하였다. 1896년 청나라를 대표하는 외교관으로 러시아를 방문하여 니콜라이 2세 대관식에 참석하였고 유럽과 미국을 순방하고 중국으로 돌아왔다. 그러나 그의 외교적 노력은 목적한 성과를 이루지 못했다. 1898년에는 황하의 치수 임무를 맡았으며 양광(兩廣)총독이 되었다. 1900년 베이징조약(北京條約)에서 외교 책임자로 주변 강대국의 침략을 막아내려 노력하였지만 역부족이었고 청나라는 점점 쇠퇴해져 갔다. 1901년 11월 7일 세상을 떴다.

이 벼루에는 이홍장의 그런 파란만장한 삶의 흔적들이 담겨 있는 것처럼 느껴질 때가 많다. 특히 그의 필재(筆才)가 탁월하였던 것을 이 연명(硯銘)을 통해서 확인할 수 있다. 어떤 장인이 이홍장의 제명(題銘)을 받아서 음각을 하고, 호랑이와 승냥이를 양각으로 부조하여 이홍장에게 선물하여 이홍장이 먹을 갈았던 벼루일 것 같다는 생각이 든다. 이 벼루에 새겨진 사연이 그렇게 읽혀지고 있기 때문이다.

호두보연虎頭寶硯

오래 전이다. 우연히 고연(古硯)을 하나 만났다. 중앙에 원형(圓形) 음각이 들어 있는 평연이다. 앞면 상단에 삼희당(三希堂)이라는 음각이 있고 하단에도 삼희당(三希堂)이라는 음각이 있다. 오른쪽에 금춘간우과(今春看又過)라는 양각이 있고 왼쪽에는 하일시귀년(何日是歸年)이라는 양각이 있다. 뒷면에는 상단에 호두보연(虎頭寶硯)이라는 양각이 있고 그 아래에 호랑이 머리를 양각하여 가득 채웠다. 이런 천생연분연(天生緣分硯)을 어떻게 만날 수 있다는 말인가. 누가 이런 벼루를 만들어 놓았다가 나에게 넘겨준단 말인가. 참으로 기이한 인연(因緣)이다. 중앙(中央)에 원형(圓形)이라. 나는 원중(圓中)이라는 법호(法號)를 받았다. 삼희당(三希堂)이라. 나의 당호(堂號)가 아닌가. 호두(虎頭)라. 나는 무인생(戊寅生)이다. 보연(寶硯)이라. 그러니 네가 간직하고 보거라. 이렇게 읽어질 수밖에 없는 것이 아닌가.

그렇다면 당나라 시인 두보(杜甫)의 절구(絕句)에 들어 있는 '금춘간우과(今春看又過) 하일시귀년(何日是歸年)'은 왜 새겼을까? 내가 살고 있는 곳을 '문산수기촌)文山秀氣邨'이라고 이름 하기 시작한 것은 1970년대가 아닌가. 대만 한 대학 대학원장의 안내로 이것을 전각하여 써 온지가 이미 한 세대를 훨씬 넘겼지 않은가. 내 마음이 두보의 이 시심에 닿은 지가 오래지 않은가. 두보(杜甫)의 시는 이렇다. 무제(無題)의 오언절구였다.

강벽조유백	江碧鳥逾白	강이 푸르니 새 더욱 희고
산청화욕연	山靑花欲然	산이 푸르니 꽃 빛이 불타는 듯하다
금춘간우과	今春看又過	올 봄도 보기만 하면서 또 그냥 보내니
하일시귀년	何日是歸年	어느 날이 나 곧 고향에 돌아갈 해인가

꺼내 볼 때마다 이 벼루에 천생연분연(天生緣分硯)이라는 이름을 붙여주고 싶었다.

편지를 여는 물고기

어느 해 여름 그리스(Greece)의 한 해변을 걷고 있었다. 여름인데도 인적이 별로 없다. 바다와 파도를 보면서 해변을 걸었다. 한참  을 걷다보니 좀 무료하였다. 가던 길을 되돌아서 걸어온다. 해변의 상점들은 규모가 작고 아주 소박한 편이며 문이 닫힌 곳도 있었다. 무료함을 달래려고 열린 상점 한 곳을 들렸다. 나이가 든 할아버지가 작은 공예품들을 손수 만들고 있다. 대화를 나누다 보니 편지 칼로 보이는 것이 하나 눈에 들어와서. 손에 들고 물었다. 용도가 무엇이며 누가 만든 것인가? 순은 제품이며 편지 칼이고, 옛날 것이어서 만든 이는 알지 못한다는 것이다. 길쭉하고 날렵하게 생긴 물고기 모양인데 입을 벌리고 꼬리를 치켜들었다. Kayly가 만들었다는 사인이 음각되어 있다. 그런데 파는 물건이 아니라고 한다. 시간이 있고 그도 혼자여서 이런저런 의사 교환을 하다가 겨우 구한 것이다. 순은 수제품 세공이다. 입을 벌리고 꼬리를 처든 물고기가 언재고 편지를 열 준비를 하고 있는 것 같다. 힘껏 편지를 열겠다는 의지의 표상이 보여 항상 만든 이를 생각하게 만들었다.

백자 신수문 지통白磁神獸紋紙筒

원형 바탕 두 개, 네모 바탕 두 개, 구름 바탕 두 개를 만들었다. 그리고 그 위에 여러 길상(吉祥) 신수(神獸) 들을 그려 넣었다. 이것을 하나씩 독립시켜 보면 단수고, 두 개씩으로 보면 쌍수며, 총체적으로는 복수다. 이 지통(紙筒)의 종이를 꺼내서 문장을 쓰는 이의 글재주가 그렇게 피어나기를 바랐을까? 이 지통(紙筒)의 밑바닥에는 세대 문장(世代文章)이라고 썼다. 한 시대를 풍미하는 문장을 쓰라는 기원이었을까? 필세(筆勢)와 화법(畵法)이 뛰어나고 안정감 있는 조형미가 일품이다. 긴 종이를 꽂았을 때 자빠짐 방지의 창의적 구조와 미적 조화가 돋보인다.

황소 책꽂이黃牛書架

힘이 센 황소 두 마리가 책의 양쪽에서 온몸으로 책을 세워 꽂도록 만들었다. 글을 쓸 때 필요한 책을 골라내서 가까이 꽂아놓고 참고하는 데 도움을 주었다. 소의 조형미가 돋보이고 창의적 아이디어가 인상적이다. 나무여서 포근함을 더 해주며 소의 몸에 파도무늬를 더하고 색상의 조화까지 적절하게 착안하여 사용할 때마다 정이 갔다. 이동이 부드럽고 편리하여 자주 사용하였다. 음향기기 옆에 놓아 철제의 음색을 자연의 음색으로 완화하는데도 도움을 주고 있다.

5

차호에 담긴 훈훈한 마음

완차호玩茶壺 차구茶具

백자 십장생 차 단지白磁十長生茶壇

백자에 십장생(十長生)을 그린 차단지다. 차를 넉넉히 담을 만한 크기다. 십장생이란 장생불사(長生不死)를 표상한 10가지의 물상(物象)이다. 해·산·물·돌·소나무·달 또는 구름·불로초·거북·학·사슴을 말하는데, 중국의 신선(神仙) 사상에서 유래한 것이다. 10가지가 모두 장수물(長壽物)로 자연숭배의 대상이었다. 고구려의 고분 벽화에도 부분적으로 등장하는 그림이다. 고려 때 이색(李穡)의 목은집(牧隱集)에도 십장생의 유행

이 보인다. 조선대로 오면 설날에 십장생 그림을 궐내에 걸어놓는 풍습이 있었다. 이 차 단지에 넉넉하게 담아놓은 차를 꺼내 다려 마시면서 늙지 말고 행복하게 장수하라는 기원이 담겨 있는 단지 같아서 볼 때마다 늘 풍성함과 훈훈함을 느낀다.

백자 모란문 차호白磁牡丹紋茶壺

종이처럼 얇은 백자다. 살결이 부드럽고 그 희기가 분통같다. 모란(牡丹)의 화사한 색깔이 실물보다 더 곱다. 모란의 문양을 차호의 덮개에도 조화롭게 그려 넣었다. 차

호 덮개 손잡이는 복숭아로 만들었다. 조형미는 날아갈듯 하면서도 안정미가 있다. 바라만 보아도 상쾌하고 시원한 느낌이 든다. 복숭아와 모란은 장수와 부귀를 상징한다. 이 차호에 담긴 차가 그런 의미가 있다는 것일까. 건륭(乾隆, 1735~1796) 때 만들었다.

자사 매화문 차호紫砂梅花紋茶壺

매화문에 날렵한 참외골의 시원한 조형미가 돋보이는 차호다. 오랜 차향이 흠뻑 배어 있고 중량감으로 안정성을 창조하였다. 자사를 듬뿍 써서 들면 아주 묵직하다. 덮개는 매화문 위에 매화 가지형태의 꼭지를 운치 있게 뽑아냈다. 차호의 손잡이와 수구도 또 다른 모양의 매화가지 형태로 만들어 냈다. 부쌍화(缶雙華)가 만들었다. 세련미와 소박미의 조화가 놀랍다. 수년 전 노원고완성(魯園古玩城)에서 나이 든 한 부부가 우리 부부에게 간곡하게 권하여 구한 것이다.

자사 죽절어깨 매화문 차호紫砂竹節肩峰梅花紋茶壺

이 차호의 손잡이와 수구는 매화 가지로 만들고, 몸통은 매화문으로 장식하였으며, 상단부의 어깨는 동그랗게 죽절로 둘렀다. 매화문 덮개에 덮개의 손잡이도 매화 줄기로 만들었다. 낮은 원형으로 편안한 안정미를 유지시켰다. 무게로 안정

미를 추구한 차호와 달리 형태로서 안정감을 만들어냈다. 편안한 멋을 창조한 차호다. 진명원(陳鳴遠)이 만들었다.

자사 죽절 매미 손잡이 덮개 차호紫砂竹節蟬扶手盖子茶壺

이 차호는 사실성을 바탕으로 구상한 것인데 매우 뛰어난 창의성을 보여준다. 무거운 무개가 안전감을 유지시키고 있다. 죽절 한 마디를 차호의 중앙에 배치하였다. 대나무의 뿌리 쪽 부분이다. 중앙을 중심으로 위와 아래를 넓혔다. 손잡이는 대나무통을 타원형으로 뚫어서 만들었다. 수구는 대나무 가지다. 수구를 타원형의 손잡이 중앙에 정면으로 안치시켰다. 덮개의 손잡이는 죽절 반을 갈라 그 위에 매미를 올려놓았다. 대나무와 매미의 조화로 청량감을 만들어내는데 성공하였다. 차호의 몸과 덮개와 밑 부분, 그 안팎까지 모두 오랜 연륜을 가진 대나무의 미세한 부분까지를 모두 구현하여냈다. 사실성과 조형미의 구현에서 원숙한 단계에 이른 장인의 솜씨가 돋보인다. 대나무가 오래 되어 아름답게 터진 부분과 구멍이 나서 안팎으로 기운 부분 까지 고졸한 멋을 내기 위하여 온갖 노력을 하였다. 창의적 발상이 놀랍다. 작자는 주위성(周偉星)이다. 이 차호는 출품용이었거나 만든 이가 직접 사용하였을 것 같다. 그 세세한 배려와 많은 공을 들여서 일반 상품으로 만들지는 않았을 것이다.

6

향로에서 향이 피어오고

향로기香爐記 향로香爐

세 발 사발향로三足沙鉢香爐

예부터 동서양 모두 향을 피우는 풍습이 있었다. 헤브라이인이 신전(神殿)에서 향로를 사용하였다고 전하며, 구약성서에도 솔로몬왕이 향로를 만들었다는 전설이 있다. 현재도 불교에서는 부처를 공양하기 위하여 소향(燒香)을 한다. 천주교에도 이런 전통이 남아있다. 인도에서는 4천 년 전의 유적에서 향로가 발견되어 화제가 된 일이 있다.

이 향로는 투박한 조선 사발 모양이다. 그러나 세 발(三足)을 만들어낸 도법의 흔적을 살펴보면 일가를 이룬 장인이었음을 바로 알 수 있다. 비스듬히 올라간 선이 아주 적절한 높이에서 멈추었다. 단숨에 만들어낸 그만의 조형미다. 비록 민요(民窯)의 장인이지만 그림과 글씨를 보면 속기를 벗어난 천재성이 번득인다. 세필로 그린 화조(花鳥)와 거침없이 써내려간 화제(畫題)는 압권이다. 향불이 오래 닿아 변색이 깊다. 향로, 그림, 글씨 모두 등질(鄧櫍)이라는 장인이 만들고 그리고 썼다.

세 발 놋쇠향로三足豆錫香爐

삼족의 안정미와 원형의 풍윤미가 조화롭고 뛰어나다. 양 손잡이는 4개의 발과 1개

의 꼬리를 가진 다람쥐형 동물을 향로에 붙여 만들었다. 쥐는 다산과 다복의 상징이다. 숫자 5는 일체성의 상징이며 완전성을 추구하는 숫자다. 향로와 손잡이의 일체성과 완전성을 통해서 너와 나, 곧 상대와 내가 일체성을 이루는 경지로 안내하는 의미를 담았을 것 같다.

법랑 코끼리 입 손잡이 향로琺瑯象鼻子香爐

청나라 때의 법랑 향로다. 밑에 대청년제(大靑年製), 건륭(乾隆, 1735~1796), 고진완 장(古珍玩藏)이라는 3개 음각 철인이 있다. 이 향로는 법랑의 기법이 매우 섬세하고 전체적인 조형미가 뛰어나며 안정미가 돋보이는 중형의 향로다. 코끼리 입으로 양손잡이를 만든 것이 인상적이다. 코끼리는 부와 장수를 상징하며 관용과 신뢰를 상징하는 길상이다. 당나라 때에 이미 도사법랑(稻糸琺瑯)의 기법이 있었다. 그러나 일반적으로는 원나라 때 아라비아에서 전래된 것으로 생각하고 있다. 명나라 때는 경태연간(1450~1457)에 많이 유행하여 경태람(景泰藍)이라고 불렸다. 청나라 초기에 다시 유행하였으며 건륭연간(1736~1795)에는 우수한 것들이 만들어졌다. 내전법랑(內塡琺瑯), 화법랑(畵琺瑯)은 청대에 시작되었다. 곱게 사용하여 더 정이 간다.

삼족은동향합三足銀銅香盒

둥글넓적한 그릇을 합(盒)이라고 하는데 향을 넣는 것을 향합(香盒)이라고 한다. 향나무를 잘게 깎아서 향합 안에 넣어놓고 그것을 꺼내서 향로에 집어넣어 향을 피운

다. 삼국시대부터 사용하였을 것으로 추정된다. 이 향합은 금속을 손으로 깎아서 만든 것 같은 감을 준다. 양쪽에 도마뱀을 앉혀 손잡이를 만들고 덮개 중앙에 해태를 앉혀 손잡이를 만들었다. 안쪽을 보면 칼로 깎아낸 흔적이 선명하다. 바닥에 정서정 장(鄭瑞庭 藏)이라는 양각(陽刻) 인장이 있다. 도마뱀은 석용자(石龍子), 또는 석척(蜥蜴)이라고도 한다. 중국을 비롯하여 동아세아 농경문화권에서 강우(降雨)의 권능을 가진 것으로 인식되어 왔다. 해태의 본딧말이 해치(獬豸)다. 해치(해태)는 상상의 동물로서 중국 동북 변방에 살며 한 개의 뿔을 가졌고 성품이 충직하여 시비시비(是非)나 선악(善惡)을 판단하면서 화재(火災)나 재앙(災殃)을 물리친다고 믿는다. 용(龍)처럼 중국 문화권에 널리 존재하는 상상의 동물이다. 정서정(鄭瑞庭)이 어떤 사람인지는 알아보지 않았지만 이런 향합을 만들어 사용하였던 것으로 미루어 본다면 그의 미적 안목을 짐작할만하다.

죽절삼족향합竹節三足香盒

대나무를 소재로 직경 12센티미터의 향합을 만들었다. 덮개에는 상단에 세 마리의 양각 박쥐를 안배하고, 몸체와 덮개의 맞물림에는 양쪽에 완자무늬를 음양각으로 둘렀다. 몸체의 양면 중앙에는 원 안에 5마리의 박쥐를 안배하였다. 다리는 3마리의 코끼리 머리로 안정감을 유지시켰다. 박쥐는 행복, 행운, 부귀, 장수, 평화를 상징한다. 5마리의 박쥐가 한 곳에 모여 있는 것은 오복, 곧 장수, 부귀, 무병

식재(殖財), 도덕적 삶, 천수의 누림을 상징한다. 코끼리는 부를 상징한다. 숫자 3은 길한 징조, 완전함, 천계(天界) 등을 상징한다. 숫자 5는 완성의 미를 상징한다. 이 향합은 정교한 소박미의 품격이 죽향(竹香)과 함께 새로운 향기를 더하여 준다.

도자기로 빚은 인연

도자연陶瓷緣　도자陶瓷

솔잎무늬 토기 씨뿌리개 병松葉紋播種瓶

　병 한 쪽 위를 큰 귀처럼 길게 뽑아내서 구멍 두 개를 뚫었
다. 두 구멍 앞은 씨앗이 병 속에서 나와 잠시 머물 수 있도록
오목한 쉼터를 만들었다. 얼마나 많이 사용하였는지 그 쉼터와
두 구멍은 마모로 인해서 윤택이 나면서 반들반들하다. 병의 온
몸에는 상에서 하로 하에서 상으로 솔잎 무늬로 가득 채워서 손
으로 잡았을 때 미끄러움을 방지하고 있다. 고려 때 사용하였던
씨뿌리개 병이다. 연륜과 희귀성은 물론 보존 상태 또한 좋다.
어느 농부가 사용하였던 것일까? 고려 때 만들었을 것이다.

감화분청 꿀 단지嵌花粉靑蜜壇

　이 단지는 소박미와 조형미가 돋보인다. 질박한 기하학적 구도의 문양에 정이 간
다. 고려 말 쯤 만든 것 아닐까? 입이 좀 더 좁고 목이 좀 더 길었다면 차 단지였을
수도 있는데 차단지로는 목이 좀 짧고 입이 좀 크다. 목을 짧게 만들고 입을 비교적
크게 만들었으며 입 안쪽에 유약을 유난히 매끄럽게 성형하였다. 꿀단지였을 것 같

다. 꿀은 쉽게 얻을 수 있는 먹을 거리였다. 이집트의 피라미드에서는 약 3천년전의 꿀단지가 발견되었다. 한국도 김부식(金富軾)의 삼국사기(三國史記)에 신라시대에 꿀이 사용되었다는 기록이 있다. 그리고 일본서기(日本書紀)에는 백제의 왕자가 일본에 양봉 방법을 전하였다는 기록도 있다.

문이 달린 청자 씨 단지門扉靑瓷種子壇

문이 떨어져 나간 씨 단지다. 여닫이 문 흔적이 남아 있다. 씨 단지는 모양이 작은 항아리와 비슷하며 배가 불룩 나오고 그릇의 아래 위가 좁으며 입구가 좁다. 항아리보다는 조금 작은 것을 단지라고 한다. 옹기로 만들어진 것이 많다. 씨앗을 저장하는데 사용되는 단지이다. 그런데 이 씨 단지는 좀 특이하다. 문이 단지의 배 중앙에 자리 잡고 있으며 단지의 위와 아래는 밀폐되어 있다. 단지를 옆으로 눕혀서 종자를 보관하였을까? 아니면 종자의 양을 문의 높이 이하로 보관하였을까? 형태로 미루어 보면 후자일 것

같다. 귀한 종자를 보관한 씨 단지였을 것 같다.

8

떠난 자리에 이름은 남고

재명연齋銘緣 재실齋室

박학위선실博學爲先室

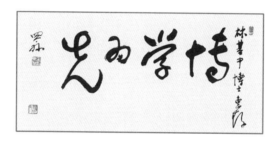

내 박사학위 심사위원장을 맡은 이가 연세대학교 나손 김동욱 (1922~1990) 교수다. 종심을 마치고 써 준 글이 박학위선(博學爲先)이다. 그날 서울 시청 앞 춘천옥 전문집에 같이 가서 당신이 직접 내 이름자를 써서 이대로 새겨 임 박사한테 전하라던 인장을 현재도 간직하고 있다. 옥 인장을 갖는 까닭을 학문 중심으로 설명하셨다. 학위를 받았으니 이제 학문의 거점을 세 방향 이상 마련하여 정진하라는 당부를 하였다. 좋은 학자가 되려면 먼저 박학하여야 한다는 취지의 뜻이 담긴  것이다. 그때부터 박학위선실(博學爲先室), 박학위선재(博學爲先齋)를 생각하였다. 이 재실명을 쓰기 전에는 이 책 78쪽에 있는 지부족재(知不足齋)를 써왔다.

삼희당三希堂

일여 문영오 교수가 연세대학교 연민 이가원(1917~2000) 교수한테 받아다 준 글씨다. 박사학위를 받은 뒤 내심 학문적 세 가지 바람을 성취하여 보겠다는 생각에서 삼희당(三希堂)이라는 재실명(齋室銘)을 썼다. 연구 자료의 확충을 통한 새로운 시각의 향가 연구, 가사문헌의 수집 정리와 그 연구, 연행록의 수집 정리와 그 연구 등을 생각하여 본 것이다. 그 결실은 부끄럽지만 이 세 영역에서 내 학문적 생애가 소진되었다.

세심재洗心齋

마음을 내려놓는다는 하심(下心), 마음을 씻는다는 세심(洗心)을 생각하는 때가 많아지면서 세심재(洗心齋)를 생각할 때가 있었다. 전각가 철농 이기우(1921~1993)가 써준 백운이의 청천세심(白雲怡意 淸泉洗心)을 거실에 걸었다. 영국인 친구 로이(Roy)부부가 왔을 때 설명을 요청 받고 소통에 한계를 느낀 일이 있다. 그러나 그들

도 동의하는 부분이 있었는지 써 달라고 요청하여 써주었더니 영국의 그들 집에도 걸려 있었다. 상세한 풀이는 이 책 113쪽에 있다. 이와 비슷한 시기에 한수(漢水)를 바라보면서 관수재(觀水齋)를 쓰기 시작하였다. 이 책 79쪽에 있다.

관수재 觀水齋(一庸 製)

십취헌十趣軒

내 삶의 생활양식이나 행동양식, 또는 사고양식 등이 정년퇴직 전후가 별로 달라진 것이 없다. 주변에서는 취미 생활이 없는 건조한 사람이라고 말이 많다. 그래서 취미라는 것을 생각하여 보았다. 취미가 없는 사람은 없다는 결론에 이르렀다. 좀 억지가 있을지는 모르지만 나도 열 가지 취미는 가지고 살아 온 것 같다. 그래서 십취헌(十趣軒) 주인이라는 말로 항변하기 시작하였다. 인문학과 아완이라는 이 책의 생산이 그런 발상에서 나온 것이다. 웃을 일이다. 이 석각도 살펴보면 지팡이 짚은 늙은이(人)다. 주인노릇(主)도 제대로 못하니 주자(主字)도 바르지 못하다. 도법이 자연히 그렇게 드러났다. 그래도 취미가 아닌가.

동봉량월지실東峯涼月之室

정년퇴직을 하고 옮긴 신사동 연구실 이름이다. 속진(俗塵)을 털어내면서 남은 시간을 보려고 생각한 것이다. 어렸을 적 비 갠 뒤 동산에 떠오른 둥근달의 청량감을 다시 느껴보고 싶어서였다. 그러나 옛날의 그 달을 보기란 쉽지 않았다. 언제나 현재의 아름다움이 가장 소중한 가치라는 깨달음으로 옛날의 청량감을 대체할 수밖에 없었다.

더 작게 더 작게

소소지향小小指向 좁쌀小米

고강도 오석 육계불상高强度烏石肉髻佛像

　　아주 작은(11×5.5) 육계불상이다. 육계(肉髻)란 부처님의 머리 정수리에 솟아 있었던 영적 의미의 상징이다. 중국 돈황에서 나왔다. 사막의 돌이라서 강도가 그렇게 높은 것 같다. 왜 그렇게 작은 불상을 만들었을까? 작지만 풍윤하고 균형 잡힌 얼굴을 보면 결코 작아 보이지 않는다. 작지만 큰 불상이다. 도처에 이동이 가능하고 도처에서 공양이 가능하지 않은가. 소소지향(小小指向)은 실용성과 관련이 있는 것일까. 더 작게 더 작게는 예나 이제나 있는 것이며, 동양이나 서양이나 다 있는 것 같다. 사람들의 생각에는 어떤 공통점이 있는 것 같다.

청대 몽고 은상 호신불淸代蒙古銀床護身佛

　　아주 작은(3.5×3) 호신불(護身佛)이다. 형태로 볼 때 줄이 있었을 것이며 목에 걸고 다녔을 것 같다. 광배의 미세 금사가 많이 남아 있다. 채색도 보존 상태가 양호한 편이다. 은상(銀床)의 마모 상태로 미루어 볼 때 오랜 연륜이 느껴진다. 소중히 간직하여온 어떤 불자의 정성과 불심(佛心)이 흠뻑 묻어 있다. 고강도 오석 육계불상(高强度烏石肉髻佛像)보다 더 작아진 불상이다.

자사 불상 차호紫砂佛像茶壺

아주 작은 자사 차호(6.5×6.5)다. 차 공양 때 사용하였을 것 같다. 세 그루의 소나무(三松) 안에 석굴암(石窟庵)처럼 만들어 부처를 깊이 안치하였다. 차호의 덮개 손잡이를 두 소나무(雙松) 가지로 지탱시켰다. 차호의 손잡이와 수주는 소나무 껍질(松皮文樣)로 장식하였다. 안치된 불상(佛像)의 크기(1.0×2.0)는 아주 작다. 그 정교한 솜씨가 놀랍다. 바닥에 건명특제(建明特製)라는 양각이 있다. 청나라 은상 호신불(淸銀床護身佛)보다도 더 작다. 이런 소소지향(小小指向)은 어디까지 가는 것일까? 그런 흐림이 현재도 곳곳에서 계속 이어지고 있지 않은가. 어느 해 겨울이다. 아내와 북경의 어떤 거리를 지나가는데 한 할머니가 차호 세 개를 신문지 위에 올려놓고 앉아 있었다. 큰 차호 하나가 좀 특이한 모양이어서 만져보았다. 할머니는 그것이 아니라면서 제일 작은 차호 하나를 아내에게 가져가란다. 아내가 처음부터 그것을 보았는지는 알 수 없다. 그냥 지나치려는데 할머니가 계속 아내를 불러 아내의 손에 이 차호를 꼬옥 쥐어주면서 가지고 가란다. 할머니는 흔히 보는 노점상 같지 않았다. 그때 아내가 받아온 것이다. 보면 볼수록 인연이라는 것을 깨닫는다. 아내가 제일 좋아하는 차호다. 나 또한 그렇게 되었다. 불연(佛緣)이다.

쌍학 수제 은 먹물통雙鶴手製銀墨水筒

작은 먹물 통(5.5×1.5)이다. 먹을 갈아서 담아가지고 다니면서 글씨를 쓰기 시작한 것이 언제부터인지는 조사하여 보지 않았다. 여러 가지 크고 작은 형태의 먹물 통이 전하고 있는 것을 보면 크게 유행하던 시기가 있었을 것 같다. 내가 가진 것 중 큰 먹물 통은 중형의 벼루만하다. 중국 가는 연행사들이 사용하였을 것 같다. 어느 정도 크기의 세필(細筆)이었기에 이렇게 작은 먹물 통이었을까? 내가 가진 세필(細筆)은 여기에 맞는 것이 없다. 그렇다고 해서 장식품은 아니다. 통 안의 먹 딱지가 오랜 사용 설명서 역할을 하고 있기 때문이다.

단주 소연端州小硯

원형의 작은 청석 벼루(5×5)다. 위와 아래에 목제 덮개와 받침대가 있다. 실용성이 탁월하고 창의성이 놀랍다. 죽절의 삼단 조형미도 뛰어나다. 앞면은 이중 원형 파내기를 하였으며 뒷면은 원형을 깊게 파 먹물을 많이 저장할 수 있게 만들었다. 양월남비안전문지차회(陽月南飛鴈傳聞至此回)라는 명(銘)이 있고 구름무늬를 음각하였다. 명(銘)은 당(唐)나라 연청(延淸) 송지문(宋之問)의 시에 있다. 그의 시는 이렇다.

제대유령북역 題大庾嶺北驛	대유령 북역에서 시를 짓다.
양월남비안 陽月南飛雁	시월에 남으로 날아가는 기러기
전문지차회 傳聞至此回	들으니 여기에 와서는 되돌아간다고 하네

아행수미이 我行殊未已	내 가는 길 아직 끝나지 않았으니
하일복귀래 何日復歸來	어느 날 다시 원래 있던 곳으로 돌아가나
강정조초락 江靜潮初落	강은 고요한데 조수는 막 떨어지고
림혼장불개 林昏瘴不開	숲은 어둑하여 장기는 아직 열리지 않아
명조망향처 明朝望鄕處	다음날 아침 고향 쪽 바라보면
응견롱두매 應見隴頭梅	응당 고갯마루의 매화꽃을 보리라.

이 벼루에 먹을 갈아 행복의 화신(花信)을 주고받는다는 의미였을까? 작지만 작은 것이 아니다. 내가 가진 벼루에 작은 평연(5×3×0.8)이 하나 있다. 깨알 같은 연명(硯銘)까지 있다. 어떤 사연이 있었을까? 이 벼루의 사연과 더불어 상상의 날개를 펴본다.

완백 전 명연頑伯篆銘硯

석고(石鼓)를 형상화한 작은 벼루(8×4)다. 상면(上面)은 원형(圓形)의 벼루이고 하면(下面)은 필세(筆洗)로 만들어서 두 가지 용도로 사용할 수 있게 하였다. 아름다운 청석연(靑石硯)이다. 공연(貢硯)이라는  별칭도 있다. 측면 크기의 반면(半面)에는 산수화를 음각하고 다른 반면(半面)에는 청신회세인(淸晨懷世人) 완백(頑伯) 등(鄧)이라는 전명(篆銘)이 음각되어 있다. 맑은 첫새벽에 많은 세상 사람들을 따뜻한 내 가슴에 안는다는 뜻이었을까? 전명(篆銘)이 범상치 않은 조화를 만들어 내고 있다. 전(篆)의 도법(刀法)이 달인의 경지다. 완백(頑伯)이 누구인가. 청나라 등석여(鄧石如, 1743~1805)가 아니던가. 그는 중국 청대 중기의 화가다. 이름은 염(琰)이고 가경제의 휘(諱)를 피하여 자인 석여가 통용되기도 하였고, 그 뒤 완백(頑伯)으로 고치고, 완백(完白)으로 호를 삼았다. 일생동안 관직에 오르지 않고 전각과 글씨로만 생계를 유지한 사람이다. 특히 그의 전서는 진의 이사(李斯)와 당의 이양빙(李陽氷)에 필적할만하다는 평가를 받은 이다. 마모가 솜결 같아서 간혹 문진으로도 사용하였다.

접반사 절첩接伴使折帖

아주 작은 접반사 절첩(接伴使折帖, 3.5×11.8×1.4)이다. 접반사(接伴使)는 외국 사신들을 접대하던 임시직 관리다. 정삼품(正三) 이상에서 임명하였다. 절첩(折帖)은 병풍처럼 접은 첩장(帖裝)을 말한다. 그러므로 접반사 절첩(接伴使折帖)은 접반사들이 지니고 다녔던 병풍처럼 접어 만든 작은 책이라고 이해하면 될 것 같다. 한쪽은 노정기(路程記), 사건(事件)이고 다른 한쪽은 견관(見官), 연의 영칙견관예의(宴儀 迎勅見官禮儀)다. 별도로 작은 세폐(歲幣, 3.5×11.8×0.5)와 함께 전하고 있다. 이것 하나를 가지면 접반사의 역할을 원만하게 마무리할 수 있었을 것이다. 실용성이 이런 소소지향(小小指向)을 만들어 냈을 것 같다.

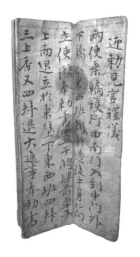

10

자연이 그린 자연, 자연이 조각한 자연

석취기石趣記 수석壽石

남한강 애완석愛玩石

언젠가 창산(蒼山) 화백이 수석 한 점을 주었다. 그의 화집을 보고 그이의 그림을 알게 되었다. 작품의 질박미가 좋았기 때문이다. 수마가 잘된 남한강 오석이다. 책상 옆에 놓고 자주 만져보는 애완석이다. 기교미가 아닌 질박미가 아주 정답다.

단양 협곡석峽谷石

오래 전의 일이다. 조각가 이불(以弗) 선생이 당신께서 손수 좌대를 만들었다는 수석 한 점을 주었다. 예쁜 조각미를 잘도 살려내는 작품을 자주 내놓아서 익히 알고 있는 이다. 단양 산수석이다. 수몰 전에 직접 탐석한 것이란다. 산경에 깊은 협곡이 오묘한 조화를 이룬 조형미가 돋보인다. 책장의 여백에 올려놓고 자주 본다. 이런 인연들로 인해서 수석에 관심을 갖게 되었다.

정선 백합석白合石

어느 해 여름이었다. 아내와 정선 아우라지를 가고 있었다. 고속도로를 빠져나와 정선 가는 지방도로를 달리다가 실개천의 물이 맑아서 차에서 내려 쉬었다. 실개천을 바라보던 아내가 내려가더니 돌을 들고 왔다. 모암의 수마는 양호하였으나 석질도 좀 부족하고 돌의 강도 역시 수석으로는 아쉬운 점이 있었다. 그러나 그려진 백합은 일품이 아닌가. 수마가 백합을 그린 것이다. 놓고 가자고 하다가 인연 같아서 가져온 것이다. 이것이 첫 석취의 사연이 되었다.

낙양 매화석梅花石

벌써 20여년이 훨씬 더 지난 것 같다. 중국 낙양(洛陽)에 가서 며칠을 보냈다. 어느 가정집 선반에 돌이 하나 올려 있었다. 살펴보니 아름다운 매화석이다. 수석의 강도도 뛰어나고 야매(野梅)의 형상이며 매화꽃까지 모두 그대로 화석화된 것 같다. 첫눈에 반한 수석이다. 주인은 애장석임을 강조하였다. 그러나 다음 날 고맙게도 내 마음을 깊이 읽고 싸주면서 많은 석담을 들려주었다. 모암의 석질과 수마가 뛰어나고 형태 또한 아름다운 화폭 같아서 청순감을 갖게 한다. 이 백매화석(白梅花石)에 마음을 주었더니 얼마 뒤 홍매화석(紅梅花石)이 찾아와서 안복(眼福)을 잘 누렸다.

화련 화문석花紋石

　대만의 타이중(臺中)에 있는 한 대학의 초청을 받아 80년대 중반 대만에 며칠을 머물렀다. 그때 화련에 갔었다. 그런 얼마 뒤에도 또 다시 화련에 갔다. 화련과의 인연이다. 해변을 걷다가 비를 만났다. 나무 밑으로 들어가서 비를 피하였다. 무료하게 비를 피하며 시간을 보내는데 예쁜 돌이 하나 보였다. 주어들고 자세히 보니 크기와 형태, 모암의 수마, 돌의 석질, 분홍색과 백색과 흑색의 조화가 탁월하다. 흠 잡을 곳이 없는 화문석이다. 나를 안내하는 이한테 가지고 가도 되는지를 물었다. 흔한 것이 돌이고 화련에는 예쁜 돌이 지천인데 예쁘면 가져가란다. 요즈음과는 사정이 아주 달랐던 옛날 일이었다. 여행 가방의 밖에 달린 주머니에 넣었는데 집에 와서 보니 없어졌다. 나중에 확인하여보았더니 고맙게도 누가 빠지지 않게 다른 곳에 넣어주었었다.

단양 월출석月出石

　　　　　어느 해 여름 충북 단양에 갔다. 숙소 입구에 조그마한 수석집이 하나 있었다. 이른 아침이다. 산책을 마치고 들어오는데 문이 열렸다. 인천에서 고등학교 교장을 하다가 정년퇴직을 하였단다. 오랫동안 수석에 심취하여 많은 수석을 가지고 있단다. 가장 귀한 수석을 보여주겠다면서 조반시간을 넘기게 만든다. 가지고 있는 것을 하나씩 애석가들에게 넘기는 과정 같이 보였다. 눈에 드는 것은 많지 않았다. 단양 월출석 하나가 시골 숫처녀 같은 이미지여서 수반과 같이 가져왔다. 거실 선반에 올려놓은 지 오래다. 돌과 수반이 천생연분이다.

한탄강 해빙춘로석解氷春路石

해빙기 한탄강에서 올라온 아주 작은 돌이다. 한탄강이 풀리는 봄기운이 완연하다. 봄기운 오르는 들판을 따라서 나즈막한 산 봉오리를 향해 길은 이어진다. 푸른 기운이 감도는 대지가 온화하다. 연푸른 정조(情調)가 마음을 푸근하게 감싸주고 있다. 마음을 풀리게 하는 따뜻함이 피어오르는 봄 돌이다. 모암도 조형미도 일품이고 수마 또한 일품이다. 어쩌면 이렇게도 곱고 고운 돌에 아름다운 물감을 풀어서 자연을 형상화할 수 있단 말인가. 깊이 볼 때마다 늘 새로운 색깔이 피어나는 돌이다.

함주통석含珠貫通石

작지만 오묘한 조화의 극치를 보여주는 돌의 미학이 들어 있다. 수마가 깎은 천의무봉의 솜씨와 완벽한 조형미를 보여준다. 여의주를 입에 물고 있는 청용의 형상화 같이 보이기도 하고, 시원한 관통을 만들려고 상하를 옥구슬로 고정한 구조물 같기도 하다. 어느 수석 애호가가 말없이 내손에 쥐어준 돌이다. 그가 만들어준 작은 상 위에 좌대를 놓고, 원목 색 좌대 위에 수석이 사뿐히 앉아 있다. 살펴볼 때마다 시원한 느낌이 일어난다. 사진은 좌대상을 빼내고 찍었다.

단양 산수석山水石

조용히 흐르는 강 건너 겹겹의 아름다운 산세와 한가로이 떠 있는 흰 구름이 평화

로움을 더 하여 준다. 수마가 좋고 모암의 형태도 안정
감을 준다. 철농(鐵農) 이기우(李基雨)가 써준 백운이의
청천세심(白雲怡意 淸泉洗心)이 내 거실에 걸려 있다.
인연인 것 같아서 그 밑에 놓고 보았다. 흰 구름은 마음
을 즐겁게 하고 맑은 샘물은 마음을 씻어준다는 뜻이다.
추사 김정희도 즐겨 썼던 구절이다. 도홍경(陶弘景)의
은거시(隱居詩)에서 가져온 것이다. 도홍경(陶弘景, 456~536)은 중국 남북조 시대의
도사(道士)다. 의학자(醫學者)이며 도교(道敎) 모산파(茅山派)의 개조(開祖)다. 자는
통명(通明)인데 은거(隱居)를 할 때는 화양은거(華陽隱居)라고 하다가 말년에 화양
진일(華陽眞逸)이라고 하였다. 그는 박학하고 다재다능하여 시, 예술, 의약(醫藥), 경
학(經學), 박물학(博物學) 등에 일가를 이룬 사람이다.

은거시 隱居詩 도홍경陶弘景, 456~536

산중하소유 山中何所有	산중에 무엇이 있냐구요
영상다백운 嶺上多白雲	산마루에 흰 구름이 많지요.
영상다백운 只可自怡悅	다만 홀로 즐길 뿐
불감지증군 不堪持贈君	그대에게 보내드릴 수는 없네요.

11

완상과 소유

십취헌+趣軒 고완성古玩城 완고실玩古室

　빈 젖꼭지를 입에 물고 빨면서 즐겨 노는 유아가 있다. 자면서도 빈 젖꼭지를 입에 물고 이따금씩 빨면서 좋아한다. 이것이 완상이다. 완상(玩賞)은 좋아서 보고 만지면서 즐기는 것이다. 일본의 가지고 논다는 완상(翫賞)이나, 중국의 살펴보며 즐긴다는 관상(觀賞)도 모두 다 아름다움을 보면서 즐긴다는 것이다. 소유(所有)는 가지고 있는 것이고, 가진 이가 지배하는 것이다. 고완(古玩)은 팔다(賣)는 의미가 들어 있고, 완고(玩古)는 사다(買)는 의미가 들어 있다. 완상(玩賞)은 후자의 편에 가까운 것이다. 완상은 지배에 목적을 둔 것이 아니며, 기호에 그 목적이 있는 것이다. 이런 기호의 욕구 때문에 사다(買)는 의미가 들어 있는 것이다. 구하여 완상한다고 보면 고완성완고실(古玩城玩古室)이란 말도 성립될 듯하다. 완상은 소유가 아닌 기호다. 물건을 소유 욕구로 사서 간직하느냐 아니면 기호 욕구로 사서 가지고 보느냐가 완상과 소유의 변별적 척도일 것이다. 그러나 이 둘의 변별적 관계는 단순치 않을 때도 있다. 그리고 둘의 관계에는 가변성도 존재한다. 완상의 가치가 떨어지면 소유가 되기도 하며, 소유에서 완상의 가치가 발견되면 완상의 대상이 되는 때도 있는 것 같다. 완상의 가치와 소유의 가치는 같을 경우도 있고 다를 경우도 있는 것 같다. 그러나 완상은 완상의 가치 비중이 소유의 가치 비중보다 더 높을 때만 완상으로서의 가치가 있다. 완상은 보편적 가치가 아니다. 철저하게 개별적 가치고 주관적 가치다. 이에 반해서 소유는 객관적 가치며 보편적 가치다. 따라서 완상은 무한한 개방성과 무한하게 자유로운 선택적 가치가 보장되는 인문학적 대상이다. 고산 윤선도가 오우가에서 수석송죽월(水石松竹月)을 선택한 것처럼 완상은 개방된 세계 속에서 누구나 자유로운 선택이 가능하다.

오우가 고산 윤선도

내벗이 몇인고하니 수석(水石)과 송죽(松竹)이라
동산에 달오르니 그 더욱 반갑고야
두어라 이 다섯 밖에 또 더하여 무엇하리.

누가 이런 완상에 시시비비를 하겠는가. 이런 완상의 소유자만이 완상의 가치와 아름다움을 마음껏 누릴 수 있지 않겠는가.

제2편
사람과 인간人間

1

못 갚은 글 빚

나는 희망을 보았다

窮谷의 磨砂에
뿌리를 내리고
한줄기 햇빛과 한방울의 이슬로 족한
마냥 푸르름을 자랑하는
한포기 난초처럼
그렇게 고와라
그대 앞에 서면 언제나
쇄락한 개운함과 미더움에
저절로 옷깃을 여미게 되나니

뭇사람 속에 늘 편안하고
알맞은 어조로 신념을 가지고 말하며
또 때론 적당히 至尊할 줄도 알아
오늘은 또 이렇게
있을 만한 자리에
있을 만한 무게로 어엿이 서 있는가

그대에겐
말이 곧 행동이요
계획이 곧 실천인 것처럼
그대
오랫동안 선비의 道門을 닦아
지조를 사랑한 탓에
어렵지 않게
前後大小事를 꿰뚫어
俗事의 亂場에도
쉽사리 휘말리지 않았느니
오늘 이제라도 이만큼
畏敬과 淸淨으로 주변을 다스려
後光까지 거느림은
오히려 당연한 것이 아니겠는가
그래 오오랜 忍苦의 세월 뒤에라도
혹 그대에 관하여 다시
내게 와서 묻는 이 있다면
松江의 사미인곡과 같은
지극함을 빌어서나 대답이 될까
아니면
아직도 조선팔도 그 어디에
아침 창호지의 화안한 빛살무늬
그 묵향으로나 번져서
굽이진 세월의 물살을 곱게 가르고
있는 듯 없는 듯 삶의 뒷켠에 비켜서서
오직 학문만을 사랑하며
돈독하게 살고 있는 그런 선비가
있기는 있느냐고 되물어야 할까

일천구백삼십팔년 사월 아흐렛날
그러니까
지금부터 60년 전
그대가 이 세상에 나와
처음 呱呱之聲을 울렸을 때
어디서
불현듯 한 동방의 賢者 나타나
'조선 땅에 오늘 모처럼 사람다운 사람
하나 태어났으니 어서 찾아보라' 했다더니
그 사람이 바로 그대가 아니었나 싶게
그렇게 그대는
어디 내놓아도 손색이 없는
준수하고 진솔한 일꾼이 되어
인간사며 못다 일군 학문의 돌짱밭까지
죄 일구려고
다부진 결의로 시방 우리 앞에 와
정정한 희망으로 서 있나니
이제 새삼
갑년은 세어 뭣할 것인가
우리 함께 더 좋은 날을 위해 축배나 한잔 들 일이지
안 그런가 이사람아

1998.4.9.
류근조(시인. 중앙대 국어국문학과 교수)

잣가지 높아 서리를 모르니

문득 솔바람 그립거든
그대 高邁한 學德의 다락으로 올라가
그 늘푸르고 맑은 知慧의 松林에서
우리들의 어두운 귀를 열어보리라.
준열한 댓닢의 말씀이 우리의 어리석음을 일깨우고
은은한 蘭香의 인품은 우리의 가슴 맑게 틔우니
스승 모신 은혜와 복이 이만하면 족하지 않겠느뇨.
눈썹을 일그려뜨려 남에게 성내지 않으며
입술을 삐뚤리하여 남을 책망하지 않으니
그대 사랑은 서라벌 달밤의 호젓한 달빛이
누리에 고루 스며내리는 그 아름다움에 비기리라.
禪雲寺 가는 길 어디쯤
천연스럽게 세월을 삭히고 서 계시는
백제불의 수줍은 미소 보았느뇨.
진정 스승의 모습 받들 양이면
바로 그 웃음이 여짓 은은히 우러나오는데
어찌 우리들이 모래알의 재주로
그대의 學德을 막무가내 쫓을 수 있으리오.
新羅와 高麗의 노래가
그대의 손으로 새롭게 가락을 얻으니
선인들의 풍류와 지혜가 새옷을 입도다.
그대 필경 암소 잡은 손 놓으시고
저 철쭉 꺾어 받치시리니
그 마음 자락 어찌 우리가 헤아릴 수 있으리.
또한 잠든 志鬼의 가슴에

팔찌를 놓으시는 그 자애로움이
어진 옛 선인의 마음 그대로 이로다.
오로지 그대 銳智로 옛사람의 노래와 마음이
무르녹아 풀어지나니.
그대 그 투철한 眼光과 부단한 功力을
우리들이 어찌하면 이어받으리오.
진실로 우뚝 잣가지 높은 花瓣의 스승이오니
구운 밤 닷 되 모래밭에 심어 그 싹이 나도록
그대의 유덕을 기리고저 하옵니다.
无涯와 未堂의 學과 藝가 고스란히
그렇게 그대에게 물림이 되듯이 우리도 그대를
熱誠으로 배우며 精進하리다.
새삼 그대 바라보기 황홀하여라.
아소 님하.
그대같이 후학과 제자 괴실 이 어디 있으리오.
우리도 쉬임없이 옛노래 살펴 읽으며
스승의 그림자 높이 받들고 따라가리라.

　　　崔淳烈(시인. 동국대 국어교육과 교수, 부총장)

고집 없는 고집

一庸 林基中 교수와의 인연은 동학 동문이라는 남다른 만남이기는 하지만, 나로서는 선배로서 후배를 대하는 것이 아니라 항시 두려운 벗으로서 글자 그대로의 畏友였다. 흐트러짐이 없는 몸가짐에다 날카롭다 해야 할 사리의 적확한 판단 등이 흐릿한 나에게는 동도자의 반려이기도 하면서 늘 위압으로 주눅 들게 하기 때문이다.

내가 배움의 과정을 좀 늦게 시작한편이어서 임 교수와의 만남은 대학원 시절에 시작되었을 것이나, 서로가 직장인이었기에 동학이기보다는 동직자로서의 선후배였던 것이다. 거기에다 나의 직장은 서울 근교의 소도시였고, 임 교수는 수도 장안의 한복판이었으니 촌놈이 서울 양반을 대하는 것 같은 처지여서 학문과 직업이 항시 앞서가는 것 같아 이 촌놈의 주눅은 있을 법한 일이었다. 이것이 벌써 30여 년의 옛일로서 회고처럼 이 글을 쓰게 되니 세월의 무상을 어쩔 수 없이 느끼게 된다.

한해가 시작되는 설날이 되면, 여러 스승님께 세배를 드리기 위해 동행했으니 새해 첫날부터 만나는 것도, 임 교수와 몇 분 金英培, 康琪鎭, 崔範勳, 그리고 나와의 다섯이었다. 승용차 한 대로 딱 알맞은 정원(당시의 승용차는 5인까지 용인이 되었다.)이라, 그날의 분위기는 지금 상상하여도 흐뭇하다. 강기진, 최범훈 두 선배의 그 다변과 달변은 끊일 사이가 없고, 돌부처보다도 더 무거운 김영배 선배의 침묵, 나의 어설픈 참견, 화제가 빗나가나 싶으면 일격의 철침으로 궤도 수정하는 임 교수의 정확성에 우리는 새해 첫날을 떡국 맛이 아닌 말맛으로 살찌우기 시작한 것이 30여 년의 우정이다.

그러던 중 한 직장의 앞뒷자리에 앉은 지도 벌써 10여 년이 지났으니, 이제는 외우 아닌 평안한 벗이 될 법도 한데 항시 어렵게 대하는 후배임이 틀림없다. 그 과묵 침착이 틈새를 보이지 않아 쉽사리 뚫고 들 수도 없거니와, 정론을 찾기 어려워 방황할 때는 임 교수의 도움을 은근히 기대하기 때문이다. 일반 사리의 판단도 명확하려니와 학문적 진지성과 치밀성은 언제나 우리보다는 한 수 위이다. 이러한 치밀 정확한 수완이 학문의 세계에서는 국어국문학회의 대표이사이고, 직장인으로서는 모교에서는 기획실장의 중책 속에서 오늘의 이 회갑연을 맞게 되었으니, 형식적인 축하가 아니라 명실상부한 *賀辭*를 받아 마땅하다.

임 교수의 학문세계 또한 동국대학교와 딱 맞아 떨어지는 것이 아닌가 생각된다. 광복 이후의 국문학계는 몇몇 분의 제1세대적 국문학자에 의하여 그 학풍이 갈렸다 할 수도 있다. 우리 동국의 학풍은 *无涯 梁柱東*선생님으로부터 그 연원을 삼는다. 무애 선생님은 이 나라 모두가 추앙해 마땅한 *鄕歌*(선생님은 *詞腦歌*를 고집하심) 연구의 공로자이시다. 임 교수도 학자로 인정되기 시작하는 학위논문이 「신라가요와 기술물의 연구」이다. 무애 선생님의 해독에 뒤잇는 내용 분석의 체계화를 매김이 선구의 개창이 되었다. 여기에 한 걸음 더 나아가 향가에서 비롯된 '*兄詞的 詩文法*'으로 우리 시가의 한 갈래를 잡아가는 통시적 틀을 정립하기에 이르렀다.

이렇듯 자신의 학설에 하나의 틀을 제시할 수 있는 저력이 바로 임 교수의 그 과묵과 고집이다. 모든 사리에는 각기 양면성이 있듯이 고집에도 *肯否*의 양면성이 있다. 그러기에 공자의 가르침에도 '*毋必·毋我·毋固*'의 훈계가 있다. 그러나 *執中*으로서의 *固執*은 삶이나 배움에서 가장 귀중한 자세이다. 임 교수에게는 이 집중의 고집이 있다. 학위를 이수할 때 논문의 제목 용어에 대하여 지도 교수와의 의견 차이가 있었으나, 임 교수의 이 학문적 적확한 고집이 끝내 지도교수의 동의를 얻었다는 후문을 들은 적이 있다. 그것도 지도교수가 흐뭇한 표정을 짓는 사석에서였다. 누구라도 사제 간에 있어 이만한 인정과 인수가 있다면 흐뭇한 것이 아닌가. 학문이 아무리 따분한 일이라 하더라도 이만하면 해볼 만한 일이기도 한데, 임 교수는 이 일을 했으니 고집 없는 고집이라 할 만하다.

임 교수의 학문적 자세는 두 갈래로 규정해 봄직하다. 자료 수집과 그 해석이라 할 수 있을 법하다. 만약 이 규정이 무리 없이 인정될 수 있다면, 이는 언제나 학계를 앞서간다는 말이다. 모름지기 학문을 하려면 그 도구인 자료가 풍부해야 한다. 그런 다음에 그 자료에 대한 적확한 해석이 뒤 따라야 한다. 그 다음으로 그 자료와 해석에 의한 정서나 사상의 논의가 뒤따른다. 그런 면에서 임 교수의 학문은 후배의 앞에 서서 인도하는 선각의 구실을 한다 하겠다.

이루어 놓은 현재의 업적에서 큰 것만 들더라도 이 두 길이 역력히 드러난다. 『역대가사문학전집』을 50집까지 집성했으니, 이런 자료 수집벽을 누가 당할 것인가. 이

것은 개인의 업적에만 국한하는 것이 아니라, 이 나라 국어국문학계에도 둘도 없는 불후의 공헌이다. 둔해 보이리만큼 과묵한 분이 어디에서 또 이러한 재빠름이 숨어 있었는지 저절로 경탄된다. 학자가 자료수집으로 끝나면 진정한 학자가 아닐 수도 있다. 그러기에 임 교수는 여기에 머물러 있지 않는다.

뒤이은 이 자료의 해석이 거의 해마다 이루어지고 있다. 1970년대의『조선조의 가사』를 시발로『고전시가의 실증적 연구』,『우리의 옛노래』,『우리 세시풍속의 노래』,『고려가요의 문학사회학』,『시로 읽는 노래문학』 등은 우리 시가에 대한 해석과 이해를 위한 길잡이이다. 또한『경기체가 연구』나『한국 가사문학 연구사』는 수집과 해석이라는 두 축을 함께 묶는 업적이라 하겠으니, 임 교수는 후배 학자의 길잡이로 자임하는 책임을 아는 학자인 셈이다. 더구나 1995년도의『광개토왕비 원석 초기탁본 집성』은 자료의 발굴과 해석에 남다른 관심과 안목을 갖춘 대 작업이고, 그 결과는 동양 3국인 韓·中·日의 학계를 놀라게 하였으니, 이것이 바로 임 교수의 '고집 없는 고집'의 두드러진 본보기이다.

이 기념 논총만 해도 그렇다. 그가 학자의 입문으로 택했던 향가의 연구에만 소재를 맞추어 후학들의 논술을 유도하여, 향가 연구의 학통과 아울러 자신의 지향점을 분명히 하고 있는 것이다. 더구나 몇 해 전부터 기획하여 마무리에 접어들고 있는 『梁柱東全集』을 주무하고 있는 것도 나로서는 감당키 어려운 일을 수행하는 저력에 또 한 번 손을 든다. 그야말로 선생을 섬기는 '事師'를 넘어선 '爲事'의 정신인 것이다. 이 모든 것이 임 교수의 고집 없는 고집'이 아니고서는 이룩될 수 없는 큰 업적들이다. 동학 동직의 한 사람으로서 마음 깊이 경하하는 바이다.

一庸 林基中 교수! 환갑을 일러 흔히 들 '인생은 이제부터'라는 말을 합디다. 내 또한 이 고비를 지내면서 이 말을 듣기도 하고 써 보기도 하면서 그게 傲氣로 하는 말이지 그럴 수가 있나 하면서 오늘에 이르렀습니다. 후배이자 畏友이신 임 교수에게는 이 말이 사실로 증명이 되어 뒤따르는 후배들에게 또 하나의 지표가 되시리라 기대하는 것으로 경하의 인사를 대신합니다.

1998.8.

李鍾燦 敬賀(同學 同職. 한문학자. 동국대 문과대 학장)

학덕의 향기 넘치나니

　일찍이 우리 선인들은 인생의 의미를 회고해 보고 새로운 인생의 분기점으로 삼는 회갑을 높이 기리며 두루 慶賀해 왔습니다. 오늘날이야 人生六十의 개인사적 의의가 그리 큰 바는 아니지만, 그래도 회갑은 한 인생의 총체적 위상을 가늠하는 의미 있는 시점으로 볼 수 있습니다. 개개인의 삶에 있어서 제각기 어떤 인생의 목표를 지향했고 어떤 성취를 일구었으며, 이 세상에서 한평생을 살면서 어떤 보람과 자취를 남겼는지 스스로 돌이켜 보는 일은 무척 감회로운 일일 것입니다. 이 감회를 주위에서 함께 나누는 미덕은 우리의 아름다운 전통이었습니다. 이제 평소 내가 가장 자랑스럽게 여기며 交遊하고 함께 일해 온 덕망 높은 한 학자의 회갑을 축하하게 되어 사뭇 흐뭇하기만 합니다. 여기 우리 동국대학교의 동료교수인 임기중 박사의 회갑을 맞아 동학 선후배와 제자들이 존경과 흠모의 마음을 모아 기념논총을 발간함에 즈음해서, 기꺼이 축하의 인사를 드리게 된 것을 어찌 기쁘게 생각하지 않을 수 있겠습니까.

　내가 임 박사에 관심을 두기 시작한 것은 지금부터 10여 년 전 일입니다. 무슨 일로 그의 연구실을 방문했는데, 그때 임 박사는 책상 앞에만 전등이 켜져 있는 어두운 방안에서 PC를 통하여 공부를 하고 계셨습니다. 당시 그것은 나에게 대단히 놀라운 일로 받아들여졌습니다. 좀은 보수적으로 보이는 고전 국문학자가 첨단 기자재를 작동한다는 것은 그만큼 사건이 아닐 수 없었습니다. 그때부터 나는 그의 진보적인 학문 연구의 발상을 눈여겨 보아왔습니다. 그러한 그였기에 오늘날 우리 동국대학교가 배출한 손꼽히는 국문학자요 학계의 泰斗로 인정받게 되는 데 손색이 없을 것으로 생각됩니다. 또한 임 박사는 우리나라 국어국문학연구자들이 총망라된 으뜸가는 學會인 '국어국문학회'의 대표이사로 그 名望이 드높기도 합니다. 그의 眞價는 쉽사리 남이 쫓아가지 못할 汗牛充棟을 넘어서는 연구 업적의 저술만이 아니라, 대학 강단에서의 빼어난 名講義의 명성도 그렇거니와, 대학 행정의 중책을 수행하는 엄정하고 탁월한 역량에도 있습니다. 사실 동국대학교의 행정 책임을 맡고 있는 나로서는 千軍萬馬의 지원군을 얻은 안도감을 가지기도 했지만, 한편으로는 그의 들끓는 학문적 욕구와 능력을 잠깐이라도 위축시키지는 않는지 미안함과 조바심을 가지기도 했습니다.

그런데 그것은 전적으로 나의 杞憂였습니다. 우리 학교의 운영 전반에 걸친 기획 조정의 행정 업무를 빈틈없이 수행하면서도 강의에 추호도 소홀함을 두지 않는 태도며 끊임없는 학문 研鑽의 준엄한 태도를 흐트러뜨리지 않는 그의 剛斷에 경탄한 바가 한두 번이 아닙니다. 그러한 그를 대할 때마다, 이러한 인물과 더불어 한 대학에서 학문을 연마하고, 또 대학경영의 지혜를 함께 나누는 일이 나에게 큰 행운이요, 자랑이라는 생각을 하게 됩니다. 일평생을 살면서 진정한 벗을 과연 몇 분이나 구할 수 있는지 모를 일이지만, 나 자신이 학문과 대학 행정의 두 길을 동시에 걸어가는 길에 진심으로 신뢰하는 道伴을 만난 이 즐거움은 내 교유록의 첫 장을 차지하는 것이라고 감히 말씀드릴 수 있습니다.

철학도인 나는 워낙에 국어국문학에 대한 식견이 부족하지만, 斯界의 평판을 수습하여 보건대, 임기중 박사의 학문적 성과는 가히 찬연함을 알 수 있습니다. 일찍이 우리 국학연구의 선구이신 양주동 선생이 신라의 노래를 語釋하면서 후속의 문학적 연구를 기대하는 語辭를 남기신 바 있는데, 그의 기대에 가장 탁월하게 부응한 바가 임 박사의 『新羅歌謠와 記述物의 研究』임은 자타가 공인하는 업적입니다. 또한 신라의 노래에 머물지 않고 高麗歌謠와 朝鮮朝 詩歌에 걸쳐 철두철미한 고증과 문헌자료의 섭렵으로 한 자 한 획도 놓침 없이 따져 읽고 해석해 내는 그의 노력은, 先學의 아쉬움을 充塡해 주고 후학의 미진함을 독려하는 원동력이 되고 있음을 알 수 있습니다. 그리하여 『우리의 옛노래』의 결집은 선대의 문학을 공부하는 학인들의 훌륭한 길잡이가 되고 있음도 사실입니다. 그의 出衆한 학문적 자질과 안목은 金石文 해석에도 남다른 성과를 보여 학계의 이목을 집중시킨 바 있습니다. 몇 해 전 北京大 교환교수로 건너가 연구생활을 하고 있을 때 하루도 쉬지 않고 도서관을 드나들며 자료더미를 뒤적여 우리나라의 역사적 자료로서 그 가치를 이루 헤아릴 수 없는 귀중한 자료인 '광개토대왕비'의 原石 拓本을 찾아내고선, 마멸된 字劃을 적확하게 재구성하고 해독하는 성과를 올려 학계를 놀라게 했습니다. 이는 일제에 의해 날조된 역사의 기록을 바로잡는 결정적인 근거를 제시한 것이고, 올바른 역사 해석의 端緖를 제공하는 후련한 쾌거에 속하는 일을 해낸 것이었습니다. 이 일은 그가 얼마나 예리하고 투철한 학문적 태도를 견지하는지를 단적으로 말해주는 사례라고 할 수 있으며, 이러한 작업의 결실로 출간된 책은 한국일보사가 제정한 출판문화상을 수상한 바가 있습니다.

이러한 그의 성품과 태도는 대학 행정의 수행에서도 십분 발휘되고 있습니다. 미래를 전망하는 卓見과 周到綿密하게 설계하는 企劃力, 그리고 계획된 사업에 대한 推進力은 타의 추종을 불허하는 바입니다. 금번 우리 대학은 전반적인 개혁의 소용돌이에 직면하게 되었습니다. 변화와 개선에 소극적인 주변 요인들에 조금도 주저함이 없이, 확고한 소신과 결연한 의지로 대학발전의 비전을 견인해 나가는 모습을 함께 하면서, 정녕 진정한 지성인의 실천적 용기가 무엇인지 실감하기도 하였습니다. 그렇게 우리 동국대학교가 21세기를 주도하는 대학상을 구현하고 구상해 나가는 제반과정을 기획하고 실무를 추진하는 그의 열정과 노고는 필경 우리 대학의 발전된 미래를 위한 밑거름이 되고 있음을 확신합니다.

이쯤까지만 알면 그것은 그의 향기를 반밖에 모르는 일입니다. 평소 그의 표정과 몸가짐에는 강직하고 단호한 면보다는 오히려 온유한 성품이 가득 드러납니다. 번듯한 그의 자태에 먼저 威嚴을 느끼지만, 한두 마디라도 대화를 건네면 마치 봄날 薰香을 대하듯 상대방을 감싸는 다사로움을 느낄 수 있습니다. 바로 內剛外柔의 전형을 보게 되는 것입니다. 그를 대할 때 결코 사소한 잔꾀로 그를 속일 수 없거니와 어떠한 허세로도 그를 굴하게 하지 못합니다. 그로부터 우러나오는 부드러운 포용력과 화해로운 친화력은 본시 그의 성정이 얼마나 아름다운지 말해 주는 것입니다. 날카롭되 남에게 상처를 주지 않으며, 부드럽되 함부로 휘지 않는 그의 인품을 항시 가까이 접하면서 나 스스로 자기 修養의 本으로 삼고자 합니다.

어찌 임기중 박사의 전모를 여기 간단없이 사뢸 수 있겠습니까. 다시 한 번 인생 육십의 결실을 이토록 아름답게 수확한 그에게 진심을 다해 축하드리며, 향후 더욱 학문에 매진하여 泰山의 공을 쌓으시고 아울러 우리 동국의 발전에 변함없이 열정과 지혜를 받쳐주시기를 기대합니다. 항시 부처님의 加護를 받으시어 일신과 가정에 행운과 福祿이 넘치시기를 기원합니다.

1998.9.

宋錫球(한국철학자. 동국대학교 13~14대 총장)

신구겸전의 정신세계

一庸 林基中 박사와 내가 학연으로 얽힌 지 사십여 년, 이제 앞서거니 뒤서거니 갑년을 맞기에 이르렀다. 젊은 시절부터 一庸 형은 신언서판을 두루 갖추었을 뿐 아니라 온화 인자하고 과묵 근신하는 바 있어 생래적인 선비의 풍모를 잃는 법이 없었다. 一庸 형은 청년 시절에도 삶과 학문에 대하여 그윽이 관조하는 태도가 심중하기 그지없어서 그는 늘 갑년의 노장처럼 느껴지곤 했다. 그런데 이제서 그가 화갑을 맞는다니 내겐 오히려 새삼스러운 느낌마저 갖게 된다.

一庸 형이 항상 저 의젓하고 침착한 선비의 풍모를 갖춘 것은 틀림없는 일이지만 그렇다고해서 그가 고식적이고 진부한 세계에만 칩거하고 있는 완맹한 도학자는 전혀 아니다. 그는 결코 사교적인 기질을 보여준 적도 없고 교언영색으로 명철보신에 급급한 바도 없다. 一庸 형을 겉으로만 접촉한 분들은 언제나 부드럽게 웃는 얼굴에서, 기품을 잃지 않는 겸손한 태도에서, 절제와 과묵함에서, 정금단좌하는 바른 몸가짐에서 조선 초의 유학자 한 분을 만난 듯한 느낌도 받았을 것이다. 그러한 느낌은 一庸 형의 훤칠한 체격이며 장자풍으로 시원스레 벗어진 이마며 느릿느릿한 말씨와 걸음걸이며 침착하고 조용한 언행 등에서 더욱 강렬해졌을 것이다. 아무리 뜯어보아도 어디 한 군데 경쾌하고 발랄한 현대인의 모습은 별로 보이지 않는다.

그렇지만 그의 내면은 이런 겉모습들과 현저하게 다른 모습을 가지고 있다. 무엇보다도 우선 一庸 형의 학문이 그렇다. 그의 대표적 저술 중 하나인 『신라가요와 기술물의 연구』에서 보여주고 있는 연구 방법에 대한 태도에서도 그 일단을 엿볼 수 있다. 1950년대에서 1970년대까지 이르는 동대 국문과의 학문적 분위기는 고전문학 연구의 경우, 전통적인 경서학의 토양 위에서 근대 국학 연구의 문헌주의적 경향을 중시하는 침중한 학맥을 이어오고 있었다. 따라서 대부분의 소장 연구자들마저도 그러한 학풍을 계승하는 것이 항다반사였으나 그는 엉뚱하게도 연구 대상을 설화, 구비 문학에까지 확장시켰고 그에 따라 민속학, 문화인류학, 정신분석학, 구조주의 설화학 등에 일찍이 눈을 돌려 새로운 세계를 열어가기 시작했던 것이다. '1970년대까지만 해도 기록되지 않은 채 구전된 것을 어떻게 문학이라 할 수 있느냐' 하는 견해가 국문과의 지배적 분위기였다. 따라서 방법론의 확장은 기대하기 힘든 시기였다. 그럼에도 불구하고 一庸 형은 과감하게 연구 영역의 폭을 넓히고 연구 방법을 다양하게 학습, 적용하면서 우리 고전 문학을 새로운 방향으로 이끌어갔던 것이다. 이 점은 그의 여러 공적 중에서도 가장 크게 평가되어야 할 항목이다.

마치 '갓 쓰고 자전거 타기'처럼 신구가치가 조화를 이루지 못 하는 것처럼 보일 수도 있겠으나 一庸 형은 컴퓨터에도 또한 조예가 깊다고 할까, 아무튼 그것에 관심이 깊다. 그의 방대한 저술과 자료집 편찬 등의 과정에 컴퓨터를 활용하는 것은 물론이지만 요즈음에는 대학의 전산망 구축과 각종 데이터베이스를 만드는 일에도 골몰하고 있다. 죽림칠현과 같은 숲속의 은자들과 오랫동안 어울려 지내다가 잠시 속세에 외출을 나온 듯한 一庸 형의 겉모습에는 이처럼 옛 것과 새 것이 함께 조화를 이루는 신구겸전의 정신세계가 활달하게 펼쳐지고 있는 것이다. 또한 一庸 형은 과묵하기만 한 분이 아니라 항상 불필요한 말을 삼가는 분이라는 사실은 각종 학술회의에서 충분히 확인할 수 있다. 그는 어떤 종류의 학술회의든, 주제 발표 못지않게 토론에 비중을 두고 있는 까닭에 학술회의에서 그의 사자후를 듣기란 별로 어려운 일이 아니다. 그럴 때 그의 모습은 다혈질의 열정적인 웅변가처럼 보이기도하고 인정사정 두지 않는 독설가의 모습으로 변신하기도 한다. 논쟁의 국면에서는 실로 임전무퇴의 기세여서 논리의 엄정성과 위엄이 종종 회의장을 압도하곤 한다.

이처럼 一庸 형은 선비의 외양을 두루 갖추었을 뿐 아니라 끊임없이 새로운 세계를 개척하려는 탐험 정신으로 나이를 잊은 채 활동하고 있다. 그야말로 내면의 정열과 의욕이 항상 넘치는 것이다. 그러한 그의 내적 열정은 여러 사람들에게 신뢰를 갖게 하고 그러한 신뢰를 통해서 그의 리더십은 자연스럽게 나타나곤 한다. 모교로 자리를 옮기기 전 이미 여러 대학에서 중요 직책을 맡았던 사실이나 모교에 와서 그가 맡은 중요 보직에서도 구성원들이 그에게 얼마나 많은 신뢰를 보내고 있는지 짐작할만하다. 뿐만 아니라 그가 동대 국문학 분야에서 가장 중요한 학회의 책임자를 두루 역임했던 사실과 최근에 한국 국어국문학자들의 대표적 학술단체인 국어국문학회의 책임자가 된 사실 등은 우리 국문학계가 그를 얼마나 소중하게 여기고 있는가를 단적으로 이해하게 하는 대목이다.

이제 一庸 형이나 나나 어쩔 수 없는 노년의 문턱을 넘고 있다. 노년에 들어 가장 경계해야 할 것이 노욕, 노추에 중심을 가누지 못하는 것이라 하는데 나는 장차 一庸 형한테서 그 극복의 본을 보려고 한다. 현자는 모든 법이 파기되더라도 그 사는 법이 같다 하였으니 세상의 변화가 제 아무리 극심하다 하더라도 항심이야 변할 까닭이 없겠으나 나날이 사람의 정신을 혼미하게 하는 일들이 너무도 많아 실로 사람살이의 어려움을 점점 느끼지 않을 수가 없다. 삶과 역사에 대한 一庸 형의 깊은 통찰력은 언제나 더불어 살아가는 여러 사람들에게 밝은 빛이 되리라 믿어본다.

끝으로 一庸 형의 넘치는 건강을 빈다. 축하의 술잔을 나누고 싶다. 형의 건강과 지혜는 우리 모두의 자랑스럽고 소중한 재본임을 아울러 잊지 마시기 바란다.

1998.8.
洪起三 敬賀(同學 文科大學長. 문학평론가. 동국대 15대 총장)

일용 선생의 학문

1.

일용 임기중 박사께서 어느새 회갑을 맞으시어 기념논총을 봉정하는 조촐한 자리가 마련되었다. 회갑을 맞으셨다고는 하나 일용 선생께서는 누구나 다 아시는 바와 같이 우리 국문학계의 거봉이자 최선두주자의 한 분으로서 아직도 청·장년에 조금도 뒤지지 않는 정력으로 연구 활동을 왕성하게 하고 계시기 때문에 현 시점에서 그의 학문적 성과를 총체적으로 드러낸다거나 연구사적으로 자리 매김 하는 일은 한마디로 시기상조라 할 수 있다. 즉 일용 선생께서 지금까지 늘 그래 왔듯이 앞으로도 얼마나 많은 논문이나 업적을 내실지 아무도 예측하기 어렵다는 것이다. 문제는 일용 선생의 업적이 양적으로도 우리를 압도하지만 그보다 논문이나 저서를 한번 발표하셨다 하면 세상을 깜짝 놀라게 할 무게와 가치를 지니는 것이기 때문에 우리 후학들은 언제나 긴장을 해야 한다는 데에 있다. 따라서 그러한 학문적 열정의 결실이 어느 정도 마무리 된 연후라야 선생에 대한 진정한 총합적 평가가 이루어지고 학문적 업적이 제 위치에 자리 매김 될 수 있을 것이다.

그렇긴 하지만 일용 선생께서 이미 이룩한 성과만으로도 너무나 지대하고 빛나는 것이기에 회갑을 맞으신 현 시점에서 지금까지의 업적을 일단 성찰하고 중간 평가해 보는 것도 국문학의 튼실한 기반 구축과 학문적 좌표를 가늠하는 데에 도움을 줄 수 있을 뿐 아니라 후학들의 연구에 훌륭한 길잡이가 될 수 있을 것이기에 용기를 내어 여기 일고를 초하기로 작심하였다.

사실 국문학 연구에 있어서 거대한 업적을 남긴 특정의 개별학자에 대한 학문적 성과를 검토하고 평가하는 일은 한편으로 두려운 일이면서 다른 한편으로 즐거운 일이기도 하다. 두렵다 함은 연구 대상자의 학적 성과가 너무나 방대하고 심원하여 그 넓이와 깊이를 제대로 헤아리지 못하는 어리석음을 범함으로써 오히려 빛나는 업적에 누를 끼치면 어쩌나 하는 노파심과 책임감 때문이고, 즐겁다 함은 연구 대상자의 학문적 성과를 개관적으로 성찰하고 일별해 보는 일만으로도 그 자체로 엄청난 공부를 하게 되는 것일 뿐 아니라 학문연구를 어떤 자세로 어떻게 해야 하는가를 배울 수 있고 나아가 거기서 학문적 혜안의 눈을 틔울 수 있기 때 문이다. 이런 면에서 일용 임기중 박사의 연구 업적에 대한 검토와 평가를 맡게 된 필의 심정은 두려움과 즐거움이 교차하는 바로 그것이라 하겠다.

2.

개별 연구자의 학문적 성과에 대한 개관적 검토는 자칫하면 문제의 핵심을 간과한 채 요식행위에 빠질 가능성이 짙다. 이의 극복을 위해서는 연구 업적에 대한 방법론적 성찰을 바탕으로 한 체계적 이해가 요청된다. 일용 선생의 그간의 학문적 성과는 워낙 방대하고 심중한 것이어서 여기서 일일이 다 거론하기에는 제한된 지면으로 도저히 불가능하다. 구체적인 연구 성과의 면면은 그의 연보에 잘 정리될 것으로 믿고 그쪽으로 미루기로 한다. 대신 여기서는 구체적인 업적들을 개관해 보기보다는 그러한 성과들 가운데 탁월한 업적을 중심으로 몇 가지로 선명하게 체계화하고 그 방법론을 성찰해 보는데 역점을 두고자 한다.

일용 선생의 업적은 크게 세 가지로 체계화가 가능하다. 첫째는 자료의 발굴과 수집 정리 및 그에 따른 해제와 교주 작업이고, 둘째는 고전시가의 역사적 실증주의적 연구이고, 셋째는 제자들과의 공동연구이다. 이제 이들을 개별적으로 검토해 보기로 한다.

1) 자료의 수집과 정리

일용 선생께서 국문학에 끼친 공적으로 타의 추종을 불허하는 불후의 업적은 누가 무어라 해도 고전문학 관련 자료의 수집 정리와 그에 따른 문헌학적 성과의 편찬이다. 이 방면의 결실을 들면 다음과 같다.

(1) 『교합 악부』, 『교합 가집』. 『교합 아악부 가집』 전5권
(2) 『불교 가사』 전5권
(3) 『교합 송남잡지』 전5권
(4) 『광개토왕비 원석 초기탁본 집성』 1권
(5) 『역대 가사문학 전집』 전 50권 및 총목록 1권
(6) 『연행록 전집』 전150권

총 217권에 이르는 이와 같은 방대한 작업은 일찍이 우리 국문학계에서 아무도 실현해보지 못한 어마어마한 분량의 초인적 성과물임은 그 누구도 부인하지 못할 것이다. 더구나 위에 열거한 결실들은 그 하나하나가 국문학이나 국학의 소중한 자료집이 아닌 것이 없지만 그 가운데 『광개토왕 비문 탁본』과 역대 『한국 가사문학 전집』은 우리 학술연구사에 길이 남을 기념비적 업적임은 누구나 공인할 수밖에 없을 것이다. 전자는 국문학보다는 국사학에 더 충격을 주었던 자료로서 중국 대륙에 처박혀 있어 지금까지 그 존재조차 알지 못했던 새로운 자료의 발굴과 그 완벽한 정리 소개라는 점에서, 그리고 후자는 자료 정리가 가장 힘들고 그 규모가 가장 방대한 우리 가사문

학의 전모를 집대성해 드러냄으로써 가사문학 연구에 획기적인 전기를 마련했다는 점에서 그 성과를 인정하지 않을 수 없는 것이다.

사실 자료를 수집 정리하여 편찬하는 일보다 더 험궂은 일은 없을 것이다. 그것은 그렇게 하겠다는 신념만으로 되는 일도 아니고 노력을 쏟아 붓는다고 되는 일도 아니다. 우선 여기저기 흩어져 있는 자료의 출처부터 추적하는 일이 고통을 감내해야 하는 번거로운 일이고, 출처가 밝혀졌다 하더라도 각종 도서관과 개인 소장자가 보물처럼 애지중지하는 자료를 공개 혹은 대여해 달라고 설득하기가 너무나 힘든 일인데다가 천신만고 끝에 자료를 구한다 하더라도 문헌학적 전문 지식을 바탕으로 그것의 활용을 최대로 효율적으로 할 수 있도록 정리하고 목차를 짜고 목록을 작성하여 편집을 완료하는 일도 너무나 벅찬 작업인 것이다. 거기다가 상업성도 없는 엄청난 분량의 책을 출간 해주겠다고 사명감을 가지고 나서는 출판사를 섭외하는 일도 쉽지 않을 것이다. 이처럼 힘든 일을 이 정도의 기간에 엄청난 분량의 성과물을 낼 수 있었던 것은 탁월한 능력과 높은 덕망 그리고 확고한 사명감을 고루 갖춘 일용 선생이기에 가능했던 것이라 사료 된다[1]

일용 선생의 문헌학적 고증학적 탐구 욕구는 자료의 발굴과 정리로 끝나지 않는다. 정리된 자료를 편찬하는 것으로 만족하지 않고 이본의 교합과 원본 추정 작업에다 자료의 주석과 해설 및 현대어역 혹은 한문 원전과 관련 자료의 우리말 번역 등에 이르기까지 원전비평 작업의 완벽하고 완숙한 경지를 여러 저술로 엮어내어 국문학의 문헌학적 고증학적 성과를 모범으로 보여준다. 그에 해당하는 결실은 일부 위에서 든 자료 정리 작업에 함께 포함하여 수행하기 마련이지만 그와 별도로 이루어진 성과물을 들면 다음과 같다.

(7) 『우리의 옛 노래』
(8) 『우리 세시풍속의 노래』

---

1) 일용 선생은 그 자신이 『고전시가의 실증적 연구』에서 고백하고 있듯이 천품이 비사교적이어서 이런 작업을 펴내기가 더욱 어려웠을 것이다. 그의 학문적 열망과 사명감이 그러한 약점을 극복할 수 있게 했을 것이다.

이 가운데 (7)은 상고시대로부터 14세기 말 고려시대까지 생성된 우리 민족의 순수한 우리말 노래를 한권의 책으로 묶은 것으로, 한시는 물론 이 기준에 따라 배제되어 있고 다만 채록 과정에서 부득이 한역되어 전하는 우리의 옛 노래는 모두 포괄하여 시대순과 장르별로 정리함으로써 이 시대의 우리 민족의 옛 노래의 실상이 어떠한지, 그 담고 있는 정서와 형상화 양상은 구체적으로 어떠한지를 손쉽게 살펴볼 수 있게 했다. 여기 실린 작품은 200여 편에 이르고 그것들이 실린 문헌으로 따지면 역사와 지리서, 가집과 악서, 문집과 패관류 등 모두 40여종에 달한다. 이 책 역시 일용 선생의 문헌학적 고증학적 작업의 손길이 살뜰히 배어있음을 접할 수 있는데, 몇 가지 예를 들면 작품의 원전은 원칙적으로 고본을 택하되 이본이 있는 경우는 그것들을 철저히 대교하고 교감하여 제시하고, 작품과 관련 기술물이 한문으로 되어 있을 경우는 우리말로 번역하고, 고어로 된 원전은 현대 말로 해독과 함께 충실한 주석을 달아 텍스트 이해에 누구나 쉽게 접근할 수 있도록 했다.

그리고 (8)은 유만공의『세시풍요』를 번역하고 주석을 붙여 해설한 것으로, 이러한 작업을 통해 우리 민족의 세시풍속에 관한 구체적 실상을 파악하는 데 크게 기여할 수 있게 되었다. 그 동안 세시풍속에 관한 다른 고전들은 번역과 주석이 되었으나 이 책은 한시로 된 필사본이어서 활용이 되기 어려웠던 터에 이러한 학계의 요구에 부응하여 작품 한 편 한 편 마다 알뜰하게 해설을 붙여 귀중한 문헌적 작업을 하여 편찬한 것이다.

2) 우리 옛 시가의 역사적 실증주의적 탐구

자료의 발굴 수집 및 정리와 그에 따른 주석과 해설 작업이 학문 연구에 있어 가장 공력이 많이 들면서 가장 필요한 일차적 기반 작업이라면 이제 그러한 자료를 놓고 문학 작품의 의미망을 탐색하고 해석해내는 것이 본격적인 연구 작업이자 학문 연구의 완성임은 두 말할 필요가 없을 것이다. 주지하는 바와 같이 일용 선생은 자료의 발굴과 정리를 통한 문헌 고증적 작업에도 혼신의 힘을 기울여 왔지만 그에 못지않게 그러한 자료들이 갖는 역사적 의미망을 탐색하는 본격적인 학문 탐구에도 남다른 심혈을 기울여 빛나는 성과를 여러 차례 학계에 제출한 바 있고 지금도 그러한 작업은 귀중한 논문으로 여러 학술지에 끊임없이 발표되고 있다. 여기서는 그 많은 논문들을 지면 관계상 일일이 거론할 수 없으므로 단독 연구 저서로 출간된 것에 한하여 결과를 보이면 다음과 같다.

(1) 신라가요의 주력관념 연구
(2) 신라가요와 기술물의 연구
(3) 고전시가의 실증적 연구
(4) 조선시대 한시 작가론

이 가운데 (1)은 (2)의 저서에 의해 완숙하게 계승 발전되었다는 면에서, 그리고 (4)는 필자의 전공분야인 고전 국문 시가의 영역을 넘어선다는 면에서 여기서는 학문적 평가를 피하기로 하고 그의 연구 성과가 더욱 돋보이는 (2)와 (3)에 한정하여 개관해 보고자 한다.

먼저 (2)의 저서는 일용 선생의 학위 논문으로 크라운판 400여 페이지에 달하는 노작 중의 노작이다. 단일 논문의 체계를 갖춘 것으로 이만한 분량의 무게 있는 연구 성과물을 낸다는 것은 우리들 대부분의 경우 엄두조차 내지 못할 것이다.

일용 선생은 이 논문에서 향가를 중심축으로 하는 신라 가요의 연구와 그 배경 설화라고 일컬어지는 기술물에 대한 종래의 연구 수준을 한 차원 끌어올리는 경지를 보여주었다. 즉 그 전까지의 향가 연구는 불교문학적인 성격으로 지나치게 경도된 텍스트 이해의 시각을 보임으로써 향가의 의미망을 온전하게 해석해 내는데 한계를 보였음을 성찰하고 그 상보적 관계에 있는 주력관념에 주목하여 접근함으로써 주술의 전통과 종교 관념이 향가의 텍스트로 형상화되는 구체적인 실상과 그 역사적 의미를 면밀하게 드러내는 성과를 보였던 것이다. 그 전까지만 해도 향가의 주술성에 관한 연구는 '마력을 가진 문학이라든가, 주력관념이 근간을 이룬다든가, 주술적 성격을 가지고 있다는 지적'[2] 정도에서 크게 벗어나지 않은 피상적인 연구 수준이었음을 자각하

---

2) 임기중, 신라가요와 기술물의 연구, 이우출판사, 1981. 53쪽.

고 향가의 주술성 규명에 심도 깊은 접근을 시도하고자 했다.

그는 이러한 야심에 찬 목표를 성취하기 위해 기존 연구사의 철저한 검토와 반성의 토대 위에서 작업을 수행하되, 방법론적 기초를 탄탄히 하기 위해 서구의 종교학자와 인류학자에 의해 진척된 바 있는 원시종교학, 민족학, 문화인류학 등에 관한 이론을 폭넓게 섭렵하고, 그것을 바탕으로 주력관념에 대한 사례와 개념을 심화시킨 연후에 우리의 향가 자료와 그 기술물에 접근하는 방법을 택함으로써 주력관념이 갖는 한국적 특질과 세계적 보편성을 객관적 타당성을 가지고 규명해 내는 것이 가능하게 되었던 것이다.

또한 일용 선생은 이 저술에서 주력관념의 실상과 그 역사적 의미를 규명하는 것으로 그치지 않고 그것과 불교와의 상호관련 문제까지 나아가 ①주력관념에의 동질화, ②불교에의 동질화, ③주력관념과 불교와의 생성적 동질화, ④주력관념과 불교와의 고정적 이질화라는 네 가지 양상으로 체계화하여 천착해 놓았다.

그러나 무엇보다 이 저술의 핵심은 신라가요와 기술물의 관계를 역사적 실증주의적 방법으로 해명하는 데 있다. 이를 위해 먼저 노래와 기술물의 관계를 문맥의 층위에서 따지고, 이어 가요의 발상과 기술물의 화소를 세밀하게 천착한 다음 가요와 그 기술물의 전승형태와 내면구조까지 파악해냄으로써 그 실상의 전모를 심도 깊게 드러내는데 성공할 수 있었던 것이다.

다음으로 (3)의 연구물은 일용 선생의 학문적 성취가 시가문학의 4대 장르인 향가, 고려가, 시조, 가사를 통해 균형 있게 드러나는 업적으로서 그의 중심 연구 방법인 실증주의적 탐구의 한 정수를 보여준 성과물이다. 지면관계상 수록된 논문 가운데 특히 주목되는 것 몇 편만을 장르별로 고루 선정하여 살펴보면, 「향가문학과 불교홍법」이라는 논문은 한국의 향가와 중국의 변문이 불교홍법의 방편으로 이룩된 특수한 문학 장르라는데 공통점이 있다고 보고 향가와 그 기술물의 결합구조를 변문과의 대비를 통해 드러내고 나아가 향가의 홍법가요로서의 특징을 밝혀냄으로써 향가의 성격을 보다 실제적인 차원에서 해명하는데 크게 기여 했다. 여기서 주목할 것은 향가를 해명함에 있어서 단순히 중국의 변문과의 비교에 그치지 않고 한국화한 모습이 드러나도록, 즉 한국적인 특수한 구성적 형태를 밝히고 있다는 점에서 학문연구의 궁극적 지향이 우리 것의 특징을 찾는데 있음을 실천으로 보여주고 있다는 점이다.

「고려가요와 구전민요」라는 논문과「돈황가사와 한국시가문학」및「동동과 십이월상사」라는 논문은 서로 연속적 성격을 갖는 것으로 이러한 일련의 작업을 통해 달거리와 월령체가의 장르상의 차이점을 명백히 드러내고[3], 중국의 돈황곡십이월상사 계통과 한국의 달거리가 부응하고 있음을 밝혀내었다. 뿐만 아니라 종래에 동동과 장생포곡을 별개의 노래로 보아 오던 것을 증보문헌비고 등 관련 자료의 치밀한 대비와 고증 및 예리한 추론을 통해 이 두 노래가 같은 작품임을 밝히고, 그 노래가 이전부터 軍中에 유행하던 相思의 노래이던 것이 유탁의 장생포 승전 시에 軍樂으로 불리게 된 과정, 그리고 이것이 궁중의 속악으로 수용되었음을 소상하게 밝힌 점은 동동과 달거리를 이해하는데 있어서 새로운 지평을 연 쾌거라 아니 할 수 없다.

「청구가곡과 홍사용」은 종래에 막연히 민요시집으로 잘못 소개되었던『청구가곡』이란 가집의 정체를 밝힌 노작으로 그 정확한 편찬 체제와 편자 및 편찬 연대를 추정하기 위해서『교본역대시조전서』등의 관련 자료와 대교하고 편자의 전기적 삶과 문학적 행적을 추적한 끝에 이 가집이 홍사용 자신이 창작한 시조와 기존의 고시조를 모아 직접 친필로 써서 편찬한 특색 있는 시조집임을 밝혀냄으로써 문헌의 정체에 대한 우리의 궁금증을 말끔히 씻어 주었다.

「연행가사와 연행록」이란 논문은 기행가사 연구의 전범을 보여준 업적으로서 우리로 하여금 그 방법적 깊이와 넓이에 탄복을 금할 수 없게끔 한 역작이다. 여기서 일용 선생은 현전하고 있는 연행가사 5편에 대하여 해당 연행가사와 직접적 관련을 가진 연행록을 치밀하게 대비함으로써, 연행가사의 작품 연대와 작자 추정이 되지 않았거나 잘못된 것은 바로잡고[4] 나아가 연행가사의 노정과 왕환, 구성과 형식, 내용과 문학적 성격 및 그 위상에 이르기까지 다각적인 작품 해명의 성과를 거두었다.

---

3) 이 논문이 발표되기 전까지는 달거리 노래와 월령체가를 장르적 구분 인식 없이 같은 성격의 노래로 파악하고 있던 것을, 양자의 두드러진 차이점을 기능, 내용, 序聯의 존재 유무, 본련의 서술짜임 방식, 후렴구의 유무, 핵심 모티브의 차이, 고정적 등장인물의 유무, 어투 및 어조, 작자층 등에 걸쳐 엄정하고 정밀하게 대비시켜 각각의 특징을 드러냄으로써 이러한 업적을 낼 수 있었다.

4) 하나의 예를 들면 작자 미상으로 알려진「戊子西行錄」의 작자를 고증하기 위해 그 연행의 노정과 동일성을 보이는 연행록인「赴燕日記」를 가사와 치밀하게 대비하고 두 작품의 서술내용을 분석함으로써 그 작자가 김지수임과 지은 연대가 순조 28년 작자의 나이 40세 때임을 밝혀내었다.

3) 대학원 강좌를 통한 학적 성과

일용 선생은 학자로서의 연구 활동을 단독으로만 수행하지 않고 대학원 강좌를 통해 후학들을 지도하면서 그들에게 적극적으로 연구 활동에 참여하도록 유도하여 알차고 훌륭한 공동연구의 결실을 내놓는 교육자로서의 아름다운 모습도 여러 차례 실천으로 보여준 바 있다. 그 결과물은 널리 알려진 바 있지만, 예시하면 다음과 같다.

(1) 고려가요의 문학사회학
(2) 경기체가연구
(3) 한국가사문학 연구사

위의 세 저술물은 선생께서 재직하고 계신 동국대를 비롯하여 연세대, 단국대 등의 대학원 강의를 맡으시면서 그 강좌를 통해 이룩해낸 성과인데 그 내용을 검토해보면 일용 선생이 얼마나 자신의 학문세계를 이어나갈 훌륭한 인재를 길러내는데 열정을 바치고 계신가를 알 수 있는 좋은 사례라 할 것이다.

이 가운데 (1)은 우리의 고전시가 가운데 그 사회적 맥락이 어떠한지를 알려주는 정보 자료가 가장 미약한 고려가요를 대상으로 하여 문학사회학적 방법의 접근이라는 유별난 분석 시각을 가지고 그 총론적 측면에서부터 소통맥락적 측면과 개별 작품 분석에 이르기까지 다양한 연구 성과를 묶어놓은 것이다. 이러한 작업을 통해서 고려가요의 사회학적 맥락이 어떠한지를 어느 정도 구체적으로 파악할 수 있게 되어 이 방면의 연구에 좋은 길잡이가 되고 있다.

(2)는 그동안 자료가 흩어져 있어 연구에 여간 불편함을 겪지 않으면 안 되었던 현존 경기체가의 모든 자료를 망라하여 수집하고 그 중 가장 신뢰성이 있는 텍스트를 선정하여 이본과 대교하여 원전을 확정하고, 작품과 작자에 대한 해설과 주석을 충실히 달고 한문이 중심이 된 원전을 모두 우리말로 깔끔하게 옮기되 시적 묘미를 최대한 살려놓음으로서 문헌적 연구에 만전을 기했다. 뿐만 아니라 여기서 한 단계 나아가 경기체가의 연구사를 검토하고, 작품의 실상을 살피며, 경기체가의 형식과 율격적

특성, 작자와 향유층의 실상, 그리고 시어의 양상과 내용상의 특징에 이르기까지 탐구함으로써 경기체가의 총체적 연구를 시도한 소중한 성과를 이룩했다.

(3)은 우리나라 가사문학의 전반적인 연구현황을 통시적이고 공시적으로 정확하게 파악하여 정리한 것이다. 즉, 국문학 연구가 시작되던 초창기부터 1990년대의 현재에 이르기까지 연구사를 연대별로 목록을 작성하고 이어서 그에 대한 해설을 붙여 그 전모를 통시적으로 파악할 수 있도록 했고 또한 몇 개의 시대별 단위로 묶어 연구사의 특징적 모습을 그 성격에 따라 유형화하여 연구사의 실상을 손쉽게 파악할 수 있도록 했다. 이로써 가사문학 연구자에게 기존의 연구 현황 정보 자료를 일목요연하게 정리하여 보여줌으로써 연구의 활성화에 크게 기여하게 되었다.

3. 연구사적 측면에서의 위치

문학 작품의 자료라면 어떠한 것을 막론하고 (1) text, (2) context, (3)texture의 세 가지 층위와 관련한다. 이 가운데서 가장 중요한 층위는 말할 것도 없이 (1)의 총위이다. 즉, (1)이 가장 중심에 서고, (2)와 (3)은 각각 외적, 내적 요소에 지나지 않을 뿐이다. (1)은 우리가 직접 분석이나 접근의 대상으로 삼고자 하는 작품의 원본이고, (2)는 (1)이 지니고 있는 사회적 역사적 상황이자 문화적 환경이고, (3)은 (1)이 지니고 있는 언어학적 자질인 어조, 율격, 압운, 음성적 요소 등에 지나지 않는 것이다. 그럼에도 불구하고 우리는 (1)의 확정에 너무 소홀히 한 채 성급 하게 (1)을 (2)와 관련시켜 역사주의적, 사회 윤리주의적 접근 방법 등으로 텍스트를 해명하고자 하거나, 아니면 (1)을 (3)과 관련시켜 형식주의적 접근 방법으로 해석코자 한다.

그러나 텍스트를 컨텍스트와 연결하여 이해하든 텍스쳐와 관련하여 이해하든 혹은 둘 다를 관련시켜 이해하든 그것이 신뢰성 있는 연구가 되기 위해서는 무엇보다 먼저 텍스트가 믿을 만한 원본에 의거해야 한다는 것이다. 이 문제는 대부분의 자료가 정리조차 되어 있지 않고 불확실하기까지 한 고전시가의 경우 무엇보다 유의해야 할 연구 방법인 것이다. 아무리 그럴듯하고 멋진 작품연구라 할지라도 그것이 부실한 텍스트에 기초하고 있다면 우스꽝스러운 헛수고에 지나지 않을 뿐이기 때문이다. 일용 선생은 그의 주전공 분야인 고전시가가 이러한 자료적 취약성과 특수성을 거의 대부분

갖고 있다는 점을 간파하고 텍스트를 연구하되 먼저 서지학적, 문헌학적, 고증학적 작업을 먼저 거친 후에야 해당 텍스트를 주로 컨텍스트와 관련시켜 이해하는 역사주의적 연구 방법을 통해 자료를 해석하는 길을 택함으로써 언제나 그의 연구가 탄탄한 신뢰성을 갖도록 해주고 있다. 그의 빛나는 역저인『신라가요와 기술물의 연구』와『고전시가의 실증적 연구』는 바로 이러한 연구 방법의 결실임은 말할 것도 없다.

그보다 우리 국문학의 연구사에 있어서 일용 선생의 가장 빛나는 업적은 누가 무어라 해도『역대 가사문학 전집』50권의 출간일 것이다. 이것은 그분량만으로도 사륙배판으로 14,500쪽에 달하는 그 누구도 뒤따르기 어려운 방대한 양의 수집 정리 작업인 것이다. 그는 이 작업으로 만족하지 않고 다음과 같은 야심에 찬 기획으로 가사문학에 대한 단계적 연구 작업을 추진하고 있다고 한다.

이 작업은 다음과 같은 차례로 진행하고 있다.

첫째 단계로 나라 안팎에 있는 모든 가사 작품들을 수집하고 정리하여 사전식 편찬 방법으로 영인본 역대가사문학전집을 편찬한다. 필사본전집, 고활자본전집, 현대활자본전집으로 분류하여 간행하며 개화기이후의 가사까지를 총 망라한다.

둘째 단계로 모든 이본들을 총 망라한 교본 역대가사문학전집을 펴낸다.

셋째 단계로 원본 역대가사문학전집을 펴낸다.

넷째 단계로 주해 역대가사문학전집을 펴낸다.

다섯째 단계로 시대별 작자별 지역별로 가사문학의 콘코단스를 작성하여 역대가사문학 시어사전을 펴낸다.[5]

그런데 우리를 더욱 감탄하게 하는 것은 이러한 후속 단계의 작업도 이번에 완간된 첫 단계 작업과 함께 꾸준히 병행해왔다 함으로 머지않아 곧 그 연구결실들이 속속 출간되리라는 것이다. 이 연구물들이 모두 출간되는 날에는 가사문학에 대한 이러한 방대한 작업만으로도 우리 국문학 연구사에 길이 빛날 획기적인 연구 성과물이 될 것임은 누구나 인정하지 않을 수 없을 것이다.

---

5) 임기중,「역대한국가사문학전집」의 간행사, 1987.

일용 선생의 이와 같은 방대한 문헌학적 실증주의적 연구 성과는 국문학 연구사로 볼 때 그가 師事한 바 있는 무애 양주동 선생의 학통을 가장 충실히 계승하면서 그것을 더욱 발전시킨 것이라 자리 매김할 수 있을 것이다. 즉, 무애 선생이 우리나라가 낳은 제 1세대의 최고 최대의 문헌고증학자로서 향가와 고려가요에 관한 거대한 업적을 내었다면, 일용 선생은 문헌 실증주의적 방법과 외래의 새로운 서구적 학문 방법에서 방황하던 제 2세대와, 서구방법론에 거의 맹목적으로 추종하는 제 3세대의 중간에서, 확고한 학문적 신념을 가지고 가사문학연구의 최고최대의 업적을 내는 학자로서 우리 국문학 연구사에 길이 빛날 것이다. 이것은 회갑을 맞은 일용 선생에 대한 형식적 의례적인 찬사가 결코 아니다. 그의 저서가 출간될 때마다 출판문화상, 우수학술도서 등으로 선정, 추천됨에서 객관적으로 인정되고 있음이 증명한다. 부디 선생께서 건승하시어 앞으로도 더욱 빛나는 업적을 끊임없이 내시길 기원해 마지않는다. (김학성. 서울대학에서 공부한 고시가학자. 성균관대 국어국문학과 교수. 한국시가학회 회장)

기쁨이 이렇게 클 수가

DVD-ROM 『한국 역대 가사문학 집성』은 동국대학교 명예교수이신 임기중 교수가 평생의 작업으로 36년간 수집 정리 연구한 가사작품 2015편을 집대성하여, 검색할 수 있는 DVD-ROM의 형태로 만든, 국문학사상 가사문학 연구의 한 획을 긋는 불후의 업적이다. 한국학 자료를 데이터베이스화하여 전문적인 연구자나 일반인들에게 제공한 것이 많지만 『한국 역대 가사문학 집성』처럼 체계적으로 연구 정리된 것은 극히 드물다. 이 DVD-ROM은 14세기에 나옹화상이 지었다고 하는 '서왕가'로부터 20세기 말까지의 한국 가사문학 작품을 총 망라한 2015편의 목록을 한 눈에 볼 수 있다. 그리고 개별 작품마다 작자명, 출전, 참고문헌, 해제를 상세하게 달아 작품의 성격을 충분히 알게 하였고, 더군다나 본문을 입력한 후 그 중에서 필요한 부분에 대해 쉽고 친절한 주석을 달아 그 가사 작품을 이해하기 위한 모든 정보를 담고 있다 이뿐만 아니라 중요한 가사작품은 직접 그 모습을 눈으로 볼 수 있도록 약 15000여 면의 원문 이미지를 제공하여, 필요한 경우에는 출력까지 할 수 있도록 하였으니, 가사 작품에 대한 정보를 더 이상 요구할 사람은 없을 것으로 생각한다. 임기중 교수의 학문하는 자세를 여기에서 발견할 수 있다 언제나 완벽주의를 추구하는 평소의 학문하는 태도가 『한국 역대 가사문학 집성』에 녹아 있는 것이다.

이러한 학문적 업적이 지식콘텐츠분야에서 그 능력을 크게 인정받고 있는 '누리미디어'와 만났으니, 이제 학문적으로 축적된 지식과 정보가 널리 공개되고 활용될 수 있는 길을 활짝 열었다고 할 수 있을 것이다. 『한국 역대 가사문학 집성』을 종이책으로 출판한다면 몇 책으로 출판될 것인지 가늠하기 어려운데, 이것을 DVD-ROM 한 장으로 해소할 수 있을 뿐만 아니라 또 쉽게 검색까지도 할 수 있도록 한 것은 오늘날 디지털 시대에 살고 있는 우리들의 기쁜 권한이라고 할 수 있다. 가사작품은 옛 한글로 표기된 것이 많고 일부는 한자도 꽤 많이 사용하고 있기 때문에, 이들의 검색을 위해 유니코드를 이용하여 프로그램을 만들었고, '可歌可愊(가가가음)' '喜戚交集(희척교집)'에 이르기까지의 모든 가사 작품을 통합 검색할 수 있도록 하였으며, 그 내용들을 복사하여 텍스트 파일로 저장 또는 출력까지 할 수 있도록 하였다. 이 DVD-ROM을 활용하는 사람의 모든 욕구를 충분히 검토하여 『한국 역대 가사문학집성』의 활용의 폭을 다 열어 놓고 있어서 임기중 교수의 업적을 더욱 돋보이게 하고 있다.

DVD-ROM 『한국 역대 가사문학 집성』은 한국 시가문학 장르를 연구하는 사람들은 반드시 갖추어야 할 필수품이지만, 교육자들도 늘 옆에 놓고 참고할 중요한 공구서라고 생각한다. 더구나 이미지 파일까지 있어서 한글 서예가들에게는 둘도 없는 반려자가 될 것이다. 한글서예의 내용을 선택하는데 어려움을 겪고 있는 한글 서예가들이 쉽게 본문을 선택할 수 있고, 또 한글 서체도 참조할 수 있어서 큰 도움을 받을 수 있을 것이다. 국어학자들은 그 당시의 언어 연구를 위해 중요한 말뭉치를 제공하여 주기 때문에, 이 DVD-ROM은 중요한 자료의 보고가 될 것이다.

오랜만에 한국학 데이터베이스의 훌륭한 업적을 대하는 기쁨이 이렇게 클 수가 없다. (홍윤표. 서울대학에서 공부한 국어학자. 연세대학교 국어국문학과 교수)

새로운 지평을 열다

이번에 간행된 일용 임기중 선생의 DVD-ROM 『한국 역대 가사문학집성』은 정보화 시대에 우리 국문학계의 나아갈 방향을 제시해 준 기념비적 대작이라고 생각한다. 이 노작의 내용을 보면 국내외에서 조사된 대표적인 가사작품 2015편을 모두 추려 수록한 점이 우선 주목된다. 특히 모든 작품 텍스트를 원문과 정밀 대조하여 일일이 입력하고, 이를 주석, 해제하여 가사문학 텍스트의 정본을 확립한 점은 높이 평가할 수 있다. 더구나 각각의 작품원문 15361쪽을 수록하여 텍스트와 원문을 함께 볼 수 있도록 디지털 텍스트로 제작한 것은 이 방면의 연구의 수준을 크게 높이고 그 방향을 바르게 제시한 것이라고 평가할만하다.

선생의 이번 노작은 국문학 연구가 종이로 읽는 시대에서 화면으로 보는 시대로 변해가고 있는 현상에 효과적으로 대응할 수 있다는 것을 보여주고 있다. 일찍이 인문학의 디지털화작업에 앞장선 (주)누리미디어가 그 동안 쌓아온 기술력으로 이 거작을 완결지은 것도 축하할 일이다. 가사문학의 모든 내용을 데이터베이스로 처리하여 놓은 이 새로운 저작물은 작품에 나타나는 역사적 사항과 문학적 현상 등을 데이터베이스를 통해 공유할 수 있게 만들어 놓고 있기 때문이다. 가사문학이라는 국문학의 특정 영역을 새로운 기술 환경에 적용시켜 이렇게 완벽하게 정리한 후 그 방대한 자료를 새로운 디지털 매체로 탄생시킨 선생의 노력은 국문학 연구의 새로운 미래를 열어가는 선구적인 업적으로 길이 남을 것으로 생각한다.

선생은 고회를 바라보는 국문학계의 원로이시지만, 젊은 학자들에 조금도 뒤지지 않는 정력으로 왕성한 연구 활동을 지속하고 계신 분이다 학문 길에 대해서는 깐깐하고 매섭기로 소문난 분이라, 선생을 따른 제자라면 그 자체로서 학문에 대한 자질과 열정을 인정받을 정도로 엄정한 가르침에 늘 감복한다. 필자는 세부 전공이 다르지만 국문학의 한 길을 가는 도반으로서, 선생의 높으신 학문과 그 열정에 늘 고개 숙여야만 하였다. 그 간 펴내신 120여 권이 넘는 연구서를 보며 한 사람의 개인이 그러한 일을 어떻게 이뤄낼 수 있느냐에 대해 지금도 믿어지지 않는 놀라움을 갖고 있다. 그 바쁘신 중에도 후학들의 추대를 받아 국어국문학회 대표이사를 맡으셨을 때, 세심하게 사소한 일도 놓치지 않고 성의를 다해 동분서주하시던 모습도 우리 후학들에게는 소중한 가르침이 되었던 것이다.

국문학을 전공하는 사람이라면 누구라도 선생께서 이미 10여 년 전에 편찬하신 『역대 가사문학 전집』(전51권)을 기억할 것이다. 한국의 가사문학 작품을 집대성해 놓은 이 책도 출간 당시 학계에 단연 화제로 떠올랐었다. 이 책의 출간을 계기로 하여 우리의 가사문학은 새로운 지평을 열게 되었다고 하겠다. 그런데 가사문학에 대한 선생의 애정과 집중된 관심은 거기서 그치지 않고 이제 디지털 텍스트로 새롭게 정리 되어 나오게 된 것이다. 선생은 스스로 한국 가사문학의 연구를 위한 또 다른 신화를 만드신 셈이다. 다시 한 번 DVD-ROM 『한국 역대 가사문학 집성』의 완성을 축하드린다. (권영민. 서울대학에서 공부한 문학평론가. 서울대학교 국어국문학과 교수)

강물처럼, 喬木처럼

바다 못미처쯤 와서
강물은 넓고 깊어진 옴으로 비로소
소리없이 한숨 돌리듯 멈춰선다
그러나 무한 질펀하고 넓은 수면 밑으로는
가닥 많은 물길이
여전하게 도도한 흐름을 잇고 지으며
뜨거운 기개와 정열을
안으로 거듭 가다듬어 숨긴다.

큰 아람드리 나무 밑에는
수십 닢 멍석자리 만한 넉넉한 그늘이 깔려 있어
지나는 나그네와 시간들이 쉬어간다
또 그 머리 위로는

몇 만 칸 비취색들이 푸르게 고여있는
蒼天을 이고 있어 깃들인다.
무한도 영원도......

어찌 이 나라 가슴 한복판을 가로지르는
강물과 나무들만이 그러하랴
사람에게도
等身大의 헤아릴 길 없는 학덕과 詩心을
마음 안으로 안으로 깊이 쌓고 수납하였으면서도
늘 미소와 과묵으로

앉아있는 이가 있다
하늘 앞섶을 환히 태우는 노을처럼
우리 동악에
사시는 이가 있다
一庸 선생님!

홍신선(시인. 동국대 국어국문학부 교수)

특집을 만들어 올리며

『동악어문논집』 제33집은 一庸 林基中 교수님의 周甲을 맞이하여 선생님의 學德
을 기리기 위한 특집호로 꾸미는 것이 당신의 크신 업적과 고매하신 인품에 대한 작
은 보답이자, 우리 학회와 본 논집의 紙價를 올리는 일이라는 데 衆智가 모아졌습니
다.
  일용 선생님이야말로 우리 학회는 물론 東岳의 學脈을 계승 발전시키셨을 뿐만 아
니라, 그 位相을 드높이신 기실 國學의 상징이십니다. 우선 열 두 분의 학회 창립 회

원이시자 총무이사 대표이사를 역임하셨고 특히 대표이사 재임 중 10권의 동악학술 총서를 기획 간행(현재 6권)하셨으며, 유루 없는 정기 발표회 및 국제학술대회 개최 등 학회 발전에 기여하신 賢勞는 실로 우리 학회의 내실을 다지신 설천적 공로이셨습니다. 그러나 그것은 우리 학회의 입장에서 본 극히 작고 성근 한 단면일 뿐, 전혀 선생님의 진면목은 따로 전으로 내지 않고 제한된 지면과 무딘 필설로는 감당할 수 없을 줄 압니다. 하나를 사뢰자니 열을 놓치겠고 둘을 언급하자니 비중을 헤아릴 수 없기 때문입니다.

우선 선생님의 실증적 학문 자세와 그 성취 溫柔敦厚하시되 일호의 차착도 용납치 아니하시는 後學弟子들에 대한 철저한 訓詁, 그리고 해박한 典故와 엄정한 學論, 무엇보다 法古創新의 응용은 懸河의 논변과 더불어 학문과 사념의 統緒의 줄기를 바로 잡으셨는가 하면 언제나 군자롭고 선비다우선 풍모는 또 그렇게 늘 좌중을 압도하셨습니다.

선생님의 학문적 업적은 실로 위대하십니다. 물경 40여 권의 著述과, 90여 편에 이르는 전공 학술 논문, 그것이 양적으로도 企及치 못할 바이거니와, 이미 정론화 된 학설로 斯界에 미친 바는 또 어찌 다 이를 바이겠습니까? 선생님의 석사학위 논문 「신라가요에 나타난 呪力觀念 研究」만 해도 夫子께서 창도하신 詩學의 효용성을 신라가요에서 실증하여 창명하신 發身의 논고이셨고, 『신라가요와 기술물의 연구』는 小倉進平에 이어 无涯선생님께서 완성된 어석 풀이에 이은 신라가요의 성격 분석 및 연구 방법, 나아가 문예적 비평서인가 하면, 『우리의 옛노래』 역시 우리의 고전 자료를 섭렵하여 한 자, 한 획도 놓침 없이 따져 읽고 해석해 낸 알뜰한 전적이시며, 『역대 가사문학 전집』전 50권의 간행이야말로 초인적 열정의 집적물이란 점에서 선생님이야 말로 紫霞이래의 국학을 집대성하셨다 함이 정평이니, 실로 向學에의 勤勉이 거기에 맞았고, 학계와 제자를 위한 不惓임을 우리는 잘 압니다. 뿐만 아니라 선생님은 金石學 분야에도 집념하셔서 우리 모두의 의구였던 『광개토왕비 원석 초기 탁본 집성』을 천하에 공간하시므로 우리의 자존은 물론, 동양 三國을 경동케 하신 실증학의 金字塔이셨습니다. 실로 선생님의 일정 시대 및 장르별 연구 성과는 끝내 통시적 위업으로 성취되어 마침내 學의 脈으로 貫之하셨으니 크도다! 당신의 괄목할만한 학문적 위업이여.

한편, 준엄한 正名에의 사자후는 학론의 자리에서는 물론, 남들이 꺼리는 상대일수록 활화산처럼 불타시고, 설령 후학 제자일지라도 영락없어 자못 근엄이 정평이셨는가 하면, 정도를 실행하는 후학 제자에게는 또 끝없는 칭찬과 격려를 아끼지 아니하신 이 시대의 師表십니다.

一庸 선생님, 선생님 雅號의 큰 뜻을 어찌 헤아리겠습니까만, '한번 쓰임' 이란 겸사가 아니라 '한결같이 크게 쓰일 학문' 의 천착에 用心하심이 참으로 크셨습니다. 그 여간하신 精進으로 甲年의 세월은 얼마나 분망하셨고 또 짧으셨는지요? 아직도 계획하신 많은 작업이 남으신 줄 알고 있습니다.

아무쪼록 연찬의 즐거움과 사명이 크시더라도 새로운 甲年의 마련을 위해 여유롭고 자적하신, 그러니 선생님 특유의 그 莊子風으로 이젠 일궈 놓으신 학문의 바다를 소요하시며 선생님의 鶴壽와 健筆을 기원해 삼가 봉정하옵는 ― 기실 선생님께서 그처럼 아끼시던, 우리 『동악어문논집』 제 33집을 기쁘게 받아주소서. 감사합니다.

1998.12.30.
(한문학자. 동국대 국문과 교수. 동악어문학회 회장)

2

이메일과 볼펜편지

토란 시인께

토란 최순열 시인께(lmkz@naver.com)

시집 『토란잎』 잘 받아 읽었습니다.

시집 토란잎으로 새 해를 열었습니다.
내 어릴 적 새벽 길 떠나며 만났던
그 토란잎
굳고도 낮은 곳에서 뻗어 오른
덥순한 그 기상
옥구슬 굴리는 바람결로
내 마음 고요로이
순정에 닿았다오.

내공으로 조탁된 언어의 조직에
나의 노둔한 감성이 포위됨을 느꼈습니다.
부디 건강하시고

행복한 새 해가 되시기 바랍니다.
기억하여 주신 것에도 감사를 드립니다.
토란잎은 거실 탁자에 올려놓고
나와 아내, 아들, 딸 가족들이
수시로 자유롭게 읽고 있습니다.
감사합니다.

2016.2.12.
관수재에서 임기중 합장

선생님(schoi@dgu.edu)

차마 염치가 없어
이 싸늘한 공간의 인사도 망설여집니다.
언제나 다사로운 마음과 손길로
이끌어주신 은혜를 가슴에 새기고 있음에도
제때 제대로 문안조차 드리지 못하고
여전히 제 부족한 안두(案頭)에
선생님이 내려주신
〈學然後 知不足〉의 경책을 받들고
명심 또 명심하곤 하지만
이제껏 눈먼 앉은뱅이 노릇입니다.
너그럽게 용서해주시라
말씀 드리기 차마 죄송할 뿐입니다.
재주 없는 후학이었지만 일찍이 광교산자락으로,
또 남산 붓골에서
지도편달로 끌어주셨으나

허망한 노릇만으로 시간을 버리고
이제 회한의 자책으로
학문의 뒤란을 서성이고 있습니다.
가까스로 부족한 시심을 뒤적거려
재투성이의 〈토란잎〉을 엮어
선생님께 슬몃 내민
제 방자함도 마다하지 않으시고
다정다감하게 관심과 격려를
보내주시니, 몸 둘 바를 모르겠습니다.
선생님
부디 날로 건안 건승하시어
부족한 후학에게
더 추상같은 가르침을 베풀어주시기 바랍니다.
꽃이 진정 향기로운
춘일에
선생님을 한 번 모셔뵈올까 합니다.
아으, 잣가지 노파
서리 몯누올 화반(花判)이신
선생님께 고두배를 올립니다.

2016.2.23.
최순열 배상

할아버지 답 글

휘문중학의 첫 방학을 앞두고 진우가 보낸 편지에 답하는 할아버지의 글

오늘도 이글거리는 태양의 에너지가 넘쳐나는 행복한 아침이 열리고 있구나. 이 역동적인 에너지를 마음껏 받아서 옹골찬 새로운 열매를 만들어보자. 이 세상 만물의 생명을 길러내는 태양의 에너지에 먼저 감사의 기도를 올리자.

19세기 영국인으로 〈프랑스 혁명〉이란 책을 써서 유명해진 토머스 칼라일(Thomas Carlyle)은 자기 인생에서 가장 행복했던 날은 학교 다닐 때 방학하는 날이었다고 말했지? 유서 깊은 휘문중학의 첫 방학 날에 진우도 그런 행복을 느꼈으면 좋겠구나. 그날 우리 집에 오는 것이 행복할 수 있다면 그렇게 하여라. 할머니와 이 할아버지는 환영의 준비를 할 것이다. 〈나는 왕이로소이다〉라는 시를 써서 널리 알려진 홍사용(洪思容)은 휘문의숙 2학년 1반(당시는 갑조(甲組)) 45번이었는데 붓글씨 대회에서 1등과 2등을 하였으며, 그때는 춘호(春湖)라는 이름을 썼다. 이런 사실과 그 붓글씨를 내가 찾아내서 세상에 알린 일이 있었지. 그가 〈청구가곡〉이란 시조집과 〈청산백운〉이란 수필집을 냈다는 사실도 그때 같이 소개하였던 일이 있다. 먼 훗날 진우도 휘문중학 다닐 때 진우가 어떠하였는지를 누군가가 찾아내 소개할 수 있는 인재가 될 것으로 이 할아버지는 믿고 있다. 휘문중학 첫 학기를 보내고 학업성취도 부분에서 네 자신 스스로 높이 평가할 수 있는 부분은 무엇이며, 과감하게 변화시켜 개선해야 할 부분은 무엇인지 한번 점검하여보는 시간을 가져보는 것도 필요할 것이다. 세밀한 부분까지 항상 아주 정확해야 하고, 어느 부분이고 아주 구체적이어야 하며, 집요하게 탐구해야 하고, 어떠한 실수도 해서는 안 되며, 아주 체계적이어야 하고, 빈틈없이 아주 논리적이어야 하는 것이 무엇일까?

네가 처음 이 세상에 태어나던 날 아침 네 부모 다음으로 내가 맨 먼저 너를 만났다. 미래와 희망이란 병원의 문을 열고 들어선 곳은 갓 태어난 몇 아이들이 나란히 누워 있는 방이었다. 네가 맨 앞줄에서 마치 대표 아이처럼 나를 반기는 모습이었다. 숱이 아주 짙은 유난히 까만 머리에 하얗고 깨끗한 피부, 이목구비가 분명한 균형 잡힌 얼굴

에 눈을 똑바로 뜨고 나를 응시하였었지. 갓 태어난 아이 같지 않아서 다른 여러 아이들을 살펴보았었다. 청결한 모습으로 눈을 똑바로 뜨고 또렷이 나를 응시하는 아이는 오직 너뿐이었다. 그때 내 마음 속에 피어올랐던 환희의 뭉게구름을 잊을 수가 없구나.

네 어머니는 너의 첫 돌 때 이 할아버지에게 두 구절 정도의 짧은 표현으로 진우에게 돌 선물을 하나 주라고 하였다. 네가 금반지 대신 받은 선물이 네 돌 사진에 네 모습과 같이 찍혀 있으니 시간이 나면 읽어 보거라. 불가어로 〈화엄경(華嚴經)〉에 있는 모든 것은 오로지 마음이 만들어내는 것임을 뜻하는 일체유심조(一切唯心造)와 유가어로 〈논어(論語)〉에 있는 품위 있는 사람은 남과 서로 다름을 인정하고 화합하지만 항상 옳고 그름을 분별하여 함부로 남의 말에 따르지 않고 도덕적 규범을 지킨다는 화이부동(和而不同) 8글자 2구절이다. 이 말을 현재 진우의 나이에서 진학과 관련하여 생각하여 본다면 일체유심조는 과학고에 가겠다는 네 마음이 너를 과학고 학생으로 만들어주고, 서울대학 가겠다는 네 마음이 너를 서울대 학생으로 만들어준다는 것이지. 화이부동은 어떻게 생각하여 볼 수 있을까. 개인의 자유를 존중하는 것과 조화로운 인간관계를 실현하는 것은 생각하기에 따라서는 이율배반적(二律背反的) 관계다. 우리는 지금 한 가지의 뛰어난 재능만으로도 전인적인 대중의 아이콘으로 변신할 수 있는 시대에 살고 있다. 따라서 화이부동이란 말을 현재 진우의 나이에서 진학과 관련하여 생각하여 본다면 모든 친구들과 많은 선후배와 여러 선생님들과 이율배반적 관계를 극복하고 조화로운 인간관계를 유지하면서 너만 가질 수 있는 새로운 아이콘을 매 학년마다 꾸준히 만들어나가야 된다는 것이겠지.

너는 우리 집에 오면 문자 게임, 낱말 게임, 카드놀이, 윷놀이 등을 하였는데 언제고 나를 이기고 제압해야 그것을 끝낼 수 있었다. 집요하고 탐구적이고 아주 끈기가 있었으며 승부욕이 강했다. 우리 집 거실에 놓여 있는 수석(壽石)에 이름을 지어 붙이는 놀이를 해보면 너는 조형미와 내부 형태미를 찾아내는데 탁월한 관찰력이 있었으며, 그 이름을 만들어내는 것을 보면 번득이는 창의력이 나타나곤 하였다. 한번은 내가 리터엉 할아버지라고 썼더니 리터엉이 뭐냐고 물었다. 엉터리여서 거꾸로 리터엉 이라 썼다고 했더니 즉석에서 수 없이 많은 단어들을 거꾸로 써서 나를 당황하게 만들었다. 너는 그런 창의력과 많은 응용력을 가진 어린이였다. 수석을 볼 때 손을 뒤로 하여 마주잡고 보면 좋다고 하였더니 언제나 수석을 그렇게 보았었지. 그래서 거실에 있는 화분이나 수석을 넘어뜨리거나 손상을 입힌 일이 한 번도 없었다. 너는 그렇게 어떤 규범을 지키는데 철저한 점도 가지고 있다. 앞으로 너의 삶에서도 너는 사회적 규범들을 잘 지키면서 살아갈 것이다.

한국말도 아직 서툰 네 나이 4살 때 네가 아버지와 어머니를 따라 영국에 가서 2주째가 되던 날 우리 집에 전화를 하여 너희 영국 집 주소인 39 Brampton Tower, Basette avenue, Southampton, Hampshire, SO167FB U.K.를 번개처럼 빠르고 유창하게 반복하면서 어서 빨리 찾아오라고 독촉하던 일이 떠오르는구나. 그런 일이 있기 훨씬 전에 너를 우리 집에 있도록 하고 네 부모가 영국을 다녀온 일이 있다. 그때 너를 대리고 용문산 어린이 놀이터에 다녀온 일이 있지. 놀이터 안내인과 상의하여 가장 안전한 놀이 몇 가지를 선택하여 첫 번째 탄 것이 보트 모양의 배를 타고 높은 데로 올라갔다가 물이 있는 낮은 못으로 떨어져 내리는 것이었다. 할머니를 맨 앞에 앉게 하고 그 다음에 너를 앉히고 내가 뒤에서 너를 안고 네가 무서워할 것 같아서 눈을 꼭 감으라고 하였다. 타고 나서 너는 말이 없었으나 할머니는 너무 무서워서 두고두고 안내원과 나를 원망하였다. 우리는 네가 놀라지 않은 것만 다행으로 여겼었지. 그런데 너는 한 해가 지낸 뒤에야 어느 날 그때 너무 무서웠다는 말을 하였다. 네가 얼마나 속 깊은 어린이었는지를 알고 우리는 많은 생각을 하게 되었다.

너를 만나러 영국 히드로국제공항에 도착하여 출구로 나오는데 너는 멀리서 쏜살같이 달려와서 내 품에 안겨 얼굴을 부비며 좋아하였지. 아버지가 운전하는 차 안에서 너는 네가 좋아하는 말랑말랑한 제리캔디를 주머니에 가득 넣어가지고 와서 꺼내 내 입에 넣어주었었지. 그때부터 이미 너는 다른 사람들에게 유난히 배려심이 많은 어린이었다. 네가 다니던 너서리(nursery)에 찾아갔을 때 너는 영국 아이들과 순서에 따라 세발자전거를 타고 있었다. 말이 통하지 않고 모든 것이 낯선 공간에서 너 혼자 외롭게 적응해가는 힘든 시기였다. 캔디를 나누어주는 시간에 영국 아이들이 네가 원하는 컬러를 모두 가져가버려 캔디를 집지 않고 침묵하며 마음 상해하던 모습이 지금도 눈에 선하구나. 원하는 컬러를 영어로 표현하지 못하고 다른 방법으로 요청하지도 못하는 때였지. 그 다음날 진과 로이(Roy & Jean Romsey)가 자기 집으로 점심초대를 하여 우리 가족 다섯 명이 같이 갔었지. 그때 로이가 너한테 노래를 좀 들려줄 수 있느냐고 말하자마자 문지방 위에 올라서서 신바람 나게 몸을 흔들며 큰 목청으로 계속해서 노래를 부르는 것을 보고 모두 깜짝 놀랐었다. 네 나이 때 네 엄마가 여러 사람이 있는 곳에 가면 늘 노래를 시켜달라고 교섭하다가 허락을 받으면 끊임없이 노래를 부르며 그만하라고 하면 한 곡만 더하면 안 되나요 하고 또 계속하던 모습 그대로를 보여주었지. 너는 그렇게 아주 적극적이고 끈기 있고 활기찬 어린이었다. 너는 한국에서부터 쁘띠젤을 너무 좋아해서 내가 그것을 많이 먹지 말라고 하였다. 영국 마켓에 갔을 때 너는 아주 오랜만에 진열장 속에 들어 있는 쁘띠젤을 보았다. 먹겠느냐고 물었더니 돌아서면서 아니라고 답하였다. 그러나 다른 물건에는 별관심이 없었다. 너는 그렇게 네 스스로를 이길 수 있는 절제력을 가진 어린이었다. 사람이 제일 이기기 어려운 것이 무엇일까? 자기 자신일 것이다. 자기 자신을 마음대로 조절(self-control)할 수 있다면 큰 성취를 이룰 수 있을 것이다. 먹고 싶은 나쁜 것을 안 먹는 승리, 게으른 자기를 이겨 부지런한 자기로 만드는 승리, 공부하기 싫은 자기를 이겨 재미있게 공부하는 자기로 만드는 승리 등이 얼마나 위대한 것인가. 이런 것들이 우리들의 삶에서 아주 큰 자기만의 저력을 만들어내는 에너지원이 되는 것 아닐까? 너와 같이 윌리엄 셰익스피어(William Shakespeare) 기념관에 갔을 때 아주 크고 두터운 방명록이 기념관 중앙에 펼쳐 놓여 있었지. 전 세계인들이 여러 해 동안 써놓고 간 오랜 연륜이 보이는 것이어서 숙연한 마음으로 너를 내 앞에 세우고 줄을 서 있었지. 차례가 되어서 방명록을 쓰려고 하는데 네가 쓰겠다고 주장하여 내가 네 손을 잡고 줄에 맞추어 네 이름으로 쓰자고 제안하였는데 완강하게 거절하면서 네가 네 마음대로 혼자 쓰겠다고 큰 소리로 주장하여 장래를 깜짝 놀라게 한 일이 있지? 너는 그렇게 주장하는 바가 대단히 강한 자아도 가지고 있는 어린이었다. 귀국해서 나는 진과 로이에게 이런 편지를 보냈단다.

Dear Mr and mrs Roy

우리는 당신들이 보내준 친절하고 자상한 편지와 우리의 grandson Jinwoo의 미소를 담아서 보내준 사진을 잘 받았습니다. 대단히 감사합니다.

우리는 오직 하나뿐인 우리의 사랑스런 딸의 가족을 당신들이 영국에서 친구로 보살펴주고 있는 것에 대하여 깊이 감사를 드리고 있습니다.

우리의 딸과 우리의 grandson Jinwoo가 처음 SOUTHAMPTON에 갔을 때 Jean Romsey가 자기의 차로 우리의 딸과 우리의 grandson Jinwoo를 너서리에 태워다 준 일을 감사하면서 항상 기억하고 있습니다. 그리고 우리 부부가 SOUTHAMPTON에 갔을 때 당신들이 우리 부부와 우리 딸의 가족을 당신들의 가정으로 초청하여 매우 훌륭한 만찬을 베풀어주신 것을 감사하면서 항상 기억하고 있습니다.

나는 초등학교 3학년 때 동화책을 읽고 영국을 처음 알았습니다. 영국인 아버지와 그의 아들이 공원을 걷다가 아들의 모자가 바람에 날려서 공원 잔디밭으로 날아갔는데, 아버지가 잔디를 밟지 않으려고 지팡이로 모자를 꺼냈다는 공중도덕의 이야기였습니다. 두 번째는 1982년 런던에서 2일 동안 대영제국박물관을 관람하고 영국을 어렴풋이 알게 되었습니다. 그리고 세 번째는 지난 8월에 Roy & Jean Romsey의 가정을 방문하고 영국인을 알게 되었습니다. 따라서 지난 7월의 Roy & Jean Romsey의 가정을 방문한 것은 우리 생애에서 아주 인상적인 체험이었습니다. 우리는 당신 부부의 미적 센스와 친절하며 활기찬 모습을 기억하고 있습니다. 그리고 상대를 배려하고 이해하며 편안하게 대하여주는 포용성에 큰 감명을 받았습니다.

우리는 우리의 사랑하는 딸의 가족이 영국에서 당신 부부를 만난 것을 항상 하느님께 감사드리고 있습니다.

당신들의 가정에 항상 하느님의 가호가 있기를 바랍니다. 대단히 감사합니다.

2003.9.22.
Roy & Jean Romsey 39, Vectis Court,
Talbot Close, Bassett,
SOUTHAMPTON., SO16 7LY.

Dear Mr. and Mrs. Roy

Thank you for sending us a friendly letter and our grandson's photo.
It made us feel happy to see his wonderful smile.
We are really grateful.

We've heard about your kindness and sharing love with our only daughter's
family and we really don't know how to thank you.
I always remember the warm-heartedness you've shown to my daughter and
grandson, especially the first moment when you gave them a ride to the nursery
in SOUTHAMPTON. How nice of you all!

It was also very kind of you to have a party for us and my daughter's family
at your house.

When I was in 3rd grade in elementary school, I got to know about England
for the first time, while I was reading the fairy tale.
It was about a father and his son who went for a walk together in the park.
When the wind blew, and the hat flew away into the lawn, the father picked
up the hat with his stick instead of going into the lawn and hurting it.
It was about public morality, and I was really impressed.

In 1982, I had chance to visit the British Museum for 2 days,
and it made me understand the United Kingdom a little bit more I guess.

But above all, I think the opportunity to get to know both of you is the most
precious experience for knowing England. Now England seems to be the
comfortable place for us because of you

We still remember your generosity and vitality and you have thoughtful
consideration and understanding.
My daughter and her family must be very lucky to meet you and have friends
like you.
I really thank God for that, and we will always pray for all of you!

Thank you from the bottom of my heart.

Sincerely,
2003.9.22.

그 뒤 진과 로이가 한국에 와서 내가 운전을 하여 고창성, 선운사, 미당시문학관, 인촌고택, 고인돌군, 내장사, 금산사를 다니면서 그들이 친한파가 되어서 돌아가기까지 너의 영어 구사 능력이 많은 도움을 주었지. 그들이 안동과 하회까지 다녀온 것 또한 너로 인한 인연 때문이었다. 네가 우리 집에 오면 한자를 알고 싶어 해서 한 번 올 때 처음은 4글자씩 가르쳤는데 아무리 어려운 글자라도 획순을 가르쳐주면 한 번으로 족했으며, 순식간에 체득하는 순발력과 뛰어난 총명함을 보여주었다. 조선과 고려의 왕계를 기억하는 것 또한 뛰어난 암기력을 발휘하였다.

영국에서 귀국하자 너는 입학을 준비할 겨를도 없이 한국 초등학교에 입학하여 다른 학생들에 비해서 한국어 능력도 많이 부족하였지만 경쟁에서 별로 밀리지 않고 3학년을 잘 마쳤으며, 부모를 따라 또 다시 미국 스탠퍼드 대학촌으로 가서 4학년을 다니고 귀국하였다. 대학촌에 도착하여 숙소가 춥고 침구도 미처 마련하지 못해서 잠도 설치고 지내던 때에 너는 별 준비도 없이 실리콘벨리 수학경시대회에 참여하여 1등상을 받아 우리를 놀라게 하였다. 그곳 초등학교를 다니면서도 학교신문을 만들고 연극을 하고 퀴즈대회 등에서 놀라운 결과를 보여주면서 많은 친구들을 사귀고 여러 선생님들과 교장선생님의 찬사를 받는 등 자랑스러운 한국학생으로서 역할을 하였다. 귀국해서도 한 동안 계속해서 그들과 메일을 주고받았지?

존스홉킨스대학(Johns Hopkins University)이 주간하는 스탠퍼드대학 캠프에 시험은 합격하였으나 나이와 학년이 미달이어서 참여하기 어렵게 되었지만, 결국 네 성적이 뛰어나서 특별히 허락을 받아 참여하게 되었으므로 캠프가 끝날 때 미국에 오시라고 전화를 하였지? 내가 스탠퍼드에 도착한 다음날 네 캠프 생활이 끝났었다. 너를 만나보러 스탠퍼드 대학에 갔을 때 너는 네 몸의 몇 배가 되는 짐을 들고, 메고, 끌고 나오다가 우리를 보고 달려와 반겼지. 교정을 거닐면서 너보다는 모두 키도 크고 선배들인 미국 친구들과 스스럼없이 대화하며 당당하였었다. 너는 그때 윌리엄 셰익스피어(William Shakespeare)의 4대 비극인 햄릿, 오셀로, 맥베스, 리어왕을 읽으면서 가장 감명 깊은 장면을 하나 골라서 암기하라는 과제가 인상적이었다고 하였지. 그래서 그 부분을 나한테 한 번 들려달라고 하자 맥베스의 핵심 부분을 신나게 암송하던 일이 지금도 생각나는구나. 너는 그렇게 문학에도 관심과 재능을 가지고 있었다.

네가 귀국하자마자 초등학교 5학년을 시작할 때 우리 가족은 모두 걱정을 하였다. 4학년도 안 다니고 대치동의 초등학교 생활에 잘 적응할 수 있을까 하는 우려에서였다. 그러나 너는 곧바로 적응하면서 교내외의 많은 상을 받았고 마침내 최우수 과학 영재 학생으로 선발되어 교육부장관 상까지 받아 모든 가족을 안심시키고 행복하게 만들었다. 상을 받는 횟수가 많아져서 외대와 성대 등의 영어경시 대상은 할머니가 대신 받아왔는데 여러 사람들의 부러움의 대상이 되기도 하였다고 들었다.

네 부모가 모두 바빠서 나는 어느 날 너를 차에 태워 압구정동 현대백화점 초·중·고 발명품전시회장에 내려준 일이 있다. 그곳에는 강남구청장, 강남교육장, 장학사, 여러 학교 교장님들과 관계교사, 관람객들로 입추의 여지없이 많은 분들이 모여 있었다. 항상 과묵한 네가 단상에 올라 상을 받고 여유 있게 미소를 지으면서 손을 흔드는 모습에 놀랐는데, 전시장으로 안내되어 자기 발명품을 설명하는 첫 순서가 너였다. 많은 인파 때문에 나는 멀리 밖에서 너를 보고 있었지. 네 주변으로 구청장, 교육장, 장학사, 교장 등 많은 분들이 너를 향해서 모여 섰지? 그때 의젓한 모습으로 네 작품을 설명하는 소리가 아스라이 밖으로 흘러나왔다. 논리적이고 아주 설득력이 있는 표현이어서 모든 이들이 경청하였다. 설명이 끝나자 우레와 같은 박수가 터졌고 모두 칭찬일색이었다. 너는 그렇게 유능한 인재다. 마음을 다잡아 정진하면 반드시 성취하는 능력을 가졌다. 네가 6학년 때 너를 만나서 너는 책 읽기를 특히 좋아하는데 몇 권이나 읽은 것 같으냐고 물었더니 수백 권은 넘었을 것 같다고 하였다. 남자는 모름지기 다섯 수레 정도의 책은 읽어야 한다는 남아수독오거서(男兒須讀五車書)란 말이 있는데, 이 말은 장자(莊子)에 있는 것을 당 나라 시인 두보(杜甫)가 그의 시에서 쓴 말이다. 너는 다섯 수레 분량을 훨씬 넘는 독서를 할 것이 분명하다. 너와 여행을 할 때 보면 너는 비행기에 탑승하러 가는 줄에 서서도 늘 책을 읽었다. 평생 가는 좋은 독서 습관이 너에게 만들어져 있다.

초등학교를 마치는 기념으로 너는 나와 우리의 가족사 지역여행을 하였다. 한국의 역사와 한국인의 가족사는 서로 맞물려 있기 때문에 흥미롭지. 그런데 가족들 중 너만 가장 신나했었지. 왜 그랬을까. 너는 지적 호기심이 유난히 많기 때문이라는 것을 나는 잘 알고 있다. 네가 우리 집에 와서 선조들의 교지(敎旨)를 보면서 내 설명을 듣고 얼마나 좋아했느냐. 가족사 여행은 고려 말부터 조선조 말까지였지. 네가 가장 흥미를 보인 것은 조상들 중 높은 벼슬을 한 이의 무덤으로 가는 길목에 세운 신도비(神道碑), 무덤 앞에 세운 묘비(墓碑)의 내용, 충신이나 효자나 열녀를 표창하기 위해 세운 정려(旌閭), 조선 시대 이상적인 관료 청백리(淸白吏), 품계는 높으나 직위는 낮은 벼슬 행직(行職), 죽은 뒤에 품계와 벼슬을 추증하던 증직(贈職), 조선시대 승정원(承政院)의 여섯 승지 중 수석 승지인 도승지(都承旨), 기묘사화, 을사사화, 무오사화, 갑자사화인 4대 사화(士禍)와 내가 손수 쓴 3개의 비문이었지? 너는 역사에도 관심을 넘어서 소질과 재능을 가지고 있다는 것을 새삼스럽게 다시 깨닫게 하였다.

이렇게 몇 가지의 기억나는 일들을 더듬어본 것처럼 너는 여러 모로 많은 가능성과 탁월한 능력들을 가지고 태어났다. 이러한 많은 잠재능력들을 어떻게 개발하는가는 너에게 주어진 몫이다. 길게 내다볼 때 너는 틀림없이 훌륭한 인재가 될 것이다.

네가 중학교에 입학하면서 만날 기회가 점점 줄어드는구나. 당연한 일이며 기쁜 일이다. 인간의 삶 속에서 가장 소중한 날이 언제일까. 바로 오늘이다. 그 중요한 오늘을 한 시인들 헛되이 보낼 수 있겠느냐. 특히 중·고등학교 때는 하루하루가 더욱 소중한 날들이지. 성장기의 다른 생물들처럼. 대학부터 가야할 자기의 길을 모색하면서 새로 닦아야하기 때문이지. 길을 찾아 새로 내는 과정은 정성과 노력이 필요하고, 부지런함과 끈기가 요청되지. 그리고 온갖 지혜가 바탕이 되어야겠지. 다소의 두려움도 있을 것이고, 희망도 있을 것이며, 환희의 기쁨도 있을 것이다. 중요한 것은 쉬지 않고 꾸준히 즐겁게 정진하는 것이겠지. 항상 소중한 오늘 하루와 이 시간의 의미를 기억하면서 앞날을 위해 깨어 있어야 하겠지. 네 의지가 생각대로 매시간 작동되고 있는지는 네 마음을 객관적으로 바라보면 확인할 수 있을 것이다.

나는 네가 나보다는 훨씬 더 뛰어난 인재이고 훨씬 더 많은 가능성을 가지고 있다고 생각하고 있다. 너는 여러 사람들에게 기여할 많은 것을 성취하면서 훌륭한 삶을 살게 될 것이다. 부디 즐겁고 행복하게 공부하면서 이번 여름방학 즐겁고 뜻있게 보내기 바란다. 안녕.

2013.7.22.
압구정동 할아버지가 보낸다.

할아버지께 드리는 편지

할아버지, 요즈음 날씨가 더워지고 습해지고 있는데 건강은 괜찮으세요? 제가 중학생이 된 이후로 좀 바빠서 자주 뵙지 못했는데, 많이 아쉽고 죄송해요. 앞으로는 조금 더 자주 뵐 수 있게 되면 좋겠네요.

할아버지와 어릴 때부터 함께했던 추억들이 너무 많아서 모두 생각해낼 수도 없지만, 지금까지 잘해 주셔서 감사합니다. 아주 많이 어릴 때, 양평에 가서 작은 물고기를 잡고, 할아버지 산에 가서 밤도 줍고 밭 구경도 해서 정말 즐거웠어요. 할아버지와 함께 남산과 남한산성 등에 가서 등산하고, 텐트 치고 쉬면서 놀았던 것이 아직도 기억이 나요. 남한산성 아래 음식점 옆 숲에서 저를 수레에 태워서 밀고 다니셨던 것도 아직 기억해요. 할아버지네 집에서 묵으면서 할아버지께서 재미있는 옛날 이야기나 역사 이야기를 해주시거나 여러 가지 고서적이나 다른 신기한 물건들을 보여주신 것, 그리고 대화 상대가 되어 주신 것이 너무 고맙고, 영원히 잊지 않을 것 같아요.

할아버지는 저에게 자랑스러운 할아버지이기도 해요. 할아버지께서 연행록을 수집하고 번역하고 해석해서 인터넷에 올린 것으로 알려지고, 세계 여러 사람들에게 도움이 되시는 모습을 볼 때 저는 정말 자랑스럽고 기쁩니다. "제야의 종소리" 때도 할아버지께서 종을 치시는 모습을 보고 정말 대단하시다고 생각했습니다. 그리고 할아버지는 그 연세에도 불구하고 지금까지 학문을 손에서 놓지 않아서 더욱 존경스럽습니다. 저도 할아버지 같이 평생 동안 제가 진심으로 좋아하고 남을 도울 수 있는 학문을 탐구해서 평생 공부를 실천하겠어요.

할아버지는 저에게 정말로 대단하고, 자랑스럽고, 멋진 분이예요. 할아버지 같이 즐겁고, 애타적이고, 멋진 인생을 살고 싶어요. 저에게 잘해 주셨듯이 저도 할아버지께 보답해 드릴게요. 할아버지, 사랑하고, 정말로 존경합니다.

2013.7.15.
휘문중학교 제1학년 2반
손자 황진우 올림

3

마음 따라 붓 따라

명상 여행을 떠나면서

나는 이제 명상 여행을 떠나고 싶다. 내려놓을 것을 차례차례 내려놓고, 가볍게 더 가볍게 명상 여행을 떠나고 싶다. 미처 느껴보지 못 하였던 것들을 새롭게 느껴보고, 미처 알아차리지 못하였던 것들을 조금씩 알아차려 가면서 나는 이제 명상 여행을 떠나고 싶다. 한 가지를 내려놓으면, 그 자리에 한 가지의 마음을 챙겨 담을 수 있을 것이라는 소박한 발원을 하면서 나는 이제 명상여행을 떠나고 싶다. 얼마 전 나는 들숨과 날숨의 연결로서 내가 현존하고 있다는 사실을 처음으로 알아차릴 수 있었다.

스승 없이 깨친 사람은 만의 하나도 드물다는 달마스님의 말씀이 떠오른다. 세 사람이 같이 일을 하면 그 중에는 반드시 스승이 될 만한 사람이 있다는 말도 떠오른다. 요즈음 나는 가끔 나를 생각하여 보는 시간을 가져본다. 해는 저물어 가는데 갈 길은 멀다. 주변에서는 석양을 알리면서 좌판을 챙기는 소리가 자주 들려온다. 이제 남은 길을 가늠하여 보아야 할 것 같다. 어둠이 내리기 전에 가야 할 길을 가늠하여 보아야 할 것 같다. 가다가 길동무를 만나면 평화롭고 행복한 정담을 나누면서 남은 길을 소중하게 걸어가고 싶다.

얼마 전 나는 구룡사에서 보내준 월간 〈붓다〉라는 저널을 읽다가 신경정신과의원 전현수 원장의 글 〈명상과 자기치유 8주 프로그램〉이라는 글을 읽었다. 명상 여행을 생각하고 있던 터라 쉽게 접근이 이루어졌다. 그리고 그 프로그램에 우리 부부가 참석하겠다고 약속을 하였다. 참여를 희망한 분들이 12분이나 되고, 스님, 의사, 상담 전문가, 평신도 등 비교적 다양한 색깔을 가진 분들이 그 프로그램에 참여를 희망한 것으로 되어 있었으며, 그 프로그램을 이끌 분이 신경정신과 전문의사라는 점이 쉽게 참여를 결심한 동기라고 할 수 있다.

매주 화요일 19시부터 21시까지 구룡사의 애기법당에서 8주간 진행한 그 명상 프로그램은 나의 명상 여행의 출발점이 된 셈이다. 나의 명상 여행을 어떻게 할 것인가는 앞으로 나의 화두가 되어야 할 것 같다. 그런 의미에서 볼 때 이번에 참여한 프로그램은 나의 명상 여행을 위한 좋은 오리엔테이션이 되었다고 생각한다. 이번 프로그램의 구성은 몸 부위 인식하기(body scan), 정좌명상(sitting meditation), 보행명상(walking meditation), 요가(yoga), 마음 챙김(daily activity)이라는 다섯 가지의 트랙을 유기적으로 연결한 것이라고 이해하여 보았다. 거기에다가 즐거운 일 1가지 의식하기, 불쾌한 일 1가지 의식하기, 갈등 있는 인간관계 자각하기 등을 삽입하여 명상의 사회화를 유도한 사려 깊은 프로그램이라고 여겨졌다. 그리고 명상의 고립화나 명상의 자폐증화를 지양하려는 지혜가 담겨 있는 프로그램이라고 느꼈다. 오랜 명상 수행의 체험에서 녹아나온 심신과 전문직에서 얻어진 지식이 결합된 썩 이상적인 한 수행 모형이라는 생각을 가져보기도 하였다. 동참 수행인 가운데도 많은 스승이 있었다.

나는 지난해 예기치 못하였던 해일을 만났다. 나에게 명상을 권유한 이는 병원에서 만난 전문 간호사다. 그분이 그 까닭을 나에게 설명하지는 않았지만, 생각하여보니 그분 나름대로 터득한 관조의 축적에서 나온 배려인 것 같았다. 전현수 원장은 그 프로그램 시작의 첫날과 끝 날에 두 쪽짜리의 체크 리스트를 나누어 주고, 그것을 회수하여 그 결과를 전화로 알려주었는데, 상당한 설득력을 확보한 결과여서 깊이 동의할 수가 있었다. 짧은 기간 동안의 명상 수행이 안겨 준 선물이라는 생각이 들었다.

나는 숙면주의를 택하면서 살아왔다. 잠이 들지 않으면 곧바로 일어나서 컴퓨터 앞에 앉는다. 피곤하여 질 때까지 작업을 하다가 지치면 잠자리로 가는 생활을 하여 왔다. 그런데 나이가 들면서 그러한 생활패턴이 무척 힘들다는 것을 자각하게 되었다. 나의 이 문제를 해결하여 준 것이 몸 부위 인식하기(body scan)였다. 우리 부부는 이 수행방법으로 아주 쉽게 수면의 불규칙한 현상을 극복할 수 있게 되었다. 몸 부위

인식하기(body scan)가 어찌 잠 잘 자기 수행이겠는가. 물론 타산지석의 수행효과라고 생각한다. 우리 부부가 지난 해 말 태국 푸껫에서 쓰나미를 만났을 때는 명상을 통해서 황폐해진 마음을 챙길 수가 있었던 것 같다. 나는 요즈음 치과에 다니면서 이를 갈고, 신경치료를 하면서 이를 손질하고 있다. 나는 40대 후반에 처음으로 치과에 가서 발치를 한 일이 있다. 그리고 50대 후반에 돋보기라는 것을 처음 쓰게 되었다. 그때마다 내가 늙어가고 있다는 것을 자각하면서 자연의 섭리라는 말로 스스로를 달래보았다. 노후한 자동차는 부품을 갈아 끼우고, 유리창도 새로 손질을 하여야 한다. 그러나 차주가 차를 소중하게 손질하고, 차를 잘 매만져 나간다면 새 차에서 맛볼 수 없는 또 다른 새 맛을 느끼게 되지 않겠는가. 이를 손질하면서 이런 생각을 가져본다. 그러나 치과에 가서 이를 갈고 신경을 치료 받는 일은 즐거운 일이 아니다. 나는 요즈음 치과에 가서 의자에 앉는 순간 눈을 감고 정좌명상(sitting meditation)과 몸 부위 인식하기(body scan)를 시작한다. 그리고 마음 챙김(daily activity)을 계속한다. 그렇게 하다보면 치과 의자에서 겪는 괴로운 소리가 안락한 정적으로 전환되는 것을 새롭게 체험할 수 있다.

이렇게 하여 나의 명상 여행은 그 출발점에서 청신호를 보고 떠나는 가벼움과 행복감으로 손을 흔들어본다. 평화로움으로 맑게 갠 푸른 하늘을 바라보면서 떠나는 느낌이다. 정체 없이 흘러가는 잔잔한 물결에다 나의 명상 여행을 실어본다. 애기법당이 어른법당으로 바뀌는 기대를 하여 보면서. (2005.4. 佛光)

카티비치에서 조우한 쓰나미

석양을 걷고 있는 길손 앞에 어느 날 갑자기 쓰나미가 밀려왔다. 나는 지난해 하반기에 아주 큰 충격파를 맞고 예기치 못한 파랑에 밀려다니면서 표류하고 있었다. 사십여 년 동안 계속하여 오던 강의와 연구를 모두 내려놓고, 사람 만나는 일과 말하는 일을 모두 중단하였다. 그리고 일체의 목적 지향적 생각을 모두 다 끊어버렸다. 그런 나에게 연말의 추위가 유난히 차갑게 다가오고 있어서 좀 따뜻한 곳을 찾아가 몸을 추슬러보려고 나선 곳이 불교의 나라 태국의 푸껫이다.

지난 12월 26일 아침이었다. 7시에 기침하여 침실 바다 쪽 대형 유리창으로 내려다 보이는 애기불당을 향해 합장을 하였다. 고개를 들자 호수처럼 잔잔한 쪽빛 바다가 시원스럽게 시야로 들어왔다. 8시에 아침식사를 하고 카타비치(Kata Beach)를 산책하기로 하였다. 모처럼 아내와 반바지 차림으로 비치로 내려갔다. 우리가 묵고 있는 숙소는 산의 초입이지만 높은 지대에 자리 잡고 있었다. 로비에서 층계를 따라서 한참 내려가면 조그만 주차장이 하나 있고, 그곳을 지나서 2차선 언덕길 차도를 건너서 폭 6~7미터 정도의 포장된 내리막길을 20여 미터 정도 따라 내려가면 비치에 접한 식당을 만난다. 길 양편에는 맞춤 옷가게와 양품점들이 정연하게 들어서 있다. 식당의 시멘트로 포장된 바닥 홀에 놓인 하얀색의 나무로 만든 식탁과 의자 사이를 통과하여 비치 경계표시 철책난간 사이로 난 4~5계단의 층계를 내려가면 비치의 모래밭이 펼쳐진다. 왼쪽은 수림과 검은 색의 바위가 경계를 이루고 있으며 오른쪽으로 백사장이 반달처럼 아름답게 펼쳐져 있다. 건너편 오른쪽 경계를 이룬 수림과 검은 색의 바위까지는 대략 2킬로미터 정도가 되는 아주 예쁜 비치다. 우리가 24일 오후 오른편 산자락까지 산책한 후 인적이 없는 길로 들어가서 보행명상을 했던 곳이다.

산책을 시작하면서 시계를 보니 9시였다. 발가락 사이로 흘러드는 정갈한 모래가 고르고 부드럽고 아름답다. 발바닥의 감촉이 아주 상쾌하였다. 바닷모래로 발의 감촉을 즐기면서 걸어보려고 하였다. 그런데 비치 중간쯤 걷다가 바닷물이 전날같이 잔잔하지 않고 좀 불안하게 움직이는 것을 발견하였다. 발이 해수에 불규칙하게 자주 젖었다. 전날 그 곱고 잔잔하던 바닷물이 아니다. 바람이 일기 때문인 것으로 대수롭지 않게 생각하였다. 아내도 기분이 별로 나지 않는 것 같았고, 나도 별로 좋은 느낌이 아니어서 말없이 속보를 하게 되어서 출발점으로 돌아와 보니 9시 45분이다.

출발점의 식당 밑 옆으로 놓인 비치의 안락의자 곁 그늘진 곳에서 바다를 바라보면서 잠시 서 있었다. 여러 척의 유람선들이 평화롭게 떠 있고, 그 뒤로는 푸른 섬이 편안하고 행복하게 앉아 있었다. 순백의 모래사장 카타비치에는 바닷물에서 10여 미터 육지 쪽으로 떨어진 곳에 하얀 칠을 한 나무로 만든 같은 크기의 비스듬한 안락의자들이 2킬로 길이 정도의 해변에 2~3열로 잘 정돈되어 놓여 있다. 그리고 그 옆에는 작렬하는 태양을 자유롭게 가릴 수 있도록 형형색색의 예쁜 파라솔들이 모래사장에 꽂혀 있다. 적절한 햇볕을 받으면서 편히 누워서 바다를 바라보고 즐길 수 있도록 배려한 구성이다. 아름답게 관리하고 고전적으로 정돈한 쾌적한 비치다. 에머랄드 물빛과 청랑한 하늘을 바라보면서 지친 심신에 행복한 안식을 안겨줄 수 있는 곳이다.

　나는 바다를 바라보며 앞 쪽에 서고 아내는 식당 쪽 가까이 옆으로 2미터 정도 뒤쪽에 섰다. 옆에는 서양인 노부부가 안락의자에 앉아서 바다를 바라보고 있다가 일어서서 비치에 연해 있는 호텔 쪽으로 걸어가고 있었다. 그때 바닷물이 200~300미터가량 순간적으로 빨려나갔다. 내가 아내를 향해서 바다를 가리키며 왜 이러느냐면서 보라고 하는 순간이었다. 바다를 가리키던 손을 미처 다 내리기도 전에 파도가 밀려들면서 순식간에 옆의 안락의자들을 무차별 밀어붙이며 내동댕이쳤다. 나와 아내는 순식간에 그 물 속에서 허우적대고 있었다. 나는 아내를 뒤로 물러나 식당 계단 위로 피하라고 소리치면서 본능적으로 뒤로 물러섰다. 그 순간 아내의 목소리가 들렸다. "뭣해요, 빨리 올라와요." 라고 비명을 지른다. 정신을 차려보니 그때 나는 파도에 쓸려서 육지 쪽 축대의 벽에 붙어 있었다. 식당 난간까지는 2~3미터의 거리다. 식당의 철책 난간 위가 약간 물위로 보여서 몸을 날려서 그것을 움켜잡고 솟구쳐 올랐더니 이내 식당 홀의 아내 옆 물속으로 떨어졌다. 바닷물이 아니라 성난 황톳물이 이미 아내와 내 목까지 차 있다. 나는 반사적으로 아내를 앞 길 쪽으로 밀었다. 그때 식당에 놓여있던 대형 옹기화분이 우리 앞으로 내동댕이쳐지고 식당의 의자들이 모두 황톳물에 떠밀려서 우리의 앞을 거칠게 가로 막았다. 아내는 식당 기둥 뒤로 숨으면서 그것을 반사적으로 피하고 있었다. 나는 몸으로 장애물들을 방어하면서 아내를 앞으로 밀었으나 몸이 빨리 움직이지를 않았다. 그 순간 아내는 앞 언덕에서 우리를 바라보고 서있는 태국인 청년을 향해서 외마디로 소리를 질렀다 "살려주세요. 뭐 하는 거예요." 까만 양복바지에 흰 샤스를 입고 서 있던 그이가 아내의 손을 끌어 당겨준 덕분에 아내와 나는 언덕길로 올라설 수 있었다.　때 그 청년의 반대쪽에도 같은 옷차림을 한 사람이 한 사람 더 서 있었는데 태국인이었다. 그들은 모두 식당이나 가게에 있다가 달려 나온 것 같았다. 달려서 언덕 2차선 차도에 올라서니 또한 태국인 여인이 서 있었다. 복색은 역시 까만 하의에 흰색 상의를 입은 이다. 웬일이냐고 물었으나 영문을 알 수 없다는 표정이었다. 황급하게 우리의 숙소 주차장으로 달려 올라와서 단숨에 로비로 올라갔다. 온 몸이 흙탕물로 흠뻑 젖은 처참한 형상을 하고 로비에 섰다. 그때 나는 비로소 비치 산책 때 주어든 반달형의 오묘한 석회석을 놓쳐버린 기억이 났다. 그 순간 아내의 발을 보니 피투성이가 되어 있었다. 두 번째 발가락에서 피가 줄줄 흘러내리고 있다. 앞정강이 두 곳에서도 피가 흐르고, 나 또한 두 정강이가 피멍이 들고 부어 있었다. 나는 로비의 데스크로 달려가서 구호를 요청하였다. 그러나 만만디다. 여직원이 안으로 들어간 지 한참이 되어도 나오지 않아서, 다시 가서 데스크를 치면서 구호 요청을 하였다. 그제서야 알콜 소독약병과 붕대를 한 조각 주었다. 그것으로 소독을 대충하고 아내의 발에 묻어있는 피를 닦고 붕대로 묶었지만 지혈이 잘 되지 않는다. 거듭 동여 묶고 방으로 들어왔다. 일어서면서 보니 로비 바닥에 피가 흥건하게 떨어져 있다. 아내가 안쓰러웠다. 살아났다는 것을 알게 된 것이다. 방에 와서 보니 내가 들고 있었던 아내의 손가방이 흙탕물에 모두 젖어 있다. 속에 들어 있는 여권과 물건을 꺼내서 드라이기로 말렸다. 그리고 아내의 상처를 다시 치료하였다. 옷을 갈아입고 젖은 옷과 신발을 드라이기로 말렸다. 아내의 지시대로 따른 것이다. 정오에 숙소 로비에서 만나 점심을 같이 하기로 약속한 현지인은 보이지를 않는다. 기다리다 지쳐서 숙소의 PC 방으로 가 인터넷 뉴스를 검색하였다. 사진 3장이 올려져있다. 쓰나미 피해 사진이다. 설명 두 줄은 현지 문자여서 해독을 할 수가 없다. 아들과 딸에게 긴급 메일을 보내려고 시도하였지만 불가능한 상태였다. 전기가 모두 나가버렸다. 만나기로 약속한 현지인이 오토바이를 빌어 타고 황급하게 나타났다. 교통이 통제되었으며 여진의 위험이 있다고 전언을 한다. 점심은 원래 푸껫 최대의 식당 타이난레스토랑에서 하기로 하였는데 불가능한 상태라고 한다. 숙소 앞 식당에서 점심을 하려고 하였으나 모두 철시되어서 역시 불가능하였다. 결국 숙소에 특별 부탁을 하여 적당히 때웠다. 이미 먹을 것이 문제가 되고 있다는 직감이 들었다. 궁리 끝에 2시간여를 로비에서 보냈다. 현지인들이 재해 발생 보도를 들려주고 출입을 통제하는데도 그냥 앉아 있을 수가 없다. 겨우 양해를 구하고 우리가 불과 몇 시간 전에 쓰나미와 맞닥뜨린 현장을 향해 발걸음을 옮겼다. 2차선 대로로 내려가는 중간 지점에 이르렀을 때 수영복 차람의 서양 노부부와 그의 딸로 보이는 정장차림의 한 여인이 서로 껴안고 통곡을 하는 모습이 보였다. 자세히 보니 쓰나미 직전에 비치의 벤치에서 호텔 쪽으로 이동한 바로 그 노부부였다. 사지에서 생환한 가족끼리 재회의 기쁨을 토해내고 있는 장면이다. 이런 때의 울음은 동서양의 공통 언어라는 것을 느꼈다. 그 정경을 보고 조금 더 바다 쪽으로 내려가 보니 엄청난 사건이 벌어져 있었다. 나는 그 정경을 바라보면서 경악을 금할 수가 없었다. 우리 부부가 살아나온 그곳 주변이 난장판으로 변하여 폐허가 되어 있다. 바다로 향해 내려가는 언덕길 양편의 가게가 모두 황량한 폐허로 변해버렸으며 두께 5미리짜리 통유리 쇼윈도가 온통 박살이 났고, 맞춤 옷가게들의 옷가지들이 길바닥에 무질서하게 나뒹굴고, 맞춤 옷감 조각들이 산발을 한 것처럼 길 주변을 어지럽게 하고 있다. 길가의 승용차가 박살나고 물이 우리 숙소의 주차장까지 덮쳤다. 어림잡아보니 우리가 피해 나온 지점으로부터 물은 20~30여 미터 높이 이상 더 덮쳐서 모든 것을 삼켜버리고 만 것이다. 나는 아내한테 가서 그곳을 같이 보자고 제안하였다. 아내가 싫다고 우기다가 겨우 따라나섰다. 아내는 초입에서 그 광경을 보면서 더 이상 바라볼 수가 없다고 빨리 돌아가자고 재촉을 한다. 내가 카메라로 그곳 사진 2컷을 찍자 아내가 돌아갈 것을 다시 재촉해서 더 이상 촬영을 하지 못하고 돌아섰다. 우리는 숙소의 트럭을 교섭하여 빌어 타고 공항에 갈 버스가 있는 곳으로 1시간 정도를 이동하였다. 마침 버스에 탈 수가 있었다.

공항에 갈 시간은 많이 남아 있는데 갈 곳이 없다. 공항에 물이 차서 공항이 마비되고 직원들도 다 달아났다는 풍문이 들렸다. 쇼핑몰마다 문이 굳게 닫혀있다. 할 수 없이 시내 전망대나 올라가보려고 찾아 나섰지만, 쓰나미의 여진이 두려워 내국인들이 많이 올라와 있기 때문에 경찰이 통제를 하고 있었다. 차도 양편 가게 셔터들을 모두 내려버렸다. 차를 돌려 한가한 곳에 세우고 지혜를 모았다. 그러나 갈 곳이 없다. 할 수 없이 푸껫공항으로 이동하였다. 공항에 도착해보니 밤 8시경이다. 공항은 이미 피난민 수용소처럼 아수라장이 되어 있었다. 이재민 구호를 위해 식수와 빵을 준비하여 임시 데스크에 놓고 승객의 허기를 달래 주고 있다. 기자들이 그 광경을 촬영하면서 인터뷰를 하고 있다. TV에서는 CNN의 현장 보도가 계속되고 있다. 서남아시아의 엄청난 비극을 TV에서 확인하면서 몸서리가 쳐진다. 출국장에 마련된 불단과 그 양면에 놓인 의자만은 평화롭게 침묵을 지키고 있다. 나는 그 평화로운 정적 앞에 마음의 합장을 하였다. 출국장은 발 디딜 곳이 없이 인파로 가득 차 있으며 가게들은 모두 문을 닫아버렸다. 숨이 막힐 지경이다. 바닥에 누워 있는 이, 서 있는 이, 끼어서 앉아 있는 이로 아수라장이 되어 있다. 공항 KAL 사무실에 올라가니 출국 예정시간을 알려주었다. 나는 공항 대기실과 기내에서 자주 명상을 하면서 시간을 보냈다. 피곤이 풀리고 긴장이 이완 된다. 인천공항에 도착한 것은 아침 10시경이다. 출국장으로 나오자 수많은 기자들이 대기하고 있다. 우리 부부는 가져간 짐이 없기 때문에 맨 앞에 내려서 조용히 공항을 빠져나올 수 있었다. 저녁에 뉴스를 보니 참담하기 그지없다. 우리가 카타비치에서 산책하다 만났던 유일한 한국인 노부부가 살아 돌아와서 인천공항에서 인터뷰 세례를 받는 모습이 화면에 보였다. 우리는 그들의 생환을 축하하였다.

이제 와서 돌이켜보니 나는 이런저런 일로 53번에 걸쳐서 34개 나라를 다녀온 것 같다. 길게는 1년 정도 짧게는 며칠씩이었다. 매번 내가 어떻게 무사히 돌아올 수 있었던가를 생각하여보았다. 나의 덕행으로 본다면 너무나 과분한 일인지 모른다. 삶과 죽음은 항상 나와 더불어서 같이 있는 것 같다. 이번에 내가 살아 돌아온 것을 생각하여 본다.

나는 몇 년 전에 몇몇 법우들과 함께 구룡사의 법회에 참석한 일이 있다. 점심공양도 하고 정우스님과 한담도 즐겼다. 그것이 인연이 되어서 월간 〈佛陀〉에 글도 써보았고 〈佛陀〉를 받아 온 가족이 즐겨 읽고 지낸다. 얼마 전에 아내가 두세 번 구룡사에 나가자고 제안한 일이 있었다. 집에서 가까운 봉은사 법회를 몇 번 다녀와서부터다. 그렇게 하자고 해놓고는 몇 달이 지났다. 나는 12월호 〈佛陀〉에서 신경정신과의원 원장 전현수 선생의 글 〈명상과 자기치유 8주 프로그램〉이라는 글을 읽었다. 그리고 그 프로그램에 우리 부부가 참석하겠다고 약속을 하였다. 구룡사에 가자는 아내와의 약속도 지킬 수 있어 양수 겹장의 행복한 기회가 찾아온 것 같았기 때문이었다. 우리는 매주 화요일에 진행하고 있는 그 프로그램에 빠지지 않으려고 23일 출발일정을 무리를 해가면서 22일로 변경하였다. 만일 우리가 예정된 대로 23일에 출국을 하였다면 피피섬에 들어가다가 배안에서 수장되고 말았을 것이다. 살아날 방도가 전무하였을 것 같다. 카타비치에서도 바다를 조용히 바라보고 서 있지 않았다면, 그 엄청난 파고를 발견하지 못하고 수장되고 말았을 것이다. 벤치에 앉아 있었거나 그 식당에 들어가서 맥주라도 한 잔 들고 앉아 있었다면 어떻게 살아날 수 있었겠는가를 생각하여 본다. 그뿐 아니라 흙탕물 속에서 허우적대는 우리 부부의 손을 잡아준 그 태국인이 아니었다면 우리는 이미 물고기의 밥이 되고 말았을 것이 아닌가? 생각하여 보니 구룡사(九龍寺)와의 숙세(宿世)의 인연이 느껴진다. 삼룡(三龍)이 화신(化身)하여 우리의 두 손을 잡아준 것이 아닐까. 조용히 머리 숙여 부끄러운 마음으로 수몰된 여러 영혼 앞에 경건히 합장을 하고 그분들의 명복을 빈다. 이번 재앙은 종교의 색깔이나 피부의 색깔과 무관한 21세기 인류의 재앙이다. 우리 인류가 21세기를 행복하고 평화롭게 살기 위해서는 공업중생(共業衆生)의 화두를 가지고 모두 겸손하여져야 한다는 계시로 받아드려야 하지 않을지 묻고 싶다. (月刊 佛陀 제204호)

나를 움직인 한 권의 책

나는 얼마 전에 오랫동안 써왔던 연구실을 옮긴 일이 있다. 이삿짐을 정리하면서 드러난 삶의 흔적들 가운데서 가장 선명한 모습으로 드러난 것은 50여개의 석각(石刻)들이었다. 때때로 인연(因緣)이 있는 돌을 만나면 모아놓았다가 삶의 마디를 통과하고 있다는 생각이 들 때면 떠오르는 글을 새겨보았었다.

그 중에는 내가 가장 좋아하고 아끼는 석재(石材)가 세 개 있었다. 그 가운데 두 개에는 이미 글을 새겼고 나머지 한 개에는 아직 글을 새기지 않고 원석(原石)을 그대로 간직하고 있다. 그 50여개의 석각 중에는 내가 가장 좋아하는 두 개 중 한 개의 석재에 새긴 이런 석각이 들어 있다. '기의심고(其意甚高: 그 의격(意格)이 매우 높다)', '절차어삼구육명(切磋於三句六名: 삼구 육명이라는 세련된 형식미로 잘 다듬었다)', '사청구려(詞淸句麗: 시어와 시구가 맑고 아름답다)'라고 새겨둔 석각이다. '기의심고'는 일연(一然)의 『삼국유사(三國遺事)』에 있는 글이고, '절차어삼구육명'과 '사청구려'는 혁연정(赫然挺)의 『균여전(均如傳)』에 있는 글이다. 모두 향가를 그렇게 인식하고 평가한 글들이다. 이 세 마디의 표현은 천여 년이 지난 오늘날까지도 갓 깎아 낸 광채가 살아 있는 보석처럼 영롱한 빛을 안고 우리들의 가슴 속으로 깊이깊이 파고들고 있다. 그 높은 시안(詩眼)에 감동하고, 그 적실(的實)한 표현에 감동하고, 그

고고(高高)한 주체의식에 감동하여서 새겼던 글이다.

『균여전(均如傳)』은 한 때 내 마음을 움직였던 책이 분명하다. 수년 전 나는 대학 교양국어에다 『균여전』의 '가행화세분자(歌行化世分者: 노래를 펴서 세상을 교화시킴)'라는 글을 넣어서 강의해 본 일이 있다. '얕은 데를 지나야 깊은 곳으로 갈 수 있고, 가까운 데서부터 시작해야 먼 곳에 다다를 수 있으므로, 세속의 이치에 기대지 않고서는 저열한 바탕을 인도할 방법이 없고, 비속한 언사에 의지하지 않고서는 큰 인연을 드러낼 길이 없다', '보통사람들의 착한 마음바탕을 일깨우려고 향가 보현십원가를 지었으므로 그것을 비웃으려고 읽는 이들이거나, 그것을 훼방하기 위해 읽는 이들까지도 그들 모두가 소원성취의 인연을 맺을 수 있게 되기를 바란다'는 것, 곧 이것이 균여대사(均如大師)가 우리말과 우리글로 향가 보현십원가를 지은 까닭이다. 훈민정음 서문을 뛰어넘는 애민정신과 세계화된 인간애가 그의 정신세계였다. 그는 우리들이 살면서 수시로 만들어내고 있는 여러 가지 경계의 벽과 많은 속박의 벽들을 일시에 모두 허물어버리고 있다.

수년 전에 선배 교수 한 분이 여러 해 동안 공을 들인 향가연구서 한 권을 보내왔다. 나는 그 동안의 노고를 위로 드리고 감사의 뜻을 전하는 글을 썼다. 그리고 그 편지 상단의 중앙에 앞에서 말한 석각을 찍어 보냈다. 여러 해가 지나간 뒤였다. 내가 그 책을 인용할 기회가 생겨서 새삼스럽게 고마운 생각이 들어 감사의 인사를 드렸다. 그랬더니 그 선배 교수님의 말씀이 오히려 너무 과분한 답례를 받아서 늘 송구스럽게 생각하고 계신다는 답이었다. 나는 『균여전』이 나뿐 아니라 그 선배 교수님의 마음도 움직였던 한 권의 책이었다는 사실을 깨달을 수 있었다. (語文生活. 2006.8월호)

저녁별 벗 삼아

어머님이 우리의 곁을 떠나신지 어언 3년이 지났습니다. 날 수로 따진다면 1천 날이 더 지났는데도 어머님은 아직 우리들의 곁에 계신 것 같습니다. 그러나 다른 한편으로는 어머님이 계셨던 곳이 어디였는지 도무지 흔적도 알 수 없는 망각의 피안으로 어머님의 모습이 날아가 버리고 말았습니다. 아버님과 6명의 딸과 6명의 사위를 남기고 떠나셨지만 이따금 묘소나 한 번 찾아오거나 그 알량한 제사나 한 번 지내는 것으로 도리를 다한 것인 양 지내고 말았습니다. 모두가 무상할 뿐입니다.

풀잎에 이는 바람을 보고도 괴로워하는 사람이 있는가하면 폭풍에 나뭇가지가 꺾여나가도 희희낙락하는 사람도 있습니다. 어머님은 당신의 따님들에 관한한 풀잎에 이는 바람에도 괴로워하신 분입니다. 어머님의 그런 알뜰한 보살핌이 우리들의 오늘을 만들어내신 것입니다.

어머님은 자서전을 써도 몇 권은 될 만한 인생의 역정이었다는 말씀을 자주 하셨습니다. 그 말씀에 함축되어 있었던 깊은 뜻을 어머님이 떠나신 뒤에야 생각하여 볼 수 있었습니다. 어머님은 형제자매 중에서도 총명하시고 생각할 줄 아는 분이셨습니다. 그러하기 때문에 고통은 더욱 컸으며 흉과 허물을 내연시키시느라고 가슴은 더욱 타들어 가셨던 것입니다. 그것이 곧 심장병을 만들어냈던 것이었지요.

어머님의 가족사는 해방공간에서 친가나 시가에 모두 정신적 상처가 있으며 6.25사변 때도 그러하였습니다. 어머님의 정의감은 가족사의 그러한 면모를 수용할 수가 없었던 것입니다. 어머님의 가족사는 친가 쪽의 육신의 한 면모와 시가 쪽의 정신의 한 면모는 당신에게 십자가와 같은 멍에였을 것입니다. 깊이깊이 묻어 업장을 소멸하여야 한다고 생각하셨던 것입니다. 그런 업장 절단의 결의가 성덕도를 만난 것이었지요. 어머님의 가족사는 친가 쪽이나 시가 쪽이나 어머님이 만족할 수 없는 어떤 문제를 가지고 있었습니다. 이 문제의 극복이 어머님이 가진 평생의 화두였습니다. 그래서 마음의 간음도 간음이라는 추상같은 교훈으로 훈도를 하였던 것입니다.

콩나물시루에 물을 주면 그 물은 삽시간에 온데간데없이 사라지고 맙니다. 그러나 콩나물은 그 물을 먹고 자라나 사람들에게 유용한 식물이 됩니다. 어머님의 자취는 온데간데없이 사라지셨지만 어머님의 거룩하신 교훈을 먹고 자라난 6자매의 권속들은 어머님의 거룩하신 뜻이 자양분이 되어서 우리 사회에 신실한 인격체로 살아가게 될 것입니다.

바라옵건대 어머님께서 양가의 가족사에 항거하셨던 그런 부분들의 업장을 깨끗이 소멸하여 주시옵소서. 그리하여 6자매의 새로운 가족사에서는 그런 부분이 모두 정신과 육신의 건강과 새로운 희망적 가치관으로 창조되어 나올 수 있도록 하여주십시오.

우리는 꼭 그렇게 되어 갈 것을 확신하면서 감사와 축복으로 어머님의 정신사와 더불어 살아갈 것입니다.

아침 햇살과 저녁별을 벗 삼아서 편히 영면하소서. 상향. (아내와 천안에 성묘 가서)

사랑하는 이웃 부부에게

예로부터 매섭게 춥다는 大寒節候이지만, 우리 집의 野梅가 꽃망울을 터뜨리고 報歲蘭이 꽃대를 곱게 올려 꽃봉오리를 만들어가고 있습니다. 추위를 이기지 않고서는 아름다운 姿態와 오묘한 香氣를 창조할 수 없는 것 같습니다.

당신들이 어느 날 우리의 이웃으로 다가왔을 때부터 우리는 늘 행복하고 따스함을 느낄 수 있었습니다. 젊고 아름답고, 지적이고 예의바르며, 항상 미소와 향기를 머금고 살아가는 당신들 세 가족은 외로운 우리 노부부 마음 속의 가족입니다. 특히 따님의 타고난 총명함과 시원한 눈망울 속에는 늘 깊은 생각이 자리 잡고 있는 것 같아서 우리에게 큰 희망을 안겨주고 있습니다.

살을 에는 듯이 추운 大寒節에 아름답고 향기로운 꽃을 피워 우리들에게 새로운 희망을 안겨주는 野梅와 報歲蘭처럼 부디 추운 건강을 아름다운 꽃으로 승화시켜서 새봄을 맞으실 수 있으시기를 기원합니다.

우리 노부부는 당신들이 늘 행복하고 평화로우며 모든 고통과 우울함에서 영원히 벗어날 수 있으시기를 항상 두 손을 모아 발원하고 기도하고 있습니다.

육신의 상처를 아름답고 향기로운 꽃으로 피워내 마침내 그 상처를 아름다움으로 창조하여 내는 野梅의 미학은 자연의 깊은 섭리인 것 같습니다.

2005.1.21.
이웃 노부부 드림

광교산의 인연

　새 해의 봄 학기가 시작되자 학생들의 시위가 계속되었다. 종합대학이 되지 못한 것은 학교 당국의 책임이라는 것이다. 1980년대 초 한국 대학의 한 현주소다. 나는 그 무렵 대학원 학감이라는 보직을 맡고 있어서 그 소용돌이 권의 외곽에 있었다. 가을 학기가 시작되자 마침내 외부에서 새로운 학장이 영입되어 왔다. 각 부서의 현황 보고가 진행되고 있을 때 나는 대학원장께 보고서만 준비하여 드리고 연구실로 돌아왔다. 고향이 좋아서 미련 없이 고향으로 돌아온 것이다.

　얼마 후 참으로 뜻밖의 일이 벌어졌다. 새로 부임하여 오신 학장께서 기획조정실장이라는 보직을 맡아달라는 것이다. 그 자리가 김한주 총장님과의 첫 인사의 자리였으며 첫 인연의 자리였다. 그로부터 일 년 남짓 나는 그분의 리더십 磁場 속에서 종합대학 승격 추진 작업에 동참하였다. 나는 대학에서 처음으로 강력한 리더십이 어떠한 것이며 그 창조적 에너지가 얼마나 위력적인 것인가를 체험할 수 있었다. 그리고 세상이 어떻게 돌아가고 있는가를 잠시나마 진면목 그대로 바라볼 수 있게 되었다. 아무리 어려운 일이라도 그분처럼 정성과 전력을 다하여 추진한다면 대부분은 반드시 성취될 수 있을 것이라는 확신도 생겼다. 김한주 총장께서는 종합대학 승격이라는 당시로서는 결코 쉽지 않은 당면과제를 부여받고 1983년 10월 학기 중간에 전격적으로 외부에서 초빙된 학장이다. 종합대학으로 승격발표가 있던 날 나는 지난 일 년 동안을 잠시 돌이켜보았다. 기획조정실에서 만들어 배포한 각종의 책자가 13권이었다. 한 달에 한 권 이상의 설득용 자료집을 펴냈던 것이다. 새로운 플랜과 체계화한 데이터로 새로운 대학의 진로를 제시하는 야심찬 발전계획을 담고 있는 것들이다. 지난 일 년 동안 김한주 총장께서는 생산된 데이터와 플랜을 가지고 거의 매일 출근 전과 출근 뒤 많은 분들을 만나서 설득하고 조언을 들으면서 새로운 종합대학의 설계도를 보완하여 왔다. 그 결과 당시 경쟁대학인 국민대학, 명지대학, 아주대학들이 모두 종합대학승격심사에서 탈락되었는데 경기대학은 경기대학교로 승격이 되었다. 연구실에 나 앉아 있어야 할 사람이 어떻게 행정을 알며 누구를 만나서 무엇으로 상대를 설득할 수 있겠는가. 나는 대외적인 역할은 아무 것도 한 일이 없다. 아예 그런 능력이 전혀 없는 사람이다. 따라서 김한주 총장의 역할 기대치에 미치지 못하였을 뿐 아니라 오히려 나로 인해서 더 힘 드는 때도 있었을 것이다. 그러나 그분은 언제나 긍정적이고 인간적으로 참 따뜻한 분이었다. 오히려 용기를 주고 격려를 하면서 연구실에 있던 교수라는 점을 이해하고 그것을 미덕으로 여기면서 항상 보호망을 쳐 주었다. 나는 그분의 쨍한 인간미와 상대에 대한 속 깊은 배려에 점점 빠져들고 있었다. 아무리 힘든 일을 하다가도 그분을 만나면 언제나 편안하고 많은 가능성이 열렸다. 그분의 업무 추진능력은 매우 탁월하고 대단히 강력하였다. 무슨 일을 추진하든 반드시 성공적인 결론을 얻어내야만 하는 분이다. 나는 종합대학이 되면 학장인 그분이 곧바로 총장이 되는 것으로 알고 있었다. 그러나 어느 날 초대 총장의 선임 이사회가 열렸다. 나는 그날 그 옆방의 학장실에 있었다. 그 방에서 김한주 학장과 나는 단 둘이 아주 지루한 시간을 보내고 있었다. 기획조정실장은 이사회 때마다 옆방에서 대기하는 것이 당시의 관례였다. 부끄러운 일이지만 처음에는 총장선임 이사회라는 사실도 잘 모르고 있다가 늦게야 알게 되었다. 밤이 되어도 이사회는 끝날 줄을 몰랐다. 갑자기 전기가 나가더니 암흑세상으로 변해버렸다. 허겁지겁 촛불을 켰다. 이사회는 잠시 휴회되었다가 다시 속회되었다. 뜻밖의 한분이 강력한 총장 후보로 부상되어서 격론이 벌어지고 있기 때문에 늦어지는 것으로 알려졌다. 무거운 침묵의 시간이 계속 흘러가고 있었다. 촛불마저 많은 눈물을 머금고 힘없이 꺼지려고 빛을 잃어가고 있다. 그렇게 꺼져버리면 암흑세상이 되고 만다. 나는 성냥 한 개비를 찾아서 촛농을 흘러내리게 하였다. 이내 불빛이 살아나 밝은 세상으로 변하였다. 불빛이 살아나자 이사회가 끝났다는 소식이 도착하였다. 결국 종합대학 승격의 공을 저버리지 않는 대의를 택하였다는 낭보였다. 김한주 총장께서는 이렇게 하여 경기대학교의 초대 총장이 되었다. 잊히지 않는 에피소드가 하나 떠오른다. 종합대학 준비 작업을 할 때 예리한 두뇌의 최호준 교수와 이성적 두뇌의 이재은 교수 두 분과 직원이 예약하여준 안양의 어느 호텔에서 밤을 지새우면서 작업을 한 일이 있다. 그런데 그곳은 러브호텔이었던 것 같다. 세 사람이 머리를 맞대고 아무리 씨름을 하여도 예리한 이성의 뚝은 감성의 외침 소리에 자주 매몰되어버리고 말았다. 결전의 자세로 힘을 모아도 글이 써지지 않아서 결국 차질을 빚고 말았다. 당시로는 아주 충격적인 체험이었다.

1985년 봄 학기에 광교산 새 캠퍼스에서 신선한 새벽햇살의 조명을 받으면서 종합대학의 서막이 올랐다. 우수교수의 초빙계획이 확정되고 행정조직이 새로운 모습으로 개편되었다. 그리고 대학의 국제화를 추진하기 위해서 해외 유명대학과의 학생과 교수 교류 프로그램을 수립하여 추진하였다. 행정대학원의 신설 등 대학원 교육의 확장과 그 내실화에도 박차를 가하였다. 새로운 강의동을 신축하고 학교 부지를 확장하는 일에도 최선의 노력을 다 하였다. 교수 연구실도 그동안 두 분이 사용해온 연구실은 모두 1인 1실로 재배정하는 등 많은 부문에서 발전적 변신을 계속하고 있었다. 이처럼 김한주 초대 총장께서는 의욕적으로 대학의 묵은 때를 모두 깨끗이 씻어내고 새로운 대학으로 변모시켜나가고 있었다. 내가 경기대학교에 있을 때 김한주 총장께서는 아주 순수한 열정으로 대학발전에 헌신하고 있었다. 나는 1987년 봄 학기에 동국대학교가 불러서 학교를 옮기게 되었다. 당시 경기대학교는 발전의 열기가 교정에 가득 찼으며 환골탈퇴로 새로운 대학의 모습을 보여주면서 약진하고 있었다. 김한주 총장께서는 내가 연구실에 있어야 할 교수라는 깊은 이해와 배려로 나를 아주 따뜻하게 보내주었다. 나는 그분께서 그때 주신 석별의 선물을 지금도 간직하고 있다. 당신께서 가지고 계신 양주 중에서 제일 좋은 것 한 병을 나에게 선물로 준다고 하셨다. 때때로 그 양주를 누구하고 마실 것인가를 생각하여 보면서 그분의 따뜻한 인간미를 지금도 느끼고 있다. 그로부터 여러 해가 흘렀지만 김한주 총장께서는 해마다 수시로 경기대학 때 같이 일했던 교수들을 불러 좋은 음식을 사주시면서 덕담을 들려주고 있다. 그뿐 아니라 쌀도 보내주시고 어떤 때는 좋은 선물도 보내주신다. 그때마다 뒤바뀐 인사에 송구스런 생각이 들고 자책하면서 돌아오지만 무엇 하나 실천에 옮긴 일이 한 번도 없었던 것 같다. 나는 그분한테 사랑의 부채만 안고 살아가는 사람이 되고 말았다. 김한주 총장께서는 동국대학에 계실 때 같이 일했던 분들도 매년 초청하여 좋은 음식을 대접하시는 것으로 듣고 있다. 내가 아는 한 김한주 총장께서는 이 세상에서 다른 이들에게 밥을 제일 많이 사주신 분이다. 아마도 가족하고 밥 먹은 횟수보다 다른 분들과 밥 먹은 횟수가 훨씬 더 많은 분일 것이다. 그래서 그분 옆에는 늘 많은 분들이 같이 하고 있는 것 같다.

김한주 총장님의 희수연은 본래의 뜻 그대로 참으로 희수연이다. 그분 주변 분 모두를 항상 즐겁고 행복하게 하여 준 삶 속에서 우리 모두에게 희수연의 의미를 다시 생각하게 하여주는 희수연이다. 김한주 총장님의 전화 음성은 지금도 초대 총장시절 그대로시다. 지금도 그분을 뵈면 내 나이를 잊고 젊어지는 것을 느낀다. 나이가 들어도 이렇게 살아야 한다는 것을 보여주시면서 사시는 분이다. 앞으로도 오늘처럼 항상 그렇게 사시기를 합장하며 기원하고 싶다. 저 세상에 가서라도 당신이 혹 외로울 때가 있다면 꼭 향기롭고 따뜻한 차를 한 잔 사드리고 싶은 분이다.

이제 양포 김한주 총장님 희수연 축하의 마음 한 마디를 짧은 글에 이렇게 담아본다.

陽圃마을 喜壽燕
당신의 따뜻한 정
참 좋은 인연이었습니다.

따스한 햇볕이 자리한 마을에
향기로운 삶이 움트고 있습니다.

그곳에 가면 언제나
체온과 숨결의 기쁨을 만나볼 수 있습니다.

경상도 의성 땅
햇빛 향해 달리는
골 깊은 기와집도

달구벌 가마산 배움터
세상 항해 건너는
사람 떨기 깊은 숲도
양포로 양포로
모여들어
양촌의 양포가 되었습니다.
사회 지나 육영으로

육영 지나 복지에로
한양 넘어 온 누리로

이제 희수연 자리
그 자리 양포에
축배의 잔이 모여듭니다.
밥 사고픈 마음들이 모여듭니다.

양포는 내 아는 이 세상 사람들 중
밥을 제일 많이 산 이입니다.
언제 어느 자리에서나
가까운 이나 먼이나
한 사람이나 열 사람이나
가리지 않고
사고 또 사고
또 사고 또 샀습니다.

나도 한 번 사보고 싶다고
맘먹으면 그 마음 앞질러
또 사고 또 샀습니다.

나는 이 세상에서 아내와
밥을 가장 여러 차례 먹은 사람입니다
그것이 보통 사람이리라.

그러나 양포는 온 세상 사람들과
밥을 더 많이 먹은 이입니다.

'목마른 이 물을 주어
급수공덕 하였는가
배고픈 이 밥을 주어

양포공덕 하였는가'라고
염라대왕이 물을 판입니다.

양포 마을 희수연은
이렇게 기쁨과 기쁨이 만나고
일흔 하고도 또 일흔을
바라고 바라는 마음이 만나는 자리입니다.

양포는 밥 향기 머금은
만개한 연꽃마을입니다.

이 꽃 만나고 가는
바람 같이
양포를 만나고 가는 이
오늘도 그 향기를
만나고 갈 것입니다.

一庸學人
동국대학 명예교수

좋은 기록물은 좋은 건강이

조영복(趙榮福, 1672~1728)은 18세기 초엽 조선 지식인이다. 그는 조선 숙종 때의 문신으로 자를 석오(錫五)라 하였으며 아호를 이지당(二知堂)이라 하였다. 본관은 함안(咸安)이며 김창협(金昌協)의 문인이다. 숙종 31년(1705) 사마시(司馬試)에 합격하고 9년 뒤 숙종 40년(1714) 증광문과로 급제하였다. 그는 증광문과로 급제한 5년 뒤 47세(숙종 45, 1719)의 나이로 동지부사(冬至副使)로 차정되어 연경(燕京. 현재 중국 수도인 북경)을 다녀왔다. 그리고 경기도관찰사(京畿道觀察使), 승정원좌승지(承政院左承旨), 개성부유수(開城府留守), 한성부우윤(漢城府右尹)을 지냈다. 조영복은 동지부사로 연경을 다녀온 뒤 10년도 채 넘기지 못하고 56세의 나이로 세상을 떴으므로 그의 일대기에서 그가 쓴『연행일록』은 중요한 의미를 갖는다. 그의『연행 일록』과 같이 전하고 있는『연행별장첩(燕行別章帖)』을 살펴보면 당시 그와 가까이 교유하였던 조선 지식인 그룹의 한 실상을 파악할 수 있다. 그 별장첩(別章帖)에 는 그가 한성(漢城, 현재 서울)을 떠나 연경으로 갈 때 받았던 지식인 21명의 시문(詩 文)이 실려 있다. 좌의정 이이명, 영의정 정호, 판서 민진후, 판서 신임, 이판 송상기, 승지 김치중, 판서 조정만, 참판 윤석래, 영의정 김창집, 노가재 김창업, 좌의정 이건 명, 좌의정 이관명, 대사헌 이희조, 호판 황구하 등이 별장첩에 실려 있는 시문의 작 자들이다. 이 때 별장을 써 준 이들은 노론 4대신 가운데 조태채만 빼고 이이명, 이건 명, 김창업 3대신이 다 들어 있다. 민진후 정호, 송상기, 이관명, 신임, 조정만 등 당시 노론의 중신과 문인들이 대거 참여하였다. 그들 가운데는 조영복에 앞서 이미 연경을 다녀온 이이명, 민진후, 송상기, 이중협, 이건명, 김창협, 김창집 등도 들어 있다. 조영 복은 이들한테서 많은 정보를 입수하고 연행 길에 올랐을 것이다. 노론 4대신인 판부 사(判府事) 조태채도 조영복이 한성을 떠나는 날 모화관 송별연에 와서 석별의 정을 나누었다. 이날의 모화관 송별연은 호조판서 송상기가 마련한 자리다. 이 자리에 우 상 이건명, 예조판서 민진후, 이조참의 이병상, 예조참의 어유구 등을 비롯하여 수많 은 18세기 노론계 지식인들이 모여서 송별하여주었다. 조선 후기를 대표하는 사대부 문인화가인 관아재(觀我齋) 조영석(1686~1761)은 조영복의 아우다. 그는 18세기 중 엽 윤두서와 함께 민중생활을 소재로 한 풍속화의 선구자다. 그는 18세기 전형적 지 식인이지만 현실정치 쪽보다는 민중의 삶에 더 관심을 가지고 살았다. 그의 소묘를 모은『사제첩』(麝臍帖: 사향노루의 향기 나는 그림)에 그는 이것을 '남들에게 보이지 말라. 이를 어기는 사람은 내 자손이 아니다'라고 썼다. 그는 뛰어난 화가며 선비관료 계층 지식인이다. 그는 선구자적 의식을 가진 재능 있는 화가였지만 당시 예인천시의 사회적 관행 때문에 많이 괴로워하였던 것 같다. 그가 쓴『사제첩』의 글은 18세기 한 조선 지식인이 사회적 제약 때문에 내면적 갈등이 얼마나 컸던가를 잘 표현하고 있다. 그는 그의 형 조영복의 유복영정(儒服影幀)을 그린 화가다. 그는 국공(國工)으 로 지칭되는 화사(畵師) 진재해(1691~1769)를 시켜서 그의 형 조영복의 관복영정(冠 服影幀)을 그리게도 하였다. 이 두 영정은 현재 보물 1298호로 지정되어 있다. 같은 시기에 같은 인물의 영정을 그렸던 조영석과 진재해의 두 영정은 그 성격과 특징을 비교해 볼 수 있는 좋은 자료다. 조영복은 건강이 썩 좋지 않았던 사람 같다. 그의 『연행일록』을 보면 연행 도중에 건강문제로 괴로워할 때가 많았는데 이는 이전부터 그가 어떤 병력(病歷)을 가지고 있었던 것으로 보인다. 그뿐 아니라 대부분의 연행록은 연경 체류기간 40일 내외의 기록에 전체의 무게가 실리고 기록의 질과 양 두 측면에서도 가장 많은 공을 들였는데 『연행일록』은 연경체류 기간 중 30일 가까이 기록다운 기록을 하지 못하고 있다. 건강 문제 때문일 것으로 추정된다. 따라서 조영복의 『연행일록』은 아무리 기록능력이 뛰어나고 기록의욕이 많은 사람이라도 내실 있는 좋은 기록물을 남기려면 거기에 걸 맞는 건강이 뒷받침되어야 한다는 가르침을 주는 역사적인 한 보기인 것 같다.

　연행록은 13세기부터 19세기까지 한국인들이 외교적인 통로로 중국을 왕래한 내용을 기록한 것이다. 연행록은 연행사(燕行使) 일행으로 연경을 왕래한 이들이 써놓은 사기록(私記錄)으로 대략 5백여 종이 전하고 있다. 연행 길은 육로와 수로 두 코스가 있었는데 그 중 수로를 이용한 항해수로연행록(航海水路燕行錄)은 모두 20여건이 전하고 있다. 이것은 명·청 교체기 육로연행이 자유롭지 못하였던 1617년부터 1636년까지 대략 20여 년 동안에 작성된 것이다. 이 5백여 종의 연행록을 수집·정리하여 간단한 해제를 붙여 150권의 책으로 출간한 바 있다. 왕조로 본다면 고려왕조부터 조선왕조까지 대략 7백여 년간의 기록이다. 여기에는 한국과 동아시아, 동아시아와 세계 외교의 역학관계, 공식 비공식의 국제무역과 경제상황, 문화교류와 학술교류 등 아주 다양하고 많은 양의 정보가 수록되어 있다. 연행록에는 중국의 기록에서 찾아볼 수 없는 중요한 기록들과 중국에서 소홀하게 기록한 것을 아주 상세하고 구체적으로 기록한 것들도 적잖이 존재한다. 따라서, 연행록은 동아시아 어느 분야의 연구에서도 참고하지 않을 수 없는 다양하고 방대한 기록의 보고(寶庫)다. 연행록은 세계 여러 문헌군 가운데서 아주 특색 있는 문헌군의 하나다. 한국인이 생산한 문헌으로는 가장 세계성을 갖는 문헌군이다. 세계적으로 보기 드문 담론연합의 기록물이다. 이런 연행록을 생산한 계층은 당대를 대표하는 조선 지식인 그룹이다. 기록문자는 한글과 한자이며 기록형식은 일기체가 많지만 한글가사와 한글서사, 한시와 한문서사 등으로 다양한 편이다. 연행회수로 보면 19세기 역관출신의 시인 이상적(李尙迪, 1803~1865)이 30여 년 동안 12차례나 왕래하였으므로 가장 많은 회수를 기록한 것이 아닌가 싶다. 그리고 가장 철저한 준비작업으로 가장 밀도 있는 연행록을 쓴 이는 연암 박지원인 것 같다. 그의 『열하일기』는 기록의 공력과 내용의 밀도 면에서 단연 돋보이는 연행록이다. 박지원은 연행 길에 오르기 이전, 연행 도중, 연행을 마친 뒤에도 많은 조사활동을 벌였다. 견문을 기록하고, 비망록을 만들고, 많은 책을 발췌하고, 금석문을 조사하고, 시문을 창작하고, 필담자료를 버리지 않고 모두 수집하여 왔다. 연경의 유리창 서점에 가서 서가에 꽂혀 있는 서적목록들을 빠짐없이 작성하고, 공문서 내용은 물론 연희에 관한 기록 하나도 빠뜨리지 않고 낱낱이 기록하고 수집하는 기록광이었으며 수집광이었다. 그가 귀국할 때 가져온 큰 보따리에는 모두 그런 종이쪽지뿐이어서 주변의 여러 사람들이 실소를 금하지 못하였다고 한다. 이처럼 철저한 준비를 하여 두문불출하고 공을 들여서 쓴 것이 『열하일기』다.

조영복의 『연행일록』은 18세기 초엽 그가 47세(숙종 45, 1719) 때 동지부사(冬至副使)로 연경(燕京)을 다녀올 때 쓴 기록이다. 연행 길에서 생산된 초고이고 별장첩과 같이 전하고 있어서 규모는 그리 크지 않지만 자료적 가치가 있는 연행록이다. 그는 연행 길에 오르기 전 당대를 대표하는 조선 지식계층의 최고위급 관료 21명의 별장을 받기위해 많은 노력을 하였다. 그런 노력의 결과물이 현재 전하고 있는 그의 별장첩이다. 그런 의욕적인 준비과정으로 미루어 본다면 그의 『연행일록』은 규모가 방대하고 내용이 풍성한 것이어야 할 터인데 실제는 그러하지 못하다. 연행록에서 가장 중요시되는 연경 체류 기간의 기록이 빈약하기 때문이다. 앞에서도 언급하였지만 그 까닭은 그의 건강문제 때문이었을 것으로 보인다. 이들 동지사 일행은 정사 우참찬 조도빈, 부사 형조참의 조영복, 서장관 병조정랑 신절로 구성되었다. 그의 연행시(燕行詩)를 보면 심양(瀋陽)을 지나면서부터 건강에 이상이 생겼다는 것을 알 수 있다. 차정사운이수(次正使韻二首)에서 병이 깊어서 음식을 먹을 수 없다고 하였다. 그리고 근자에 병이 점점 더 위중해감을 깨닫는다고 하면서 벼슬을 내놓고 쉬고 싶어 고향에 돌아갈 날이 기다려진다고 하였다. 차정사운(次正使韻)에서도 풍과 담이 겹치고 수토병(水土病)까지 걸려서 하루속히 고향에 돌아가서 쉬고 싶다고 하였다. 여러 편의 시에서 병든 몸 때문에 여정(旅程)을 견디기 어렵다고도 하였으며, 동지사(冬至使) 일행이 정해진 일정에 맞추지 않으면 안 되기 때문에 매일 첫닭이 울면 짐을 꾸려 출발해야 하므로 제대로 잠을 잘 수도 없었다고 여정의 고달픔을 토로하였다. 이들 동지사 일행의 여정은 총 142일로 약 5개월이 걸린 아주 순조롭고 정상적인 여정이다. 조영복의『연행일록』은 좋은 기록을 생산하려면 좋은 건강을 가지고 있어야 한다는 교훈을 남겨주는 기록물이다. 조영복이 쓴『연행일록』에는 당시 하층민의 이름표기가 흥미롭다. 부사군관(副使軍官)의 노자(奴子)를 건리김(件里金)이라고 썼는데 '건리김(件里金)'은 우리말 '버리쇠'의 차자(借字)표기일 것 같다. 마당쇠, 돌쇠처럼 버리쇠는 천민의 이름이다. 무쇠처럼 건강하고 힘이 센 사내라는 의미일 것이다. 건량고직(乾糧庫直) 동종(同種)도 '동종(同種)'은 우리말 '씨동이'의 차자(借字)표기일 것이다. 씨동이는 아들이 귀한 집의 사내 이름으로 널리 쓰였다. 우리말로 된 당시의 하층민 이름을 조영복은 한자를 빌어서 부르는 발음 그대로 표기하고 있다. 당시 이들은 모두 성을 가지고 있지 않았다. 조영복 등의 동지사 일행은 12월 27일에 연경에 도착하여 관대를 바꾸어 입고 조양문을 통과하여 옥하관(玉河館)에 도착하였다. 옥하관은 조선 연행사들의 숙소다. 그들이 묵을 숙소에 도착하여보니 뜰에 똥 무더기가 가득하고 창문이 부서지고 찢어져 있었으며 캉도 무너져 있었다고 쓰고 있다. 당시 조선 연행사에 대한 청나라 지배계층의 의식의 실상을 잘 보여주고 있는 정보다. 조영복의『연행일록』은 18세기 초엽 숙종 46년 1월 1일 조영복 등 조선 삼사(三使)가 청나라 강희황제를 만난 일을 소상하게 기록하고 있다. 그리고 2월 14일 조영복은 서양인을 만나서 필담을 한다. 여기서 조영복은 서양 사람을 통해서 강희황제가 도교에 깊이 빠져있다는 사생활의 정보를 얻는다. 그리고 그 서양 사람한테서 천리경(千里鏡)과 흡독석(吸毒石)을 구한다. 조영복이 조선에서 가지고 간 종이와 부채를 주고 물물교환을 한 것이다. 2월 17일에는 전조예(錢兆豫)라는 서생을 만나서 명과 청의 과거제도 향시(鄉試)와 회시(會試)에 관하여 평소 그가 가지고 있었던 궁금증을 풀게 된다. 그리고 글씨와 먹과 종이를 주고 조자앙이 쓴 전적벽부 9폭을 받아가지고 온다. 조영복의 관심대상은 세 가지였다. 첫째는 이수덕이 쓴 해적 이야기고, 둘째는 과거제도이며, 셋째는 고서화다. 그는 이 세 가지의 관심사에 관해서 비교적 만족할 만한 해답을 얻었다. 그는 문징명, 동기창, 당백호 등의 서화를 감상할 수 있는 충분한 안복을 누리고 귀국한다. 조영복은 여러 연행사들의 기록에서 흔히 볼 수 있는 존명배청(尊明背淸) 사상을 드러내지 않고 있으며 명의 멸망을 당위론적인 것으로 비평하는 진보적 지식인상을 보여주고 있다. 『연행일록』과 『연행별장첩』은 18세기 초엽 당시의 실세였던 노론계 지식인 인맥의 한 면모를 잘 보여준다. 이 두 기록물은 현재 경기도 박물관에 소장되어있다. (기록인IN. 2008. 봄. 국가기록원)

원이라는 것

내가 알고 지내는 지방대학 교수 한 분은 매일 만나는 사람들의 이름을 빠뜨리지 않고 적는다. 그분의 방에 가면 그런 수첩들이 가득 쌓여있다. 여러 해 전에 세상을 뜬 선배 언어학자 한 분은 어떤 모임에 가든지 꼭 시조 한 수를 수첩에 써서 낭독해야 그 자리를 뜬다. 그분의 방에 가면 그런 시조 수첩들이 많이 쌓여 있다. 나는 누구한 테나 감동을 받은 말이 있으면 그것을 그대로 수첩에 적는 버릇이 있다. 군사독재정권 시절의 수첩을 보면 욕설이 적혀 있다. 아마 용기 있는 욕설에 내가 감동을 받았던 것 같다. 기록은 왜 하는 것일까. 하고 싶어서 하고 필요하다고 생각해서 하는 것 같다. 하고 싶은 일이나 필요한 것은 사람마다 제각기 다른 것이 아닌가. 기록을 할 수 있다는 것은 조물주가 인간에게 준 가장 귀한 선물일 수도 있고 아주 고유한 특권일 수도 있다. 인류가 찾아낸 가장 오래된 기록은 2만여 년 전 프랑스의 동굴벽화라고 보는 이가 있다. 수 년 전에 멕시코 도로 공사장에서 발견된 2천 9백여 년 된 돌 판에 새겨진 글자를 서방 최초의 글자 기록이라고 보도한 일도 있다. 우리나라에도 선사시대의 울산 반구대 암각화가 있고 우리 역사에도 6미터 길이가 넘는 돌에 새겨진 고구려 광개토대왕릉비문이 있다. 돌 판에 새긴 글자가 오래 보존될 수 있다는 것을 알고 한국과 중국에서는 일찍이 불경(佛經)을 돌 판에 새겨 석경(石經)을 만들었다. 성경 욥기도 처음에는 돌 판에 새겨졌다고 전한다. 나는 1993년 동아세아 학계가 모두 전하지 않는 것으로 알고 있었던 광개토대왕릉비 원석초기탁본을 만났다. 그것도 같은 장소에서 1건이 아닌 4건을 만날 수 있었다. 중국의 개혁개방정책이 나에게 안겨준 행운의 선물이고 동아세아 학계에 보내주는 첫 번째 낭보였다. 이 분야를 전공한 북한의 박시형 교수나 중국의 왕건군 교수 같은 훌륭한 학자들이 이 자료를 미처 보지 못한 까닭이 도무지 이해가 되지 않았다. 전공학자도 아니고 이름도 없는 한국의 한 서생 앞에 그 소중한 자료가 얼굴을 드러내 보인 까닭이 무엇일까. 불교에서는 원(願)을 중시한다. 원(願)이 있어야 그것을 성취(成就)할 수 있다고 믿기 때문이다. 나는 기록되지 않은 것을 연구의 대상으로 삼아본 일이 없다. 따라서 모든 기록물은 언제나 나의 흥미로운 관심권 안에 들어 있다. 그것이 그림이든 문자든 기록된 소재가 종이건 금석이건 가리지 않고 흥미를 가지고 살아왔다. 나는 1990년 봄에 중국의 서안에 가서 한 주일가량 돌아다닌 일이 있다. 그때 가장 많이 들었던 낱말 하나가 귀에 각인되었다. 메이요(없다)가 그것이다. 모든 것이 다 없다고 하는데 지천으로 넘쳐나는 것이 딱 한 가지 있었다. 그것은 먹 냄새를 짙게 풍기고 있는 각종 탁본들이었다. 당시 중국의 대표적인 문화상품은 각종 탁본이 주류를 이루고 있었다. 선조들이 오래 전에 기록해 놓은 것들을 종이에 마구 찍어내서 팔아먹고 살아가는 백성들이 아닌가. 이것은 중국인들이 기록을 얼마나 소중히 여기면서 살아왔는가를 말해주는 현장이었다. 그렇다면 우리의 향가집 삼대목(三代目)도 광개토대왕릉비 발견당시의 탁본도 그들의 수중에서 찾아볼 수 있지 않을까. 이러한 원(願)이 생겼다. 이러한 원이 나를 미국의 미시건대학과 중국의 북경대학으로 인도하여 결국 중국 광서(光緒) 때 상서벼슬을 한 반조음이 중국 양자강 이북에서 제일가는 탁공(拓工) 이대룡을 시켜서 해온 소중한 탁본을 찾아낼 수 있게 만들었다. 기록을 찾아낸다는 것은 인연이 있어야 하며 간절한 원을 새워야 한다. 그렇게 되면 결국 그 기록은 찾아지는 것 같다. (기록인 IN. 2008. 여름. 국가기록원)

참 문장

지구촌 사람들의 기록 욕구는 종이가 발명되기 이전부터 왕성하였다. 그런 욕구를 종이 대신 충족시켜 준 것이 중국문명권의 갑골(甲骨), 메소포타미아문명권의 점토판(粘土板), 지중해문명권의 양피(羊皮), 인도문명권의 패다라엽(貝多羅葉), 이집트문명권의 파피루스(papyrus)다. 낙랑(樂浪) 고분의 한 관속에서 한지(韓紙) 원료인 닥나무 섬유 뭉치가 발굴되어 화제가 된 일이 있다. 중국 후한 때의 환관 채륜이 채후지(蔡候紙)를 발명하기에 앞서 우리만의 고유한 한지 제지술이 있었을 개연성이 높기 때문이다. 명·청 왕조 때 중국에서 조선지(朝鮮紙) 곧 한지는 세계 최고의 종이로 인식되었다. 그런 측면에서 본다면 한지가 가장 오랜 전통을 가진 가장 양질의 종이일 수 있다. 조선왕조 오백년간 우리는 그런 한지에 기록을 남기면서 살아왔다. 우리는 어느 민족 못지않게 강한 기록 욕구를 가진 민족이다. 한글을 만든 조선왕조가 5백여 년 동안 한글기록물을 얼마나 많이 남겼을까. 그리고 어떤 갈래의 기록물을 가장 많이 남겼을까. 항상 그 점이 궁금하였다. 그런 화두를 가지고 여러 해를 보냈다. 마침내 가사(歌辭)라는 갈래가 가장 많이 남아 있다는 사실을 알게 되었다. 이본을 포함하여 대략 7천여 편 정도가 전해 내려오는 것 같다. 가사(歌辭)는 조선왕조 한글 글쓰기의 전형(典型)이며 패션(fashion)이었다. 따라서 여기에서 한글 글쓰기 표준지침을 모색해야 할 것 같다.

한지에 붓으로 쓴 한글기록물을 만나면 언제나 따뜻한 정이 통한다. 낡은 옷에 많은 주름살을 간직한 헤어졌던 할머니를 만나는 것 같다. 종이의 품질이나 글씨의 수준을 막론하고 우리 민족의 깊고 따뜻한 체온을 느낄 수 있다. 내가 대학에 다닐 무렵까지만 해도 그런 유형의 기록물들은 전국에 지천으로 많이 흩어져 있었다. 그러나 그런 기록물에 관심을 갖거나 애착을 갖는 이는 그리 많지 않았다. 그런 기록물들이 수중에 들어온 것이 꽤 많은 분량이어서 살펴보는 시간을 가졌다. 책으로 된 것은 그리 많지 않고 낱장이나 두루마리가 대부분이었다. 한글 편지와 가사체의 제문(祭文)이 많았다. 이런 관심분야가 알려지자 지켜보시던 교수 한분께 불려가 심한 꾸중을 들은 일이 있다. 연구대상이 척박하고 학문생산 기대치가 높지 않으므로 손을 떼라는 지적이었다. 지도논리에 동의하고 방향 전환을 하였지만 그 뒤에도 애착이 사라지지는 않았다. 그러나 이 일 이후 나는 물밀 듯이 몰려들어오던 한글기록물들을 책이 아닌 것은 모두 사양하고 말았다. 그때 내가 사양함으로써 낱장이나 두루마리로 된 한글기록물들이 거의 폐지가 되었을 운명을 생각하면 죄책감이 들 때가 있다. 그런 애착심의 인연으로 만들어진 것이 가사의 원전정리를 시도해본 역대가사문학전집 50권이다 그리고 가사전승의 전모를 파악해보려는 시도에서 만들어진 것이 한국가사문학주해연구 20권과 한국가사문학원전연구 1권이다. 이 중간 보고서를 펴내면서 나는 그 책에 '우리 겨레 참 글월 모아 풀기 서른 돌 열매 임기중 큰 뜻', '朝鮮 眞文章 韓國歌辭 註解研究室主人 林基中 章'이라는 도서 인을 새겨 찍었다. 구운몽의 작자 서포 김만중이 일찍이 가사를 조선의 참 문장이라고 말한 깊은 뜻을 확인할 수 있었기 때문에서다.

내 아내는 사과를 먹을 때 먹을 사람의 수에 맞추어 크기가 모두 같게 잘라서 깎는다. 여섯 자매가 자랄 때 염치 있고 욕심 없어 사과를 먹지 못하는 때가 많았기 때문이란다. 사람의 행동 양식은 우연히 만들어지는 것이 아닌 것 같다. 어떤 원인이 마음속에 각인되어 있다가 그것이 결국 하나의 행동 양식으로 만들어져 나타나게 되는 것이 아닌가. 내가 가사를 모아 그 정리를 시도하여 본 것 또한 어떤 연유에서 기인되었을 것 같다. (기록인IN. 2008. 가을. 국가기록원)

우리의 기록유산

유네스코는 1995년부터 세계의 기록유산을 보호하기 위해서 'Memory of the World' 사업을 시작하였다. 각국의 주요 기록유산을 효과적으로 보존하고 원활하게 이용하려는 것이 그 목적이다. 현재 세계 여러 나라의 기록유산 170여종이 등재되어 있다. 우리나라는 『훈민정음』, 『조선왕조실록』, 『직지심체요절』, 『승정원일기』, 『고려대장경판』, 『조선왕조의궤』를 등재하였다. 한 나라의 국민이나 세계인이 어떤 대상의 기록물을 가장 가치 있는 유산으로 생각하는가는 매우 흥미로운 일이다. 한국이 유네스코에 등재신청 할 기록유산은 앞의 6가지뿐일까?

한국 최초의 미국유학생 유길준은 그의 서유견문에 이렇게 쓰고 있다. '미국에서는 기차가 오후 2시에 떠난다고 하면 언제나 어김없이 정각 2시에 떠난다. 참으로 귀신이 곡할 노릇이다.' 그의 한국적 시간관념에 엄청난 문화적 충격이 가하여 진 것이다. 그 당시 우리의 일상적 시간관념은 정밀한 단위가 한나절이나 하루였기 때문이다. 내일 오후쯤 자네 집에 가겠네. 이삼일 후쯤 만나세. 한 달포 뒤에 모이세. 명년 봄쯤 만나세. 이와 같은 일상적 시간관념에 큰 충격이 가하여 진 것이다. 수년전 코리안 타임이란 말이 유행하였다. 한국인은 시간관념이 부족하다는 뜻으로 쓰였다. 그러나 코리안 타임을 백과사전에 싣는다면 그렇게 설명하여서는 안 될 것 같다. 시간관념이 부족한 것이 아니기 때문이다. 한국인의 여유롭고 폭넓은 시간관념으로 하루나 계절 단위의 시간관념을 말하는 것이라고 설명하는 편이 더 적절할 것이다. 조선왕조의 외교사절들은 중국에 나가서 자명종(自鳴鐘)을 구경하면서 시간의 충격을 받았다. 1시가 되면 제 스스로 한 번 울고, 2시가 되면 제 스스로 두 번 우는 벽시계를 처음 본 것이다. 그 종소리와 시간을 확인하려고 12시간을 꼬박 한 자리에 서서 종소리의 횟수를 기록한 조선 외교사절의 연행록(燕行錄)이 있다. 시간 표시의 정밀성과 첨단 기계문명에 엄청난 충격을 받은 것이다. 지식인들의 문화적 충격은 소통과 교류를 촉진시키면서 세계화라는 담론을 생산한다. 시대나 지역을 막론하고 지식인 집단은 늘 높은 문화를 향하여 달려 나간다. 조선왕조의 지식인 집단 또한 그러하였다. 우리는 13세기부터 19세기까지 한국 최고 지식집단인 외교사절들이 당시 세계적 문화대국 중국에 나가서 받은 여러 충격들을 거침없이 아주 소상하게 기록한 세계적인 문헌군(文獻群)을 가지고 있다. 7백여 년 동안 지속적으로 기록하였다는 사실도 놀랍고, 그 기록자와 기록물의 분량이 매우 많이 전하고 있다는 현실 또한 우리를 경탄케 한다. 그들이 남긴 기록 중에는 기적 같은 것이 많다. 19세기 김경선은 33종의 환희(마술)를 구경한 기록을 남겼다. 박지원도 20종의 환희를 구경한 기록을 남긴 바 있다. 그들의 환희기(幻戲記)를 읽어보면 다양한 마술을 마치 지금 보고 있는 것처럼 리얼하다. 등장하는 사람과 복색, 언어와 행동, 도구와 진행과정의 여러 변화, 관중의 반응은 물론 무대까지 녹화처럼 빠뜨리지 않고 모두 정밀하게 기록하고 있다. 지필묵의 메모도구가 준비되어 있다고 하여도 가능한 일이 아니다. 이런 유형의 기록에는 서양추천도 들어 있다. 서양추천이란 서양 사람들이 중국에 들어와서 하고 있는 서양서커스를 보고 기록한 것이다. 기록의 천재성이 드러나 있다. 나는 한국인의 소통과 교류로서의 중국과 세계라는 화두를 가지고 1970년대부터 연행록을 발굴하여 정리하기 시작하였다. 정년에 앞서 연행록전집 100권을 출간하고 5년 뒤에 속집 50권을 출간하여 500여 종의 연행록을 150권의 책으로 펴낸 일이 있다. 건강이 허락한다면 앞으로 5년간 마무리 작업을 더 진행하여 보려고 한다. 지구촌 사람들 모두 관심을 가져볼만한 한국의 매우 특색 있는 기록유산이기 때문이다. 언젠가 유네스코 기록유산으로 등재될 날을 기다려보면서. (기록인IN. 2008. 겨울. 국가기록원)

생각나는 일들

이 원고의 청탁을 받고 국어국문학회와 인연을 맺은 지난 50여 년간의 발자취를 뒤돌아본다. 고마웠던 학연들이 생각이 미치는 곳마다 밤하늘의 별처럼 반짝거리면서 떠오른다. 돌이켜보니 나의 삶에서 학연과 무관한 일이 별로 없다는 것을 새삼 깨닫게 된다. 먼저 소중했던 인연들 앞에 깊이 감사를 드리면서 그런 감사의 뜻이 담긴 편린들의 여운 몇 가지를 여기 적어보려고 한다.

나의 경우 학회는 대학이라는 학연의 울타리를 자유롭게 넘나들기에 가장 편리하고, 가장 적절하고, 가장 유익한 공간이었다. 내가 국어국문학회 임원으로 참여하여 일정한 역할을 맡아 다소의 봉사를 한 기간은 10년(출판이사 1989.6.1.~1991.5.31. 총무이사 1991.6.1.~1993.5.31. 감사 1993.6.1.~1995.5.31. 대표이사 1997.6.1.~1999.5.31.) 정도다. 이 1990년대 10년간을 오롯이 국어국문학회의 심장부에서 보냈던 셈이다. 이 10년은 내 개인적으로도 가장 버거운 일을 많이 맡고 있을 때다. 재직하고 있는 대학에서 능력 밖의 뜻하지 않은 일(연구교류처·기획조정실·문과대학·한국문학연구소 등의 책임)을 많이 맡게 되어 아주 번거로운 시기였다. 나 같은 사람이 학회와 대학의 심장부에 들어가서 어떤 역할을 맡아야만 하였던 까닭은 당시의 시대적 상황과 무관치 않았을 것이다. 학회나 대학도 모두 사회와 국가 안에 존재한다는 것을 어느 시대보다 실감한 시기였고, 사람들의 삶이란 어느 순간 자기도 모르게 자기의 뜻과 아주 다른 방향으로 표류할 수도 있다는 것을 깨달은 시기였다.

세계는 1980년대 신자유주의 물결에 휩싸여 사회의 모든 영역을 자본의 흐름에 유리하도록 개편하는 일에 많은 노력을 기울였다. 대학 사회에도 그런 물결이 밀려들어와서 경영합리화니 학부제니 수요자 중심의 개편이니 하는 명분논리로 온갖 소용돌이가 계속 일어나고 있었다. 그러다가 1990년대 한국 학계에 큰 화두의 하나로 떠오른 것이 '인문학의 위기'였다. 1995년 교육개혁의 일환으로 학문 구조조정이 이루어지면서 학과들이 통폐합되고 인문학의 수요가 격감하는 현상이 나타나자, 1996년 전국 인문대 학장들이 모여서 '인문학 위기 선언'을 하였으며, 1997년부터 1998년까지 여러 차례 전국 인문학연구소 소장들이 모여서 '인문학의 위기와 그 대응방안'을 주제로 한 학술심포지엄을 가졌다.

내가 국어국문학회 대표이사가 되어 1997년 6월 학회 임원회를 구성하고 첫 회의를 소집한 뒤에 바로 이런 일이 있었다. 1997년 11월 국어국문학회와 16개 학회 대표가 발기하여 12월 한국학술단체연합회(Korean Association of Academic Societies)를 창립하였으며, 초대 회장으로는 신극범 교육학회 회장이 취임하였다. 그때 국어국문학회장·역사학회장·한국경제학회장·대한수학회장·대한전자공학회장·한국체육학회장 6명이 이사가 되고, 대한가정학회회장과 한국경영학회회장이 감사로 참여하였다. 그때 나는 이 일을 인문학 위기의 공감대가 작용한 새로운 한 집단의 출현이라고 생각하였다. 당시의 분위기로는 국어국문학회의 대표이사가 그런 모임의 태두리 밖에 안주하고 있는 것은 회원들에게 큰 죄를 짓고 있다는 흐름이 있어서 참여하지 않을 수가 없었다. 1998년 12월 20일에 학술진흥재단 대강당에서 한국학술단체연합회 창립 1주년 기념 제1차 학술대회를 개최하고, 1999년 2월 국내 1,400여 개의 학회정보를 수집하여 정리한 『학회총람』, 11월에 『한국학술연구의 동향과 전망』을 발간하였다. 그때 나는 국어국문학회 대표이사라는 직함 때문에 한국학술단체연합회의 운영위원과 편집위원장 직책을 맡아서 위 책의 원고들을 국어국문학회 사무실로 싸가지고 와서 장외의 일복까지 누려야만 하였다. 『국어국문학』 제122호에 실린 '인문학의 위기극복을 위한 학술단체의 역할'이라는 글은 그때 한국학술단체연합회가 국어국문학회 대표이사에게 특청한 발표여서 회원들에게 알리지 않을 수가 없어 불가피 수록절차를 거쳐서 실었던 것이다.

내가 국어국문학회 대표이사로 있을 때 제41회 전국대회가 전북대학교에서, 제42회 전국대회가 연세대학교에서 열렸다. 그때 전북대학교 최태영 전공이사와 전정구 지역이사, 연세대학교 고 최철 교수와 국어국문학과 교수 여러분들의 노력으로 두 대회를 모두 잘 마칠 수 있었다. 학회 임원들이 사전 방문도 하지 못하고 개회식 시간에 곧바로 행사장으로 들어갔지만, 아무런 차질 없이 두 대회를 마칠 수 있었던 것은 그분들의 헌신적 준비와 도움으로 가능하였던 것이다. 이 글을 쓰면서도 고마운 마음이 일어난다. 이 두 번의 전국대회 때 결산보고와 예산안을 통과시켜야 하는데 송하춘 총무이사가 매우 난감해 하였던 기억이 생생하다. 그분은 계수를 읽는 일이 익숙하지 않아서 읽지 않고 넘어갈 수 없느냐고 하면서 계수 읽는 일 때문에 총무이사를 못하겠다고 하였다. 나 또한 비슷한 처지여서 계수 읽는 연습을 도우면서 사정사정하여 두 대회를 마쳤다. 송구스러운 마음과 함께 고맙기 그지없었다. 특히 나 때문에 학회 간사를 맡아서 두 해 동안 묵묵히 희생적 봉사를 하였던 이승남 박사에게는 지금도 어떤 빚을 지고 있는 것 같아서 마음이 무겁다.

소재영 대표이사 때 내가 총무이사를 하였는데 학회업무 인수인계를 마친 직후 당시 민족문화추진회에서 학회사무실을 비워달라는 연락이 왔다. 처음부터 외부에 임대하여 줄 수 있는 공간이 아니어서 불가피하다는 것이 그 쪽 실무자의 주장이었다. 두 방에 들어있는 많은 양의 학회지며 사무용 집기들을 옮길 곳이 없었다. 학회의 어려운 사정을 설명하고 몇 달이라도 이사를 연기하여보려고 노력하다가 내부의 사정을 듣고 단념하고 말았다. 국어국문학회의 깊숙한 사정을 누구보다도 잘 알고 있었던 제12대 대표이사 고 김동욱 선생이 민족문화추진회를 맡고 계실 때 특단의 배려로 이루어진 일이었음을 알게 되어, 만일 가능한 일이었다면 이미 그분이 해결하여 도와주었을 것이라는 생각이 들었기 때문이다. 고 김동욱 선생이 연세대학교에 계실 때 손수 타자를 쳐서 『나손서실통신』을 만들어 전국의 여러 학자들에게 보내주었는데, 그 통신 한 모퉁이에 정년 전에 고시가 자료는 임기중 교수에게 준다는 내용이 들어 있다는 소식을 들었다. 그 얼마 뒤 고 김동욱 선생이 연세대 당신의 연구실에서 만나자고 하여 찾아갔다. 필사본 『가집』 상·하 두 책을 주면서 일차로 넘겨주는 것이니, 이것으로 자유롭게 무엇을 생산하여보되 책 속의 장서인에 관하여는 불문에 붙이는 것이 좋겠다는 단서를 붙였다. 나는 그때 고서를 만지는 학자의 기본 소양을 일깨워주는 것 정도로 그 단서를 소화하였다. 그러나 그것이 단서가 되어서 없어진 것으로 알려져 있었던 『아악부가집』을 찾아낼 수 있었으며, 고 가람 이병기 선생님이 시조의 명칭을 거론 하면서 인용한 일이 있었던 『세시풍요』를 찾아낼 수 있었다. 그 결과물이 『교합가집』, 『교합악부』, 『교합아악부가집』이며, 『역주해설 세시풍요』라는 책이었다. 이 『교합악부』는 뒤에 악부 주석서의 대본이 되었고, 『역주해설 세시풍요』는 외교통상부의 해외동포를 위한 추천도서가 되었다. 이런 인연은 다음으로 이어졌다. 어느 날 아침 고 김동욱 선생이 당시 민족문화추진회에서 신규 사업을 한 가지 하려고 하는데 무엇을 하는 것이 좋겠는지 의견이 있으면 말하여 보라는 것이다. 나는 즉시 한국문집의 영인본 출판이 시급하다고 하였으나, 고 김동욱 선생께서는 이미 경인문화사가 내고 있지 않느냐고 하면서 더 시급한 것이 없겠느냐고 반문하였다. 그러나 나는 경인문화사와 차별화된 고품질의 선본 표점 영인본이 요청되고, 그 일은 정부의 지원 없이는 불가능한 사업이므로 반드시 추진해야 할 가장 중요한 과제라는 생각을 가지고 있다고 하였다. 그 뒤 국비로 영인본을 출판하는 것은 적절하지 않다는 견해와 사업성이 없다는 견해들이 있어서 유보된다는 소식이 들려 왔지만, 마침내 『한국문집총간』으로 출판되기 시작하여 오늘에 이르렀다. 이미 이런 겹겹의 인연이 있는 터여서 당시 민족문화추진회 측의 학회사무실 이전 요청을 협조적으로 받아들이지 않을 수가 없었다. 그때 학회사무실 이전 대책을 여러 가지로 모색하던 중 소재영대표이사와 함께 찾아간 곳은 당시 동숭동에 있었던 학술진흥재단 이사장실이다. 학회의 딱한 사정을 설명하며 응급조처의 도움을 요청하여보았지만 "현재로서는 도움을 줄 수 있는 어떤 방법도 없으므로 양재동에 새로 짓는 학술진흥재단 건물이 완성되면 그때쯤 연구해보자"는 위로만 받고 돌아섰다. 이런 일이 있은 뒤 소재영 대표이사가 학연과 개인적인 친분을 동원하여 천신만고 끝에 진동혁 교수의 양재동 시조빌딩 4 층을 학회사무실로 마련하는데 성공하여 학회의 큰 걱정하나가 해소되었다. 그 덕택으로 내가 대표 이사가 되었을 때는 학회 사무실 문제로 고심을 안 해도 되는 행복을 누릴 수 있었다. 그러나 좁은 학회사무실에는 일반 기증도서, 회원 신간도서, 학위논문, 판매용 학회지 등이 가득 쌓여 있어서 그곳에서 임원회의는 할 수 없는 형편이었다. 서로 몸을 마주치면서 상임이사회(총무이사 송하춘, 연구이사 김진영, 출판이사 김갑기, 섭외이사 김광순, 편집이사 홍윤표, 연구위원장 진동혁)와 연구이사회(연구위원장 진동혁, 부위원장 최태영, 이인복) 회의만을 겨우 그곳에서 할 수 있었다. 그때 상임이사회가 자주 열렸는데 멀리 대구에서 김광순 이사가 빠짐없이 참석하여주어서 늘 죄송하고 고마웠다.

내가 국어국문학회 대표이사로 있을 때 우리 학회의 당면한 과제는 학문의 소통과 학회의 재정 문제라고 생각되었다. 이른바 인문학의 위기는 학문의 원활하지 못한 소통에서 비롯된 부분도 있었기 때문이며, 재정 문제는 외부 지원 없이 학회지를 지속적으로 간행할 수 없을 것이란 전망 때문이었다. 좁은 학회 사무실에 쌓여만 가는 학회지 더미와 소중한 기증도서들을 활용 가능하게 정리할 형편도 못 되고, 외부의 지원을 지속적으로 받는다는 보장도 없지 않은가. 그때 학회지의 판매는 1년에 고작 3~4권에 불과하여 소통과 재정에 큰 기여를 하지 못하고 있었다. 당시의 재정 형편은 머지않아 회원들의 회비만으로 학회지를 계속 내기가 어렵게 될 것이라는 어두운 그림자가 나타나 있었다. 효율적인 정보의 교류와 원활한 학문의 소통 방법이 무엇일까를 고심하다가 먼저 학회의 홈페이지를 만드는 일이 시급하다는 생각을 하게 되었다. 이미 내가 맡았던 한 기관과 내 개인 홈페이지를 만들어서 사용 중에 있었으므로 그 일이 어려운 일은 아니었다. 그 다음으로 학회지를 모두 CD로 제작하여 보급하고 학회사무실에 쌓여있는 도서들을 모두 CD에 담아서 보관하고 활용한다면 좁은 공간문제는 해소될 수 있을 것이라는 생각을 하였다. 그뿐 아니라 이 일을 잘만 추진한다면 학회 재정에도 보탬이 될 수 있는 어떤 길이 열릴 수 있을 것이라는 희망을 갖게 되었다. 그러나 그 제작경비가 문제였다. 당시 홈페이지를 만드는데 드는 비용은 최소 2백 내지 3백만 원, 학회지와 소장도서를 모두 스캔하여 CD에 담는 데는 학회 가용재정 모두를 털어 넣어도 모자라는 셈이 나왔다. 그래서 소장도서는 처음부터 제외시킬 수밖에 없었다. 그뿐 아니라 그렇게 하여 제작된 CD는 컴퓨터에서의 검색과 활용

기능이 너무 제한적이었다. 여러 날 이런저런 궁리를 하다가 대략 다음과 같은 가설적 설계도 하나를 만들어 내게 되었다.

학회의 홈페이지 주소를 확정하고, 학회 홈페이지는 무료로 만들며, 우선 국어국문학회지 창간호부터 현재 호까지를 모두 CD로 제작하여 보급하되, 그 CD의 검색 기능은 논문 제목과 목차 수준만 가능하도록 한다. 국어국문학회지 CD 제작과 보급 회사를 선정하여 거기에서 학회 홈페이지를 우리의 설계를 토대로 무료로 만들게 하고, 그 회사 비용으로 CD를 만들어 보급하게 하여, 그 회사는 학회에 저작권 사용료를 내도록 한다. 그 저작권 사용료를 학회지 제작비용으로 충당한다면 어느 정도는 설득력 있는 한 방안이 될 것이라고 생각하였다. 상임이사회를 소집하기 전에 조용히 여러 가지 준비를 진행하였다. 학회 홈페이지 주소는 홍윤표 이사와 상의하여 초안을 만들었다. 홈페이지의 가설계는 여러 이사들의 의견을 종합하여 구성하였다. 여러 임원들의 추천을 받아서 CD 제작회사를 물색하기 시작하였다. 그러나 회사들의 반응이 번번이 글쎄요 정도로 시큰둥하게 스쳐 날아가 버리고 말았다. 그대로 포기할 수가 없어서 여러 곳을 노크하여 보았다. 어느 날 『고려사』를 CD로 제작하여 팔고 있었던 현재 (주)누리미디어 최순일 사장과 필동 내 연구실에서 만나 위와 같은 제안 설명을 하고 의견을 물었더니, 즉석에서 해볼 뜻이 있다는 반응이었다. 곧바로 상임이사회를 소집하여 위의 가설적 설계를 실제 설계로 확정하고 그대로 추진하였다. 그것이 현재 우리가 쓰고 있는 학회 홈페이지의 첫 출발이었으며, 학회지 CD롬 제작과 보급의 시작이었다. 당시 우리 학회의 학회지 CD롬 제작과 그 보급 작업이 우리나라 이런 유형의 처음 사업이었다고 들었다. 지난 해 (주)누리미디어 사원대상의 교양 특강을 요청받고 그 회사 강당에 들어섰다. 그 회사 사장이 인사말을 이렇게 시작하여 깜짝 놀란 일이 있다. "우리 회사는 오늘 여기 오신 국어국문학회 임교수님이 만든 것입니다." 그때 그 일의 시작이 오늘 이런 사업이 될 수 있을 줄은 몰랐다는 것이다. 나도 사업이 될 수 있을 것이라는 생각은 하지 못하였으므로 그분 또한 나와 얼마나 달랐겠는가. (주)누리미디어에 부탁하여 우리 학회에 보낸 저작권 사용료를 알아보았다. 다음 표와 같이 2000년 3월 1일부터 2012년 1월 1일까지 18회에 걸쳐서 44,488,968원이 우리 학회로 들어 왔다. 한 번도 빠뜨리지 않고 저작권사용료를 정확하게 제 때 보내주었으니 고마운 일이다. 그뿐 아니라 현재까지 쓰고 있는 우리 학회의 홈페이지를 무료로 제작하여 준 곳이 (주)누리미디어가 아닌가. 현재의 홈페이지는 어느 분이 새 단장을 하여 세련미를 더하여 주었다. 그분께도 감사를 드리면서 회고담을 쓸 차례가 찾아갈 때 그 고마운 얼굴을 한번 보여주실 것을 당부 드리고 싶다. 내 개인 생각으로는 누리미디어 최 사장님을 60주년 기념식장에 모셔 표창장이라도 한 장 드리고 싶은 고마운 생각이 든다.

우리 세대는 인사동에 있는 통문관이란 고서점을 많이 드나들었다. 그곳에 가면 새로운 자료를 만날 수도 있고 여러 자료에 관한 정보가 있기 때문이었다. 우리 국어국문학회가 한동안 이 통문관을 연락사무소로 사용하였다. 국어국문학회의 간판도 통문관의 창문 안쪽 좌편 상단에 걸려 있었다. 연락사무소의 구실을 다 한 뒤에도 꽤 오랫동안 간판은 그대로 걸려있었다. 어느 날 통문관에서 아는 교수 한 분이 "당신 혹 책을 도난당한 일이 있지 않은가? 통문관에 당신 책이 여러 권 꽂혀 있다."는 전화를 걸어왔다. 그 며칠 전에 미아리 내 가난한 서재에 가난한 도둑이 들었었다. 밤에 서재 문을 닫고 건넌방에 와서 잠을 자다가 서재 옆 화장실을 가다보니 서재 문이 열려 있었다. 들여다보니 어떤 분이 큰 보자기를 둘러쓰고 앉아있지 않는가. 바로 건넌방으로 돌아와서 문을 닫아걸고 조용히 부탁하였다. "보시다시피 가진 것이 별로 없는 사람이니 그냥 돌아가 주시면 안 될까요?" 여러 번 간곡하게 부탁을 드렸지만 아랑곳하지 않고 시간을 끌더니 여러 권의 책과 낡은 신발까지 챙겨가지고 대문도 닫아주지 않고 떠난 분이 있었다. 바로 그 책이었다. 고 이겸로 사장께 미리 있는 그대로 말씀드렸더니 염려 마시고 임 교수님 책을 모두 찾아내 한 곳에 모아 달라고 하였다. 책을 뽑아내면서 생각하여 보니 고 이사장님도 돈을 주고 책을 샀을 터인데 내가 이름을 쓰지 않은 책까지 골라낸다면 어떻게 될 것인가 걱정이 되었다. 이름이 적혀 있는 것만 그것도 중요한 책만 대충 골라냈다. 셈을 하여 드리겠다고 하였지만 고 이사장님은 단호했다. 내가 돈을 받으면 법을 어기는 사람이 되므로 책을 그냥 가져가고 없었던 일로 잊고 앞으로도 전과 다름없이 자주 나오라는 당부를 하였다. 이런 인연이 있는 터여서 그 후로도 자주 드나들고 있었다. 그로부터 여러 해가 훌쩍 지나버린 어느 날이었다. 고 이겸로 사장님이 연로하시어 서점 자리를 자주 비우시던 무렵으로 기억된다. 통문관에 들렀더니 이것을 어디다가 버릴 수도 없고 하여 그대로 놓아두었는데, 이제는 더이상 어찌할 수가 없다고 하면서 먼지가 부옇게 앉은 국어국문학회 간판을 내려서 싸주었다. 임 교수가 인연이니 거추장스런 짐이 되겠지만 가져가는 것이 좋겠다고 하여 지금껏 보관하고 있다. 학회사무실이 마련된다면 언젠가는 그 간판을 다시 걸 날이 찾아올 수도 있을 것만 같아서 버리지 못하고 있다. 우리 학회가 가난할 때 만든 오래된 것이어서 중간이 갈라지고 꼽추처럼 약간 뒤틀려 안쓰러운 모습을 하고 있다. 60세가 넘은 노학회의 한 표상이리라. 그 나이가 들면 우리 또한 어찌 그러하지 않겠는가. (2012.3.25. 국어국문학회 60주년기념특집)

그때 그 일 뒤

정신(貞信). 하나를 보면 열을 안다고 하였던가. 중 2학년 영어시험 감독으로 들어 갔다. 그때 정신은 자기통제 교육이 성공적이어서 무감독 시험제도를 거론하고 있을 때다. 시험지 나누어주고 앞에 앉아 있어도 커닝하는 학생이 없었던 때다. 20분 정도 지나 뒤쪽 한 학생이 엎드려 시험지 뒤에다 낙서하고 있는 것을 발견하였다. "답안을 다 작성했는가?" "예." 살펴보니 다 작성했고, 틀린 것도 발견되지 않았다. 낙서한 것을 보니 남이장군의 시 '남아이십미평국(男兒二十未平國) 후세수칭대장부(後世誰稱大丈夫)'를 두 번 써놓았다. 시험 뒤 물었다. "무슨 뜻인지 말해 보게." "사나이 나이 스물에 나라를 평정하지 못하면 후세에 누가 대장부라고 하겠는가 입니다." "어디서 보았는가?" "고3 오빠 책상 앞에서 보았습니다." 아무 말도 못했다. 아주 여리고 가냘 픈 학생이었다. 내심 건강을 기원하였을 뿐이다. 뒤에 보니 명문대학의 유능한 영문학과 교수가 되어 있었다.

고 2학년 한 교실이 언제나 유독 정갈하였다. 그 까닭이 궁금하였다. 일찍 출근할 때는 그 교실을 살펴보았다. 조용히 이리저리 다니면서 청소하고 정돈하는 한 학생이 보였다. 나는 그 학생의 거룩한 마음을 조용히 지켜주기로 하였다. 그 사람이 의대나 약대를 못간 것은 나 때문이었다. 의사 언니가 진학 상담 왔을 때 나의 못난 생각을 받아드렸기 때문이었다. 그 사람의 모교 교장 취임식에 가서 나는 비로소 이 자리가 바로 그의 자리라는 것을 깨닫게 되었다. 면죄부를 받은 것처럼 기뻤다. 뒤에 보니 한국의 모범 교장이 되어 있었다.

고 3학년 교실 뒤쪽에 키가 큰 장난꾸러기 학생이 있었다. 이 전 학년 때도 키가 커서 장난치기 좋은 뒤쪽에 앉았었지. 머리가 총명하여 장난의 지모(智謀)가 자주 나를 당황케 하였다. 리더십이 있어서 무슨 경쟁에서나 학급을 1등자리로 올려놓는 선수였다. 언니처럼 의대는 아니지만 좋은 대학을 나왔고 미국으로 떠났다. 미국 동문들이나 은사들 사이에 그를 모르는 사람이 없었다. 뉴욕 세미나에 갔을 때 동창들의 소식을 듣고 싶어서 전화를 하려다 그의 바쁜 봉사일정을 생각하며 수화기를 내렸던 일이 있다. 귀국 때 공항에서 전화로 그런 사연을 전하고 왔다. 그는 매사에 희생적 봉사가 생활화 되어 있었다. 뒤에 보니 굳건한 믿음, 고결한 인격, 희생적 봉사라는 교훈의 실천적 모델이 되어 있었고 국내외서 여러 봉사상을 받고 있었다.

독실한 기독교 집안에서 성장하여 교장으로 정년퇴직한 한 장로님이 계셨다. 그분은 다른 이들의 종교를 거론하지 않았다. 교사들의 주초(술과 담배)를 통제하지도 않았다. 다른 이들의 잘못을 지적하는 일이 없었다. 항상 미소로 모든 이들을 대하였다. 정년퇴임 뒤 미국으로 가셨다. 떠나는 날 아침 그분 댁에 가서 인사를 드렸다. 빈 집 황량한 마당에는 우리 세 사람뿐이었다. 부부가 맨손으로 떠나셨다. 나는 맨손으로 가서 인사를 드렸는데 그분은 정신학교에서 보던 그분의 친필 이름이 적힌 성경과 쓰다 남은 펜촉 몇 개를 담아서 내 손에 들려주었다. 주고 가는 삶과 받아가는 삶을 화두로 안겨주고 갔던 일을 때때로 떠올리고 있다. 종교를 알리는 것은 말이 아니라 실천과 미소라는 것도 때때로 생각하게 되었다. 이 글 또한 이때 이 일 뒤 언젠가 분명 한국회화사에서 찬란하게 조명될 정신 출신 한국화가 때문에 쓴다.

내 아내도, 아내의 동생도, 그 동생도 정신 출신이다. 인품이 다름이 있다는 것을 느낄 때가 있다. 정신(貞信)만 가진 교육의 힘일 것이다. (2015. 정신동창회보)

북경에 무사히 다녀오는 방법

1. 바다가 두려운가 마음이 두려운가

바다는 두려웠다. 1621(광해13 명 천계1 신유)년 명에 갔던 진향사 유간 일행과 진위사 박이서 일행이 중국해로와 귀국해로에서 익사했다. 바닷길 연행이 무서워 모두 차출을 극도로 두려워했다. 인조반정은 성공하였지만 조정은 아직 불안정한 상황이다. 의지하여왔던 명은 흔들리고 있으며 후금은 명과 조선을 압박하고 있다. 연행사들이 가야할 바다는 포성이 멈추지 않는다. 이래서 바다는 더 두려웠다. 바다는 언제나 바다다. 신라인들이 당나라에 오간 바다나 고려인들이 원나라에 오간 바다나 항상 그 바다다. 두려운 것은 마음이다. 그 두려운 마음을 평상심으로 통솔한 리더가 1624년 사은겸주청 정사 이덕형이다. 1624년(인조2 명 천계4 갑자) 이덕형 일행은 선사포로 가는 길목에서 목욕재계하고 백상루에 올라가서 산신과 해신께 무사귀환을 기원하는 제사를 지낸다. 제사를 마치고 이덕형은 잠시 졸다가 깨어나 꿈 이야기를 한다. 한 신인이 봉투 한 개를 주어서 열어보니 "돌아올 환(還)"자였다는 것이다. 일행은 모두 바닷길 연행을 저승길로 가는 것처럼 생각하면서 두려워하였는데 이 꿈 이야기를 듣고 나서 환희심이 생기면서 모두 생사 문제에 초연해진다. 이것이 리더의 힘이고 제사의 힘이다. 이 연행길이 안전하고 무사할 수 있었던 까닭이다. 당시 북경에 무사히 다녀오는 방법이 있었다면 그것은 마음이 무사해야 하고, 그 다음이 정보의 축적과 활용이고, 그 다음이 철저한 준비다. 이덕형은 선사포에서 바다로 떠나기 전 선박 등의 준비상황을 철저하게 점검하여 미비함을 보완하고 문제점을 지적하여 상부에 보고하게 하였다. 이들 일행 30여명은 6척의 목선을 타고 관상감에서 택하여 준 길일 8월 4일에 해신제와 산신제를 지내고 무사귀환을 기원하면서 출항했다. 선사포 출항장면의 그림은 정사 부사 서장관은 순국의 자세로 안연하였지만 그 나머지 사람들은 모두 실성통곡하는 소리를 그려낸 것이다.

2. 창신인가 패션(fashion)인가

현전 수로연행도는 어떻게 제작되어 어떻게 전승되어 왔을까. 표절과 모방과 패션은 같지 않다. 연행도와 연행록에는 창신과 패션이 공존한다. 새롭게 생산하는 부분과 유행양식 곧 패션에 해당하는 부분이 그것이다. 이 글에서 거론하는 5종의 수로연행도 같은 것은 창신에 속하며 여러 연행록에 들어 있는 궁성도 같은 것은 패션에 따른 것이다. 이글에서 거론하는 수로연행도는 바닷길 연행에 두고두고 참고하기 위한 제작이다. 그림에는 두 가지 유형의 그림이 있다. 그 한 유형은 실용적 동기로 제작하는 기록화고 다른 한 유형은 미적 동기로 제작하는 예술화다. 전자는 제작 의도와 수용 방법이 모두 실용적인 것이고 후자는 제작 의도와 수용 방법이 모두 미적인 것이다. 수로연행도는 실용적인 기록화다. 1624년(인조 2, 갑자, 명, 천계 4)에는 두 번의 연행이 있었다. 6월에 사은겸주청사로 출발한 이덕형, 오숙, 홍익한 일행과 7월에 동지사로 출발한 권계, 김덕승 일행 등이 그때의 연행사들이다. 이 중 이덕형 일행은 『됴텬녹(미상)』, 『슈로됴쳔녹(미상)』, 『듁쳔니공힝젹) 곤(미상)』, 『화포선생조천항해록(홍익한)』, 『연행시(오숙)』, 『죽천조천록(항해일기, 민상사 재구)』, 『조천록(죽천선조유고, 민상사 재구)』, 『연행도폭(항해조천도, 미상)국도본』, 『항해조천도(미상)국박본』, 『무제첩(항해조천도, 미상)국박본』, 『제항승람 건·곤(미상)성원본』, 『무제첩(항해도, 미상)군박본』을 생산하였고, 김덕승 일행은 『천사대관』을 생산하였다. 이덕형 일행은 한글연행록 3종과 한문연행록 4종 도합 7종의 연행록과 수로연행도 5종을 생산해냈다. 모두 12종을 생산해 낸 것이다. 지난 7백년간의 연행기록에서 그림과 글로, 한글과 한문으로 12종의 연행록을 생산해 낸 일은 이들 일행뿐이다. 이런 까닭은 연행 기록의 제작 의도와 가치 인식에서 찾을 수 있다. 그 제작과 전승이 모두 실용적 가치 인식의 자장 속에 들어 있기 때문인 것이다. 이 시기는 물길로 북경에 무사히 다녀오기 위한 다양한 정보가 필요하였던 때다. 그것이 그렇게 중요하였던 까닭은 당시 국내외의 상황논리가 설명하여주고 있다. 김덕승의 『천사대관』 말미에도 "전후항해로정(前後航海路程)"이 붙어 있어서 당시 바다 정보 수집의 중요성을 알리는 코드가 되고 있다. 결국 제작과 전승의 실용에너지가 12종의 결과물에 고루 작용한 것이다. 현재 전승되고 있는 수로연행도의 처음 원본의 제작은 연행 도중 현장에서 절첩본 건·곤 2책으로 제작된 것으로 현전 『연행도폭(항해조천도, 미상)국도본』이 그것인 것 같다. 오재순의 '항해조천도발', 채제공의 '제이죽천항해승람도후'와 『연행도폭

『항해조천도, 미상)국도본』을 면밀하게 살펴보고 그 전승과정을 알아보면 이런 추정에 이르게 된다. '연행도폭'이란 제첨을 붙인 것은 그리 오래지 않다. 수차에 걸쳐 변형을 거듭하여 현존본으로 남은 것으로 보인다. 그 후 2종의 화첩본으로 제작된 것이 『항해조천도(미상)국박본』, 『무제첩(항해조천도, 미상)국박본』일 것이고, 원본에 가깝게 모사본으로 제작된 것이 『제항승람 건·곤(미상)성원본』인 것 같다. 그리고 기록화에서 기호화(嗜好畵)로 전변 제작된 것이 『무제첩(항해도, 미상)군박본』일 것이다.

3. 미가 가치의 대상인가 역사유적이 가치의 대상인가

수로연행도의 구성과 그 내용은 어떻게 되어 있을까. 당시 수로연행의 코스는 두 가지다. 그 하나는 선사포(평안북도 철산군 백량면 기봉동에 있었던 포구)에서 북경으로 가는 길이고 다른 하나는 석다산(평안남도 증산군 석다리에 있었던 포구)에서 북경으로 가는 길이다. 전자는 선사포-가도-신도-석성도-장산도-묘도-등주-내주-청주-제남-덕주-하간-탁주-북경의 코스인데 7종의 연행록과 수로연행도 5종을 생산한 이덕형 일행이 왕래한 노정이다. 후자는 석다산-가도-신도-석성도-장산도-여순구-철산취-쌍도-남신구-북신구-각화도-영원위-산해관-영평부-옥전현-계주-통주-북경의 코스인데 1636년 『숭정병자조천록』을 남긴 서장관 이만영 일행이 다녀온 코스다. 이때의 성절천추진하 정사는 김육이다. 선사포 코스로 다녀온 『연행도폭(항해조천도, 미상)국도본』, 『항해조천도(미상)국박본』, 『무제첩(항해조천도, 미상)국박본』, 『제항승람 건·곤(미상)성원본』의 구성은 모두 3부문 25장면으로 짜여 있다. 한국 선사포에서 중국 등주까지 요동반도와 산동반도 연해안 경유 도서 5장면(선사포, 가도, 녹도, 삼산도, 타기도에서 등두외성), 제나라 12장면(등주부, 래주부, 유현, 창락현, 청주부, 장산현, 추평현, 장구현, 제남부, 제하현, 우성현, 평원현), 조나라 4장면(덕주, 경주, 헌현, 하간부), 연나라 3장면(신성현, 탁주, 연경), 선사포 회박 1장면으로 되어 있다. 바닷길은 섬을 근거지로 삼아서 연행 노정의 정보를 만들었고 뭍길은 역사 유적지를 근거지로 삼아서 연행 노정의 정보를 만들었다. 미의 창조가 가치의 대상이 아니며 자연과 역사유적을 근거로 새로운 실용적 정보를 만들어내는 것이 가치의 대상이었다.

4. 절실하게 요청된 것은 무엇인가

　1624년 당대 국가를 대표하는 한국 관인으로서 최고의 지식인 계층이며 지성인 계층인 연행사들에게 가장 절실하게 요청된 것은 무엇이었을까. 죽지 않고 안전하게 북경에 다녀오는 방법이었을 것이다. 그 다음이 면복과 고명에 관한 외교적 임무의 성공적 수행이고 그 다음은 결과에 대한 또 다른 대비였을 것이다. 이를 위해서는 유용한 많은 정보가 요청되었다. 부사 오숙은 안전한 항해를 하려고 집에서 여러 가지 정갈한 제수를 준비하여갔다. 수시로 해신제나 용신제 등을 지내면서 준비하여간 제수를 차려 놓고 상황에 맞게 제문을 지어 낭독한다. 출발 초동단계에서 오숙이 탄 배는 심한 파도에 떠밀려 6척의 선단에서 멀리 떨어져나가 나뭇잎처럼 나부끼는 위험에 직면한다. 그러나 항해 중에는 오숙의 배가 가장 안전했고 오숙은 시종여일하게 멀미도 않고 꼿꼿하게 정좌한 자세를 유지한다. 1636년 석다산으로 상륙한 김육도 오숙처럼 하였다. 수로연행도에는 많은 정보가 들어 있다. 선사포에서 등주까지의 바다와 등주에서 북경까지의 내륙 정보가 알알이 박혀 있다. 노정의 거리 정보와 위치 정보, 자연과 자연 현상에 관한 정보, 인물과 풍습에 관한 정보, 역사 유적과 인심에 관한 정보, 노정의 주행 시간에 관한 정보, 가변적 정보와 불변적 정보 등 다양한 정보를 그렸다. 특히 바닷길 정보에 중점을 두어 그렸다. 여기에 따른 뭍길 정보는 바닷길 정보의 일환이다. 6척 선단의 출항과 정박 정보, 섬과 섬 사이의 거리와 풍향 풍속 정보, 파고와 파장의 정보, 파도의 속성에 관한 정보, 용오름이나 고래의 출현 같은 특이 정보, 노정에 들어 있는 섬들의 자연과 인물, 풍습과 현황 등의 정보를 그렸다. 수로연행록에도 대포소리와 같은 특이정보를 상세하게 기록하였다. 상세한 바다 정보의 절실한 요청이 수로연행도란 창신으로 나타난 것이다. 따라서 수로연행도의 가치는 실용적 정보에 있었다. 이러한 측면에서 볼 때 『연행도폭(항해조천도, 미상)국도본』은 17세기 한반도와 요동반도 산동반도 사이의 바다정보를 상세하게 전해주는 보고(寶庫)라는데 그 가치가 있다. (문화재 돋보기. 2013.11월호)

십취헌에서 다시 생각하는 화이부동

새벽을 알리는 새소리와 밤사이 흐르던 물소리를 들으며 아침을 열고 싶다. 창문을 열고 상쾌한 아침 공기를 마음껏 마시면서 하루를 시작하고 싶다. 그러나 현실은 경적소리와 매연이다. 깨끗한 산과 맑은 물이 있는 곳으로 가서 살고 싶다. 한적한 시골 인심 좋은 마을에 가서 조용히 살고 싶다. 그러나 현실은 이사 갈 수 있는 형편이 아니다. 이사 갈 형편이 못 될 때 원하는 것을 성취할 수 있는 방법은 없는 것인가. 그렇지 않을 것이다. 새 소리 물소리 맑은 바람 소리의 음반을 구해 들으면서 十趣軒의 아침을 열고 있다(十趣軒은 20세기 후반 한국 한 인문학 교수의 정년퇴임 후 연구실 落穗다).

釋門에서 '一切唯心造'라고 하지 않았던가. 마음이 미치는 곳에 바라는 것이 있다. 흐르는 물이 보고 싶어서 살고 있는 집을 觀水齋라고 했더니 아파트 사이로 강이 흐르고 있는 것이 보였다. 비가 갠 뒤에 시원한 달이 오르는 산을 보고 싶어 거실을 東峯凉月之室이라고 했더니 어느 날 아침 멀리서 산봉우리가 다가오더니 밤에는 달이 오른 산도 보였다. 향가와 가사와 연행록에 희망을 걸었을 때는 살고 있는 집을 三希堂이라고 했더니 그 옆에 가까이 다가설 수 있었다.

담배도 못 태우고 술도 즐기지 않고, 바둑도 못 두고 골프도 못 치므로 무기호에 무취미라고 간혹 구박을 받는 때가 있어서 정년퇴직을 하고 집 이름을 十趣軒이라고 했더니 몇 가지의 취미를 갖고 살아왔다는 사실을 발견하게 됐다. 집 이름이 달라질 때마다 그리고 삶에서 드러나는 다소의 특색을 가진 나이테가 생겨날 때마다 돌에 각을 했더니 그것이 모였다. 가사와 연행록에 따라다니는 옛사람들의 필적도 생각 밖으로 적잖이 모였다.

고문서 먼지 때문에 기관지가 나빠지는 것 같아서 蘭과 梅를 기르기 시작했다. 생명체의 유한성을 어떻게 극복할 수 있겠는가. 죽지 않는 아름다움을 생각하다가 수석에 관심을 갖게 됐다. 선현들의 필적 옆에 傍書를 하다 보니 연적과 필세, 문진과 필가, 필통과 먹상 등이 모여 들었다. 때때로 차를 마시다 보니 여러 형태들의 차호들도 모였다. 중국학자들이 연행록 일로 찾아오는 일이 한동안 잦더니 향과 향로도 여러 개가 모였다. 학생들과 때때로 탁본을 하면서 옛 탁본들에 관심을 가졌더니 그것도 여러 종류가 모였다. 정년퇴임 뒤 종종 잠 못 이루는 밤이 많아져서 세계 여러 나라의 자장가 음반을 모아 듣기 시작했더니 그것도 적잖이 모였다. 이만하면 이미 十趣軒 주인이 돼 있는 것이 아닌가. 이제『十趣軒 雅玩』이라는 책을 하나 펴내 知音들과 같이 즐기고 싶다.

하루에서는 저녁의 여유를 즐길 수 있어야 하며, 일 년에서는 겨울의 여유를 즐길 수 있어야 하고, 사람의 한 생애에서는 말년의 여유를 즐길 수 있어야 한다는 말이 있는 것 같다. 교수들은 방학의 여유를 즐길 수 있어야 하겠지만 요즈음의 추세는 그와는 반대로 방학이야말로 연구실적을 제고시키지 않으면 안 되는 치열한 경쟁의 시기가 돼 있는 것 같다. 이 시대 교수들이 밤의 여유를 즐길 수 있을까. 밤새 연구실에서 연구에 몰두해도 늘 시간이 모자랄 것이다. 그러나 매일매일 그 하루가 아주 중요하지 않은가. 하룻밤의 여유를 갖지 못하는 사람이 어떤 다른 여유를 찾아 즐길 수 있겠는가.

교수를 밖에서 누가 무엇으로 어떻게 평가한다는 말인가. 밖으로 들어난 것은 빙산의 일각도 아닌 것을 갖고. 평가를 한다면 자기가 자기를 가장 잘 평가할 수 있을 것이다. 자기의 자기평가가 가장 정확하고 가장 무서운 평가일 것이다. 자기를 잘 평가하려면 아무리 바빠도 잠자리에 들기 전 初心歸還樓에서 초심의 자기와 여유로운 만남의 시간을 즐길 줄 알아야 한다. '和'만 갖고 어떻게 좋은 교수가 될 수 있겠는가. '不同'이 있어야 진정한 '和'의 가치를 창조할 수 있을 것이다. 그런 '和而不同'이 이 시대의 교수들에게 요청되고 있는 것은 아닌지. 여유로운 밤이 없다하여 어찌 참 나를 잃어버릴 수 있겠는가. (2012.4.2. 교수신문 원로칼럼)

4

과정과 더불어

유배지에 찾아온 젊은이에게 책을 주며

어느 해 겨울 방학 중 광주에 잠시 머물고 있었다. 어떤 고서와의 인연 때문이었다. 숙소로 찾아온 촌로 한 분이 이 두루마리를 가져왔다. 다산의 정리된 문건에는 들어 있지 않았지만, 위당 정인보 선생의 담원국학산고에 소개된 바 있는 것이었다. 그러나 '담원국학산고'에 소개된 글의 내용에 여러 군데 오탈자가 발견되는 것으로 미루어 볼 때 정인보선생이 보았다는 사본에 그런 오탈자가 있었던 것 같아 이 문건의 신뢰도가 돋보였다.

기사 | **[문학] 다산 정약용 '유배지 편지' 발견... 동국대 임기중 교수 공개**
동아일보 : [문학]다산 정약용 '유배지 편지' 발견…동국대 임기중교수 공개
기사입력 2001-07-17 18:46:00 | 수정 2009-09-20 10:47:36
- 이 필체는 신문 기사. 참조.

다산 정약용(1762~1836)이 유배지에서 남긴 수백 권의 저서를 한 젊은이에게 맡기며 세상에 알릴 것을 부탁한 친필 편지가 발견됐다.

동국대 국문학과 임기중 교수가 전남 광주에서 입수한 이 편지는 정약용이 유배지에서 풀려나기 직전인 1817년 전남 강진에서 경북 인동 약목에 사는 신영노(申穎老)라는 젊은이에게 써 준 것이다.

'증신영노(贈申潁老)'라는 제목의 이 편지는 세로 30cm, 가로 120cm 크기의 창호지에 쓰인 것으로 당시 궁핍했던 다산의 유배 생활을 짐작케 한다.

신영노를 통해 신영노의 아버지에게 보내는 이 편지는 신영노의 아버지께 전하는 글과 자신이 유배생활 중 저술한 책의 상세한 목록(250권에 달함), 책을 전하게 된 동기 등을 깔끔하고 정돈된 글씨로 쓰고 있다.

다산은 편지에서 "내 죽을 날이 얼마 남지 않았으니 내가 쓴 책들이 한 권이라도 후세에 전해질 수 있다면 더 바랄 게 없겠다"며 자신의 저술이 세상에 도움이 되기를 간절히 기원했다. 다산은 또 "어릴 적 울산도호부사, 진주목사 등을 지낸 아버지를 따라 영남 지역에서 머무는 동안 선생(신영노의 아버지를 말함)을 만나 많은 가르침을 받았다"면서 "선생의 아들 신영노가 찾아왔기에 반가이 맞이하여 십수 년간의 이야기를 나누니 만감이 교차했다"고 적고 있다.

임 교수는 "다산은 1816년 자신에게 학문적 영감을 불어넣어주던 형 정약전(1758~1816)이 사망하자 실의에 빠져 있다가 신영노가 강진으로 찾아오자 자신의 저술을 세상에 알려야겠다는 결심을 하고 자신이 저술한 모든 책을 신영노를 통해 그의 아버지에게 보낸 것 같다"고 말했다.

이 편지는 다산이 유배생활 동안 지은 책의 목록을 고스란히 담고 있어 당시 다산의 저술이 어느 정도 진행됐는지를 자세히 보여주는 중요한 사료(史料)로 평가된다.

외교정세 및 군사문제 등 국가 방위에 관한 연구서인 '비어고(備禦考)'와 춘추(春秋)에 나오는 주대의 예제를 정리한 '춘추고징(春秋考徵)'이 대표적인 예. 현재 30권이 저술된 것으로 알려진 '비어고'는 12권으로, 12권이 저술된 것으로 전해지는 '춘추고징'은 10권으로 적혀있어 나머지 '비어고' 18권과 '춘추고징' 2권은 1817년 이후에 지어졌다는 사실을 알 수 있다.

다산의 후손이자 다산의 저술을 전문으로 출판해온 현대실학사 정해렴 사장은 "신영노의 아버지는 정확한 이름을 파악할 수 없지만 당시 유림(儒林)에 묻혀 학문에 몰두하던 실력 있는 유학자인 것 같다"고 말했다.

이 편지는 위당 정인보(1892~1950)가 쓴 글을 모은 '담원국학산고(1955)'에도 소개되어 있어 눈길을 끈다. 정인보의 글은 당시 시중에 나돌던 이 편지의 필사본을 토대로 쓴 것이었으며 필사본에는 오탈자가 많았다. 이번에 임기중 교수가 발굴한 자료는 필사본 편지의 원본이다.

위당은 이 글에서 사리사욕을 따지지 않으면서도 백성들의 시름을 덜어주고자 자신의 저서를 세상에 알릴방법을 강구한 다산의 훌륭한 성품을 높게 평가했다.

다산은 1801년 신유박해사건에 연루돼 경북 장기로 유배된 뒤 그해 겨울 황사영백서사건으로 다시 강진으로 유배지를 옮겼다. 17년간의 유배생활 끝에 1818년 유배지에서 풀려났으며 이후 저술에 몰두하며 생애를 마쳤다. (김수경 기자)

문학적 상상력

청탁을 받고 원고를 써서 발표를 하였는데 원고를 찾을 수가 없다. 어느 데스크톱 PC에 들어 있을 터인데 어느 PC인지도 확인이 잘 안 된다. 사용하던 PC를 버리지 않고 가지고 있지만 이제는 찾아내는 일이 쉽지가 않다. 이럴 때 남아 있는 기사가 참 반갑다.

기사   한국문학 상상력 원천은 '정토' 임기중 교수 주장

법보신문 : 승인 2004.08.10 16:00:00
-이 필체는 신문 기사. 참조.

"한국의 정토사상은 한국인의 문학적 상상력의 논리화·세련화·확장화를 가져왔다. 논리화를 표현문법이라고 한다면, 세련화는 미의식이라 할 수 있으며, 확장화는 창조의 영역이라 할 수 있다는 점에서 정토사상이 한국 시문학에 미친 영향은 결정적이라 할 수 있다."

한국정토학회(회장 홍윤식)가 8월 30일 오후 2시 조계사 옆 동산반야회 불교회관에서 개최하는 학술세미나에서 '정토사상과 한국시문법'을 발표하는 임기중 교수는 미리 배포된 논문에서 "불교는 한국인의 '생각하기'에 변화의 폭과 탐구적 깊이를 확장하고

심화시켜주었을 뿐 아니라 한국인의 상상하기에 가장 강력한 뒷받침을 했다"고 강조했다.

한국 정토사상이 한국인의 생각하기에 어떤 변화를 가져왔으며, 그런 변화가 한국의 시문법(詩文法)을 어떻게 바꿔 놓았는가를 고찰한 임 교수는 "무량수경 중심의 한국 정토사상은 도가의 천상과 지옥, 기독교의 천당과 지옥에서처럼 수직적인 것이 아니라 수평적 삶의 이동을 강조하고 있다"며 "이러한 정토사상의 영향을 받은 '한국인의 생각'은 결국 서사적 시 쓰기가 아닌 병렬적 시 쓰기의 형태로 나타나는 중요한 원인이 됐다"고 주장했다. 이어 그는 "염불결사에서 흔히 사용되는 '만일(萬日)'이라는 개념은 '변함없는 반복과 끊임없는 지속'의 뜻을 강조한 것으로 신라 때부터 나타나는 한국인의 독창적 표현문법"이라고 밝히고 "정토사상의 영향아래 있는 이러한 '만일'이 강조됨으로써 한국인의 '은근과 끈기'의 민족성을 형성하는데도 큰 영향을 주었다"고 강조했다. 뿐만 아니라 "한국 정토사상은 한국인의 '나'만 생각하기를 '너'와 '우리'를 생각하기로 전개하는데 많은 기여를 했으며, 그런 증거는 중생구제를 표방하는 많은 불교가사 속에서 명백히 드러난다"는 것이 임 교수의 설명이다.

한편 '정토교와 한국문화'란 주제로 열리는 이날 학술세미나에서는 동국대 장충식 교수의 '무위사 벽화 — 백의관음의 도상', 중앙대 박범훈 교수의 '향가와 민요에 나타난 정토사상에 관한 연구' 동국대 김흥우 교수의 '시왕과 목련극' 등 논문도 발표된다. (이재형 기자)

때는 찾아오고

마음에 바람 '원(願)'이 있어야 이루어지며 오랜 준비를 하여야 때가 찾아온다. 오랫동안 중국 북경대학 도서관 소장의 한국학 관련 고문헌들을 조사하여보고 싶었다. 그 중에는 광개토왕비 원석 초기 탁본도 들어 있었다. 가능한 정보를 수집하고 인적 교류를 계속하였다. 그러던 중에 1992년 8월 24일 한중수교가 이루어졌다. 나는 바로 출국 준비를 시작하여 1993년 9월 5일에 1년 채류 비자를 받아서 북경대학 초대소에 들어갔다. 곧바로 도서관으로 출퇴근을 하였다. 그 결과 지난 1백여 년 동안 알려지지 않고 있었던 광개토왕비 원석 초기 탁본 4종과 관련 자료 십여 건을 찾아내서 학계에 소개할 수 있었다. 준비하고 있어야 찾아오는 때를 맞이할 수 있다. 다음은 그 관련 기사와 연구 결과물이다.

기사1 임기중 동국대 교수, 북경대 도서관에서 광개토대왕비 최고 탁본 발견

[MBC] Home 〉 프로그램 〉 뉴스데스크
광개토대왕비 최고 탁본 발견[문철호 기자]
기사입력 1994-04-16 신경민 앵커
-이 필체는 방송 기사. 참조.

- 앵커: 여러분 안녕하십니까? 4월 16일 토요일 MBC 뉴스데스크입니다. 하나회 출신 장성들이 오늘 보직 해임되었습니다. 목포에 또 다시 물 소동이 나서 격일 급수가 실시되고 있습니다. 미국 CNN의 김일성 주석 인터뷰, 또 ABS 곧 자동차 미끄럼 방지 장치에 대한 성능 실험 등을 보도하겠습니다. 첫 소식, 19세기 말 광개토대왕비의 탁본이 발견되었다는 북경의 리포트입니다. 이 탁본은 동국대학교 임기중 교수가 북경대학 도서관에서 발견한 것으로, 일본군의 비문 변조 여부를 놓고 벌인 역사적인 논쟁에 실마리를 줄 것으로 보입니다. 북경에서 문철호 특파원입니다.

- 특파원: 임기중 교수는 이번에 발견된 탁본 가운데 두 점은 1876년에서 1886년 사이에 만들어진 것으로 보이는 최고 탁본이라고 말했습니다. 중국 측 기록에 따르면 광개토대왕비는 1876년에 발견돼 곧바로 탁본이 떠졌으며 당시 최고의 금석학자였던 반조음이 탁본을 입수한 것으로 되어 있습니다. 이번에 발견된 탁본이 바로 이 기록과 일치한다는 것이 임기중 교수의 설명입니다.

- 임기중(동국대 교수): 이 기에 보면, 이 글씨는 반조음이 직접 쓴 것이고 이 탁본은 이대룡을 파견해서 이대룡이 다섯 벌을 해 왔는데 그 중 가장 좋은 세 번째 본을 반조음에게 주었다고 적혀져 있고 이것이 바로 그 탁본이라고 설명하고 있습니다.

그리고 그 밑에는 이런 낙관이 하나 찍혀져 있는데, 이 낙관은 반조음의 금석학 관계 책에 있는 이 낙관하고 일치하고 이 책이 다 광서 원년에 반조음이 기를 쓰고 이 책을 만든 것으로 되어 있는데 책과 탁본이 함께 지금까지 쭉 전해 오고 있는 그런 것입니다.

- 특파원: 이 탁본에는 그동안 논란이 되어 왔던 부분, 즉 신묘년 기사 부분이 한두 글자를 제외하고는 아주 명확하게 보이고 있습니다. 일본 학자들은 문제가 된 부분을 왜가 신묘년, 즉 서기 391년에 바다를 건너와 백제를 쳤다고 해석하고 있습니다. 일본 측은 이 신묘년 기사 부분을 근거로 이미 4세기 무렵부터 일본이 한반도를 지배했다고 주장하면서 구한말 한반도 침략을 정당화하는 구실로 만들었습니다. 우리 측은 이에 대해 19세기 말 일본이 첩자를 파견해 비석에 회를 발라 비문 내용을 변조시켰다고 맞서 왔습니다. 이번에 발견된 탁본에 따르면 '도' 자 부분을 알아보기 힘들고 특히 문제가 되는 바다 해 자 부분은 전혀 판독이 되지 않습니다.

- 임기중(동국대 교수): 중요한 것은 이렇게 네모와 가운데까지 보입니다. (바다)海 자라면 여기 이렇게 한 획이 있어야 합니다. 그 획이 안 보이는 것이 중대합니다.

- 특파원: 그러나 이 탁본보다 훨씬 뒤에 만들어져 현재 일본 측이 소장하고 있는 탁본에는 海자가 오히려 선명하게 나타나고 있습니다. 또 이번에 함께 발견된 모각본과, 비석에 화선지를 대고 붓으로 글자체를 그려 낸 탁본에는 문제의 海자가 전혀 엉뚱한 글자로 나타나고 있습니다. 결국 이 글자는 海자로 볼 수 없다는 뜻이고, 따라서 우리 학자들이 주장한 일본 측의 변조설을 뒷받침할 수 있는 대목입니다. 앞으로 이 탁본을 중심으로 한, 중, 일 3국 학계의 검증과 해독 작업이 이루어진다면 광개토대왕비를 둘러싸고 논란이 되었던 역사적 사실이 밝혀질 것으로 기대되고 있습니다. 북경에서 MBC뉴스 문철호입니다. (문철호 특파원)

최고본보다 10년 앞선 광개토왕비(廣開土王碑) 탁본 발견

[연합뉴스] 입력 1994.11.09. 19:04
이봉준 기자 -이 필체는 신문 기사. 참조.

(수원(水原) = 연합(聯合)) 李俸濬기자 = 현존하는 최고(最古)의 광개토왕비(廣開土王碑) 탁본보다 채탁 연대가 10여년 앞서는 탁본이 중국 北京大에 소장돼 있다는 주장이 나왔다.

이는 그동안 논란의 대상이 되어 온 일제에 의한 광개토대왕 비문 조작 논쟁에 중요한 단서가 될 것으로 보인다.

동국대학교 林基中교수(국문학, 56)는 9일 오후 경기(京畿)대 수원(水原)캠퍼스 세미나실에서 열린 '광개토대왕비 연구의 재조명' 주제의 한·중 학술회의에서 이 같은 내용을 밝혔다.

이날 '광개토왕릉비 탁본의 제문제'라는 제목으로 주제발표에 나선 林교수는 "중국 북경대가 소장중인 '晉高麗好太王碑 李龍精拓整紙本(진고려호태왕비 이용정탁정지본)' 등 탁본 3본은 여러 가지 문헌들을 살펴볼 때 1886~1889년 사이에 채탁된 것이 확실하다"며 "따라서 1890년 이전의 탁본은 전해지지 않는다는 기존 학계의 입장은 수정돼야 한다"고 주장했다.

林교수는 이어 비문조작 가능성에 대해 "논란이 되고 있는 '來渡海破'부분에 대해 북경대 소장 탁본에는 '海'자 부분이 분명하지 않은데 반해 1890년 이후의 탁본에는 분명히 나타나 있다"며 "이러한 사실로 미루어 비문이 조작됐을 가능성은 충분히 있는 것으로 생각한다"고 말했다.

이에 앞서 '중국에서의 호태왕비 연구동향과 쟁점'이란 제목의 주제발표를 한 중국 연변大 朴眞奭교수(68)는 "길림성(吉林省) 집안현을 중심으로 분포돼 있는 광개토왕비를 비롯한 고구려의 유적. 유물들이 집중 관리되기 시작한 지난 61년 이후 중국에서는 고구려 특히 호태왕 비문에 대한 연구가 활발하다"고 소개했다.

朴교수는 이어 "관심의 초점이 되고 있는 비문조작 가능성에 대해 중국 다수의 학자들이 인정하지 않는 분위기이나 최근 수집한 '王氏藏本'의 발문(1917년 작성)에 따르면 일본인들이 탁본에 손을 댔을 가능성이 있는 것으로 보여 이에 대한 쟁론은 아직 끝나지 않았다"고 말했다.

기사3 광개토왕비원석초기탁본집성
[동대출판부] 신간 소개 : 광개토왕비원석초기탁본집성
1995년 11월 30일 (목) 임기중 지음 ㅣ B4 387쪽 ㅣ 값 70,000원
책소개 ㅣ 저자 및 역자 소개 ㅣ 목차 ㅣ -이 필체는 출판 기사. 참조.

• **책소개**

이 책은 제37회 출판문화상을 받은 저술이다.

지난 1세기 동안의 호태왕비연구사를 살펴보건대 호태왕비의 원석탁본으로서 거론된 4~5종 가운데서 그 완본은 고작 2, 3종에 불과하였다. 그런데 1990년부터 1993년 사이에 그 동안의 연구사에서 한 번도 연구대상으로 거론된 바 없고 아직까지 학계에 알려지지 않았던 원석초기탁본 완본 6종이 중국에서 출현하였다. 이와 때를 같이하여 그 존재의 궤적마저 파악하지 못해왔던 조규휴(趙葵畦)의 자필 불간고본으로 여겨지는 『고구려호태왕비집석』을 찾아냈다.

이 책은 이 두 가지 비문을 토대로 하여 모두 6부로 편성하였다. 1편은 새로 나타난 6종의 원석탁본 가운데 전거가 비교적 확실하고 초기탁본으로 여겨지는 4종을 선정하여 수록하였다. 2편은 여러 가지 계통의 탁본기법 가운데 그 특징이 두드러진 석치가묵탁본과 모각본과 쌍구본을 각각 1종씩 수록하였다. 3편은 1993년 저자가 찾아낸 자료로서 처음으로 학계에 널리 알리는 신자료이다.

이 책이 근간으로 하고 있는 호태왕비 원석탁본이나 조규휴의 고구려호태왕비집석이 워낙 귀중하고 국가적으로 중대한 의미를 담고 있는 자료이므로 국어학계뿐만 아니라 역사학계에 있어서도 이 책의 가치에 대해서는 더 말할 나위가 없다. 특히 고대사연구를 전공하는 이들에게 단비와 같은 소식이라 할 수 있겠다.

- 저자 및 역자 소개

  지은이 임기중(林基中). 동국대 교수

  대표적인 한국고전문학 연구자로서, 저자는 한국고전문학 연구의 테마를 한국고전
  문학의 사상적 원천으로서의 향가문학, 정체성을 대표하는 갈래로서의 가사문학, 그
  리고 한국문학·문화의 교류통로로서의 연행록으로 삼고 있다. 저서로는『신라가요
  와 기술물의 연구』,『고전시가의 실증적 연구』,『연행록 연구』,『불교가사연구』,『연
  행가사연구』,『한국문학과 세계인식』,『고려가요의 문학사회학』,『경기체가연구』,
  『가사문학연구사』,『한국가사문학주해연구』(전20책),『한국가사문학원전연구』등이
  있다.

- 목차
  1. 원석 초기탁본 집성편
  2. 제1보편 연구기의 석치가묵탁본과 모각본과 쌍구본
  3. 제2보편 조규휴의 고구려호태왕비 집석
  4. 제3보편 석문집성과 석문대비
  5. 해설편
  6. 원석초기탁본집성의 시석과 그 현대어역 편

때는 다시 찾아오고

준비하고 있어야 찾아오는 때를 맞이할 수 있다. 가사문학 원전을 모아서 50권의
영인본 책을 만들어 놓고 그 입력과 주해를 틈틈이 진행하고 있었다. 혼자서는 거의
불가능한 작업 분량이라는 것을 알고 있었지만 다른 방법이 없었다. 정년이 다가오는
것을 셈하여 보면서 조급하여지기 시작하였다. 현재 전하고 있는 가사작품의 목록을
추가하는 작업, 원전의 복사물을 추가하는 작업, 작품을 입력하고 주해하는 작업이
모두 기진맥진한 상태였다. 그때 한국학술진흥재단의 기초학문 분야 공모 프로젝트를

접하였다. 원기회복의 때를 맞이한 것이다. 배정받은 연구비의 수준은 원전의 문헌 조사비에도 못 미치는 것이었지만 작업 진행의 전기를 마련하여준 동력에 깊은 감사를 드렸다. 현재 전하고 있는 6천 5백여 건의 가사 작품 중에서 2천여 건을 골라서 정본 위주로 입력하고 해제하고 주석하여 검색이 가능한 데이터베이스(database)를 구축하였다. 데이터베이스의 구축은 누리미디어 최순일 사장의 배려로 가능하였다. 기회가 기회를 만들어낸 인연이다. 학계를 위해서 고맙고 고마운 일이다. 본래의 계획은 이본을 포함한 원전을 모두 입력하여 작품별로 대교를 한 연후에 해제와 주석을 하는 것이었으나 그 몇 분의 일에 해당하는 작업만으로 학계에 중간결과물을 내놓게 되어서 늘 송구한 마음을 가지고 있다. 대교를 통한 원전의 확정, 현전 모든 작품의 새 주석과 기존 주석의 보완, 어휘검색이 가능한 데이터베이스의 구축 등이 이루어져야 한다. 현재 한 책 분량의 작업이 더 완성된 상태이지만 업데이트를 못하고 있다. 누가 후속작업을 하여 마무리 할 수 있을까. 그런 인연(因緣)을 다시 기다릴 수밖에 없다. 분명 때는 또 찾아올 것이다. 무연(無緣)의 자비(慈悲)가 있을 것이다. 자비(慈悲)에는 중생을 대상으로 일으키는 중생연(衆生緣)의 자비, 모든 존재를 대상으로 하여 일으키는 법연(法緣)의 자비, 대상이 없이 일으키는 무연(無緣)의 자비라는 3연(緣)의 자비가 있다고 한다. 그 중 무연자비가 평등과 절대의 공空의 입장에 선 것이므로 최상의 것이다.

다음은 2005년 가사문학 데이터베이스 구축 관련 이미지다.

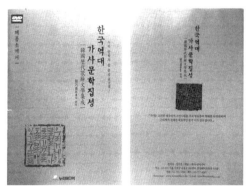

앞 표지/2~7쪽/뒤 표지

다음은 가사문학 데이터베이스 구축 관련 기사다.

기사1 한국 가사문학 집대성 2천15편 DVD 출시

[연합뉴스] 기사입력 2005-10-18 14:53
최종수정 2005-10-18 14:53
김태식 기자 -이 필체는 신문 기사. 참조.

• 임기중 교수 30년 업적 정리

(서울=연합뉴스) 김태식 기자 - 고려후기인 14세기말 승려 나옹화상이 지었다는 서왕가를 필두로, 송강 정철이라는 거봉을 지나 20세기까지 약 600년 가량 제작되고 노래된 역대 가사문학 작품 2천15편을 망라한 DVD-롬이 출시됐다.

지식콘텐츠개발 전문업체인 ㈜누리미디어는 동국대 임기중(67) 명예교수(국어국문학 전공)가 한국가사문학 연구에 30년을 투자한 결실을 DB화한 DVD-롬 '한국역대가사문학집성'을 최근 완성해 출시했다고 18일 말했다.

여기에 수록된 가사는 지금까지 존재가 보고된 모든 작품을 망라했다고 해도 과언이 아니다. 모든 개별 작품에 대해 이번 DVD-롬은 총 1만5천 쪽에 달하는 원문 이미지와 함께 그에 대한 원문 교감 결과에 바탕을 둔 정서체 입력본을 제공하고 있다.

원문 이미지는 임 교수가 1998년에 총 51권으로 완간한 '역대가사문학전집'(아세아문화사)이 토대를 이루고 있다.

나아가 개별 작품별로 그 작가, 출전, 참고문헌을 제공하는 외에 풍부한 주석까지 제시하고 있다. 송강의 사미인곡(思美人曲)처럼 여러 이본이 전하고 있을 때는 그들 이본(異本)을 모두 수록하기도 했다.

이번 DVD-롬 '가사문학집성'에 대해 연세대 국어국문학과 홍윤표 교수는 "임 교수가 평생 작업으로 30여년 간 수집. 정리. 연구한 가사 2천여 편을 집대성하여, 검색할 수 있도록 했다는 점에서 국문학사상 가사문학 연구의 한 획을 긋는 불후의 업적"이라고 평가했다.

서울대 국어국문학과 권영민 교수는 "정보화 시대에 우리 국문학계의 나아갈 방향을 제시해 준 기념비적 대작"이라고 평가했다.

기사2 가사문학 DVD로 정리

[조선일보] 입력 : 2005/11/14 18:41 |
수정 : 2005/11/14 18:41 -이 필체는 신문 기사. 참조.

고려 말 서옹 화상이 지었다는 '서왕가'부터 정철의 '관동별곡' '사미인곡' 등 가사문학작품 2015 편을 정리한 '한국역대가사문학집성'(누리미디어)이 DVD로 출시됐다.

고전문학 연구자인 임기중 동국대 명예교수가 30년에 걸쳐 수집한 작품들의 원전을 분석, 해제와 주석을 달았다. 고려와 조선, 개화기의 작품은 물론 20세기 후반의 가사까지 실려 있다. 불교와 천주교, 기독교와 원불교 등 종교 가사와 사대부와 서민, 여성 가사 등을 총망라했다.

임 교수는 2001년 사신들의 기행문인 '연행록' 350종을 수집, 100권짜리 '연행록전집'을 펴내기도 했다. 문의 (02)710-5394.

기사3 가사문학 DVD롬에 총망라

[경향신문] 입력 : 2005.10.25 17:40:21
-이 필체는 신문 기사. 참조.

이 몸 삼기실제 님을 조차 삼기시니/나 하나 젊어있고 님 하나 날 괴시니….'

송강 정철이 50세 되던 해 반대파의 공격을 받고 낙향해 지었다는 '사미인곡'. 선조 임금을 사모해 지었다는 이 가사는 조선시대 가사문학의 백미로 꼽힌다. 한글로 되어 있는데다 문학성도 뛰어나 고전문학 연구자는 물론 국어학자들에게도 중요한 자료다. 반면 이본이 적지 않아 연구자들은 여러 판본을 찾아 대조해봐야 하는 수고를 감내해야 했다.

그러나 앞으로는 이런 수고를 하지 않아도 된다. 현전하는 가사문학 작품을 총 집대성한 DVD롬이 출간됐기 때문이다.

국문학자 동국대 임기중 명예교수(67)는 최근 고려 말 나옹화상이 지었다는 '서왕가'를 비롯, 송강 정철의 관동별곡, 사미인곡 등을 거쳐 근대에 이르는 역대 가사문학 2,015편을 망라한 DVD롬 '한국역대가사문학집성'(누리미디어 발행)을 출시했다.

한국가사문학 연구에 30년을 바친 임교수가 펴낸 이 DVD롬에는 지금까지 존재가 보고된 모든 가사 작품이 망라돼 있다. 임교수는 1998년 완간한 '역대가사문학전집'(전51권, 아세아문화사)을 토대로 필사본·고활자본·현대활자본 등 여러 판본들의 작품 이미지와 함께 주석, 출전, 참고문헌을 DVD롬에 담았다. 또 개별 작품의 원본의 오류를 바로잡고 원전을 확정하는 한편 이본의 족보까지 작성해 원문 텍스트 연구의 전범을 보여준다.

임교수의 작업은 그동안 원전정리 작업이 제대로 이뤄지지 않은 가사문학을 통합적으로 정리했다는 점에서 의미가 적지 않다. 서울대 권영민 교수(국문학)는 "정보화 시대에 우리 국문학계의 나아갈 방향을 제시해 준 기념비적 대작"이라고 평가했다. (조운찬 기자)

기사4 歌辭 2000여편 DVD로 집대성한 임기중 동국대 명예교수

[동아일보] 기사입력 2005-10-28 00:39 |
최종수정 2005-10-28 00:39 -이 필체는 신문 기사. 참조.

"조선시대 한글로 쓰인 대표적 문학 장르로 사람들은 흔히 시조를 떠올립니다. 그러나 양적으로나 질적으로나 대표적 장르는 바로 가사(歌辭)입니다."

사람들은 가사라고 하면 송강 정철의 '관동별곡' '사미인곡' '속미인곡' 정도만 떠올린다. 최근 고등학교를 졸업한 사람이라면 정극인의 '상춘곡' 정도가 추가될까.

그러나 4음보의 운문체로 된 가사는 조선시대 500여 년을 대표하는 문학 장르였다. 조선시대 사람들은 가사체로 시도 짓고, 일기 편지 기행문을 쓰고, 종교경전을 읊고, 제문까지 지었다. 개화기에는 신문기사도 가사체가 주종이었다. 소설이 최대 1000편, 시조의 작품수가 4500여 수인데 비해 가사는 전승되는 작품 수만 7000여 편에 이르는 것으로 추정된다.

임기중(林基中·67·국문학) 동국대 명예교수는 대학원생 시절부터 이런 가사에 주목했다. 그러나 당시 국문학계에서 가사는 희귀 장르였다.

"신라 향가를 주제로 박사논문을 쓰면서 학비를 벌려고 40여 편의 가사를 소개한

'조선조의 가사'(성문각)라는 책을 펴냈는데 당시 국문과 교수님 중 한 분이 그 책을 보시고는 '우리나라에 가사가 이렇게 많았나'라고 하시더군요."

임 교수는 이후 30여 년간 전국에 산재한 가사작품을 하나둘씩 모았다. 그는 이렇게 모은 2000여 편의 작품들을 1987~1998년 11년에 걸쳐 영인한 '역사가사문학전집'(전 51권)으로 펴냈다.

그러나 영인본은 옛날 표기 그대로 실려 독해의 어려움이 컸다. 임 교수는 다시 3년에 걸쳐 이 원문을 현행 띄어쓰기로 풀어냈다. 혼자서는 감당할 수 없어서 그의 수업을 거쳐 간 학생 수백 명의 리포트가 큰 역할을 했다. 이 작업을 완료한 뒤에는 고어와 한자어를 우리말로 풀어내는 해제와 주석 작업에 다시 5년을 투입했다.

그 결과물이 2496편의 가사작품 원문과 그 중 이본(異本)이 아니라고 판단되는 2015편에 대해 해제와 주석을 달아 DVD에 수록한 '한국 역대 가사문학집성'(누리미디어)이다. 지난주 발매된 이 DVD에는 고려 말 나옹 화상이 지었다는 '서왕가'부터 최근까지 가사작품을 발표하고 있는 소고당(紹古堂)의 현대가사까지 포함돼 있다.

"가사작품은 길기 때문에 중간중간 변형이 이뤄진 다양한 이본들이 존재합니다. 이제 제가 기초 DB를 구축했으니 원본과 이본의 구별, 각종 통계 분류, 장르적 미학에 대한 새로운 접근을 기대할 수 있게 됐습니다."

21일 서울 강남구 신사동 개인연구실에서 만난 임 교수는 고려 말~조선 말까지 중국 베이징(北京)을 다녀온 사신과 학자들의 기행문인 '연행록' 350종을 집대성해 100권으로 엮어낸 '연행록전집'(2001년)을 150권(500종)으로 확대하는 일에 여념이 없었다.

"교수는 평생의 학문 주제를 3개는 갖고 있어야 합니다. 제게 그것은 향가에 대한 새로운 해석, 가사작품 수집·정리, 동아시아 외교사와 문화교류의 보고인 연행록의 수집·정리였습니다."

단기적이고 가시적인 연구 성과에만 급급해 하는 요즘 같은 시대, 아무도 주목하지 않던 씨앗을 골라 오랜 세월 들판에서 키우고, 말년에 이를 수확해 다른 이들의 밥상에 정성껏 올려놓는 농부와 같은 노 교수의 모습에 절로 고개가 숙여졌다.(권재현 기자)

때는 또 찾아오고

학문에만 전심하기로 생각하면서부터 시작한 두 가지의 작업이 있었다. 가사(歌辭) 와 연행록(燕行錄)의 수집과 정리 작업이 그것이었다. 처음 시작할 때는 모든 작품을 이본 대교를 하여 원본을 확정하고 해제와 주석까지를 마무리하여 보겠다는 생각이었 다. 그리고 몇 가지의 본질적 연구를 수행하여 새로운 지평을 열어보려고 하였다. 그 러나 이 두 가지 작업을 진행하면서 점점 역량의 한계를 실감하게 되었다. 특히 연행 록의 수집에는 많은 장벽을 넘어야만 하였다. 연행록전집 영인본 100권을 출판할 출 판사를 찾지 못하여 무려 5년이란 시간을 보냈다. 원고 상자 30여 개가 몇 곳을 전전 하면서 분실되고 파손되는 수난을 겪었다. 이런 사실은 일본과 중국 학계에까지 널리 알려져서 때때로 곤혹스러움을 겪어야만 하였다. 그러던 중 북경대학에서 한중국제학 술연토회가 있어서 참가하였다. 토론 시간에 주제와 무관한 질의응답이 이어졌다. 한 국에서 연행록 출판이 지연되고 있는 까닭이 출판사를 구하지 못해서라는 설명에 양 측 모두 동의하지 않았다. 중국 측에서는 중국의 출판사에서도 출판이 가능하다고 주 장하였다. 이 때 동국대 송석구 총장이 동국대 출판부에서 출판하여 학계에 내놓겠다 는 발표를 하여 이 문제에 관한 토론이 종결되었다. 그러나 연행록전집 100책이 세상 에 나올 때까지 많은 시련이 있었다. 이 일을 성취하여 낸 첫 공로자는 송석구 총장이 다. 가장 가까운데 출판의 인연이 있었으며 가장 먼 곳에서 그 인연이 발화되었다. 이렇게 하여 첫 출판의 때를 맞이하게 되었다. 제1차 100권에 에너지가 너무 많이 소진되어 기진맥진한 상태로 나머지 작업에 동력이 떨어져 가고 있었다. 정년이 가까 이 오고 있어서 이 상태대로 누구에게 고스란히 이 일을 넘겨주고 싶었다. 그러나 누 구에게 이런 고통을 넘겨줄 수 있겠는가. 희생을 강요하는 일을 후진들에게 어떻게 넘겨줄 수 있겠는가. 이 때 마침 학술진흥재단의 기초학문분야 연구프로젝트 공모가 있었다. 심기일전하여 준비를 하였다. 연행록전집 100권 전체의 해제 작업과 나머지 미 수집 연행록의 수집과 그 해제 작업을 하겠다고 제안서를 제출하였다. 그러나 최종 결정은 후자만 하는 것으로 반감되었다. 100권은 이미 해제가 된 상태라고 판단한 것 같았다. 이에 힘입어서 새로 100여종을 수집하여 해제하였다. 이 때 처음으로 연구원들의 도움을 받았다. 고마운 일이었다. 한편 내가 진행하고 있었던 수집과 정리의 작업도 탄력을 받아서 드디어 연행록속집 50권을 더 펴낼 수 있었다. 그러나 150권의 책에 미흡한 점이 너무 많아서 부끄럽기 짝이 없었다. 보완의 방법은 데이터베이스database의 구축이 유일한 대안이었다. 책을 다시 출판하기는 불가능하기 때문이다. 데이터베이스database의 구축은 나 혼자의 힘으로 가능한 작업이 아니다. 자료의 전문이 거의 한문 표기며 표점도 없고 행초서까지 있어서 사업성이 희박하기 때문에 절망적이었다. 여러 업체와 접촉하면서 몇 년의 시간이 지나고 있었다. 그러던 중 어느 날 내가 알고 있는 범위 안에서 당시 이 분야 최고의 능력을 가진 최희수 박사가 내 연구실로 찾아왔다. 피차 오래 생각을 하여온 터여서 여러 구상과 많은 의견 교환이 있었다. 이 자리에서 최희수 박사가 결심을 하였다. 누리미디어 최순일 사장께서 최희수 박사의 결심을 수용하여 이 일은 곧바로 탄력을 받게 되었다. 때는 또 찾아왔다. 결과물로 총 10장으로 구성된 연행록총간 DVD가 출시됨과 동시에 온라인 검색창에서 세계인들이 검색 활용이 가능하게 되었다. 이를 다시 보완하여 12장으로 구성된 증보연행록총간 DVD를 출시하면서 동시에 온라인 검색창에서 세계인들에게 더 가까이 다가가게 되었다. 그리고 이번 2016년 상반기에 제3차 보완이 이루어져서 전 세계의 독자들 앞에 다가간다. 현재(2016.06.30.)까지 확인된 연행록은 모두 618종이다.

다음은 2001년 연행록전집燕行錄全集 100권 출간 관련 기사다.

고려 말~조선 700년 韓中교류 집대성 연행록전집 발간

[동아일보] 기사입력 2001-12-05 18:17 |
최종수정 2001-12-05 18:17 -이 필체는 신문 기사. 참조.

조선시대에 중국을 다녀온 사신 일행의 기행 기록인 '연행록(燕行錄)'을 집대성한 '연행록 전집'(동국대출판부)이 전 100권으로 발간됐다.

이는 500여종으로 추정되는 연행록 중 약 420종을 모아 정리한 것이다.

〈본보 2001년 5월30일 A18, A30면에 관련기사〉

동국대 한국문학연구소(소장 임기중 국문학과 교수)는 7일 오후 2시 동국대 국제정보대학원 세미나실에서 '연행록과 동아시아 연구'를 주제로 전집 출판 기념 국제학술회의를 개최해 연행록 연구의 성과와 의미 등을 논의한다.

임 소장은 "연행록은 고려말부터 조선말까지 약 700여 년 동안 한중관계를 중심으로 일본 월남 미얀마 태국 등 동아시아 여러 나라들의 정치적 문화적 교류 관계를 담은 중요한 사료일 뿐 아니라, 서양과의 교류를 비롯해 지구촌의 내왕과 교섭 양상까지 생생하게 드러나 있기 때문에, 당시의 국제교류사와 문화사를 파악하는 데 연행록만한 자료는 드물다"고 말했다.

국제학술회의에 참가하는 중국 베이징대 리우융치앙(劉勇强)교수(중국문학)도 발표문 '연행록과 중국학 연구'에서 "연행록은 독특한 시각으로 명나라와 청나라를 비롯한 중국 사회의 실제 상황들을 반영하고 있으며 일반적인 중국 정사나 야사가 대체할 수 없을 만큼 사료로서의 가치가있다"고 평가했다.

이 방대한 자료의 발간 뒤에는 근 30년 동안 연행록이 있는 곳이라면 국내외를 마다 않고 찾아다녔던 임 소장의 노고가 숨어 있다.

고병익 전 서울대 총장(사학)은 "연행록에 대한 연구가 종래에도 적지 않게 이루어져 왔으나 임 교수처럼 일관해서 연구에 매진하여 연행록을 대규모로 수집 정리해 집대성한 예는 없었다"며 그 업적을 높이 평가했다.

전집 발간의 감회를 묻자 임 소장은 "처음 공개되는 자료도 적지 않지만 섣불리 개별적인 자료의 특이성에 주목하기보다는 전체적인 교류사와 문화사를 이해하는 데 도움이

되기를 바란다"며, "앞으로도 '연행록 전집'의 내용을 구체적으로 연구하고 전집 중 주요 자료를 번역 출간하는 등 할 일이 산더미처럼 남아 있다"고 말했다.(김형찬 기자)

기사2 **연행록전집 전 100권 발행**
[한국일보] 기사입력 2001.12.06 오후 7:34
-이 필체는 신문 기사. 참조.

조선시대 중국 베이징(北京)에 다녀온 사신과 학자들의 기행문인 연행록(燕行錄)을 집대성한 '연행록전집'이 동국대 출판부에서 전 100권으로 나왔다.

동국대 한국문학연구소장인 국문과 임기중 교수가 편찬한 이 전집은 고려말부터 조선조까지 700년간 외교사절, 지식인, 수행원, 국제무역 담당자들이 남긴 기록 원문을 한 데 모은 것으로 당시 한·중 관계를 중심으로 일본, 베트남, 태국 등 여러 나라들의 물정까지 살펴볼 수 있는 중요한 사료로 평가된다.

시대별로 보면 원에 간 기록이 1건, 명 125건, 청 228건이다.

임 교수는 중국에서 광개토대왕비 원석 탁본 4종을 찾아내 새롭게 해석한 학자로 연행록 자료를 모으는 데 30년 가까운 세월을 보냈다. 100권 1질 400만원. 출판부 (02)2260-3483

기사3 **임기중교수의 연행록전집**
[동아일보] 기사입력 2001-05-29 19:38 |
기사입력 2001.12.06 오후 7:34 -이 필체는 신문 기사. 참조.

• 동아시아 교류 - 문화사 연구 기여

조선시대 때 중국을 다녀온 사신 일행의 기록인 '연행록(燕行錄)'의 집대성판인 '연행록전집'(전 100권)이 학계에 선보이기까지는 동국대 국문학과 임기중 교수의 26년간에 걸친 연구와 노력이 숨어 있다.

'연행록전집'에 실리는 연행록 관련 자료들은 한국과 중국뿐 아니라 동아시아의 문화 교류 내역을 보여주는 방대한 자료들이다. 이에 따라 이 전집은 동아시아 교섭사 및 문화사 연구에 크게 기여할 것으로 전망된다.

'연행록전집' 발간의 가장 큰 학술적 의의는 존재조차 몰랐던 연행록들을 발굴해 한 곳에 모았다는 점이다. 전집에 실리는 연행록들은 한글로 된 것과 한문으로 된 것이 섞여있다. 앞으로 이들을 정밀 분석하면 중국에 파견됐던 사신들의 시기별 특징뿐 아 니라 중국이 조선사신을 어떻게 대접했는지, 사신들이 중국 문물을 어떻게 수용했는 지 등을 종합적으로 밝혀낼 수 있을 것으로 기대된다.

◇ 中 천주교 초기 모습 수록

실제로 지봉 이수광(1563~1628)은 세 차례의 중국 사행(使行)을 통해 중국에서 여 러 나라 사신들과 교제하면서 활발한 외교활동을 벌였는데 이번에 그가 쓴 '안남사신 창화문답록(安南使臣唱和問答錄, 1597년 작)'의 발견으로 안남(安南, 베트남)사신과 의 교제 내역이 구체적으로 밝혀졌다.

당시 안남에서 이수광의 한문 저서가 학생들을 가르치는 교재로 사용됐다는 기록 이 전해지는데, 그 전래 경로에 관해 의견이 분분했다. 일본을 통해 전해졌다는 학설 이 가장 유력시 됐으나 이번에 '안남…' 발견으로 이수광이 중국에서 만난 안남 사신 에게 자신의 저서를 직접 전달했을 가능성이 높아졌다.

또 지금까지 발견된 대부분의 연행록에는 천주교가 중국에 정착 단계에들어선 상 황이 묘사돼 있을 뿐이었으나 1721년 유척기(1691~1767)가 지은 '연행록'이 발견됨에 따라 중국의 천주교 전래 초기 모습을 짐작할 수 있게 됐다. 영조의 왕세자 책봉을 허락받기 위해 주청사 서장관 자격으로 중국에 갔던 유척기는 처음 접한 성모 마리아 상에 대해 "마치 살아 움직이는 듯 생기가 돈다"고 기술했다. 유척기는 천주교회인 천주당의 내부 장식과 외부 전경에 대해서도 상세히 기록했다.

◇ '제2 박지원' 등장 가능성

임 교수는 "지금까지 연암 박지원(燕巖 朴趾源, 1737~1805), 담헌 홍대용(湛軒 洪 大容, 1731~1783) 등 몇몇 학자가 지은 소수의 연행록만이 학계에서 주목을 받아 왔지만 이번 전집 출간을 계기로 후속 연구가 이루어지면 제2, 제3의 박지원이 새로 등장할 가능성이 높다"고 말했다.

임 교수가 연행록 연구를 시작한 것은 지난 1975년. 한국의 고전문학을 이해하기 위해서는 중국문화의 영향에 대한 철저한 이해가 선행돼야 한다는 생각에서 연행록과 관련된 자료를 조사, 수집하기 시작했다. 그는 조선왕조실록 승정원일기 등 각종 문헌에 나타난 연행 기록을 조사한 뒤 당시 사절단에 포함돼 있었던 인물의 문집을 샅샅이 뒤지는 등 26년간 각종 문집과 단행본, 개인소장본에서 방대한 자료를 수집했다.

임 교수는 "이런 연구는 '미련한' 구석이 있어야 해낼 수 있다"면서 자료 수집 과정에서 겪었던 어려움을 털어놓았다.

"일부 대학에서는 도서관에 보관된 고문서들이 귀중본이라는 이유로 대출과 복사는 고사하고 자료를 보여주는 것조차 꺼렸다. 복사를 허락한대학도 그 대가로 '연행록전집'이 출간되면 100권 한 질을 기증하라고 요구했다."

임 교수는 그동안 학계에 알려지지 않았던 150여종의 자료들을 처음 발굴했지만 연행록에 대한 단편적 사실보다 연행록의 전모를 연구해야 한다는 생각에 그때그때 학계와 언론에 알리지 않았다.

임 교수는 그동안 연행록 관련 자료 수집에 치중하느라 내용 분석 및 연구에는 본격적으로 손을 대지 못한 상태다. 하지만 학계에서는 '연행록전집' 발간을 위해들인 임 교수의 노력을 높이 평가하고 있다.(김수경 기자)

다음은 2008년 연행록속집燕行錄續集 50권 출간 관련 기사다.

기사 1 **'연경' 기행문 40년간 발굴**
[조선일보[2008.04.15 / 문화 A25 면
유석재 기자 -이 필체는 신문 기사. 참조.

··

• "궁금했다, 조선 최고 지식인들 눈에 비친 중국이"
• '연행록' 150권 낸 임기중 교수

  옛 베이징 '연경' 기행문 40년간 발굴 단행본으로 700권 분량 모은 셈

"우리나라에 무척 방대한 세 가지 문헌군(群)이 있습니다. 무엇인지 아십니까?"

임기중(林基中) 동국대 명예교수(국문학)는 "그것은 바로《조선왕조실록》과《팔만대장경》, 그리고 수많은 연행록(燕行錄)들"이라고 설명했다.

앞의 두 가지는 쉽게 이해할 수 있지만, '연행록'은 아무래도 낯설다. 그게 그렇게 엄청난 분량의 문헌이었던가?

지난 2006년 전21권의《한국 가사문학 주해연구》(아세아문화사)를 출간했던 임 교수가 또다시 큰일을 마무리했다. 2001년 원문 영인본인《연행록 전집》(동국대 출판부) 전100권을 냈던 데 이어 최근 추가 자료를 모은《연행록 속집(續集)》50권을 출간한 것이다. 모두 150권 분량의 연행록이 그의 손에 의해 비로소 그 실체를 드러냈다.

'연행록'이란 사신으로서 지금의 베이징(北京)의 옛 이름인 연경(燕京)을 다녀왔던 사람들이 남긴 기행문이다.《전집》에 398종,《속집》에는 170종이 실렸다. 모두 568종이다. 한글로 번역한다면 지금 분량의 다섯 배가 될 테니 단행본 700권이 넘는 분량이다.

"13세기부터 19세기 갑오경장 때까지 600여 년의 지속성을 지닌 문헌입니다. 기록대상은 동아시아는 물론 서구와 세계에 걸쳐 있지요." 평화 유지, 문화와 학술 교류, 물류, 종교 간의 대화…. 당대 최고의 지식인들이 '세계화'라는 화두로 쓴 기록이 바로 연행록이었다. 이렇게 국제적인 시각의 담론으로 쓰인 방대하고 지속적인 기록은 외국에선 유례를 찾기 어렵다고 임 교수는 설명했다.

그런데《실록》과《팔만대장경》은 국가에 의해 체계적으로 작성된 기록물이지만, 연행록은 사신들이 자유롭게 쓴 사적인 기록이 아닌가? "맞습니다. 그렇기 때문에 수많은 연행록들을 일일이 수집해야 했지요." 임 교수는 40년 전부터 연행록 발굴 작업을 시작했다. 고전문학을 공부하던 중 '우리가 어떤 경로를 통해 중국으로부터 문화를 받아들였는가'를 분명히 밝힐 필요가 있다고 생각했기 때문이다.

지난(至難)한 일이었다. 사신으로 중국에 다녀온 사람들이 누구였는지《실록》을 통해 조사한 뒤, 그 인물의 문집을 다 찾아봤다. 제목에 '연행록'이란 말이 없는 경우가 많아 내용까지 샅샅이 뒤졌고, 미국 하버드대 도서관과 일본 동양문고 등 외국 자료들도 모두 훑었다.《전집》발간 당시 역사학자 고병익 선생(전 서울대 총장)이 "100종이 넘지 않을 줄 알았었다"며 놀라워했다고 한다.

편찬 과정에서 ▲600년 동안 가장 많이 사신을 다녀 온 사람은 12번 왕래했던 이상적(李尙迪, 1803~1865)이었으며 ▲육로가 끊겼던 1617~1636년 사이에 바닷길을 통해 중국을 다녀왔던 안경(安璥)은 풍랑으로 죽을 고비를 넘긴 뒤 귀국해서도 줄곧 '사경(死境) 체험'의 충격에서 벗어나지 못했고 ▲19세기 후반에는 앞서 나온 연행록을 그대로 베끼는 매너리즘화가 일어났다는 등의 새로운 사실도 드러났다.

어렵게 만든 책을 어렵게 냈다. 출판하겠다는 곳이 없어 비매품 30질 한정판을 자비로 내야 했다. 그러나 끝이 아니라 시작이다. 새로운 연구의 바다가 활짝 열렸기 때문이다.(☞동영상 chosun.com/ 기고자: 유석재 본문자수: 1680)

기사2 〈사람들〉 '연행록' 자비 출판 임기중 교수

[연합뉴스] 기사입력 2008-04-15 11:32
최종수정 2008-04-15 16:23 -이 필체는 신문 기사. 참조.

• 속집 50권 추가... "출판사 만들어 출판"

(서울=연합뉴스) 김태식 기자 = 그 스스로 국보(國寶)라고 부른 무애(无涯) 양주동(梁柱東, 1903~1977) 박사가 남긴 향기가 짙은 동국대 국어국문학과에 1987년 부임한 임기중(林基中, 70) 명예교수는 2004년 2월말 정년퇴임을 앞두고 자택에서 가까운 서울 강남구 신사동 동호대교 남단 부근에 전세를 얻어 '한국문학연구소'라는 간판을 내걸었다.

연구소가 맨 위층인 5층에 입주한 이 건물은 공교롭게도 '문헌빌딩'이었다.

"문헌빌딩의 '문헌'이 제가 종사하는 그 '문헌(文獻)'인

연행록 속집 완간 임기중 교수

지는 잘 모르겠습니다. 어찌됐건 이런 이름을 내건 빌딩에 제 연구소가 있으니 묘한 인연인 셈이지요. 퇴임 직후만 해도 학교에서 가르치던 제자들과 연구공간으로 활용

하기도 했으나, 법인으로 전환해 학술진흥재단 같은 곳에서 연구프로젝트를 따오지 않는 한 그런 상태로 (연구소를) 계속 유지할 수는 없습니다. 저 자신부터 요즘은 힘이 떨어져 이곳에 들르는 일이 점점 뜸해지기 시작했는데요."

2중 출입문을 마련한 연구소 내부로 들어서기 위해서는 열쇠 네 개를 돌려야 한다. 그래서 임 교수는 항상 각종 열쇠가 주렁주렁 달린 열쇠뭉치를 호주머니에 넣고 다닌다.

국내 학자들의 연구실이 그런 것처럼 한국문학연구소 또한 한 사람이 겨우 지나다닐 만한 통로에다 책상이 마련된 작은 공간을 제외하곤 온통 자료 천지다. 주변에 고층 빌딩이 많은 까닭에 빛이 잘 들지 않는 곳이라 다소 음산한 분위기도 난다.

"이곳에 소장한 자료가 얼마인지는 제 자신도 모르지만 2만5천 건 정도 되나 봅니다. 이제 저도 인생을 서서히 정리할 때인데 이들 자료를 어디에다가 기증할까 알아보고 있는 중입니다. 기증에 따른 다른 조건은 없습니다. 소장자료 중에서도 연행록(燕行錄)과 관련한 자료만큼은 지속적으로 활용하고 연구할 수 있는 곳이라면 다른 조건 없이 넘기겠다는 뜻입니다."

연행록이란 중국 명나라나 청나라에 외교사절로 파견된 조선사신단이 남긴 기행문이나 일기로 글자 그대로는 명·청 시대 북경(北京)이자 수도인 연경(燕京)을 다녀온 기록이라는 뜻이다.

이런 연행록은 현존하는 기록을 기준으로 할 때 고려말기 이후 근세에 이르기까지 약 600년 동안 생산됐다. 그 중 상당수가 망실되었으나, 그래도 임 교수가 현재까지 파악한 바에 의하면 500종 이상을 헤아린다.

"제가 40년 전에 연행록 자료 수집에 착수해 약 300종을 발굴해 그 정리와 수집에 열중하고 있을 때도 연행록은 100종정도 남아있다는 글이 우리 학계에서 발표되고 있었습니다."

이런 그의 연행록 수집이 종점을 향해 달리기 시작했다.

2001년 10월에 동국대출판부에서 100권에 이르는 '연행록전집'을 발간함으로써 398건에 이르는 각종 연행록을 정리한 데 이어 최근에 그 속집 50권을 보충했기 때문이다. 이번 속집에는 170종에 이르는 연행록을 수록했다. 이 전집이나 속집은 국내외 각 기관이나 개인, 혹은 임 교수 자신이 소장한 연행록 자료를 영인본으로 정리한 것이다.

따라서 이렇게 임 교수 손을 거쳤음에도 전집과 속집에 수록된 연행록은 상당수가 제대로 연구의 손길이 닿지 않은 채로 남아있는 것이다.

분량이 워낙 방대한 까닭에, 그리고 연행록 원본에 쪽수가 있을 리 만무한 까닭에 이번 속집만 해도 쪽수를 만들어 붙이는 데만 "1년이 걸렸다"고 임 교수는 말했다.

이렇게 일단 자료가 정리된 연행록에 대해 임 교수는 "여러 판본이 있는 연행록은 정본(定本)을 확정해야 하고, 상세한 해제와 주석 작업이 이뤄져야 하며, 나아가 대부분이 행초서나 초서인 원문을 정자체로 탈초(脫草)해야 하고, 연행록 사전도 편찬해야 하는 일이 필요하다"고 강조했다.

"이런 일들은 제 몫이 아니며, 혼자서 어찌 할 수 있는 일도 아닙니다. 이런 일들을 지속적으로 해 줄 수 있는 기관이면 관련 자료 일체를 다른 조건 없이 기증하겠다는 것입니다."

40여 성상을 헤아리는 그의 연행록 여정에서 출판 문제는 심각했다.

"출판사로서는 수지 타산이 맞아야 나서지요. 하지만 연행록 전집이 무슨 남는 장사이겠습니까? 전집 100권은 제가 동국대에 봉직할 때 학교 측에서 배려해 낼 수 있었지만, 이번 속집 50권은 아무도 나서는 데도 없고, 또, 사정을 뻔히 알기 때문에 내 달라고 더 이상 애걸도 못하겠더라구요."

그래서 고심 끝에 출판사를 차렸다.

"국립중앙도서관 같은 데다 알아봤더니만, 출판사를 만드는 게 그나마 낫다고 하더군요. 출판사 이름은 글을 존중한다는 뜻에서 '상문사(尙文社)'라고 하고, 출판사 대표는 집사람을 세웠습니다. 이 상문사는 이번 속집 50권을 낸 걸로 생명을 다 했습니다."

따라서 적어도 이번 속집만큼은 자비 출판인 셈이다.

그래서 많은 분량을 찍지 못했다. 겨우 30여질을 냈다.

"속집을 내면서 연행록 자료를 제공한 분들께 약속한 것도 있고 해서, 그분들께는 1질씩 보내드려야 합니다. 이렇게라도 정리하니 한편으론 속이 후련합니다."

연행록 수집과 연구과정에서 재미있는 현상은 임 교수가 아니라 고려대에서 한문학을 전공하는 아들이 밝혀냈다.

"아들이 그래요. 연행록이 시간이 흐르면서 점점 '매뉴얼'이 되다시피 했다구요. 즉, 연행을 다녀온 사신이 쓰기 귀찮으니까 그 이전에 나온 잘 된 연행록에다가 적당히 끼워 맞춰서 기행문을 만들어내기 시작했다는 말이지요."

그럼에도 임 교수는 고려 말 이후 600년 동안이나 간단없이 생산된 연행록이야말로 한국을 대표하는 출판문화의 유산으로 간주한다.

"우리가 자랑하는 것으로 조선왕조실록과 팔만대장경이 있습니다만, 그것이 우리만의 유일한 유산이라고 하기 힘들잖아요? 하지만 연행록과 같은 기행문은 사정이 달라요. 지속성과 체계성을 갖춘 세계교류사 문헌으로 연행록만한 게 어디 있나요?"〈김태식 기자〉

다음은 2011년 연행록총간 데이터베이스database 구축 완성 관련 기사다.

기사1 인터넷에 다 모았다, 중국견문기 455종

[중앙일보] 입력 2011.10.12 00:03
수정 2011.10.12 08:52 | 종합 29면 지면보기
-이 필체는 신문 기사. 참조.

....

• 임기중 동국대 교수 사이트 공개, 색인화·목차 만들어 쉽게 접근

연행록(燕行錄)은 고려부터 조선까지 사신이나 수행원이 중국(지금의 베이징)을 방문하고 남긴 기록이다. 실무를 담당한 서장관(書狀官)이 조정에 제출한 것은 물론 참가자가 개인적으로 기록한 것도 포함된다. 1273년(고려 원종 14년) 이승휴의 『빈왕록』부터 구한말인 1894년(고종 31년) 김동호의 『갑오연행록』까지 이어졌다. 가장 유명한 게 연암(燕巖) 박지원의 『열하일기』다. 한·중간 교섭 내용뿐 아니라 외교 준비 사항, 견문 및 풍습 목격담 등이 담겨 사료적 가치가 높다.

600여 년의 연행 기록 455종을 인터넷에서 조회할 수 있게 됐다. 동국대 임기중(73) 명예교수가 1960년대부터 수집·편찬해온 연행록총간을 11일 웹사이트(www.krpia.co.kr)에 공개했다. 영인본 페이지를 스캔한 이미지만 6만6000여 장으로 도서관 판매용 CD에 담을 경우 55GB(기가바이트) 분량이다.

고려~조선 600여 년의 연행 기록 455
종을 인터넷에 담은 동국대 임기중 교
수. [권혁재 사진 전문기자]

임 교수는 2001년『연행록 전집』100권을 낸 데 이
어 2008년에 속집 50권을 펴내는 등 영인본 작업에 전
념해왔다. 이번 웹 작업에선 국내외 연구자들이 손쉽게
접근할 수 있도록 세기·왕대·저자 별로 탭(찾아보기)
을 구성하고 작품·작자별로 사행(使行) 연도를 색인화
했다. 각 원전에 없는 목차도 만들었다.

임 교수는 "종이책 제작비를 감당하기 어렵고 전 세
계적 보급을 고려해 웹 파일화했다"고 말했다. 중국과
일본 대학 등에서 큰 관심을 보이고 있다고 한다. 미국
·일본 등 해외 도서관에 흩어져 있던 자료와 개인 문중에서 보관한 문집까지 훑어
'임기중 편본'을 완성하게 됐다고 했다.

다만 텍스트 검색이 안 되고, 한문 원전 그대로 수록돼 일반인이 활용하기에는 한
계가 있어 보인다. 임 교수는 "전문연구기관이 10년을 내다보고 한글과 영문으로 번
역했으면 좋겠다. 이토록 오랜 기간 국가 간 교류를 문자로 남긴 건 세계문화사에서
유례가 없다"고 했다.(글 = 강혜란 기자. 사진 = 권혁재 사진 전문 기자)

기사2 연행록총간 데이터베이스 출시

[누리미디어] : 누리알림이
동아시아, 세계의 소통과 교류의 지혜 연행록총간(燕行錄叢刊)
글쓴이 누리미디어 : 작성일 2011-10-13. 조회수 793. -이 필체는 기사. 참조.

• 왕정시대, 동아시아 사회 소통과 교류의 지혜를 담은『연행록총간』데이터베이스 출시
  - 전 세계에서 유례를 찾아볼 수 없는 아주 특색 있는 한국인의 기록 유산 -

  고려 이승휴〈빈왕록〉부터 구한말 김동호〈갑오연행록〉까지 455종을 간추려 수록
  13~19세기 한국 사신 일행이 남긴 공식 - 비공식 중국 왕래기록 집대성
  임기중 교수 50년 자료 수집의 결실...한중 정치 외교 - 생활사 연구의 보고
  동아세아와 세계의 종교 - 과학기술 정보통
  연대순 - 제목 가나다순 - 작가 가나다순 배열, 상세목차 검색기능...
  연구자와 일반인 모두 활용 가능

고려시대부터 조선시대에 이르는 〈연행록〉의 집대성본이 출시되었다. ㈜누리미디어는 동국대학교 명예교수인 임기중 편저의 『연행록총간』 데이터베이스를 출시한다고 밝혔다. 〈연행록〉은 고려시대와 조선시대 한국의 사신들이 중국을 방문한 기록들을 일컫는 말로, 시기에 따라 빈왕록, 조천록, 연행록, 유헌록 등의 명칭으로 불린다.

　연행록이 지니는 가치는 단지 한국 정부와 중국 정부의 공식적인 외교 교섭에 관련된 내용에 그치지 않는다. 당시 연행을 하면서 보고 듣고 느낀 모든 기록을 담고 있기 때문에 전통시대 다양한 역사문화자료를 생생하게 전해주고 있다는 점에서 그 기록의 중요성은 두말 할 필요가 없다. 그러나 지금까지의 연행록은 연구자 내지는 연구기관에서 개별적으로 수집한 몇몇 연행록들이 책자로 간행되어 제공되는 수준에서 그쳤다. 그 내용의 가치에 비해서 활발한 연구가 진행되기에 어려운 서비스 환경에 처해 있었던 셈이다. 이번 『연행록총간』 데이터베이스의 출시에 의해 이러한 연구 환경이 크게 개선되어 향후 동아시아 세계가 소통해 왔던 전통시대의 담론들에 대해서 새롭게 재조명될 것으로 기대된다.

● 고려에서 조선에 이르는 중국 사행기록의 총망라

　이번에 출시된 『연행록총간』은 고려시대인 1273년(고려 원종 14년) 제왕운기의 저자로 잘 알려진 이승휴가 중국에 사신으로 다녀온 기록인 「빈왕록」부터 구한말인 1894년(고종 31년) 김동호의 「연행록(갑오연행록)」에 이르기까지 총 455종의 연행기록을 모두 담고 있다. 이는 편저자인 임기중 교수(동국대학교 명예교수)가 1960년대 이래 꾸준히 연행기록들을 발굴하고, 그 가운데에서 정본화 작업을 거쳐 연행록으로서의 가치가 입증된 자료들을 정리한 것이다. 주요 저자들을 살펴보면 고려조의 이승휴, 정몽주, 권근에서 조선 초의 서거정, 성현... 중기의 허균, 이항복, 이수광...후기의 홍대용, 박제가, 박지원, 이덕무 구한말의 김윤식, 조병세 등을 들 수 있다.

　임 교수는 지난 2001년 380여종의 연행록을 수록한 영인본 『연행록전집(2001)』 100권을 간행하였고, 2002년부터 2004년까지 한국학술진흥재단의 지원을 받아 추가로 100여종에 가까운 연행록을 발굴하여 『연행록해제』1-2집을 펴냈다. 아울러 일본에 있는 연행록자료를 발굴하여 『연행록전집일본소장편(2001)』3권을 간행하기도 하였다. 그 후『연행록속집(2008)』50권을 추가로 간행하여『연행록전집』과『연행록속집』150권을 펴낸 바 있다. 그러나 이 책자들은 현재 모두 절판되어 구할 수가 없는 상태이고, 영인본 편집과정에서 순서의 교란 등 오류와 중복된 작품의 문제 등으로 인해 개정판을 펴내는 것이 시급한 과제였다. 임 교수의 이 분야 연구서로는『연행가사연구』(2001,아세아문화사)와『연행록연구』(2002, 일지사)등이 있다.

이번 연행록총간 데이터베이스는 이러한 기존 간행책자의 문제점들을 모두 해소하였다는 점에 그 의의가 있다. 우선 기존 책자에서 중복되고, 연행록으로서의 가치가 떨어지는 등 문제가 있는 내용들을 골라내고, 여러 판본 가운데 원본이라고 생각되는 판본을 선정하는 정본화 작업을 진행하여, 최종적으로 455종의 연행록을 결정하였다. 또한 기존 책자에서 연대순으로 배열되지 못한 내용들을 연행 연대순 등 다양한 방법으로 배열하여 이용자들이 찾아보기 쉽도록 하였다. 그뿐 아니라 새로 발굴한 연행록 10여종을 추가하였다.

• 『연행록총간』 데이터베이스의 특징

㈜누리미디어에서 출시한『연행록총간』데이터베이스에는 13세기인 고려시대 원종대부터 19세기인 조선시대 고종대까지 총 455종의 연행록들이 수록되어 있다. 전체 이미지의 면수는 총 65,970면이며, 웹 서비스용 이미지 파일 용량만 해도 32GB에 달한다. 그리고 연행록을 연구하는 데 있어서 가장 기초적이자 중요한 자료인『동문휘고』와『통문관지』를 수록하여 연구자들이 같이 참조할 수 있도록 하였다. 아울러 임기중 교수가 연행록을 연구하면서 정리한 한국사신의 중국왕래 일람표를 13세기부터 19세기까지 세기별, 왕대별로 정리하여 제시하였다. 일람표에서는 중국에 사신으로 간 시기와 목적, 그리고 외교관이었던 정사, 부사, 서장관, 질정관 등의 정보를 일목요연하게 정리하였다.

이같이 연행관련 모든 정보를 탑재하고 있는『연행록총간』데이터베이스는 단지 연행록을 이미지 순으로 열람할 수 있도록 만 한 것이 아니라, 연행록별로 상세목차를 작성하여 목차로 찾아보거나, 검색을 할 수 있도록 하였다. 수록된 목차의 개수는 총 64,609개로 연구를 위해 책자를 처음부터 뒤져야 했던 간행 책자와는 달리 목차

정보로 손쉽게 원하는 시기의 정보를 찾아들어갈 수 있게 하였다. 또한 단순히 연행록 출간년도의 순서대로 배열했을 뿐 아니라 세기별로, 그리고 연행 왕대별로, 연행록을 지은 작자별로 찾아볼 수 있게 함으로써 데이터베이스 이용의 효율성을 극대화하였다.

이밖에 데이터베이스의 기본 기능인 검색 기능을 제공, 상세 목차를 대상으로 검색을 지원하여 정보에 대한 빠른 접근이 가능하도록 하였다.

* 중앙도서관에서 "연행록 총간" 이용하는 방법

1. KRPIA DB로 접속

   [도서관 홈페이지] – [전자자료검색] – [학술데이터베이스] – [K] – [KRPIA] 로 접속

2. 도서관 홈페이지 통합검색에서 검색

   - 도서관 홈페이지 [통합검색]에서 "연행록 총간" 으로 검색

   - 검색결과로 나오는 "연행록 총간" 전자자료로 접속

   ** 교외에서 이용시는 반드시 도서관 홈페이지 로그인 후 이용하시기 바랍니다.

* 편자 임기중 교수 약력

   전 동국대학교 문과대학 국어국문학교 교수, 현 명예교수

   전 동국대학교 한국문학연구소 소장

   전 동국대학교 연구교류처장 문과대학 학장, 동 대학원장

   전 한국국어국문학회 회장

   전 한국학술진흥재단 한국학술논문집 평가위원회 위원장

   저서 : 『신라가요와 기술물의 연구』, 『고전시가의 실증적 연구』, 『한국고전문학과 세계인식』, 『연행가사연구』, 『연행록 연구』, 『불교가사 원전연구』, 『불교가사 연구』, 『광개토왕비 원석초기탁본 집성』, 『한국 가사학사』, 『한국가사문학 원전연구』, 『한국가사문학 주해연구(전20책)』, 『고려가요의 문학사회학』, 『경기체가연구』, 『연행록 전집(전100책)』, 『연행록 속집(전50책)』 등.

단행본으로 700권 분량 모은 셈

[gimseongho salon] "궁금했다, 조선 최고 지식인들 눈에 비친 중국이"
'연행록' 150권 낸 임기중 교수. 옛 베이징 '연경' 기행문 40년간 발굴
단행본으로 700권 분량 모은 셈. "세계화 화두로 쓴 방대한 기록"
유석재 기자 -이 필체는 기사. 참조.

임기중 교수는 "뜻과 능력이 있는 기관에서 연행록의 정본(定本) 확정, 해제 작업, 탈초(脫草)와 주석, 번역 등의 작업을 앞으로도 10년쯤 해 나가야 할 것"이라 고 말했다. (채승우 기자).

"우리나라에 무척 방대한 세 가지 문헌군(群)이 있습니다. 무엇인지 아십니까?" 임기중(林基中) 동국대 명예교수(국문학)는 "그것은 바로《조선왕조실록》과 《팔만대장경》, 그리고 수많은 연행록(燕行錄)들"이라고 설명했다. 앞의 두 가지는 쉽게 이해할 수 있지만, '연행록'은 아무래도 낯설다. 그게 그렇게 엄청난 분량의 문헌이었던가?

지난 2006년 전21권의 《한국 가사문학 주해연구》(아세아문화사)를 출간했던 임 교수가 또다시 큰일을 마무리했다. 2001년 원문 영인본인 《연행록 전집》(동국대 출판부) 전100권을 냈던 데 이어 최근 추가 자료를 모은 《연행록 속집(續集)》 50권을 출간한 것이다. 모두 150권 분량의 연행록이 그의 손에 의해 비로소 그 실체를 드러냈다.

'연행록'이란 사신으로서 지금의 베이징(北京)의 옛 이름인 연경(燕京)을 다녀왔던 사람들이 남긴 기행문이다. 《전집》에 398종, 《속집》에는 170종이 실렸다. 모두 568종이다. 한글로 번역한다면 지금 분량의 다섯 배가 될 테니 단행본 700권이 넘는 분량이다.

"13세기부터 19세기 갑오경장 때까지 600여 년의 지속성을 지닌 문헌입니다. 기록 대상은 동아시아는 물론 서구와 세계에 걸쳐 있지요." 평화 유지, 문화와 학술 교류, 물류, 종교 간의 대화…. 당대 최고의 지식인들이 '세계화'라는 화두로 쓴 기록이 바로 연행록이었다. 이렇게 국제적인 시각의 담론으로 쓰인 방대하고 지속적인 기록은 외국에선 유례를 찾기 어렵다고 임 교수는 설명했다.

그런데 《실록》과 《팔만대장경》은 국가에 의해 체계적으로 작성된 기록물이지만, 연행록은 사신들이 자유롭게 쓴 사적인 기록이 아닌가? "맞습니다. 그렇기 때문에 수많은 연행록들을 일일이 수집해야 했지요." 임 교수는 40년 전부터 연행록 발굴 작업을 시작했다. 고전문학을 공부하던 중 '우리가 어떤 경로를 통해 중국으로부터 문화를 받아들였는가'를 분명히 밝힐 필요가 있다고 생각했기 때문이다.

지난(至難)한 일이었다. 사신으로 중국에 다녀온 사람들이 누구였는지 《실록》을 통해 조사한 뒤, 그 인물의 문집을 다 찾아봤다. 제목에 '연행록'이란 말이 없는 경우가 많아 내용까지 샅샅이 뒤졌고, 미국 하버드대 도서관과 일본 동양문고 등 외국 자료들도 모두 훑었다. 《전집》 발간 당시 역사학자 고병익 선생(전 서울대 총장)이 "100종이 넘지 않을 줄 알았었다"며 놀라워했다고 한다.

편찬 과정에서 ▲600년 동안 가장 많이 사신을 다녀 온 사람은 12번 왕래했던 이상적(李尙迪, 1803~1865)이었으며 ▲육로가 끊겼던 1617~1636년 사이에 바닷길을 통해 중국을 다녀왔던 안경(安璥)은 풍랑으로 죽을 고비를 넘긴 뒤 귀국해서도 줄곧 '사경(死境) 체험'의 충격에서 벗어나지 못했고 ▲19세기 후반에는 앞서 나온 연행록을 그대로 베끼는 매너리즘화가 일어났다는 등의 새로운 사실도 드러났다.

어렵게 만든 책을 어렵게 냈다. 출판하겠다는 곳이 없어 비매품 30질 한정판을 자비로 내야 했다. 그러나 끝이 아니라 시작이다. 새로운 연구의 바다가 활짝 열렸기 때문이다.

기사3　연행기록 외부지원 없이 3년간 디지털화

[교수신문] 2011년 10월 17일 (월) 14:18:55
최익현 기자 -이 필체는 신문 기사. 참조.

• 700년 연행기록 외부지원 없이 3년간 디지털화 한 이유
• 燕行錄 55GB 대용량 USB 내놓은 임기중 동국대 명예교수

박지원의 『열하일기』와 같은 '연행록'은 모두 얼마나 될까. 그리고 그 모든 연행록을 한 자리에서 볼 수 있게 만든다면? 정보화 시대를 십분 활용, 컴퓨터를 활용해 연

구자들이 언제 어디서나 볼 수 있게 한다면?

자신이 고안한 대용량 USB 연행
록총간을 들고 있는 임기중 교수

임기중 동국대 명예교수(73세, 고전시가)는 2003년 동국대에서 정년퇴임하면서 이런 구상을 본격적으로 구체화하기 시작했다. 2001년『연행록 전집』100권을 발간한 데 이어, 2004년에『연행록해제』1~2집을 펴냈고 2008년에 속집 50권을 펴내는 영인본 작업에 주력해왔던 터라, '언제 어디서나' 연구자들이 손쉽게 자료에 접근할 수 있는 방안을 모색하는 일은 그리 낯선 작업이 아니었다. 그는 이것을 "평화와 공영을 지향하는 동아시인들의 소통과 교류라는 화두를 가지고 연행록의 발굴 작업에 착수했다"라고『燕行錄叢刊』서문에서 밝혔다.

연행록은 고려부터 조선까지 사신이나 수행원이 중국 연경을 방문하고 남긴 공식·비공식적 외교 기록이다. 실무를 담당한 書狀官이 조정에 제출한 공식 기록을 포함, 연행에 참가한 지식인들이 사적으로 기록한 것까지를 모두 '연행록'의 범주에 넣을 수 있다. 임 교수는 고려 이승휴의『賓王錄』(1273)에서부터 구한말 김동호의『갑오연행록』(1894)까지, 시간적으로는 600여 년의 연행기록 455종을 'USB'(임 교수는 이를 USB라고 말하지만, 검색 프로그래밍 된 데이터베이스 외장하드라고 부르는 것이 적절하다)안에 모두 집어넣어 최근 학계에 공개했다. 영인본 페이지를 스캔한 이미지만 6만6천여 장, 수록 정보량은 55GB 분량이다. 그는 "1960년대부터 연행록 관련 자료를 수입, 편찬해왔다. 50년의 공력을 여기에 쏟아 부었다. 특히 정부 지원 없이 개인이 수행한 헌신적 작업이다"라고 말한다.

연행록 영인본 작업이 뒷받침 됐기 때문에 실제 임 교수가 연행록 디지털화에 쏟은 시간은 3년으로 단축될 수 있었다. (주)누리미디어와 함께 진행한 이번 디지털화 작업으로 중국학, 중문학, 한문학, 역사학, 국제관계학 등 다양한 분야의 연구자가 손쉽게 원문 검색을 할 수 있게 됐다. 세기별, 왕대별, 저자별로 찾아볼 수 있게끔 구성했고, 작품, 작자별로 使行 연도를 색인화 했다. 기사와 목차별 검색도 가능하다. 특징적인 것은 조선 사신 중국 왕래표를 만들어 덧붙였다는 것. 1천800여 차례 5천500여

명의 명단을 찾아볼 수 있게 했다. 이해를 돕기 위해『通文館誌』,『同文彙考』를 검색할 수 있게 했다.

• 1천 800여 차례 연행 정보 무료 공개

임 교수의 이번『연행록총간』데이터베이스는 기존 간행책자의 문제점을 해소했다는 점에 의미가 있다. 우선 기존 책자에서 중복되고, 연행록으로서의 가치가 떨어지는 등 문제가 있는 내용을 골라내고, 여러 판본 가운데 원본이라고 생각되는 판본을 선정하는 정본화 작업을 진행해 최종 455종의 연행록을 결정했다. 기존 책자에서 연대순으로 배열되지 못한 내용들을 연행 연대순 등 다양한 방법으로 배열해 이용자들이 찾아보기 쉽도록 했다. 또한 새로 발굴한 연행록 10여 종을 추가한 것도 놓칠 수 없는 부분이다.

임 교수는 종이책이 아니라 디지털 방식으로 정보를 제공한 이유를 크게 세 가지로 압축한다. 첫째, 국내외 모든 수요자들의 다양한 욕구를 온라인상에서 일시에 충족할 수 있는 손쉬운 환경을 조성하기 위해서다. 둘째, 개인 수요자 누구나 공공도서관에서 경제적 부담 없이 쉽고 자유롭게 열람할 수 있도록 하기 위해서다. 그래서 그는 USB(외장하드 형태), 10장으로 구성된 DVD 형태, 그리고 인터넷 검색(www.krpia.co.kr) 형태라는 세 가지 접근 루트를 제시했다. 셋째, 7백년에 이어지는 연행록의 역사적 가치를 제고하는 동시에 이를 유네스코 세계기록유산으로 등재할 필요가 있어서다.

사실 이 세 번째 이유는 좀 더 눈여겨볼 필요가 있다. 임 교수는 "700여 년간 계속된 국제관계 기록물은 세계 그 어느 나라에도 존재하지 않는다. 연행록이 유일하다. 연행록은 단순한 개인 기록이 아니라, 그 시대 최고 지식인이 자신을 둘러싼 외부 세계를 만나 타자를 바라보고, 이해하려고 한 치열한 노력의 기록"이라고 평가한다. 타자를 기록하는 방식, 타자의 세계를 문자의 세계로 축조해내는 지혜의 기록이라는 설명이다.

세계문화유산은 영향력, 시간, 장소, 인물, 주제, 형태, 사회적 가치, 보존 상태, 희귀성 등을 기준으로 선정하고 있다. 연행록은 13세기에서 19세기까지 700년에 이르는 동북아시아의 시간적 기록이며, 등장인물은 가히 셀 수 없을 정도다. 이 기록물의 가치는 '현재진행형'이다. 동북아시아의 정치적 역학관계에서 다양한 문명의 수용과 이동 과정, 문물의 수용 등 이루 헤아릴 수 없다. 임 교수는 이 연행록이 당대 조선사회에 가져다 준 가장 큰 변화는 '사물을 인식하는 방법'에 있다고 지적한다. 18세기가 가장 격변의 시기였다면, 사물을 철저하게 파악하는 중국의 인식태도가 이 시기 크게 확산된 것도 특징이다. '物名攷'와 같은 책들이 등장한 데서 사정을 짐작할 수 있다는 것이다.

누락 가능성이 있지만 임 교수가 조사한 바에 따르면, 조선 사신들이 중국에 다녀온 횟수는 13~14세기에 119회, 15세기에 698회, 16세기에 362회, 17세기에 278회, 18세기에 172회, 19세기에 168회, 모두 1천797회에 이른다. 한 번 갈 때마다 正官이 보통 30여 명이고 일행이 300명 이상 되는 때가 많았다. 3회 왕복에 무리 중의 한 사람이 1종씩만 연행록을 남겼어도 5백여 종이 전해져야 한다.

그렇다면 현재 전해지고 있는 연행록의 시대별 분포는 어떻게 될까. 13세기가 1종, 14세기가 2종, 15세기가 14종, 16세기가 49종, 17세기가 169여 종, 18세기가 102여 종, 19세기가 124여 종으로 나타난다. '기록'만으로 따진다면 17세기 이후 연행록이 주를 이룬다는 것을 알 수 있다. 그리고 이것은 그대로 조선사회에 문화적, 문명적 자극을 미쳤으리라는 것은 연암의 경우만 봐도 쉽게 알 수 있다.

• 세계기록유산 등재와 한글 번역 과제

연행록은 최근 들어 중국학자들 사이에서 폭넓게 주목받고 있다. 상해 푸단대 문사연구원은 38종의 연행록을 '외부의 시선으로 본 중국'이라는 기획의도로 중국에서 출판하기도 했다. 일본 교토대 역시 연구자 30여 명이 꾸려져 본격적인 연구 작업에 들어갔다. 미국의 UC버클리, 하버드대 등에서도 연행록 속집을 구하고 있다. 북한 학자들도 연행록의 주체사상에 관심을 보이고 있지만 자료를 구할 수 없어서 어려움을 겪고 있다는 후문이다. 그가 애써 모은 연행록은 이제 한글 번역 작업을 통해 더 많은 연구자들에 의해 조명될 차례다. 그런 노력이 이어지지 않는다면, 연행록 연구는 중국학자들의 공이 될 수도 있다. 학계가 긴장해야할 이유다.

"연구자를 비롯해 관심 있는 모든 독자들이 연행록을 무료로 볼 수 있게 3년간 노력했다. 700년에 이르는 연행록 기록이 세계기록유산으로 등재될 수 있도록 노력하겠다"라고 말하는 임기중 교수. 국어국문학회장을 역임했으며, 동국대 기획처장 시절 학내 행정 전산화를 이끌기도 했다. 지은 책에는 『연행록 연구』, 『한국가사문학 원전연구』, 『광개토왕비 원석초기탁본집성』등이 있다. (최익현 기자).

기사 **왕정시대 소통과 교류의 지혜**

koreanstudies : 2011.10.17 15:58
고재구 : http://blog.daum.net/jkko01/18327498.
-이 필체는 기사. 참조.

회사에서 연행록총간 DB를 출시하였다.

학문적으로는 의의가 깊은 일이었는데 쇼킹한 내용이 아니라 보도될지 걱정되었는데 중앙일보와 아이티타임즈에 보도되었다.

양 언론사에 감사드린다.

- 왕정시대 동아시아 사회 소통과 교류의 지혜를 담은 『연행록총간』 데이터베이스 출시
  – 전 세계에서 유례를 찾아볼 수 없는 아주 특색 있는 한국인의 기록 유산 –

  고려 이승휴 〈빈왕록〉부터 구한말 김동호 〈갑오연행록〉까지 455종을 간추려 수록
  13~19세기 한국 사신 일행이 남긴 공식 - 비공식 중국 왕래기록 집대성
  임기중 교수 50년 자료 수집의 결실…한중 정치 외교 - 생활사 연구의 보고
  동아시아와 세계의 종교 - 과학기술 정보통
  연대순 - 제목 가나다순 - 작가 가나다순 배열, 상세목차 검색기능…연구자와 일반인 모두 활용 가능

고려시대부터 조선시대에 이르는 〈연행록〉의 집대성본이 출시되었다. ㈜누리미디어는 10월11일 동국대학교 명예교수인 임기중 편저의 『연행록총간』 데이터베이스를 출시한다고 밝혔다. 〈연행록〉은 고려시대와 조선시대 한국의 사신들이 중국을 방문한 기록들을 일컫는 말로, 시기에 따라 빈왕록, 조천록, 연행록, 유헌록 등의 명칭으로 불린다. 연행이란 중국 청나라 시대의 수도였던 연경(지금의 북경)에 사신으로 다녀왔다는 뜻을 지녔지만, 중국 사행(使行, 사신으로 다녀옴)을 통칭해서 연행(燕行)이란

말로 표현하기도 한다.

• 전통시대 풍부한 역사문화자료의 생생한 보고(寶庫)

연행록에는 중국 사행의 실무를 담당했던 서장관(書狀官)이 조정에 공식적으로 제출하는 등록(謄錄) 형태의 연행록과 사행에 참여했던 인물들이 개별적으로 기록한 연행록의 유형이 있다. 등록의 형식은 일정한 형식을 갖춘 간단한 것이지만, 개별적 연행록은 간행본과 필사본으로 전해지면서 단행본의 형태가 있는 것도 있고, 작자의 문집에 수록되어 있기도 하고, 다른 자료집 형태에 수록되어 있는 등 다양한 형태를 지니고 있다. 내용도 시문의 형태와 기행문의 형태 등 여러 가지가 있다. 연행록에 담겨있는 풍부한 내용으로 인해 학계의 주목을 받는다.

연행록이 지니는 가치는 단지 한국 정부와 중국 정부의 공식적인 외교 교섭에 관련된 내용에 그치지 않는다. 작자에 따라서 내용의 차이가 있기는 하지만, 외교사절로 임명되는 순간부터 각종 외교방문의 준비사항과 사절단의 구성, 그리고 연행을 가는 노정기록, 노정 상에 등장하는 지역과 장소에 대한 관찰 견문기록, 우리나라와는 다른 중국의 다양한 풍습 목격담 등 당시 연행을 하면서 보고 듣고 느낀 모든 기록을 담고 있기 때문에 전통시대 다양한 역사문화자료를 생생하게 전해주고 있다는 점에서 그 기록의 중요성은 두말 할 필요가 없다.

그러나 지금까지의 연행록은 연구자 내지는 연구기관에서 개별적으로 수집한 몇몇 연행록들이 책자로 간행되어 제공되는 수준에서 그쳤다. 그 내용의 가치에 비해서 활발한 연구가 진행되기 어려운 서비스 환경에 처해있었던 셈이다. 이번『연행록총간』 데이터베이스의 출시에 의해 이러한 연구 환경이 크게 개선되어 향후 동아시아 세계가 소통해 왔던 전통시대의 담론들에 대해서 새롭게 재조명될 것으로 기대된다.

• 고려에서 조선에 이르는 중국 사행기록의 총망라

이번에 출시된『연행록총간』은 고려시대인 1273년(고려 원종 14년) 제왕운기의 저자로 잘 알려진 이승휴가 중국에 사신으로 다녀온 기록인「빈왕록」부터 구한말인 1894년(고종 31년) 김동호의「연행록(갑오연행록)」에 이르기까지 총 455종의 연행기록을 모두 담고 있다. 이는 편저자인 임기중 교수(동국대학교 명예교수)가 1960년대 이래 꾸준히 연행기록들을 발굴하고, 그 가운데에서 정본화 작업을 거쳐 연행록으로서의 가치가 입증된 자료들을 정리한 것이다. 주요 저자들을 살펴보면 고려조의 이승휴, 정몽주, 권근에서 조선초의 서거정, 성현... 중기의 허균, 이항복, 이수광...후기의 홍대용, 박제가, 박지원, 이덕무 구한말의 김윤식, 조병세 등을 들 수 있다. 이중 가장 널리 알려진 것이 박지원의 열하일기 이다.

임 교수는 지난 2001년 380여종의 연행록을 수록한 영인본『연행록전집(2001)』100권을 간행하였고, 2002년부터 2004년까지 한국학술진흥재단의 지원을 받아 추가로 100여종에 가까운 연행록을 발굴하여『연행록해제』1-2집을 펴냈다. 아울러 일본에 있는 연행록자료를 발굴하여『연행록전집일본소장편(2001)』3권을 간행하기도 하였다. 그 후『연행록속집(2008)』50권을 추가로 간행하여『연행록전집』과『연행록속집』150권을 펴낸 바 있다. 그러나 이 책자들은 현재 모두 절판되어 구할 수가 없는 상태이고, 영인본 편집과정에서 순서의 교란 등 오류와 중복된 작품의 문제 등으로 인해 개정판을 펴내는 것이 시급한 과제였다. 임 교수의 이 분야 연구서로는『연행가사연구』(2001,아세아문화사)와『연행록연구』(2002, 일지사)등이 있다.

이번 연행록총간 데이터베이스는 이러한 기존 간행책자의 문제점들을 모두 해소하였다는 점에 그 의의가 있다. 우선 기존 책자에서 중복되고, 연행록으로서의 가치가 떨어지는 등 문제가 있는 내용들을 골라내고, 여러 판본 가운데 원본이라고 생각되는 판본을 선정하는 정본화 작업을 진행하여, 최종적으로 455종의 연행록을 결정하였다. 또한 기존 책자에서 연대순으로 배열되지 못한 내용들을 연행 연대순 등 다양한 방법으로 배열하여 이용자들이 찾아보기 쉽도록 하였다. 그뿐 아니라 새로 발굴한 연행록 10여종을 추가하였다.

• 외부의 시선으로 본 중국 – 특히 중국에서 관심이 고조되는 자료

한편 연행록은 왕정시대 중국 밖에서 살고 있는 사람들이 자유로운 시각으로 중국 안의 사정을 7백여 년 동안 지속적으로 관찰한 기록이어서 중국은 물론 세계 여러 나라 사람들의 관심이 고조되고 있는 자료다.

연행록은 요즈음 많은 중국학자들 사이에서 폭 넓게 주목받고 있는 세계성을 갖는 한국의 중요한 기록유산이다.

얼마 전에 상해 푸단대학 문사연구원은 38종의 연행록을 중국에서 출판하기도 하였는데, 출판기획 의도는 "외부의 시선으로 본 중국"이라고 한다. 광서사범대학에서도 연행록의 출판을 기획한 바 있으며, 이에 앞서 대만에서도 연행록의 일부가 출판되었다. 그리고 많은 학회와 연구소에서 여러 차례 학술발표회와 토론회를 가진 바 있으며 다방면의 연구프로젝트를 기획하고 있다. 일본도 경도대학 교수가 중심이 되어 30여명의 연행록 연구팀이 만들어져 활동을 시작한 지 오래고, 미국의 UC버클리대학과 하버드대학 등에서도 연행록 속집을 구하려고 여러 번에 걸쳐서 여러 사람을 동원한 것을 보면 관심의 깊이가 드러난다. 북한에서는 연행록의 주체사상에 관심을 가진 지 오래나 자료를 구할 수 없어서 연구의 장애요인이 되고 있다고 들었다.

• 풍부한 역사문화 자료 "망원경을 처음 접한 지식인의 모습" 등...

『연행록총간』 데이터베이스에는 중국을 왕래하며 보고 듣고 느낀 기록들이 많기 때문에 당시의 풍부한 역사문화 자료들이 수록되어 있다. 대표적인 사례가 실학파로 잘 알려진 홍대용의 담헌연기이다. 홍대용은 1766년(영조 41) 청나라에 삼절연공 및 사은사의 일원으로 연행을 다녀왔다. 이때 홍대용 직급은 연행의 정사나 부사, 서장관이 아닌 자제군관이었다. 자제군관으로 훌륭한 연행록을 남겼다는 사실 자체도 특이하다. 이 담헌연기에는 당시 서양문물에 대한 기록들이 상세히 남아있다.

• 여기에 망원경을 처음 접하면서 남긴 기록도 있다.

"망원경을 보자고 청하였다. 유송령(劉松齡, August von Hallerstein)이 시중드는 사람들을 돌아보더니 조금 뒤에 나가자고 청하였다. 서쪽 처마 밑 종을 매달아 두는 누각의 북쪽에 이르렀다. 시중드는 사람이 이미 망원경을 해를 향하여 설치하였는데, 의자를 놓아 앉아서 보게 되어 있었다. 망원경은 청동으로 통을 만든 것이었다. 크기는 조총의 통만 하고, 길이는 주척으로 3자 남짓하였다. 두 끝에는 각각 유리가 끼어 있었고, 밑에는 외기둥에 3개의 발이 달려 있었으며, 위에는 기계가 놓여서 전체 형상을 이루고 있었다. 직각의 제도에만 한하여 망원경의 통이 가설되었다. 그 기둥이 기계를 받들어 2개의 활추를 이루고 있었다. 기둥은 항상 일정하게 서 있지만 기계를 낮추고 높이거나 돌리는 것은 오직 사람만이 조종할 수 있었다. 기둥의 머리에는 선이 드리워져 있었는데 지평선을 정하기 위한 것이었다. 별도로 마련하여 둔, 길이 1치 남짓한 종이를 바른 짧은 통에는 한쪽 끝에 유리가 2층으로 붙여 있었다. 그것을 가지고 하늘을 보면 캄캄하기가 한 밤의 하늘색과 같았다. 그것을 망원경 통에다 대고 의자 위에 앉아서 이리저리 올렸다 내렸다 하면서 해를 향하여 한쪽 눈을 감고 바라보았다. 햇볕이 둥글둥글하게 망원경의 통에 가득 찼다. 마치 흐린 날씨에 해를 똑바로 쳐다보아도 눈을 깜박거리지 않아도 될 듯하였고, 어떤 물건이든 아주 작은 것일지라도 살펴볼 수 있었으니, 참으로 기이한 기구였다. 해 가운데에 수평으로 한 선이 가로놓여 위아래를 구분 짓고 있었다. 나는 궁금하여 그 까닭을 유송령에게 물었다. 유송령이 웃으며 말하였다. "이 통 가운데 가로지른 선은 지평선 때문에 나타난 선입니다." 그리고는 다시 물었다. "일찍이 들으니, '해 가운데는 3개의 검은 점이 있다.'고 하는데, 지금 보이지 않는 것은 어째서입니까?" 유송령이 대답하였다. "검은 점은 3개 뿐만이 아닙니다. 많을 때에는 8개까지도 있습니다. 다만 그것이 어떤 때에는 있고 어떤 때에는 없게 됩니다. 그리고 이것은 해가 굴러가는 것이 공과 같기 때문입니다. 지금 이 시각은 마침 그것이 없을 때입니다."

당시에 망원경을 원경이라고 불렀다는 것을 알 수 있고, 망원경의 형태를 자세히 기록해 놓았다. 아울러 태양의 흑점을 관찰했다는 내용도 확인할 수가 있다. 이처럼 망원경 뿐 아니라 자명종을 관찰한 기록, 천주교회를 처음 가본 기록 등 서양문물을 처음 접한 당시 지식인들의 모습을 상세하게 접할 수가 있다.

• 『연행록총간』 데이터베이스의 특징

㈜누리미디어에서 출시한 『연행록총간』 데이터베이스에는 13세기인 고려시대 원종대부터 19세기인 조선시대 고종대 까지 총 455종의 연행록들이 수록되어 있다. 전체 이미지의 면수는 총 65,970면이며, 웹 서비스용 이미지 파일 용량만 해도 32GB에 달

한다. 그리고 연행록을 연구하는 데 있어서 가장 기초적이자 중요한 자료인『동문휘고』[1]와『통문관지』[2]를 수록하여 연구자들이 같이 참조할 수 있도록 하였다. 아울러 임기중 교수가 연행록을 연구하면서 정리한 한국사신의 중국왕래 일람표를 13세기부터 19세기까지 세기별, 왕대별로 정리하여 제시하였다. 일람표에서는 중국에 사신으로 간 시기와 목적, 그리고 외교관이었던 정사, 부사, 서장관, 질정관 등의 정보를 일목요연하게 정리하였다.

이같이 연행관련 모든 정보를 탑재하고 있는『연행록총간』데이터베이스는 단지 연행록을 이미지 순으로 열람할 수 있도록만 한 것이 아니라, 연행록별로 상세목차를 작성하여 목차로 찾아보거나, 검색을 할 수 있도록 하였다. 수록된 목차의 개수는 총 64,609개로 연구를 위해 책자를 처음부터 뒤져야 했던 간행 책자와는 달리 목차 정보로 손쉽게 원하는 시기의 정보를 찾아들어갈 수 있게 하였다. 또한 단순히 연행록 출간년도의 순서대로 배열했을 뿐 아니라 세기별로, 그리고 연행 왕대별로, 연행록을 지은 작자별로 찾아볼 수 있게 함으로써 데이터베이스 이용의 효율성을 극대화하였다.

이밖에 데이터베이스의 기본 기능인 검색 기능을 제공, 상세 목차를 대상으로 검색을 지원하여 정보에 대한 빠른 접근이 가능하도록 하였다.

• 유네스코 세계기록유산 등재 추진

편저자인 임기중 교수는 연행록이 갖고 있는 영향력, 시간, 장소, 인물, 주제, 형태, 사회적 가치, 보존 상태, 희귀성을 토대로 유네스코 세계기록유산으로 등재를 추진하고 있다. 임교수에 따르면 세계기록유산은 일국 문화의 경계를 넘어 세계의 역사에 중요한 영향력을 끼쳐 세계적인 중요성을 갖거나 인류 역사의 특정한 시점에서 세계를 이해할 수 있도록 두드러지게 이바지한 경우 선정된다.

*첨부 : 편자 임기중 교수 유네스코 세계기록유산 등재 추진 이유

---

1) 1784년(정조 8) 정창순 등이 왕명을 받아 승문원에 보관 중인 외교문서 등의 자료를 모아 편찬한 외교관계 기록의 집대성으로 1643년(인조 21) 이후의 사실들로 구성되어 있다. 총 129권 60책이다.
2) 조선 숙종 때 역관이었던 김지남이 그 아들 김경문과 함께 편찬한 중국과 일본과의 외교관계 사항을 정리한 책. 고종대까지 증수 간행되어 총 12권으로 구성되어 있다.

*편자 임기중(동국대 명예교수) :『燕行錄叢刊』데이터베이스를 세상에 내놓으면서

1. 연행록은 13세기부터 19세기까지 7백여 년 동안 한국 최고수준의 지식인집단이 남긴 기록이다. 이 기간 동안 동아세아인들과 세계인들이 중국대륙에 모여 평화와 번영을 위한 소통과 교류라는 화두를 가지고 활동하였던 당시의 상황들을 아주 자유로운 시각으로 기록한 사기록(私記錄)이다. 이 기록물의 성격을 한 마디로 정리하여 표현한다면 담론연합(談論聯合)의 보고(寶庫)라고 말할 수 있다. 연행록마다 그 내용의 색깔과 맛이 다르고 관심분야가 각양각색이며 아주 다양한 담론들을 담고 있다. 연행록은 시대의 추이나 생각의 변화라는 변화의 코드 뿐 아니라 지속적인 관심이라는 불변의 코드도 동시에 읽어낼 수 있는 특색 있는 기록물이라는 강점을 가지고 있다.

2. 연행록은 세계 여러 나라에 있는 중요한 기록유산들 중에서도 그 유례를 찾아볼 수 없는 것으로서 오직 한국에만 존재하는 세계성을 가진 매우 특색 있는 기록유산이다.

3. 이런 연행록을『燕行錄叢刊』데이터베이스로 펴내는 취지는 아래와 같다.

① 國內外 모든 수요자들의 다양한 욕구들을 온라인(on-line)상에서 일시에 충족할 수 있는 손쉬운 환경을 조성하기 위함에서다.

② 개인 수요자 누구나 공공도서관에서 경제적 부담 없이 쉽고 자유롭게 열람할 수 있도록 하기 위함에서다.

③ 종이 책으로 제작할 경우 십만여 쪽 내외의 방대한 분량이어서 제작비 문제 뿐 아니라 그 활용의 효율성 또한 현저한 차이가 있어서 활용의 효율성을 제고하기 위함에서다.

④ 필자가 지금까지 수집한 연행록 자료는 대략 5백여종에 1십만쪽을 상회하는 분량인데 그 동안 책으로 간행한 것은 153권뿐이다. 이번의『燕行錄叢刊』데이터베이스는 그 동안 책으로 간행된 것에서 간추리고 새로운 자료를 추가하여 455종을 대상으로 삼은 것이어서 간추림과 새로운 자료를 추가하기 위함에서다.

⑤ 이『燕行錄叢刊』데이터베이스는 이제 유네스코 세계기록유산으로 등재되어야 하기 때문이다.

우리의 조선왕조실록과 팔만대장경은 이미 유네스코 세계기록유산으로 등재되어 있다. 중국에도 2천9백여 권의 방대한 명실록(明實錄)과 청실록(淸實錄)이 있으며 중국, 거란, 일본 등에도 방대한 분량의 대장경이 있다. 그러나 7백여 년간 국제관계의 지속적인 기록물은 연행록 이외에 세계 그 어느 나라에도 존재하지 않는다.

이번의 『燕行錄叢刊』데이터베이스와 그 원전들이 유네스코 세계기록유산으로 등재되어야 하는 까닭은 아래(등재 기준 적색 부분에 합치, 황색 부분의 서술 사유)와 같다.

• 세계기록유산 등재기준

세계기록유산은 영향력, 시간, 장소, 인물, 주제, 형태, 사회적 가치, 보존 상태, 희귀성 등을 기준으로 선정된다. 기록유산은 일국 문화의 경계를 넘어 세계의 역사에 중요한 영향력을 끼쳐 세계적인 중요성을 갖거나 인류 역사의 특정한 시점에서 세계를 이해할 수 있도록 두드러지게 이바지한 경우 선정된다. 또는 전 세계 역사와 문화의 발전에 큰 기여를 한 인물 및 인물들의 삶과 업적에 관련된 기록유산도 있다. 형태에 있어서 향후 기록문화의 중요한 표본이 된 경우, 예를 들면 야자수 나뭇잎 원고와 금박으로 기록된 원고, 근대 미디어 등과 같은 매체로 된 기록유산도 있을 수 있다.

☞ 연행록은 13세기부터 19세기까지 중국 대륙에서 동아세아인들(한국, 일본, 태국, 월남 등)과 세계인들(러시아, 이란, 이라크, 영국, 불란서, 독일, 미국 등)이 모여 평화적 소통이라는 사회적 가치 구현을 화두로 삼은 기록물이다. 이와 같이 6백여년간의 평화 지향적 국제관계를 지속적으로 기록한 기록물은 전 세계 그 어느 나라에서도 찾아볼 수 없는 희귀성과 아울러 높은 가치를 가지고 있다. 따라서 연행록은 13세기부터 19세기까지 세계를 이해하는데 큰 도움을 주는 중요한 기록물이며 영향력 있는 기록물이다.

주요기준: 영향력(Influence): 기록유산이 한 나라 문화의 경계를 넘어 세계의 역사에 중요한 영향력을 끼쳐 세계적인 중요성을 갖는 경우 ex) 세계 역사를 형성하는 데 도움을 준 정치, 종교 서적 등.

☞ 연행록은 국제정치와 외교관계의 기록물이며 종교 간의 존재인식과 그 전파의

매개체 구실을 하였다. 특히 서양 종교(천주교)와 동양 종교(불교, 도교, 유교 등) 간의 소통에 informant 구실을 하였다.

시간(Time): 국제적인 일의 중요한 변화의 시기를 현저하게 반영하거나 인류 역사의 특정한 시점에서 세계를 이해할 수 있도록 두드러지게 이바지한 경우 ex) 초기 영화산업의 자료 유산, 독립운동 또는 특정한 시점과 장소의 관습 등과 관련된 내용.

☞ 연행록은 13세기부터 19세기까지의 동아세아를 이해하는데 가장 구체적이고 가장 포괄적인 성격을 가진 기록물이다.

장소(Place): 기록유산이 세계 역사와 문화의 발전에 중요한 기여를 했던 특정 장소(locality)와 지역(region)에 관한 중요한 정보를 담고 있는 경우 ex) 농업혁명과 산업혁명 기간 동안에 전 세계 여러 지역의 특별히 중요한 장소와 관련되거나, 전 세계 역사에 큰 반향을 일으킨 정치, 사회 종교 운동의 태동을 목격하고 있는 기록유산.

☞ 연행록은 17~19세기 중국, 한국, 일본, 태국, 월남 지역의 정치 문화 종교 등에 관한 중요한 정보를 담고 있다. 사람(People): 전 세계 역사와 문화에 현저한 기여를 했던 개인 및 사람들의 삶과 업적과 특별한 관련을 갖는 경우.

☞ 연행록은 동아세아의 지배계층과 피지배계층 개개인의 삶의 방식과 구라파와 미국 등 여러 나라 종교 지도자들의 동아세아 포교활동과 업적이 기록되어 있다.

대상/주제(Subject/Theme): 세계 역사와 문화의 중요한 주제를 현저하게 다룬 경우. ex) 러시아 과학 아카데미 도서관에 있는 Radziwill Chronicle(편년사)사업.

☞ 연행록은 동아세아의 역사와 문화를 시대마다 각기 다른 시각과 가치관을 가지고 topic별로 기록하였다. 형태 및 스타일(Form and Style): 형태와 스타일에서 중요한 표본이 된 경우. ex) 야자수 나뭇잎 원고와 금박으로 써진 원고, 근대 미디어 등.

☞ 연행록은 일기체, 담론체, 시가체의 형태와 스타일로 전형화 되어 있다. 사회적 가치(Social Value): 하나의 민족 문화를 초월하는 사회적, 문화적 또는 정신적으로 두드러진 가치가 있는 경우.

☞ 연행록은 동아세아인과 세계인의 문화적 소통과 동아세아인들의 정신사가 담긴 기록물이다.

이차적인 기준(등록보조기준): 원상태로의 보존(Integrity): 특별히 완벽한 상태로 보존되어 있는 경우 희귀성(Rarity): 독특하고 특별히 진귀한 경우.

☞ 연행록은 소장처가 한국, 일본, 미국 등 여러 나라에 산재하여 있고 한국에서도 여러 공공기관과 전국 여러 곳의 도서관뿐 아니라 여러 문중과 다수의 개인들이 소장하고 있어서 그 보존과 관리가 대단히 어려우며 소실 가능성이 매우 높은 기록물이다. 따라서 이번 『燕行錄叢刊』데이터베이스(database)와 그 원전들을 유네스코 세계의 기록유산으로 등재하여 전 세계인들이 관심을 가지고 보존하도록 하여야 할 것이다.

다음은 2013년 연행록총간 증보판 데이터베이스database 구축 완성 관련 기사다.

기사1 　『연행록총간 증보판』 총 556종
[누리 다이어리] 2013.04.23. 09:33
[연행록총간증보판/임기중] 연행(燕行) 바닷길, 생생한 '그림지도'로 본다
-이 필체는 기사. 참조.

• 연행(燕行) 바닷길, 생생한 '그림지도'로 본다

물길·지형·위험지역 등 표시한 '수로 연행도' 희귀본 13종 공개
『연행록총간 증보판』, 700년 지속된 다양한 한중 교류 기록 집대성
'심양일기', '열하일기 이본' 등 총 556종…세계기록유산 등재 추진

조선시대의 사신이 바닷길을 통해 중국에 갈 때, 수로와 지형, 위험지역 등을 생생하게 컬러 그림에 담은 희귀한 자료가 일반에 공개됐다. 지형과 방향만 표시하는 일반 해도와 달리, 풍랑이 심했던 지역은 파도를 높고 험하게 그리고, 승천하는 용 그림을 통해 용오름 현상을 표현하는 등, 기상천외한 방식으로 실용적 정보를 담은 점 등이 흥미를 끈다. 임기중(75) 동국대 명예교수는 오는 15일 '수로 연행도' 희귀본 13종 등 101종의 연행 관련 자료를 추가한 『연행록총간 증보판』을 펴냈다.

바닷길로 중국에 가는 여정을 연속된 그림으로 표현한 <제항승람 건.곤>의 한
페이지. 풍랑이 심한 지역에 높은 파도를 그리고 용오름 현상을 그려 넣었다.
(죽천 이덕형 공의 후손 이성원님 소장본)

• 화공 동원해 그린 수로 연행도, 일반에 첫 선

지금까지 공개된 연행 관련 자료들은 주로 문자 기록이 중심이었으나, 이번에 공개
된 '수로 연행도' 관련 자료들은 사신이 수로를 이용해 중국에 갈 때 중국까지 가는
물길 코스를 여러 장의 그림에 담은 것이라는 점에서 주목을 끈다. 이번에 공개된 '수
로 연행도'는 1617~1636년 사이에 후금(청나라의 전신)을 세운 건주 여진의 등장으로
육로를 통한 중국행이 차단당했을 때 뱃길을 통해 명나라에 사신을 보내면서 작성된
것이다. 육로와 달리 잘 알려지지 않았던 수로 연행의 여러 가지 위험 요소에 대비하
기 위해 화공을 대동하여 지형, 위험지역 등을 그림으로 남기도록 한 것이 '수로 연행
도'이다. 임 교수에 따르면, 이 '수로 연행도'는 화공이 직접 사신의 배에 동승해 현장
에서 컬러로 그렸으며, 본국으로 돌아온 뒤 부본을 작성해 다음 번 수로 연행을 할
이들에게 참고 자료로 남겨졌다고 한다.

당시 바닷길은 사신 일행이 생사를 걸어야 할 정도로 위험한 길이었다. 1617~1636
년 사이에 수로를 통해 명나라에 다녀온 바 있는 조선 중기의 문신인 안경(安璥,
1564~?)은 풍랑으로 죽을 고비를 넘긴 뒤 조선으로 돌아와, 후손들이 자신처럼 또 위
험한 수로로 연행을 가야 할 것이 우려되어 "문과 급제를 시키지 말라"는 유언을 남겼
을 정도였다. 이번에 펴낸『연행록총간 증보판』에는「항해조천도(航海朝天圖)」를 비

롯하여 총 13종(138면)의 수로연행도가 수록되었다.

이 중「제항승람 건·곤(梯航勝覽 乾·坤)」은 평안도 곽산을 출발하여 중국 봉래(蓬萊, 오늘날의 산둥성 펑라이시)에 도착할 때까지 주요 지명과 연행 과정에 위치한 섬 등을 '의궤' 형식으로 꼼꼼하게 기록하고 있어 눈길을 끈다. 지형과 방향만 표시하는 일반 해도와 달리, 풍랑이 심했던 지역은 파도를 높고 험하게 그리고, 승천하는 용을 그림으로써 용오름 현상을 표현하는 등 기상천외한 방식으로 실용적 정보를 담기 위해 노력한 점도 매우 흥미롭다. 또 중국 봉래의 봉래각과 항구의 지형 등 연행 경로 주변의 지형과 정황을 매우 사실적으로 묘사하고 있어 사료적 가치도 매우 높다. 특히「항해조천도(航海朝天圖)」(작자 미상, 1624년)에는 요동 도독으로 있다 후금에게 패해 압록강 변으로 도망친 뒤 평안도 앞바다의 가도(椵島)에 숨어 있던 명나라 장수 모문룡(毛文龍, 1576~1629)에 관한 기록도 남아 있어, 후금 - 명 - 조선 사이의 긴박한 삼각관계의 일단도 엿볼 수 있다.「항해조천도」에는 "가도, 모문룡 장군이 진을 치고 머물렀던 곳"(椵島毛帥留鎭處)이라는 기록이 남아 있다. 산둥성 펑라이시는 최근 임 교수에게 봉래각이 그려진 수로 연행도 관련 자료를 제공할 것을 요청해왔다. 중국 쪽도 이 자료의 역사적 문화사적 생활사적 가치를 높이 평가하고 있다는 반증이다.

우측에서 좌측으로 이어지는 수로연행도. 곽산(右)을 출발하여 봉래(左)에 도착할 때까지의 연행 과정을 연속하여 기록함.

• 〈연행록총간〉 다섯 번 째 증보, 총 556종 수록

이번에 출시된『연행록총간 증보판』데이터베이스는, 임 교수가 2001년 398종의 연행록을 100권에 실어 출간한 이래 다섯 번째 증보이다.『연행록총간』은 증보를 거듭하면서 국내외 연행록과 관련한 자료를 거의 망라했으며, 증보 때마다 이본, 희귀본 등 주요 연구 자료들을 추가해 화제를 모아왔다. 이번에는 모두 101종이 증보되어 수

록 연행록 수는 총 556종에 이르렀다. 이번에 증보된 연행록에는 '수로 연행도' 13종 이외에 '심양일기류' 17종과 '열하일기 이본' 19종도 포함됐다.

• 청에 볼모로 잡혀간 소현세자의 행적 기록한 심양일기류 17종 수록

이번에 수록된 '심양일기류' 17종 또한 주목할 만한 내용이다. 임 교수는 『심양일기』(瀋陽日記)를 연행록에 포함시킬 것인가 말 것인가를 두고 오랫동안 고민해왔다. 연행은 구체적으로 연경(오늘날의 북경)을 다녀온 기록이라는 뜻이기 때문이다. 하지만 당시 후금과 청의 수도였던 심양, 명의 임시 수도였던 남경은 연경과 똑같이 수도 구실을 했고, 이러한 이유로 임 교수는 명나라 때 남경에 다녀온 것도, 청나라 때 심양에 다녀온 것도, 여행으로 북경을 다녀온 것도 모두 『연행록총간 증보판』에 추가 수록했다. 명말 청초 조선의 외교 관계와 조선인들의 세계 인식, 동아시아의 국제교류와 경제적 관계 등을 확인할 수 있는 자료의 폭을 더 확장한 것이다.

『심양일기』는 청에 볼모로 잡혀간 소현세자(1612~1645)의 일거수일투족을 면면히 살펴볼 수 있는 자료라는 점에서 특기할 만하다. 『심양일기』는 소현세자가 볼모로 끌려갈 때 수행했던 시강원의 관리들이 기록한 것이다. 이와 더불어 이번 총간에는 『심양장계』(瀋陽狀啓)류도 수록했는데, '장계'는 세자의 행적을 조선 본국의 조정에 보고한 내용이어서 어떤 부분은 『심양일기』보다 더 상세히 기록되었다. 소현세자와 세자빈은 1641년 청나라가 둔전 경영을 허용하자 여기서 곡물을 경작하고 수확을 올려 청나라의 진귀한 기물을 사들이기도 했다. 특히 소현세자의 부인 강빈은 경제활동에서 수완을 나타내기도 했는데, 나중에 귀국한 뒤 이런 활동이 모두 문제가 되기도 했다. 이번 심양일기류의 수록으로 명말청초의 한중 관계 연구자들은 훨씬 수월하게 관련 자료를 검색하고 이용할 수 있게 됐다.

• 국내 최초로 '열하일기' 이본 한 데 모아 정본화 작업 가능해져

이번 총간에서 또 하나 눈여겨 볼 대목은 연암 박지원(1737~1805)의 『열하일기』 주요 이본 19종을 한데 모았다는 점이다. 문학·역사·사상적 측면에서 연행록의 백미

로 손 꼽혀온 박지원의『열하일기』는 조선 말기 지식인 사회에서 비교적 개방적이고 진취적인 인사들 사이에서 널리 읽힌 텍스트였기 때문에, 그 필사본 등 이본들도 텍스트로서 수준과 내공이 매우 높다고 임 교수는 지적한다. 하지만『열하일기』이본들은 각 소장처마다 '귀중본'으로 관리되어 있어 열람이 쉽지 않았고, 정본의 추정과 이본의 가치 판단 등에 어려움이 적지 않았다. 텍스트 연구의 차원에서『열하일기』연구는 아직 걸음마 단계이다. 이에 임 교수는『연행록총간 증보판』을 통해 미국 UC버클리 대학교 등에 산재해 있던 열하일기의 이본 19종을 한 데 모아 공개함으로써,『열하일기』의 정본화 작업과 이본 텍스트 연구의 새 장을 열었다고 할 수 있다.

• 연행록의 가치와 유네스코 세계기록유산 등재 추진

임 교수는 연행록 연구와 함께 연행록의 유네스코 세계기록유산 등재를 추진하고 있다. 멀리는 고려시대부터 조선과 대한제국에 이르기까지, 중국의 송·원·명·청 등 각 왕조와 왕래하며 700년 동안 교유한 내용을 다양한 방식의 기록으로 남긴 것은 세계 역사에서 유례를 찾아볼 수 없는 독보적인 기록 문화로서 그 가치가 매우 높다는 판단을 하고 있기 때문이다. 더욱이 연행을 담당했던 계층은 조선시대의 지배계급으로 조선조 통치철학의 이념적 기초를 제공한 엘리트 집단이었다. 공식 문서인 실록과 달리 그들은 자신들이 체험한 당시의 상황을 체제나 형식에 얽매이지 않고 가감 없이 기록하며 연행의 사실성을 극대화했다.

이러한 사실을 반증하듯 베이징대학교의 명청사학회, 저장(浙江)대학교, 광시(廣西)사범대학교 등에서는 적지 않은 연구자들이 연행록 연구에 참여하고 있다. 중국 쪽 학자들은 명실록이나 청실록 등 중국 쪽 사료에서는 찾아볼 수 없는 민간 차원의 독특한 교류 기록이라는 점에서 연행록을 높이 평가하고 있다.

임 교수는 지난 3~4년 전부터 연행록의 유네스코 기록문화유산 등재를 추진하고 있지만, 그 과정이 쉽지만은 않다. 유네스코 등재는 한국문화재청에 관련 서류를 제출하면 문화재청 위원이 심사를 진행하고, 이를 거쳐 유네스코에 신청서가 제출되는 방식인데, 연행록 자료가 워낙 방대하다 보니 소장 기관의 동의를 얻는 데 상당한 시간이 소요되기 때문이다. 그럼에도 임 교수는 "시간이 얼마나 걸리든 연행록을 반드시 유네스코 기록문화유산에 등재해, 한·중 두 나라를 축으로 동아시아와 세계사로 이어진 700년 평화의 기록을 지구촌 사람들의 자산이 되도록 하겠다"고 말했다.

- 동북아 700년 교류사 DVD 12장으로 집대성

임 교수는 1960년부터 약 50년 간 연행록의 수집 및 연구를 계속해 왔고, 그 동안 100여 종에 불과할 것이라고 생각했던 연행록을 현재 556종까지 발굴하며 5차 증보판을 출간했다. 그런 그에게 추후 증보가 가능할까라는 질문을 던지자, 그는 일말의 망설임도 없이 "그렇다"고 답했다. "구슬이 서 말이라도 꿰어야 보배지요. 연행록 역시 수집을 통해 보배로서 그 가치를 인정받은 케이스입니다. 이는 연행록 연구에 대한 대중의 이해와 동의가 확장되었다는 것으로 해석할 수도 있고요. 때문에 연행록 추가 수집 및 증보를 위해 제 연구는 계속될 것입니다. 물론 연행록의 세계기록유산 등재 추진 역시 같은 맥락이겠지요."

『연행록총간 증보판』 데이터베이스는 DVD와 웹 서비스를 통해 이용할 수 있다. DVD는 12장으로 구성되어 있으며, 한국의 대표적 지식 콘텐츠 KRpia(http://krpia.co.kr)에서 웹 서비스를 제공한다.

『연행록총간 증보판』은 고려시대와 조선시대(13C~19C)의 작자가 확인된 314명과 그 밖의 여러 연행사들이 중국을 왕래하며 남긴 556종의 개인적 기록을 담고 있다. 10만 1천 여 면의 영인본 이미지는 물론, '통문관지(通文館志)', '동문휘고(同文彙考)' 등의 참고자료를 수록하여 전체적인 완성도를 높였으며, 1,800여 회의 중국 왕래 일람표를 정리 수록하여 동아시아 700년 교류의 역사를 재구성하였다.

나아가 자료들을 연행 연도순으로 배열하였으며 연행록 별로 상세 목차를 작성하여 목차 검색이 용이하게 하였다. 또 세기별·왕대별·작자별로 검색할 수 있게 서비스함으로써 데이터베이스 이용의 효율성을 극대화하였다. 다만 모든 자료가 영인본으로 구성되어 있어 텍스트 원문을 검색, 활용할 수 있는 기능이 없다는 점은 아쉽다. 연행록의 사료 가치와 기록문화로서 가치가 해가 다르게 부각되고 있는 만큼, 연행록의 디지털 텍스트화 작업은 국가 지식 DB 구축 사업의 일환으로 국가가 예산을 지원해 본격 진행할 만한 가치를 가지고 있다.

*『연행록총간 증보판』에 대한 자세한 내용 및 임기중 교수님 인터뷰 등은 서비스 담당자(최병숙 부장 bschoi0321@nurimedia.co.kr, 02-710-5332)에게 문의해주시기 바랍니다.

* 연행록총간 증보판 보도 더 보기
  - 한겨레 : "조선사신 중국 뱃길 연행 사지 떠나듯 두려워했다"
  - 연합뉴스 : 중국행 조선 사절 발자취, 생생한 '그림지도'로 본다
  - 뉴시스 : 조선시대에 북경 무사히 다녀오는 법, 임기중 교수 '연행록 총간'
  - 경향신문 : 임기중 동국대 명예교수 '연행록 총간 증보판' 발간
  - 서울신문 : 조선시대 중국行 '바닷길 내비게이션'
  - BBS : 임기중 東大 교수, 연행 바닷길 희귀 자료 공개

• '연행록'의 통칭에 대하여

　'연행'에 대한 통칭은 오랫동안 혼용되었던 것이 사실이다. 대표적으로 사신이 임무를 수행하기 위하여 떠나는 길이라는 뜻의 '사행(使行)', 중국 천자를 배알한다는 뜻의 '조천(朝天)', 사신이 중국 연경(북경)을 다녀온다는 뜻의 '연행(燕行)'을 들 수 있다. 이에 임기중 교수는 사대사상에 입각한 '조천' 및 연행의 목적지가 불분명 또는 광범위한 '사행'의 사용을 지양함으로써 '연행록'으로 그 통칭을 일원화하였다.

　다음은 연행록총간 증보판 데이터베이스 표지다

[임기중 교수의 연행록 5차 증보 현황]

1차(2001) : 연행록전집(100권) - 총 398종의 연행록 수록/동국대학교 출판부 발행

2차(2001) : 연행록전집 일본소장편(3권) - 일본에 있는 연행록 자료 발굴/일본의 京都大 夫馬進(Fuma Susumu) 교수와 공편으로 출간/동국대학교 한국문학연구소 발행

3차(2008) : 연행록속집(50권) - 연행록 전집 이후 수집본을 101권부터 150권까지로 정리하여 출판/연행록 전집 이후 수집본을 101권부터 150권까지로 정리하여 출판/상서원 발행 기증본으로 자비 출판

4차(2011) : 연행록총간 DB - 정본화 작업을 거쳐 455종의 엄선된 연행록 수록/외장하드, DVD 10장, 웹사이트/㈜누리미디어

5차(2013) : 연행록총간 증보판 DB - 연행록 10여 종 추가 수록/ 총 556종의 연행록 수록/수로연행도류, 열하일기류, 심양일기류 등 이본들 추가 수록/DVD 12장, 웹사이트/㈜누리미디어

기사-2 연행록총간 증보판 비하인드 스토리 (2)

[누리 다이어리] 콘텐츠 소개 / 2013.05.01. 09:00
비하인드 스토리 (2) 5번째 연행록, 이번엔 다르다!
-이 필체는 기사. 참조.

• 5번째 연행록, 이번엔 다르다!

〈연행록총간 증보판〉 비하인드 스토리! 그 두 번째 시간입니다. 1탄은 '연행록, 국내 13번째 세계기록유산 될까?'라는 주제로 연행록의 이모저모를 살펴 보았는데요. 이번 시간에는 〈연행록총간 증보판〉의 특징과 증보 과정에 담긴 이야기를 펼쳐보려고 합니다. 자, 인터뷰 열독하실 준비 되셨나요? 그럼 지금 바로 시작합니다!

Q. 이번 〈연행록총간 증보판〉에 '수로연행도류'가 수록되었는데요. '수로연행도'란 무엇인가요?

A. 연행 시 수로는 위험한 길이었으므로 이를 극복하기 위해 정확하게 소요되는

시간, 출발지부터 목적지까지의 거리, 바다의 변화 양상 등에 대한 정보가 필요했고 이러한 연유로 제작된 것이 바로 수로연행도입니다.

임기중 교수님의 사무실에서 발견한 <연행록총간> DVD 및 리플렛

사실성의 측면, 희귀성의 측면, 전통적인 해도와 다른 발상에서 시작되었다는 측면에서 가치를 지닌다고 할 수 있지요. 당시 바닷길은 생사를 걸 정도로 굉장히 위험한 길이었습니다. 1617~1636년 사이에 수로를 통해 명나라에 다녀온 바 있는 조선 중기의 문신인 안경(安璥, 1564~?)은 풍랑으로 죽을 고비를 넘긴 뒤 조선으로 돌아와, 후손들이 자신처럼 또 위험한 수로로 연행을 가야 할 것이 우려되어 "문과 급제를 시키지 말라"는 유언을 남겼을 정도였습니다.

아래 그림(〈제항승람 건·곤〉)을 보면 풍랑이 심했던 지역은 파도를 높고 험하게 그리고, 승천하는 용 그림을 통해 용오름 현상을 표현하는 등, 기상천외한 방식으로 실용적 정보를 담고 있습니다.

접지 부분에 구름 사이로 승천하는 용을 그려냈는데, 이는 '용오름 현상'을 표현한 것이다.(출처 : <제항승람 건．곤>)

Q. 5차 증보인 이번에야 뒤늦게 수록하게 된 특별한 이유가 있나요?

A. 수로연행도는 제가 1970년대 국립중앙도서관에서 처음 발견한 기록물입니다. 수로연행도에 대한 제목도 없어 찾기가 힘든 것은 말할 것도 없었지요. 추후 계속적으로 연행도류를 발굴하자 국립중앙도서관에서 "연행도"라고 명명할 정도였어요. 당시에는 도서관에서 사진 촬영이 불가했는데, 연행도류의 연구적 가치가 충분하다고 판단하여 담당자에게 허락을 구한 후 사진사까지 동원하여 관련 자료를 모두 촬영했지요. 그 후 40여 년이 지난 후에야 자료로 공개하게 된 이유는, 당시에는 학자들이 연행도의 존재를 알고는 있었으나 이에 대한 관심과 연구 진척 사항이 없었기 때문입니다. 이용 가치가 낮으니 출판은 상상도 할 수 없는 일이었지요.

Q. 그 동안의 증보 현황은 어떻게 되는지요.

A. 연행록 출간은 총 5회에 걸쳐 이뤄졌는데요. 1차 〈연행록전집〉 100권, 2차 일본 학자와 공동 연구, 3차 50권 증보, 4차 누리미디어에서 〈연행록총간〉 DB 출시, 그리고 이번 〈증보연행록총간〉 DB까지 5회 진행되었습니다.

Q. 우리에게 친숙한 박지원의 '열하일기' 이본도 이번에 많이 추가되었다고 들었습니다.

A. 네, 맞습니다. 열하일기는 모든 이본들의 수준이 높고 영향력이 분명하여 내공 있는 연행록 연구로 평가되는 기록이지요. 하지만 각 소장처마다 귀중본으로 관리되어 있어 열람이 어려웠고 때문에 이본 비정 작업이 어려울 수밖에 없었습니다. 어느 것이 정본인가에 대한 연구가 아직도 진행중인 것은 말할 것도 없고요. 이에 〈연행록총간 증보판〉을 통해 미국 UC버클리 대학교 등에 산재해 있던 열하일기의 이본 19종을 한 데 모아 정본화 작업과 이본 텍스트 연구에 편의성을 더했습니다.

Q. 이번 〈연행록총간 증보판〉에 심양일기류를 추가 수록한 점도 눈에 띕니다.

A. 사실 '심양일기'를 연행록에 포함시킬 것인가 말 것인가를 두고 오랫동안 고민해 왔습니다. 연행은 구체적으로 연경(오늘날의 북경)을 다녀온 기록이라는 뜻이기 때문이지요. 하지만 당시 후금과 청의 수도였던 심양, 명의 임시 수도였던 남경

은 연경과 똑같이 수도 구실을 했고, 이러한 이유로 명나라 때 남경에 다녀온 것도, 청나라 때 심양에 다녀온 것도, 여행으로 북경을 다녀온 것도 모두 〈연행록총간 증보판〉에 추가 수록했습니다. 명말 청초 조선의 외교 관계와 조선인들의 세계 인식, 동아시아의 국제교류와 경제적 관계 등을 확인할 수 있는 자료의 폭을 더 확장한 것이지요.

Q. 100여 종에 불과할 것이라던 연행록을 현재 556종까지 발굴하며 5차 증보판을 출간했는데요. 추후 증보가 더 가능할까요?

A. 구슬이 서 말이라도 꿰어야 보배지요. 연행록 역시 수집을 통해 보배로서 그 가치를 인정받은 케이스입니다. 이는 연행록 연구에 대한 대중의 이해와 동의가 확장되었다는 것으로 해석할 수도 있고요. 때문에 연행록 추가 수집 및 증보를 위해 제 연구는 계속될 것입니다. 물론 연행록의 세계기록유산 등재 추진 역시 같은 맥락이겠지요.

Q. 여기서 잠깐! 〈연행록총간 증보판〉은 어디에 있다구요?

A. 〈연행록총간 증보판〉 데이터베이스는 DVD와 웹 서비스를 통해 이용할 수 있습니다. DVD는 12장으로 구성되어 있으며, 한국의 대표적 지식 콘텐츠 KRpia (http://krpia.co.kr)에서 웹 서비스를 제공합니다. 〈연행록총간 증보판〉은 고려시대와 조선시대(13C~19C)의 작자가 확인된 314명과 그 밖의 여러 연행사들이 중국을 왕래하며 남긴 556종의 개인적 기록을 담고 있습니다. 10만 1천 여 면의 영인본 이미지는 물론, '통문관지(通文館志)', '동문휘고(同文彙考)' 등의 참고자료를 수록하여 전체적인 완성도를 높였으며, 1,800여 회의 중국 왕래 일람표를 정리 수록하여 동아시아 700년 교류의 역사를 재구성하였습니다. 나아가 자료들을 연행 연도순으로 배열하였으며 연행록 별로 상세 목차를 작성하여 목차 검색이 용이하게 하였습니다. 또 세기별·왕대별·작자별로 검색할 수 있게 서비스함으로써 데이터베이스 이용의 효율성을 극대화하였습니다.

기사-3 조선사신 중국 뱃길 연행 사지 떠나듯 두려워했다

[한겨레신문] 등록 :2013-04-23 19:58
수정 :2013-04-23 21:09
〈한겨레 인기 기사〉 -이 필체는 신문 기사. 참조.

• 임기중 교수 '연행록' 증보판 뱃길 기록 '수로연행도' 13종 추가
파도·용오름 독특한 그림 눈길 유네스코 기록유산 등재 추진

"후손들에게 문과급제를 시키지 말라."

조선 중기 문신인 안경(1564~?)이 남긴 유언이다. 안경은 바닷길을 통해 사신으로 중국 연경(현재 베이징)을 다녀오면서 죽을 고비를 넘겼고, 후손들이 자신처럼 목숨을 걸어야 하는 연행(연경에 가는 사신 행차)을 가게 될까봐 이런 유언을 남긴 것이다. 안경처럼 바닷길을 통해 중국에 다녀온 사신들이 물길과 지형, 위험지역 등을 그림으로 남겨놓은 자료인 '수로연행도' 13종이 공개됐다. 임기중(75) 동국대 명예교수는 수로연행도 13종을 포함해 총 101종의 연행 관련 자료가 추가된 〈연행록총간 증보판〉을 최근 펴냈다. '연행록'은 사신들이 연행에서 겪은 일들을 정리한 기행문이다.

이번 〈연행록총간 증보판〉은 임 교수가 2001년 398종의 연행록을 100권으로 정리해 책을 펴낸 이래 다섯 번째 증보판으로, 작자가 확인된 314명을 포함해 여러 연행 사신이 남긴 556종의 연행록이 실려 있다. 임 교수는 네번째 증보판부터는 디브이디(DVD) 형태로 작업해왔으며, 이번 증보판은 12장의 디브이디에 담겨 있다. 인터넷 정보 업체 누리미디어의 한국학 전문 사이트 케이알피아(KRpia, http://krpia.co.kr)에서 유료로 이용할 수도 있다. 10만여 쪽에 이른 영인본 이미지와 1800여회의 중국 왕래 일람표 등이 담겨 있고, 영인본이라서 본문은 검색이 안 되지만 목차, 연대, 작가 등은 모두 검색할 수 있다. 이번에 공개된 수로연행도는 여러 장의 그림으로 구성돼 있다. 일반적으로 연행은 육로를 통해 갔지만, 1617~1636년 명·청 교체기에 여진족 때문에 육로가 차단되면서 뱃길을 통해 명나라에 사신을 보내야 했을 때 작성됐다. 육로 연행은 200~500명에 이르는 대규모였지만, 뱃길 연행은 규모가 30여명에 불과했고 큰 배도 없어 작은 목선 6~7척에 나누어 타야 했다.

임 교수는 〈한겨레〉와의 통화에서 "육로 연행에서도 죽거나 다친 사람이 많았지만,

바다로 가는 연행은 훨씬 위험해 문자 그대로 목숨을 걸어야 했다"고 말했다. 수로연행도는 화공이 직접 사신의 배에 같이 타 현장에서 그렸으며, 본국으로 돌아온 뒤 부본(또 하나의 원본)을 작성해 다음 수로 연행을 갈 사람들에게 참고 자료로 남겼다고 한다. 풍랑이 심했던 지역은 파도를 높고 험하게 그리고, 용오름 현상은 승천하는 용 그림으로 표현하는 등 흥미로운 점이 많다. "중국의 문화가 수입돼 우리 문화에 영향을 주는 루트에 대해 고민하다 연행록에 주목하게 됐다"는 임 명예교수는 1960년대 이후 꾸준히 연행록 발굴 작업을 해오고 있다. 그는 "연행록에서 약자의 입장에서 평화를 지키기 위해 우리 선조들이 발휘한 지혜를 찾을 수 있다"며 "중국에 조공을 바치긴 했지만, 연경에서 우리 자존심을 꺾고 굽실거린 관리들은 귀국하자마자 처벌을 받기도 했다"고 말했다. 그는 또 "연행록에는 당시 세계 문화의 중심지였던 중국의 문화, 연경에 모여든 일본, 동남아, 유럽인들의 모습이 모두 담겨 있어, 우리나라 문헌으로서는 드물게 세계성을 띠고 있다"고 강조했다. 임 교수는 외교사, 생활사로서 연행록의 특징이 드러나는 일화로 '우황청심환 외교'를 소개했다. 그는 "당시 중국 관리들이 중요 자료를 보여주지 않는다거나, 어디에 들여보내지 않는다거나 하면 조선에서 가져간 우황청심환 한두 알을 슬쩍 건네주면 다 해결됐다고 한다"고 전했다. 당시 가장 인기 있는 '뇌물'이었던 셈이다. 임 교수는 연행록을 유네스코 기록문화유산에 등재시키기 위한 준비 작업을 하고 있다. 그는 "고려시대부터 조선과 대한제국에 이르기까지, 중국의 송·원·명·청 등 여러 왕조와 왕래하며 700여 년 동안 교류기록을 남긴 것은 세계역사에서 유례를 찾기 힘들다"고 말했다.(안선희 기자)

기사-4 '수로 연행도' 희귀본 13종 공개

[연합뉴스] 기사입력 2013-04-16 13:39 신창용 기자
-이 필체는 신문 기사. 참조.

• 중국행 조선 사절 발자취, 생생한 '그림지도'로 본다

　연행록 총간 증보판…'수로 연행도' 희귀본 13종 공개

　(서울 = 연합뉴스) 신창용 기자 = 조선시대 사신(使臣)이 바닷길을 통해 중국에 갈

때 수로와 지형, 위험지역 등을 생생한 컬러 그림에 담은 희귀한 자료가 일반에 공개됐다. 임기중(75) 동국대 명예교수는 '수로 연행도' 희귀본 13종 등 총 101종의 연행 관련 자료를 추가한 '연행록(燕行錄) 총간 증보판'을 펴냈다고 16일 말했다.

'연행'이란 중국 서울인 연경(燕京. 북경)에 가는 사신 행차를 말한다. 사신들이 연행에서 보고 들은 바를 정리한 수필 기행문을 '연행록'이라고 한다. 지금까지 공개된 연행 관련 자료는 주로 문자 기록이 중심이었다. 하지만 이번에 공개된 '수로 연행도' 관련 자료들은 사신이 바닷길을 이용해 중국에 갈 때 중국까지 가는 물길 코스를 여러 장의 그림에 담은 것이어서 주목된다. 이번에 공개된 '수로 연행도'는 1617~1636년 후금(청나라의 전신)을 세운 건주 여진의 등장으로 육로를 통한 중국행이 차단당했을 때 뱃길을 통해 명나라에 사신을 보내면서 작성된 것이다. 수로 연행의 여러 가지 위험 요소에 대비하기 위해 화공을 대동해 지형, 위험지역 등을 그림으로 남기도록 한 것이 '수로 연행도'다. 임 교수에 따르면 '수로 연행도'는 화공이 직접 사신의 배에 같이 타 현장에서 컬러로 그렸으며, 본국으로 돌아온 뒤 부본(副本·또 하나의 원본)을 작성해 다음 수로 연행을 갈 이들에게 참고 자료로 남겼다고 한다. 아울러 지형과 방향만 표시하는 일반 해도와 달리 풍랑이 심한 지역은 파도를 높고 험하게 그리고, 승천하는 용 그림을 통해 용오름 현상을 표현하는 등 실용적 정보를 담은 점이 흥미를 끈다. 용오름이란 격심한 회오리바람을 동반하는 기둥모양 또는 깔때기 모양의 구름이 적란운 밑에서 지면 또는 해면까지 닿아있는 현상을 말한다. 이번에 펴낸 '연행록총간 증보판'에는 '항해조천도(航海朝天圖)'를 비롯해 총 13종(138면)의 수로 연행도가 수록됐다. 이번 증보판은 임 교수가 2001년 398종의 연행록을 100권으로 정리해 출간한 이래 다섯 번째 증보판이다. 국내외 연행록과 관련한 자료를 망라한 '연행록총간'은 이번에 모두 101종이 증보돼 수록 연행록 수는 총 556종에 이른다. 이번에 증보한 연행록에는 '수로 연행도' 13종 이외에 심양일기(瀋陽日記)류 17종과 '열하일기 이본' 19종도 포함됐다.

심양일기류 17종 또한 주목할 만한 내용이다. 심양일기는 청에 볼모로 잡혀간 소현세자(1612~1645)를 수행한 시강원의 관리들이 기록한 것으로, 소현세자의 일거수일투족을 면면히 살펴볼 수 있는 자료라는 점에서 특기할 만하다. 임 교수는 "이번 총간에는 심양장계(瀋陽狀啓)류도 수록했다"면서 "'장계'는 세자의 행적을 조선 본국의 조정에 보고한 내용이어서 어떤 부분은 '심양일기'보다 더욱 더 상세히 기록됐다"고 소개했다. 이번 총간에서 또 하나 눈여겨볼 대목은 연암 박지원(1737~1805)의 '열하일기' 주요 이본 19종을 한데 모았다는 점이다. 임 교수는 "문학·역사·사상적 측면에서 연행록의 백미로 손꼽혀온 박지원의 '열하일기'는 조선 말기 지식인 사회에서 비교적 개방적이고 진취적인 인사들 사이에서 널리 읽힌 텍스트였다"면서 "그 필사본 등 이본들도 텍스트로서 수준과 내공이 매우 높다"고 지적했다. 임 교수는 연행록 연구와 함께 연행록의 유네스코 세계기록유산 등재를 추진하고 있다. 멀리는 고려시대부터 조선과 대한제국에 이르기까지 중국의 송·원·명·청 등 각 왕조와 왕래하며 700년 동안 교유한 내용을 다양한 방식의 기록으로 남긴 것은 세계 역사에서 유례를 찾아볼 수 없는 독보적인 기록 문화로서 그 가치가 매우 높다고 판단하기 때문이다. 임 교수는 "시간이 얼마나 걸리든 연행록을 반드시 기록문화유산에 등재해 한·중 두 나라를 축으로 동아시아와 세계사로 이어진 700년 평화의 기록을 지구촌 사람들의 자산이 되도록 하겠다"고 말했다.

'연행록총간 증보판'은 DVD와 웹 서비스를 통해 이용할 수 있다. DVD는 12장으로 구성돼 있으며, 누리미디어가 운영하는 한국학 전문 사이트인 KRpia(http://krpia.co.kr)에서 웹 서비스를 제공한다. '연행록총간 증보판'은 고려시대와 조선시대(13~19세기)의 작자가 확인된 314명과 그 밖의 여러 연행사가 중국을 왕래하며 남긴 556종의 개인적 기록을 담고 있다. 10만1천여 쪽에 달하는 영인본(影印本) 이미지는 물론 '통문관지(通文館志)', '동문휘고(同文彙考)' 등의 참고자료를 수록했다. 1천800여 회의 중국 왕래 일람표를 정리, 수록해 동아시아 700년 교류의 역사를 재구성했다. (신창용 기자)

기사-5 조선시대에 북경 무사히 다녀오는 법, 임기중 교수 '연행록 총간'
[뉴시스] 기사입력 2013-04-16 18:00 오제일 기자
-이 필체는 신문 기사. 참조.

1617~1636년 수로를 통해 명나라에 다녀온 조선 중기의 문신 안경(1564~?)은 후

손들이 위험한 수로로 연행을 가게 될 것을 염려해 유언을 남겼다. 연행은 오늘날의 베이징을 뜻하는 '연경'을 다녀온 기록이다. 조선시대 바닷길은 사신 일행이 생사를 걸어야 할 정도로 위험했다.

임기중(75) 동국대 명예교수가 조선시대 사신이 바닷길을 통해 중국에 갈 때 사용한 해양지도인 '수로 연행도' 희귀본 13종 등 101종의 연행 관련 자료를 추가한 '연행록총간 증보판'을 펴냈다. 2001년 398종의 연행록을 100권에 실어 출간한 이래 다섯 번째 증보다.

'수로 연행도'는 육로와 달리 잘 알려지지 않은 수로 연행의 위험 요소에 대비하기 위해 화공을 대동해 지형, 위험 지역 등을 그림으로 남긴 것이다. 사신의 배에 동승한 화공이 현장에서 컬러로 그려 본국으로 돌아와 다듬은 '수로 연행도'는 수로 연행을 앞둔 이들에게 전해졌다.

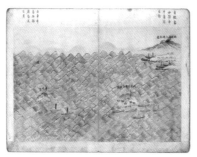

책에 실린 '수로 연행도'는 1617~1636년 후금(청나라의 전신)을 세운 건주 여진의 등장으로 육로를 통한 중국행이 차단당했을 때 뱃길을 통해 명나라에 사신을 보내면서 작성됐다. 지형과 방향만 표시하는 일반 해도와 달리, 풍랑이 심한 지역은 파도를 높고 험하게 그리는가 하면, 승천하는 용 그림을 통해 용오름 현상도 표현했다. 특히, '항해조천도(航海朝天圖)'에는 요동 도독으로 있다 후금에 패해 압록강변으로 도망친 뒤 평안도 앞바다 가도(椵島)에 숨어있던 명나라 장수 모문룡(1576~1629)에 관한 기록도 남아있어 후금 - 명 - 조선 사이의 긴박한 삼각관계도 엿볼 수 있다.

아울러 '연행록총간 증보판'에는 '수로 연행도'와 함께 소현세자(1612~1645)가 청에 볼모로 끌려갔을 때의 상황을 수행했던 시강원의 관리들이 기록한 '심양일기(瀋陽日記)'류 17종과 문학·역사·사상적 측면에서 연행록의 백미로 손꼽히는 '열하일기(熱河日記)'의 이본 19종도 실렸다. 임 교수는 '연행록총간 증보판' 발간과 함께 연행록의 유네스코 세계기록유산 등재도 추진하고 있다. "중국의 송·원·명·청 등 각 왕조와 왕래하며 700년 동안 교류한 내용을 다양한 방식의 기록으로 남긴 것은 세계 역사에서 유례를 찾아볼 수 없는 독보적인 기록 문화로서 그 가치가 매우 높다"는 판단이다.(오제일 기자)

임기중 동국대 명예교수 '연행록 총간 증보판' 발간

[경향신문] 입력 : 2013.04.16 21:43:15
-이 필체는 신문 기사. 참조.

임기중 동국대 명예교수가 '수로 연행도' 13종 등 총 101종의 연행(중국 연경으로 가는 사신 행차) 관련 자료를 추가한 '연행록 총간 증보판'을 펴냈다. '수로 연행도'는 조선시대 사신과 동행한 화공이 바닷길로 중국에 갈 때 수로와 지형, 위험지역을 그림에 담은 것이다. 1617~1636년 후금을 세운 건주 여진의 등장으로 육로가 막히자 뱃길로 가며 만든 것이다. 증보판은 '열하일기 이본' 19종도 담았다.

조선시대 중국行 '바닷길 내비게이션'

[서울신문] 수정 : 2013-04-18 17:50
문소영 기자 -이 필체는 신문 기사. 참조.

• **동국대 '연행록 총간 증보판'**

조선시대 사신(使臣)이 바닷길을 통해 중국에 갈 때 수로와 지형, 위험지역 등을 생생한 컬러 그림에 담은 희귀한 자료가 공개됐다. 임기중(75) 동국대 명예교수는 최근 '수로 연행도' 희귀본 13종 등 총 101종의 연행 관련 자료를 추가한 '연행록(燕行錄) 총간 증보판'을 펴냈다. '연행'이란 중국의 서울인 연경(燕京·베이징)에 가는 사신 행차로, 사신들이 연행에서 보고 들은 바를 정리한 수필기행문이 '연행록'이다. 이번에 공개된 '수로 연행도' 관련 자료들은 사신이 바닷길을 이용해 중국에 갈 때 중국까지 가는 물길 코스를 여러 장의 그림에 담은 것이다. 이번에 공개된 '수로 연행도'는 1617~1636년 후금(청나라의 전신)을 세운 건주 여진의 등장으로 육로를 통한 중국행이 차단당했을 때 뱃길을 통해 명나라에 사신을 보내면서 작성된 것이다. 지형과 방향만 표시하는 일반 해도와 달리 풍랑이 심한 지역은 파도를 높고 험하게 그리고, 승천하는 용 그림을 통해 용오름 현상을 표현하는 등 실용적 정보를 담은 점이 흥미를 끈다.(문소영 기자)

기사-8 임기중 東大 교수, 연행 바닷길 희귀 자료 공개

[불교방송 BBS NEWS]
배재수 | 승인 2013.04.16 16:55 -이 필체는 기사. 참조.

조선시대의 사신이 바닷길을 통해 중국에 갈 때 수로와 지형, 위험지역 등을 생생한 컬러 그림에 담은 희귀한 자료가 일반에 공개됐습니다. 임기중 동국대 명예교수는 '수로 연행도' 희귀본 13종 등 모두 101종의 연행 관련 자료를 추가한 〈연행록총간 증보판〉을 펴냈다고 오늘 밝혔습니다. 현재까지 공개된 연행 관련 자료는 주로 문자 기록이 중심이었지만 임 교수가 공개한 자료들은 중국까지 가는 물길 코스를 여러 장의 그림에 담고 있어 주목됩니다. 특히 지형과 방향만 표시하는 일반 해도와 달리 풍랑이 심한 지역은 파도를 높고 험하게 그리고, 승천하는 용 그림을 통해 용오름 현상을 표현하는 등 실용적 정보를 담은 점이 흥미를 끕니다. 공개된 '수로 연행도'는 청나라의 전신인 후금을 세운 건주 여진의 등장으로 육로를 통한 중국행이 차단당했을 때 뱃길을 통해 명나라에 사신을 보내면서 작성된 것입니다. 〈연행록총간 증보판〉은 임 교수가 지난 2001년 398종의 연행록을 100권으로 정리해 출간한 이래 다섯 번째 증보판입니다.(배재수 기자)

기사-9 연행록 세계기록유산으로 등재 신청해야

(선양=연합뉴스) 홍창진 특파원
송고시간 | 2015/07/17 14:54 -이 필체는 기사. 참조.

• 임기중 동국대 명예교수 선양 학술포럼에서 주장

(선양 = 연합뉴스) 홍창진 특파원 = 조선시대 중국에 파견된 사신이나 수행원이 남긴 연행록(燕行錄)을 유네스코 세계기록유산으로 등재 신청해야 한다는 주장이 제기됐다. 임기중 동국대 명예교수는 17일 중국 선양(瀋陽)에서 열린 주선양 대한민국총영사관 주최 '제2회 한·중 사행단(使行團·중국에 간 사신일행) 문화축제' 국제학술포럼 발표에서 "연행록은 13~19세기 600여 년 동안 한국·중국을 중심으로 동아시아인과 세계인이 소통·교류한 위대한 기록물"이라며 "보존과 관리를 위해 더 늦기 전에

유네스코 세계기록유산으로 등재 신청해야 한다"고 밝혔다. 임 명예교수는 "연행록은 당대 조선 최고의 지식계층인 외교사절단이 중국을 왕래하면서 독창적 시각으로 다양한 인적교류와 종교, 물질문명, 자연, 생활문화 전반의 실상을 기록한 문헌"이라면서 "현재까지 찾아낸 연행록 614건은 진정성, 독창성, 희귀성 등 유네스코 기록유산 등재 신청 요건을 두루 갖췄다"고 주장했다. 그는 "고려 말부터 조선왕조 말까지 625년 동안 한국사신이 총 1천795차례, 매년 평균 3~4차례 중국을 왕래했다"며 "동아시아와 세계의 인물·역사지리·학술과학·종교사상·자원경제 정보를 망라한 탐구는 전 세계적으로 연행록이 유일하다"고 강조했다. 임 교수는 "프랑스인 페리오가 찢어진 두루마리 '왕오천축국전'을 찾아내 세계에 알렸듯이 세계인이 기행문에 갖는 관심은 지대하다"면서 "원본과 영인본, 전자책 등 다양한 형태로 등재하고 세계 100대 도서관에 기증해 활용하게 할 필요가 있다"고 말했다.

• "연행록 세계기록유산 등재해야"

(선양 = 연합뉴스) 홍창진 특파원 = 임기중 동국대 명예교수는 17일 중국 선양에서 열린 제2회 한중 사행단 문화축제 국제학술포럼에서 연행록(조선시대 중국으로 파견된 사신이나 수행원의 기행문)의 유네스코 세계기록유산 등재 신청 필요성을 주장했다. 사진은 조선 시대 사신이 바닷길로 중국에 가는 여정을 그림으로 표현한 '제항승람'의 한 페이지로 임 명예교수가 2013년 펴낸 '연행록 총간 증보판'에 수록됐다.(연합뉴스 DB, realsm@yna.co.k)

역사적 사실과 설화적 사실

　아세아문화사가 1998년에 펴낸 새로 읽는 향가문학의 1~23쪽에 임기중 교수가 쓴 서동요라는 글이 있다. '인본형 구조적 사회통합의 노래와 이야기'라는 부제가 붙어 있다. 그 글의 맺음말에 보면 이런 이야기가 들어 있다.

　역사는 설화의 소재가 될 수는 있지만 설화가 곧 역사일 수는 없다. 서동요와 그 기술물은 역사적 사실과 설화적 사실의 결합체로서 역사이면서도 역사가 아니며 설화이면서도 설화가 아닌 기술물이다. 이 기술물의 서사단위는 서동과 선화공주의 러브스토리와 미륵사 창사 연기설화로 구성되어 있다. 서동요 기술물은 바보온달과 평강공주형의 한국적 러브스토리 설화문법의 한 전형이 역사적 소재를 통해서 역사적 실제화로 나타난 것이다. 미천한 남자와 높은 신분의 여자가 결혼하는 러브스토리는 한국의 오랜 남존여비의 사상이 만들어낸 설화소다. 설화는 역사적 소재로 강화되고 역사는 설화소로 강조되어 나타난 것이 서동요의 기술물이다. 서동요의 기술물은 인본형 사회통합과 구조적 사회통합을 발원發願하고 그것을 상상의 세계 속에서 성취시켜본 것이다. 백제 무왕과 신라 진평왕 때는 양국관계가 극한적 대립의 정점에 달한 시기다. 그때 양국관계가 극히 우호적이었던 백제 동성왕과 신라 소지왕 때를 동경하며 그렇게 복원하려는 의식의 실제화가 무왕과 진평왕 때 서동요와 그 기술물에서 성취된 것이다.

기사　　역사와 설화 혼동 말아야

[국민일보] 기사입력 2009-01-20 17:55
쿠키뉴스 김호경 기자 -이 필체는 신문 기사. 참조.

....

• 임기중 교수 "미륵사 유물과 서동요는 별개… 역사와 설화 혼동 말아야"

　[쿠키 문화] "상당수 언론이나 학자들이 설화와 역사적 사실을 혼동하고 있습니다. 서동요(薯童謠) 설화의 스토리나 존재 의미가 달라질 이유는 전혀 없습니다." 한국고전문학 연구분야의 권위자인 임기중(71, 사진) 동국대 국문학과 명예교수는 20일 전북 익산 미륵사에서 최근 발굴된 유물 기록이 서동요 내용을 부정할 근거가 될 수는

없다면서 이같이 강조했다. 임 교수는 미륵사 유물 공개 이후 서동요에 대해 제기되는 '허구성' 지적은 접근 방식이 잘못된 것이라며 고개를 가로젓고 있다. 국립문화재연구소는 국보 11호인 미륵사지 석탑을 해체·보수하는 과정에서 백제 왕후인 '좌평 사택적덕(沙宅積德)의 딸'이 미륵사를 창건했다는 기록이 적힌 금판(金板)을 지난 14일 발견했다고 발표한 바 있다. 이를 두고 일부 언론이나 역사학계에서는 "미륵사 창건의 주체가

가사문학 연구의 최고 권위자로 꼽히는 임기중 동국대 명예교수가 20일 서울 강남구 신사동 자신의 연구소 <한국문학연구소>에서 서동요 설화의 의미를 설명하고 있다.(서영희 기자)

선화공주라는 삼국유사 서술이 사실이 아닌 것으로 밝혀졌다. 나아가 서동요 내용도 허구인 것으로 드러났다"고 거의 단정적으로 못 박고 있다. 이에 대해 임 교수는 "설화와 역사의 차이를 변별하지 못하고 있기 때문에 사람들이 대단히 헤매고 있는 상황"이라고 비판했다. 그는 "서동요는 그 본질이 허구성을 띤 설화"라며 "따라서 새삼 서동요가 허구라는 지적은 논의 자체가 성립될 수 없다. 미륵사 유물과 설화로서의 서동요는 별개 사안"이라고 설명했다. 서동요는 잘 알려진 대로 서동왕자로 유명한 백제 무왕(재위 600~641)과 신라 진평왕의 딸인 선화공주의 사랑을 소재로 하고 있다. 임 교수는 "당시의 사회적 현상 속에서 이 같은 이야기 구성이 왜 필요했는가, 이 이야기가 당대 신라와 백제인들에게 어떤 역할을 했는가에 중점을 두고 접근해야 한다"고 역설했다. 임 교수의 분석에 따르면 서동요는 신라와 백제 지식인들에 의해 '사회통합적 목적'에서 만들어졌다. 오랜 전쟁으로 피폐해질 대로 피폐해진 양국 백성 사이에 신라와 백제의 화해를 상징하는 서동요의 평화지향적 내용이 폭넓은 공감대를 불러일으켰고, '지역감정'이 사라지지 않은 오늘날까지 면면히 전승돼왔다는 해석이다. 임 교수는 "신라 왕자와 백제 공주의 결혼이라는 '쇼킹'한 이야기 구성은 국경을 넘는 러브 스토리로서 지금까지도 사회통합적 순기능을 하고 있다"면서 "그래서 경상도와 전라도 사람 사이에 혼담이 오갈 때 서동요 얘기를 즐겨 인용하고 양측 모두 좋아하는 것"이라고 설명했다.(국민일보 쿠키뉴스 김호경 기자)

올해의 사자성어

교수신문의 요청으로 올해의 사자성어를 제안하고, 선정하고, 평가하는 일에 참여하여왔다. 여러 해 동안 신선한 사회적 반향이 있었다. 사자성어를 유행하게 하는 견인차 역할도 하였다. 그러나 해가 거듭되면서 그 일이 단순치 않다는 것을 깨닫게 되었다. 제안 단계에서 제안자가 적절한 복수 사자성어 선택이 적중하여야 하고, 선정 단계에서 선정자의 다수 의견이 적중되어야만 사회적 반향을 일으킬 수 있었다. 그렇지 못하면 사회적 반향은 싸늘하였다. 때때로 대학의 지성이 사회적 시험대에 오른 것 같은 생각이 드는 때도 있었다. 중요한 것은 사회를 읽고 인식하는 코드가 독자와 맞아야 신선한 반향이 나타난다는 점이다. 최근 나는 내 지성의 코드를 겸허하게 점검할 필요를 이 일에서 느끼면서 후진들에게 참여의 기회를 더 열어주기로 하였다.

기사 **올해의 사자성어, 희망의 사자성어**
[교수신문] 2013.12. -이 필체는 신문 기사. 참조.

임기중(林基中) 선생님,

다사다난했던 한 해가 저물고 있습니다. 남은 시간 뜻 깊은 의미가 되시기를 기원합니다. 교수신문은 2013년을 마무리하면서 전국 대학 교수님을 대상으로 '2013년 올해의 사자성어'와 '2014년 희망의 사자성어' 선정 설문조사를 실시하고자 합니다.

세밑마다 한 해를 사자성어로 풀어보고 다음 해를 사자성어로 전망하는 것은 이제 교수신문만의 전통이 됐습니다. 올해 역시 교수신문에서는 올 한 해를 정리하고 매듭짓는 의미에서 '사자성어로 풀어보는 2013년'(올해의 사자성어)을 준비하고자 합니다. 이와 함께 2014년은 어떤 사자성어로 정리되는 한 해가 되길 원하시는지를 들어보는 '2014년 희망의 사자성어'도 같이 진행하고자 합니다.

본격적인 설문조사에 앞서 선생님께 '올해의 사자성어'와 '희망의 사자성어' 추천을 부탁드리고자 합니다. 선생님께서 추천해 주시는 사자성어를 바탕으로 본 설문조사를 진행하고자 합니다. 한국사회와 대학 및 교수사회의 자화상을 짚어보는 작업에 선생님의 도움을 다시 한 번 부탁드리겠습니다. 각각 2개씩 선정하시고, 짤막한 뜻풀이와 추천 이유를 덧붙여 주시면 고맙겠습니다.

Ⅰ. 2013년 올해의 사자성어

2013년 한국의 정치·경제·사회를 규정지을 수 있는 사자성어를 2개 추천해 주시기 바랍니다. 뜻풀이와 추천 이유도 간단히 적어 주시기 바랍니다. 2개를 고르기 힘드시거나, 1개로 정리가 될 것 같으면 1개만 추천해 주셔도 됩니다. 출전은 찾기 힘드시다면 굳이 쓰시지 않으셔도 됩니다.

■ 2013년 올해의 사자성어를 보내드립니다. 임기중 보냄.

1순위 추천 사자성어 : 犬兎之爭(견토지쟁)

- 뜻풀이 : 개와 토끼의 다툼이라는 말로, 쓸데없는 다툼이며 어리석은 다툼이라는 뜻. 적절한 쉬운 말로 바꾸어본다면 상투상쟁(相鬪相爭)이 될 것이다.
- 출 전 : 전국책(戰國策) 제책편(齊策篇)에 있다. 제(齊)나라 왕이 위(魏)나라를 치려고 하자 순우곤(淳于髡)은 이렇게 진언했다. 한자로(韓子盧)라는 매우 발 빠른 명견(名犬)과 동곽준(東郭逡)이라는 썩 재빠른 토끼가 있었습니다. 개가 토끼를 뒤쫓았습니다. 그들은 수십 리에 이르는 산기슭을 세 바퀴나 돌고 가파른 산꼭대기까지 다섯 번이나 오르락내리락하는 바람에 쫓기는 토끼도 쫓는 개도 힘이 다하여 그 자리에 지쳐 쓰러져 죽고 말았습니다. 이때 그것을 발견한 농부는 힘들이지 않고 횡재[田父之功]를 하였습니다. 지금 제나라와 위나라는 오랫동안 대치하느라 백성들이나 병사들 모두 지칠 대로 지쳐 사기가 말이 아닙니다. 서쪽의 진(秦)나라나 남쪽의 초(楚)나라가 이를 기화로 전부지공(田父之功)을 거두려 하지 않을지 그것이 걱정입니다. 이 말을 듣자 왕은 위나라를 치려던 계획을 버리고 오로지 부국강병(富國强兵)에 힘썼다는 고사다. 양자의 다툼에 제삼자가 힘들이지 않고 이(利)를 봄을 비유한 우화로 전국책(戰國策) 연책(燕策)에 있는 방휼지쟁(蚌鷸之

爭)과 비슷한 말이다.
- 추천 이유 : 2013년은 개인 간, 집단 간, 계층 간에 비생산적인 갈등과 다툼이 매우 심한 한 해였기 때문이다.

2순위 추천 사자성어 : 猫鼠同處(묘서동처)
- 뜻풀이 : 고양이와 쥐가 함께 있다는 뜻으로, 도둑을 잡아야 할 사람이 도둑과 한패가 되었다는 뜻. 위아래가 부정하게 결탁하여 나쁜 짓을 함을 비유한 말. 신당서(新唐書) 오행지(五行志) 서요(鼠妖)에 있는 묘서동면(猫鼠同眠)과 비슷한 의미로 쓰이고 있다.
- 출전 : 당서(唐書)에 나오는 말이다. 당(唐)나라 고종(서기661년) 때의 일이다. 낙주(洛州) 지방에 고양이와 쥐가 같이 살고 있는 기이한 일이 있었다. 쥐는 굴을 파고 들어와 곡식을 훔쳐 먹는 놈이고, 고양이는 쥐를 잡는 놈인데, 그 일을 하지 않고 쥐와 고양이가 같이 살았다. 이것은 도둑놈을 잡는 일을 맡은 자가 그 일은 하지 않고 도둑과 같이 어울려서 부당한 짓을 하는 것을 비유한 말이다.
- 추천 이유 : 2013년은 퇴직 고위층 관료들과 현직 관료 간, 퇴직 고위층 경제인들과 현직 경제인 간, 퇴직 고위층 회사원들과 현직 회사원 간에 부정하게 결탁하여 온갖 비리를 저지른 사실들이 들어나 성실하게 살아가는 많은 백성들에게 큰 충격을 안겨 준 한 해였기 때문이다.

Ⅱ. 2014년 희망의 사자성어

2014년은 어떤 사자성어로 정리할 수 있는 한 해가 되길 원하시는지요. 선생님께서 생각하시는 사자성어를 2개 추천해 주시고, 간단한 뜻풀이와 추천 이유를 말씀해 주십시오. 2개를 고르기 힘드시거나, 1개로 정리가 될 것 같으면 1개만 추천해 주셔도 됩니다. 출전은 찾기 힘드시다면 굳이 쓰시지 않으셔도 됩니다.

■ 2014년 희망의 사자성어를 보내드립니다. 임기중 보냄.
1순위 추천 사자성어 : 水鏡無私(수경무사)

- 뜻풀이 : 사사로움이나 그릇됨이 없이 정당하고 떳떳함. 늘 수평을 유지하는 맑은 물과 물체의 형상을 있는 그대로 비추는 거울처럼 사심 없이 공평함을 비유하는 말. 사사로운 이익은 돌보지 않고 모든 일을 바르고 정당하게 처리한다는 뜻.
- 출전 : 삼국지(三國志)에 있다. 물과 거울처럼 현실을 있는 그대로 비춰 내는 것을 말한 것인데, 사심이 없고 공명정대(公明正大)하고 공평무사(公平無私)함을 비유하는 말이다. 수경(水鏡)은 물과 거울이란 뜻으로, 물과 거울은 모두 현실을 있는 그대로 비춰내는 것으로 생각되고 있었다.
- 추천 이유 : 지난 한 해는 한 집단에 속한 사람들이 다른 집단의 사람을 무조건 배격하고 공격하는 당동벌이(黨同伐異)가 너무 심하였기 때문에 그것을 극복하기 위한 바람이다.

2순위 추천 사자성어 : 賣劍買牛(매검매우)

- 뜻풀이 : 차고 다니던 칼을 팔아 소를 사서 농사를 짓는다는 뜻. 싸움을 그만두고 성실하게 일을 하여 결실을 얻음. 곧 평화스러운 세상. 관청민안(官淸民安)의 세상.
- 출전 : 한서(漢書) 공수열전(龔遂列傳)에 있다. 한나라 선제(宣帝) 때 발해군(渤海郡) 일대에 기근이 들자, 끼니를 굶는 농민들이 들고일어나기 시작하였다. 그러나 그곳의 태수는 이를 다스릴 방법이 없었다. 선제는 일을 감당할 수 있는 사람을 고르려고 하자, 대신들은 모두 공수(龔遂)를 천거하였다. 당시, 공수는 이미 70세가 넘은 나이였다. 선제는 늙고 외소한 공수를 보고 물었다. "발해에 변고가 생겼는데, 짐은 걱정이 크오. 그대는 그곳에 가서 어떻게 도적들을 평정할 것이오?" 공수는 대답하였다. "그곳의 백성들은 추위와 굶주림으로 고통을 받고 있으나, 관리들이 오히려 그들을 보살피지 않고 있기 때문에, 그들은 무기를 들고 나선 것입니다. 지금 폐하께서 저를 보내시는 것은 그들을 평정하라는 것입니까, 아니면 그들을 위로하라는 것입니까?" 선제는 그의 말을 듣고 매우 만족스럽게 말했다. "유능한 사람을 골라 보내는 것은 당연히 그들을 위로하고자 하기 때문이오." 공수가 말했다. "소신이 듣건대, 혼란한 백성들을 다스리는 것은 마치 엉킨 실을 푸는 것과

같아서, 서두르면 안 되고, 천천히 임하여야만 수습이 된다고 합니다. 폐하께서 저를 보내주시기를 원합니다." 선제는 이를 허락하였다. 공수는 발해군에 도착하자 곧 각 현에 공문을 보내 농민 봉기를 진압하던 관리들을 파면하였다. 공수는 공문에서, 농기구를 든 사람들은 모두 농민이므로 관리들은 그들을 해치지 말라고 지시하였다. 백성들이 봉기하였던 것은 본시 관리들의 핍박 때문이었다. 농민들은 공수의 명령을 알고, 모두 무기를 버리고 농기구를 들고 일을 시작하였다. 공수는 양곡창고를 열어 농민들을 구제하는 동시에, 일부 좋은 관리들을 보내 백성들을 위로하게 하였다. 얼마 되지 않아 발해군은 평정을 되찾았다. 한편, 공수는 이 지역의 사치 풍조를 보고, 직접 나서서 근검절약을 실천하며 백성들에게 농사일을 권하였다. 그는 각 농가에 나무와 채소를 심고, 두 마리의 돼지와 다섯 마리의 닭을 기르도록 하였다. 그는 칼을 차고 다니는 사람들을 보면, 그에게 칼을 팔아 소를 사도록 권하였다.

- 추천 이유 : 지난 한 해는 생산성이 별로 없는 논쟁들이 너무 범람하였기 때문에 그것을 극복하기 위함이다. 특히 지난해는 남북관계가 첨예한 대립국면이어서 새 해에는 평화와 안정을 바라는 소망 때문이다.

※ 귀한 시간 내주셔서 '올해의 사자성어'와 '희망의 사자성어'를 추천해 주셔서 다시 한 번 감사드립니다. 역대의 '올해의 사자성어'와 '희망의 사자성어'를 아래에 첨부했으니 참고하기기 바랍니다.

[참고자료 1] 역대 '올해의 사자성어'

2001년	오리무중(五里霧中)	깊은 안개 속에 들어서게 되면 길을 찾기 어려운 것처럼 무슨 일에 대해 알 길이 없음을 일컫는 말.
2002년	이합집산(離合集散)	헤어졌다가 모였다가 하는 일.
2003년	우왕좌왕(右往左往)	이리저리 왔다 갔다 하며 일이나 나아가는 방향이 종잡지 못함.
2004년	당동벌이(黨同伐異)	한 무리에 속한 사람들이 다른 무리의 사람을 무조건 배격하는 것. 당동벌이(黨同伐異)
2005년	상화하택(上火下澤)	위에는 불, 아래에는 못. 불이 위에 놓이고 못이 아래에 놓인 모습으로 사물들이 서로 이반하고 분열하는 현상을 상징.
2006년	밀운불우(密雲不雨)	하늘에 구름만 빽빽하고 비가 되어 내리지 못하는 상태.
2007년	자기기인(自欺欺人)	자신을 속이고 남을 속인다. 자신도 믿지 않는 말이나 행동으로 남까지 속이는 사람을 풍자함.
2008년	호질기의(護疾忌醫)	병을 숨기면서 의사에게 보이지 않음. 문제가 있는데도 다른 사람의 충고를 듣지 않는다.
2009년	방기곡경(旁岐曲逕)	샛길과 굽은 길. 일을 바르게 하지 않고 그릇된 수단을 써서 억지로 함을 비유하는 말.
2010년	장두노미(藏頭露尾)	머리는 겨우 숨겼지만 꼬리나 드러나 보이는 모습. 진실을 공개하지 않고 숨기려 했지만 거짓의 실마리가 이미 드러나 보인다는 뜻.
2011년	엄이도종(掩耳盜鐘)	귀를 막고 종을 훔친다. 나쁜 일을 하고 남의 비난을 듣기 싫어서 귀를 막지만 소용이 없음을 의미한다.
2012년	거세개탁(擧世皆濁)	온 세상이 혼탁한 가운데서는 홀로 맑게 깨어있기가 쉽지 않고, 깨어있다고 해도 세상과 화합하기 힘들다는 뜻.

[참고자료 2] 역대 '희망의 사자성어'

2006년	약팽소선(若烹小鮮)	큰 나라를 다스리는 것은 작은 생선을 삶는 것과 같다는 뜻으로, 무엇이든 가만히 두면서 지켜보는 것이 가장 좋은 정치란 뜻.
2007년	반구제기(反求諸己)	'잘못을 자신에게서 찾는다'라는 뜻으로, 어떤 일이 잘못 되었을 때 남의 탓을 하지 않고 그 일이 잘못된 원인을 자기 자신에게서 찾아 고쳐 나간다는 의미.
2008년	광풍제월(光風霽月)	맑은 날의 바람, 비 갠 후의 달과 같다는 뜻. 훌륭한 성품이나 잘 다스려진 세상을 표현할 때 자주 쓰인다.
2009년	화이부동(和而不同)	남과 사이좋게 지내되 의(義)를 굽혀 좇지는 아니한다는 뜻. 곧, 남과 화목하게 지내지만 자기의 중심과 원칙을 잃지 않음.
2010년	강구연월(康衢煙月)	번화한 거리 안개 낀 흐릿한 달이란 뜻으로, 태평성대의 풍요로운 풍경을 말한다. 출전은 『열자』「중니」에 나오는 '강구요'이다.
2011년	민귀군경(民貴君輕)	백성은 귀하고 임금은 가벼운 존재라는 뜻. 민본을 강조하는 성어로 국민을 존중하는 정치에 대한 기대를 품었다.
2012년	파사현정(破邪顯正)	그릇된 것을 깨뜨려 없애고 바른 것을 드러낸다. 거짓과 탐욕, 불의와 부정이 판치는 세상을 바로잡는다.
2013년	제구포신(除舊布新)	낡은 것은 버리고 새 것을 받아들이되, 낡은 것의 가치도 다시 생각하고 새 것의 폐단도 미리 봐야 한다. 이것이 묵은 해를 보내고 새해를 맞는 마음이다.

만나고 싶었습니다

기사 대담 : 한국화가 박소영 화백
[정신동문회보] 인터뷰. 2014.12.12.

··

선생님 안녕하세요.

벌써 이십여 년 전이었던가요... 우연히 주요 일간지에 대서특필된 '역대가사문학전집 완간 51권'에 관한 기사로 선생님을 접하고는 무척 감격했었어요, 정신여고에서 우리에게 고전문학을 가르치셨던 임기중 선생님이셨기에... 우리가 그런 훌륭한 일을 해내신 분의 제자라는 게 자랑스러웠어요. 그 후 우연히 우리 부부가 잘 가는 냉면집에서 선생님과 사모님을 뵙고 그때 준비 중이었던 제 개인전 팸플릿을 드렸던 기억이 납니다. 정신동문회보 일로 이렇게 찾아뵙게 되어 무척 기쁩니다.

Q: 그 동안의 선생님의 학문적 업적 중에서 가장 보람된 것은 무엇인지요?
A: 업적이라기보다는... 가장 보람된 작업이라면, 한국 가사문학 원전을 수집하고 정리하여서 『역대가사문학전집』 51권을 펴낸 일과, 현재 전하고 있는 6,500여 편의 가사작품 목록을 작성하여 세상에 알린 일과, 그 주요 작품 2,000여 편을 골라서 해제와 주석을 하여 『한국가사문학주해연구』와 『한국가사문학원전연구』 21권을 출간한 것이 기억에 남습니다. 이 한국 가사문학 데이터베이스는 한국의 한 지식 콘텐츠사에서 세계에 보급하고 있는데 지난해까지 세계 10여 개국 유명 대학에서 접속 실적이 꾸준히 증가하고 있습니다. 하버드, 예일, 시카고, 스텐포드 대학 등과 캠브리지, 옥스퍼드, 파리 대학, 시드니 대학 등등에서 접속하고 있는 것을 보면 한국문학의 새로운 위상을 느낄 수 있습니다. 한국의 과학고, 영재고 등에서도 계속하여 접속 빈도가 증가하고 있습니다.
Q: 그 방대한 자료를 구하시는 게 무척 어려우셨을 텐데요?
A: 여러 모로 모자란 사람이라(웃음)... 장장 30여 년이 넘게 지속적으로 자료를 모아서 정리한 것입니다. 연구 자료는 그 가치를 인정하고 사랑하는 만큼 제 모

습을 드러내 보여 주고, 내가 알고 있는 만큼만 제 참 모습을 알려주는 아주 정직한 대상인 것 같아요.

Q: 선생님의 수많은 저서들은 한국 인문학 연구의 토대를 마련하는데 기여하신 공이 클 뿐 아니라 한국 인문학의 세계화에도 큰 기여를 하고 있는 것으로 알고 있습니다. 연행록에 관한 기사도 읽었습니다만……. 어떤 것인가요?

A: 연행록의 수집과 정리도 30여 년 이상 꾸준하게 지속한 작업입니다. 고려 말에서 조선조 말까지 700여 년 동안, 한국 외교사절들이 중국 원·명·청나라를 다녀와서 남긴 기록 600여 종을 찾아내서『연행록전집』100권,『연행록속집』50권,『연행록전집 일본소장편』3권 모두 153권을 출간하여 한국과 세계 학계에 알린 일이 있었지요. 최근 하버드대학에 가 있다가 귀국한 한 교수의 말을 들어 보면, 요즈음 동양서로서는 연행록이 대출빈도가 가장 높은 것 같다고 하니 놀랄만한 일이지요. 이 데이터베이스도 현재 한국, 미국, 캐나다, 영국, 프랑스, 중국, 일본 등 세계의 주요대학 도서관에 보급되어 온라인상에서 이용이 가능한 환경이 만들어져 있습니다. 접속 빈도도 점점 높아가고 있습니다. 연행록은 전쟁을 하지 않고 평화와 공영을 유지하는 방법을 600년 동안 지속적으로 생각한 우리 민족의 깊은 지혜가 담겨 있는 세계 유일의 기록유산입니다.

Q: 고구려 광개토대왕의 비문 연구로 출판문화상을 받으셨다는 기사도 본 것 같은데요. 지난해 11월에는 광개토왕비 건립 1600주년 국제학술회의 초청자 명단에도 선생님의 함자가 보이던데요. 어떤 것인지요?

A: 광개토대왕비문 연구는 지난 100년 동안 일본인들의 위조 문제가 연구의 핵심을 이루고 있었지요. 비 몸체에 석회 등을 발라서 탁본을 한 것을 석회탁본이라고 하고, 그 이전 본래의 비 모습 그대로 탁본 한 것을 원석탁본이라고 합니다. 광개토왕릉의 비문연구로 맨 처음 책을 쓴 이는 북한 김일성대학 박시형 교수입니다. 그는 1966년『광개토왕릉비』라는 책을 펴냈습니다. 월북하기 전 성동중학교 교사로도 있었던 분입니다. 이분이 광개토왕릉비 원석탁본은 존재하지 않는다는 취지로 언급을 하면서부터 한·중·일 학자들이 그 편으로 경도되어서 원석탁본 찾아보려는 노력을 하지 않았던 것 같습니다. 나는 인문학을 하지만 언

제나 가설을 가지고 그것을 증명하여 정설화하려는 노력을 하는 편입니다. 가사문학은 한글로 표기된 우리 고전문학 중 양적으로 가장 많은 작품이 전승되어야 한다는 가설을 증명한 것이 6,500여 편의 가사작품 전승목록 제시였고, 연행록은 500여 편 이상 전승되고 있어야 한다는 가설의 증명이 『연행록총간증보판DVD』 12장이었습니다. 광개토왕비 원석탁본은 전승되고 있어야 한다는 가설의 증명이 원석탁본을 찾아내 책으로 펴낸 『광개토왕비원석초기탁본집성』입니다. 광개토왕비의 신뢰할 수 있는 원석탁본이 존재하지 않는다는 쪽으로 기운 상황에서 가장 신뢰할 수 있는 원석탁본 4종류를 동시에 찾아내 책으로 펴낸 것이 『광개토왕비원석초기탁본집성』이라는 책입니다. 1993 - 1994년 방문 학자와 전가 교수로 북경대학에 가 있으면서 4종의 원석 탁본을 찾아내 세계 학계에 알리고, 그것을 새로 읽어내고 우리말로 번역하고 주석한 책입니다. 이로 인해서 한·중·일의 이 분야 연구에 큰 변화를 가져오게 되었지요. 신기한 일은 원석탁본 1벌은 지난 100여 년 동안 북경대학 도서관 선본실에서 누구나 다 자유롭게 열람할 수 있었음에도 한·중·일은 물론이고 세계의 여러 학자 누구도 그것이 원석탁본인 것을 모르고 지나쳤다는 점이예요. 인연 있는 한국인 학자가 오기를 기다린 것 같았습니다. 물론 원석탁본임을 알아내는 안목과 그것을 이론적으로 증명하여 내는 일은 학문적인 역량에 관한 것이지만……

Q: 인터넷 검색창을 열어 보면 선생님은 그런 학문적 업적으로 여러 상도 받으신 것 같던데, 좀 알려주시지요.

A: 광개토왕비 초기 원석 탁본 집성으로 한국일보 출판문화상, 한국 가사문학 주해 연구로 세종문화상, 한국 인문학의 세계화 기여로 서울시 문화상 등을 받은 일이 생각납니다.

Q: 요즈음은 어떤 작업을 하시면서 어떻게 소일하고 계신지 좀 알려주시지요.

A: 지난 해 10월에 1천 쪽 분량의 『연행록 연구 층위』라는 책을 펴냈습니다. 금년은 『한글 연행록 가사』라는 책을 펴내려고 원고를 쓰고 있는 중입니다. 지난해 전반부는 격월로 중국 학회의 초청을 받아서 좀 바삐 지냈습니다. 올해 연초부터 내가 가지고 있는 옛사람들의 편지글인 간찰을 하루 2시간씩 짬을 내서 촬영

하고 있습니다. 그것을 누가 누구에게 보낸 것인지, 어떤 내용의 것인지, 어떤 의미를 가지고 있는 것인지 등등을 써서 원본과 같이 출판하여 보려는 시도입니다. 나에게 남은 시간이 얼마나 되는지는 알 수 없지만…….(웃음)

Q: 마지막으로, (웃음) 좋은 일을 많이 하셨는데 한사코 인터뷰를 사양하신 까닭이 새삼 궁금한데요… 한 말씀 부탁드립니다.

A: 이 세상 사람들 모두 좋은 일 하지 않은 이가 누가 있겠습니까? 제 각기 분야가 다른 곳에서 자기가 선택한 좋은 일을 하다가 떠나는 것이지요. 실상은 모두 비슷한 것인데 조명하는 방향이 다르기 때문인 것을 가지고… 사양만 하였지 결국 또 부끄러운 이야기를 하고 말았군요. (웃음) 어리석은 줄 알면서도 제자들의 위력 앞에 어찌할 도리가 없었음을 웃어넘겨주십시오.

선생님의 활력에 저희들도 다시 젊어지는 것 같습니다. 장시간 동안 소중한 시간 내주셔서 감사합니다. (대담: 서울대 회화과 출신의 한국화가 박소영 화백, 정신동문 회보 인터뷰. 2014.12.12.)

나의 인생 나의 학문

기사　나의 인생 나의 학문 ⑭ 임기중 동국대 명예교수

[불교신문] 데스크승인 2012.09.05 17:37:17
불교신문 2846호/ 9월8일자
-이 필체는 신문 기사. 참조.

- 가치 있는 자료 발굴이 행복을 만들었다

　내가 걸어온 길을 뒤돌아본다. 학연과 불연의 자장 속에 들어있다. 내가 처음 연구한 영역은 향가와 고려가요다. 양주동선생의 영향이 컸다. 자료의 한계를 느끼면서 나는 가사문학 영역으로 다가갔고, 이병주선생과 이상보선생의 영향이 컸다.

　앞의 한국 고전시가 형성과정과 그 원천이 알고 싶어 옛 금석문과 연행록에 관심을

지난 8월23일 동국대 초허당에서 열린 '동아시아의 소통과 교류' 국제학술회의에서 기조강연을 하고 있는 임기중 동국대 명예교수. 임 교수는 이날 '연행가사와 연행록의 상호원전성과 유행양식'에 대해 강연했다.

갖게 되면서 이동림 선생과 김기동 선생의 영향이 컸다.

이렇게 하여 내 관심 분야는 향가와 가사, 연행록과 옛 금석문이 된 것이다. 이런 연구서로 종이를 낭비한 일이 있기는 하지만 이제 보니 한낱 텅 빈 종이뭉치일 뿐이다. 이것이 나의 진면목이다. 여기서 부터 이야기는 허상일 것이다.

돌이켜보니 나는 세 가지의 바탕 방향을 선택하여 그 길로 걸어온 것 같다. 그 하나는 기존의 연구가 갖는 한계를 극복하고 새로운 연구 방법으로 새로 보기를 시도한 것이다. 다른 두 가지는 가치 있는 새로운 자료를 발굴하고 정리하여 세상에 알리는 일과 그것을 연구 결과물로 펴내는 일이다.

향가와 고려가요 연구가 새로 보기의 관점이었다. 〈신라가요와 기술물의 연구〉를 비롯해서 〈새로 읽는 향가 문학〉과 〈고려가요의 문학사회학〉 같은 것이 그런 시도였다.

마음 있어야 보이며 대상을 사랑하고 인정해야 다가오는 것이 자료…
그리고 아주 철저하게 제 존재 가치를 알아주는 만큼만
제 모습을 보여주는 것이 새로운 자료다

가치 있는 새로운 자료의 발굴이란 화두는 생각 밖으로 늘 나를 행복하게 만들어 주었다. 마음이 있어야 보이며 대상을 사랑하고 인정하여야 다가오는 것이 자료다. 그리고 아주 철저하게 제 존재 가치를 알아주는 만큼만 제 모습을 보여주는 것이 새로운 자료다.

〈세시풍요〉, 〈교합가집·교합악부·교합아악부가집〉(전5책), 〈교합송남잡지〉(전5책), 〈역대가사문학전집〉(전50책), 〈광개토대왕비 원석 초기 탁본집〉, 〈연행록전집과 속집〉(전150책) 등이 새 자료의 발굴과 정리 작업이다.

이에 관한 연구의 시작이 〈우리 세시풍속의 노래〉, 〈가사문학주해연구〉(전20책),

〈가사문학원전연구〉, 〈한국가사학사〉, 〈불교가사원전연구〉, 〈불교가사연구〉〈광개토왕비원석초기탁본집성〉, 〈연행록연구〉, 〈연행가사연구〉 등이다.

고전문학 연구는 학자들만 즐길 잔치를 마련하는 것이 아니며 궁극적으로 일반 독자를 위한 일정한 책무가 있다는 생각에서 출발한 것이 〈조선조의 가사〉〈우리의 옛 노래〉〈시로 읽는 노래문학〉〈옛 노래 시로 읽기〉 등의 출간이다. 신뢰성 있는 한국 고전 독서물의 출판이라는 사명감으로 진행하여본 것들이다.

인문학 교수들의 연구실에는 두 가지 유형의 글들이 쌓인다. 그 하나는 논문 유형이고 다른 하나는 잡문 유형이다. 그런 것들을 유형별로 가려서 책으로 펴낸 것이 〈고전시가의 실증적 연구〉〈한국문학의 이삭〉〈한국고전문학과 세계인식〉〈천재적인 바보〉 등이다. 나는 붓으로 쓰는 시대에 공부를 시작하여 컴퓨터로 치는 시대에 이르렀다.

책 또한 한지 시대를 거쳐 양지 시대로 왔고 다시 전자책 시대를 맞게 되었다. 전자책은 세계인들 누구나 쉽고 빠르게 접근할 수 있다. 전자책 〈CD 조선 종교문학 집성〉〈CD 조선 외교문학 집성〉〈DVD 한국 역대가사문학집성〉〈DVD 연행록총간〉 등을 펴내 한국 지식콘텐츠 KRpia에 올렸다.

고전문학 연구는 학자들만 즐길 잔치를 마련하는 것이 아니며
궁극적으로 일반 독자를 위한 일정한 책무가 있다

예상 밖으로 큰 반응을 일으켜 한국어권, 영어권, 불어권, 중국어권, 일본어권 등의 접속이 매년 증가하고 있는 추세다. 미국, 영국, 호주, 불란서 등의 명문대학들에서 유료 접속을 하여 한국 자료를 활용하고 있다.

한국 학문의 위상과 그에 따르는 막중한 책무를 생각한다. 지난해는 스페인 한 출판사에서 한국 고전소설로 김만중의 〈구운몽〉을 선정 번역하고, 한국 고전시가로 임기중의 〈우리의 옛 노래〉를 번역하였다. 한국의 고전이 세계인들의 독서와 연구 대상으로 떠오르고 있다.

며칠 전 동국대학교 연행학연구소 주관 국제학술회의 중국 측 발표학자는 〈연행록

전집〉이 현재 중국의 명·청사 학계에 신선한 변화를 일으키고 있다고 하였다. 나는 여러 해 전 〈연행록전집〉 서문 첫 줄을 이렇게 썼다. "나는 평화와 공영을 지향하는 동아시아인들의 소통과 교류라는 화두를 가지고 연행록의 발굴 작업에 착수하였다. 그 시대는 1960년대 후반 암울한 동서냉전시기였다. 복사기가 없었던 시기이므로 모 필이나 철필로 원고를 필사하면서 개안의 시대를 열어나갔다."

그런데 공교롭게도 이번 동국대학교 초허당 국제학술회의 현수막이 '동아세아의 소 통과 교류'였다. 내가 불교 속에 있는지 불교가 내 속에 있는지는 잘 알 수 없지만 이 모든 것이 불연에서 온 결과임에는 틀림이 없는 것 같다.

■ 주요 학력·경력·상훈

1938년 전북 고창 출생
동국대 국어국문학과(1963)
동국대 대학원 국어국문학과(1965)
서울대 대학원 문학교육전공(1970)
동국대 대학원 국어국문학과(문학박사. 1981)
동국대 문과대학 국어국문학과 교수(1987~2003)
중국 베이징(北京)대 방문학자, 비교문학연구소 전가교수(1993~1994)
동국대 연구교류처장, 기획조정실장. 문과대학 학장, 대학원장(1995~2003)
동악어문학회 대표이사, 국어국문학회 대표이사(1995~1999)
문교부 제1종도서 편찬심의위원(1977~1979)
문공부 동산문화재 감정위원(1983~1987)
교육인적자원부 한국학술논문집 평가위원장(1999~2001)
무애 양주동전집 간행위원장(1993~1999)
미당 서정주시문학관 운영위원장(1999~2001)
한국일보 제37회 출판문화상(저술부문, 1996)
문광부 제25회 세종문화대상(학술부문, 2006)
서울특별시 제61회 서울시문화상(학술부분, 2012)
녹조근정훈장(2003)

■ 주요 저서

〈조선조의 가사〉 〈신라가요와 기술물의 연구〉

〈고전시가의 실증적 연구〉〈우리의 옛 노래〉
〈불교가사 원전연구〉〈불교가사 연구〉〈연행록연구〉
〈연행가사연구〉〈광개토왕비원석초기탁본집성〉
〈한국가사학사〉〈한국고전문학과 세계인식〉
〈한국가사문학원전연구〉〈한국가사문학주해연구〉〈전20권〉
〈한국문학의 이삭〉〈천재적인 바보〉〈우리 세시풍속의 노래〉〈역서〉
〈연행록연구층위〉〈한글연행록가사〉
'신라가요에 나타난 주력관념 연구' 등 논문 130여편

■ 주요 원전의 발굴 정리
〈교합가집 · 교합악부 · 교합아악부가집〉〈전5권〉
〈교합송남잡지〉〈전5권〉〈역대가사문학전집〉〈전50권〉
〈광개토대왕비 원석초기 탁본집성〉〈연행록전집과 속집〉〈전150권〉

■ 주요 전자책 출판
CD, 〈조선 종교문학집성〉〈조선 외교문학집성〉
DVD, 〈한국 역대가사문학집성〉〈연행록총간〉〈10장〉
DVD, 〈연행록총간〉〈12장〉

기사　발굴과 소통의 학문
김종찬 기자의 기사

• "가사문학, 불교 발원문에서 발생" '연행록'으로 동아시아 소통 길 터

학계에서 존재하지 않는다고 믿었던 광개토왕비 원석 초기 탁본 4종을 그는 베이징 (北京)대학에서 찾아내 〈광개토왕비 원석 초기 탁본집성〉을 펴냈다.

고구려 역사의 기조를 바꾼 비문의 해독과 해석의 연구토대를 마련한 임기중 명예교수는 원석탁본 존재 여부에 관한 동아세아의 학술논쟁을 종식시키고, 〈한국일보〉 출판 문화상을 받았다.

자료발굴과 소통은 학계에서 그의 트레이드마크다. 최초로 연행록총간을 전자출판

으로 출간하며 임기중 명예교수는 "자료정리는 궁극적으로 정본(定本)의 확정에 있다"며 "자료를 수집하고 정리하여 연구자들에게 편의를 제공하는 일은 희생적 봉사에 속하는 영역이므로 그런 작업에는 학계의 깊은 이해와 협조가 요청 된다"고 밝혔다.

그런 학문적 봉사정신은 학계와 교육계와 정부의 전 영역에서 그의 족적을 발견케한다. 우선 학계에서는 동악어문학회장, 국어국문학회장 등을 맡아 맨 먼저 누리집을 만들어 학계의 교류와 소통을 원활하게 하였다.

또 동국대에서는 한국문학연구소소장 연구교류처장 등으로 초창기 교수평가제도 시행과 대학행정전산화시스템 개발을 주도했다. 나아가 정부에서는 교과서 심의위원과 한국학술진흥재단 초대 한국학술논문집평가위원회위원장 등을 맡아 한국 교수평가제도의 기틀을 마련했다.

그만큼 저서도 방대하다. 향가 연구서인 〈신라가요와 기술물의 연구〉로 한민족이 가지고 있었던 고유한 힘의 관념을 체계화하고, 향가의 시 문법을 발견하여 향가연구에 새로운 장을 마련한 연구 결과물이 모두 단행본으로 출간되고 언론의 호평을 받았다.

또한 한국 고전문학사에서 한글 문학을 대표하는 갈래는 가사문학이라는 착상을 가지고, 한국 가사문학 6500여 작품을 수집해 해제와 주석을 붙여 〈한국 가사문학 주해 연구〉 20책으로 펴내 이 분야 연구의 새로운 기틀을 마련하고 세종문화상을 받았다.

특히 방대한 연구는 한국 문화의 중국 영향과 중국 문화의 한국 영향이라는 화두를 가지고 500여 종의 연행록을 수집하고 정리하여 150책으로 펴내고, 연구서 〈연행록 연구〉와 〈연행가사 연구〉로 동아세아 교류사 연구에 새로운 기반을 조성한 것이다.

학술원과 문광부에서 대대적인 저술 지원을 받고 동국대 출판부가 펴낸 〈연행록전집〉은 중국 학계에 큰 변화와 충격을 줬다. 이로써 지난 8월 동국대에서 동아시아재단이 주최한 '동아시아의 소통과 교류'의 대주제가 연행학이었고 중국학자들의 호평이 이어졌다.

또한 14세기까지의 한국 옛 노래를 모두 모아 쉽고 정확한 현대 우리말로 바꾸어 〈우리의 옛 노래〉를 펴내 한국 고전문학을 세계에 알리는데 기여하였다. 영어권과 스페인어권 등에서 한국고전시가를 소개할 때 번역 대본으로 쓰고 있다.

이어 국내에서는 한국 고전문학으로서는 처음으로 교보문고 선정 베스트셀러를 창출

했다. 지난 2011년에는 스페인 이페리온 출판사에서 한국의 고전소설 구운몽과 한국의 옛 노래로 이 책을 선정하여 스페인어로 번역하여 스페인어권에 보급하고 있다. 또 전자책 발굴에 앞서 세계 유수 대학들이 온라인상으로 웹서비스가 가능한 콘텐츠를 제공했다.

평생 원전 연구를 통한 〈불교가사 연구〉의 완성자로서 그는 〈불교가사 원전연구〉 서문에서 "한국의 가사문학이 불교의 발원문에서 발생했다"고 했고, '부동(不同) 있어야 진정 화(和)의 가치를 창조한다'는 화이부동(和而不同)을 학문의 자세로 제시했다. (김종찬 기자)

학문은 과정이다

학문(學問)이란 무엇인가. 한자로 배울 학 물을 문자를 쓴다. 배우고 묻는다는 것이다. 배움이란 끝이 없는 것이고 묻는다는 것 또한 끝이 없는 것이다. 따라서 학문은 그 끝이 있을 수 없다. 평생을 배워도 배울 것은 더 많아지고 평생을 물어도 물을 것이 더 많아진다. 그것이 학문이다. 모르는 것은 아는 분량만큼 더 많아진다. 많이 안다는 것은 결국 더 많이 모른다는 말이 된다. 학문을 완성하였다는 말은 잘 못된 표현이다. 아무리 좁은 분야의 학문이라 할지라도 또는 아무리 예각화 된 분야의 학문이라고 할지라도 다르지 않다. 나는 한국 고전문학을 공부하는 사람이다. 내가 이 분야를 한평생 공부하였어도 현재 모르는 것투성이고 배울 것투성이다. 배워갈수록 물어보아야 할 것이 점점 더 많아진다. 그러니 학문은 과정(過程)일 뿐이다. 학문을 하겠다는 후진들에게 그러하기 때문에 학문을 하는 것이라고 들려주고 싶다. 학문은 완벽한 지식이 없다는 전제에서 출발하기 때문에 배울 때마다 항상 자신의 입장에서 되물어 보는 자세가 요청된다. 어떤 지식이든 항상 의문과 의심을 가지고 비판적으로 접근할 때에만 참된 나의 지식이 될 수 있다고 생각하는 것이 학문이기 때문이다. 따라서 학문을 하면 언제나 나를 잃어버리지 않고 항상 보존할 수 있게 된다. 학문은 과정이기 때문에 더욱 더 그러하다. 학문은 과정이기 때문에 항상 배울 수 있는 행복과 늘 물을 수 있는 행복을 동시에 가질 수 있다. 공자가 말한 학이시습지(學而時習之) 불역열호(不亦說乎)도 배우고 묻는 것을 계속할 수 있는 학문이야말로 행복한 것이라는 의미일 것이다. 학문에는 배우는 행복이 있고 묻는 행복이 있다. 그것도 유한한 것이 아니며 무한한 것이므로 학문은 과정이다. 학문은 disciplines이며 learning이며 Wissenschaft이다. 그러나 전체로 보면 process다.

기사　**퇴임 후에도 끝없이 연행록 연구하는 임기중 교수**
[동대신문] 연구 뉴스 NEWS
등록 일자 : 2013-05-21 16:34:04.0
조회 : 4213 -이 필체는 신문 기사. 참조.

• '진정한 학문의 길은 끝이 없다'

아무리 귀한 존재의 가치를 지닌 것이라도 누군가에 의해 발견되어 세상에 나올 때에 비로소 빛을 발할 수 있다. 우리대학 국문과를 정년퇴임한 임기중 명예교수는 그동안, 빛을 발하지 못하고 있던 수많은 국문학 자료들을 수집하고 정리해 새로운 생명력을 지닌 것으로 만들어 세상에 내 놓았다.

특히 조선시대 사신들이 중국 연경(오늘날의 북경)을 다녀온 기록인 '연행록' 연구는 임기중 교수 필생의 연구과제이다. 전승규모를 알 수 없었던 연행록을 강한 집념을 가지고 꾸준히 수집하고 정리해 ≪연행록전집≫(2001), ≪연행록전집일본소장편≫(2001), ≪연행록속집≫(2008), ≪연행록총간≫(2011)을 펴냈다. 올해 4월에는 주요 연행도와 신출 국내외 소장본 등 100여건의 신자료를 추가한 〈연행록총간 증보판〉을 펴내며 다시 그 업적이 주목받고 있다.

• 연행록은 세계인에게 '마르지 않는 지혜의 샘'

임기중 교수와 연행록과의 인연은 1960년대, 한국 고전문학의 원천으로서의 중국문학이라는 화두를 가지고 그 통로를 찾는 과정에서 시작되었다. 자료를 찾고 연구를 거듭할수록 한국과 중국문학의 단순한 연결통로를 넘어서서 연행록이 지니는 빛나는 가치를 깨달았다. 1970~80년대에는 냉전시대 동아시아의 '소통'과 '교류'라는 화두가

떠올랐고, 1990년대 해빙기와 세계화시대를 맞으면서
는 '평화'와 '공영'의 지혜라는 화두를 새롭게 발견하게
되었다.

　"연행록에는 한국과 중국을 축으로 세계인의 생활사
가 담겨 있고, 동아시아와 세계 평화유지를 위한 지혜
가 결집되어 있어요. 현대인들은 연행록을 통해 세계
화 시대 평화와 공영의 지혜를 배울 수 있고, 경제·정
치·외교·문학 등 여러 분야에서의 활용가치도 찾을
수 있을 겁니다. 그리고 앞으로도 연행록에서 수많은
삶의 지혜를 발견할 수 있을 거예요."

　7백여 년 동안 국제 평화유지라는 공통 화두를 가지
고 한국 최고의 지식인들이 지속적으로 기록한, 세계
에서 유례를 찾아볼 수 없는 기록물인 연행록. 그 안에

임기중 명예교수는 퇴임이후에도 사비를 들여 연구실을 만들어 연행록 연구에 매진하고 있어 후학들에게 귀감이 되고 있다.

담긴 '마르지 않는 미지의 지혜의 샘'들을 세계인들이 발견하고 활용할 수 있도록 하
기 위해 임기중 교수는 연행록의 유네스코 세계기록유산 등재도 추진하고 있다.

• 임기중, 수많은 국문학 연구자료 수집·정리 통해 국문학 연구 기틀 마련

　연행록 외에도 임기중 교수는 그동안 수많은 국문학 자료들을 찾아내 그것들에 새
로운 생명력을 불어 넣었다. 또한 새로운 시각과 방법으로 향가와 고려가요 등의 고
전시가를 연구했고 그 연구결과물들은 국문학 연구의 기틀을 마련함과 동시에 국문학
의 세계화에도 기여했다.

　없어졌다는 ≪아악부가집≫을 찾아내 펴낸 ≪악부·가집·아악부가집≫, 존재하지
도 않는다는 광개토왕비원석 탁본을 찾아내 펴낸 ≪광개토왕비원석탁본집성≫, 전승
규모를 알 수 없었던 가사문학 6천 5백여 종을 모아서 펴낸 ≪한국가사문학전집≫과
≪한국가사문학주해연구≫ 연행록 618건을 찾아내서 펴낸 ≪연행록총간≫과 그 연구
서인 ≪연행록연구층위≫ 등이 바로 임기중 교수의 손을 거쳐 세상에 나와 빛을 보게
된 연구결과물들이다.

"세상에 존재하는 모든 것은 나름대로 그 존재의 가치가 있어요. 그것을 인정할 줄 알아야 그 존재의 새로운 가치를 발견할 수 있죠. 이미 잘 알려진 우수한 개인 창작물만이 뛰어난 문학은 아니에요. 세상 어딘가에 숨어있는 새로운 자료를 발굴해서 새로운 시각으로 가치를 만드는 것 역시 하나의 창조라는 것을 생각할 수 있어야 해요."

• 사라져가는 '교수문화', 후학들에 의해 계승될 필요 있어

강단을 떠난 후에도 꾸준히 이어진 임기중 교수의 연구 인생은 일평생을 한 분야 연구에 바친 이 시대 진정한 '학자'의 삶, 그 표본이다. 따라서 그가 걸어온 국문학 연구의 길, 그가 간직하고 있는 자료들은 곧 사라져가는 우리 문화이기도 하다. 임기중 교수는 이를 '교수문화'라고 표현했다. 임기중 교수의 재직 시절 교수문화는 현재의 교수문화와 많이 달랐다.

직접 필사하며 수집한 자료 뭉치들, 제자와 주고받은 편지, 낡은 목탁과 염주, 글귀가 새겨진 벼루, 삶의 마디마다 새겨둔 인장들. 임기중 교수가 간직하고 있는 이러한 삶의 흔적들이 바로 20세기 후반 인문학 교수들이 공유했던 문화이다. 고마운 마음을 한 자 한 자의 글씨에 담아 선물하고, 오랜 연구 끝에 세상에 나온 저서의 뒤에 그 감회를 담아 새긴 인장을 찍었던, 옛 교수문화와 현재 교수문화의 단절은 학문과 전통의 계승 측면에서도 안타까운 일이다.

"평생 어떤 과제를 가지고 연구하다 떠난 교수들에게는 꼭 하고 싶었지만 못한 연구들, 진행 중이었으나 마무리 짓지 못한 연구들이 있을 거예요. 강단을 떠난 교수가 재직 중 연구실에서 가치 있게 생각했던 것이 현재의 교수들, 학생들과의 대화를 통해 후학들에게 전승될 수 있었으면 좋겠어요. 그러한 대화를 통해 학생들은 강의에서는 배울 수 없는 새로운 세계를 만날 수 있을 거예요."

'비가 갠 뒤 동쪽 산봉우리에 떠오른 시원한 달을 바라보려는 집'이라는 뜻으로 임기중 교수가 이름을 붙인 그의 서재, '동봉양월지실(東峯涼月之室)'에서는 차가운 강의실에서 맡을 수 없었던 따뜻하고도 향기로운 냄새가 났다. 깊이 있는 생각을 상실하게 하는 요즘의 대학 문화가 나아가야 할 올바른 방향에 대한 해답은, 새로운 무언가가 아닌 옛 교수의 연구실에 있는지도 모른다.(최다정 기자)

5

....

고희 다음 주마간산

여행일기에서

중국 쓰촨성四川省, 베이징北京

제1부 여행일기는 1982.1.1.-2006.12.31.『한국의 교수문화, 2007.』에 수록.
제2부 여행일기는 2007.1.1.-2016.6.30.까지임.

2007.5.21.-28. : 미국에서 경진 처제 내외와 아들 창훈이가 한국에 왔다. 같이 중국 여행을 하기 위해서다. 선재 처제 내외와 금민 처제 내외와 우리 부부가 일행이 되었다. 새벽 6시에 벤을 한대 대절해서 6명이 같은 차에 탔다. 인천 출발 상해 경유 사천성 성도 공항에 도착했다. 여장을 풀고 저녁에 천극(Sichuanese opera, 川劇)을 관람하였다. 오래 전에 연행록에서 읽었던 내용과 유사성이 있다. 이 천극의 유래는 그 기원이 명말 청초까지 올라간다. 그러나 천극의 탄생은 청나라 건륭제 이후다. 무대는 큰 한옥집의 마루 같고, 그 앞마당이 관중석이다. 텐트를 쳐서 비를 막고 있지만 바람이 시원하다. 손으로 온갖 그림자를 만들어내는 그림자극, 천의 얼굴을 만들어내는 가면극, 마술과 기예가 특이하다. 다음날이다. 새벽 4시에 기상하여 비행기로 九寨溝 直升空港에 도착하였다. 아침 7시쯤 된 것 같다. 구채구빈관에 여행가방을 맡기고 잠시 화장실을 사용하였다. 구채구 관광지로 향하는 입구 늪지대의 자연은 참으로 아름답다. 잔잔한 맑은 물에 일정한 크기로 자라난 수초군락은 난생 처음 보는 청정하고 신선한 정경이다. 특이한 물색과 다양한 자연, 잘 정돈하여 포장한 도로 위에 공해를 없앤 건전지 차를 타고 이동하면서 자연을 감상하도록 한 중국의 최신 시설이다. 공항에 내려서

신선한 공기를 호흡하면서 중국에도 이런 지역이 있구나! 있구나! 를 연발하였다. 다음날 다시 사천성 성도로 돌아와서 낙산 대불(樂山大佛)을 보고 아미산(峨眉山)에 올랐다. 이태백의 시에서 보았던 아미산이다. 이백(李白)의 아미산의 달노래(峨眉山月歌)가 떠오른다. 아미산월반륜추(峨眉山月半輪秋) 영입평강강수류(影入平羌江水流). 야발청계향삼협(夜發淸溪向三峽) 사군부견하유주(思君不見下渝州). 아미산 달 반 조각 가을 깊고, 달그림자는 평강강 강물에 들어서 흘러가네. 밤에 청계에서 출발하여 삼협으로 향하는데 그대 그리워하나 보이지 않고 유주로 흘러 내려가네. 이백이 25세 때 집을 나와 잠시 아미산에 머물다가 유주(지금의 중경)를 향해 장강 삼협으로 떠나며 산위에 뜬 반달을 보며 사라져 가는 모습을 안타까운 심정으로 읊었다. 성도로 이동하여 촉나라 유적을 본다. 제갈량의 사당을 보고 유비묘를 보았다. 다음날 성도 공항에서 비행기로 북경에 도착하였다. 내가 직접 만들어 본 여행일정과 여행지여서인지 안내원이 만나자마자 처음 가는 곳이 많고 식당도 생소하다고 불안해한다. 원명원(圓明園)에서 단극(短劇)을 보았다. 일행이 모두 처음이란다. 일행을 위해서 萬里長城 두 코스에 4번째 올라보고 새로 개관한 수도박물관을 보았다. 박물관 매점에 들려서 민국시대의 차호(茶壺: 찻주전자)를 11만원 주고 1개 샀다. 북경 올림픽 준비로 매점에 상품이 가득하다. 마침 주말이어서 판자웬에 가서 부근 유명 딤섬집에 들려서 다양한 딤섬으로 점심식사를 하였다. 판자웬에서 1시간 자유 시간 후 찻집에서 재회하기로 하고 헤어졌다. 우리 부부는 죽제 옛날 필통 1개와 옛날 동향로 1개씩을 기념품으로 샀다. 금민체제의 신랑 문성룡이 북한식당에 만찬을 마련하여 행복한 여행을 마무리 하였다. 다음날 귀국해서 미국 처제 가족을 고창 내 고향으로 안내하여 선운사와 고창고성을 보면서 1박을 하고 귀경하는 것으로 이번 여행을 마쳤다.

일본 홋카이도 北海道

2007.8.1.-4. : 새벽 5시에 준철내외와 택시로 인천공항에 가서 민아 내외와 진우를 만났다. 북해도 치토세 공항에 10시쯤 도착하였다. 아이누 민속촌, 유황 냄새가 진동

하는 지옥계곡, 도야호수, 오타루운하 등을 둘러보면서 먹고 쉬는 여행을 하였다. 마음이 무거운 데가 많더니 결국 귀국하여 안과 신세를 졌다. 평소의 간이 복장으로 신발도 걸방신발에 별 준비 없이 나갔더니 공항에서부터 민아가 좀 심하다고 느끼는 것 같았는데 후배 법조인 부부를 만났더니 놀라는 기색이 역력하여 민망하였다. 그들은 골프여행이지만 정장 차림이었다. 내 마음을 놓친 것은 준철 내외가 안쓰럽고 경우에 따라서는 방황이 길어질 수도 있다는 점 때문이었다. 아이들을 위로할 목적의 여행이 었는데 내 마음의 뒤안길에는 전공 안내에 대한 자책감의 그림자가 있는 것 같았다.

중국 베이징北京

2007.12.14.-18. : 통번역국제학술연토회 발표차 아내와 같이 북경으로 출국하였다. 주최측에서 배려하여 북경국제공항에 차를 보내주어서 호텔에 편하게 도착하였다. 중앙민족대학 서문 근처 중협빈관에서 북경대 박사반에서 박사논문을 제출한 며느리 태연을 만났다. 같은 호텔에서 같이 지내다가 같이 귀국하였다. 태연이 박사학위 받는 일로 서로 할일을 하면서 만났다. 축하하는 마음과 기쁜 마음으로 같이 지내다가 귀국하였다. 주최 측에서 특별배려를 하여 주빈으로 발표를 하였다. 태평무, 이원길, 강용택 교수 등이 주역을 맡아 진행하였다. 유리창, 판자웬 북경대학 등을 둘러보았다. 북경대학에 자가용차가 가득하고 도서관도 내가 있을 때와는 딴판으로 바뀌었다. 내가 북경대 북초대소에 있었던 1993년경은 북경대에 자가용 자동차가 두세 대뿐이었다. 북경대에서는 북대도사관 선본실에 있는 제자 유대군 박사의 방에 가서 차를 마시고 한담을 나누었다. 유대군 박사는 내 지도로 동국대학에서 서지학으로 박사학위를 받은 북대 출신의 한족 학자다. 그의 처는 미국 하버드대학에 1년간 있다가 2주 후에 귀국한다는 소식을 들었다. 그의 처는 귀주성 출신의 한족으로 북대를 나와 북대 도서관 도서정보전문직으로 근무하는 이다. 둘 다 방학 때면 늘 한국 우리 집에 자주 찾아왔던 젊은이들이다. 북경 물가가 아주 높아졌다. 유리창의 상인들은 대신 좀 허황된 말을 줄이는 변화가 왔다. 올림픽과 관계가 있는 것 같았다.

오스트리아, 독일, 헝가리, 폴란드, 체코슬로바키아

2008.6.18.-28. : 비엔나를 가보고 싶었다. 그러나 뒤로 미루고 지냈다. 나이가 들어서 비행시간이 두려워 마일리지로 비즈니스석을 예약했다. 독일 뮌헨에서 하루 묵고 마리엔광장, 구 시청사, 신 시청사 등을 둘러보고 퓌센으로 이동하여 백조의 성이라 불리는 노이슈반스타인성을 보았다. 역시 주인공이 백조를 좋아한 흔적이 많다. 호수 주변의 경관이 아름답다. 바그너의 위력을 확인한다. 벽이 온통 바그너의 연극 장면이다. 오스트리아 잘츠부르크로 이동하여 호엔잘츠부르크성과 미라벨정원을 보았다. 이번이 세 번째다. 2004년 민아네랑 왔던 곳이어서 익숙하다. 잘츠카머구트로 이동한다. 배를 타고 호수를 건너 모차르트 부모 집 부근에서 점심을 먹었다. 다음날은 오바른도르프에서 얼음동굴에 들어갔다. 리프트를 타고 한참 올라가서 20여분 정도를 걸어서 입구에 다다랐다. 한국 관광객이 많지 않았던 곳을 보게 되었다. 퍽 인상적이다. 조명을 비추면 환상적인 장면들이 나타난다. 그 안에 물이 흐르는 개울이 있어서 물소리가 요란하였다. 아내와 나는 장갑을 준비하였기 때문에 퍽 도움을 받았다. 중세 르네상스 모습을 그대로 간직한 도시 그라스로 이동하여 5백년 된 빵집을 찾았으나 문이 잠겼다. 일요일이기 때문이다. 헝가리 부다페스트로 이동하여 겔래트르 언덕에 올랐다. 어부의 성채로 이동하여 왕궁과 성이스트반 성당을 본다. 왕궁 옆 박물관은 열람 시간이 지났다. 그러나 박물관 숍은 열려있다. 연적형 백자와 횃불형 레몬 짜개는 순백자의 미가 돋보여 연적형 8.5유로, 레몬형 25유로를 주고 샀다. 다뉴브야경을 배로 즐긴다. 독일에서부터 시작하는 크루스선박들이 이색적이다. 헝가리는 역사가 있고, 인물이 있고, 고난의 흔적이 있는 곳이다. 과학자가 많고 노벨상 수상자가 14명이라고 자랑한다. 동양족과 서양족의 혼혈 때문인가? 훈족은 흉노족일 것이고 몽고족일테지. 헝가리 건국 896년을 기념한 성이스반 성당은 그 규모가 웅장하고 정면의 2킬로 직선길이 인상적이다. 저녁은 특식이라는 이름의 굴라시스프를 먹으면서 연주를 들었는데 보통 음식이었다. 다음 날 8시간 버스를 타고 폴란드 크라코프로 이동한다. 도중 슬로바키아 타트라를 지난다. 알프스의 느낌을 받는다. 1991년 체코슬로바키아에서 독립. 타트라산맥 2천 6백미터 고산이다. 2천 3백미터 지점에 있는 호

텔은 세계 최고봉에 위치한 호텔로 유명하다. 타트라를 지나고 나서 점심을 먹었다. 런치 이름은 Cerveny rak이다. 뜻밖의 좋은 음식이다. 후식도 격이 있는 커피다. 에스프레소 커피 잔이 작고 멋지다. 1945년 러시아의 도움을 새겨 세운 큰 비의 뒤에 있는 식당이다. 메뉴는 대충 토마토 썰은 몇 조각, 홍당무 잔다짐, 파 길게 자른 것, 당근 잘게 썬 것, 야채 식초 조림, 접시에 담은 컬러가 일품이다. 메인은 생선 익힌 것이다. 이것이야말로 특식으로 추천할만하다. 폴란드 그라코프로 이동하여 바벨성과 성모마리아 성당을 본다. 다음날 비엘리카로 이동하여 유네스코 등재 소금광산을 보았다. 오스트리아 것이 최초 것이지만 규모는 단연 비엘리치카 것이 크다. 오스트리아 것은 놀이 위주로 만들었다. 미끄럼틀과 보트놀이 시설 등을 하였다. 소금 미라는 이곳에 있다. 체코 것은 현장성 보존과 종교시설 위주다. 입구에 맨 먼저 코페르니쿠스 소금상이 있었다. 내부의 성당이 대단한 규모고 휴게시설도 돋보였다. 폴란드 오슈비엥칭으로 이동한다. 쉰들러리스트 촬영지로 유명한 곳이다. 이곳에는 아우슈비츠 유대인 강제 수용소가 있다. 제1 수용소와 제2 수용소를 보면서 상세한 설명을 듣는다. 인간이 얼마나 잔인할 수 있는가를 보여주는 현장이다. 나는 이광수의 민족개조론이 떠올랐다. 우월주의, 획일주의, 통일주의 사고와 당시의 학문배경을 의심하는 시간을 가졌다. 가장 인상적인 관광지다. 유대인들이 박물관으로 만들고 현재의 관광수입도 그들이 가져간다. 그들은 역시 그들이란 생각이 든다. 다음날 동유럽의 파리라 불리는 프라하로 간다. 틴교회, 천문시계탑을 본다. 카롤 4세가 1406년 완성했다는 가롤교 다리를 걸었다. 아름다운 다리다. 야경 또한 뛰어났다. 다음날은 프라하성을 보았다. 비투스성당은 특색 있는 스테인드글라스가 돋보였다. 16세기 거리 황금소로에 갔다. 카프카가 〈벽〉을 집필한 방에 들렀다. 성벽에 붙은 방이었다. 〈벽〉의 착상이 바로 그곳 아니었을까. 오스트리아 수도 비엔나로 이동한다. 곡물재배의 차이가 드러난다. 곡식이 과일보다 많다. 고딕양식의 스테판 성당을 본다. 비엔나 특식 호라이게로 저녁을 먹었다. 햇포도주와 곱창이 특색이 있다. 곱창 속의 피가 가루처럼 담겨 있고 맛이 담백한 것이 특색이다. 저녁 음악회는 취소되어 가지 못했다. 2008 유로 축구 결승 때문인 것 같았다. 다음날 스페인이 우승한 것을 알았다. 호텔도 근교가 아닌 3시간 거리의 지방도시 웰스였다. 아름다운 분수라는 의미의 쉔부른 궁전을 본다. 합스부르크 왕가의 여름궁전이다. 1천여 개의 방중 공개되는 방은 40개란다. 그 중 우리는 40분간 21과 22 두개를 위주로 보았는데 안내인은 20개를 보았다고 한다. 궁전 앞에서는 음악회 준비로 리허설이 한창이다. 플라시도 도밍고도 리허설에서 노래를 부른다. 올 때는 공항의 비즈니스라운지에서 아내와 차를 마시면서 쉬었다. 물건 안사고 사진 안 찍으니 한가로와서 좋은 여행이었다. 동구라파는 인상적인 여행지였다. 이런 형식의 여행이 오랜만이었던 것도 좋았다. 여행풍속도에 변화가 온 것인가. 이번은 부부 중심 60~70대 중심의 여행이었다.

일본 오키나와(沖繩)

2008.9.7.-10. : 일찍 오키나와(沖繩)를 가보고 싶었지만 인연이 닿지 않았다. 아내와 가기 때문에 좋은 호텔과 좋은 일정을 선택하였다. 뜻밖에 여행비를 30만원 할인한다는 통보를 받았다. 전세기 사정 때문이란다. 새벽 4시 50분에 택시를 탔는데 인천공항에 너무 일찍 도착한다. 비즈니스 앞쪽 중앙을 배정해 주어서 고마웠다. 8시 15분에 이륙하여 나하(那覇)공항에 10시경 도착하여 여행을 시작한다. 호텔도 챠탄 선셋비치 호텔 1901호 특실을 주어서 편히 지낼 수 있었다. 오키나와 북부 국영국립공원으로 이동한다. 수족관 시설이 잘 되어있다. 잠수부가 수족관에 들어가서 내부의 상황을 수시로 촬영하여 외부 화면에 올려 입체적으로 감상할 수 있게 한 것이 특색이다. 돌고래 쇼도 출연진이 5~6명이고 몇 가지 특색이 있다. 관객에게 물 튀기기, 지느러미 두 개 똑바로 세워 물 밖으로 내고 달리기, 몸 반을 물 위에 내놓고 혀 날름거리기 등이 아주 특이하다. 다음날 자유의 일정에는 자스코와 아메리칸 빌리지를 보았다. 미국의 저급 문화가 오키나와도 휩쓸고 있었다. 꼭 확인하고 싶었던 연행록의 유구사신 기사들이 감을 잡을 수 있게 되었다. 자스코에서 두 권의 책을 샀다. 역사와 유물도록이다. 오키나와현립박물관도록은 독립된 것이 없고 전국박물관도록에 포함되어 있었다. 문화왕국 류큐왕국성에 간다. 복원된 것이지만 역사의 숨결을 느낄 수 있다. 首里城이다. 그러나 공원이라는 이름으로 일본화 시켜버린 침략주의근성을 여

기에서도 실감나게 한다. 오키나와월드에서 유리필통을 산다. 투박함이 한국적이고 분재소나무가 한국적이다. 아내가 좋아하는 망고아이스크림도 사먹고 망고도 사먹으면서 여유를 즐겼다. 옥천민속촌 에이샤 공연에서 특이한 현상을 보았다. 큰 북이 완전한 한국 장고다. 그 형태가 한국 것과 같아서 사진에 담다. 조선왕이 경전을 주어 가져왔다는 기록도 그들한테 있어서 현재의 장고 또한 그렇게 영향을 받았을 것 같다. 평화기념공원에 갔다. 오키나와 최후의 격전지다. 마구니언덕이라 한다. 전투에서 1만 명 이상의 한국인이 죽었단다. 그러나 위령비에 새겨진 이들은 남북한 합쳐 2백 4십여 명 정도라고 한다. 현재도 각명(刻名)은 진행 중이다. 박정희 대통령 글씨의 위령탑비와 노산 시를 내 친구 평보 서희환이 쓴 비문이 있으나 감동을 못주는 기념물이다. 왜 우리가 이곳에 와서 죽어야 했는가가 밝혀져 있지 않다. 일본의 참회문도 보이지 않는다. 죽어있는 기념물들이란 생각이 든다. 일본의 진실한 참회가 있어야 할 것이며 한국, 대만 등의 분노와 저항정신이 있어야 할 것 아닌가. 저녁 10시 비행기가 이륙하려고 하는데 갑자기 시동이 꺼져버려 많이 놀랐다. 그러나 무사히 귀국하였다. 고맙다.

중국 펑라이蓬萊

　2008.10.10-13. : 산동성 노동대학 유봉명 부서기장 초청으로 연대시와 봉래시에서 국제실크로드 학회에 참가하여 '17세기 항해조천도와 산동반도'를 발표하였다. 연대, 봉래, 봉래각, 선박박물관, 척계광 패방, 골동가 등을 둘러본다. 연대시 해안과 봉래시 해안이 참으로 깨끗하여 놀랐다. 연대와 봉래 간 고속도로가 10차선이다. 길옆의 정리와 조경이 매우 아름답게 되어 있다. 저녁에 CCTV 인터뷰가 있었다. 내가 1번이고 미국인 일본전권대사의 부인이 2번째다. 그리고 일본 학자 우에다가 마지막이다. 우에다는 귀국 때 같은 비행기를 탔는데 중국어를 전혀 못했고 몸도 불편하여 많이 도와주었다. 연토회가 진행되는 기간 내내 대접이 융숭하여 고마웠다. 호텔방도 특실로 바꾸어주었으며, 밤마다 과일도 새로 챙겨주었다. 도착 때도 유봉명 교수가 아들 유효동

교수를 보냈고 행사 내내 나를 밀착 보호하여주었다. 도착 때도 차를 가져왔으며 귀국 때도 승용차로 공항까지 모시는 등 많은 배려를 받았다. 봉래각 정비가 진행 중이며 개원사도 복원한다고 한다. 아내와 같이 가니 편하고 즐거움을 같이 누렸다. 일 년 전 중국에서 유봉명 교수의 저서 서평 청탁이 있어서 다음과 같은 글을 보낸 인연이 있었다.

劉鳳鳴 著
『山東半島與東方海上絲綢之路』中國 人民出版社 2007.12.

나는 최근 중국 山東省 魯東大學 劉鳳鳴 교수의 저서 『山東半島與東方海上絲綢之路』를 받아 읽었습니다. 나는 이 저서의 發想과 着想을 통해서 劉鳳鳴 교수와 내가 아주 오랫동안 학문적 道伴의 인연이 있었던 것처럼 느껴졌습니다. 그리고 여러 방면에서 劉鳳鳴 교수와 나는 思考의 脈絡이 연결되어 있음을 확인할 수 있었습니다. 그러함에도 나는 劉鳳鳴 교수처럼 좋은 책을 쓰지 못하였습니다. 그러나 나와는 달리 劉鳳鳴 교수는 학문적 기여도가 매우 높은 좋은 책을 써 냈습니다. 누구나 좋은 생각을 가질 수는 있습니다. 그러나 아무리 좋은 생각을 가지고 있다고 하더라도 그것이 곧 좋은 思想되거나 좋은 學問이 될 수는 없는 것입니다. 좋은 생각을 설득력 있는 論據를 제시하면서 말이나 글로 체계화시켜낼 때 비로소 思想이 되고 學問的 실적으로 誕生하는 것입니다. 동아세아의 歷史에서 山東半島가 차지하는 의미는 매우 특별한 것이어서 그 역사적인 照明과 아울러 새로운 接近이 要請되어 왔지만 그동안 주목할 만한 실적이 나온 일은 별로 없었습니다. 따라서 이 책은 반드시 탄생되어야 할 당위성을 가진 책이 아주 適切한 시기에 맞추어서 탄생한 것입니다. 탄생되어야 할 당위성이란 동아세아연구에서 山東半島와 海上之路의 역사적 조명은 반드시 이루어져야만 한다는 의미이고, 適切한 시기에 맞추어 탄생한 것이란 21세기는 世界가 東亞細亞의 역할을 새롭게 설계할 시기라는 의미입니다.

劉鳳鳴 교수는 이 책에서 春秋戰國時期 秦朝時期 漢代至魏晋南北朝時期 隋唐時期 五代及宋金元時期 明朝時期 淸朝時期 등 7시기로 시대구분을 하여 각 시기별로 通時的이며 共時的으로 상세한 역사적 조명을 시도하였습니다. 그 照明의 視角은 중국을 주축으로 하여 中.韓.日 三角構圖에 초점을 맞춘 包括的 觀點입니다. 그 당위성이 쉽게 이해되는 비교적 객관적 방법론에서 출발하고 있습니다. 그리고 中.韓.日의 역사적 사건과 인물을 거론하는 서술에서도 脫理念性과 衡平性을 유지하려고 많은 노력을 하였습니다. 著者의 그러한 觀點과 方法論에 따른 서술내용은 동아세아 독자들의 同議를 얻어내는 단계에

서 우선 성공하고 있습니다.

韓.中交涉史의 관점에서 본다면 韓.中의 海上之路는 크게 볼 때 남북방으로 兩分되어 있었습니다. 北方의 海路는 登州가 중심이며 南方의 海路는 明州가 중심이었습니다. 그러나 南方海路는 溫州. 泉州. 廣州 등으로 分散性을 가지고 있었기 때문에 北方海路의 登州는 明州보다 그 意味와 比重이 훨씬 더 크다고 할 수 있습니다. 山東半島와 海上之路는 21세기 地球村의 地域研究課題 중에서 매우 중요한 연구거점의 하나입니다. 이 저서는 21세기벽두에 그런 과제를 啓導的으로 성취하여 東亞細亞學界에 제시하고 있다는 데서 큰 의의를 찾을 수 있습니다. 동아세아역사에서 보면 海上之路는 陸上之路가 戰亂 등 여러 가지 사정으로 인하여 원만한 이용이 불가능할 때 그 해결방안의 하나로 등장하는 때가 많았습니다. 21세기의 交通狀況은 그 당시와는 많이 달라졌습니다. 陸路와 海路와 空路가 자유롭고 아주 편리하게 열려있습니다. 아무리 그렇다고 하여도 앞의 海路가 갖는 상징적 의미가 달라지는 것은 별로 없을 것입니다. 그런 의미에서 볼 때 山東半島와 海上之路는 21세기에도 世界平和共榮의 話頭에서 중요한 키워드(key word)의 하나가 될 것입니다. 국가간의 평화적 교류의 표면에는 언제나 政治와 經濟의 교류가 주축으로 등장하지만 文化交流가 그 내면적 기반을 형성하지 못할 때는 항구적이지 못하고 곧 跛行을 招來하고 마는 것을 역사의 문맥에서 확인할 수 있습니다. 이 책의 저자 劉鳳鳴 교수는 지난 2500여 년 동안 산동반도를 중심으로 한 中.韓.日의 경제교류와 정치교류는 물론 문화교류의 실상까지도 폭넓게 살펴보려고 노력하였습니다. 그리고 국제간의 友誼라는 生産的 관점으로 축적된 기록물들을 성실하게 점검하면서 살펴보았습니다. 특히 문화교류에도 많은 관심을 가지면서 여러 측면들을 거론하고 있습니다. 이런 점이 이 책이 갖는 훌륭한 점입니다. 이 책은 21세기에도 海上之路는 지구촌 사람들의 평화로운 삶의 질을 향상시키는데 여러 모로 기여할 수 있다는 새로운 비전(vision)을 제시하여 주고 있습니다. 그러한 측면에서 볼 때 이 책은 새로운 연구의 장을 여는데 기여하고 있습니다. 中.韓.日은 漢字文化圈이란 공통점이 있어서 언제나 한자로 하는 筆談이 가능하여 국제 공용어 때문에 의사소통에 어려운 점이 없었습니다. 그리고 지역적 근접성과 생활문화의 유사성이 국제간의 障壁을 극복하는데 많은 도움이 되었습니다. 그뿐 아니라 中.韓.日 三國人들의 외형의 유사성이 친밀감을 유발하여 화평을 만드는데 별다른 어려움이 없었습니다. 이러한 점들이 산동반도를 중심으로 한 中.韓.日의 교류를 성공적으로 유지시킬 수 있었던 숨은 에너지원(energy源)이 되었습니다. 21세기에도 상황이 크게 달라지지 않을 것입니다. 劉鳳鳴 교수의 이 연구가 觸媒가 되어서 산동반도가 다시 한 번 21세기 세계사에서 세계인들이 주목할 수 있는 平和와 共榮의 지역이 될 수 있기를 바라면서 이 책이

그러한 설계에 많은 기여를 할 수 있을 것으로 믿습니다. (林基中, 한국 동국대학교 명예교수)

미국 샌프란시스코, 알라스카, 캐나다

2010.7.14.-26. : 아내와 같이 인천공항에서 모처럼 비즈니스석에 올랐다. 미국 샌프란시스코 민아 집에 간다. 스텐포드 대학에 사위 황박사가 1년간 연구년으로 있기 때문이다. 공항에 황서방이 새로 산 벤츠를 운전하고 나왔다. 그 차로 30여분을 달려서 스텐포드대학 구역의 2층 아파트에 도착했다. 민아는 저녁식사를 준비해놓고 기다렸다. 쾌적하고 편리한 집이다. 진우는 존스홉킨스대학이 주간하는 스텐포드대학 캠프에 들어가 있어 집에 있지 않았다. 차로 풋힐스공원(Foodhill)에 나가서 1시간 정도 산책한다. 노루들이 나와서 풀을 뜯는 평화로운 공원이다. 다음날(15일 (목)) 민아 집에서 2~3시간 거리에 있는 몬트레이로 이동하다 패블비치골프장이 있는 해안에 갔다. 17마일 드라이브코스에 입장료를 내고 들어간다. 사유지인데 참으로 아름다운 해안이 잘 관리되고 있다. 추워서 차에서 내리기가 두렵다. 초겨울 같이 느껴지는 기온이다. 물새들과 바다사자, 사람들과 자연이 조화롭게 공존하는 지대이다. 이 코스를 지나서 페블비치골프장으로 이동하였다. 호텔에서 하루 자면서 골프를 즐기는데 골프피는 500불이라고 한다. 호텔과 쇼핑몰이 있는 곳에서 잠시 휴식을 취했다. 카멜로 이동하여 민아가 예약해 놓은 좋은 식당에서 점심을 즐겼다. 귀로에 쇼핑몰에 들려 구경하고 인도 식당에서 저녁을 먹고 귀가하였다. 16일(금). 5시에 일어나 혼자 아침 산책 즐긴다. 노인들은 하이하고 인사를 하지만 젊은이들은 인사가 없다. 개를 대리고 나온 할머니나 노부부들이 밝고 친절한 매너를 보인다. 오전 11시에 스텐포드대학 로스쿨 쪽에 있는 진우 캠프장에 가서 진우를 만났다. 유난히 큰 짐을 3개나 들고 나온다. 그 뒤에 지도교사가 따랐는데도 짐을 놓고 달려와서 껴안아 주며 인사를 한다. 기특하다. 학교 구내식당에 가서 스텐포드대 학생들과 더불어 뷔페로 점심을 우리 5식구가 같이 하였다. 캠프 참가 학생들은 중고생 같이 컸다. 진우가 가장 작은 것 같

다. 나이나 학년으로는 원래 신청이 불가능한 것을 알고도 신청하였는데 성공하였단다. 17일(토). 이른 새벽 4시에 일어났다. 4시 20분 여행가방 5개를 황서방 차에 싣고 알라스카 에어라인을 타러 공항에 간다. 황서방이 공항에 비치된 컴퓨터에 자료를 입력하여 직접 보딩 패스를 뽑는다. 진우가 기특하다. 피곤할 텐데 불만이 없다. 차를 맡기는 곳에서 도넛과 바나나를 듬뿍 주어 아침 대용식으로 먹었다. 7시 비행기를 탔는데 8시 40분에 시애틀 공항에 도착한다. 시애틀에서 언더그라운드 3곳을 보았다. 참으로 특이한 곳이다. 지대가 낮은 도시의 문제를 극복하려고 집 위에 다시 건물을 지은 곳이다. 안내인의 설명을 진우가 제일 빠르게 알아듣는다. 하얏트호텔에서 하루를 묵는다. 18일(일). 호텔에서 밴으로 부두로 이동한다. 11시 오스테르담 승선 수속을 한다. 프린세스함과 나란히 정박되어 있다. 럭셔리하기는 프린세스고 음식이 좋기는 오스테르담이라고 한다. 19일(월). 알라스카를 향해 어제부터 계속 항해 중이다. 1시간 시계를 뒤로 돌려 맞춘다. 20일(화). 1900여명의 승객에 승무원 800여명이 타고 있다. 배의 10층 베란다에 올라서 글라시에르베이 빙하지대를 관광한다. 녹고 있고 녹았고 남아 있고 유빙이 흐르고 원시의 자연 그대로이다. 오염문제로 우리 배와 프린세스호만 이 지역 관광을 허락하였다고 한다. 21일(수). 주노에 정박하고 옵션 관광을 하였다. 출입할 때마다 방 키로 확인하고 방 키로 선내의 모든 결재를 한다. 버스로 1시간 정도 가서 해변 유빙지역에 선다. 관광 안내소에 들려 부근의 생태환경 기록 영화를 보고 전시된 유빙 샘플을 만져보고 유빙 가까이 있는 해변에서 주변의 자연을 본다. 통가스로 이동하여 개인 가든을 보고 건전지차를 타고 안내를 받으면서 국립산림보호지역을 돌아본다. 원시 그대로다. 진우가 나를 앞좌석 파트너로 택해서 같이 앉아서 돌아본다. 배로 들어와서 점심을 먹고 진우 가족은 헬리콥터로 빙하 지역관광을 나가고 우리 부부는 주노 시내의 스테이트 뮤제움을 보았다. 알라스카인의 생활사박물관이다. 의상의 장식과 가죽으로 만든 배등이 상당한 문화수준인 일면도 있었다는 것을 발견할 수 있다. 알라스카 원주민은 몽골계라는 것을 직감할 수 있다. 뱀가죽 신발과 뼈공예가 뛰어난 손재주를 보였다. 시내 상점가를 돌아보는 관광을 즐기기로 하고 돌아다녔다. 앤틱크 가게가 있어 편지칼을 하나 샀다. 수공예품이다. 인도 것도 있었으나 신작 관광 상품이어서 매력이 없었다. 검색대에서 보관지시가 있어

보관하였다가 찾기로 한다. 7월 22일(목). 배를 해변 부근바다에 정박한다. 정박시설이 없는 항구 소도시다. 아침 7시에 강당에 모여 팀별로 스티커를 배부하고 오스테르담에서 배로 옮겨 타고 떠나는 옵션관광이다. 황서방의 면밀한 계획이어서 편한 여행이 되었다. 20여명이 타는 작은 배에 올라타자 차, 커피, 음료, 머핀, 초콜릿, 쿠키 등으로 영접을 한다. 쌍안경도 준비해놓았다. 바다 동물과 섬 동물, 주변의 자연을 보도록 한 준비다. 회색고래, 검은색고래, 수달피, 독수리 등등의 많은 동식물들을 가까이서 볼 수 있었다. 자연과 더불어 맑은 공기를 마시는 오전이 즐거웠다. 오전 8시부터 12시까지 바다를 즐긴다. 12시 좀 지나서 우리 20여명을 태운 작은 배가 시트카에 상륙한다. 소도시의 거리 관광이다. 작은 성당이 하나 있을 뿐이다. 진우가 새총을 원해서 사주었다. 우리도 캐나다에서 중국인이 만든 티폿을 하나 샀다. 2시경 오스테르담으로 들어왔다. 진우 새총이 검색대에 잡혀 맡겼다. 오늘 저녁은 포말나이트다. 정장차림으로 저녁식사를 하는 것이다. 23일(금). 배가 케치칸에 정박했다. 아침부터 비가 내린다. 추워서 늘 옷을 몇 겹 껴입고 다닌다. 오스테르담에서 내려 버스를 타고 옵션관광을 한다. 먼저 삭스맨 네셔널 빌리지에 갔다. 여자 버스운전수다. 연어산지다. 운전하면서 열심히 연어산지 설명을 한다. 잠시 현지의 민속과 생태기록 영화를 보았다. 그리고 현지의 전통무용과 민속음악을 감상한다. 그 뒤 알라스카 장승 만드는 곳에 가서 구경을 하다. 항구에서 나무다루는 묘기대회를 관람한다. 미국과 캐나다 두 팀으로 나누어 각국 두 사람이 나무 오르기, 톱질로 의자 빨리 만들기, 도끼로 나무 빨리 자르기, 톱으로 나무 빨리 자르기, 통나무타기 등 제법 다채롭고 특색 있는 볼거리다. 비를 맞으면서 많은 관광객들이 즐겼다. 한국인은 우리 가족 5명뿐이다. 4시경 배에 들어왔다. 저녁식사는 비스타에서 하였다. 두 번째 포말나잇이다. 오늘은 주방 종사자의 식당 쇼가 있었다. 즐거웠다. 7세의 진우가 또래 모임에서 클라리넷을 불었다. 클라리넷도 잘 불고 또래 15~16명과 즐겁게 어울리는 것을 보니 흐뭇하였다. 진우가 맥벳의 '인생은 허무해'를 무대에서 외웠는데 알아듣는 이는 많지 않은 것 같았다. 캠프에서 외워온 것이다. 진우가 너무 규격화 되어 있다. 그러나 내용이 차 있는 것 같아서 좋았다. 24일(토). 온 종일 항해하는 날이다. 오후에 캐나다 빅토리아항에 도착한다. 날씨가 맑아서 10층에 혼자 올라가 걷고 벤치에 앉아서 책을 읽었다.

진우가 올라와서 읽는 책을 보더니 무슨 일기를 왜 읽느냐고 한다. 그래서 조선조 때 중국에 다녀온 강시영의 일기라고 알려주었다. 저녁 7시반 마지막 옵션투어다. 점심 먹고 캐나다 입국 준비를 하고 짐을 쌌다. 진우 새총과 내 편지칼을 프론데스크에 가서 찾았다. 7시 30분 오스테르담에서 캐나다 빅토리아 항에 내려 버스를 타고 오차드 가든으로 이동한다. 빅토리아는 우리 가족의 캐나다여행 때 다녀간 곳이므로 두 번째 방문이다. 민아가 제일 많은 기억을 한다. 오차드가든은 예나 이제나 참으로 아름답다. 진우가 안내책자의 꽃을 실물과 대조하는 모습이 탐구적이다. 무엇이든 그냥 지나치지 않도록 하는 민아의 배려가 훌륭하다. 불꽃놀이는 지금까지 본 것 중 가장 아름답고 정교하였다. 줄 불꽃, 화살 불꽃, 꽃 불꽃, 이중 원돌이 불꽃, 하늘 불꽃, 연못 불꽃 형형 색색 가지가지가 정교하고 현란하고 웅장하고 조화로웠다. 버스에 10시 40분 까지 도착 약속인데 진우가 우는 새 장난감을 사느라고 늦어서 우리 가족 다섯명이 달리기 시합을 하여 겨우 시간에 댔다. 아내가 제일 달리기를 못하여 애처러웠다. 밤늦게 오스테르담에 도착하였다. 여행 마지막 밤이다. 25일(일). 이른 아침 미국 시애틀 부두에 오스테르담이 정박했다는 방송이 나온다. 아침 7시부터 하선이다. 우리는 9시 40분에 마지막으로 하선했다. 비행기 시간이 너무 많이 남아서다. 황서방이 예약해둔 차로 짐을 싣고 공항으로 이동하여 한국행 대한항공 탑승 수속을 한다. 우리 부부는 비즈니스라운지에서 쉬다가 한국 인천행 비행기를 탔다. 민아네는 5시 비행기여서 좀 더 기다리다 샌프란시스코로 가는 비행기를 타야한다. 공항에서 진우가 수학을 풀도록 하는 민아와 그에 따르는 진우가 대견하다. 새 비행기여서 편히 자면서 인천공항에 도착하였다. 민아와 황서방의 준비로 편한 여행을 하였고, 진우 때문에 더욱 더 즐거운 여행을 하였다. 고맙고 즐거운 여행이었다. 인천공항 도착은 7월 26일 월요일 오후 6시경이었다.

중국 시안西安

2011.4.23.-27. : 중국 西安 행 비행기를 타려고 아침 5시에 콜택시를 불러 탔다. 마일리지를 이용하여 좀 편한 비행기 좌석에 앉게 되었는데 아내가 무척 좋아한다.

비행기 타는 스트레스가 없어서 좋다는 것이다. 시안에 있는 동안 호텔도 쉐라톤에만 있으면 되기 때문에 번거롭게 이동하는 일이 없을 것 같다. 학회 때문에 이전에 두 번 서안에 온 것 같다. 아내는 처음 길이다. 아내가 서안에 가보고 싶다고 하여 택한 여행지다. 서안 공항은 이제 시골공항이 아니다. 전체가 일신되었고 현재도 여러 곳에서 공사가 진행 중이다. 한국 식당에서 삼겹살로 점심을 먹고 인근 大慈恩寺를 보았다. 수년 전에 비해 주변 정리가 잘 되어 있었다. 벌써 20년 전이니 달라 질 수밖에 없겠지. 자은사이니 어머니를 위해 지은 절이겠구나. 여기에 大雁塔이 있다. 조금 기울었지만 옛날 그대로다. 현장법사가 인도에 가서 657권의 불경을 가져와 보관하기 위한 탑이다. 중국에서 제일 규모가 크다는 섬서성 박물관, 꼭 보고 싶은 곳이었다. 전시공간은 선사시대부터 민국시대까지 시대별로 꾸며졌다. 세계 4대 고도답다. 아테네, 로마, 카이로, 서안 다 가 보았지만 고도의 박물관으로는 썩 볼만한 곳이다. 눈을 끈 것은 北魏(386~534) 때 것으로 출토된 유물 해치(獬豸)가 있다. 한국에서 해태라고 하는 동물이다. 이어폰 해설 대상 표시(081)가 있다. 국보급 유물인 것 같다. 흙으로 만들었고 크기는 길이가 30센티미터 정도다. 불에 구운 것 같지 않고 맨 흙같이 보인다. 모양은 소도 같고 양도 같은데 머리를 약간 숙이고 머리 가운데 외뿔이 길게 나와 있다. 연전에 오스트리아 잘츠부르크에 갔을 때 무덤 앞에서 본 긴 외뿔의 유사 동물상은 어디에선가 옮겨온 것이라는데 안내원을 포함해서 현지인 누구도 그것의 정보를 가진 이가 없었다. 이 상상의 동물이 법 의식의 기원이라는 것을 아는 이는 별로 없는 것 같다. 해설에도 해설자도 산해경에 있는 신화적 내용에 국한된 설명을 할 뿐이다. 高씨 장원은 처음 가보는 곳이다. 청나라 때 2등으로 급제한 사람이 국가에서 받은 가옥이다. 자녀를 교육시키는 집 두 채가 입구 양편에 이층집으로 서있고 그 안에 안채를 배치하였다. 윗 층에는 딸이 거주하고 그 아래층에는 딸의 하인이 거주토록 하여 안전문제를 해결하고 그 맞은 편 아들들의 처소에는 벌 받는 방이 있는 것이 이색적이다. 그 가옥 주변은 먹거리, 문방제구, 차도구, 서화 등을 파는 작은 문화의 거리로 형성되어 있다. 부근 德發長 交子宴에서 교자로 저녁을 먹었다. 너무 많은 손님들이 모여들어서 마치 시장통 같다. 십여 차례 각기 다른 교자를 주는 명소로 자리잡고 있었다. 저녁 8시 45분에 호텔에 도착했다. 다음 날 오전 9시에 호텔을 나섰다. 진시왕 병마용 갱으로 갔다. 90년대 초의 모습이 아니다. 완전하게 잘 정리된 관광지로 변모되었고 전시관 등이 모두 새로운 모습으로 자리 잡고 있다. 전에 왔을 때는 1호 갱만 개방하였으며 비닐로 덮여 있었고 천정 공사를 하여 박물관으로 만들 계획이라고 하였는데 3호 갱까지 개방하였다. 1호 갱 내부로 들어가서 보수 중인 병마용을 두루 살피면서 사진을 찍을 수 있는 해택을 받고 관람하였다. 다른 관광객은 들어올 수 없는데 미국 대통령 클린턴 가족이 들어갔던 통로로 들어가서 관람하면서 외곽지대에서만 돌고 있는 관광객들에게는 미안한 생각이 들었다. 병마용 파괴된 것의 파편을 모아서 수십 개를 보수하여 세워놓았고 또 보수를 진행하고 있다. 나중에 보니 진시황릉 가는 길옆에 몇 개의 병마용 제작 공장도 있었다. 1호 갱은 최대의 갱으로 열병식 병마용 갱이다. 한 줄이 유난히 많이 파괴된 것은 옛 모습 그대로 두었다. 항우의 병사가 파괴한 것이라고 설명하고 있다. 2호 갱은 새로 개방한 것인데 사령부 갱이라고 한다. 병마용의 머리가 모두 없어졌다. 항우의 병사 들이 그렇게 파괴했다고 설명한다. 3호 갱은 특수 부대 갱이라고 한다. 기마병, 화살사격병사인 궁사 등이 있는 곳이다. 그리고 3년 간 수리하여 전시한 진시황제의 동차가 전시된 전시실이다. 병마용은 원래 체색된 것이고 불에 구운 도기 형태였다. 불에 넣을 때 튀는 것을 방지하기 위해서 말에는 배주위에 큰 구멍을 내고, 사람은 몸체에 머리를 구운 뒤에 붙이는 기법을 썼다. 진시황릉은 전기차를 타고 한 바퀴 돌았다. 주변에서 문인용이 발견되어서 한창 개방 준비공사를 하고 있는 중이다. 나중에 오면 이것도 볼 수 있을 것 같다. 저녁식사를 하고 8시부터 1시간 10분간 張藝謀 감독의 가극 長恨歌를 보았다. 우리 돈 6만 5천원의 관람료다. 여산의 화청지가 무대. 화청지 안이 무대이고 그 뒤에 있는 驪山을 무대의 배경으로 설계한 스펙타클한 환상적 무대다. 화청지에서 무대가 올라오고 이동하고, 오작교가 올라오고, 오작교가 만났다 헤어졌다 한다. 그리고 전란의 폭발음과 화염이 솟는다. 여산에는 별이 뜨고 달이 뜨며, 폭포가 흐르고 초승달 보름달 그믐달이 뜬다. 하늘에는 선녀가 나타나서 개막을 알리고 마지막에는 선녀 두 명이 날아다니며 꽃을 뿌려준다. 현종이 양귀비를 맞고 양귀비의 언니와 현종의 사랑과 삼각관계의 질투로 인한 파경과 재회, 안녹산의 난으로 양귀비가 스스로 목을 매죽고 그 영혼을 사모하는 현종의 비극적 사랑이 펼쳐졌다. 2008년 올림픽

때 개관하여 지금까지 성황리에 공연을 계속하고 있다. 올림픽 특수인 셈이다. 양귀비 미모와 매력이 현대화되어 소개되고 있다. 양귀비는 3대 3소의 미인이란다. 눈, 가슴, 히프가 커 3대이고, 입, 수족, 음소가 작아 3소란다. 백락천의 장한가에는 피부의 미모가 특색이었는데 그 부분은 언급이 없다. 다음날 월요일에는 華山에 갔다. 3시간 쯤 가서 12시 30분에 화산 索道處에 도착하여 6인승 케이블카를 탔다. 경사도가 심하다. 화산은 중국의 오악 중 영산이다. 화강석 석산이다. 귀로에 화산의 온천탕에서 3시간을 보냈다. 특히 피쉬탕이 이색적이었다. 두 개가 있는데 하나는 작은 고기가 있고 다른 하나는 큰 고기가 있다. 다리를 담그니 입질을 부지런히 한다. 小魚湯에서 大魚湯으로 이동하여 앉자 있다 나왔더니 발이 깨끗하여졌다. 26일 화요일에는 비림과 문서의 거리를 보았다. 비림도 말끔히 정리된 모습이다. 문서의 거리는 이제 퇴락해 있다. 90년대 초는 참으로 번성한 문서거리였다. 長安城을 도는 전기차를 탄다고 하여 우리 부부는 일행을 뒤로하고 성 아래 골동거리로 갔다. 자사 차호 3개와 필통 하나를 샀다. 비림은 3천여 개의 비 중 1천개가 전시되었다고 하지만 본 것은 10여개 정도다. 왕희지체의 당나라 集字碑를 한 참 보았다. 일연스님 集字碑를 생각하면서. 노자의 無爲自然과 공자의 仁사상을 생각한다. 노자가 공자보다 30년 쯤 연상이지? 공자는 노자를 만나고 오면 침묵으로 일관하며 진짜 황룡을 만난 기분이라고 하였다지? 墳, 塚, 陵, 林을 생각해본다. 墳墓나 古墳, 冢墓나 貝塚, 丘陵과 陵寢, 林立과 林野와 같은 용법으로 이해하면 될 것이다. 관우 묘는 關林이고 공자 묘는 孔林이다. 귀로에 비행사정이 생겨서 늦게 도착하였다.

중국 뤄양洛陽, 정저우鄭州

2011.6.14.-18. : 집에서 아내와 같이 아침 5시에 택시를 탔다. 비즈니스라운지에서 간단한 아침식사와 차를 마시고 8시경 비행기에 오른다. 불교학과 권기종 사학과 김상현 두 교수를 만났다. 洛陽 白馬寺에서 천태종 연차교체 학술교류 발표가 있어서 간다고 하였다. 천태종 총무원장 스님도 일행이다. 河南省은 황하의 남쪽에 있어서

하남이다. 이곳이 이른바 中原 땅이다. 중국 5천년의 역사를 보려면 鄭州(옛날 豫州)로, 3천년의 역사를 보려면 西安으로, 1천년의 역사를 보려면 北京으로, 1백년의 역사를 보려면 上海로 가야한다는 말이 있다. 이 지역은 십 수개의 왕조가 도읍지로 삼았던 곳이다. 商나라 도읍지가 정주지역이 아니던가. 그러니 정주가 3천 5백년의 역사를 가진 고도이다. 그러나 상나라 유적이라고 추정할 수 있는 곳은 단 한 곳의 흙 성벽 조각뿐이라고 한다. 北宋의 도읍지 開封과 남송의 도읍지 杭州는 비교적 유적이 많이 남아 있는 곳이다. 이 지역은 吳越同舟의 고사를 남긴 곳이기도 하다. 비행기에서 내리자 곧 하남성박물관으로 안내 되었다. 공항에서 박물관으로 가는 길 8차선의 새 도로가 깨끗하다. 박물관에 들어서자 중앙홀에 한 마리의 코끼리를 중앙에 두고 양쪽에 한 사람씩 코끼리 양편에서서 코끼리와 손을 맞잡은 조각상이 정면에 보인다. 정주는 옛날 豫州고 豫자는 코끼리 象자가 들어 있는데 옛날 예주에는 코끼리가 많았으며 코끼리는 당시 가축으로 농경시대에 아주 유용한 동물이었기 때문에 예주가 되어서 박물관의 표상으로 만든 조형물이라고 한다. 이 박물관은 청동기 위주의 박물관이다. 청동기문화가 시작된 곳이기 때문일 것이다. 박물관의 역사가 짧아서인지 허술한 전시공간이 격을 떨어뜨리고 있다. 아쉽기는 하지만 靑銅 樂器와 靑銅 禮器는 다소의 특색을 보여준다. 현재 하남성의 인구는 1억 2천만이고 면적은 한국의 1,5배라고 한다. 낙양으로 이동하는 길목에서 康百萬莊園에 들렸다. 규모는 크지만 商人들의 것이어서 그런지 장원의 운치가 많이 떨어진다. 중국 3대 장원 중 하나라고 하지만 믿어지지 않는다. 52개의 건물 1300여개의 방 72개의 누각으로 이루어졌다고 한다. 명·청대 6대에 걸쳐 지어졌고 청 말에 서태후가 들린 곳이라고 한다. 유일하게 우물만 사들이지 못하여 장원 내에 있는 우물은 소유주가 달랐다고 한다. 좋은 물이 귀한 곳이어서 그랬을까 아니면 다른 까닭이 있었을까. 어린이 교육 공간과 자녀 교육공간이 중국 장원들의 특색을 가지고 있어 보인다. 몇 군데의 장원을 보면서 느낀 점이다. 자녀 교육을 중시한 장원 주인들의 세심한 배려가 인상적이다. 장원 안 골목의 골동품가게에서 민국시대 죽림칠현도 양각 銀入 인물상 동필통 1개를 샀다. 650원 정가라는데 400원을 주고 구했다. 8각 대형필통인데 인물 부분만 은상감 처리를 하였다. 책상에 올려놓고 사용할만하다. 노력으로 대성한 상인들의 장원이라는 점에서 중국인들의 평가가 후한 것 같다. 낙양까지 가는 동안 중국에서 대학을 나온 안내원이 못 읽는 간판의 한자가 많았다. 그의 말은 평생을 배워도 다 알 수 없는 것이 한자라고 하면서 현재 중국에서는 한자 1만자를 알면 중고등학교 교사를 할 수 있고, 한자 2만자를 알면 대학 교수를 할 수 있다는 말이 있다고 한다. 버스로 정주에서 강백만 장원까지가 1시간정도 걸리고 이 장원에서 낙양까지가 1시간 정도의 거리다. 牧丹의 도시 洛陽으로 이동하여 水石式으로 저녁을 먹는다. 측천무후가 큰 무를 재료로 만들 어먹은 데서 유래한 전통요리라고 한다. 일종의 궁정요리인데 다양한 식물성 요리가 많은 것이 특색인 것 같다. 牧丹酒로 반주를 하였다. 목단주는 50도짜리 백주인데 특색이 별로 드러나지 않는 술이었다. 굳이 특색을 말하라면 중국의 白酒로는 좀 부드러운 술 같다. 목단의 도시를 드러내려는 의도가 엿보인다. 그러나 낙양의 5월 목단 축제는 이미 지났다. 洛陽友誼賓館에서 하루 밤을 보낸다. 이 반점 1층에는 3개의 화랑이 있는데 모두 목단화그림이 주종을 이루고 있다. 한 화랑에 月石 하나가 볼만 하여 가격을 물었더니 1만元이라고 한다. 우리 돈으로 1백 8십만원을 호가한 것이다. 중국의 경제 수준을 이해하는데 도움이 되었다. 다음날 아침 龍門石窟로 갔다. 1993 년인가 제1회 국제현장학회에서 발표를 마치고 잠깐 들린 적이 있는데 그때보다는 훨씬 더 잘 정비되어 있다. 전동차를 타고 석굴로 이동한다. 석굴도 보수의 흔적이 많다. 용문석굴 앞에는 당나라 때 만든 운하에 황하에서 끌어드린 물이 풍성하고 맞은 편에는 香山이 있다. 배를 타거나 전동차를 타고 다리를 건너면 향산의 향산사를 볼수 있고, 백거이 묘를 참배할 수 있다. 향산사에는 스님이 거주하지 않는다고 한다. 사정이 있어 백거이의 무덤을 멀리서 보는 것으로 대신하였다. 아쉬움이 남는다. 많은 석굴이 너무 파손되어 파손이 덜 된 곳만 보는 것으로 만족할 수밖에 다른 방도가 없다. 경주의 석굴암과 대비하면서 그 규모와 구상 단계를 상상하여 본다. 당시 우리 선인들의 사대사상은 억압당한 힘의 논리에서 기인된 것이 아니라는 것을 새삼 깨닫게 된다. 이곳에서 점심을 먹고 숭산 소림사로 간다. 소림사는 중국 선종의 본산이다. 1993년 당시와 비교하면 소림사 입구에 아주 새로운 큰 거리가 탄생하였다. 엄청난 변화를 실감한다. 세계의 관광 명소가 되어 변화가가 되어 있다. 먼저 소림사 무술공연을 보았다. 짜임새 있는 공연과 진행으로 주목을 끈다. 창, 칼, 줄, 묘기가 어우러진 무대는 긴장감을 더하여 극적 효과를 충분히 발휘하고 있다. 소림사 무술학교는 이미 세계화 되어 있고 내국인의 입시 경쟁률도 높은 것으로 되어 있다. 취업이 용이하기 때문이라고 한다. 소림사 경내를 한 바퀴 돌아보는 것으로 만족해야한다. 내국인 참배객이 많아진 것도 큰 변화이다. 수많은 佛塔인 塔林을 돌아보고 嵩山 등봉으로 가는 케이블카를 탄다. 塔林은 소림사에 계셨던 큰 스님들의 분묘와 유사한 것으로 이해하면 된다. 입멸 후에 제자들이 만든 것인데 탑의 규모는 그 스님의 비중과 관계된다. 탑마다 行狀과 같은 簡歷이 붙어 있다. 케이블카는 4명씩 타도록 만들었다. 숭산의 속살을 볼 수 있다. 산바람이 시원하다. 태산 화산 등과 함께 중국의 5악 중 하나이다. 오래 전 태산을 보고 4월에 화산을 보고 오늘 숭산을 본다. 학회 발표차 갔기 때문에 아내와 같이 가지 못한 곳은 태산뿐이다. 등봉해서 보니 산허리에 붙은 1미터 정도의 폭으로 잔도가 길게 이어 있다. 2시간을 걸으면 멀리 보이는 달마대사의 면벽 수행처에 이른다고 한다. 왕복 2시간 거리여서 다녀올 수는 없다. 10여분 산허리에 붙은 잔도를 따라 걸으니 60대 부부로 보이는 이들이 보자기만한 좌판을 펴놓고 있다. 즉석사진을 만들어 주는 이다. 숭산의 기괴한 암벽 층을 배경으로 삼아 옆에 嵩山이라는 바위처럼 생긴 돌 간판을 놓고 기념사진을 만들어 파는 이다. 말도 좀 걸며 쉬어갈 겸 사진을 부탁하였다. 즉석에서 만들어 우리 돈 1천원을 받는다. 남편이 사진을 찍으면 옆에서 아내가 사진을 뽑는다. 여기서 발걸음을 뒤로 돌렸다. 뒤에서 아내가 기다리고 있기 때문에 혼자만 더 멀리 갈 수가 없다. 간이 가게에서 안내원이 얼음과자를 사와서 몸을 식혔다. 케이블카를 향해 몇 걸음 옮기다가 보니 指頭畵로 嵩山을 그리고 있는 스님 한분이 있다. 명함을 받아보니 법명은 延志고 이름은 王悠至다. 50대로 보였는데 예술명가작품집을 공편으로 펴냈고, 숭산서화인 협회 회원이며 소림사 스님이다. 그가 하는 일은 起名, 測名, 改名, 易理, 企業商號 命名 등의 일을 하는 이다. 아내의 성화로 文邨 林基中을 써주었더니 그가 그린 崇山少林 指頭畵에 이렇게 써준다. 文修雅儒風 邨郭皆敬崇 林泉成大業 基穩向繁榮 中天行日月 興旺緣大同이라 쓰고 辛卯 夏月이라 써 준다. 일종의 測名인 셈이다. 50元을 주었더니 옆에서 시중드는 제자가 글이 쓰인 그림에 비닐코팅을 하여 준다. 9천원짜리 선물인 셈이다. 그의 재주가 놀랍다. 옆 손님과 이야기를 계속하면서 써준 것이다. 성의가 없어 보였으나 만만치 않은 재주꾼이다. 頭印은 嵩山이고 落款은 延志다. 소림사 부근의 식당에서 저녁을 먹고 정주로 이동한다. 정주의 광동국제호텔에 여장을 풀었다. 이곳에서 3일을 묵는다. 6월16일 목요일 아침 8시에 개봉으로 이동한다. 가는 길목에서 제2차(第二屆)綠博 전시장을 전동차로 돌아본다. 전동차는 1인당 10元이다. 중국 각 지역의 특색과 세계 여러 지역을 상징하는 건축물과 녹지로 꾸며놓았다. 관람객은 우리 일행과 현지 초등학교 6학년 학생 10여명뿐이다. 개봉으로 가는 8차선 도로는 차가 별로 보이지 않는다. 오전 11시 30분경 개봉부에 도착하였다. 中原 땅 개봉부다. 개봉 철탑으로 소개되는 곳에 갔다. 탑의 아름다움과 유래, 그 보존의 역사에 비하여 크게 잘못 소개된 곳이다. 우선 철탑이란 용어부터 잘 못된 곳이다. 쇠붙이 색깔이어서 철탑이라 하였다는 것인데 그런 색이 아니며, 무식의 소치 때문에 아름다움을 모두 상처 낸 현장으로 느껴졌다. 실물은 소개보다 훨씬 아름답고 보존 가치가 높은 보기 드문 유리전탑이다. 중국에서 흔히 볼 수 있는 전탑이 아니라 다양한 유약을 칠하여 1천도 이상 가열하여 구어 낸 오색이 영롱한 보기 드문 유리전탑이다. 현지의 안내문을 읽어보니 1049년 북송의 皇祐 원년에 만든 開寶寺 탑이다. 높이가 55.63미터고 계대가 168개나 되는 보기 드문 큰 탑이다. 층마다 한국 기와집 처마 같은 양식을 보여준다. 다양한 형태의 유리전에는 飛天, 降龍, 麒麟, 坐佛, 菩薩, 伎樂, 花卉 등 아름다운 부조를 만들어 넣었다. 지진 40여 차례를 겪었고, 황하의 범람으로 水患을 6차례나 만났지만 이 13층의 유리전탑은 현재까지도 의연한 아름다운 자태를 보여주고 있다. 높은 관광가치가 사장되고 있는 것 같아서 아쉽기 그지없다. 이번이 중국 여행 16번째인데 처음 보는 참으로 아름다운 탑이다. 점심을 먹고 포청천의 개봉부로 간다. 요즈음의 開封은 包靑天으로 널리 알려져서 관광객들이 많이 몰려들고 있다. 내가 1993년 북경대학에 있을 때 포청천은 TV인기드라마로 저녁마다 시민들의 시선을 끌어 모았던 작품이다. 현재 서울에서도 포청천이 인기절정에 있는 것 같다. 포청천은 北宋 眞宗 때 開封府 判官으로 淸白吏로 칭송된 이다. 개작두(犬斫刀) 호작두(虎斫刀) 용작두(龍斫刀)를 가지고 평민은 개작두로, 귀족은 호작두로, 황족은 용작두로 斷頭의 형벌을 가했다는 일화가 전해진다. 관광객을 위하여 만든 개봉부 청사에 있는 포청천 앞에 이 3종의 작두를 만들어 놓고 관광객을 맞고 있다. 이 관부 입구

맞은편에는 대형 돌 판에 새긴 부조가 있는데 그것은 외 뿔 해치상이다. 외 뿔로 범법자를 가려낸다는 神獸다. 그림 왼편에 해치도(獬豸圖)라는 빨간 글씨를 새겨놓았다. 이 동물이 후에 해태로 바뀌었다고도 한다. 포청천의 문집 포승집이 전하고 있으므로 1천년 전의 이야기지만 현실감을 더 하여준다. 포청천의 이야기가 개봉을 관광명소로 만들고, 개봉에 북송의 관부를 재현시켜 그 안에 포청천을 앉혀놓고 관광객을 유치하는 것은 최근에 급조된 것이 아니다. 포청천의 본명은 포승이고 별칭은 포공이다. 일찍이 남송과 금나라 때 포공을 주인공으로 한 문학작품이 출현하였고, 명나라 때도 소설로 包公案이 나왔으며 청나라 때도 소설 龍圖公案과 三俠五義 七俠五義 등이 나왔다. 이런 것을 근거로 하여 대만에서 포청천이란 TV드라마를 만들었을 것이다. 포청천이 이 시대에 다시 각광을 받는 것은 한국과 중국 등 부패한 사회 속에서 호흡하고 있는 대중들이 대리만족으로 포청천을 환호하는 것일 것이다. 개봉 관부에 전시관이 하나 있는데 입구에 관리가 지켜야 할 당시의 수칙이 적혀 있었다. 특히 눈길을 끈 것은 첫 항이다. 淸心을 강조하였다. 군주가 청심을 강조하였기 때문에 포청천이 나왔을 것이고, 송나라의 문화가 그에 따라서 격조 높은 문화로 번성하였을 것 같다. 이제 북송의 번성했던 문화를 재현한 淸明上河園으로 이동한다. 안내원이 표를 사는 동안 복무원실로 갔다. 전시대에 張擇端의 淸明上河圖 4종류를 진열하였다. 50원, 70원, 250원, 350元이란 가격표를 붙여놓았다. 50원짜리를 사겠다고 하였더니 진열품과 다른 것을 서랍에서 꺼내준다. 내용은 같다는 것이다. 살펴보니 조악하고 題字의 격이 다르며 한 글자가 잘못 써졌다. 진열품으로 교환하여 구했다. 350원짜리는 호화판 상자에 들어 있었다. 내용이 같은 것인지는 확인하지 못하였다. 장택단은 字를 正道라고도 하고 文友라고도 하였다. 북송 말 남송 초 12세기 전반기 사람이다. 현재의 산동성에서 태어나 卞京(開封)에 가서 학문을 닦아 翰林學士가 되었다. 후에 그림에 전념하여 뛰어난 屋木畵家가 된다. 그 대표작이 북경 고궁박물관에 있는 市街의 風俗畵 淸明上河圖다. 細筆로 사실성을 확보하여 자로 잰 듯이 그린 이런 그림을 界畵 또는 起畵라고 한다. 淸明上河圖는 길이가 528쎈티고, 폭이 24.8쎈티인 두루마리 그림이다. 북송의 都城 卞京(開封)의 淸明節 風俗畵다. 견본 담체로 되어 있다. 내가 구한 한림학사 장택단의 청명상하도 위에는 涼州 太守 楊秋帆의 題辭가 붙어 있고 맨 뒤에는 명나라 한림원 시강 李東陽의 跋文이 붙어 있다. 淸明上河園에 들어가서 몇 가지 묘기를 구경하고 일행과 헤어져서 한 刻匠의 가게에 들어갔다. 차호 2개를 4백元에 사고 각장에게 十趣軒主人 林氏基中이라 朱文으로 새기고 辛卯年 七十三叟 文邨基中 刻이라고 白文 傍刻하라고 이르고 관광을 마치고 찾으러 오겠다고 하였다. 두 시간 뒤에 갔더니 그때까지 마무리 각을 하고 있었다. 썩 마음에 차는 각이 아니다. 특히 主人의 主字 각을 구체적으로 지시하였는데 이해가 부족하고 전각의 경륜이 부족하였다. 人字도 어색하다. 방각도 수준이 미달이다. 그러나 어찌 보면 사람인자가 지팡이 짚은 노인 같아서 칠십삼수와 조화롭다고도 할 수 있어 웃고 말았다. 2백元은 좀 아까운 수준이다. 각장이 그것을 알아차리고 작은 차호 하나를 선물한다. 나는 그것보다 청명상하도 簡介를 원했다. 그가 준 작은 절첩본 청명상하도는 이면에 금, 원, 명, 청인들의 제발이 들어 있는 건상본이었다. 그것은 한림학사 趙孟頫의 청명상하도이다. 송설도인 조맹부는 원나라 서화가가 아닌가. 북송의 화풍으로의 복귀를 주장한 사람이 아니던가. 발문을 읽어보니 좀 더 상세한 정보를 얻을 수 있다. 안내원은 앞에서 말한 것처럼 길이가 528센티미터이고, 폭이 24.8센티미터라고 하였는데 내가 받은 簡介에는 폭이 25.5센티미터고 길이가 525센티미터라고 하였다. 이 기록이 더 신빙성이 있을 것이다. 안내원은 청명상하도에 그려진 사람 수가 242명이라고 하였는데, 이 簡介에는 여러 계층의 인물이 모두 810여 명이라고 하였다. 각종의 가축이 94마리고, 방옥과 누각이 100여칸이며, 대소선박이 29여척, 卞河와 시가가 3개 단락으로 그려졌다고 하였다. 청명상하원에 들어서자 즐비한 공방들이 먼저 시야에 들어온다. 1시간 정도의 관광으로 만족해야한다. 따라서 한 부분을 선택하였다. 길을 따라 이동하면서 공연을 보는 루트다. 곡예를 본다. 레파토리가 7가지 정도다. 먼저 한 소녀가 큰 책상을 두 발로 돌리는 묘기다. 이 공연에 앞서 연습장면을 볼 수 있어서 친숙함을 더한다. 다음은 그 소녀가 큰 항아리에 여성 한 사람을 넣고 돌리는 묘기다. 항아리의 무게가 두 명의 장정이 들기도 어려워서 관객 한 명을 더 동원한 것이므로 기적에 가까운 두 발 힘의 묘기다. 다음은 5개의 작은 도끼를 가진 한 청년이 앞에 나무판을 놓고 한 남자를 그 나무판 한 가운데 세우고 도끼로 머리 위, 양 팔 옆, 양 다리 옆에 도끼를 던져 꽂는 위태로운 묘기다. 앞에서 보았기 망정이지 그 뒤에서 보았다면 실수하여 도끼가 날아 올까봐 두려워서 그대로 앉아서 보기가 어려웠을 것 같다. 담배 피우는 관객이 있어서 아내의 요청으로 자리를 옮긴 것이 다행이다. 다음은 한 청년이 공 다섯 개를 가지고 던지고 받으면서 입과 손과 발로 온갖 묘기를 부린다. 다음은 한 청년과 작은 소녀가 나와서 청년의 팔과 머리에서 소녀가 온갖 묘기를 부리는 연기다. 자유자제로 몸의 자세를 바꾸면서 평행을 유지하는 묘기다. 다음은 한 소녀가 나와서 뼈 없는 팔다리와 뼈 없는 허리와 뼈 없는 목 연기를 한다. 자유자제로 팔다리가 뒤엉키고, 자유자제로 허리와 목이 움직여서 목이 사타구니를 지나 등으로 나오는 연기다. 마지막으로 큰 상자에 여자 한 명을 넣고 그 앞에 커튼을 친다. 커튼 밖에서 한 남자가 안으로 들어가니 커튼 안 그 상자에서 방금 들어간 그 남자가 나온다. 상자 안의 여자는 사라졌다. 이 공연이 끝나고 이동하여 마당극을 본다. 사자춤과 지배층과 서민의 한 마당이다. 우리나라 북청사자춤과 마당놀이의 결합 같았다. 좀 더 이동하다가 닭싸움 놀이를 본다. 무대가 화려하고 원형무대에 관객석이 네모서리로 아주 넓다. 두 사람이 싸움닭 한 마리씩을 가지고 등장해서 승패가 날 때까지 진행한다. 다시 이동하여 가다가 말을 타고 경기하는 격구장에 갔다. 馬球경기장이다. 한 편이 10여명 내외로 두 편으로 갈라 말을 타고 달리면서 묘기를 부린다. 말 등에서 물구나무서고, 말 등 옆에 붙어 달리고, 말 등에서 몸을 날렸다가 다시 타고 달리면서 기역자 모양의 채로 공을 쳐서 상대방의 골문에 넣는 경기다. 다음 무대는 송과 금나라의 海戰이다. 실전을 방불케하는 대포의 공격과 화염과 물보라가 관광객을 덮친다. 결과는 송나라의 승리다. 저녁 식사를 하고 수중무대에서 60달러 입장료를 내고 大宋東京夢華를 관람한다. 수중무대는 지난 4월 서안에 갔을 때 여산을 배경으로 장예모 감독이 만든 長恨歌에서 많은 감동을 받아 기대가 컸다. 그러나 규모는 동경몽화가 훨씬 크지만 긴밀도와 긴장, 무대의 전반적 짜임새는 장한가에 미치지 못하였다. 연인원 300여명의 배우와 수십 마리 말의 등장과 수척의 대소 선박이 규모면에서는 장한가를 압도하나 극적 성공은 많이 뒤지는 작품이다. 이 모든 것이 북송 문화의 재현이라는 점에서는 상당한 성과를 거둔 작품이라는 생각으로 관람을 마쳤다. 개봉에서 저녁 10시에 출발하여 12시가 다 되어 정주 호텔에 들었다. 호텔방을 9층에서 좀 더 나은 13층으로 옮겨 주었다. 방도 크고 냉장고가 있고 샤워

시설이 나아졌다. 6월 17일 아침 8시에 정주에서 雲臺山을 간다. 자동차로 두 시간의 거리고 도중 7킬로미터의 황하대교를 건넌다. 8차선 포장도로다. 이 정주지역에 杜甫의 묘와 백거이의 묘가 있고 관우의 묘 關林이 있다는 것을 알게 되었다. 孔子의 묘 孔林과 더불어 중국의 2대 林 중 하나다. 그뿐 아니라 임씨의 시조 比干의 묘도 이곳에 있다. 7킬로미터나 되는 황하대교를 건넌다. 황하의 범람을 대비하여 이 긴 다리를 만든 것이 중국인의 지혜다. 황하의 물이 흐르는 곳은 10분의 1도 안 되는 것 같다. 다리 밑은 대부분 경작 농지다. 그러나 황하가 범람하면 어디까지 잠길지 예측하기 어렵기 때문에 이렇게 긴 다리를 놓았을 것이다. 황하대교를 지나 운대산 쪽으로 달리다 보니 오른 쪽으로 林씨의 得姓始祖인 比干 墓라는 표지판이 나타난다. 와보고 싶었던 곳을 지난다. 이곳이 殷(商)나라 땅이다. 멀지 않은 곳에 長林山이 있을 것이다. 정주에서 자동차로 1시간 거리쯤에 있다. 황하의 물이 있고 비옥한 토지가 펼쳐진 아주 넓은 평야지대이다. 농경시대의 도읍과 중심지가 될만하다. 운대산은 산세가 아름답고 시원한 산이다. 紅石峽을 따라 걸었다. 협곡 물에는 고기들이 유유히 노닐고 높은 낭떠러지에는 가느다란 폭포들이 흐른다. 올라와서 보니 계곡물을 막아 저수지를 만들고 그 물을 흐르게 하였다. 버섯요리로 점심을 먹고 운대산을 버스로 올랐다. 왕유을 기다리다 망부석이 된 석상 옆 찻집에 들렀다. 아내가 전시된 두 개의 사과가 먹고 싶다하여 주인에게 사과 두 개를 씻어오도록 하여 목을 추겼다. 정주로 돌아와서 신도시 정동신구 고급 한식집에 들렀다. 삼겹살 요리가 주메뉴다. 요즈음 중국의 한식당 주메뉴는 어디가나 삼겹살 구이다. 현재의 정주는 정주와 개봉을 통합하여 직할시로 승격하려는 준비절차로 여기저기 여러 가지 공사들이 한창이다. 정주에서 개봉까지는 자동차로 40분 거리인데 이 두 곳이 연결되어 합쳐지면 직할시가 된다고 한다. 2010년부터 지철공사가 시작되어 시내 곳곳이 교통체증이 심하고, 넓은 도로가 만들어졌지만 아직 차가 별로 다니지 않는 곳이 많다. 정동신구에는 직할시 정주를 상징할 78층짜리 원형 건물의 골조가 완성되어 그 마무리 작업이 한창이고 그 주변에는 운하가 완성되어 놀이배로 관광객을 태워 영업을 하고 있다. 우리 일행도 그 배를 타고 주변을 한바퀴 돌아보았다. 그러나 별로 아름답게 느껴지지는 않았다. 주변에 콩나물 대가리 같이 생긴 특이한 형태의 건물 두 개만 시선을 끌었다.

1999년부터 개발이 시작되었다고 하는데 고층 아파트촌들이 여기저기 형성되어 있다. 다음날 정주공항에서 권기종 교수 일행을 만났다. 비행기가 딜레이 되어서 면세점에 들렸다. 승객은 우리 비행기 승객뿐이어서 공항면세점은 한산하다. 필통 3개를 샀다. 五虎山이라 새기고 오호와 산을 조각한 것이다. 용을 정밀하게 조각한 것을 주인이 권하기에 그것도 샀다. 그리고 徐世昌이라는 이가 왕우군을 좋아한 동생 이야기를 조각한 필통을 샀다. 모두 오백오십元을 주었다. 중국의 경제 수준이 예와 많이 달라졌음을 실감한다. 예정 시간에 잘 도착하였다.

중국 타이원太原

2011.9.26.-30. : 중국 山西省 太原 공항에 오전 11시에 도착한다. 대기 중인 버스를 타고 綿山으로 이동한다. 晉나라 介子推의 寒食 일화로 알려진 곳이다. 어렸을 때 할아버지한테 들은 한식이야기의 고장이다. 측천무후가 이 고장 사람이고 삼국지를 지은 나관중이 이곳 사람이다. 삼국지에 나오는 관우도 이곳 사람이다. 면산으로 올라가는 차도는 험난하다. 산 입구에서 통행료를 받고 있다. 산 중턱을 깎아 올라가면서 만든 구절양장의 길이다. 천길 낭떠러지가 차창 아래로 펼쳐진다. 깎아지른 절벽 위에 차도가 걸려 있다. 면산 일대는 개인이 50년간 정부에서 임차하여 관광지로 개발한 곳이라 한다. 大羅宮을 둘러본다. 왕정시대에 만든 절벽 위의 요새다. 페루의 마추픽추를 연상케 하지만 그런 神聖味는 찾아볼 수 없다. 雲峰墅院에 여장을 풀고 이틀을 쉬기로 한다. 한국에서 생각한 書院이 아니라 절벽에 붙여 새운 호텔이다. 한국식으로 표현하면 운봉별장이란 의미일 듯하다. 음식이 비교적 정갈하고 큰 불편이 없는 숙소이다. 서원의 드넓은 옆벽에는 당나라 현장법사의 반야심경이 새겨져 있다. 27일 아침 산책길에 나선다. 언덕길 옆으로 관광객을 태워 두 사람이 매고 올라가는 간이 가마가 여러 대 놓여 있다. 중국 험산에서 흔히 보는 가마지만 그런 가마를 매어 생계를 유지하는 백성들의 고달픈 삶에 안쓰러운 생각이 든다. 아내가 말한다. 가마가 가슴을 아프게 한다고. 공기가 상쾌하나 비가 내린 뒤여서 몹시 싸늘하다. 10시에

하늘다리 곧 天橋라고 일컬어지는 棧道를 걷는다. 1500년에서 2000년에 이르는 잔도라고 한다. 보수는 여러 차례 하였을 것이다. 잔도로 이어지는 석채(石寨)는 五胡十六國 시대 노예왕의 피란처였다고 한다. 석채로 이어지는 길 중간에 파놓은 함정은 이집트 왕들의 무덤 안길 통로를 연상케 한다. 雲峰寺에 올라서 첫눈에 들어오는 것은 汾陽太守의 謝雨祭文이다. 이곳 연 강우량이 300~400밀리미터 내외라고 하므로 농경시대 기우제가 있었을 것이고 龍神 신앙이 있었을 것이다. 역시 용신이 있는 곳이고 용못이 있다. 면산의 용신처다. 이곳은 空王佛 田志超 스님의 일화가 많이 전한다. 正果寺로 이동한다. 입구에 千年古刹香火旺 高僧高道眞舍利라 쓰여 있다. 당송시대 스님 8분의 등신불이 있다. 흙을 발라 점안을 하였다. 마지막 한 스님의 등신불 발가락 뼈 4개와 의상 일부의 천이 덧칠한 흙 밖으로 노출되어 있다. 그것을 보려고 단을 밟고 올랐다가 머리를 기둥에 박았다. 합장도 하지 않고 진신을 친견하려 하였으니 예의를 갖추라는 경고였을 것이다. 안내인의 도움으로 다시 올라 친견할 수 있었다. 정과사 사리전시관에 봉안 되어 있는 사리 중 처음 보는 사리는 수정 구슬 같은 큰 구슬 크기의 사리다. 찬란한 빛을 발한다. 치아 사리를 친견한 것도 처음이다. 등신불에 모든 치아가 그대로 노출된 치아사리 등신불이다. 북경 근교에 있는 부처님 치아사리탑을 가 본 일이 있지만 치아사리를 본 것은 이번이 처음이다. 운봉서원으로 내려와서 점심을 먹고 오후에 介公 사당으로 갔다. 개자추의 사당이다. 개자추와 그 어머니 상을 모신 곳이다. 그 사당 위 등성이에 개차추의 묘가 있다. 안내판을 보고 오르다 아내의 만류로 포기하고 말았다. 棲賢谷도 시작과 끝 지점만 혼자 걷다가 홀로 기다리는 아내를 생각해 포기하고 말았다. 깎아지른 협곡이다. 철색에 나무 판을 걸어 급경사의 언덕길을 만든 것이 물길 위에 걸려 있어서 스릴이 있는 길이다. 협곡의 양안 천길 낭떠러지가 인상적이다. 고소공포증이 있는 이는 갈 수 없다고 안내원이 겁을 준 것이 아내의 용기를 꺾어 가지 못한 것 같아서 좀 아쉬웠다. 우리 부부는 운봉서원 맞은편 다른 계곡 두 곳을 걸었다. 인공이 가해진 계곡은 걷다가 재미가 없어 발걸음을 되돌린다. 마침 指頭畵 그리는 이가 있어서 좀 쉴 겸 惠田 朴令淑을 써주면서 그리고 써보라고 하였다. 좀 낮은 실력의 수준이다. 그가 지두화 옆에 쓴 글은 이러하다. 惠心伴隨風華茂 田苑秀美才華好 朴家五福事事順 令質玲瓏眼界高 淑性

高雅好運繞라고 쓴다. 낙관 찍는 것을 보니 역시 그 수준일 뿐이다. 嵩山에 올랐을 때 일용 임기중을 쓴 스님의 글에 미치지 못한다. 지두화의 수준 또한 다를 바 없다. 자연을 그대로 둔 계곡을 오른다. 초입 작은 못을 지나 한참 오르다 보니 석벽에 다음과 같은 시구가 음각되어 있다. 山靜松聲遠 秋淸泉氣香. 아마도 내가 여기에 온 이 계절 무렵에 이곳에온 어떤 길손이 쓴 것 같다. 白雲孺子라고 쓴 것을 보니, 아마도 나와 비슷한 어떤 여행객이었던 것 같다. 한참을 더 오르다 보니 석벽에 唯賢是登 開元御書라는 음각이 있다. 당나라 현종의 御書다. 현종이 왜 이곳까지 왔을까? 아마도 불교 때문이 아닐까? 추측일 뿐이다. 깊은 계곡을 따라 오르면 불교유적이 있을 것 같다. 비가 내리고 날이 어두워지기 시작하여 잠시 아내와 앉아서 숨을 고른 후 숙소로 향한다. 도중에 보니 介子推의 묘에 오르는 繼車(索道車)가 있다. 요금은 80원이다. 10월 28일 8시 30분 운봉서원을 떠나 9시 50분 王家大院에 도착한다. 청나라 4대 명문 가문의 하나인 晉商 靜升王氏의 園林이다. 대문 곧 출입문지방 위에 敦厚라는 현판이 걸렸다. 商人 신분이지만 溫柔敦厚라는 미학 의식과 이웃들에 대한 배려가 돋보인다. 茶壺 두개를 구하였다. 2백元을 주었다. 그 중 하나는 반야심경기 음각되었는데 그 음각의 기법이 탁월하다. 다른 하나는 甘泉上瑞의 瓦當紋을 음각하였는데 우물형상의 조형미가 탁월하다. 10시 40분 왕가대원을 떠나 12시 30분쯤 平遙古城에 도착하여 점심을 먹는다. 식당 입구에 간이 坐板 보자기에 놓인 작은 1인용 차호가 있어서 값을 물었더니 250元이란다. 50元만 받으면 어떠냐고 물으니 100元을 호가하다가 내 요구를 받아드린다. 중국에 있는 여러 고성 중 14세기 경에 만들어진 평요고성은 보존상태가 아주 좋은 것으로 알려져 있다. 여강고성 대리고성과 아울러 3대고성이다. 명청대의 유산이다. 옛 정취가 남아 있는 거리를 때로는 혼자 때로는 아내와 같이 돌아보았다. 찬찬히 살펴보니 소규모의 유로 전시장과 개인이 만든 박물관식 상점들이 있다. 박물관식 상점 한 곳을 들렀다. 규모가 있는 개인 저택 전체를 박물관식으로 꾸며 고서화와 도자기, 폐물과 생활용품을 박물관식으로 전시하고 있다. 관람할 수 있느냐고 물었더니 허락을 해 주어서 살펴보고 나오다가 물건들을 팔기도 하느냐고 물었더니 파는 물건이라고 하였다. 주인은 우리 부부에게 비취 귀고리를 열심히 설명하는데 우리의 관심은 그 방면이 아니라 차문화와 문방사우 쪽이라고 하였더니 자사 차호 전시실로 데려가 4개의 차호 중 원하는 것을 묻고 가격을 알려준다. 가격은 대부분 몇 천 원대이므로 고가의 물건이다. 인연이 있는 한 골동가게에 들러 필통과 연적을 샀다. 필통은 청나라 乾隆 년간에 만든 원형 투각 도기인데 조각이 정교하고 입체감이 난다. 한 편에는 春歸花未落 風靜月常明이라고 음각하였으며 그 반대편에는 梅鳥 음각화가 있다. 연적은 참외형상인데 瓜瓞綿綿甘之永年이라는 음각이 있다. 특이한 점은 연적으로도 쓰고 붓대용으로도 쓸 수 있도록 붓촉의 형태를 만들어놓은 것이다. 詩經의 한 구절을 자기화 시킨 文氣의 감각이 돋보인다. 먹이 너무 오랫동안 스며들어서 도기의 색이 변하여 있다. 몇 시간 뒤 그곳에서 아내와 차호 2개를 구했는데 그중하나는 透刻 龍紋인데 大周 때 것 같다. 다른 하나는 최근 紅壺로 아름다운 조형을 갖춘 것이다. 이 상점에 처음 들렀을 때 민국 때 소형 도자기 차호를 하나 산 것이 인연이 되었다. 오후 7시부터 9시까지 平遙大戱堂에서 저녁식사를 하면서 연희를 보았다. 무대 뒷면 막에 晋商鄕音이라는 자막이 있다. 이 戱堂은 1703년 청나라 강희 때 지었는데 그때의 이름은 禮樂堂이었다는 자막이 나온다. 레파토리는 악과 무와 연극과 민속악, 그리고 잡희로 구성되었다. 연극은 壽宴과 長壽 축원의 가족사적인 것이다. 배에다 큰 물통을 매달고 힘자랑을 하는 것과 누워서 배 위에다 큰 원판을 올리고 그 위에 5명의 장정이 올라서는 뱃심 자랑 등이 이색적이다. 장대 위의 묘기나 吐火 환술은 흔히 볼 수 있는 것들이다. 오늘은 평요고성 안에 있는 忠恕園客棧에서 잔다. 서울 신사동 중국 식당 이름에 客棧이 들어 있어서 궁금했던 생각이 떠오른다. 식당을 겸한 중국의 전통 호텔, 또는 전통 여관이라고 할 수 있다. 길에서 미닫이문을 열면 식당 겸 호텔의 프론데스크 공간이다. 옆은 정식 쌍대문이 있다. 직사각형 구조에 마당 양편에 숙소가 두 줄로 배치되어 있다. 앞은, 앞에서 말한 식당겸 프론데스크 공간이고 그 맞은편 뒤는 2층으로 된 숙소가 있다. 방마다 쌍방향으로 마주보게 두 칸씩 배치하고 그 사이에 간이 테이블과 의자를 놓았다. 우리 부부는 운 좋게 2층 방에 들게 된다. 이른바 특실이라는 것이다. 방문을 열자 의자 두개, 탁자 1개, 옷걸이 한 개가 있고 나무 침대가 하나 놓여 있다. TV도 있고 냉난방이 되는 에어컨이 걸려 있다. 27도로 온도를 높였지만 덥지는 않았다. 화장실에 샤워시설이 있지만 추워서 사용할 수는 없었다. 다음날 아침 6시에 기상하여 동문 밖으로 나가보았다. 문의 규모가 크다. 여러 층으로 되어있다. 출입구 일부를 4각 철책으로 막아놓았다. 설명문을 읽어보니 마차가 다녀 길을 포장한 돌이 10센티미터 정도씩 양쪽으로 파인 것을 보존한 것이다. 얼마나 많은 마차가 다녔기에 이렇게 깊이 파였을까? 마치 폼페이의 도시 거리에 파였던 마차 바퀴의 흔적과 비슷한 느낌이 든다. 성밖에는 많은 내외국인들이 나와서 운동을 한다. 객잔의 아침 식사는 만두와 짜차이 두 가지뿐이다. 더 나올 줄 알았는데 그 것이 전부였다. 이것이 객잔의 아침식사다. 9월 29일 아침 8시 30분 충서객잔을 떠나 11시쯤 산서 식초공장을 견학하였다. 5년짜리 식초와 8년짜리 식초를 시식하고 식초공장 식초제조과정 여기저기를 둘러본다. 신맛이 눈물을 나게 하고 숨쉬기가 불편할 정도다. 강가의 공원 산책을 하면서 쉬다가 점심을 먹고 산서성박물원에 간다. 새로 지은 건물에 2층부터 4층까지가 전시공간이다. 시대별 유물별로 체계 있는 전시를 하였다. 특이한 것이 많지는 않았지만 北魏시대(386~534) 雜技俑은 이곳에서만 볼 수 있는 유물이다. 山西省 大同市 曹天構에서 出土된 것이다. 한 사람이 머리에 수건을 두르고 이마 위에 긴 장대를 세우고 서있다. 그 장대 중간에 한 사람이 옆으로 위를 보고 누운 포즈를 취하고 맨 꼭대기에도 같은 방향 같은 포즈로 옆으로 누운 모습을 한 토용이 손상 없이 보존되어 있다. 중국 연희사에서 잡기의 역사를 설명하는 토용이다. 이번 여행은 은나라 후예가 세운 西晉을 본 것이므로 인연이 깊은 곳을 본 셈이다.

일본 고마츠小松

2011.10.23(일).-26(월). : 10월 23일 9시 5분 인천 공항 출발 13시 55분 일본 고마츠 공항 도착한다. 일본은 현재 1억 2천 8백만 인구에 4개의 큰 섬과 4천개의 작은 섬으로 된 나라다. 공항이 정갈하고 질서가 있다. 역시 질서의 나라다. 金澤市 동서쪽을 지나 바로 버스로 구로베 협곡으로 이동한다. 나지막한 산 부드러운 숲 이제 막 단풍이 시작된다. 길도 편안하고 차도 편안하고 산도 편안하다. 가다가 점심을 먹는다. 내외국인이 많지만 질서가 있다. 1인 1상 차림이다. 옛날 우리한테 배워간 양반

밥상이리라. 옷차 물병이 1인 1개씩 놓여 있다. 한국인들이 배워갈 정갈함이 아닌가. 비가 내려 식당 한 편 통로에 물이 흐르자 이내 준비된 나무판을 깔아 통행을 원활하게 한다. 큰 식당에는 종업원이 둘 뿐이다. 예약된 인원만 점심준비를 하기 때문인 것 같다. 모두 미리 준비된 것들이지만 음식이 따뜻하다. 손님맞이가 분명 우리보다 몇 수 위다. 양반다움을 일본 이곳에서 느끼다니 격세지감이 든다. 도야마현 농촌을 지난다. 농지 구획정리가 아주 잘 되어 있다. 낮은 기와집 농가들이 안정되고 정원수의 크기가 그 집의 역사를 말하여 주고 있다. 넓은 평야를 관통하여 차도가 나 있다. 농가의 크기가 한국보다 더 크다. 2시 56분 열차로 갈아탄다. 비 내리는 가네쓰리 역이다. 협궤열차로 1시간 정도 계곡을 따라 들어갔다가 되돌아 나오는 곳이다. 협궤열차에 올라 협곡으로 들어간다. 운해가 자욱하다. 가느다란 폭포들이 여기저기 걸려 있다. 이 협궤열차를 산악열차라고도 한다. 곳곳에 비취빛 혹은 에메랄드빛으로 가득 찬 작은 못들이 있다. 양 옆으로 단애의 단풍산이 이어져 있는 협곡이다. 이곳도 예외가 아닌 것은 개발이란 명분으로 트럭이 굴러다니며 소음과 먼지를 날리고 있는 곳이 여러 군데다. 마이크, 에어컨, 에취 빔들이 개발 사무실 주변에 널려 있다. 자연의 조화를 무참하게 파괴하는 현장이다. 만년설 전망대를 다녀간다. 만년설이 사라진 지 오래다. 이제 이곳은 鐘釣驛일 뿐이다. 노랑 단풍이 유난히 돋보인다. 은행잎일까? 물색의 변화는 하류 쪽이 더 짙은 에메랄드빛이다. 토사의 영향 때문이란다. 山竹이 많으며 유난히 잎이 넓다. 기름진 토양 때문일 것 같다. 운해가 산 중턱에서 위로 오르고 있다. 아름다운 구로배협곡(黑部峽谷)이다. 저녁 7시에 하쿠바 그린프라자호텔에 도착한다. 스위스풍의 산장호텔이다. 호텔 뒤에 바로 스키장이 있다. 산악열차를 타고 협곡을 오르며 단풍을 감상하며 피곤해진 육신을 하쿠바로 이동시켜 알프스풍의 호텔에서 일박한다. 스키장이 있는 깊은 산속에 자리 잡은 꽤 운치 있는 온천호텔에서 하루 밤을 쉰다. 다음날 알펜루트로 이동하여 온 종일 여러 형태의 이동 수단을 이용하여 하루 동안 단풍과 풍광을 즐겼다. 흡사 한·중·일 여행객이 한 팀을 이루어 움직이는 것 같다. 그 외 다른 나라 여행객들은 만나기 어렵다. 원자로 폭파 여파 때문인 것 같다. 버스로 1시간 쯤 이동하여 알펜루트 승차장에 도착한다. 산세가 아름답고 상쾌하다. 단풍이 시작된다. 1956년에 개발에 착수하여 1천만 명이 동원되어 완성된 곳이란다. 오면서 보니 주변의 땅이 달라 보이는 곳이다. 파와 무와 배추가 포동 포동 살이 올라 있다. 가는 곳마다 묘지군이 유난히 많은 곳이다. 시골집 어디를 가나 정갈한 것이 이곳이다. 벼의 추수는 모두 끝났다. 운무가 흰 반지처럼 산허리를 감싸고 있다. 단풍의 고운 산허리는 물 위에 산이 떠 있고 그 산허리를 흰 솜 반지가 감싸 마치 옥반지처럼 부드럽다. 태양은 구름 속의 달처럼 산머리에 걸려 있다. 부드러운 단풍, 구름 같은 단풍, 시루떡 같은 단풍 다시 태양이 눈부시다. 흡사 잘츠부르크 모파쌍의 부모집으로 가는 곳 같은 호수 위에 단풍이 더하였다. 사과 밭에는 사과가 탐스럽다. 작은 나무에 많은 탐스런 사과가 열렸다. 2차선 포장도로 양편에 오르막길에 미인송과 잡목이 우리를 반긴다. 많은 벚나무들의 마디가 햇볕에 반짝인다. 승차장에서 Tolley bus로 20분을 간다. 9시 50분에 댐의 휴게소에 도착한다. 휴게소에서 3백 엔을 주고 산딸기 아이스크림을 사서 아내와 즐긴다. 黑部湖에서 급경사 길로 산봉우리를 향하여 오른다. 빙하가 깎은 산봉우리를 20분간 보고 하산한다. 산정에 중부산악국립공원 소화 62년 8월 건립 표고 1828미터라고 쓰여 있다. 산악열차에서 케이블카 구간으로 바뀐다. 7분을 가서 2316미터의 大觀峰 전망대다. 구로배호수가 보인다. Tolley bus로 10분을 이동한다. 2450미터 室堂으로 가기 위해 大觀峰驛에서 대기한다. 산 정상 봉우리 아래로 3.7킬로의 관통터널을 통과하여 최상봉에 오른다. Tolley bus는 중간 교차점에서 교행하는 것이 이채롭다. Tateyama를 향해서 이동한다. 이역에서 점심을 먹고 옥상에 올라서 立山을 산책한다. 산중에 평자(平字) 들어간 지명의 까닭을 알 수 있다. 山頂이 평원지대. 왼쪽 길을 따라 내려가자 호수가 나타난다. 한라산 정상에 있는 호수보다 규모는 작지만 물은 더 많다. 더 내려 가면 지옥계곡이 나타난다. 지옥계곡 여기저기에서 수증기가 피어오르고 있다. 여기서 돌아선다. 분화구를 따라 돌로 길을 만들었다. 호수의 물 깊이가 생각보다 깊다. 일본의 자연미는 대부분 오밀조밀한 아름다움이다. 일본인들의 사고 또한 그런데서 형성된 것이 아닐까? 산봉우리는 2중 3중으로 겹쳐있다. 병풍처럼 둘러싸인 산은 빙하가 깎은 것인데 간간이 숲이 형성되고 있다. 빙하가 깎으면서 흘러내린 돌의 흐름이 아름답다. 캐나다 록키의 일부분 같다. 다시 50분을 이동한다. 폭포를 볼 수 있다. 3시 30분 다시 출발 버스를 탄다. 일본인 관광객들과 같이 탄다. 흘러내린 화산석군을 지나고 山竹

群을 지나고 사계절 푸른나무군을 지나고 그 다음은 다시 산죽군과 소나무군이다. 七曲路 이후부터 운무지대다. 버스는 서행으로 내려간다. 운전기사의 지혜로운 운전이 시작된다. 잠시 후 소묘폭포다. 이 폭포는 낙차 350미터 매초 3톤의 물이 떨어지는 일본 제일의 폭포라 한다. 잠깐 위용을 보고 내려간다. 20분을 달려내려오지만 운무지대는 계속 이어진다. 운무 속에서 단풍은 새색시 얼굴처럼 스쳐간다. 수령 3백년 둘레 10미터의 삼나무를 지난다. 회색의 노토나무 지대에 이르자 산책로들이 정겹게 펼쳐지고 인적이 나타난다. 2시 50분 미녀평역에 도착할 때까지 운무지대가 계속 되었다. 이 역까지 버스로 와서 기다린다. 주변에 원숭이들이 많다. 여기서 산악 열차로 갈아타고 7분을 달린다. 밖이 잘 보이는 산악열차다. 버스로 갈아타고 이동하기 한참만에 民宿 간판이 늘어선 지대에 이른다. 일본에서 가장 큰 반도인 와쿠라해변 美灣莊에 도착한다. 고즈넉한 전통을 가진 곳이다. 와쿠라로 이동하여 일본 최대의 반도 노토반도(能登半島)에 자리 잡은 해변의 전통 료칸 美灣莊에서 가이세키 요리로 저녁을 먹고 또 하루 밤을 보낸다. 10월 25일 가나자와 관광은 비와 함께 한다. 바람까지 거세어서 우리 부부는 방수 등산복 덕을 단단히 보았다. 이곳 일본 시골집에는 감나무가 많다. 집집마다 감나무에 빨간 감이 주렁주렁 달려 있다. 가을의 아름다움을 더한다. 버스 운전 기사가 부부암을 서비스로 안내한다. 現巖門과 龍登巖門을 보고 좁은 해변도를 따라서 金澤 방향으로 이동한다. 11시 16분 千里浜을 통과한다. 8킬로미터의 해변 백사장을 빠져나온다. 와쿠라에서 가나자와로 이동하면서 야세노 단가이(야세노 斷崖)를 보다. 겐로구엔 정원에서 점심을 먹고 돌아본다. 정원에서 '가을 태양도 단풍이구나'라는 하이구를 읽는다. 아내와 안내원을 불러 말차를 한잔 하면서 쉰다. 이후 금박공예관을 둘러보고 노토 로얄호텔에 마지막 여장을 풀었다. 골프하우스 같은 호텔이다. 다음날 오전 비행기편으로 귀국하였다.

미얀마(면전緬甸)

2012.1.11.(수)-16.(월) : 11일 11시 10분에 집을 나서서 16일 오전 5시에 도착하

는 미얀마(Myanma) 여행길이다. 아내와 동행이다. 간 비행시간이 다소 걱정 되어 비즈니스로 간다. 다행히 첫번째 손님이라 하여 70만원을 50만원으로 하여준 덕택에 40만원 혜택을 본 셈이다. 저녁에 양곤 밍글라돈 공항에 도착하여 양곤호텔에서 1박한다. 시설은 괜찮은데 잘 때 차 소리 때문에 잠을 자기 어렵다. 나중에 들으니 국방부 청사를 개조한 호텔이란다. 12일(목). 새벽 4시에 기상하여 양곤 밍글라돈 공항으로 이동한다. 아침식사는 몇 쪽의 과일과 달걀 2알에 샌드위치 2쪽이다. 그것도 아내가 과일만 들어 있는 도시락을 가져와서 내가 다시 가져온 1개의 도시락으로 두 사람이 아침 식사를 이동하는 버스 안에서 해결한다. 5시 공항 도착, 6시 10분 출발하는 프로펠러 비행기 지정 좌석에 앉았다. 공항 국내선 터미널은 초만원이다. 7시 20분 바간(Bagan) 공항에 도착한다. 기내에서 내려다보니 산정에 탑이 많다. 수로도 많고 강도 많은 농경지가 펼쳐진다. 원시영농 방식이 읽혀진다. 바간은 이라와디강 중부에 있는 1천여 년 전 미얀마 통일왕조의 첫 수도다. 여기서 내일 아침에 가기로 되어 있는 만달레이까지는 193킬로미터라 한다. 바간은 4백 평방미터로 서울의 한 구 정도 면적이다. 1057년 아뇨랏타왕 때가 전성기였고, 1287년 몽고 쿠빌라이칸이 정복하였다하므로 대략 200여 년 동안 왕조의 수도였다. 5천여 개의 불탑이 있었는데 1975년 6.5도의 지진으로 많이 손상 도괴 되고 현재 2천 5백여 개가 남아 있다고 한다. 사원과 불탑의 도시다. 캄보디아 앙코르와트, 인도네시아 보로부드르(Candi Borobudur)와 함께 세계 3대 불교유적지다. 앙코르와트와 보로부르드가 집중식 구조물이라면 바간의 불탑과 사원은 도시 전 지역에 산재한 분산형 유적지다. 인도네시아 보로부드르는 사진으로만 보았다. 바간은 유네스코 등재가 결정되었지만 미얀마 군부가 이를 거부하여 현재 등재되지 않았는데도 여러 여행 정보에 등재된 것처럼 소개되어 있다. 공항에서 큰 마을이라는 양우마을로 이동하여 양우 아침시장을 둘러본다. 주로 야채와 과일, 약간의 잡화, 몇 개의 유사 골동품 가게가 있는 규모가 작은 전통시장이다. 시장 상인들과 고객들의 삶의 모습이 마음을 누른다. 그러나 그들은 그렇지 않은 것 같아 다행스럽다는 생각이 든다. 이 나라는 어느 유적지에 가든지 신발을 벗고 다녀야 한다. 아내와 내 슬리퍼를 샀다. 두 켤레에 5불을 주었다. 한국에서 듣기로는 한 켤레에 1~2불한다고 하였는데 15불 20불을 호가한다. 시장 상인들이란 어느 나라나 비슷한 것 같다.

1050년에 건립되었다는 황금 대탑 쉐지곤 파고다에 도착한 것은 8시 45분이다. 바간 왕조의 사원이다. 부처님 치아사리, 정골사리, 청동 금박불상만 당시의 것이라 한다. 지금부터 9백여 년 전의 유적지이므로 비교적 잘 보존된 것이 아닌가. 탑과 사원의 모양이 비슷한데 내부로 이어지는 통로가 있고 불상이 그 안에 모셔졌으면 사원이고, 통로가 없고 불상이 없으면 탑이라고 한다. 화려한 건축미를 보여주는 51미터 높이의 아난다 사원을 본다. 황토로 만든 벽돌을 쌓고 그 위에 문양을 조각할 수 있도록 일정한 두께의 마감토를 바른 방법이다. 주변이 모두 황토지대이므로 모두 전탑과 전건축이다. 바간탑의 원형이라는 틸로민로 사원을 본다. 붉은 벽돌 사원이다. 붉은 벽돌의 크고 작은 유사한 많은 구조물들이어서 어느 한 곳에 초점이 맞춰지기가 쉽지 않다. 인형극을 보면서 점심을 먹는다. 인형극 무대와 인형의 움직임은 한국 것과 유사하다. 이라와디 강변에 있는 부파야 파고다를 본다. 드넓은 이라와디 강변을 전망할 수 있는 부파야 파고다가 강변 높은 곳에 자리 잡고 있다. 규모는 작지만 850년에 세운 파고다의 원형이란다. 가장 오래된 파고다란다. 봉덕사 종 크기고 황금색인데 한국의 종모양이다. 이어서 몬 왕조의 흥망성쇠의 역사 마누하 사원과 남파야 사원을 본다. 오후 마지막으로 5층의 쉐산도 파고다에 올라서 바간 전경과 산재하여 있는 탑들을 보았다. 아내도 같이 올랐으므로 아직 건강이 허락하는 행복이 있다고 생각하였다. 끝없이 펼쳐진 광활한 평야지대의 녹음 사이사이로 우뚝우뚝 솟아 오른 원형의 아름다운 붉은 구조물들이 석양에 아름다움과 신비로움을 더 하여준다. 파고다에 올라서 전경을 보는 관광은 머지않아 금지될 것 같다. 유적 보존상 불가피할 것 같다. 이라와디강변 식당 야외에서 일몰을 보면서 저녁식사를 즐긴다. 해가 구름에 가려 아름다움을 다하지 못하는 일몰이다. 그리고 바간에서 제일간다는 트레저 리조트 호텔에 들었다. 402호실인데 네 번째 건물 2호실이다. 주변 경관이 볼만하고 내부 시설도 잘만하다. 커피포드가 있어서 차를 마실 수 있다. 그러나 모기약을 뿌려야 잘 수 있는 곳이다. 건물 주변 숲길과 수영장을 도는 정도의 저녁 산책을 하였다. 12일(금). 트레저 리조트 호텔에서 4시 30분 기상하여 뷔페로 아침식사를 하고 6시 24분에 리조트에서 출발한다. 강행군이다. 공항에는 전기가 나가서 촛불을 켜놓고 탑승 수속 업무를 진행한다. 지정좌석제가 아니기 때문에 서둘러서 프로펠러 비행기 맨 앞좌석에 앉는다.

30분 정도 지나서 만달레이(Mandalay) 국제공항에 도착한다. 미얀마 제2 도시다. 아주 한가한 국제공항이다 공항에는 우리가 탄 비행기가 유일하다. 국제공항이라고 하지만 중국 운남성 곤명에서 1주일마다 1번 오는 비행기가 유일한 국제선 비행기라고 한다. 공항에서 도심까지는 차로 1시간 거리다. 이동하면서 길 양편에 펼쳐진 넓은 평야를 보니 기름진 옥토다. 농부들이 흰 소 두 마리에 쟁기를 걸고 일하는 모습이 자주 보인다. 白牛가 많은 지역이다. 대부분이 백우다. 도심으로 가는 도로 확장공사가 진행 중이다. 차도 별로 안 보이는데 웬 확장공사일까? 만달레이는 19세기 영국 점령 전까지 마지막 왕조인 공파웅 왕조의 수도다. 문화 예술의 중심지로 알려져 있다. 2천 5백 년 전에 부처가 다녀간 곳으로 유명하다. 도심에 대단한 규모의 만달레이 왕궁이 자리 잡고 있다. 1857년에 만들어진 것이란다. 벽돌로 쌓은 4모꼴의 높은 성벽이 깨끗이 보존되어 있고 성 밖 해자에는 맑은 물이 넘실거리며 해자 밖 길에는 시민들이 분주하게 왕래하고 있다. 그러나 궁내의 출입은 불가능하단다. 현재 군이 주둔하고 있으며 궁전은 일본군과 영국군의 전투로 폐허화 되었다고 한다. 도심에서 12킬로 정도 떨어져 있는 공파왕조의 첫도읍지인 불명의 도시에 도착한다. 한 개인의 발원으로 200년 전에 세워진 세계 최장의 목교 우삐인 다리(1.2km)를 중간 지점까지 걸었다. 매일 강을 건너 탁발을 해야 하는 탁발승의 어려움을 생각하면서 발원하여 성취된 불심을 보여주는 곳이다. 다리는 지금도 그 기능을 다 하고 있는 것 같다. 관광객뿐 만아니라 현지인들이 지금도 유용하게 사용하고 있는 다리다. 강 중앙 다리 아래 퇴적지에서 백우 두 마리로 밭을 가는 농부가 관광객들의 촬영 모델처럼 인기가 있다. 3천명의 학승들이 수행하는 마하간다용 수도원의 탁발의식을 관람하다. 마을 주민들이 공양을 마련하여 주관하고 있다. 바루를 들고 도열하여 지나가는 스님들께 주민과 담당 스님들이 밥을 한 사발씩 가득 퍼서 스님들의 바루에 담아주고 바루 뚜껑 위에 샌드위치 식빵 두 쪽씩을 얹어 주면 스님들은 그것을 들고 식탁이 있는 집 안으로 들어가서 공양을 한다. 남는 밥은 사람이나 동물에게 보시를 한다고 한다. 1일 2식뿐이지만 밥을 남겼다가 자기가 먹는 일은 없다고 한다. 우리도 왕궁 해자 밖 중식당에서 점심을 먹었다. 일행이 백주(白酒)를 사서 건배를 하였다. 황금 회랑과 4톤의 황금불상으로 유명한 마하무니 파고다를 본다. 이 사원에는 석존 생존 시에 석존이 직접 인가한 세계에서 유일한 대표 불상이 있는 곳이다. 이 불상은 점안 의식을 한 것이 아니고 석존이 직접 보고 인가한 것으로 유명하다. 당시 왕이 석존께서 이곳을 떠나면 다시 보기는 어려울 것이므로 늘 이곳에 석존이 계시는 것으로 중생들이 알 수 있고 느끼도록 하여달라는 간청에 따라서 인가한 것이란다. 두 사람이 불상의 개금을 진행하고 있다. 그곳에는 남자만 오를 수 있다. 석존의 계율과 석존의 정신세계를 받들기 위한 깊은 뜻이 담겨 있는 것 같다. 여자가 남자 가까이 오거나 여자가 남자를 만지면 마음이 흔들릴 수가 있기 때문이라는 것이다. 이 불상은 미얀마 불상 중 가장 장중하고 미적인 요소를 두루 갖춘 불상 같이 보인다. 한국 불상에 가장 가까운 불상이다. 부처님이 그렇게 미남이셨는지? 고행 뒤라 그렇게 풍윤하셨는지? 아니면 당시 소상 조성 장인의 미적 기준이었는지? 모두 다라고 생각하고 싶다. 아내의 권장을 받아서 혼자 불상 가까이 가서 발원한다. 캄보디아에서 가져온 3두 코끼리상이 있다. 당시 미얀마와 캄보디아 두 축의 세력권을 짐작케 하는 유물이다. 패엽경이 소장되어 있다. 멀리서만 본다. 사리 전시의 겉유리장이 오픈되어 있어서 누구나 친견하고 사진을 촬영할 수 있다. 4각 유리 장식장 안에 각종 사리를 유리병에 담아서 가득 진열하였다. 특이한 것은 말로만 듣던 5색 사리다. 사리 장의 아래층은 사암덩어리 같은 사리, 색깔에 따라 맨 위층은 영롱한 오색 사리로 진열하였다. 여러 나라 사리를 친견한 일이 있지만 이런 투명한 오색 사리는 처음이다. 이곳의 金鼓 쇠북과 대형 雲版도 인상적이다 이런 크기를 처음 본다. 대형 쇠북과 대형 쇠 운판이다. 그 소리가 얼마나 웅장하였을까? 석가모니의 모니는 성자라는 뜻이다. 마하는 위대하다는 뜻이다. 그런 이미지를 느끼게 하는 곳이다. 전용 유람선으로 이라와디 강의 풍광을 감상하며 민군으로 이동한다. 배로 1시간 남짓의 거리다. 통통선에는 남편이 키를 잡고 아내가 커피와 음료를 판다. 갑판 위에 푸른 비닐장막을 치고 대나무를 쪼개서 만든 간이 의자를 10여개 놓았다. 우리 일행은 그 의자에 앉는다. 일행 중 어떤 이들은 아래층에서 햇볕을 피해 쉬기도 한다. 간이 화장실도 있는 소형 배다. 배 안에서 멀리 보이는 것은 흡사 작은 산봉우리와 같은 민군대탑이다. 상륙하자 달려 나오는 소녀들이 있다. 손에 물건을 들고 파는 이들이다. 어디서 배웠는지 나더러 아줌마 이쁘다. 아내더러 아저씨 감사하다. 등등 우스꽝스럽고 서툰 한국어로 우리를 맞는다.

처음 눈 앞에 다가선 유물은 양편에 파손된 채 방치된 거대한 두 마리 사자상의 꼬리 부분이다. 한 마리의 크기가 4~5층 건물 규모다. 지진으로 파손된 그대로 둔 것이다. 민군대탑을 수호하는 수호수다. 벽돌로 쌓아 그 위를 당시 보편적 양식인 도료 바르기로 마감한 것이다. 다양한 풍경의 그림을 전시하고 있는 화랑 및 민속품점 거리를 지난다. 먼저 7층의 테라스에 올라 유적지와 강변을 전망하는 신뷰미 파고다를 본다. 수미산을 형상화한 것이다. 비운의 왕비를 위해서 만든 구조물로 인도의 타지마할을 연상케 한다. 전(塼)에 흰색 도료를 입혔으며 칠층에 일곱 개의 파도 모양을 반복하는 조형물이다. 그 안에 불상를 모셔 놓았다. 참배를 하고 90톤의 민군 대종을 본다. 지진으로 떨어져 내린 것을 올려놓았는데 하단부에 파손부분이 있다. 세계에서 종소리가 나는 종으로 가장 큰 종이라고 한다. 러시아 모스코바 거리에 있는 것은 크기는 더 크지만 소리를 못내는 종이다. 타종을 3번하면서 소원을 빈다. 이곳의 모든 종은 누구나 자유롭게 칠 수 있다. 聞鐘聲煩惱斷이기 때문이리라. 길이가 140미터인 미완성의 민군 대탑을 본다. 지진으로 오른 쪽이 갈라지고 왼쪽도 금이 갔다. 오른쪽 계단 157개를 올라본다. 기단만 이정도이니 만일 이탑이 완성되었다면 피라미드 높이보다 더 높았을 수 있을 것 같다. 마지막 왕이 국민의 결집된 불심으로 외세에 대응하려고 한 웅지가 돋보인다. 만일 그가 비운에 가지 않았다면 왕조의 역사가 좀 더 길었지 않았을까? 배에 다시 올라 만달레이 힐 호텔에서 멀지 않은 곳에 위치한 유일한 한식당에서 저녁을 먹는다. 이곳 한인은 6명이란다. 그 중 한 사람이 이 한식당 주인이고 부인은 미얀마 여자라고 한다. 초등학교에 입학 전인 남매가 아주 예쁘다. 음식을 나르는 일도 돕고 있다. 작고 초라한 식당이지만 음식이 맛도 있고 정성도 담겨 있다. 저녁에 호텔 만달레이 힐에 도착하여 방에 들어 커튼을 걷고 창밖을 보니 뒷산 정상 두 곳에 대탑이 화려한 조명을 받고 그 위용을 드러내고 서 있다. 하나가 더 높고 위용이 뛰어나다. 아주 아름다운 정경이다. 기록으로만 보았던 만달레이 언덕이다. 부처님께서 그곳에 올라 아래를 굽어보며 위대한 도시가 세워질 것이라는 예언을 했다는 바로 그곳에 대탑을 세운 것이다. 1천 7백 개의 계단을 오르면 만달레이 시내를 조망할 수 있다는 바로 그곳에 오를 수 있단다. 내일 아침 5시 기상하여 헤호(Heho)로 감으로 그곳에 오를 수가 없어 아쉽기 그지없다. 13일(토). 아침 5시 기상하여 호텔식당에서 뷔페로 아침을 먹고 6시에 승차하여 1시간 걸려 만달레이 국제공항에 도착한다. 일찍 들에 나와 밭일을 하는 남녀 농부들이 보인다. 차도 양편에 기름진 전답이 끝없이 펼쳐진다. 부럽기 그지없다. 흰소 두 마리가 쟁기를 끄는 모습은 이 나라에서 자주 만나는 풍경이다. 공항 대기실에서 보니 유리로 칸과 출입문을 만들어 스님들만 앉도록 한 별도의 방에 차와 식빵이 마련되어 있고 스님 네 분이 차를 마시며 환담하고 있다. 대만 스님으로 보이는 승객도 그 속으로 불러들인다. VIP룸인 것 같다. 이 나라가 명실공히 불교국가임을 실감한다. 이날도 서둘러 비행기 맨 앞좌석에 앉는다. 지정좌석제가 아니기 때문이다. 유난히 서양인 승객들이 많이 타고 있다. 기내에서 내려다보니 경지정리는 되지 않았지만 전답이 많고 산정에는 불탑이 많다 한국의 십자가를 연상케 한다. 인레호수는 미얀마 14개 행정구역 중 샨주에 속한다. 샨족들이 많이 살고 있는 곳이다. 공항에서 인레호수까지는 버스로 1시간거리다. 샨주는 인구 4백만 정도란다. 길은 외길이고 차바퀴가 닿는 길 중간만 간이포장이 되었다. 숲속 길이다. 공항에서 인레호수 가는 길은 3가지가 있는데 우리가 묵을 호텔로 이어지는 길을 택한 것이다. 이 길의 처녀성 이미지가 도심의 오염을 닦아내는 것 같아 상쾌하다. 길가에 소나무가 있는데 한참 달리다 보니 자주 사탕수수밭이 펼쳐진다. 소나무가 있고 사탕수수가 있는 곳이라면 그 기후를 어떻게 설명할 수 있을까? 자줏빛 사탕수수 이삭이 일정하게 고개를 내민 모습이 이색적이며 아름다움을 더한다. 사탕수수 수확물을 나르는 차량도 간간히 보인다. 인레호수란 작은 호수란 의미란다. 결코 작지 않은 호수인데도. 이곳에 1천 5백년 전부터 사람이 거주하였으며 산간에서 생산되는 콩으로 두부를 만들어 먹은 지가 오래였으며 현재도 그 전통이 이어져 내려온다고 한다. 헤호(Heho)는 해발 1,328미터에 위치하며 인레(Inre)호수는 200여 개의 소수민족 마을로 문화 탐방코스에 꼭 추천할만한 여행지다. 장장 22킬로미터 길이의 광활한 호수로 수상가옥, 수상경작지, 사원, 수상시장, 전통공예공방 등 독특한 문화를 볼 수 있다. 도착하자 수상 호텔에 여장을 풀고 1시간 휴식을 취한다. 우리 부부가 배정 받은 7호방은 독립된 가옥 같다. 들어가는 길이 호수 위에 나무다리로 만들어졌고 베란다를 거쳐 방으로 들어간다. 호수가 정면으로 펼쳐진 베란다에는 둘이 앉을 수 있는 나무의자 2개와 탁자가 있다. 거기에 앉아서 호수를 본다. 호수에 호수로 드나드는 출입문이 있다. 방에는 두 개의 침대와 침대를 덮은 두 개의 텐트같은 모기장이 시골정취를 만들어내 아름답다. 아침과 저녁에는 춥다고 알려준다. 화장실도 간이 수세식으로 큰 불편은 없어 보인다. 인레호수 관광을 떠난다. 4~5명씩 타는 통통모타가 달린 전용 보트로 인레호수를 중앙으로 가로질러 건너편 육지쪽 수상레스토랑으로 이동한다. 구명조끼와 양산 하나씩을 사용할 수 있는 시설에 배에 편히 앉을 수 있는 의자가 놓여 있어 비교적 쾌적한 시설이다. 점심식사는 만족치 않았지만 식후 주변 마을 관광이 흥미 있었다. 호수 중앙에 조성된 팡도우 파고다 관광을 한다. 이곳에 모셔진 5부처님께 참배를 한다. 매년 10월이면 부처님을 금색 배에 모시고 수상마을 방문하면서 발원을 하게 하는 불교 행사가 있단다. 수상 축제행사다. 그 화려한 황금색 배가 사원 밖 바다 쪽에 만들어놓은 정박실에 놓여 있다. 어느 해 배가 전복되어 호수에 가라앉은 5불상 중 4개는 찾고 1개는 찾지 못한 채 팡도우 사원으로 돌아와보니 못 찾은 그 1불상이 놓여 있었다고 한다. 현재 5불상은 중앙에 1기 4면에 4기가 모셔져 있는데 앞에서 볼 때 왼쪽 뒤에 있는 좀 더 큰 불상이 그것이란다. 가장 영험하다 하며 크기도 가장 크며 사람 모습이다. 나머지 4불상은 길쭉한 돌처럼 생겼다. 많은 이들이 오랫동안 금박공양을 계속하여 현재와 같은 모습으로 변하였다고 한다. 참배객의 시주로 오늘도 내일도 개금불사는 매일 계속되고 있다. 현찰을 주면 그에 해당하는 금종이를 불상에 붙이는 방법으로 개금불사는 계속된다. 모암이 아름다운 돌을 식당 두인이 주어다 놓은 것을 보니 수석도 있는 곳 같다. 이동하면서 수상마을, 수상 경작지, 전통 실크 공방, 담배 공방, 수공예품 공방 관광을 한다. 연잎에서 섬유를 뽑는 현장을 보고 그것으로 만든 마후라를 만져본다. 처음 보는 자연 섬유다. 실크 공방은 산족들이 실크를 원시적인 수공업으로 만들어 천연 염료로 물들여 만든 것이다. 소박한 아름다움에 반해서 아내와 둘이 같이 좋아하는 색을 골라 아내 마후라를 하나 샀다. 한참 뒤에 보니 2가지 색으로 만든 것이 보여 그것을 하나 더 산다. 개당 20달러다. 그들의 수공업에 보시하는 생각으로 산다. 배로 이동하며 은 세공 공방도 보고 목에 링을 길게 끼운 부족인 빠다웅 족(카랜족)을 만나다. 태국 쪽에서 이곳까지 이어지는 고산지대에 사는 카랜족은 고산족이다. 19세기 구라파인들이 필드워해서 쓴 책에서 카랜족을 읽은 일이 있다. 그들과 사진촬영을 한다. 목에 링이 많아서 표지모델이 되었다는 50대 여인을 만난다. 키가 아주 작고 왜소하다. 목에는 링이 20개 내외 포개진 것 같다. 무릎에도 10개 내외 포개진 링을 끼웠다. 링을 조심스럽게 다루지 않으면 심각한 목 부상을 입는다고 한다. 링을 끼는 이유는 여러 인류학자들의 견해와 달리 링을 많이 끼우면 더 예뻐진다는 생각 때문에 링을 낀다고 본인이 직접 대답한다. 헤호 호수는 아직 오염이 안 된 수상 마을이다. 물이 깨끗하고 관리가 잘 되어 있다. 많은 딸기 부평초 위에 큰 메주덩어리 같은 흙을 겹겹이 얹어서 경작지를 만들고 그 위에 주로 줄기식물을 많이 심었다. 대나무 받침을 흙에 꽂아 오이덩쿨과 호박덩쿨을 받쳐 포도밭처럼 만든 대단지가 여럿 연이어 있다. 어떤 곳은 꽃 단지를 만들어 꽃이 만발한 곳도 있다. 통통선에 큰 매주덩어리 같이 만든 흙덩이를 배 양편 바닥에 줄지어 가득 싣고 이동하는 것을 볼 수 있다. 호수 위에 경작지를 조성하기 위함이다. 내가 본 세계 여러 나라의 수상 마을 중 아직은 가장 깨끗한 수상 마을이다. 오염이 안 되기를 기원한다. 그러나 요즈음 구라파인들이 즐겨 찾는다니 오염을 면키는 어려울 것 같다. 아내는 청정함에 반해서 헤호의 수상 마을을 연상 예찬한다. 후핀 리조트호텔(Hupin Hotel) 방갈로에서 저녁을 먹고 침상에 든다. 몹시 춥다. 나무 홑집이 너무 추워서 샤워도 못하고 손발만 씻는다. 내복을 입고 잠옷을 입고 아내가 준비한 핫백을 2개나 붙이고 잠자리에 든다. 10여분이 지나자 온몸이 마비되는 것 같아서 일어나자 견딜 수 없이 전신이 떨린다. 급히 바지를 찾아 포개 입고 이불을 덮었다. 아내가 걱정하며 체온을 합하자고 제안했지만 예민한 아내가 더 잠을 못잘 것 같아서 각기 견뎌보자고 한다. 아침에는 겨울옷으로 무장하고 식사를 하기로 하였다. 양곤은 덥기 때문에 갈아입을 옷을 보따리에 별도로 준비해야 한다. 14일(일). 5시 30분 기상. 6시 30분 버스를 탄다. 몹시 춥다. 있는 옷을 모두 껴입는다. 양곤은 여름처럼 덥다니까 여름옷을 비닐봉지에 담아 차에 싣는다. 헤호공항 대기실에서 스님들이 맨발에 얇은 가사 차림으로 밖에서 누군가를 기다린다. 추워 보인다. 그러나 스님들은 내색하지 않는다. 서둘러 비행기 맨 앞좌석에 앉는다. 9시 20분 출발한다. 양곤(Yangon)까지는 1시간 30분 정도 소요된다. 간단한 기내식을 제공한다. 양곤 국제공항 역시 시골 공항처럼 규모가 작고 낡았다. 얼마 전까지 수도였으며 싱가폴 이광요 수상이 도시국가 싱가폴을 만들며 국민들에게 싱가폴을 양곤처럼 쾌적하고 잘사는 도시로 만들겠다고 약속한 곳이 아닌가. 도심으로 들어가면서 보니 정원도시란 말이 몸에 와 닿는 말이다. 숲이 많고 공기가 청량하다. 자동차가 별로 없다. 자동차 수입을 억제하고 있단다. 아름다운 호수와 수목공원이 어우러져 동방의 정원도시라고도 불리는 미얀마의 중심도시 양곤이다. 도시 전체를 감싸고 있는 열대의 수려한 나무들과 큰 호수는 미얀마를 상징하는 황금대탑인 쉐다곤 파고다와 어우러져 여행의 즐거움을 더해준다. 혼례식이 진행되는 규모가 꽤 큰 호수가의 식당에서 점심을 먹는다. 딤섬코스의 점심이다. 식후 호수를 산책한다. 열대 수목원 깐도지 호수의 둘레길 산책이다. 특이하게 다가오는 이색풍경은 남녀 젊은이들이 음침한 곳에 둘씩 짝지어 앉아서 밀애를 나누는 모습이 어색할 정도로 너무 많다는 점이다. 사랑의 표현이 호수와 자연스럽게 조화를 이루는 아름다운 모습이라면 얼마나 좋을까를 생각케 한다. 아내는 내복을 입고 있어 더위에 쩔쩔매면서도 참으려고만 한다. 다른이들처럼 화장실로 가서 내복을 벗으라고 권장한다. 이 더위와 인레호수의 추위 때문에 귀국해서 배탈이 나고 병원에 다녀야만 했다. 양곤의 중심지인 술레 파고다 거리 및 차이나타운 지역을 지난다. 영국 런던 한쪽의 축소판 거리와 중국을 약간 느끼게 하는 낡은 거리들이 차창으로 스쳐간다. 양곤 강가로 이동하여 영국의 침탈과 당시 미얀마백성들의 애환을 느껴본다. 양곤강은 바다와 연결된 수심이 깊은 강이어서 대형선박 출입이 가능하다. 여러 척의 대형선박이 정박된 것을 볼 수 있다. 북한이 전두환 대통령을 암살하려고 폭탄을 장착하였던 아웅산 묘지에 들른다. 시내에 있다. 출입이 통제되고 사진은 찍지 못한다고 한다. 그때 날아가 버린 지붕을 자주빛 아취 처마형으로 만들어 놓았다. 허허벌판에 있는 것이 아니다. 도심이다. 상상했던 것과 많이 다르다. 미얀마 역사와 문화의 상징인 99미터 황금대탑 쉐다곤 파고다로 이동한다. 버스에서 내려 미얀마 여러 곳에서 늘 그랬듯이 신발을 벗어 맡긴다. 그러나 다른 곳과는 다른 점이 있다. 신발장이 갖추어 있고 발을 씻는 시설도 있으며 현지 봉사인도 있다. 데스크에 앉아 있던 한 중년여인이 나에게 양곤 지도도 한 장을 준다. 엘리베이터를 타고 언덕을 오른다. 회랑을 따라 가니 오른편에 큰 보리수나무가 있다. 수령은 100년 정도지만 인도에서 석존이 보리수나무 아래서 깨달은 그 보리수나무 가지를 가져와 심은 몇 대 직손 나무여서 의미가 있다는 안내다. 이 쉐다곤 파고다는 다른 곳에서 본 것과 차별화 되는 대단히 큰 규모에 그 주변의 탑과 불상, 종과 유리집, 기도처, 온갖 불교시설물들이 경탄을 자아내게 한다. 한 바퀴 돌면서 보니 3개월간 개금불사를 마치고 대나무 비개를 마무리 해체한다. 매년 개금불사를 한 번씩 한다니 그 금의 사용량이 얼마일까 짐작하기 어렵다. 두 번째 한 바퀴를 도는데 스님 신도 수십 명이 긴 빗자루를 하나씩 들고 일렬로 도열하여 앞으로 걸으면서 둘레를 청소한다. 이 나라 불자들은 주변 여기여기에 모여 앉아 관광객들의 움직임에 아랑곳 하지 않고 열심히 기도를 하고 있다. 기도하는 모습에서 다른 곳에서 느끼지 못한 숙연함과 깊이를 느낀다. 여기에서 보았던 한 젊은 여인의 기도 모습이 오래 각인되어 인간의 내면세계와 기도의 외형화 관계를 자꾸 생각케 만든다. 그 티 없이 진실했던 모습이 자꾸 아른거린다. 이 탑은 2천 5백년 전에 건립 된 것이라 하니 그대로 믿는다면 세계에서 가장 오래된 불탑일 수 있을 것 같다. 석존께서 깨달은 다음에 미얀마 상인 두 사람이 석존을 만나 경배하고 가르침을 받은 것이 인연이 되어 석존의 머리카락을 받아와 석존 생존시에 이 탑을 조성하였다고 한다. 처음은 아주 작은 탑이었는데 시대마다 그 위에 탑을 계속 더 쌓게 되어 현재와 같은 대탑이 되었다는 것이 안내원의 설명이다. 이 대탑의 위용과 이 나라 백성들의 불심이 현재도 같이 들어나는 현장이다. 현재 국민의 89%가 불교신자라는 통계다. 134개의 소수민족 중 미얀마족은 69%라 한다. 영국 식민지 시대의 건축물과 전통시장 및 상업 지역을 둘러보는 풍물 관광을 한다. 인터넷 정보에서 본 영국 식민지 시대 만들어진 아웅산 마켓에 내린다. 자동차길에서 가까운 정문 위 중앙에 1925년이란 동판 부조가 붙어 있다. 비개를 설치하고 외장공사를 진행하고 있는 중이다. 시장은 십자로 길이 나 문이 4개가 있다. 생활용품, 잡화, 민속품, 민예품, 먹을거리, 몇 개의 간이 골동품 가게 등으로 꼭 차 있다. 골동품 가게에 들려 중국 민국시대 후기 쯤 만들어진 것으로 보이는 경덕진에서 만든 찻주전자와 찻잔 두 개를 바구니에 담아 들고 이동할 수 있게 만든 차호셋트를 하나 구했다. 찻잔 하나는 후대에 만들어 맞추었으며 찻주전자의 뚜껑도 바뀌어졌지만 원형 그대로고 바구니형 보온케이스와 그 케이스를 잠글 수 있게 만든 잉어형 자물쇠 장식이 정교해서 샀다. 85달러를 호가하는데 65달러에 샀다. 기념품은 될 것이며 미얀마 사람들이 당시 경덕진 차호를 사용하였다는 징표도 될 것이기 때문이다. 버스에 오르면서 보니 행상인의 좌판에 필세가 보인다. 차에서 다시 내려 가 보았더니 연잎형 필세에 황금색 개구리가 앉은 것인데 조형미는 있지만 먼지와 때가 너무 끼어 돌아서고 말았다. 기다리는 시간이 많아서 다시 내려가 30달러 호가하는 것을 10달러에 산다. 보시하는 셈치고 혹시나 하고 산다. 집에 와서 닦아보니 역시나다. 금이 가고 깨진 부분을 붙여놓았다. 그러나 조형미나 그 바탕으로 본다면 십불이 아깝지 않다고 느낀다. 양곤의 한국식당에서 저녁 식사를 한다. 음식이 정갈한 편이다. 양곤공항에 도착하여 많은 시간을 보낸다. 바로 전 한국에서 관광객을 싣고 온 전세기를 타고 귀국한다. 면세점에서 대나무로 만든 전통칠기 차호셋트를 하나 산다. 83달러이다. 산에서 대나무를 잘라다가 가늘게 손질하여 온갖 그릇 모양을 성형하고 그 위에 여러 번 옷 칠을 반복하여 외형이 완성되면 표면을 연마하여 무늬를 조각하고 상감기법으로 여러 색의 옷 칠 상감을 하여 마감하여 내는 놀랄만큼 많은 시간이 소요되는 세공이다. 이것이 이 나라 오랜 전통의 생활자기다. 그 공정을 본 터여서 사지 않을 수가 없다. 산업화 물결이 밀려오면 앞으로 이런 생활자기는 만들어지지 못 할 것이다. 기념품이 될 만하다. 미얀마는 영토가 남북한의 3배정도고, 교육열이 높으며, 석유와 가스는 물론이고 많은 자원을 가진 나라라서 장래가 밝은 나라로 여겨진다. 이번 여행 중에 TV를 보니 민주화가 되고 정치범 전원 석방을 환영하며 미국이 대사 파견을 발표한다. 부디 백성들의 삶이 풍요롭고 번영하는 나라가 되기를 바라는 마음이다. 16일(월). 비행기가 중국 관제탑의 지시로 제주도에 착륙하여 주유하고 예정보다 2시간 늦게 7시에 인천공항에 도착하였다. 제주로 방향을 바꿀 때 러시아 인공위성의 전파 방해로 그렇게 되었다는 기장의 안내방송이 있었다. 아내가 배탈이 났다. 대한 항공이 특별히 마련해 준 비즈니스석 비빔밥 때문인 것 같다. 무사히 귀국하여 감사하다.

슬로베니아, 크로아티아, 보스니아

2012. 5. 12.(토)-20.(일) : 슬로베니아, 크로아티아, 보스니아 - 헤르체고비나 등 발칸반도 여행이다. 아침 7시 20분 택시를 불러 타고 인천공항에 8시 10분 경 도착하여

출국 수속하고 대한항공 비즈니스 라운지로 갔다. 10시 30분 이륙하여 크로아티아 자그레브(Zagreb)공항에 오후 3시경 착륙한다. 공항 규모가 자그마한 낡은 공항이다. 상공에서 보니 숲이 많고 작은 강이 아름답고 정갈한 시골 마을들이 예쁘다. 버스를 타야만 공항청사로 들어갈 수 있다. 공항 출구로 나오자 양편에서 자그레브 관광 안내서를 나누어주고 있다. 호텔로 이동하여 2시간 휴식을 취하고 현지 시간 7시에 저녁을 먹고 아내와 주변 산책에 나섰다. 호텔 THE REGENT ZAGREB는 분수공원 옆에 자리 잡은 운치 있는 곳이다. 비가 내리고 있어서 지하 마켓에 가서 20쿠나(kuna)를 주고 우산을 산다. 펴보니 꼭지가 떨어져서 바로 바꾼다. 점원의 매너가 퍽 좋은 편이다. 이 나라의 첫인상이다. 지하 마켓은 꽤 넓은 공간이지만 진열 상품은 소박하다. 대중교통은 주로 예쁜 전철이다. 차가 많지 않아서 쾌적한 느낌이다. 거리와 상점과 사람들의 모습이 소박하다. 비를 맞으면서 간이 상점에 서서 딸기를 팔고 있는 공원 옆의 할머니의 삶은 고달파 보인다. 우산을 쓰고 분수공원 산책을 30분하는 것으로 만족하고 호텔로 와서 잠자리에 든다. 5월 13일 일요일이다. 호텔에서 아침 식사를 마치고 이슬비를 맞으며 시내관광을 시작한다. 온도는 섭씨 14도다. 차내 온도가 10도까지 내려가는 날씨다. 넥타이의 원조라고 하는 크라바타 문양과 간판이 있는 거리로 들어선다. 원래 이 나라 군인들이 사용하기 시작한 것이 오늘날 신사 정장의 넥타이로 변했다는 설명이다. 자그레브를 대표하는 고딕양식의 건축물 쌍둥이 탑으로 된 대성당을 본다. 오른쪽 탑은 수리 중이다. 9시 30분경인데도 성당 앞은 아주 조용하다. 우리 일행들뿐이다. 이른바 기적의 성모상을 지나서 성 마르코성당에 이른다. 갈색, 청색, 백색 타일모자이크로 지붕 이엉을 한 이 성당은 자그레브를 상징하는 성당으로 다른 곳에서 보지 못한 개성적 이미지를 연출하고 있다. 지붕에 자리 잡은 두 개의 문양, 네 모서리의 타일모자이크 문양의 조화, 바탕색의 화려한 색채앙상블이 인상적이고 아름답다. 광장까지 갖추고 비유도 또한 일품이다. 이동하면서 보는 안톤 구스타프마토스 시인의 은색벤치는 전에 한국 TV화면에서 본 그대로이나 생각 밖으로 뒷길의 초라한 곳에 여러 개의 목재의 휴식벤치 사이에 놓여 있다. 비까지 내리므로 더욱 음산한 느낌이다. 버스 안 기온이 8도까지 내려간다. 벤잘라치크 광장으로 이동하여 자유 시간을 갖는다. 자그레브에서 가장 번화한 곳이다. 아내와 주변을 돌아보고 동상 뒤에 위치한 카페로 들어가 커피를 마시면서 몸을 녹인다. 현지인 노부부와 할머니가 차를 마시면서 신문을 읽고 있다. 구라파적 삶의 방식을 느낀다. 아름답고 긴 전차들이 수시로 정차하면서 시민들이 오르내리는 모습이 활기차다. 상가는 문을 열지 않은 곳이 대부분이다. 일요일이기 때문이리라. 서점과 카페가 많은 것이 이 도시의 인상적인 점이다. 이곳의 문화 수준을 느낄 수 있는 것으로는 깨끗하고 예쁜 전차와 정갈한 서점과 소박하고 편안한 카페를 꼽을 수 있을 것 같다. 자그레브는 박물관과 갤러리가 각각 20~30여개나 있다는 정보인데 한 곳도 보지 못한다. 3만 5천여 년 전 석기시대 유물이 주변에서 출토되었다는 기록이 있으므로 고고학박물관도 있을 터인데 안내원에 물으니 모른다고 한다. 기록을 찾아보니 시립박물관이 곧 고고학박물관이란다. 어떤 기록을 보니 자그레브 인구는 1백만 명이고 박물관이 24개 갤러리가 20개가 있다고 되어있다. 그러나 한 곳도 보지 못한다. 이래서 주마간산 여행이다. 지상낙원이라고 칭송받는 크로아티아 수도 자그레브는 오늘 내 눈에 서점, 카페, 전차 이 세 가지로 와 닿는 것 같다. 시내 음식점에서 포도주를 곁들여 점심을 먹고 2시 40분 자그레브공항으로 이동한다. 드브로브니크로 가기 위해서 국내선 비행기를 탄다. 영국 극작가 버나드 쇼가 드브로브니크를 보지 않고는 천국을 논하지 말라고 한 그곳이 아닌가. 비행기로 50여분 거리다. 기내에서 내려다보니 아름다운 해변과 호수 같은 바다들이 이어지면서 적절한 위치에 한가롭게 자리 잡은 인가들이 운치를 더해주는 자연이다. 아드리아해의 태양과 청정자연이 속진을 날려주는 곳이다. 아내는 9번 좌석 나는 창 측 23번 좌석에 탄 비행기다. 우리 부부가 수속할 때 시간이 특히 많이 걸린 것은 같이 앉도록 노력하여주다가 안 된 까닭이라는 것을 알고 감사하는 마음으로 앉았다. 내 옆 외국인이 너무 거구여서 좌석에 끼어 움직이지 못하고 있다. 기내식이 비스켓 1개와 물 1병이다. 정갈하다. 물병이 귀엽고 예쁜 특색이 있다. 공항에서 여행이 끝날 때까지 타고 다닐 버스와 버스기사를 만난다. 아름다운 해변에 자리 잡은 DBUROVNIK PALECE HOTEL에 들어선다. 해변을 향한 우리의 4층 방은 베란다를 열면 아드리아해가 바로 방으로 들어오는 곳이다. 아내와 둘이 앉아서 바다를 바라볼 의자가 놓여 있다. 호텔 뷔페식으로 저녁을 먹고 30여분 수영장과 해변 산책을 하고 잠자리에 든다. 자다보니 화장실이 고장이다. 새벽 3시인데 할 수 없이 프론데스크로 연락하여 수리를 하였다. 수리공이 들락거리면서 1시간 정도 걸려서 수리가 끝난다. 거구인 수리공의 매너가 괜찮아서 잠은 설쳤지만 위로를 받았다. 5월 14일 월요일이다. 비가 내리는 아침이다. 7시에 호텔 아침 뷔페를 하는데 중국인들이 요란스럽다. 대만인들이다. 아직 한국인만 못한 여행매너가 대만인과 중국인들인 것 같다. 음식 퍼 나르기, 떠들기가 눈에 거슬린다. 비가 내리고 바람도 분다. 그러나 여행일정은 그대로 진행된다. 9시에 출발하여 10여분 뒤에 古城에 도착한다. 드브로브니크 고성에 도착하여 세계문화유산으로 등재된 고성벽 반쪽 걷기를 시작한다. 현지 안내인은 이곳에서 오래 거주한 아담한 모습의 여인이다. 그의 남편은 선원으로 부산에 3회나 정박한 일이 있어서 친한파란다. 아드리아해의 진주, 지구상의 낙원으로 불리는 유럽의 땅끝 마을이 드브로브니크 고성이다. 두 번의 지진과 외세의 침략으로 파괴된 부분을 복원하여 놓은 것이 현재의 모습이다. 성안에 들어서자 원형 벽돌 돔의 오노플리안 분수가 다가선다. 1438년 20킬로미터나 떨어진 스르지산에서 끌어온 물을 16개의 각기 다른 수도꼭지에서 쏟아지도록 하여 시민들의 식수공급을 한 곳이란다. 훼손은 되었지만 물이 나온다. 대략 300미터 정도의 플라차거리가 중앙에 돌 포장 도로로 만들어졌다. 그 양편은 기념품 상점이고 양편의 상점 뒤로는 상가와 주거지다. 성벽을 따라 대략 1미터 폭의 돌 포장길이 이어진다. 길을 따라 바다와 산과 섬과 성안 가옥의 지붕과 굴뚝과 하늘을 바라보면서 걷는다. 모두 협소한 공간들이다. 예외 없이 빨간색 기와지붕이 인상적이다. 석회암지대에 황토가 많아서 빨간색 지붕이 된 것이다. 건축자재의 선택폭이 제한적인 까닭도 있었지만 정책적 장려도 있었다고 전한다. 구라파에서 두 번째로 오래되었다는 약국을 보고 몇 개의 수도원과 시청사를 본다. 약국의 창문은 구라파 옛 약국들의 공통성이 드러나 있다. 저널에서 보았던 청화백자 도기들은 모두 이 약국의 기물들이다. 동양의 도자기 같다. 동서교역에서 얻어진 것인 듯싶다. 바닷가 식당에서 점심을 먹을 때 비가 쏟아지기 시작한다. 그러나 배를 타고 섬 일주를 예정대로 관광한다. 비가 배 안으로 들어 닥치지만 비닐커튼이 내려져 있어서 비를 맞지는 안는다. 바다에서 바라보는 성곽은 외세를 방어할 목적에서 축도된 것임을 극명하게 드러낸다. 시원하고 아름다운 비오는 바다를 체험한다. 다시 플라차거리로 돌아오니 크루즈 여행객들로 가득 차 있었다. 성내 거주 인구는 1천 명 정도라는데 크루즈 2대가 손님을 내리면 5천여 명 정도가 성내로 들어와서 거리를 가득 메우는 때가 흔하다고 한다. 비가 내려도 빗속을 뚫고 여행객들이 성안 전체를 가득 채우고 움직인다. 형형색색의 아름다운 새들을 여러 마리 가지고 이색 복장을 한 거구의 남자 한분이 인파에 둘러싸여 있다. 관광객과 사진을 찍고 돈을 받는 이색 영업이다. 비를 맞고 이곳저곳을 둘러보다가 아내의 선글라스를 무료봉사로 수리 받고 서둘러 호텔로 들어와서 두 시간 휴식을 취한다. 우리 부부는 수영장을 지나 해변 산책로로 나간다. 호화 요트가 많이 정박하여 있다. 아름답고 쾌적한 자연과 숙박시설에 행복을 느끼면서 이곳에서 2박을 한다. 저녁식사를 마치고 플라차거리에 있는 성당음악회에 갔다. 좁은 무대에 객석은 30여명 정도 앉을 수 있다. 피아노, 바이올린, 플루트, 콘트라베이스로 구성된 4중주다. 콘트라베이스 주자만 남성이고 모두 여성이다. 검정 옷에 공손한 인사가 그들의 이미지다. 바이올린 주자와 콘트라베이스 주자가 돋보이는 연주자다. 클래식 몇 곡으로 마무리하는 조촐한 음악다. 앙코르는 받지 않는다. 저녁의 불 켜진 플라차거리를 보는 것도 새로웠다. 번잡한 플라차거리도 이 밤은 한가한 편이다. 고성은 수난의 흔적이 많았고 현재도 보수를 진행하고 있는 곳이 많다. 아름다운 사람의 수난처럼 살기 좋은 곳의 수난도 피할 수 없는 숙명인 것 같다. 돌포장의 길거리와 연이어 붙은 가옥구조는 폼페이와 로마가 그렇듯이 이곳 또한 비슷하다. 고성의 인구는 많을 때 5천여 명 정도가 살았는데 관광지가 되면서 땅값이 오르자 다른 곳으로 이주인구가 늘어나면서 현재는 1천여 명 정도가 남아서 거주한단다. 이 고성에 현대인이 산다. 믿어지지 않는다. 오래된 가옥구조에서 현대적으로 살기가 얼마나 불편할까? 5월 15일 화요일이다. 오늘은 스플릿(Split)으로 이동하기 위하여 7시간여 버스를 타는 날이다. 보스니아 - 헤르체고비나의 모스타르까지 3시간 30분이 걸리고, 거기서 크로아티아 스플릿까지 4시간이 걸린다. 우리 부부는 최고령이어서 양보를 받아 버스 앞 운전석 뒤 두 번째 좌석에 앉는다. 아침 8시 40분 출발이다. 날씨가 맑고 쾌청하다. 크로아티아 드브로브니크에서 해안선을 따라가다가 크로아티아 국경을 넘어서 보스니아 - 헤르체고비나로 들어간다. 검문소를 하나 통과하는 것이다. 여기서부터 21킬로미터 정도가 보스니아 - 헤르체고비나 영토의 해안이고 다시 검문소가 있는 국경을 통과하면 크로아티아 땅이다.

해안선 도로 21킬로미터만 보스니아 - 헤르체고비나 영토다. 역사적 사연이 있는 해안선과 해안도로 확보였었다. 가난한 나무숲들이 이어진다. 시골풍경은 별다르지 않다. 밭이 많을 뿐이다. 크로아티아 국경을 넘어서 보스니아 - 헤르체고비나로 들어가서 휴게소에 들른다. 반 지하가 마켓이고 위층이 차를 마실 수 있는 공간이다. 건축물의 소재와 건축방법이 못사는 나라의 전형을 보여준다. 마켓은 열악하다. 당나귀표 와인이 이 지방 와인을 대표한다 하여 여러 손님들이 손에 든 모습이 인상적이다. 17.7유로다. 소설 드리나강의 다리가 떠오른다. 보스니아가 아닌가. 이보 안드리치가 제 2차 세계 대전 당시 오랜 칩거 생활 끝에 완성 한 〈보스니아 3부작〉 중 1부에 해당하는 소설 『드리나 강의 다리』는 보스니아의 역사 그리고 보스니아의 기독교인들과 무슬림들에 대한 삶을 네러티브 형식으로 서술한 소설이었지. 모스타르로 진입하자 많은 총탄자국이 밤하늘의 별처럼 벽면에 각인되어 처참했던 상흔들로 자주 눈에 들어온다. 얼마나 전투가 치열하였으며 얼마나 많은 사람들이 생명을 잃었을까? 도대체 공교란 것은 무엇인가? 모스타르 구시가지 기독교지구에서 점심을 먹고 자유시간을 갖는다. 모스타르(Mostar)는 네레트바강을 사이에 두고 한쪽은 이슬람지구고 한쪽은 기독교지구다. 한동안은 평화롭게 지냈지만 영토 확장의 내전이 일어나 유명하여진 곳이다. 우리는 모스타르다리를 보려고 이곳에 왔다. 모스타르다리란 오래된 다리라는 뜻의 STARI MOST이다. 1993년 내전으로 파괴된 이 다리는 2004년 세계 각국의 후원으로 복원된 것이 현재의 다리다. 세계문화유산으로 등재되었다. 얼마나 많은 관광객이 다녀갔는지 아치형다리를 건너면서 대리석 깔판이 달아져서 우리 부부가 손잡고 걷지만 몇 번이나 넘어질 뻔하였다. 이순간도 인파가 넘쳐흐르고 있다. 젊은이 한 사람이 교각에서 아래로 점핑할 준비를 한다. 이 다리를 관광 상품화한 것이다. 다리를 건너 이슬람지구로 들어선다. 상점의 진열품과 옷차림에 다소의 차이를 느낄 수 있다. 기독교지구 다리 입구에서는 전쟁 시기 사진전시와 비디오를 볼 수 있는 공간이 있다. 여러 종류의 탄피로 만든 관광 상품들도 있고 폐기한 기관단총도 팔고 있다. 강폭이 불과 20여 미터 정도로 밖에 보이지 않는데 그렇게도 큰 장벽이었단 말인가. 종교의 장벽 아닌가? 누구를 위한 종교인 것인가? 전쟁으로 인하여 저 세상으로 간 영혼들의 명복을 빌고 영원한 평화를 기도하면서 타고 갈 버스 안으로 돌아온다.

이제 다시 크로아티아 스플릿을 향하여 떠난다. 여행일정에는 없지만 보스니아 매주거리를 40분간 보기로 한다. 1982년에 소년들 앞에 성모마리아가 출현하여 세계적인 관광도시가 된 곳이다. 성모출현 산 정상에는 멀리 십자가 보인다. 이 신흥도시는 넘쳐나는 관광객을 위하여 급조된 시설물로 가득 차 특이한 현상들이 넘쳐나고 있다. 성당과 화장실과 상점의 진열품과 간이 쉼터가 넘쳐난다. 성당 맞은편 음식점 앞 의자에 앉아서 우리 부부는 커피를 마시면서 일회성 고객으로 대접하는 현지인들의 상술에 은혜를 받기 어려웠다. 종교란 도대체 무엇인가? 종교는 어떠해야 하는가? 회의심에 깊이 빠져든다. 오늘은 크로아티아에서 보스니아로, 보스니아에서 다시 크로아티아로 이동하는 날이다. 버스 안에 앉아 검문소에서 여권 검사하는 간이 절차만 밟으면 된다. 크로아티아 제 2도시로 인구 20만 정도에 제조회사와 제약회사를 가진 스플릿은 크루즈가 정박하는 항구도시다. 18시 20분경에 해변 궁전 옆 골목 명품거리에 도착하여 저녁식사를 하고 외곽에 있는 호텔로 이동한다. 해변에 넓게 새로 자리 잡은 LE MERIDEIN 호텔에 여장을 푼다. 시설규모가 아주 크다. 저녁식사를 하고 40분간 산책을 즐긴다. 다양한 호화 요트의 정박과 이 호텔과의 앙상블이 아름답다. 이날은 이렇게 저문다. 바람이 일고 있는 밤이다. 5월 16일 수요일이다. 아침에 숙소의 식당에 들어서자 정면으로 바다가 열린다. 창문을 열고 나가지 않을 수 없다. 베란다에 물과 유리와 나무를 소재로 다리와 연못과 나무의자를 배치하여 산책공간을 만들어놓았다. 베란다가 운동장처럼 넓다. 여기에 서면 아드리아해가 바로 가슴에 안긴다. 이 베란다를 산책하고 시원하게 열린 가슴으로 아침 식사를 한다. 오늘은 아드리아해 연안에 자리잡은 청정 휴양도시 스플릿을 본다. 이 지역 출신 노예로서 고대 로마황제가 된 이가 황제자리에서 물러난 뒤 이곳에 궁전을 짓고 여생을 보냈다. 노예도 로마군인은 될 수 있었기 때문에 가능했던 일이다. 그는 살아서 권력 이양을 한 로마 황제다. 유네스코지정 세계문화유산으로 로마유적 중 가장 보전상태가 양호하다고 한다. A.D.305년부터 10년에 걸쳐 지어진 것이라는 설명이다. 이 궁전은 스플릿 앞 바다의 브리체섬에서 나는 석회암과 그리스와 이태리에서 가져온 대리석과 이집트에서 가져온 기둥과 스핑크스로 지은 것이란다. 궁전은 동서남북에 4개의 문이 있고 바다에서 곧바로 궁전으로 배가 들어올 수 있도록 지었으나 현재는 자동차 길과 야외 카페가 가로막아 뱃길을 차단하고 있다. 경복궁의 남쪽 광화문, 북쪽 신무문, 동쪽 영춘문, 서쪽 영추문과 같은 콘셉트지만 그들은 북문을 황금문, 남문을 청동문, 동문을 은문, 서문을 철문이라고 하였다. 북문의 인식이 우리와 유사함을 느낄 수 있다. 오랜 세월을 지나면서 궁전은 민간인들의 주거지로 변하여 궁전을 지하에 두고 궁전 위에 주거공간을 마련하였다가 현재는 부분적인 발굴로 보존 처리되고 있다. 궁전이 민가의 하수구로 변한 모습이 발굴로 드러나 있다. 마치 미국 시애틀에 있는 언더그라운드 같은 느낌이 든다. 시애틀은 지대가 낮아서 불가피 시민들의 집 위에 시민들의 집을 지었지만 이곳은 궁전 위에 민가를 지어 왕권시대의 종말과 시민권의 신장을 상징하는 것처럼 느껴진다. 폼페이에서 느꼈던 인간의 환락생활에 대한 신이 내린 천벌의 느낌과는 아주 다른 감회를 갖게 된다. 크로아티아 스필릿(Split)의 이 디오클레티안 (Dioklecijanova) 궁전의 현재 모습이 왕권 위에 있는 시민권의 상징이라면, 미국 씨에틀의 언더그라운드는 시민권 위에 시민권이 있을 뿐이라는 것을 상징하는 것 같고, 이탈리아 폼페이유적은 인간의 도를 넘는 환락은 결국 인과응보의 처참한 결말을 보게 된다는 경계심을 상징하는 것 같다. 오랜 온갖 풍상에도 이집트에서 가져온 스핑크스 하나는 온전하여 보존에 신경을 쓰고 있다. 궁전을 빠져나오면서 보니 원형 돔 안에서 남성합창단이 흑색 연주복을 입고 노래를 부른다. 그들이 만든 CD를 팔기 위한 상행위다. 궁전의 양편 중 한편은 명품거리고 다른 한편은 재래시장거리다. 양편을 다 둘러보았지만 관광객을 위한 거리일 뿐인 것 같다. 인상적인 것이 있다면 명품거리를 재래식건물 그대로 보존하면서 유지시키고 있다는 점이다. 궁전 앞 즐비하게 늘어선 야외 카페에 앉아서 아드리아해를 바라보면서 아내와 아이스크림 하나를 먹는 것으로 여유시간을 즐긴다. 이제 버스로 50여분을 달려 트로기르(Trogir)로 이동한다. 트로기르는 작은 섬이다. 이곳은 헬레니즘시대부터 시대별로 다양한 건축물들이 남아 있어서 건축박물관이라 할만하여 유네스코유산으로 등재된 곳이다. 본토와 다리로 연결된 해변가 식당에서 점심을 먹고 시청사와 구시가지 광장을 보고 성로렌스성당 내부를 본다. 점심을 먹을 때 해변도로 공사소리가 귀에 거슬렸는데 설상가상으로 펑하는 소리까지 들려서 모두 놀랐으나 지나가던 오토바이 바퀴가 터지는 소리였다. 주변에 정박되어 있는 소형의 예쁜 선박들이 이곳 경관과 아름다운 조화를 이루고 있다.

아름다운 쪽빛바다에 떠있는 한조각의 미술품 같은 도시다. 본토와 아주 가까워서 강 하나를 사이에 두고 있는 것 같은 강 같은 바다가 정겹다. 트로기르가 또한 바다처럼 정겹다. 다시 1시간을 달려서 프리모스텐(Primosten)으로 이동한다. 인구 1700여명 이 살고 있는 어촌마을이다. 달마티아 지방 사람들이 침략자들을 피하여 피란처로 들 어온 작은 섬이었는데 바다를 메워 본토와 연결된 곳이다. 프리모스텐이란 다리를 놓 는다는 뜻이란다. 광장을 지나 언덕에 우뚝 솟아 있는 성당으로 오른다. 미로 같은 길이 성당을 향하여 이어지고 성당에 오르자 바다가 내려다보인다. 바다를 향한 성당 의 좁은 정원에는 묘비가 가득하다. 성당은 닫혀 있다. 입구의 길 보수 공사로 간신히 들어갔다 나온다. 바다로 둘러싸인 작은 섬이 육지로 이어진 마을이다. 입구의 광장 은 꽤 넓으나 상점은 한가하고 조촐하다. 인적이 드물다 잠시 들려가는 곳이다. 다시 2시간을 달려서 자다르(Zadar)에 도착한다. 호텔은 DIADORA ZADAR다. 저녁식사 를 하고 산책을 즐기면서 장엄한 일몰을 본다. 우리 부부는 깊고도 아름다운 수평선 위의 일몰광경을 바라보면서 말없이 손을 잡는다. 방이 두 개인 숙소에 여장을 풀고 여유롭게 잠을 청한다. 바람이 세게 부는 밤이다. 5월 17일 목요일이다. 바람이 불고 날씨가 차갑다. 오늘 플리트비체는 최고기온이 섭씨 11도라고 하니 겨울 옷 준비를 해야 할 것 같다. 조반을 하려고 식당에 들어서자 바다가 열린다. 베란다에 파란물이 가득한 못과 그 위로 걸린 나무다리, 그리고 주변에 놓인 자연소재의 의자를 배치하 여 산책공간을 만들어놓았다. 베란다가 운동장처럼 넓다. 베란다에 나서면 아드리아 해가 바로 가슴에 안긴다. 이 베란다를 산책하고 시원하게 뚫린 가슴으로 아침식사를 한다. 오늘 오전은 3천년의 역사를 간직한 자다르를 본다. 크로아티아 제일의 역사도 시다. 우리가 버스에서 내리자 다이아나라는 영어 안내원이 나와서 기다린다. 자기소 개를 한다. 나이는 42세, 가이드 경력 9년, 운동을 좋아하며 매년 하는 수영경기로 저 건너편 육지까지 다녀오는 5.5킬로미터의 바다 왕복 수영경기에 올해도 참여한단 다. 손에는 준비물이 들려 있다. 카키색 남성 복장이다. 바지는 다리를 두 토막으로 연결하여 옆에 끈이 달린 것이고 웃옷은 카키색 속에 약간 흰색이 나는 무엇을 입고 운동모자를 썼다. 아주 동적이고 성실미 나는 여인이다. 자다르는 고대 로마시대 문 헌에도 등장하는 옛 도시다. 로마와 중세의 유적이 곳곳에 편재하고 19세기 후반에는 달마티아지역의 문화국가 재건운동 중심지가 되어서 지식인의 도시라고 불린다. 현재의 인구는 10만명 정도인데 매년 증가추세에 있는 인기도시란다. 현재 크로아티아 제5의 도시란다. 한국 안내인은 인구 7만 5천이라고 하였는데 언제 증가되었을까? 먼저 들른 곳은 태양과 별들을 상징하는 네모난 태양 집열판들을 둥근 태양처럼 만든 구조물이다. 그 유리판 구조물 위에 서 본다. 5년간 시공한 구조물이란다. 이 태양광 흡수판에서 모은 에너지는 저녁에 라이트쇼에 쓰인다고 한다. 그 옆에는 바다오르간(Sea Organ)으로 유명한 바다오르간 해변이다. 우리 부부는 나란히 바다오르간 건반 위에 걸터앉아서 아름다운 바다와 건너편의 나즈막한 푸른 산정을 바라보면서 자연이 만들어내는 오묘한 소리를 듣는다. 소리만 아름다운 것이 아니다. 이곳 바다에서 불어오는 청정의 보라風이 세속의 먼지를 날려버리고 있다. 이곳의 보라풍을 쏘이면 건강하여진다고 한다. 4백여개의 오른간 건반 밑에는 건반 수만큼의 파이프 구멍이 위 아래로 나 있다. 바람에 밀려서 파도가 출렁이면 그 에너지로 파이프를 울려서 오묘한 자연의 소리를 만들어낸다. 착상이 뛰어나고 구조물이 친자연적으로 아름답다. 이 지역 건축가와 음악가들이 참여하여 만들어낸 구조물로서 여러 차례 세계인들이 만들어낸 최고의 걸작 건축물로 평가 받았다. 이 바닷가 호텔에 묵었던 히치콕이 세상에서 가장 아름다운 일몰이 이곳에 있다고 글을 써서 유명하여진 곳이기도 하다. 조금 더 앞으로 진행하자 히치콕의 사진이 보인다. 히치콕이 항상 자기 사진으로 세상에 내놓았던 익숙한 저 사진이 이 지방 사진사가 찍은 것이란다. 히치콕의 마음에 든 자기 인물 사진인 셈이다. 씨자와 아우구스티아누스 등도 이 도시의 발전에 기여한 바 있는 역사적 도시이다. 로마, 오스트리아, 이테리 등이 이 지방을 지배하였던 까닭이 짐작 된다. 이 바다 뒤쪽으로는 1396년에 설립된 자다르대학이 자리 잡고 있다. 14세기에 만들어진 대학이 아닌가. 세계 최초의 대학이라고 하는 것은 1088년에 설립된 이테리의 볼로냐 대학이던가? '모두'라는 의미의 새로운 학교 이탈리아 볼로냐에서 최초의 대학이 생겼던가?. 구시가지 중심인 나로드니 광장에 발굴하여 정리하여 놓은 석재 건축 자재 위에 앉은 체로 현지 영어 안내원의 설명을 듣는다. 복원도면 한쪽을 가지고 구시가지 모습을 열심히 설명한다. 남아 있는 것은 원형기둥 하나뿐인데. 성모마리아성당 높은 종탑의 각 시대별 시루떡 같은 건축양식과 성도나트 원형성당은 처음 보는 경이로움이다. 실로 아름답고 장엄하다. 원형성당의 내부관람은 예약과 유료 때문에 보지 못한다. 미로처럼 난 좁은 돌포장길을 따라다니면서 자유 시간을 즐긴다. 관광 상품 상점들이 너무 많아서 상업적 이미지가 고색창연한 분위기를 무너뜨리고 있어 아쉽다. 좁은 거리여서 구라파 여행팀들을 가까운데서 자주 마주친다. 몸을 가누기 어려운 거구의 노인들이 유난히 많다. 걸음을 자유롭게 걷지 못하면서도 여행을 즐기는 그들의 문화를 접한 것은 이미 오랜 체험이다. 우리 부부도 그 정도 건강을 가지고 해외여행을 즐길 수 있을까를 생각하여 본다. 이제 2시간 30분을 버스로 달려 플리트비체(Plitvicka) 호수국립공원으로 이동한다. 버스를 타고 이동하면서 바라보니 멀리 율리안 알프스 자락의 잔잔한 연봉들에 모두 눈이 덮여 있다. 아름다운 정경이 펼쳐진다. 어제 저녁에 내린 눈이다. 진행하는 곳의 시야에 끝없이 펼쳐지는 율리안 알프스의 설봉 밑 푸른 산야가 장관을 연출하고 있다. 신이 내린 축복이라는 말을 실감한다. 이것이 보라風을 만들어 자다르 해변에서 우리의 가슴에 파고든 것이 아닌가. 이번 여행은 눈부신 태양과 시원한 비와 하얀 눈과 푸르름의 아름다움을 같이 체험하는 특이한 5월의 여행이다. 계속되는 이런 시야를 가지고 플리트비체 호수 국립공원 안에 있는 호텔에 도착한다. 이 호텔에서 점심을 먹는다. 걷다가 전기버스를 타다가 전기보트를 타다가를 반복하면서 상하단의 호수투어를 한다. 호수로 들어가면서 새로운 공기의 체험을 한다. 따뜻한 차거움과 전신에 스며드는 느껴보지 못했던 신선함과 상쾌함이 패부를 타고 흐른다. 폭포 가까이 가면 더욱 그러하다. 크고 작은 수많은 폭포를 보면서 호숫가 숲길을 걷고걷는다. 준비한 우산을 펴서 폭포수의 물방울에 젖는 옷을 뒤늦게 막아도 보고 초롱초롱한 눈망울을 가진 20여명의 초등학교 수학여행단과 조우도 하면서 신선의 세계에 든 것 같은 감성을 가져본다. 숲속에 16개의 크고작은 호수기 들어 있는 크로아티아 최초의 국립공원이고 유네스코 세계자연유산으로 등재되어 있는 곳이다. 중국 사천성에 있는 구체구와 유사한 자연환경이지만 그보다 더 친자연적임을 느끼게 한다. 우화등선의 시간이 삽시간에 흘러가 이제는 2시간을 달려서 노비 비노톨스키로 이동한다. 눈과 바람으로 고속도로가 차단되어 옛길로 돌아서 저녁 8시경에 NOVI RESORT에 도착한다. 해변가에 자리잡은 이 리조트는 규모는 크지만 날림공사의 흔적이 많다. 저녁을 먹고 곧 잠자리에 들었으나 꽃가루 탓인지 너무 맑은 공기 탓인지 나도 아내도 밤에 잠을 못 잔다. 5월 18일 금요일이다. 호텔을 출발하여 2시간을 달려서 이스트리아반도의 언덕마을 모토분(Motovun)에 도착한다. 차도의 주변에 포도밭이 많다. 모토분은 해발 277미터의 언덕에 자리잡고 있으며 1천 5백여명이 살고 있는 시골이다. 그러나 관광객 이외에는 거리에 인적이 드물다. 언덕 마을 성 주변을 돌아본다. 발아래 산야가 모두 눈 아래 있다. 길과 강이 쌍갈래로 철길처럼 이어진 곳이 있어서 길이 강 같고 강이 길 같다. 주변의 산에 송로 버섯이 많이 있어서 골프장 개설을 못하고 있단다. 관광 상품으로 송로버섯과 꿀과 포도주가 특산으로 소개되고 있다. 여러 관광 상품이 진열되어 있지만 대부분 정교함이 없다. 정상에 자리 잡고 있는 식당 앞 광장 나무 아래 놓인 식탁에서 이곳 포도주를 반주로 즐기면서 점심을 먹는다. 이곳에서 1시간 30분을 달려 크로아티아 국경을 넘어서 슬로베니아의 포스토니아 동굴(Postojnska Jama)에 도착한다. 세계에서 두 번째로 길다는 20킬로미터 길이의 카르스트동굴이다. 약 3000만년 전 바다 밑에 있었던 지역으로 알려져 있다. 세계에서 가장 긴 동굴은 미국 켄터키 주에 있는 석회암 동굴로 길이가 240킬로미터이며 5억 7천만 년 전~2억 5천만 년 전에 형성되었던가? 대략 2킬로미터 정도를 여러 차량을 연결한 긴 협궤열차를 타고 들어간다. 정거장에 내려서부터 영어 안내원의 설명을 들으면서 이동하다가 다시 그 열차를 타고나온다. 수정처럼 투명한 석순들과 우람한 돔형식의 광장들, 국수 가락 같은 석순과 종유석이 인상적이다. 관광객들로 가득차서 걸어서 이동하는데 시장통처럼 복잡하다. 전기 등의 보수공사가 진행되고 있고 물이 많아서 자주 옷이 젖는다. 이 동굴에서만 볼 수 있으며 100년이나 산다는 표피가 하얀 휴먼피쉬가 특이하다. 마치 작은 하얀 도마뱀 같이 생겼는데 눈이 없고 육감을 통해서 이동한단다. 두터운 옷을 껴입었지만 동굴 안은 추웠다. 나와서 햇볕을 한참 받고나서야 정상으로 회복된다. 다시 버스를 타고 1시간 30분을 달려서 블레드(Bled)성 아래 호숫가의 GREND TOPLICE 호텔에 도착한다. 2층 방에 여장을 풀고 이 호텔 식당에서 저녁식사를 한다. 우리 부부가 이 마지막 밤 만찬에 포도주를 사 건배를 하였다. 나도 옛날에는 분명 여행팀의 최고령자가 아니었다고 하면서 오늘은 행복합니다라는 건배사를 하였다. 일행 중 몇 사람이 공감한다고 위로하고 몇 사람이 나도 최연소자라 하여 소외되었던 경험이 있었다고 위로를 한다.

모두 흐르는 세월과 자기 나이를 생각하여 보았을 것이다. 식사 전 1시간 정도 산책과 주변 상가를 둘러보았다. 저녁 식사 후 호수를 반 바퀴 산책한다. 영화 촬영이 도착 전부터 진행되었는데 계속되고 있다. 고전 의상을 입은 두 명의 남녀 배우가 촬영 촛점을 향하여 이동하면서 우리 부부에게 옛날 상류층 삶의 역할이라는 친절한 설명을 하여 준다. 작지만 고풍스럽고 럭셔리한 5성급 호텔이다. 옆에는 티토의 별장이 있다. 김일성이 생존 시에 이곳에 와서 티토와 정해진 일정을 초과하면서 지내다 간 것으로 알려져 있다. 그만큼 아름답다는 설명일 것이다. 내일은 앞 산 정상에 보이는 1000년 고성과 현재는 여행객 숙소로 변한 티토의 별장을 볼 것이다. 럭셔리하고 잘 정돈은 되었지만 화장실 등은 사용이 불편한 시설이다. 이곳 호수가의 저녁공기도 플리트비체호수처럼 특이하게 상쾌함을 안겨준다. 신비롭게 상쾌한 공기다. 이렇게 이 날을 보낸다. 5월 19일 토요일이다. 오늘이 이 여행의 마지막 일정이다. 아침에 일어나서 우리 부부는 그랜드토플리스 호텔 호수 앞 베란다에 서서 호수 건너편 율리안 알프스 연봉들을 바라본다. 파란색의 두 연봉 가운데로 한송이의 백련 같은 청초한 눈덮인 봉우리가 보인다. 아 듣던 그대로 과연 블레드는 율리안 알프스의 보석이구나 하는 탄성이 나온다. 눈을 아래로 내려 보니 싱그러운 호수에 산 그림자가 어리었다. 오른편을 올려보니 1천년 나이를 먹음은 블레드 古城이 1백여 미터 절벽 위에 자리 잡고 앉아서 우리를 내려다보며 반기고 있고, 왼편을 바라보니 싱그러운 숲 속에서 퇴색한 티토의 별장이 榮枯盛衰의 무상함을 느끼게 한다. 호수 안으로 눈을 주니 성마리오 승천성당이 우리를 부르는 것 같다. 블레드 호수와 율리안 알프스의 연봉이 보이는 창가에 나란히 앉아서 아침식사의 행복을 누린다. 아침 9시 버스에 몸을 싣고 블레드 성으로 이동한다. 성에 도착하여 보니 우리 일행 뿐이다. 성을 한 바퀴 돌고 카페 앞 좋은 전망의 의자에 앉자 오프닝세레모니가 시작된다. 중세복장을 한 남녀의 그룹이 음악에 맞추어 고성 본체에서 계단으로 내려오는 순서다. 그리고 나서야 구내 전시장 유물을 볼 수 있었고 방문기념 인쇄도 가능하였다. 블레드 지역에서 출토된 석기와 몇 점의 토기가 보인다. 기념품 상점에서 보았던 작은 옹기들은 이 토기의 이미테이션이라는 것을 알게 된다. 블레드 호수와 주변 마을을 조망할 수 있는 최고의 명당자리에 우리부부가 앉아 있다. 부지런하고 번다한 데 관심이 없기 때문이리라.

한참 뒤에야 여러 사람이 주변 자리에 앉는다. 우리는 아이스크림을 청하였지만 너무 일러서 10여분을 기다리다 일어서고 만다. 아래 펼쳐지는 광경은 올려다보는 것만 못하다. 이것이 우리의 삶이었을 것이다. 승천성당으로 이동한다. 티토의 별장 외문으로 우리가 탄 버스가 겨우 들어간다. 티토의 별장에서 화장실을 다녀와서 몇 계단을 내려가면 호수 안 작은 섬에 있는 승천성당으로 들어가는 선착장이 있다. 작은 나룻배에 20명이 탄다. 아버지의 대를 이어 노를 젓는 한 젊은이가 우리를 태우고 가 승천성당으로 오르는 긴 계단 앞에 내려준다. 계단을 올라 성당 안으로 들어간다. 전설에 기인하여 성당 안에서 길게 늘어진 줄을 당겨 종소리를 낸다. 소원성취를 위한 것이다. 우리 부부도 어린아이가 되어서 같이 네 손을 모아서 종소리를 울려본다. 앞 기념품점에서 기념품으로 긴 모양의 주전자 겸 화병이라 할 수 있는 도자기를 하나 산다. 60유로란다. 타고 들어간 나룻배를 다시 타고 버스로 이동하여 이제 슬로베니아의 수도인 류블랴나(Ljubliana)로 이동한다. 류블랴냐에서 1시간 남짓 자유시간을 갖고 점심식사를 한다. 우리 부부는 백화점 동양화전시장을 찾았다. 道法自然이라는 전시로 康戎과 張衞라는 두 화가 작품이 전시 중이다. 蓮과 반추상의 인물 소재의 작품들이다. 그림의 수준은 괜찮았으나 화제 글씨의 수준은 그림에 못 미친다. 점심을 먹고 자그레브공항으로 이동한다. 다시 슬로베니아 국경을 넘어서 크로아티아로 들어간다. 자그레브 공항 비즈니스라운지에서 휴식을 취한다. 화장실이 별도로 없어서 좀 불편하다. 음료수나 간이식 준비도 수준이 낮다. 기내에서 잠을 자야 한다. 아내와 서로 도우면서 나란히 누워 잠도 청하고 음악도 들으면서 밤을 보내고 인천공항에 도착한다. 5월 20일 일요일이다. 12시 5분 인천공항 도착한했다. 민아 준철에게 택시 안에서 아내가 전화하고 준철내외와 저녁식사를 같이하였다.

중국 옌타이烟台

2013.8.27.-31. : 8월 27일 화요일이다. 금년 4월 烟台의 馬述明 교수와 劉曉東 교수가 〈落帆山東第一州〉라는 저서와 位仁田이 쓴 족자를 하나 가지고 나를 찾아왔

다. 족자에는 崔有海(1587~1641)가 登州에서 쓴 시구 '次贈別吳晴川'에 들어있는 "地隔言雖異 心同道已親"다. 연행록연구서 〈落帆山東第一州〉와 연행록 시구 '次贈別吳晴川'을 가지고 온 것이다. 그리고 膠東文化硏究院 劉鳳鳴 교수가 보낸 금년 8월 한중학술연토회 초청장도 같이 가져왔다. 서평발표회를 하니 꼭 참석하여달라는 청이다. 내 연구소에서 유봉명 교수에게는 연록총간 DVD 한 세트를 보내주고 마술명 교수에게는 연록전집 일본편을 한질 주었다. 점심 대접을 못하고 보내 미안하였다. 유효동 교수가 방학으로 귀국하여 중간에 연락을 취하며 8월 27일부터 31일까지 연토회 마치고 장도 섬 여행을 한다는 전언이 핸드폰문자로 왔다. 몇 번 망설이다가 아내와 상의하여 참석하기로 결정한다. 서평발표문을 8월 초에 보내고 비자를 받고 비행기표를 샀다. 초청장에 8월로만 되어 있어서 아내와 같이 관광비자를 받았다. 1시간 비행거리므로 별 부담이 없어 좋다. 설화수 화장품 세트를, 아내가 선물로 현대백화점에서 샀다. 그리고 정관장도 한 상자 샀다. 유효동 교수와 유봉명 교수를 주기 위한 것이다. 예약한 택시가 9시에 도착하여 1시간도 안 걸려 인천 공항에 도착한다. 노약자로 도움 받아 바로 수속하고 국제선 대기실로 들어선다. 동방항공 기내식이 기대할 수준이 아니고 연대의 현지 점심 사정이 불투명하여 아내가 알레르기 약도 먹어야하기 때문에 한 한식당으로 들어선다. 된장찌개와 순두부를 청하였는데 값도 저렴한데 음식이 정갈하고 맛도 좋아서 다 먹는다. 비행기를 탔는데 기내식이 옛날 동방항공 기내식이 아니다. 김치도 맛이 먹을 만하다. 점심을 두 번 먹는 꼴이다. 1시간쯤 지나 도착한다. 출구로 나오자 유효동 교수가 노동대학 외빈용 소형차량을 대기시켜놓았다. 같은 비행기로 경상대학 안동준 교수가 도착하여 같이 노동대학에 도착한다. 새로 잘 지은 외빈용 식당 앞에서 유봉명 교수가 나와서 우리 부부를 반겨 맞는다. 1층의 응접실을 지나 2층에 오르니 바로 점심 식사가 나온다. 좋은 음식이고 자꾸 권하여서 또 먹는다. 오늘은 점심을 3번 먹는 날이다. 살다보면 이런 일이 일어나는 때가 있다. 복 받은 날이라고 생각한다. 이 자리에는 노동대학 한국어과장 임효례 교수가 자리를 같이 한다. 모두 萊州 출신 분들이다. 유봉명 교수가 2008년 내 연구소를 방문하였을 때 아들 유효동 교수를 내게 맡기려고 갔었는데 아들의 능력이 미치지 못할 것 같아서 진로를 바꾸었다는 이야기를 들려주었다. 그럴 수 있었겠다는 생각을 한다. 점심 후 바로 노동대학 외빈용 차량으로 1시간 남짓 걸려 蓬萊市에 있는 中國灣大飯店 2號樓 1樓大廳에 도착하여 여장을 푼다. 해변에 깨끗하고 시원하게 지은 고급 웰빙 호텔이다. 여기서 연토회와 만찬 등이 계속되는 곳이다. 長島가 눈앞에 펼쳐지고 깨끗하고 한가한 곳이다. 종훈이를 데리고 오면 좋겠다고 아내가 말한다. 있는 동안 중국인 아이 두 명을 본다. 내국인으로 이곳에 오는 이는 벤츠 차량에 옷차림이나 거동이 남 다른 이들임을 직감하게 된다. 내국인은 두 가족 정도뿐이고 외국인도 별로 안 보인다. 너무 비싼 호텔이기 때문이라는 것이 임효례 교수 말이다. 저녁만찬은 2號樓 中餐廳에서 한다. 전복수프가 일미다. 규리에 전복인데 고소한 맛이 일품이다. 이곳의 전복과 해삼은 청정해역의 자연산이라 값도 질도 최상이란다. 음식이 모두 정갈하고 고급스럽다. 저녁에 방으로 급히 전언이 왔다. 내일 개회식 때 한국영사 安洞植이 와서 축사를 하기로 되어 있는데 한국에서 국회의원들이 와서 불가피 불참하게 되므로 그 축사를 나더러 해달라는 청이다. 대략 다음과 같은 몇 마디 메모를 하여 주최측에 전하였다.

이번 중한학술연토회를 계획하고 준비하여주신 주최측 여러분의 노고에 깊이 감사를 드립니다. 이번 연토회는 한중관계의 새로운 사료를 가지고 새로운 연구를 시도하여, 그 결과물을 가지고 새로운 방식의 연토회를 개최하는 것이어서 아주 특별한 의미를 갖는 연토회입니다. 이번 연토회는 가장 작지만 가장 큰 의미를 갖는 연토회라고 생각합니다. 특히 한중학계에 시사하는 바가 아주 큰 연토회가 될 것이라고 생각합니다. 노동대학 유봉명 교수님의 연구발상과 내실 있는 추진력이 오늘의 연토회를 이루어낸 것을 생각할 때 한 생각의 가치를 실감하게 하는 자리이기도 합니다. 오늘 연토회의 주제가 된 〈낙범산동제일주〉는 앞으로 한중양국의 이 분야연구에서 先鞭의 의미를 오랫동안 간직하게 될 것 같습니다. 아무쪼록 이번의 연토회가 한중관계에 여러 모로 크게 기여할 수 있는 좋은 결실을 만들어낼 수 있기를 기대하면서 이만 축사에 가름합니다. 감사합니다.

8월 28일 수요일 아침 2號樓 西餐廳 1층 뷔페식당에 6시 30분에 들어선다. 이미 두 사람의 내국인이 음식 앞에 서 있다. 높은 원형 돔의 중앙 홀이 유리여서 시원하다. 그리고 이 뷔페식당 전면 전체가 바다여서 더욱 운치가 있다. 전면 유리창 밖으로 가까이 장도가 보인다. 가까워 보여도 배로 1시간 정도의 거리란다. 조선 연행사들도 장도에서 등주가 가까워 보이면서도 한참을 가야 하는 거리라고 쓰지 않았던가. 음식이 깔끔하고 한국식으로 표현한다면 웰빙 음식이다. 콩물로 만든 두장과 아내가 좋아하는 곰삭은 두부, 붉은 고구마 삶은 것과 얌 삶은 것, 옥수수 삶은 것, 여러 가지 야채, 중국식 몇 가지 빠오즈와 서양식 빵 몇 종, 좁쌀죽과 백미죽 등등 한국인에게 맞는 뷔페다. 홍차와 커피도 수준이 있다. 오전 9시 숙소 맞은 편 건물 1층에서 개회식이다. 이곳은 會議中心云漢廳이다. 들어서자 ㄷ자로 배치한 전면 상석에 명표가 놓여있어 내 자리에 앉는다. 모두 20여명의 박사지도 교수급이며 학회장, 연구원장, 부교장, 서기 등이 알차게 모인 연토회다. 1부의 主持는 산동제로문화연구원 상무부원장 郭玉峰 교수가 맡아 진행한다. 세 번째로 내 致辭 차례가 와서 준비된 내용의 치사를 하였다. 봉래시 領導, 산동사범대 부교장 王少華, 교동대학 부교장 劉煥陽 등의 치사와 중국청년보사 당위 서기 寧光强 등의 發言도 있었다. 이어서 會議中心 上淸廳에 올라가서 단체사진을 촬영하였다. 중국학회의 통상적 순서의 하나다. 아내의 좌석도 내 옆에 지정되어 있어서 아내 고희여행의 기념사진이 된 셈이다. 제 2부로 다시 會議中心云漢廳에서 서평발표가 시작되었다. 2부의 主持는 노동대학교동문화연구원 상무부원장 陳愛强 교수가 맡아 진행한다. 두 번째 내 발표가 본질적 서평의 핵심이고 다른 이들은 독서 소감과 주변 이야기가 주류를 이룬다. 내 서평발표는 대략 다음과 같은 것이었다. 모두 경청하더니 뒤풀이 때 내 서평이 화제가 된다. 한국학자한테 후한 평가를 받은 것에 관한 이야기들이다. 내 서평은 다음과 같다.

劉煥陽 劉曉東 著
《落帆山東第一州》: -明代朝鮮使臣筆下的登州-
總346頁 2012.12. 人民出版社 刊

1. 筆者는 이 著書를 읽으면서 많은 것을 새로 배울 수 있었다. 따라서 이 저서에 관한 필자의 서평은 이 著書의 수준에 미치지 못하는 부분이 있을 것 같아서 송구스런 마음이 앞선다.
2. 燕行錄은 13世紀부터 19世紀까지(1273~1894) 7百餘年間 한국과 중국을 중심으로 東

亞細亞人들과 世界人들의 疏通과 交流, 平和와 共榮의 生活史를 지속적으로 기록한 15萬餘頁 60,550,000餘字에 달하는 방대한 기록물군이다. 연행록에는 이 기간에 동아세아인들이 생각하고 있었던 지구촌의 平和와 共榮에 관한 원천적인 지혜가 담겨 있다. 이런 측면에서 볼 때 연행록은 현대의 세계인들에게도 귀감이 될 만한 내용들이 담겨 있는 기록유산이라고 말할 수 있다.

3. 필자는 평화와 공영을 지향하는 동아세아인들의 소통과 교류라는 화두를 가지고 연행록의 발굴작업에 着手하였다. 그 시대는 1960년대 후반 암울한 동서냉전시기였다. 그리고 燕行錄全集(100冊)이 출판된 것은 21세기 벽두 동서양의 平和瑞氣가 충만한 새로운 밀레니엄(millennium)시대가 열리는 2001년이었다. 그러나 필자는 당시 한국의 출판사정과 제 개인적인 능력의 한계로 인하여 正誤表를 만들어 붙여야하는 상황이 되어서 독자들께 늘 송구스러운 마음의 負債를 가지고 있었다. 이러한 부채는 이후 燕行錄叢刊의 DB화 작업에서 극복할 기회를 가졌다. 이번 2013년 1월에 출간된《燕行錄叢刊 增補版 DB》는 世紀別·王代別·作者別 색인과 각 연행록의 내용 찾아보기 기능을 추가하였다. 그리고《通文館志》,《同文彙考》,《韓國使臣의 中國往來一覽表》(13세기부터 19세기까지 1700 여회 왕래) 등을 찾아보기 쉽게 구성하여 수록하였다. 현재 5차까지 연행록 원전자료집이 출간되었으며 6차 출간작업이 진행 중에 있다.[1]

---

1) 林基中 敎授의 燕行錄全集 5次 增補現況

	1次(2001)	2次(2001)	3次(2008)	4次(2011)	5次(2013)
刊行物	燕行錄全集(100冊)	燕行錄全集 日本所藏編(3冊)	燕行錄續集(50冊)	燕行錄叢刊 DB	燕行錄叢刊增補版 DB
特徵	- 總 398種의 燕行錄 收錄 - 東國大學校 出版部 發行(001冊-100冊) - 韓·中·日·歐美에 普及되어 活用 中	- 日本에 있는 燕行錄 資料 發掘 - 日本의 夫馬進 (Fuma Susumu)과 共同 出刊 - 東國大學校韓國文學研究所發行 (1-3冊) - 韓·中·日·歐美에 普及되어 活用 中	- 170種 追加 收錄. 총 568種 - 尙書院 發行 - 30秩 寄贈本 自費 出版(101-150冊) - 韓·中·日·歐美에 普及되어 活用 中	- 定本化 作業을 거쳐 嚴選된 455種의 燕行錄 收錄 - 燕行錄 10餘種 追加 手錄 - DB化：외장하드, DVD 10장, website - 韓·中·日·歐美에 普及되어 活用 中 - on-line 窓에서 10餘個國人들이 檢索 活用 中(KRpia)	- 總 556種의 燕行錄 收錄 - 新出燕行錄類, 水路燕行圖類, 熱河日記類, 瀋陽日記類 등 追加 收錄 - DB化：외장하드 DVD 12장, website - 韓·中·日·歐美에 普及되어 活用中 - on-line 窓에서 10餘個國人들이 檢索 活用 中(KRpia)

〈參考〉林基中 敎授의 燕行錄全集 第6次 再增補作業 進行：2013.8.20. 현재 추가로 39종을 더 찾아내 總 595種의《再增補 燕行錄叢刊 DB》로 更新(update) 작업을 진행 중이다.

4. 燕行錄全集(2001)과 燕行錄續集(2008) 150冊이 紙冊과 電子冊으로 출간된 이후 한
· 중[2]· 일[3]을 비롯하여 미국[4], 영국[5], 프랑스[6], 캐나다[7], 호주[8], 네덜란드[9], 뉴질랜
드[10], 오스트리아[11] 등 여러 국가의 연구기관들에서 연행록을 접속하여 다방면의 적
지 않은 연구논저들을 내놓았다. 그러나 2013년 8월 현재 연행록 연구성과물로서 기
여도가 높은 성과물을 몇 꼽는다면《落帆山東第一州》를 빼놓을 수는 없을 것 같다.
2007년부터 2012년까지 5년간 劉鳳鳴 교수를 필두로 魯東大學 膠東文化研究院과 山
東師範大學 齊魯文化研究中心의 연구토양에서는《山東半島與東方海上絲綢之路》
(劉鳳鳴 著, 人民出版社, 2007.),《山東半島與古代中韓關係》(劉鳳鳴 著, 中華書局,
2010.),《落帆山東第一州》(劉煥陽 劉曉東 著, 人民出版社, 2012.)를 생산해냈다. 이
중《山東半島與古代中韓關係》는 한국에서 책을 구할 수 없었기 때문에 아직 읽지 못
하였지만, 이러한 일련의 연구성과는 최단기간에 최대성과를 거둔 대단히 괄목할만한
것으로서 아주 탁월한 업적이라고 평가할 수 있다. 특히 산동반도라는 한 지역연구를
신자료와 다양한 중국의 고문헌들을 동원하여 새롭게 조명하고 재구성해낸 성과는 연
구기간과 연구인력으로 견주어볼 때 경이롭기까지 하다. 이러한 집중적 연구성과는 어

---

2) Nanjing University, Qingdao University, 魯東大學, 復旦大學
3) Bukkyo University, Doshisha University, Rikkyo University, Fukuoka University, Ritsumeikan University, Gakushuin University, University of Tokyo, Waseda University, Kyoto University, Keio University, Kobe University
4) Binghamton University, SUNY, Columbia University, Dartmouth College, Duke University, Georgetown University, George Washington University, Harvard University, Indiana University, New York University, Princeton University, Stanford University, The Ohio State University, The University of North Carolina-Chapel Hill, University of California, Irvine, University of California, Los Angeles, University of California, San Diego, University of Chicago, University of Hawaii, University of Kansas, University of Michigan, University of Southern California, University of Texas at Austin, University of Virginia, University of Washington, University of Wisconsin-Madison, Washington University in St. Louis, Syracuse University, Cornell University, University of Iowa, Bethesda Christian University, Yale University
5) University of Cambridge, University of London
6) EHESS, Permanent Delegation of Korea to the OECD
7) University of British Columbia, University of Toronto, York University
8) Monash University, Sydney college of Divinity, The Australian National University, Camden Theological Library, Alphacrucis College
9) Leiden Universiry
10) Victoria University of Wellington
11) University of Vienna

떻게 보면 필연적 귀결이라고 말할 수도 있다. 연행록전집 5차 증보까지의 모든 자료를 누락 없이 모두 확보하고 수시로 한국을 왕래하면서 보완자료를 수집하여 연구에 활용한 사례는 필자가 알고 있는 限 劉鳳鳴 敎授 팀이 유일하다. 이처럼 연행록 연구에 관한 열성과 創新의 의지가 가져온 당연한 결과물이기 때문이다. 특히 新資料와 신연구방법론으로 일개의 지역연구를 성공적으로 수행하였다는 측면에서 평가하여 본다면 《落帆山東第一州》는 연행록을 주자료로 활용한 연구실적으로는 가장 우수한 실적인 것 같다.

5. 먼저 이 저서의 第一序와 第二序에 이런 평가가 있다. 王志民 導師는 이 책의 序一에서 이 저서는 新資料, 新視覺, 新觀點이란 三個方面의 新突破라는 평가를 하였으며, 張代令 書記는 이 책의 序二에서 이 저서는 古蓬萊를 立體的이고 전면적으로 이해하는데 크게 기여하고 있으며, 특히 임진왜란 420주년을 맞는 서기 2012년에 이 저서가 출판된 것은 그 역사적인 의미 또한 매우 커서 아주 시의적절한 최상의 기념품이라고 평가하였다. 이 저서의 序에서 두 분의 이런 지적은 이 저서의 정당한 평가로서 필자도 전적으로 이에 공감하며 동의한다.

6. 이 저서는 緒論 一章(登州在古代中韓關係中的重要地位), 本論 六章(明代路經登州的朝鮮使團, 朝鮮使臣筆下的登州城及景觀, 朝鮮使臣筆下的登州官員, 朝鮮使臣筆下的登州文化遺蹟與歷史名人, 朝鮮使臣咏登州及其景觀詩, 朝鮮使臣與登州官員及文人的詩歌唱和), 附錄(安璥 駕海朝天錄 登州紀實, 李民宬 癸亥朝天錄登州紀實, 洪翼漢 花浦朝天航海錄 登州紀實) 등 3부분으로 구성되어 있다.

7. 먼저 이 저서의 書名인 《落帆山東第一州》와 상게 目次의 章節單位의 표현만 살펴보더라도 이 저서의 저자들이 水路燕行錄을 얼마나 넓고 깊게 읽었는가가 아주 잘 드러나 있다. 저자들은 가급적 연행록에 표현된 당시 朝鮮使團의 적절한 표현을 그대로 가져다 쓰려고 일관성 있게 노력하였다. 저자들이 많은 애착과 깊은 관심을 가지고 긍정적으로 연행록을 읽었기 때문에 그처럼 了解된 표현의 書名과 목차의 章節이 성공적으로 탄생될 수 있었던 것이다. 그런 燕行錄 了解의 원천은 이 저서의 한 강점이며, 그러한 强點은 곧 독자들에게 신선미를 부각시켜 독서의욕을 고취키는데 기여하였다. 그리고 이 저서는 부정을 기반으로 한 斷絶的 創新이 아니며, 긍정을 기반으로한 繼承的 創新이라는 점에서 더 높은 평가를 할 수 있다. 연행록은 본질적으로 연구시각의 可變性을 많이 내포하고 있는 기록물이기 때문이다.

8. 이 저서의 서론에서는 고대 한중관계에서 登州의 역사적 중요성을 韓中의 광범하고 다양한 사료들을 동원하여 실증적으로 논증하였으며, 第1章에서는 明代 登州와 高麗,

朝鮮使團에 관하여 광범하고 심도 있는 기술을 하였다. 이런 수준의 기술은 아마 《山東半島與古代中韓關係》와 이 저서가 최초인 것 같다. 특히 朝鮮使團의 규모와 그 세부적인 면모, 그들의 登州 체류기간, 등주에서 그들의 활동 등에 관하여 詳論한 부분은 저자들의 賢勞로 높이 평가할만하다. 이 두 부분이 이 저서의 예비적인 접근단계다. 이 예비적 단계부터 저자들은 시종일관 연행록과 韓中의 관련자료들을 폭넓게 논거로 제시하면서 논의를 전개하였다. 이런 방법론은 이 著書가 갖는 강점이며 아주 바람직한 방향이라고 평가할 수 있다.

9. 이 저서의 第2章, 第3章, 第4章에서는 朝鮮使臣筆下의 登州景觀, 登州官員, 登州遺跡과 歷史人名에 대하여 기술하였으며, 第5章에서는 조선사신들의 登州景觀詩를 살펴보았고, 第6章에서는 조선사신과 登州 官人 및 文人들과의 詩歌唱和를 살펴보았다. 이 부분이 이 저서의 본령으로서 창의적인 조직과 치밀한 內攻으로 모든 독자들을 壓倒하고 있는 곳이다. 이렇게 이 저서의 목차 또한 모두 3부분으로 衡平에 맞는 표현과 按分을 하였다.

10. 第2章 登州景觀의 擧論에서 "海上雄藩巨鎭也", "落帆山東第一州", "山海景富", "眞宇宙之奇觀也" 등등 당시 연행사들의 표현을 그대로 摘出하여 소제목으로 삼아 서술한 것은 현장성과 사실성을 재생시켜 17세기 蓬萊를 재현해내는데 아주 효과적이고 적절한 방법이었다. 특히 明末淸初登州水城圖, 開元寺圖, 登州府學圖, 蓬萊縣學圖 등등의 희귀한 도판들을 찾아내서 적절하게 삽입 배치한 것은 저자들의 진지한 탐구력과 그들이 가진 역량과 성실성의 산물이라고 평가할 수 있다. 이렇게 저자들의 균형 잡힌 능력이 독자들의 이해를 돕는데 많은 기여를 하였다.

11. 第3章은 조선 연행사의 눈으로 본 登州官員들을 이 저서의 한 章으로 설정한 것인데 우선 저자들의 혜안이 놀랍다. 이 부분은 연행록을 어떤 방법과 어떤 안목으로 어떻게 읽느냐에 따라서 크게 달라질 수 있는 연구대상이다. 조선 연행사가 登州에 도착하여 맨 먼저 만나는 이는 登州官員들이다. 각자 서로 다른 상황논리 속에 존재하는 양측의 그들이 대부분 첫 대면을 한 기록들이다. 경우에 따라서는 주관적이거나 감상적일 수도 있고, 때로는 관례적이거나 批判的일수도 있는 인간관계의 기록들이다. 그러함에도 저자들은 연행사들의 기록에 批點을 찍으면서 객관적인 관점에서 시종 온당한 시각을 유지하였다. 이 장에서도 가급적 연행사들의 표현을 摘出하여 기술하려는 노력이 계속되었다. 필자는 저자들의 이런 순수한 학문적 진정성에 경의를 표하면서 한중 문화교류의 튼실한 앞날에 확신을 갖게 되었다.

12. 第4章은 登州遺跡과 歷史人名에 관한 거론이다. 鰲與蓬萊羽山, 田橫與田橫寨, 漢

武帝與蓬萊, 蘇軾與登州, 戚繼光與戚宅, 陳其學與城南杏花村 등 6절로 나누어 연행사들의 단편적 기록들을 중국의 여러 전거로 보완하면서 當時性과 現在性을 동시에 구현하려고 노력하였다. 남아 있는 유적과 그 시대를 살고 떠난 인물들을 흥미진진한 현재의 현장 속으로 안내하는데 공헌하였다. 특히 登州羽山縣城圖, 戚繼光 畫像, 戚繼光 詩稿 手迹, 陳鼎 陳其學 父子 進士坊坊額 등의 삽입도판은 연행록에 있는 여러 기록들의 사실성을 고조시켜주는데 많은 기여를 하였다.

13. 第5章 登州景觀詩와 第6章 官員及文人的詩歌唱和는 이 저서 서론부터 第4章까지의 서술을 활성화시키면서 격조 있게 마무리하는 단계다. 이 부분에서도 詩心의 핵심을 적출하여 논의를 表題化하는 저자들의 탁월한 감각이 작용하고 있다. 가령 "歸國贈別唱和詩: 地隔言雖異, 心同道已親"과 같은 표제화가 그런 예리한 감각들이다. 지나간 연행록시대 7백여년 동안은 漢詩가 동아세아의 국제공용어였다. 한시의 표현양식을 통해서 여과되고 정련된 국제언어를 사용하였기때문에 어려운 국면을 만났을 때도 순조롭고 원활한 소통이 가능할 때가 많았다. 그리고 상호간 일정수준의 인간적 품격을 유지할 수 있었다. 이 시대 한 국가를 대표하는 세계 여러 나라 지도자들이 때때로 지나치게 蕪雜한 외교언어를 사용할 때마다 연행록시대 표현의 지혜가 떠오르는 까닭이다.

14. 끝으로 이 저서의 부록으로 安璥, 李民宬, 洪翼漢 3人의 연행록 중 登州關聯 부분을 뽑아 수록하여 독자들의 이해에 많은 도움을 주고 있다.

15. 이 著書에는 40여개에 이르는 소중한 圖版(東北亞地區古代 循海岸水行 路線圖, 韓國 西歸浦市 徐福展示館, 登州水城出土의 元末明初古船, 日本 圓仁圖像, 高麗 鄭夢周 胸像, 朝鮮 肅宗의 詩板, 李崇仁 畫像, 權近 手迹, 李德洞 畫像, 金德承 手迹, 南以雄 畫像, 金尙憲 墓碑, 申悅道 敎旨, 登州水城 出土 朝鮮古船의 瓷器, 明代 登州 地圖, 明末淸初登州水城圖, 登州水城南門 振揚門, 登州水城 城墻遺址, 登州水城東炮臺火炮, 蘇軾手迹 海市詩 碑刻, 福 壽字 刻石圖, 明 泰昌版 登州府志의 漁梁歌釣圖, 明 泰昌版 登州府志의 丹崖山下珠琦巖圖, 丹崖山下 獅洞煙雲圖, 萬壽宮圖, 開元寺圖, 登州城鼓樓 望仙門, 登州府學圖, 蓬萊縣學圖, 登州羽山縣城圖, 田橫山, 淸代翻刻 蘇軾 海市詩, 蘇軾手迹 蓬萊閣 所見, 戚繼光 畫像, 戚繼光 墓, 戚繼光 詩稿 手迹, 陳鼎 陳其學 父子 進士坊坊額, 今蓬萊海邊의 八仙邊海 彫塑)이 들어 있다. 이런 도판들이 연행록의 사실성과 현실성을 연결하여주고 나아가서 동아세아인들의 생활사 현장으로 독자들을 인도하는 안내역을 충실하게 수행한다. 따라서 이 저서에 들어 있는 도판의 수집노력과 그 안배의 의미를 높이 평가한다.

16. 위와 같이 볼 때 이 저서를 종합적으로 평가하여 본다면, 연구과제의 발상이 신선하

며 연구방법 또한 그에 적합하다. 연구과제의 거론이 명료하며 연구자료의 활용이 매우 효율적이다. 연구논거 제시가 적절하며 연구논의의 전개가 순조롭다. 연구에 창의성이 있고 연구결과의 기여도가 아주 높다고 할 수 있다. 특히 한中의 다양한 사료들을 대비 점검하여 연구결과의 신뢰성과 흥미를 동시에 提高시킨 점과 다양한 조사활동을 적극적으로 전개하여 기록의 사실성을 높인 점 등을 높이 評價할 수 있다. 이와 같은 관점에서 볼 때 이 저서는 앞으로 각국의 연행록 연구에 한 지침이 될 만한 저서라고 평가할 수 있을 것 같다.

17. 연행록은 그 독자나 연구자의 가치관이나 인생관에 따라서 수용가치가 많이 달라질 수 있는 기록물이다. 따라서 연행록 연구에서 가장 중요한 것은 읽는 이의 마음일 것이다. 일찍이 釋迦가 一切唯心造라고 말하지 않았던가. 앞으로 연행록 연구의 세계적 可變性을 예측할 수 있다는 의미다. 이러한 관점에서 볼 때 이번 이 저서는 바람직한 한 典範으로서의 의미도 가지고 있다.

이 저서가 한국어를 비롯하여 세계 여러 언어로 번역되어 출판될 수 있기를 기대한다.

(書評 筆者 : 한국 동국대 명예교수 林基中)

이날 서평 발표의 마지막 순서는 主辦方代表 劉鳳鳴의 結束詞로 마무리 되었다. 휴식을 취하다가 저녁 6시에 연토회를 하였던 2號樓 中餐廳에 봉래시장 초청 만찬이 있다. 당서기와 부시장이 와서 인사를 하고 연회를 주관한다. 호화롭게 차린 음식상이 일직선으로 펼쳐져 있고 그 상 중앙에 내 자리와 아내의 자리가 명표로 표시되어 있다. 내 옆이 당서기 자리고 그 앞이 부시장 자리다. 건배사와 환영사가 이어지고 여러 차례 건배가 계속된다. 아내가 기념으로 명패를 가져가도 되는지를 임효례 교수한테 물어 가능하다는 말을 듣고 가져올 정도로 인상 깊은 만찬자리였다. 8월 29일 목요일 아침 2號樓 西餐廳 1층 뷔페식당에 6시 37분에 들어서다. 내국인 한 가족 3명이 먼저 와서 아침 식사를 하고 있다. 호텔이 한가하고 깨끗하며 상쾌하다. 長島가 유난히 가까이 다가선다. 날씨가 맑기 때문이리라. 어제 밤에 뇌성벽력으로 전기까지 끊겼는데 참으로 다행이다. 파도도 잔잔하다. 아내는 파도가 있으면 멀미가 심하여 배를 탈 수 없다. 다행이다. 오전 7시 30분에 대기한 버스를 타고 장도로 가는 부두에 도착하여 바로 배에 오른다. 비교적 안정감 있는 배다. 1시간도 안 되어 장도항에 도착한다. 생각했던 것보다 번화한 곳이다. 백성들과 관광객들이 많다는 느낌이 든다.

현대식 건물들과 교통망이 잘 연결되어 있다. 대기한 버스로 곧바로 지질박물관으로 간다. 이곳 지질의 특이함 때문이다. 다음은 眞珠門遺跡地로 이동한다. 하·은·주 시대 天祭를 지낸 곳으로 출토문화재와 인골 등이 이곳 장도박물관에 전시되어 있다. 기념물로 유적공원을 조성하여 관광객을 맞고 있다. 2008년인 5년 전 내가 학술발표차 봉래에 왔을 때만해도 군시설이 있는 곳이라 하여 공개되지 않던 곳이다. 月牙灣 해수욕장에 들려서 팥알 같은 돌을 감상하고 6개를 줍는다. 이곳 암석이 풍화작용과 해수에 달아서 생긴 자연현상이란다. 내국인 가족들이 관광 와서 병과 그릇에 완두콩이나 팥알 같은 돌을 주어 담는다. 기념품이리라. 그러나 그런 것을 단속하지 않는 나라가 중국이다. 박물관으로 향하는 길에서 보니 전복과 해삼 양식장이 즐비하다. 이곳의 수질이 깨끗하고 입지적 조건이 좋아서 고품질의 해삼과 전복이 생산되어 중국에서도 유명하단다. 봉래 특산물로 사과와 전복 해삼이 유명하단다. 전복과 해삼 맛은 긍정할만한데 사과 맛은 한국 것만 못하다. 매일 저녁에 바나나와 사과가 호텔 방에 놓여져 있어서 사과 맛을 본 터다. 장도박물관장이 나와서 우리를 맞는다. 유봉명 교수가 나를 소개하자 그는 이미 내 이름을 기억하고 있다. 연행록 때문이란다. 이 박물관은 진주문 출토물이 주 소장품이다. 특이한 것 중 하나는 6천 5백 년 전 것이라는 새 모양의 물주전자다. 4개의 발이 있고 꼬리부분 위에 물을 넣는 손잡이가 우뚝 솟았으며 입부리로 물이 나오도록 만든 토기재질의 도자기다. 후에 煙台의 박물관과 蓬萊의 박물관에도 유사한 것이 진열되어 있었다. 모방 재현 품 같이 보였다. 내 소견으로는 물주전자라기보다는 연적일 가능성이 있어보였다. 명대의 연적에 유사한 것이 있기 때문이다. 길 주변에 군사시설로 보이는 구조물들이 간간이 눈에 띈다. 발해와 황해의 경계선 탑에 오른다. 멀리 황해와 발해의 물빛이 다르고 경계선의 모래사장도 모래톱으로 경계를 만들어 놓고 있다. 점심은 장도에서 제일 크고 좋은 호텔이라는 곳의 대찬청에서 한다. 차가 호텔에 도착하자 유봉명 교수가 長島縣 宋昌林 主席과 王作文 副主席을 대리고 나와서 우리를 하나하나 소개한다. 유봉명교수는 장도에 도착하자 이들을 만나서 우리의 장도여행에는 같이하지 못하고 준비한 것 같다. 아내가 장도 여행 중 귀띔해 준 그대로다. 거하게 차린 2개의 원탁에 우리 부부가 앉는다. 내 옆에 주석과 부주석이 교대하며 앉는다. 음식의 신선도며 고급스러움이 눈을 동그랗게 만든다. 아내의 평으로는 20차례 가까운 중국여행에서의 최고급이란다. 성게 맛의 고소함을 처음 제대로 느껴본 것 같다. 날전복을 잘 먹지 않는 중국에서의 이날 날전복 맛은 최고의 신선도에 최고의 맛이다. 껍질이 유난히 큰 고른 크기의 땅콩을 까먹는 맛 또한 일품이다. 미역 만두에 온갖 해물요리가 등장한다. 접대의 수준이 높고 진정성과 정성이 드러나는 접대다. 봉래항으로 돌아오자 버스가 기다리고 있다. 봉래선박박물관 문물국 담당자가 나와서 안내를 한다. 선박박물관과 해상사조지로(실크로드)박물관을 둘러본다. 잘 정돈된 상태다. 5년 전 공사가 시작되는 것을 보았는데 완성하여 개관되었다. 고려선박, 군선, 중국선박 3개가 대표적인 것이다. 고려 상선에서 물장군과 도자편들이 그대로 전시되어 있다. 정몽주 동상도 한국에서 기증한 것이 전시되어 있다. 내 연행록에서 사진을 뽑아 전시하고 있는 것도 보인다. 문물국 주임이 특별히 〈蓬萊古船〉이란 책자를 나에게 가져왔다. 고맙다. 방대한 조사보고 연구서다. 1624년 연행사 안경이 봉래수성 안으로 배를 타고 들어왔다는 마술명 교수의 설명도 들었다. 이곳을 등주박물관이라고 범칭한다. 8월 30일 금요일 아침 2號樓 西餐廳 1층 뷔페식당에 6시 40분에 아침 식사를 하고 2號樓 문 앞에서 7시 30분에 버스에 오른다. 활동 내용 표에 統一乘車로 되어 있다. 먼저 蓬萊閣 앞에 내린다. 소동파가 쓴 蓬萊閣 현판이 보인다. 이번이 세 번째 방문이다. 많이 정돈되어 있으나 8년전이나 5년 전이나 별 변화가 없다. 소동파의 판전과 벽에 쓴 海不揚波 유래가 궁금하다. 해불양파는 청나라 잔수의 글씨란다. 평화를 기원했을 것이다. 바람과 파도 소리가 들리지 않는다는 전각에 들려보니 현재도 조용하다. 그 원리가 궁금하다. 바로 앞에 田橫山이 보인다. 조선 연행사들이 오른 산이다. 지금은 케이블카를 타고 봉래각에서 갈수 있도록 되어 있으나 바라보는 것으로 만족할 수 밖에 없었다. 일행 때문이고 일정 때문이다. 蓬萊閣에 오르는 것을 田橫山 參觀이라고 하는 것을 보면 현재는 봉래각과 전횡산을 합하여 田橫山參觀이라고 하니 같은 관광구역이다. 이어서 戚繼光 故里, 곧 척계광패루앞에 차가 선다. 명나라 장수로 일본군을 물리쳤고, 牌樓에 보면 효자 열녀 충신을 기리는 척계광가문의 패루다. 돌로 만든 패루의 조각이 정교하다. 파손 부분을 잘 보수하여 놓았다. 사당과 고리로 분리되었으나 조선 연행사들이 묵었다는 戚宅의 정확한 위치는 알 수 없다고 한다. 인사동 거리처럼 만들었지만 5년 전이나 현재나 상가는 한산하고 인적이 드물다. 기독교당 앞 식당에 들어가서 점심식사를 하였다. 5년 전 학회 때도 이곳에서 점심식사를 한 곳이다. 차로 노동대학으로 이동한다. 거리에 馬家溝, 李家 등의 표지판들이 보여 유효동 교수에게 물었으나 젊어서 그런지 답이 시원치 않다. 나중에 확인하여보니 전통마을로 그런 성씨의 집성촌이라는 표지였다. 연대시가 새로 만든 박물관으로 이동하여 정년퇴직한 관장을 유봉명 교수가 불러내 안내원으로 붙여주어서 둘러본다. 보통박물관이다. 明代의 서예가 한 사람 작품을 특별전으로 열고 있다. 그의 작품이 상당히 많은데 놀랐다. 유봉명교수가 서기로 있을 때 지었다는 魯東大學 外賓樓 特室로 우리 부부를 안내한다. 응접실에 화장실과 욕실이 두 개인 호화로운 방이다. 한국의 대학 사정과 사뭇 다르다. 이곳 대학 학생수 3만여 명과 교수 직원 3천여명이 모두 이 대학촌 기숙사와 아파트에 거주하고 이 외빈루는 학교관련 손님들의 숙소다. 하룻밤을 편히 쉰다. 응접실에 소박한 글씨로 두보의 다음과 같은 시 편액이 걸려 있어서 다정한 느낌이 새로웠다.

春夜喜雨 (杜甫, 712~770)	어느 봄밤 반가운 비
好雨知時節(호우지시절)	좋은 비는 시절을 알고 내리나니
當春乃發生(당춘내발생)	봄이면 초목이 싹트고 자란다
隨風潛入夜(수풍잠입야)	봄비는 바람 따라 몰래 밤에 들어
潤物細無聲(윤물세무성)	가늘게 소리도 없이 만물을 적신다
野徑雲俱黑(야경운구흑)	들길과 하늘의 구름 모두 어두운데
江船火獨明(강선화독명)	강가의 배에 불빛 번쩍번쩍
曉看紅濕處(효간홍습처)	이른 아침 붉게 젖은 땅을 보니
花重錦官城(화중금관성)	금관성엔 꽃 활짝 피었으리.

8월 31일 토요일 아침 6시에 일어난다. 연대공항에서 9시 비행기를 타야하기 때문이다. 6시 30분 식당으로 이동하는데 유환양 부총장, 유봉명 교수, 임효례 교수, 유효동 교수, 북경지역 참가 교수들이 모두 일찍 다 나와서 맞는다. 7시 20까지 아침식사를 같이 하고 헤어진다. 노동대학 차로 임효례 교수가 동승하여 공항까지 와서 전송

을 한다. 참으로 고맙고 정성스런 배려다. 연행록을 연구하여 서평발표를 한 것은 처음 있는 일이다. 유봉명 교수께 감사의 뜻을 전하였더니 그는 오히려 나에게 감사한다는 것이다. 연행록으로 인하여 이런 학술행사가 가능하였기 때문이란다.

봉래 화평절 축사 부탁으로 알고 이런 메모를 했다가 바꾸었다.

봉래 시민 여러분, 봉래 시장님과 이번 행사주최 관련인 여러분과 하객 여러분, 이번 화평절 행사를 진심으로 경하 드리고 그 준비의 노고에 위로 드립니다. 21세기 벽두에 중국의 봉래시가 지구촌 화평송의 진원지로 우뚝 서게 된 것은 우연이 아닙니다. 지난 1천년 간 봉래는 동아세아 소통과 교류의 중심지역으로서 그 역할을 다 하여 왔습니다. 그런 역사의 축적기반에서 봉래화평절이 탄생하였다고 생각하기 때문입니다. 한국의 문학 작품과 지명에는 봉래가 이상향으로 자리 잡고 있습니다. 그것은 삼신산의 고사 때문만은 아닌 것 같습니다. 고려와 조선 연행사들이 천신만고 끝에 봉래에 상륙하여 처음 만난 봉래 인민, 봉래 관원, 봉래 자연의 격조와 삶의 품격에서 받은 인상이 오랫동안 각인된 결과였던 것 같습니다. 봉래시가 21세기 세계적 이상향을 현실로 실현할 수 있기를 바랍니다. 바라옵건대 앞으로 1천 년 동안도 봉래의 화평송이 지구촌에 계속 울려 퍼져서 세계평화에 많은 기여할 수 있기를 기원하면서 축사에 가름합니다. 감사합니다.

이번 서평발표회에 우리 부부가 참석한 것은 여로 모로 의미가 있었다. 내가 펴낸 연행록 150권으로 연구한 연구서의 서평 연토회이고 아내의 고희기념여행도 되기 때문이다. 만일 내가 불참했다면 이 서평 연토회가 많이 빛을 잃었을 것 같기도 하여 아내가 연상 잘 왔다는 말을 반복하고 있었다. 인연이라는 단어를 새삼 반추하여 보았다.

중국 베이징北京

2014.6.27.(금)-30.(월). 27일 금요일 아침 6시 30분. 택시를 불러 타고 아내와 김포공항에 도착하여 바로 중국 북경 행 출국 수속을 한다. 오랜만에 김포공항 이용이다. 생소한 느낌마저 든다. 그러나 비교적 정갈한 느낌이다. 대한항공편으로 북경 국제공항에 예정시간대로 도착한다. 마중 나온 사람이 없다. 한국학 중앙연구원 옥영정

교수를 만났다. 두 김박사도 만났다. 성대와 서울대 소속 강사들이다. 우리 부부가 먼저 택시를 탔다. 그들은 대중교통을 이용한단다. 50여분 만에 미술관 부근의 康銘大廈 호텔에 도착한다. 그들은 한참 뒤에 온 것 같다. 택시비가 84元이니까 우리 돈 1만원 남짓이다. 전화로 李文君 비서와 통화하고 호텔직원이 방을 배정하여 주어서 619호 조용하고 넓은 방에 들었다. 점심은 우리 부부와 한국 참가자 앞의 3인이 만나 같이 나가서 480元을 내가 셈하여 같이 하였다. 중국미술관으로 가서 최근 작가의 화려한 회고전을 보고 미술관 내 상점에서 차호 1세트를 샀다. 건축학 박사의 작품으로 조형미가 일품이다. 저녁 만찬은 康銘大廈의 大堂이다. 내부를 잘 단장한 좋은 현대 식당이다. 중국 측 고궁연구소 장소장 옆에 나와 아내, 옆에 홍콩대 교수 내외, 복단대 陳正宏 교수, 반대쪽 소장 옆에 싱가포르 衣교수, 그 옆에 일본 松浦章 교수, 그 옆에 남경대 張伯偉 교수, 일본인 교수 2명이 해드 테이블 별실에 앉아서 저녁을 같이 하면서 수인사를 나눈다. 끝날 무렵 내일 오후 자금성을 볼텐데 특별히 보고 싶은 곳이 있으면 말해달라고 장소장이 말한다. 누구도 요청이 없다. 내가 부탁하였다. 황제의 공부방을 보고 싶다고 하였다. 망설이며 그런 곳은 없는 것 같다고 하면서 책은 어람본이 있다고 말한다. 내가 이어서 말했다. 어람을 어디서 했는가를 보여 달라고 했다. 대답이 없다. 내가 하나 더 물었다. 고궁학연구소가 언제 생겼느냐. 고궁학이 학이 되려면 대학에 학과가 있어야 되고, 사전이 있어야 되고, 학회가 있어야 될텐데 가능한가? 학과는 이미 대학 4곳에 있으며 박사 2명이 배출되는 단계고 고궁백과사전을 준비 중이라고 답한다. 康銘大廈에서 하룻밤을 보낸다. 6월 28일 토요일 아침 6시 40분에 1층 식당에서 뷔페로 아침 식사한다. 정갈한 편이고 먹을 만한 음식이 많다. 콩국에 녹두죽, 옥수수에 고구마 등을 삶은 달걀과 멘빠오를 곁들여 먹고 과일로 후식을 한다. 8시 15분 대기 중인 버스에 오른다. 가다가 다른 숙소에 들려 참가자를 태우고 자금성 안에 도착한다. 호텔에서 행사 전용차로 이동하면서 또 다른 호텔에 가서 일행을 태워왔다. 두 호텔로 나누어 발표자들이 숙소를 배정받은 사실을 처음 알게 되었다. 서북쪽 협문을 통해서 들어갔다. 고궁학연구소 건물을 지나서 신무문 부근에 있는 건물 행사장 앞에 버스에서 내려 들어갔다. 이 건물은 建福宮花園敬勝齋다. 어탑이 있는 왼편에 발표장을 마련하였다. 맨앞 주최측 좌석 중앙에 고궁박물원장, 그 왼편에 나, 다음에 彙고궁학연구소장, 고궁박물원장 오른 오른편에 남경대 張백위, 복단대 陳정굉의 명패가 놓여 있다. 착석하자 바로 행사가 시작된다. 준비가 미흡하다. 내 논문 번역이 완성되지 않았고 통역도 역부족이고 수준 미달이다. 중국, 한국, 일본, 월남, 대만, 홍콩, 싱가폴, 프랑스 등에서 발표자가 왔는데 준비가 원만하지 못하다. 오늘은 오전 고궁박물원장 환영사, 고궁학연구소장 개회사, 이어서 장백위 교수 발표와 내 발표 뒤에 진정굉교수와 끝으로 일본 노교수 발표로 오전 연토회를 마치고 점심 후 오후는 고궁박물원의 견학이다. 개회식 발표 마지막으로 고궁학연구소장의 발표는 건륭 팔순연 때 만든 만국래조도의 제작과 보존에 관한 것이다. 결론은 건륭의 자가도취라고 하였으나 당대 중국의 위상을 상기 시키려는 의도도 없지 않은 것 같았다. 점심은 고궁박물원 御膳房에서 한다. 이 방의 중앙 벽에 건륭이 생존시 어탑 뒤에 쳤던 것이라는 병풍이 있다. 歲朝圖다. 실물은 아니다. 그리고 측면에는 특별한 이미지가 있다. 유리벽에 산수화가 있는데 그림이 아니라 실물전시로 만든 산수화 이미지다. 현대와 과거의 공존이다. 관람은 漱(수)芳齋, 重華宮, 고궁박물원 中路, 西路, 武英殿 등을 보았는데 野外戲臺와 室內戲臺를 본 것과 乾隆 황제가 등극할 때까지 부인과 함께 거처한 내실을 본 것과 건륭의 독서 공간을 본 것이 인상적이다. 독서 공간은 내 요청을 특별히 받아드린 것이다. 연행록에도 나오는 야외 희대는 앞 건물 중앙에 이어진 지상 2층의 넓은 공간이다. 한국의 한 교실정도의 크기다. 희대 앞은 7~8미터의 길이고 길 건너 건물 실내가 황제 등이 관람하는 관람석이다. 건물과 건물 사이에 희대를 만든 것이다. 실내 희대는 앞부분은 양쪽에 통나무 조각 기둥이 하나씩 서고 지붕은 대형 통 자단목에 암수기와를 조각한 것으로 지붕을 만들었다. 희대의 크기는 10여 평의 네모난 큰 방 정도고 후면에 양쪽 아치형 문을 만들어 배우들이 출입할 수 있게 만들었다. 관람석은 어탑이 중앙에 있고 어탑 주변으로 약간의 공간이 있을 뿐이다. 황제의 전용 극장이라고 보는 편이 옳을 것 같다. 건륭 부부가 거처했던 침실은 그 침구가 그때 것이라고 한다. 길게 접어서 3개의 얇은 침구가 뒷 벽쪽에 놓여 있다. 맨 윗 것은 후대 것이라고 한다. 거의 변색되지 않고 섬유도 온전한 상태다. 이곳은 거의 손실 없이 보존된 공간이라고 한다. 인상적인 것은 침실 앞 오른편 대형 통나무판에 입체적으로 산수를 조각하고 사이사이에 옥동자를 만들어

박아놓았는데 백동자라고 한다. 백 개의 옥동자다. 다산의 기원이다. 사람 눈높이에 맞게 높여서 자연목 외기둥 위에 설치하였다. 건륭이 17명의 자녀를 두었으니 이 옥동자 병풍의 응답인 것 같다. 내가 부탁한 특별한 공간을 보여준다. 건륭황제가 공부하였던 공간이다. 두 칸으로 침실에서 멀지 않은 곳에 위치하여 있다. 책장은 벽을 파서 만든 붙박이장이 두 곳에 있다. 책은 없고 책장 매 칸을 커튼으로 가려 놓았다. 책상이 가운데 놓여 있고 양쪽에 방석과 고이개가 놓여 있는 공간이 있다. 이곳은 황제 앞에 누가 대좌하였던 것 같다. 강경의 공간인지 교류의 공간인지 황제와 가까이서 대좌한 대상이 있었던 공간이다. 편히 앉아서 독서와 사색을 하였음직한 대형 안락의자도 있다. 어람본의 산실일 것 같다. 고궁박물원 상설전시관으로 안내되었다. 고궁소장 품의 역대서화전이 열리고 있었다. 五代 시대의 阮部(완고)의 開苑女仙圖卷이라고 설명한 초대형의 女人群像圖는 특이하고 생동감 있게 다가왔다. 元나라 趙盟頫(1254~1322)의 大作 浴馬圖卷이라는 人馬圖의 裸像과 構圖는 탁월한 수작이다. 글씨는 명나라 張駿의 草書인 貧交行 軸이 압권으로 다가왔다. 송나라 米芾(미불)의 글씨도 있었지만 그 장쾌함이 張駿에 못미친다. 전시관 문이 닫힐 때까지 보고 또 보았다. 18시 30분 고궁박물원 御膳房에서 만찬을 하고 행사 차량으로 고궁을 빠져나와 康銘大廈로 돌아와서 아내와 편안하고 행복한 하룻밤을 보냈다. 6월 29일 일요일이다. 康銘大廈 2층 식당에서 아내와 아침을 먹고 어제처럼 8시 15분에 대기중인 버스로 고궁으로 들어간다. 장소가 어제와 다른 곳이다. 고궁박물원 第二會議室이다. 원탁에 이중으로 자리를 만들었다. 뒷줄 상석에 우리 부부가 같이 앉아서 오전 오후의 발표를 들었다. 오전 12명 오후 12명의 발표다. 오후 마지막 두 사람의 발표는 생략되었다. 빠짐없이 모두 다 들었다. 자료 소개 수준이다. 월남인 석사생의 연행 북로 발표가 신선하다. 20세란다. 대만의 지도교수와 같이 왔다. 모두 발표가 끝나고 총평 시간이다. 복단대 교수가 진행하면서 먼저 나한테 발언을 요청한다. 몇마디 하였다. 그는 임교수님으로 인하여 오늘과 같은 연토회가 가능했다는 서두로 시작하여 자리를 같이 하여주심에 깊이 감사드린다는 인사말로 시작하여 마지막 결론도 나에 대한 감사로 마무리하였다. 중국식 연토회인 것 같다. 만찬은 대단히 긴 중국식이다. 중국식 연토회 뒷풀이는 언제나 풍성하고 길다. 숙소로 돌아오니 10시가 다 된 것 같

다. 방에 수건을 바꾸어놓지 않아서 전화하여 바꾸도록 하느라고 번거로웠다. 6월 30
일 월요일이다. 9시 30분 택시를 불러서 공항으로 이동한다. 말이 안 떠올라서 애를
먹었다. 비행장 지창도 안떠올라 영어로 하였다. 나이 때문이리라. 한참 뒤에야 떠오
른다. 기사가 몇 길이냐고 물어 비행기 표를 보니 국제공항 2길이다. 처음 알게 된
변화다. 일찍 도착하여 스타벅스에서 점심도 먹고 커피도 마셨다. 아내가 원하는 초
콜릿케이크도 커피와 같이 먹어본다. 종훈 선물이 마땅치 않아서 손에 끼는 젓가락을
사고, 과자 중 제일 비싼 궁중 밤과자 5상자를 샀다. 여의도와 대방동 준철과 민아.
우리 것이라고 아내가 개수를 지정하여 준대로 셈을 하였다. 아내의 간청으로 퍼스트
클라스 책인선으로 가서 내가 양해를 구해서 일찍 편하게 비행기를 타고 인천공항에
예정대로 16시 40분에 도착하였다. 택시로 집에 오니 저녁 먹을 시간이 한참 남아
있다. 길이 막히지 않기 때문이다.

중국 선양潘陽

　2014..8.21.(목).-24.(일) : 8월 21일 목요일 새벽 5시 택시를 불러 타고 출발한다.
둘이 모두 잠을 잘 못자고 피곤한 몸으로 떠난다. 노인 가족 우대코너에서 수속 밟고
바로 출국장으로 이동한다. 한국 식당에 들려 간단한 조식을 하고 게이트로 이동하여
휴식한다. 한국시간 8시 5분발 심양 시간 8시 55분 도착의 대한항공편이다. 시간차가
1시간이므로 1시간 50분이 소요되는 비행거리다. 아내가 원해서 노인 우대 탑승으로
퍼스트클래스로 줄서서 바로 탑승한다. 두 시간 정도의 비행 끝에 심양국제공항에 내
렸다. 심양 한국총영사관 유현경 행정원과 운전기사가 우리 부부를 모시러 나와 기다
린다. 고맙다. 운전기사는 중국인이다. 30여분 지나자 곧바로 요녕체육관이 있는 올
림픽신도시 WandaVista(潘陽萬達文華酒店)에 도착한다. 주변이 깨끗하고 여유로운
공간에 위치하였다. 비유가 있는 16층 4호 좋은 방에 여장을 풀었다. 점심은 이 호텔
에서 뷔페로 먹는다. 안내 데스크에 부탁하여 3백元에 3시간 대절 택시를 부른다. 南
湖公園에 있는 魯園古玩城은 토요일 일요일만 문을 연다고 하여 소개하여준 심양 북

시장 花魚古玩城을 가기로 한다. 먼저 요령성 박물관으로 갔다. 3층부터 시작하여 1층으로 이동한다. 선사시대부터 시대별로 전시되어 있어서 이 지방 이해에 도움이 된다. 층당 5개 전시실이 있다. 1시간 보기로 되어 있어서 부지런히 이동하였다. 1층 비석자료실이 현대화 전시 중이어서 아쉬웠다. 매점에 한대(漢代)의 비문전집이 5권으로 된 것이 있었는데 펼쳐 볼 수가 없었다. 택시로 앞 古玩城으로 이동하여 1~2층을 둘러본다. 정보가 없어서 헤매다가 조선냉면집이 있어서 수소문 끝에 2층으로 갔다. 그러나 볼 것이 많지 않다. 한 집에서 송나라 벼루라고 하는 古硯을 하나 볼 수 있었다. 평연인데 일견 상품이다. 금색 타원이 상하로 배치된 평연이다. 3만 5천元이란다. 그 밖에는 볼만한 것이 없다. 기다리는 택시로 호텔에 오는데 기사가 다른 고완성이나 中街를 가겠느냐고 묻는다. 운전기사가 재미있었느냐고 물어서 재미없었다고 하였더니 위로한 말이었다. 아내도 나도 피로해서 호텔로 와서 쉬다 저녁을 먹었다. 영사관 박종상 경제연구원이 안내하여 한식당에서 한국 발표자 8명이 같이 저녁식사를 했다. 저녁에 주변 상가를 돌아본다. 현재도 정비 중이다. 올림픽 성수를 누리고 재단장 중 같다. 예부터 한 집안에서 학자가 한 사람 나오려면 세 사람의 정성 곧 삼성(三誠)이 모여야 한다는 말이 있다. 부모의 정성, 스승의 정성, 본인의 정성이 그것이다. 준철에게 고맙다는 생각을 우리 부부가 같이 한다. 이곳도 많은 전문 지식인들이 대학 교수를 바라보고 노력하는 이들이 많다. 한국이나 중국이나 같다. 8월 22일 금요일이다. 아침 5시 반경 기상하여 6시 반경 호텔식 뷔페로 조식을 한다. 학술행사를 고궁에서 하는 비준을 받지 못하여 호텔에서 한다. 그럴 줄 알았다. 행사 표제가 좀 아리송했었다. 왜 소현세자를 군이 내세웠는가. 누구의 아이디언지 궁금했다. 10시 개회식이다. 신봉섭 총영사와 영사관 가족들의 수고가 많다. 부총영사 사회로 진행된 개회식이다. 신봉섭 총영사는 깔끔한 신사고 학자풍이다. 좌석 배치에 나만 맨 앞줄 첫 번 자리이고 아내 명패는 없었다. 그런데 총영사의 지시로 아내를 내 옆 자리 자기 자리를 양보하여 같이 앉도록 배려해 주어 고마웠다. 만찬 때 내 옆에서 30여 년 중국 근무자라고 한다. 정년 뒤에 특채로 이곳에 온 것이다. 특별 케이스인 것 같다. 3부로 나뉜 발표가 7시 경에 끝나다. 융숭한 대접을 받았다. 고맙다. 서인범, 김상일 교수 등을 만나다. 내 발표에 중·한 측 반응이 높고 질문도 나에게만 집중된다.

항상 중국학회 때도 그러 했다. 저녁 만찬 때 총영사가 우리 부부 옆에 앉아서 과분한 대우를 한다. 총영사의 만찬 스피치가 재치 있고 내용 있는 것이어서 좋았다. 중한 교류협회 왕영귀 회장이 시종 같이 했다. 외교관으로 정년 후 이 직책을 맡은 이었다. 김일성대학 출신이란다. 만주족으로 딸만 하나 있고 현재 북경에 산단다. 물어보니 연금은 일반 공무원과 같다고 한다. 요령대 사학과 권혁수 교수가 첫 사회고 첫 발표자로 활동을 많이 한다. 서울대 사학과 이상찬 교수의 사회와 발표가 돋보였다. 복단대 왕진충 교수, 남개대 손위국 교수, 산동대 진상승 교수, 요녕대 장걸 교수, 절강대 양우뢰 교수 등등 모두 구면이어서 반긴다. 만찬 뒤풀이가 중국식으로 풍성하고 화기가 넘친다. 총영사가 내 발표의 심양별미 중에 나온 술을 구하려고 노력한 것 같다. 찾아보다가 못 구하고 盛京酒라는 白酒를 가져왔단다. 맛이 순하고 좋았다. 한두 사람이 일어서기에 우리 부부도 먼저 이석한다. 방에 와서 아내가 생각 밖의 환대를 받아서 고맙다고 한다. 감사한 일이다. 8월 23일 토요일이다. 오전 9시 영사관에서 마련하여 준 차로 몇 사람이 심양관지와 실승사를 보러 갔다. 중국 교수들은 누루하치 묘와 태종 묘를 보러간단다. 사진으로 보니 봉분을 시멘트로 덮었다. 가고 싶은 생각이 사라진 까닭이다. 그래서 심양관지와 실승사를 보기로 한 것이다. 이번 내 발표에 나오는 곳이기도 해서 볼 필요가 더 절실하였다. 소현세자, 봉림대군 등 5백여 명이 불모로 잡혀 와서 8년 동안 살다가 돌아간 심양관 구지를 현재는 유치원 터로 보는 설이 유력하여 그곳에 갔다. 현재는 哈佛寶寶幼兒園이다. 淸盛京城 德盛門甕城舊址(현재는 瀋陽市國家稅務局)에서 20여보의 거리란다. 舊說은 滿鐵奉天公所舊址였다 현재 瀋陽市少年兒童圖書館이다. 도서관 현판은 郭沫若의 글씨다. 淸盛京城 德盛門甕城舊址(현재는 瀋陽市國家稅務局)에서 300여 거리이다. 조선관지는 심양성문 기점이 그 근거다. 심양성문 구지에는 표지석이 있었다. 현재 심양세무국 건물이 자리 잡은 곳이다. 현지 통역 안내인인 임문성이 동행하여 설명한다. 어제 내 발표에 크게 감동 받아서 소감을 발표한 이가 그런 주장을 한 논문을 썼단다. 영사관에서 나온 박종상이 동행인의 사진을 찍었다. 그리고 이전에 심양관구지로 본 곳을 가보았다. 봉천시 철도관련 건물 자리다. 심양성문과 거리가 20여보라고 하였는데 이전 추정 장소는 300여보여서 맞지 않는다는 것이다. 이제 실승사로 이동한다. 실승사 앞길이 옛날 연행사들이 북경으로 이동하던 길이다. 그 길이 지금도 있다. 실승사는 대로변 십자로에 여러 동의 단층 기와집으로 구성된 공간이다. 實勝寺라는 현판이 입구 건물 중앙에 걸려 있고 그 뒤에 황금으로 쓴 皇寺라는 큰 현판이 걸려 있다. 어제 내 발표에 태종의 원찰인 이 실승사 주지 몽고라마의 연봉은 은 2백냥이고 이 절에 100명의 스님이 있었다고 하였다. 그 무렵 봉황성장 연봉은 은 100냥인데 그는 6품관이며 부하가 700명이었으므로 그 세속적 위세를 짐작할 수 있다. 조선 연행사들이 예물을 주지 스님께 바쳤던 곳이다. 청나라 태종의 원찰인 이 절이 그대로 남아 있다는 것이 놀랍다. 이제 롯데백화점 행사장으로 이동한다. 한국 롯데가 지은 백화점이다. 행사장은 1층 홀 중앙이다. 이미 하마연 준비로 관복을 입은 이들이 무대 앞에 늘어서 있다. 심양 고궁이 비준 문제로 사용 불가여서 백화점 행사로 바뀐 것이다. 총영사와 한국측, 중국측 내빈이 단하에 마련된 의자에 앉고 백화점 고객들이 모여들었다. 한국 측 공연이 부채춤, 살풀이춤 등으로 이어지고 대금 연주와 국악연주가 진행된다. 앞서 한국 총영사와 중한우호협회 회장의 기념사가 있었다. 점심은 5층 한식당에서 육개장 등으로 하였다. 중한우호협회장과 마주 앉게 되어서 여러 환담을 나누었다. 손녀 1명이 북경에 산단다. 여기는 부부만 살고 있으며 외교관 출신이고 김일성대학에서 한국어를 공부했단다. 점심 후 이동하는데 우리 부부는 권혁수 교수가 모시겠다는 자청을 사양하고 백화점 구경을 잠깐 하고 남호공원 고완성으로 택시를 잡아타고 이동하였다. 운전수가 고완성을 지나가버려서 다른 고완건물에 들려서 구경을 하다가 다시 택시를 잡아타고 남호공원 정문에 내렸다. 고완거리를 찾았지만 없다. 노인들에게 물어도 잘 모른다. 물건 파는 한 노인이 아는 것 같아서 거듭 물었다. 고완거리를 글로 써보라고 지필을 주었더니 고기어자를 쓰고 더 쓰지를 못한다. 그러면서 방향을 가리키다가 지나가는 택시 기사를 불러서 말하면서 나더러 8원을 주면 된다고 한다. 택시에는 앞좌석에 한 여인이 타고 있다. 뒤에 우리 부부가 탔다. 한참 가다보니 고완거리가 나타나서 내리며 8원을 주었다. 고완거리가 이름이 있는 장소인 것을 몰랐다. 문을 세우고 그 문에 魯園古玩城이라는 현판이 걸려 있다. 길거리도 1평정도 공간에 임시 노점이 즐비하지만 고완성은 길안의 별도 공간이다. 각각 1평 크기로 선을 그어 놓고 그 안에 물건을 펼쳐 파는 벼룩시장이다. 2층 건물도 만든 것을 보면 많은 사람이 모이는 것 같다. 오후 3시 전후여서 상인들이 이미 짐을 싼 공간이 많았다. 알고 보니 9시경부터 3시경까지가 피크타임이고 나머지는 자유인것 같다. 2층까지 보았지만 별로 관심 가질만 한 것이 보이지 않아 택시를 잡으려고 길거리로 나왔다. 책 두 권이 눈에 들어온다. 강희와 건륭제의 서첩 영인본과 왕희지의 쾌설시청첩 영인본이다. 왕희지 것을 250元에 사가지고 택시로 호텔에 도착한다. 저녁은 호텔 뷔페로 하고 거리를 좀 산책한다. 거리는 한산하고 가게문이 거의 닫혀 있다. 거리가 깨끗한 것이 특색이나 공기는 매우 탁하다. 8월 24일이다. 지난번에 탄 택시 기사를 호텔 종업원을 시켜 9시에 대기시킨다. 타고 바로 노원고완성으로 갔다. 벌써 많은 사람이 운집해 있다. 구경을 하다가 차호 3개와 향로 1개를 샀다. 한 차호는 어제 보았던 매화문 양각 입식형이다. 골이 있고 격이 있다. 벼루와 합하여 5백元을 주었다. 차호가 3백元인셈이다. 아내가 사라고 하여 그대로 산다. 다른 한 차호는 와식 조형인데 안정감이 있고 자사도 양호한 편이다. 그리고 그 집의 다른 차호는 현대작인데 길상여의 음각 조각에 화조가 음각된 것이다. 자사가 별로다. 두 개에 3백元을 주고 샀다. 아내가 와형을 특히 좋아해서 샀다. 사기 향로의 그림과 글씨가 좋아서 2백元에 샀다. 책은 많지만 특별히 눈에 들어오는 것이 없다. 대기 중인 택시를 타고 고궁 입구 옛거리와 中街를 돌아보다가 고풍스러움을 못느껴서 다시 노원고완성으로 갔다. 문진이 벼루와 차호를 산 집에 있었던 기억 나서 다시 찾아가 2백원에 샀다. 集雅齋에서 만든 것인데 동으로 문양도 좋아서 샀다. 호텔에 10시 45분 도착하였다. 샤워하고 점심은 호텔 뒤 신상가 2층에서 사오츠로 즐겼다. 남경식 새알 단팥죽이 맛있어 더 시켜 먹는다. 빠오즈와 샤런도 맛본다. 나와서 믹스한 망고주스를 마시고 귀가 준비를 하였다. 오후 2시 정각에 영사관 차가 호텔에 도착한다. 도착 때처럼 행정관이 안내한다. 한국학연구원 정박사와 우리 부부뿐이다. 공항에서 갈 때나 올 때나 노인 대우를 잘 받는다. 출국심사도 1등석처럼 기내진입도 1등석처럼 대우 받아 편하고 좋았다. 모두 고마운 일이다. 아내와 감사하면서 택시로 집에 도착하니 저녁 9시가 되었다. 심양에서 비행기가 연발하였기 때문이다.

일본 유후인由布院의 산소 무라타

　2014.12.01.(월)-3.(수) : 어제 저녁 아내가 전화로 내일 아침 5시 우리 아파트 출발 인천공항 가는 택시 예약을 하였다. 눈이 내린다는 예보 때문인지 예약을 받지 않는다고 하여 늘 이용하는 고객이라 밝히면서 사정하는 통화 내용을 들었다. 그러나 눈은 내리지 않았으며 5시 10분 전에 택시가 도착한다는 전화가 온다. 준비한 가방 하나를 들고 내려가 택시에 올랐다. 준철네와 민아네가 아내 고희 기념 여행비를 분담하여 일본 후쿠오카 유후인 하나여행사 제우스 상품을 이용하게 되어서다. VVIP 고객이라며 여행사 여직원이 대기하고 있다가 입국 수속을 퍼스트클래스로 도와주어 바로 입국장에 들어간다. 네임텍, 볼펜 등등을 준비하여왔다. 아침 식사를 간단히 마치고 탑승한다. 요즈음은 경로 혜택을 잘 받고 있다. 퍼스트클래스 통로로 들어가서 편히 비행기 좌석에 앉았다. 아내와 뜻 깊은 여행이어서 행복한 출발을 한다. 출국 수속 때 후쿠오카 기상 사정 때문에 이륙을 못할 수도 있다는 정보를 받았다. 그러나 이륙을 한다. 비행기 창 밖에 눈발이 날리고 구름이 짙은 아침이다. 8시에 이륙한 비행기는 예정 도착시간 9시 20분 보다 5분 늦게 후쿠오카 국제공항에 도착한다. 공항에 바람이 세고 구름이 짙다. 착륙을 5분 늦춘 것은 공항 사정 때문이라는 기장의 안내 방송이 있었다. 착륙하면서 도심에 자리 잡은 좁은 공항 사정을 직감할 수 있다. 기체가 흔들리고 구름이 짙어서 아내는 좀 불안해하는 것 같다. 비행시간은 1시간 25분이다. 5분을 후쿠오카 상공에 더 머물러 있었기 때문이다. 입국 절차를 마치고 나가니 승용차를 가지고 나온 하나 직원이 아내 이름을 들고 서 있어서 바로 만나 그녀가 가져온 승용차에 탔다. 두 아들을 경희대와 홍익대에 입학시킨 주부 사원이며 식당 사장이다. 유후인은 깊은 산속 분지에 자리 잡은 일본의 옛 농촌 마을이다. 원형을 보전하며 주민들이 관광지로 만들어 인기 있는 온천장들로 알려졌고 일본식 먹거리와 기호품 거리가 형성되어 요즈음 꽤 인기가 있는 곳이다. 호젓한 분위기를 향해서 산골짜기의 포장된 2차선 도로를 달린다. 길 양편에 감나무 밭들이 자주 나타나면서 수확 중인 감들이 주렁주렁 탐스럽다. 잎을 먼저 떨어뜨리고 알몸을 내민 주황색 감들이 만추의 요정처럼 다가왔다가 사라지기를 반복한다. 1시간 50분 만에 산소 무라타

(山莊 無量塔)에 도착한다. 지배인이 스케줄을 물어서 첫날은 인력거와 마차로 유후 인을 일주하고, 둘째 날은 쉬겠다고 하였다. 그런데 예약을 알아보더니 눈바람 때문에 마차나 인력거가 운행하지 않는다는 답이 온다. 점심은 산소 무라타 소바집 不生庵으로 안내 받았다. 나이든 주방장의 인상은 서양인 같이 생긴 일본인이다. 닭고기 소바를 주문하여 먹었다. 일본인 중노년 부부 두 쌍이 창가에서 소바를 즐기고 있다. 우리 부부도 그들 옆으로 안내를 받았다. 소박하지만 다소 품격이 느껴지는 분위기다. 창밖은 나지막한 산과 그 밑으로 논과 텃밭이 내려 앉아 있다. 유후인은 산으로 겹겹이 둘러싸인 분지형의 시골 마을이다. 온천수가 흘러내리는 곳이라서 관광타운이 된 것 같다. 소바집에서 나오려 하니 주인이 기다리란다. 매니저가 그렇게 이야기해 놓았단다. 승용차가 도착하여 타고 샤갈 미술관 앞에 내렸다. 5시에 이곳으로 오라고 약속하고 차는 돌려보냈다. 준철이 본 소감을 들었기에 먼저 이곳에 왔다. 표를 사서 이층 전시실로 올라갔다. 좁다란 두 개의 방에 샤갈의 작품들이 걸렸다. 그가 어떤 작가였는가를 이해하기에 부족함이 없는 작품들이 걸렸다. 인간의 복잡다단한 내면구조들을 형상화시켰다. 서서 한번 돌아보고 앉아서 방향을 바꾸면서 돌아보았다. 휴식과 함께하는 감상법이 우리 노부부에 알맞다. 내려와 1층 전시상품 중 차호 하나가 개성 있어 보인다. 창밖이 기린코 호수인 다과실을 보고 걷고 난 다음 차를 마시기로 하고 나선다. 기린코 호수는 한국의 논 가운데 있는 큰 둠벙 정도 크기다. 일본인들의 축소지향 의식 속에는 이것도 호수겠지 하는 생각이 든다. 유후인역 쪽을 향해서 걷는다. 길 양편에 일본식 자잘한 먹거리 점포들과 온갖 잡화점들이 늘어섰다. 그것들을 보면서 걷는다. 눈발이 날리더니 해가 뜨고 잔풍해진다. 또 바람이 심하다. 계곡풍이다. 이내 주변 봉우리들이 하얗게 변한다. 여기저기 기웃거려본다. 중국, 한국, 서양, 일본 관광객들이 길을 매우며 즐겁게 환담하면서 걷고 있다. 역까지는 너무 지루하여 윗길을 택하여 다시 기린고호수를 향하여 걷는다. 일리커피(Illy coffee) 집이 있어서 들어가 아메리카노를 한 잔 마시면서 화장실도 들려본다. 참으로 좁은 공간이다. 이것이 일본식이다. 손님은 좁은 테이블 앞에 앉아 있는 젊은 두 여인뿐이다. 작은 테이블 또한 둘뿐이다. 우리 부부와 일본 두 여인 외에는 누구도 이곳에 앉을 수 없는 좁은 공간이다. 그러니 한가하다. 기린고 호수로 와서 호수를 한 바퀴 돌고 호수

아래 주변을 돌아본다. 일본식 구옥들이 숙소와 음식점으로 변하여 있다. 호수에는 거위 두 마리와 학 한 마리가 있어 사람들이 먹이를 주고 있다. 차가 도착되지 않아서 샤갈미술관 커피숍에서 커피와 벌꿀과자를 시켜 음미하면서 호수를 바라본다. 특색이 있다. 특히 벌꿀과자가 우리나라 산적같이 부푼 것이 담백하고 달콤하고 특이한 감미를 가졌다. 약속한 시간 10분 전에 차가 도착하여 타고 숙소인 산소 무라타(山莊 無量塔)에 도착한다. 우리가 묵을 곳은 昭和別莊이다. 올라가다 오른편 계단으로 오르면 한 동의 집이 있는데 昭和의 別莊이란 문표가 붙어있다. 가방은 이미 도착되어 있어 열쇠를 받았다. 미닫이 창문을 열자 오른편에 대형 우산 두 개, 왼편에 깨끗한 여성용 짧은 장화와 남성용 짧은 장화가 놓여 있고, 중앙에 남녀용 일본식 게다가 놓여 있으며 오른편 두 계단 위에 예쁜 안내용 스탠드 등불이 켜져 있다. 두 계단을 올라가서 창호지로 바른 미닫이문을 여니 작은 다담이방이 있고, 오른편 문은 응접실로 통하고 왼쪽 문을 열면 널따란 다다미방이다. 그 방 입구 왼편 바구니에 새 양말 두 켤레기 놓여 있고 두 개의 가운과 기역자형 고풍스런 옷걸이가 있다. 왼쪽으로 난 미닫이문을 여니 고다스가 놓여 있고 습도와 온도 조절기구들이 작동되고 있다. 앞 벽에 족자가 걸려 있는데 고풍스럽고 격조가 있는 그림에 화제도 수준급이다. 그 밑에 고풍스런 좌탁이 놓여 있고 그 위에는 대형 또아리 연적이 장식용으로 놓여 있다. 조선백자 주사연적이다. 오른편 아래에도 좌탁이 놓여 있고 그 위에 예쁜 도자기를 놓아 분위기를 조화시켰다. 큰 방이다. 고다스 양편 의자에 앉아서 텔레비전을 볼 수 있도록 대형 텔레비전이 놓여있다. 앞 정원 쪽으로 복도가 있고 그 왼쪽에 옷장이 있는데 겨울 솜 외투 두벌이 걸려 있다. 그리고 왼편에는 정원의 전망을 편히 앉아서 바라볼 수 있도록 예쁜 소파 하나가 놓여있다. 북쪽 뒤 정원 쪽을 향해서 앞으로 나가 미닫이문을 여니 복도가 나타난다. 화장실과 침실과 응접실을 연결하는 긴 복도다. 커튼을 걷으니 앞이 일본식 정원이고 담 뒤에는 울창하고 깊은 숲이다. 그 뒤로 병풍처럼 산이 둘러싸여 있다. 높은 봉우리 옆은 골짜기로 이어진다. 복도를 건너 침실 여닫이문을 연다. 침대 두 개와 옷장과 이불장이 있고 자동 가습기가 작동되고 있다. 옷장 옆으로 좌탁이 있고 그 위에는 대형 조선백자향로가 놓여있다. 침실 옆은 다시 좁은 복도가 있고 침실 문을 열고 나가서 복도를 따라가면 천연온천탕이다. 복도를 따라가다가 미닫이문을 열면 온천탕 탈의실 겸 세면실이고 여닫이문을 열면 동그란 온천탕인데 온천수가 자연스럽게 흘러나와 탕을 채우고 있다. 수온이 늘 적정하고 쾌적한 온도의 온천수다. 침실에서 복도를 따라 걸어가면 대형 응접실이다. 차와 맥주를 항상 마실 수 있게 무라타 커피와 녹차가 준비되어 있고, 온수를 언제나 쓸 수 있는 전기포트가 있다. 냉장고에는 각종 음료와 맥주가 들어 있는데 안내인이 모두 무료라고 말한다. 바 룸을 마련해놓은 것이다. 바 룸 앞쪽에 대 소형 탁자와 응접세트가 있고 옆으로 자동 가습기가 작동되고 있다. 그 뒤로 양편에 좌탁이 있고 앞면 창 아래 초대형 텔레비전이 놓여 있다. 이 응접실 3면이 모두 숲이다. 온천욕을 하고 저녁식사는 7시로 예약하였다. 식당에 들어서면 개방 구들에 네모난 나무 두부판 상자 3개가 포개어 있고, 두부가 만들어지면서 김이 모락모락 나고 있다. 탁자가 놓여있는 조용한 방으로 안내를 받는다. 영어가 적당히 가능한 젊은 남자 종업원이 음식 설명을 하고 우리가 묻는 말에 성실히 답하면서 자연스럽고 부드럽게 시중을 든다. 계절 음식인데 유후인산 식재료로 만든 것들이다. 화이트와인으로 반주를 하면서 아내는 여러 차례 잔을 마주치잔다. 고맙다. 저녁식사를 기분 좋게 하고 숙소 응접실에 도착하여 휴식을 취한다. 들어오면서 보니 산소무라타 뒤 산봉우리에 눈이 하얗게 쌓여 우리를 상쾌하게 반기는 듯했다. 저녁식사를 하면서 우리 부부는 몇 번이나 반복하여 행복한 건배를 하였다. 12월 2일 화요일이다. 아침을 8시에 먹기로 예약했다. 7시에 일어나 산책에 나선다. 집 전체를 적정 온도로 유지시켜 편히 잘 수 있었다. 다담이방을 걸을 때 신으라는 양말은 매일 새 것이고. 잠옷과 가운, 타월 등 제반 용품 모두 그러하다. 계단을 내려서 아래쪽 산책로로 나간다. 눈에 들어오는 봉우리마다 눈이 덮였다. 이마가 싸늘하다. 몇 걸음 걸어가니 산 중턱 두 곳에서 많은 수증기가 올라간다. 오른쪽으로 돌아 올라가니 개울에 온천수가 흐르는 곳이 여러 곳 있다. 매니저가 나와서 춥다고 알려준다. 한국도 춥단다. 아내가 일어를 좀 알아들어 고맙다. 만나는 몇 사람이 모두 친절하게 인사를 한다. 8시가 되어 식당에 들어선다. 마루의 두부 상자에서 김이 모락모락 올라온다. 이곳 온천장은 일본 구옥을 새로 꾸며 만든 것이다. 유후인에서 가장 인기 있고 가장 숙박료가 비싼 곳이다. 10여개 정도의 독채를 숙소로 꾸며 사용하는 별장촌 비슷한 곳이다. 규수의 여행정보에서 보니 하룻밤 숙비가

4만 9천 엔이다. 우리 돈 5십만 원 정도다. 아침 식사 장소는 다담이방이다. 그러나 편리하게 꾸민 아담한 방이다. 우리 부부가 마주 앉고 여종업원이 영어로 음식 설명을 한다. 아침도 생선회가 있어서 아내가 화이트 와인을 시킨다. 양식도 있다지만 식사는 모두 일식으로 약속한 터다. 식사 전 장인 공방에 들렀다. 종훈에게 줄 어린이용 초콜릿 두 줄을 샀다. 초록색과 주황색 긴 통이다. 차호도 하나 샀다. 셈도 상품도 떠나는 날 계산대에서 하면 된단다. 그래서 이곳 명물로 알려져 있는 롤케이크 두 상자도 같이 부탁을 하였다. 진우와 종훈 집에 주기 위한 것이다. 아침 식탁에 오른 것 중에 이곳 산천어 회가 올랐다. 긴 배 모양의 그릇에 7종의 생선이 올랐는데 그 중 첫 번째로 산천어가 올라 있다. 산천어로 야채를 싼 것 두 쪽이다. 하나의 크기가 2센티 정도의 길이에 1센티 정도의 둘레다. 보여주는 음식 같다. 맛을 음미하여도 특별한 감각을 느낄 수가 없다. 담백하고 인상적인, 깔끔한 맛을 안겨준 것은 이곳 산소무라타 거실에서 만든 순두부다. 더 먹어보고 싶은 유일한 음식이다. 후식을 어디에서 먹겠느냐는 질문이 또 나온다. 어제 저녁에도 물었다. 룸에서 먹겠다고 하였다. 이번은 바에서 먹겠다고 하였다. 비로소 알게 된 사실이다. 룸은 그들이 준비한 서비스 초콜릿차와 그들이 만든 롤케이크를 그들의 구내박물관 입구에 마련한 룸으로 알아들은 것이다. 식후 회랑을 따라서 바룸으로 들어갔다. 커피와 롤케이크가 나왔다. 아내는 라떼, 나는 아메리카노를 주문했다. 롤케이크가 일본답지 않게 커서 놀랐다. 두 청년이 접대하는데 인물이 특히 뛰어나고 키도 크며 매너가 세련되어 있다. 음악도 수준이 높다. 크리스머스케럴, 사계 중 겨울, 화이트크리스머스 등등을 적절하게 안배하여 들려준다. 기억자로 된 창문 밖에는 잔설 위에 싸락눈이 내리기 시작한다. 환상적인 분위기에 우리 부부만 앉아서 이 분위기를 즐기는 것이 너무 사치스럽다는 느낌이 든다. 처음 갖는 시간 같다. 그러나 시간이 없다. 15분 후 일어선다. 우리 숙소로 이동하여 외출 준비를 하여야 한다. 화장실은 언제 앉아도 적당하게 따뜻하다. 토토 제품의 자동설정에다 꽃과 꽃병이 매일 새로 바뀐다. 외출 준비를 하고 산소무라다 양말을 껴 신고 눈비가 내릴 것을 대비하여 산소무라다가 준비해 놓은 비신을 신었다. 내 신발이나 아내의 신발 모두 새것이고 잘 맞는다. 현관에 꽂혀 있는 대형 우산 둘 중 하나만 들고 나선다. 산소무라타 경내를 왼쪽 오른쪽으로 한 바퀴 산책하며 둘레의 연봉들을 하얗게 덮은 설경에 취하고, 싸늘한 아침 고요에 취하고, 쭉쭉 뻗어 올라간 파란 숲에 취한다. 모락모락 올라오는 온천수의 수증기가 찬 기운을 덮혀주는 느낌 또한 따스하다. 아내와 같이 걷는다는 것이 따뜻한 행복을 더 하여준다. 아트 갤러리에 들렸다. 입구에 있는 차 마시는 룸으로 안내 받는다. 창문 밖 소나무 분재가 시선을 끈다. 5개의 소나무를 분재로 세운 묘미에 흠뻑 빠진다. 바로 초클릿 차를 기호대로 주문 받는다. 품위와 맛과 정갈함에 아침 기운이 상쾌해진다. 갤러리는 전시 내용이 주목받을 정도는 아니다. 다른 몇 곳을 둘러보고 지배인이 있는 프론 데스크 자비동에 갔다. 아침 10시에 유후인 역에 내려주고 오후 3시 그 곳에서 타고 숙소로 오는 차편을 상의했다. 흔쾌히 응하고 바로 의전용 차가 도착한다. 벤츠에 기사 또한 친절한 직원이다. 예의 바르게 그대로 도와준다. 유후인 역에 내리며 탈 곳도 여기라는 약속을 한다. 마차는 오늘도 눈비 때문에 다니지 않는다는 안내문이 붙었다. 시골 간이역 같은 분위기다. 내국인 손님 몇이 앉아 있고 관광객도 더러 있는 것 같아 보인다. 역 옆에는 영업용 택시 주차장이 있다. 오늘은 유후인역에서 출발하여 기린코 호수 쪽으로 가는 어제와 다른 길을 걸어보기로 한다. 눈발이 내리고 바람이 분다. 눈바람이다. 산소 무라다에서 가지고 나온 우산을 썼다. 나는 모자를 써서 견딜만 하지만 아내는 그렇지 않은 것 같다. 몇 상점에 들려 아내가 쓸 모자를 찾아보기로 하였다. 한 곳에 쓸만한 모직 모자가 있어서 사 쓴다. 모양이나 소재도 마음에 든다고 아내가 흡족해한다. 한참 걷다보니 아내는 장갑을 끼어 손이 따뜻한데 나는 장갑이 없다. 아내의 제안으로 장갑을 찾아 상점을 기웃거리면서 걷다가 장갑을 만난다. 한 컬레뿐이다. 사서 낀다. 따뜻함을 느끼면서 행복한 생각이 떠오른다. 길을 잘못 들어서 소방관한테 지도도 받고 안내도 받으면서 걸어본다. 어제 보았던 골동품 상점이 오른편에 있다. 서너 사람이 들어서면 가득 차버리는 아주 작은 가게다. 주인 명함을 받아보니 사진작가다. 일본인다운 친절미가 없다. 일본 잉어 연적 한 개가 눈에 보인다. 그리고 진열장에 극소형 중국의 동필세 겸 연적 겸 필가가 한 개 있다. 두 개의 값을 물으니 5만엔이란다. 2만엔 어떠냐고 했더니 안 된단다. 기린코 호수에 도착한다. 12시가 지났기 때문에 이곳 명산이라는 泉자 간판의 소바집에 들렸다. 들어가서 자리를 지정받아 앉고 보니 창 바로 앞 측면이 기린코 호수다. 소바를 시킨다. 우리

두 사람 앞에 소바 네 판이 나왔다. 아내는 단무지 한 쪽도 없다고 불만이다. 지난 수차 일본 여행에서 체험했던 일을 잠시 망각한 것 같다. 담백미를 즐기고 나오는데 입구에서 종업원이 튀긴 메밀 팥떡 두 개를 싼 봉지를 내민다. 아내가 받는다. 차를 마시면서 휴식 시간을 가지려고 옆에 있는 샤갈미술관 커피숍에 마주보며 자리를 잡아 앉는다. 창밖이 바로 기린코 호수다. 커피를 시키고 이집 명물 벌꿀케이크를 시켜 소바집에서 아내가 받은 메밀 팥떡과 곁들여 즐긴다. 행복한 정오다. 휴식을 즐기고 일어서서 주변을 산책하며 일본식 고가들을 살펴보는 시간을 가졌다. 다시 또 다른 길을 택하여 유후인역까지 걷기로 한다. 일본식 즐비한 가게들은 흥미가 있다고 생각을 하면 처음 한번쯤 볼만하지만 두 번 보라고 하면 사양하고 싶은 곳이다. 고즈넉한 시골풍의 온천장에 도시형 가게들이 들어서 있어서 젊은이들의 무료를 달래주는데는 효과적일 것 같다. 갈 때 들렸던 골동품 가게 앞을 지나다 다시 들려본다. 일본 잉어 연적은 나름대로 일본적 색조와 형태를 가진 것이다. 연대는 오래지 않은 것 같다. 그래도 현대작은 아니다. 1만 엔(우리돈 10만 원 정도) 어떠냐고 했더니 좋다고 한다. 상자에 꽤나 오래 보관한 흔적이 남아 있다. 아내가 잘 산 것이냐고 묻는다. 그도 이제 수석과 문방사우와 차호 등에 관해서는 상당한 안목이 있다. 같이 살아온 궤적이다. 유후인 역에 좀 일찍 도착하였는데 산소무라타 영접용 벤츠 승용차가 도착한다. 바로 타고 숙소로 왔다. 날씨는 눈, 바람, 햇볕이 적당하게 안배되어 우리의 하루를 행복하게 만든다. 운전기사는 산소무라타 뒤의 여러 연봉을 가리킨다. 눈이 곱게 덮혀 있다. 적정 온도의 온천수에 샤워를 하고 응접실 의자에 앉는다. 내가 산소무라타의 녹차를 만들어 탁자 위에 놓는다. 큰 탁자 밑에 두 개의 작은 차탁이 놓여 있다. 오전에 외출 전 산소무라타의 커피를 내려서 둘이 마신 잔이 그대로 놓여 있다. 디근자 모양의 창 밖에는 쭉쭉 뻗은 푸른 나무가 보이고 남쪽으로는 시골 풍경이 전개된다. 창밖에는 함박눈이 내리다 그쳤다를 반복한다. 그것을 바라보면서 차를 마시는 아내는 마냥 행복해 한다. 우리 노년의 이런 행복에 감사하는 마음을 모아본다. 준철의 제안과 준철과 민아의 여행 배려로 온 것 또한 잊지 못할 감동이다. 오후 7시 저녁 식사 약속이다. 아기자기한 만찬이다. 식사 때마다 시중드는 이가 바뀐다. 저녁은 소박하고 앳된 여자다. 조용하고 즐겁게 식사를 하는데 다른 방에서 중국인 가족들이 너무 소리가 커서 소란스럽다. 숙소로 돌아와서 유단보에 다리를 묻고 마주 앉아 테리비젼을 본다. 샤워하고 응접실로 이동하여 냉장고에 들어있는 맥주 2병 중 한 병을 같이 마셨다. 고즈녁한 밤이다. 투윈 침대에 일본식 잠옷을 입고 행복한 잠을 청하였다. 12월 3일 수요일이다. 아침 식사는 8시로 약속 되었다. 이곳의 마지막 아침 식사다. 즐거운 식사 시간을 가졌다. 후식은 회랑을 따라 바에 가서 먹었다. 숙소로 내려와서 여행 짐을 싼다. 현관에 짐을 두고 11시 프론데스크로 갔다. 올 때 우리를 태워온 그녀가 또 승용차를 가지고 왔다. 식사 때의 와인 값, 차호, 종훈 초콜릿 바 2통, 롤케이크 2상자 값을 정산해 주고 차에 올랐다. 종업원들이 친절하게 도와주고 작별 인사를 한다. 후쿠오카 공항으로 이동하는 길 양편에는 감이 아직도 주렁주렁 많이 달린 감나무 밭들이 이어진다. 가을의 풍성한 정취를 느낀다. 공항에 일찍 도착하여 면세점에서 종훈 장갑, 장난감 등을 사고 내 붓펜도 몇 개를 샀다. 여유로운 시간을 종훈을 생각하면서 보낸다는 것이 행복하다. 입국수속 하고 탑승장에 들어와서 샌드위치로 점심을 하고 비행기에 올랐다. 요즈음은 언제나 노인으로 퍼스트클래스 통로를 이용하게 되어서 한결 편리하다. 노인 노릇 잘해야겠다는 책임감도 생각하여본다. 예정 시간에 인천공항에 도착하여 택시로 집에 온다. 행복하고 인상적인 여행이었다. 모두 감사할 일이다.

중국 양쯔강 揚子江

2015.2.5.(목)-10.(화) : 오후 3시 30분에 택시가 20동 앞에 와 있다고 전화를 한다. 아내와 각기 여행 가방 하나씩을 들고 나간다. 4시 30분경 인천공항 국제선터미널 앞에서 내려 들어서니 이미 온 사람도 있었다. 5시경에는 코레일 측에서 3인이 나왔다. 한참 뒤 아내의 옛 직장 동료인 문운숙 선생과 최현덕 선생 두 분이 도착하였다. 아내가 연락하여 이번 여행을 같이하는 인연이 생긴 것이다. 30명이 일행 여행단이고 코레일 2명의 여자 가이드가 동행한단다. 출국 수속이 단체여서 가족 코너를 이용하여 우리 4명만 먼저 짐을 보내고 출국장에 들어간다. 문선생은 카드가 있어서 카드 이용

라운지로 이동하고 최선생과 우리 내외는 식당으로 이동하여 같이 저녁을 먹고 출국 게이트로 간다. 경로 우대 비즈니스 통로를 이용해서 우리 일행 4명이 제일 먼저 탑승하였다. 나이 들고 가족이 같이 가는 여행객을 우대하는 시대에 산다는 것이 요즈음 늘 고맙다. 인천공항에서 성도국제공항까지 4시간 10분의 비행거리인데도 지루하지 않았다. 예정대로 20시 10분에 출발하여 23시 20분 도착이었다. 한국과 1시간의 시차가 있다. 한국 시간으로는 24시 20분에 도착한 것이다. 순조로운 비행을 하여 한국 시간으로 밤 1시 넘어서 四川省 成都의 家園國際酒店에 여장을 풀었다. 5성급으로 큰 불편이 없는 수준의 호텔이다. 공항에서 가깝다지만 이동 시간이 짧지는 않았다. 2월 6일 금요일 아침 6시 기상하여 6시 30분 2층 뷔페식당에 내려갔다. 이미 식사중인 손님들이 있었다. 늘 먹었던 양식을 곁들인 중국식 뷔페다. 7시 30분에 출발하여 成都 東驛으로 이동한다. 출근시간 교통 혼잡을 피해야하기 때문에 가급적 일찍 출발해야 한다고 예정 시간보다 30분 일찍 떠났다. 이곳의 차량 수와 도로 교통 문제의 심각성이 서울 못지않은 수준인 것 같다. 일찍 동역에 도착하여 시간 여유가 생겼다. 정장 차림의 현지인 한 젊은이 옆 자석이 비어 있어 앉게 되었다. 말을 걸어온다. 雲南省 출신이고 나이는 23세며 성은 李가란다. 북한의 역대 지도자와 남한의 역대 대통령의 이름을 정확하게 알고 있었다. 내가 역의 內壁에 두 개나 걸려 있는 피아니스트 郎朗의 사진과 新年快樂 현수막을 바라보면서 낭랑이 이곳에 오느냐고 물었더니 깜짝 놀라면서 주변의 중국 손님들께 나를 소개한다. 이분은 한국에서 여행 온 손님이라고. 내가 郎朗을 알고 新年快樂을 아는 것이 놀랍고 신기하게 느껴진 것 같다. 오전 9시 33분 成都 東驛을 출발하는 고속열차에 탄다. 작년에 개통된 깨끗한 고속열차다. 차 안의 좌석이 3열과 2열로 우리보다 한 열이 많은 열차다. 먼저 문선생과 최선생의 짐을 선반에 올려주었다. 아내가 통로 쪽 내가 안쪽이다. 한참 가다보니 창밖이 고층 아파트로 가득하다. 중국 어디를 가나 건축 공사장이 도처에 보이는 것이 요즈음 중국 풍경이다. 이곳도 예외가 아니다. 얼마를 더 가니 시골 풍경이 다가온다. 푸른 채소밭과 아직 殘果가 붙어 있는 굴 밭들이 전개된다. 이곳이 남쪽임을 말해준다. 현재의 열차 속도는 193킬로미터라는 전광판 알림이다. 남녀 승무원들의 복장이나 언행도 많이 세련되었다. 첫 역은 遂寧이다. 바깥 온도는 섭씨 9도라는 전광판 안내다. 이곳에 내리는 승객을 위한 서비스다. 가면서 보니 구옥 철거와 신옥 건축이 활발하다. 두 번째 역은 合川이다. 바깥온도는 섭씨 11도다. 다음이 목적지 重慶의 北驛이다. 巴蜀의 땅 중경이다. 성도에서 중경까지 두 역만 서는 급행열차를 탄 것이다. 걸린 시간은 예정대로 2시간 30분이다. 중경은 李白의 蜀道難을 연상케하는 언덕 위의 도시다. 더울 때는 섭씨 50도까지 오른다는 중경이다. 成都驛이나 重慶 北驛의 건물들이 모두 대규모의 새 건물인데 중경 북역은 지금도 대대적인 공사 중이다. 버스가 서는 곳이 없어 우리가 탈 버스까지 20분 정도를 걸었다. 버스로 重慶人民大禮堂에 왔다. 그 앞을 지나 왼쪽으로 올라 부근의 식당 점심은 사천식이다. 식당은 一品香酒樓다. 1989년에 개업한 것 같다. 식당에 비치한 명함에 그렇게 적혀 있다. 春節 앞이라 붐비고 식사준비도 뒤죽박죽이다. 12찬이라고 하는데 음식 순서가 맞지 않다. 탕과 물고기 요리가 중간에 나온다. 걸어서 重慶中國三峽博物館으로 이동한다. 重慶人民大禮堂의 정면 길 건너 앞이다. 신축건물이다. 이곳에 大理出土明代陶俑精品 특별전이 열리고 있다. 특이한 것이 보인다. 內侍土俑 수 십 개가 전시중이다. 생식기가 잘렸는데 모두 생식기의 상단 왼쪽 복부 손바닥 넓이가 시퍼렇게 멍이든 모습이다. 평생 가는 흔적인 것 같다. 1층을 먼저 본다. 수몰 이전 유물 전시가 주이지만 현재의 자연과 생태와 환경도 한눈으로 볼 수 있게 마련한 전시다. 長江三峽의 懸棺 장례풍속은 한국 TV에서도 본적이 있었는데, 이곳에 집중적 조명을 하여 놓고 있다. 실제 삼협 관광 때 배위에서 절벽을 보니 현재도 남아 있어 잘 볼 수가 있다. 하늘 가까운 곳을 사후의 길지로 생각한 것인지? 아니면 현관 발음이 높은 벼슬과 같다하여 후손들의 영달을 생각한데서 연유한 것인지? 알 수 없는 일이다. 아무튼 그런 어떤 깊은 뜻이 없고서는 그 높고 험준한 절벽까지 어떻게 시신을 담은 관을 옮길 수 있었겠는가. 다음은 전시 공간 4층부터 보아 내려온다. 4층 書畵歷代展을 본다. 隋唐시기부터 아주 볼만하다. 중국다운 기풍의 장대한 글씨가 시선을 잡아맨다. 역시 모필의 종주국 중국이다. 3층과 2층을 보며 내려왔다. 대기 중인 버스로 2천년의 역사를 간직하고 있다는 洪崖洞에 갔다. 절벽은 그대로겠지만 고층 아파트가 절벽위에 빼곡하게 들어찼다. 정면은 짓다만 고층건물 철골이 제멋대로 널브러져 있다. 저런 방치가 세계의 관광객을 맞고 있다니, 역시 중국답다고 하는 것이 편한 대답이 될 것 같다.

홍애동굴 백성들이 동굴에서 나와 저 절벽 위 고층아파트로 들어갔을 것이라고 생각하니 다소 위로가 된다. 여러 층으로 길게 만들어 놓은 상가 건물이 관광객들의 첫 관문이다. 북경오리집 全聚德이란 간판이 건물 전체를 대표하는 것처럼 걸려 있다. 벽에 붙어 있는 안내 광고판을 보니 마침 1층이 古玩展示會 期間이다. 일행들과 헤어져 우리 부부는 1층의 古玩展示會場으로 들어선다. 오후 5시가 지나서 문을 닫은 곳이 있지만 가게가 여러 곳이어서 볼만한 곳이 있었다. 중국 차 도구와 중국 문방사우 중심으로 살펴보았다. 청대의 눈에든 자사차호 하나의 값을 물어보았다. 우리 돈으로 1백 2십만 원이란다. 다른 곳으로 이동하여 볼만한 현대작 자사 차호 1개의 값을 물어보았다. 우리 돈으로 1백만 원이란다. 또 다른 곳에 들려 서각이 된 약간 고풍스런 대나무 필통 1개의 값을 알아보았다. 우리 돈으로 5십만 원이란다. 이런 경제 수준이 현재의 중국인 것 같다. 놀랍다. 이 분야 한국 물가를 능가하는 수준이다. 버스로 이동하여 이곳의 특식이라는 火鍋를 먹는다. 거리마다 火鍋 간판이 많이 눈에 들어온다. 어느 해 여름에 성도에서 이 요리를 먹으면서 많은 땀을 흘린 기억이 있어 별로 달갑지는 않았다. 식당 이름은 重慶小天鵝 人民路店이다. 양념 배합 요령을 배워 맵지 않은 쪽을 처음부터 택하였더니 먹을만 하였다. 배합 요령을 배운데다 나름대로 땅콩과 참깨를 더하였더니 비교적 입맛에 맞아 아내도 그렇게 만들어다 주었다. 좋다고 한다. 8시에 朝天門 부두에 도착하여 8천 톤급 世紀遊輪(센추리크루즈)에 승선한다. 양자강 크루스로는 가장 큰 베란다. 3백여 명의 승객으로 만선 출항이란다. 승선하여 448호실을 배정받았다. 최선생과 문선생을 411호실이다. 시설은 5성급이라는데 보통 수준은 되는 것 같다. 침대 두 개, 화장실, 샤워실, 베란다에 의자 2개, 옷장, 응접세트, 테이블, 실내화, 응급복장, 전화 등등 대개 잘 갖추어져 있다. 난방도 아주 잘되고 휘트니스, 바, 매점 등도 있다. 예정대로 10시에 출항한다. 베란다에서 아내랑 휘황찬란한 중경 양자강변의 야경에 취한다. 가로수의 이중 홍등, 도시의 화려한 조명, 무각 교량의 가로지른 찬란한 유색 등불이 현재의 중국 저력을 드러내는 것 같다. 대형 고층의 초호화 호텔 쌍둥이 빌딩의 전면이 한 화면으로 구성되어 천변만화의 그림을 그려낸다. 배 뒤로 중턱에 걸린 대형 교량에서는 횃불이 계속 반복하여 하늘로 치솟고 있다. 참으로 볼만한 야경을 연출하고 있다. 놀랍다. 이런 야경을 일찌기 본 일이 없지 않은가. 화려하고 아름답고 놀랍다는 말로 하루를 마감하며 우리 부부는 잠자리에 들었다. 2월 7일 토요일이다. 아침 7시 크루즈에서 아침 뷔페를 한다. 지정받은 테이블은 출입구 앞쪽 세 번째다. 일행 8명의 식탁이다. 문선생과 최선생은 항상 우리 부부와 같은 식탁에서 음식을 즐기게 되었다. 같은 음식을 두 열로 차려놓고 3백여 명이 식사하는데도 별다른 불편이 없다. 8시 30분부터 豊都鬼城 선택관광이다. 1인당 인민폐 290元이란다. 우리는 정박 중인 크루즈의 베란다에 앉아서 보기로 한다. 내 무릎에 문제가 있어 계단 걷기가 두려워서고, 별다른 매력이 없었기 때문이고, 풍도귀성 앞에 배가 정박하여 배 안에서도 뒷모습과 옆모습을 볼 수 있었기 때문이다. 그뿐 아니라 좀 쉬고 싶어서였다. 다녀온 이들 이야기를 들어도 잘한 선택이었다. 아내는 그 시간 스카프 매기 특강 방에 가고 나는 배 안의 구조를 익히고 베란다에서 산책을 하면서 三峽을 향하는 길목을 깊이 보는 시간을 가졌다. 잠시 후 아내를 불러올려서 우리 부부와 문선생 최선생은 한조가 되어서 양안을 바라보면서 그네를 타고 강바람을 즐겼다. 점심도 선상 뷔페다. 두 젊은 남녀가 옆에서 불편 없이 써빙하는 점심을 즐기고 양자강의 진주라고 불리는 石寶寨로 향한다. 하선 카드를 받아 목에 걸고 부교를 건너 신흥 상가 길을 따라 올라가다가 십자로에서 왼쪽 길로 내려가면 양편에 상가가 늘어서 있고 석보채 가는 연육교를 건널 수 있다. 삼협댐의 수위로 예전의 石寶寨 마을은 모두 수몰되었다. 사진으로 보니 10여 동의 민가가 현재의 석보채 밑에 있었다. 큰 도장 모양의 바위 위에 지어진 도교사원이 있다. 五彩色 바위여서 石寶라 했으며 도장처럼 생겨서 玉印山이라고도 했다한다. 조그마한 이 바위 덩어리를 오르기 위해서 못을 일체 사용하지 않고 계단식 목조건물을 지어 한쪽에 7~8층루의 건축물이 붙어 있다. 그곳으로 우리도 올랐다. 놀라운 것은 이 바위덩어리 하나를 보존하려고 많은 공사비를 투자하여 둘레에 수십 미터의 방수 성벽공사를 완성한 일이다. 수십 길의 수면 밑에 이 바위의 지면이 보였다. 길은 예 그대로 있지만 인적은 없었다. 육지에서 연육교를 건너야 石寶寨를 오를 수 있다. 春節을 앞두고 연육교의 도장공사가 한창이었다. 石寶寨의 원주민들은 모두 이곳에 새로 형성된 상가의 상인으로 변신하여 생계를 이어간단다. 자원 개발을 통해서 관광과 민생을 동시에 챙긴 중국 정부의 두뇌를 읽을 수 있다. 석보채에서 내려오는 길목에서 조그마한 차호를 하나 산다. 작지만 금박이 섬세하고 아름다워서다. 80元이라는 것을 30元에 샀지만 흠집이 있었다. 덮개가 깨진 것을 붙여놓았다. 우리 돈 5천원 정도이므로 현지인을 돕는 자선이라 생각하니 마음이 흐뭇하다. 아내가 보잔다. 예쁜 것을 샀다고 칭찬이다. 아내의 안목이 이제 나의 안목과 다르지 않다. 더불어 살아온 나이테일 것이다. 6시에 선장이 초청하는 리셉션이다. 선장, 부선장, 주방장, 사무장이 도열하여 환영하는 입구에서 카메라 셧터가 계속 터진다. 내가 앞서고 아내가 뒤에 따라 입장한다. 앞 두 번째 중앙 자리에 우리 4사람이 앉았다. 아내가 결혼 46주년 기념 여행인데 나가서 다시 사진이라도 한 장 찍고 들어오잔다. 아내의 뜻에 따라 그렇게 하였다. 예전엔 우리 부부 모두 이런 숫기도 없었지 않았던가. 아내도 이제 從心所欲의 나이가 아닌가. 논어 위정편에 칠십에 종심소욕불유구(七十而從心所欲不踰矩)라고 했다. 이 말은 마음이 하고자 하는 것처럼 하더라도 절대 법도를 넘지 않는다는 뜻이 아니던가. 만찬은 뷔페가 아닌 정찬이다. 식탁으로 정찬코스 음식을 써빙하는 성찬이었다. 이어서 9시부터는 5층 바에서 승무원 민속쇼가 있다. 우리 식탁에서 써빙하던 청년이 皇上으로 출연하여 우리를 즐겁게 하였고, 그 다음 프로에서는 마스크체인지의 고급테크닉을 보여주어 우리 모두를 놀라게 하였다. 다양하고 즐거운 민속쇼였다. 아마추어리즘이 더 우리를 행복하게 한 것 같다. 내일이 결혼기념일인데 내가 칵테일을 한잔 하자며 아내에게 좋은 시간을 정하라하자 문 선생과 최 선생과 상의하여 오늘 저녁 만찬 전으로 하려다가 내일 하기로 하였단다. 중경에서 豊都를 거쳐 이 곳 石寶寨까지는 양자강에 10개의 다리가 걸려 있는 것 같다. 江岸 양쪽에는 수몰지역민들의 신축 가옥이 듬성듬성 올라와 있고, 어떤 곳은 조밀한 아파트지역으로 되어 있고, 또 언떤 곳은 독채 가옥이 적지 않았다. 1가가 1촌인 곳도 여러 곳 있다는 안내자의 귀띔이다. 배가 정박하는 곳은 강심에서 강가쪽에 설치한 정박장들이다. 이곳에 배를 대고 연육부교를 통해 육지에 오르도록 하였다. 그것이 곧 정박장인데 정박장마다 상근하는 이들이 있고 어떤 곳에는 파출소도 있다. 어떤 곳에는 양자강 경비정도 정박하고 있다. 강물은 맑고 강심은 1백미터 이상 깊으며 삼협댐으로 흐르는 강물을 따라 항진한다. 강풍이 소슬하고 양안은 숲이 깊지 않고 향나무과 나무들만 듬성듬성하여 광활감을 더해준다. 양자강변은 나일강변과 아마존강변의 중간쯤되는 느낌을 준다.

아마존강변의 음습하고 울창한 산림, 나일강변의 황량하고 통랑한 툭트임의 중간자가 양자강변이다. 나 같이 못난 사람이 아내와 같이 이런 세계의 삼대 강변을 둘러볼 수 있는 여건과 이 시대에 감사하지 않을 수 없다. 배 안에서 간간이 혼자 나와서 6층의 옥상 뱃머리에 홀로 앉아 양편 강안과 바람을 가르고 나아가는 世紀遊輪의 흐름에 몸을 맡겨보았다. 내 나머지의 삶도 이렇게 곱게 흘러 큰 바다에 이르기를 합장하여 본다. 2월 8일 일요일이다. 결혼 기념일이다. 아침 6시에 기상하여 7시 되기 전에 크루즈 뷔페로 아침 식사를 한다. 뷔페지만 좌석이 고정석이라 편안하다. 어제 저녁 식사 후에 白帝城 선택관광비 1인당 290元씩 580元을 카운터에 납부하고 영수증을 받았다. 아침 7시 30분부터 하선이지만 15분 전에 준비하고 나간다. 붐비는 시간을 피하는 방법이다. 하선카드 448호방 두 개를 받아 아내와 나누어 목에 걸고 맨 앞에서 하선한다. 연육부교를 건너서 상륙하면서 보니 벽에 奉節縣이란 큰 글자가 보이고 경사길을 오르자 바로 작은 광장에 이른다. 이백, 두보, 백거이 등의 흰색 조상이 서 있는 몇 계단을 오르자 더 넓은 광장이 나오고 오른편 江岸에 고풍스런 누각이 서 있다. 삼협을 출입하는 옛날의 門樓일 것이다. 정면으로 내려가 버스에 탄다. 白帝城까지 10여분 내외의 거리인 것 같다. 버스에서 내리자 오른편 섬 위의 흰 건물이 백제성이고 왼편의 물줄기는 石馬河라는 강이다. 이 강이 長江에 합류되고 난 뒤 백제성을 한 번 휘돌고서는 瞿塘峽 쪽으로 나가는 것이다. 현재 백제성으로 건너가는 다리는 風雨廊橋라 이름하였다. 다리를 건너자 忠義廣場이 있고 諸葛孔明의 조상과 뒤로 出師表가 새겨진 넓은 구조물이 있다. 그곳에 백제성 계단을 올려주는 도우미들이 즐비하다. 대나무를 엮어서 만든 간이 의자를 앞뒤로 두 사람이 매고 올라가는 도우미들이다. 이른바 대나무가마다. 올라가는데 60元 내려가는데도 60元이란다. 올라가면서 헤아려보니 100여 계단 정도 같은데 수몰 전 백제성 계단이 현재의 몇 배나 되었었기 때문에 오늘날까지 그들의 생계에 도움을 주고 있는 것 같다. 백제성의 역사는 1천 7백여년전 동한시기까지 올라가니 유서 깊은 곳이다. 부지런히 앞서서 계단을 올라 白帝城이라 橫額懸板이 걸린 門樓 앞에 선다. 郭沫若의 글씨다. 그가 四川省 출신이 아니던가. 20세기 글씨다. 李白의 早發白帝城과 杜甫의 白帝城樓라는 시로 익히 알려져 있고, 촉나라 유비가 이곳에서 임종을 맞이하면서 諸葛亮에게 후사를 부탁한 것으로도 유명하다. 劉備가 제갈량의 속마음을 떠보려는 깊은 물음에 제갈량이 지혜로운 현답을 한 것으로도 후세인들의 인구에 회자되는 곳이 아니던가. 한 바퀴를 둘러보면서 역사적인 조상들과 유적을 본다. 시인묵객들과 영웅호걸들을 떠올려본다. 당시로 거슬러 올라가보면 응당 浩然之氣와 詩情이 일어날만하다. 李白의 시구를 떠올려보며 그날 아침 그가 이곳을 떠나며 얼마나 상쾌한 행복감에 젖었을까를 상상하여본다.

早發白帝城	아침 일찍 백제성을 떠나면서
朝辭白帝彩雲間	아침 일찍 오색구름이 감도는 백제성을 이별하고
千里江陵一日還.	천리 길 강릉을 하루에 돌아왔네.
兩岸猿聲啼不住	강기슭 원숭이들은 울음을 그치지 않는데
輕舟已過萬重山.	가벼운 배는 일만 겹의 산을 지나왔다네.

杜甫는 이 부근에서 1년여를 살면서 4백여 수의 시를 지은 것으로 알려져 있지 않은가. 그가 남긴 시 3분의 1정도를 이곳에서 지었다니 특별한 사연과 인연이 있었을 것이다. 그의 시 白帝城樓를 떠올려본다.

白帝城樓	백제성루에서
江度寒山閣	강은 겨울 산의 누각을 건너가고
城高絶塞樓.	성은 아득한 변방의 누대보다 높구나.
翠屛宜晚對	푸른 병풍산은 마땅히 저녁 늦도록 마주해야 할 것이고
白谷會深遊.	하얀 골짝 물은 반드시 깊숙이 노닐어야 할 것인데,
急急能鳴雁	무엇이 그리 급한지 기러기 울음 미끄럽고
輕輕不下鷗.	얼마나 가벼운지 갈매기 내려앉지 않는구나.
彝陵春色起	이릉에 봄빛이 일어나니
漸擬放扁舟.	점차 작은 배 흩어지는 듯하구나.

白帝城은 휘돌아가는 江心에서 솟은 섬이므로 제갈량 이전에 이미 觀星亭이 있을

만하고 詩城이라는 이름도 있을만하다. 제갈량이 하늘의 별을 보며 劉備가 棄世할 것을 알아차린 관성정은 그 이전에도 현재도 관성정의 터였으리라는 생각이 든다. 長江의 강물에 반조되는 하늘의 별들을 상상하여보며 백제성을 내려온다. 무릎이 안 좋아서 아내의 걱정을 덜어줄 겸 60元을 주고 도우미의 신세를 진다. 좀은 미안한 생각이 드는데 그들은 대나무가마를 들고 단숨에 나를 忠義廣場 앞에 내려다 놓는다. 종훈이 줄 장난감 딱딱이 2개를 현지 여인한테 샀다. 그들에게 다소라도 도움을 주는 것이란 생각에서다. 그랬더니 일행 두 분도 산다. 두 시간 정도를 보고 다시 승선한다. 승선할 때는 목에 건 표를 반환한다. 배에 들어오는 손님들께는 따뜻한 물수건을 나누어 주며 손을 닦도록 서빙 하는 친절한 봉사를 한다. 중국에서 이런 매너는 이전에는 말할 것도 없으며 현재도 일반화된 것이 아닌 특별한 것이어서 아주 고맙게 느껴졌다. 배는 지금 三峽 중 가장 짧고 가장 험준한 瞿塘峽을 향해 가고 있다. 짧다고 해도 직선거리 8킬로의 거리다. 배는 이제 오른 쪽 직각으로 솟은 白鹽山의 절벽을 보면서 왼쪽 風箱峽을 지나 기문(夔門)으로 향하고 있다. 황포군관학교 1기생인 孫元良이란 이가 白鹽山 분벽장(粉壁牆)에다 음각하여 놓은 "夔門天下雄 艦機輕輕過"라는 붉은 색 글씨가 유난히 선명하게 다가온다. 夔門은 아주 좁은 江幅이다. 배는 이제 왼쪽의 赤甲山을 휘돌아서 왼쪽의 巫山小三峽과 오른쪽의 巫峽으로 갈라지는 巫山을 향해 나아가고 있다. 배는 巫山을 왼쪽에 두고 巫峽大橋를 지나 무협으로 들어선다. 왼쪽으로 무산 12봉과 오른쪽으로 神女溪 등이 이어지는 40킬로의 협곡으로 이어진다. 숙연하고 차분해지는 느낌이 다가온다. 갑판의 정면 노랑 카페트가 깔린 외곽 안쪽 타원형 유리창 안 의자에 혼자 앉아서 흘러나가는 양안의 자연을 살펴보는 행복한 시간이다. 구당협 서쪽 입구에서 볼 때 남쪽의 깎아지른 산이 白鹽山이고, 북쪽의 산이 赤甲山이다. 적갑산은 산화철 성분을 포함하여 붉은 기운을 띠고, 백염산은 칼슘성분이 많은 산이어서 흰 소금 빛처럼 보인다고 한다. 맑은 날 보면 붉은 색의 적벽과 흰색의 백벽이 서로 마주보고 있어 그 모습이 마치 門과 같다고 하여 기문(夔門)이라 불렀다고도 하며, 關과 같다고도 하여 瞿塘關이라 불리기도 하였다. 계곡 兩岸의 높이는 1천 미터에서 1천 5백 미터라며, 계곡 사이의 폭은 1백 미터 정도란다. 두 절벽이 만들어낸 구당협곡은 폭이 좁아 마치 건물의 복도 같기도 하고, 양 편의 절벽만 보아서는 높은 성벽 같기도 하다. 절벽 곳곳에는 많은 석각들이 남아 있다. 북쪽보다는 남쪽의 계곡 벽면에 석각들이 많은데 깎아지른 듯한 벽면을 수놓은 수십 편의 석각들은 구당협의 또 다른 볼거리라 할 수 있다. 이 석각들은 宋代에서 근대에 이르기까지 제작된 것으로 篆書, 隸書, 草書, 行書 등 다양한 서체가 사용되었다. 역대의 수많은 문인들이 구당협을 찾았을 것이다. 작가 곽말약은 이곳을 지날 때 過瞿塘峽이란 시에서 '일컬어진 바와 같이 풍경이 빼어나니, 삼협의 으뜸이라 할만하다.'고 하였고, 시인 두보는 '모든 물이 모여 瞿塘一門을 다투는 구나' 라고 하였다. 내가 石田선생 방에서 공부할 때 석전선생이 발표한 '杜甫 秋興八首 了解' 원고를 3번 정서한 기억을 떠올려본다. 현재 통용되고 있는 5차 인민폐의 뒷면에는 중국 각지의 명소들이 소개되어 있는데, 10 위안권 뒷면에 구당협이 그려져 있다. 사천분지의 입구이기도 한 구당협 주변에는 유명한 고적들이 많은데, 협곡 입구의 봉절고성, 팔진도, 어복탑이 있고, 협곡 내부 북쪽 절벽 위에 백제성과 옛 棧道가 있다. 비로소 長江이라는 것을 실감하게 된다. 계속하여 직진한다면 神農溪를 지나 屈原祠가 나온다. 선중 뷔페로 점심을 하면서도 머릿속에서는 그림이 그려진다. 이제 곧 하선하여 20여명이 타는 작은 유람선을 갈아타고 小三峽 神農溪를 볼 차례. 높은 절벽의 움푹 파인 자연 동굴에 棺을 반쯤 집어 넣어놓은 懸棺의 장속을 볼 수 있다. 이것은 巴國의 유물이다. 이미 삼협박물관에서 상세히 보았던 현장의 실물들이다. 크루즈에서 내리자 비슷한 크기와 비슷한 모양의 작은 배 2십여 척이 부교에 1열로 매어 있다. 배에는 일련번호가 쓰여 있다. 우리 일행 2십여 명이 23호선으로 안내받는다. 문선생과 최선생의 배려로 운전석 반대편 맨 앞좌석에 우리 부부가 앉았다. 안내인은 현지 출신의 대학을 졸업한 젊은 여인이다. 이곳의 엘리트 여성이다. 배 안은 간이 창문이 설치되어 있어서 아늑하고 양안의 경치를 보는데 부족함이 없다. 이동하는 동안 주로 이곳 주민들 삶의 모습을 설명하여 준다. 이곳 오지인들의 삶과 행복과 불편함이 화두다. 한참 후 정박한 곳은 많은 부표(浮漂)를 이어서 만든 무대였다. 이곳에서 전승민요와 민속춤으로 꾸민 레퍼토리를 보여준다. 계곡에서 울려퍼지는 음향이 특이하다. 그러나 현지 관광객들의 담배연기 때문에 오래 서 있을 수가 없어서 타고 나갈 배로 돌아와서 대기할 수밖에 없었다. 크루즈로 돌아오는 동안은 안내양이 물건 파는 업무로 바빴다. 크루즈에서는 오후 6시에 환송만찬이다. 우리는 5시에 5층 바에 가서 문선생, 최선생과 우리 부부 네명의 일행이 데일리칵테일을 한잔씩 시켰다. 우리는 한국인들이고 70대 노인 들이므로 우리에게 알맞은 도수의 칵테일을 만들어 달라고 요청하였더니 파란색갈의 럼주 칵테일 4잔이 나왔다. 안주는 여러 콩류의 마른안주 두 접시다. 행복한 여행을 위한 건배를 하고, 이어서 우리 결혼 46주년을 축하하는 건배로 즐거운 시간을 가진 뒤 선장 초청 리셉션장으로 이동하였다. 우리 일행 중 문선생과 나 둘은 마시던 파란색 럼주의 칵테일 잔을 들고 만찬장에 들어선다. 정찬이다. 선장의 스피치에 이어 건배를 했다. 우리 부부는 46주년 결혼기념일의 밤을 양자강크루즈 선실에서 보낸다. 이날 밤 자정쯤 우리 크루즈 선박은 서릉협 일부를 지나면서 삼협댐의 5단계 선박통로를 지나 정박하였다. 통과 시간이 예상보다 길었으며 기름 냄새와 마찰음 때문에 크루즈선박과 함께하는 다소의 고통을 느꼈다. 2월 9일 월요일이다. 아침 6시에 기상하여 5층 바에 가서 커피타임을 즐겼다. 커피 대신 포도와 수박을 먹었다. 7시부터 아침 뷔페다. 그 동안 우리 테이블에서 봉사한 청년의 이름을 물었다. 王鵬飛란다. 훌륭한 봉사자로 추천서를 썼는데 집에 와서 보니 제출되지 않고 나한테 있어서 미안한 생각이 들었다. 8시에 하선하여 삼협댐을 관광하였다. 안전과 댐의 기여도에 역점을 둔 안내가 유난하게 두드러진다. 내부적인 어떤 까닭이 있을 것 같다. 아무튼 거대한 인조 구조물에서 다시 한 번 더 큰 중국을 느낀다. 매점에서 종훈의 전자팽이 두 개를 30元에 산다. 문선생도 따라서 두 개를 샀다. 어제 밤 크루즈 선박이 관문에 어떻게 진입하는가가 궁금하였는데, 그 의문이 풀린다. 물위에 떠 있는 긴 줄이 선박의 진입방향을 멀리서부터 잡아주는 방식이다. 5단계 출입관문도 그 원리의 이해가 가능하였다. 11시에 다시 승선하여 나머지 西陵峽을 보면서 크루즈는 점심 뒤 宜昌 부두에 도착한다. 오후 1시에 크루즈에서 하선하였다. 허름한 버스로 대략 4시간을 달려서 恩施의 열차역에 도착하였다. 차도는 험난하고 하늘에 높이 걸린 듯한 많은 교량과 수많은 터널을 통과하였다. 길 양편은 험한 산이 대부분이고 산 속에 이따금씩 民家가 보인다. 특이한 것은 중국의 다른 지역과 달리 墓地가 많이 보이는 것이다. 그 까닭이 궁금하다. 저녁 6시 39분 恩施驛에서 중경 북역으로 가는 고속열차를 탔다. 은시역에서 과자 등으로 허기를 달랜다. 최선생이 소화불량으로 아무것도 못 자셔서 따뜻한 것을 찾아다녔지만 아무 것도 없다 할 수 없이 미지근한 우유차를 한병 사다드렸다. 주변을 돌아다녀도 살 것이 마땅치 않아서다. 중경 북역에 내려 다시 올 때처럼 많이 걸어서 버스를 타고 삼겹살집으로 이동하여 저녁을 먹는다. 우리 테이블에 스님 두 분이 동석한다. 한 스님의 봉사로 저녁을 편히 잘 먹었다. 고맙다. 경주캠퍼스 동국대 교수란다. 한분은 거제도의 스님이었다. 重慶市 九龍城區에 있는 소피텔 럭셔리호텔에 여장을 풀고 하룻밤을 보냈다. 시설이 많이 복잡한 호텔이지만 호화반점으로 꾸미려는 노력이 여러 곳에 드러나 있었다. 특히 우리 부부가 묵은 방이 그러하였다. 2월 10일 화요일이다. 여유롭게 일어나서 아침 8시에 호텔 뷔페로 조식을 하고 바로 떠나 공항에 여유롭게 도착하였다. 11시 탑승 수속을 비즈니스창구에 부탁하여 우리 부부는 기다리지 않고 바로 출국수속을 마쳤다. 탑승 때도 우리 부부는 비즈니스 출구를 이용하여 바로 비행기에 올랐다. 고맙다. 12시 50분 중경 국제공항을 이륙하여 3시간 30분 만에 인천 국제공항에 도착하였다. 음악을 들으면서 지루하지 않게 도착하였다. 오후 5시 예정 시간에 인천공항에 도착한다. 택시 안에서 진우 과학고 모의고사 전국 4등 소식을 민아한테서 듣는다. 준철한테서 전화로 종훈 제주도 다녀온 소식도 들었다. 준철은 연구실에 있다.

타이완臺灣

2015.4.14.(화)-17.(금) : 대한항공 마일리지 8만 5천으로 대만 여행을 떠난다. 아내는 좀 모자라고 나는 좀 남는 마일리지다. 아침 7시에 택시가 도착하여 전화를 한다. 가벼운 가방 하나씩을 가지고 내려가서 택시에 오른다. 이슬비가 내리는 아침이다. 안개를 걱정하였지만 별문제가 없이 도착하였다. 공항에 일찍 도착하여 여유롭다. 바로 비행기표를 받아서 비즈니스 창구로 가서 입국수속을 마친다. 아내가 집에서 가지고 온 찹쌀떡 두 개로 요기하고 입국 수속을 마친다. 여권대조가 철저해 시간이 좀 걸린다. 얼마 전 승객 바꿔 타기사건 때문이다. 시간이 남아 좀 걷다가 샌드위치와 주스로 아침을 대신한다. 예정보다 좀 늦게 대만 도원국제공항에 도착한다. 바

로 안내인을 만나 도착을 확인받고 여유롭게 앉아서 쉰다. 일행들을 만나 버스에 오른다. 점심 먹으러 대북시 長春路 77호 金品牛肉麵 집으로 간다. 아담한 이층 식당이다. 주인은 키와 용모로 보아 원주민 후예거나 일본인 후예 같았다. 경직되어 보이는 매너다. 우육면은 먹을 만하고 비교적 정갈한 식당이다. 쇠고기를 몇 점 볶아서 얹은 면이다. 나오면서 가게 훼미리마트에 들려 생수 한 병을 산다. 일행 중 두 여인도 음료수를 샀다. 인품이 여유로워 보이고 여행매너가 있는 이들이다. 충렬사 위병교대식을 보고 바로 고궁박물관으로 간다. 근위병은 멀리서 보고 휴게실로 들어가서 쉬었다. 전에도 보았고 햇볕도 뜨거워서다. 박물관은 중점 유물 몇 개를 보는 것으로 만족해야하기 때문에 이번도 아쉬울 뿐이다. 7천 년 전 갑골문자가 들어있는 솥, 비취배추, 상아다중구 등 이미 널리 알려진 것들이다. 안내도 이런 유물 위주로 만들어 진행하고 있다. 서화 쪽은 아예 보지도 못하고 나오는 엉터리 관람이다. 이번에도 언제 다시 와서 보아야겠다는 생각으로 돌아서고 만다. 대만이 자랑하는 101층 타워는 처음 올라본다. 89층에 올라 한 바퀴 돌며 대북 시내를 둘러본다. 일몰 풍경이 참 아름답다. 늘 지고 뜨는 저 태양처럼 우리도 그런 선상에 놓여 있으리라. 초고속 엘리베이터는 진공식이라는 공법이 초고속을 만들었다는 안내다. 인상적인 것은 89층 중앙 상하에 대형 원추를 설치하여 건물의 흔들림을 안정시킨 공법이다. 그렇다고 하여도 나는 흔들림이 감지되고 있었다. 바람 때문만은 아닌 여러 안전문제를 고려한 것 같다. 관광 명소로 자리 잡혀 있고 관광 가치가 있어 보인다. 인파가 많이 북적이는 건물이다. 숙소인 호텔은 외곽 공항 가까이에 있는 비교적 새 호텔이다. 주변은 아직 황량한 개발도상의 지역에 자리잡고 있다. 침실은 크고 널찍하며 깨끗한 편이어서 쉴 만하다. 그러나 아침 뷔페식당은 내국인, 수학여행단 등을 받고 있는 중급 이하의 음식이다. 그러나 3일간 이곳에 묵어 좋은 점도 있다. 호텔로 오기 전에 대북시 중산구 雙城街 12-3호에 있는 足享養生館으로 가서 대륙식 발마사지를 하였다. 아내와 같은 방에서 피로를 푸는 40분이다. 나는 60대 남자가, 아내는 30대 여자가 정성껏 피로를 풀어준다. 장개석이 대륙에서 데려온 기술 이전으로 특색이 있단다. 내 마사지사도 다른 곳과 차별되는 마사지라고 자랑하면서 나에게 확인을 한다. 아내가 미화 2불씩 팁을 준다. 특히 여인이 고마워한다. 4월 15일 수요일이다. 대만여행 아침 6시 기상,

6시 30분 조식, 7시 호텔 출발이다. 대만식으로 느껴진다. 버스로 대북의 北驛에 가서 花蓮行 기차에 올랐다. 기차는 비교적 깨끗하고 탈만한 시설이다. 화련까지 주변의 자연을 본다. 오밀조밀한 섬나라다. 일본풍이 많이 남아 있다. 한어와 일어로 관광 안내를 하는 전통이 굳어 있는 곳이다. 올 때마다 좀 마뜩잖다. 농촌 풍경은 대륙보다는 평균치가 보이는 곳이다. 화련까지 3시간 가까이 타는 시간이다. 파크뷰 호텔로 가서 점심을 한다. 뷔페식인데 깨끗하고 식물성 음식이 다양하여 좋았다. 특히 붉은 팥 낱알 익힘 탕, 녹두 낱알 익힘 탕, 검은 향초 수프 등 농촌스런 음식으로 점심을 즐겼다. 칠성당 해변은 군용시설 옆이어서 전투기 소리가 귀를 찢는 곳이다. 대륙 관광객들이 해변의 돌을 60%이상 주워가서 현재는 취석을 금지하고 벌금을 물린다고 안내인이 알려준다. 이슬비가 내리기 시작하여 해변에 잠시 서서 바라보다 차에 오른다. 해변 가 숲 밑에 꽃들이 예뻐 아내와 같이 하나를 주어보기로 하였다. 애완하다가 놓고 올 요량이다. 아내는 좋으면서도 걱정이다. 호텔에 와서 살펴보더니 너무 아깝다고 가져갈 방법 없는지 알아보자고 한다. 안내인과 상의하니 그런 것은 전혀 문제 안 된다고 하여 가져왔다. 예쁜 群舞石 꽃돌이다. 볼수록 예쁘고 아름답다. 태로각(太魯閣) 국가공원 협곡으로 이동하여 걸으면서 장춘사, 연자구, 자모정을 본다. 자모정 부근에서 쉬면서 망고아이스크림과 장미꽃차 등을 마시면서 하늘을 보고 협곡을 본다. 파란 숲과 계곡물이 우리를 평안하게 안아준다. 열차 편으로 오던 길을 따라 대북에 도착하여 저녁 식사를 한다. 대북시 신생북로 2단 74호 2층 집이다. 샤브샤브다. 야채와 쇠고기 등을 먹고 국수를 먹고 밥을 볶아먹는 순서다. 한 여인이 요리를 하여 분배하여 나누어 준다. 솜씨가 아주 익숙하다. 맛은 담백하고 별 특색은 없다. 호텔로 와서 잘 쉰다. 대만의 신록이 유난히 부드럽고 아름답게 가슴 속 깊이 다가오는 하루였다. 4월 16일 목요일이다. 좀 느긋한 아침이다. 7시 일어나서 8시 30분 버스를 타는 일정이다. 아침 뷔페는 먹을 것이 별로 없다. 대형 식당은 초만원이다. 스펀(十份)으로 이동하여 天燈에 소원을 적는다. 나는 행복한 가족을 원한다. 종훈 가족, 진우 가족의 행복을 축원하는 글을 붓으로 썼다. 특히 진우의 합격을 기원하였다. 4면의 붉은 등에 4사람씩 소원을 써서 날리는 순서다. 아내는 건강한 해로와 가문의 영달을 축원하겠단다. 나더러 쓰라고 하여 내가 썼다. 한 면은 願 幸福家族 宗薰家,

振宇家, 振宇合格. 2015. 4.16. 一庸 合掌이라 쓴다. 다른 면에는 願 健康偕老, 家門 榮達. 2015.4.16. 惠田 合掌이라 썼다. 철길 양쪽에 높은 건물이 있어 등을 하늘로 올리기에 안성맞춤인 곳에서 4인이 4면의 등을 잡고 등 속에 불을 붙여주면 손을 동시에 놓아 하늘로 올린다. 정중하고 즐겁고 행복한 마음으로 등을 올렸다. 아내가 많이 행복해하면서 기대 밖의 좋은 프로라고 좋아한다. 나 또한 흐뭇한 순간을 체험하였다. 아주 덥다. 시간 여유가 있어서 땅콩아이스크림을 사서 아내와 즐긴다. 네모난 엿과 땅콩 덩어리를 대패로 깎아내 쌈 떡에 깔고 아이스크림 두 덩이를 넣어 싸주는 것이다. 마른 체격의 붉은 수건 두른 젊은이가 희극적으로 행동하면서 즐겁게 장사하고 관광객을 즐겁게 한다. 버스로 스펀을 지나서 쥬펀(九份)으로 이동하다. 쥬펀 상점가를 지나면서 종훈 줄 자동차형 호루겔 한 개를 샀다. 관광객으로 좁은 길이 막혀 흐름을 따라 이동한다. 망고아이스크림을 사 먹으면서 더위를 물리친다. 버스를 타고 점심식당으로 이동한다. 야류 해안 공원에 있는 식당이다. 이집 깍두기는 일품이다. 잘 익어 맛이 좋다. 음식이 먹을 만하고 관광지 식당이지만 깨끗한 편이다. 해상공원은 몇 년 전에 비해 몰라보게 달라져 있다. 잘 정비되고 깨끗해졌다. 야류의 명물 해변의 석상들을 보호하려고 과학적인 방법을 동원한단다. 몇 개의 석상에는 더 이상의 부식을 막으려고 화공약품 처리를 명년에 한다는 안내. 해변 석상을 둘러보고 우리 부부는 바로 돌아서 정류장 부근 휴게소로 와서 망고아이스크림과 커피를 마시면서 쉬다가 일행이 와서 같이 버스에 오른다. 시내 쇼핑몰에 가서 칠채석과 옥제품 등을 본다. 우리 부부는 다른 물건에 관심이 없기 때문이다. 수산석 인재가 하나 있다. 물어보니 오직 하나뿐이고 1백 9십만元이란다. 칠채석은 좋은 것이 안보였다. 저녁식사 후 김종길 아내를 식당에서 만났다. 대만식 샤브샤브 식당에서다. 버스로 서문정 거리로 이동하여 회사에서 주는 망고빙수 한 그릇을 아내와 같이 거뜬히 비운다. 거리를 걸어보면서 양편의 상점과 상품들을 구경한다. 살 것은 아무것도 보이지 않는다. 용산사로 이동하여 비교적 한가한 용산사를 본다. 얼마 전에 비해서 정비를 잘 하고 현대화시킨 것이 운치를 감소시켰다. 화장실의 현대화 주변의 현대화가 고풍스러움을 감소시켰다. 기둥은 그대로이나 철제로 감아서 보존하는 것이 왠지 좋아보이지 않는다. 바로 옆 야시장을 한 바퀴 돌아본다. 전과 비슷하지만 정리정돈이 잘되어 있고 물건들이 현대화 된 느낌이다. 이십여년이 지났으니 변화가 당연하다. 종훈 전화기와 계산기 겸용 장난감 하나를 산다. 오늘은 좀 피곤함을 느낀다. 4월 17일 금요일이다. 오늘 비행장 가기 전에 중정기념관을 관광하고 비행기를 탄다. 자유광장이라고 이름을 바꾸고 전에 비해 더 공원 분위기다. 권력과 정권의 변화 때문이다. 1시간 딜레이로 오후 6시경 인천 도착한다. 진우 서울과고 입시 5월 10일이고 10대 1이란다. 꼭 합격되기를 기원한다. 애비는 에버랜드에 종훈과 같이 가 있단다. 중간고사여서 오늘 내일 오크밸리에 있다 온다는 전화다. 저녁은 집에서 먹고 여정을 정리한다. 화련에서 주은 돌이 무사히 도착하였다. 없어진 줄로 착각한 것은 그 염려 때문에 생긴 해프닝이었다. 아내가 몹시 아쉬워했는데 잘 들어 있어 다행이다. 군무라고 이름붙일 수석이다. 예쁜 꽃돌이다. 태평양을 바라보는 바닷가에 가서 해변 길 옆 나무밑에 버려져 있는 것을 주었다. 비가 내리기 시작하여 1~2분 차에서 내렸다가 타는 시간에 만난 인연이다. 아내도 수석 마니아가 되어 있다. 부부란 이런 것인가보다.

스위스

  2015.7.4.(토)-12.(일) : 1983년 1월 7일의 몽블랑과 레만호수의 추억을 안고 떠난다. 7월 4일 토요일 대한항공 KE917편 15시 40발 스위스행 비행기를 타려고 아내와 집 앞에서 오후 1시에 대기 중인 택시에 올랐다. 체크인 먼저하고 인솔자 김영지 만나다. 비즈니스 라운지에 가서 성수내과 김원장과 그 남편 조덕연 원장한테 먼저 이곳에 와 있다고 아내가 전화를 한다. 얼마 뒤 도착하여 점심을 같이 하고 그분들은 쇼핑하러 나갔다가 기내에서 다시 만났다. 우리는 우편 앞 열이고 그분들은 중앙이 좌석이다. 몇 시간을 갔는지 기내에서 보니 흰 구름 위에 비행기가 떠 있고 그 위는 온통 에메랄드 공간이 투명하다. 몽고와 우크라이나 쪽 같다. 다음은 무한히 펼쳐진 망망한 초원이 이어지고 그 다음에는 습한 회색빛 흙 평야가 이어지더니 건조한 사막이 나타난다. 20시 경에 예정대로 취리히공항에 내렸다. 좌석 덕에 피곤하지 않게 도착하였다. 침대에 누워서 자고 온 셈이다. 공항에는 스위스의 홍창제 팀장이 차를 가

지고 나와서 맞아주었다. 섭씨 30도가 넘는 이상 온도다. 더위를 걱정하는 멘트로 안내를 시작한다. 이곳 호텔에 에어컨이 안 된 곳이 많아서 걱정이란다. 모벤픽 에어포트호텔에 도착하여 선풍기를 켜고 잠을 청하였다. 공항 부근의 호텔이다. 좁고 답답한 우리나라 모텔 수준이다. 홍팀장은 와이파이 사용요령 설명이 먼저다. 일행 20명 중 그 3분의 2정도가 사용자인 것 같다. 7월 5일 일요일이다. 오전 9시에 오늘부터 여행 종료일까지 우리를 태워줄 버스에 올랐다. 운전기사는 잘생긴 독일계다. 여행 일정표와 시간표를 같이 놓고 운전을 시작한다는 홍팀장의 전언이다. 독일계답다. 취리히에서 슈타인 암라인까지 58킬로미터를 달린다. 약 1시간이 걸린단다. 요즈음 한국 여행객들을 몽블랑과 융프라우로 안내하지 않는 것은 중국과 인도 여행객의 폭주 때문이란다. 우리가 가고 있는 2차선도로의 양편에 깔끔하게 정리된 경작지들이 인상적이다. 여행은 문화와 자연을 보는 것이란 말이 떠오른다. 1미터 정도 자란 파란 옥수수밭, 노랗게 익은 밀과 보리밭 등이 많고 해바라기 밭과 여타의 초록 식물들이 고즈넉하게 아름답다. 노란 황색 밭은 기내에서 궁금하게 생각하였던 식물이다. 특이한 것은 차의 바퀴가 지나간 흔적처럼 한군데씩 골이 나 있다. 트랙터가 지난 간 것일까? 숲속 오솔길을 지나 라인강 우편의 셋강변 좁은 차도가 인상적이다. 이곳 라인강의 폭은 30미터 내외 정도다. 라트하우스라는 시청사를 본다. 중세분위기를 간직한 번화가 운더스타트거리를 돌아본다. 15~16세기의 프레스코화들이 건물벽체들을 아름답게 장식하고 있다. 길 양 편에는 관광객을 위한 상점들이 즐비하다. 거리에 만들어놓은 수도꼭지가 있는 곳에서 물을 무료로 받아 마시도록 하였다. 그곳에서 물을 받아 마시면서 관광을 한다. 골목 뒤편에 라인강의 깊은 물결이 차갑게 느껴진다. 섭씨 35도를 오르내리는 이상기온인데도 빙하가 발원지여서 그럴까? 여기서 30분 정도 달려서 샤프하우젠으로 이동한다. 약 30분이 소요된다. 라인강의 시발점으로 유럽에서 가장 큰 규모의 라인폭포를 보기 위해서다. 라인폭포 앞 2층 레스토랑에서 점심식사를 한다. 이곳으로 접어들자 폭포소리가 들렸다. 넓은 창문으로 라인폭포 전경이 펼쳐진다. 유럽에서 가장 큰 폭포라고 하지만 규모는 아담하다. 예쁜 폭포다. 폭포 한 중간에 작은 섬이 인상적이고 그 뒤에 걸린 철교가 아름답다. 식당에서 오른편 아담한 산도 예쁘다. 두 산에 사람들이 있는 것을 보면 개방된 공간 같이 보인다. 소시지 두

가닥에 소스가 덮인 쌀밥이 큰 접시에 담긴 것과 빵과 샐러드가 점심 메뉴다. 우리 부부는 돼지고기 대신 다른 것을 주문했으나 모양은 차이가 없었다. 식후 뱃놀이 등 자유시간이 주어진다. 우리 부부와 김원장 부부는 이 레스토랑 베란다에 앉아서 눈과 오감으로 폭포를 즐기기로 하였다. 아내가 아이스크림을 주문하여 먹으면서 폭포를 본다. 라인강은 빙하가 녹아서 스위스에서 발원한다. 오늘은 현지의 현재 섭씨 29도다. 여기서 다시 버스로 취리히로 이동한다. 1시간 정도 걸려서 인구 40만 스위스 최대도시 취리히에 도착한다. 한국의 GDP는 2만 8천 불인데 스위스는 8만 4천 불이다. 세계의 최상급이다. 그로스뮌스트성당에 들어가 쉬면서 성당 구조와 내부의 아름다움을 본다. 취리히 구시가에서 자유 시간 갖는다. 아내가 화장실에 갔는데 보이지 않았다. 먼저 차로 갔을 수도 있어서 차에 갔으나 보이지 않는다. 바로 현지 홍팀장과 스루가이드한테 차에서 내려 찾아달라고 부탁하며 나도 따라 내려서 공원화장실 쪽으로 간다. 한참 뒤에 반대방향에서 아내를 찾아 홍팀장이 안내하여 오고 있다. 아내는 사색이 다 되었다. 아내가 얼마나 당황했을까. 내 마음이 아렸다. 위로하여주었다. 이제 루체른으로 간다. 고속도로 양편 잘 조성된 田野가 평온하고 안정되어 있다. 취리히에서 루체른까지 52.5km이다. 베른 호수 가에 있는 시부르그호텔에서 1박을 한다. 좁고 시설이 좋지 않지만 로비에 음료수가 준비되어있어 마실 수 있고, 좁지만 엘리베이터도 있으니 위로를 받는다. 전망은 호수와 산이 펼쳐져서 아름다우나 좁고 투박한 선풍기 바람에 숨이 가빠서 쾌적하지는 않았다. 호수를 보며 저녁 먹은 것을 감사하면서 겨우 잠을 청하였다. 7월 6일 월요일이다. 아침 5시 30분에 일어나서 창을 열고 시야로 들어오는 호수와 그 뒤로 보이는 설산의 영봉을 가슴으로 안고 심호흡을 즐긴다. 아내도 내 옆에 와서 이 모든 것을 같이 안는다. 옷을 입고 아내와 루체른(Luzern)호수로 산책을 나선다. 호텔 앞 2차선 차도를 하나 건너면 루체른 호수변 산책로다. 먼저 호텔 좌편 차도 옆 샛길을 따라 20분을 걷는다. 수면위에 많은 새들이 있다. 깃 속에 머리를 뒤로 묻고 잠에 든 오리, 일찍 기상하여 물고기를 사냥하는 오리, 의연하고 기품 있게 긴 머리를 바로 세우고 앞으로 나아가는 백조, 물 위를 스치면서 날개를 펴는 여러 새들이 아침을 곱게 열고 있다. 꼬리 속에 머리를 박은 채로 물 위에 정지하여 있는 거구의 백조가 가장 인상적이다. 자연의 순치를 상징하는 것 같다. 길 옆 호텔 방향은 호수를 마주한 언덕 위에 아름다운 조형미를 뽐내는 집들이 들어서 있다. 모든 집들이 창문이 넓고 시원하다. 살고 싶은 곳이다. 호수의 양 면에 있는 인가들이 한가하고 여유롭다. 산책로가 달라져서 뒤돌아 반대편으로 걷다가 김원장 내외를 조우한다. 반대쪽은 공원형 유원지 시설과 도심 쪽이다. 호텔로 와서 아침식사를 뷔페로 한다. 식당은 1층 같은 장소 한 곳뿐인 호텔이다. 스위스는 국민들이 싸움을 잘하여 용병으로 먹고 산 나라다. 용병들을 상징하는 빈사의 사자상을 본다. 설명은 작품성에 못 미치는 것 같다. 사자상의 창과 방패의 설명이 작품 의도와 빗나가는 것 같았다. 이어서 바로 유럽에서 가장 오래되었다는 목조다리 카펠교를 보러간다. 강은 옛 강 그대로이겠지만 나무다리는 모두 보수되어 옛 흔적이 거의 사라졌다. 내 보기에는 이 다리는 강 건너 성당 때문에 만들어진 것 같은데 안내는 전쟁용이라고 설명하려한다. 물론 후에 그렇게 이용도 되었겠지. 시계점에는 어디고 중국인들로 초만원이다. 구멍가게에서 아이스크림 4개를 주문하여 길거리 의자에 김원장 부부와 우리 부부가 앉아서 여유를 즐기자 어느새 아이스크림 노점상 앞에 긴 줄이 늘어선다. 물어보니 호주에서 온 이들이다. 루체른 시내관광이다. 일행들은 뻐꾸기시계에 관심이 많은 것 같다. 버스로 이동하여 루체른호수 유람선에 오른다. 꽤나 큰 페리(ferry)다. 이층 특실 중앙에 앉는다. 더위 피하기가 좋다. 유람선은 얼마 뒤 베기스(Weggis)에 도착한다. 제너럴암시호텔 레스토랑에서 점심식사를 한다. 별 특색이 없는 양식이다. 자유 시간에 눈을 자연으로 돌려 둘러본다. 농경시대에는 쓸모없었던 자연이었으나 현재는 아름다운 자연으로 먹고사는 나라같이 느껴진다. 버스에 올라 수도 베른(Bern)으로 이동한다. 26개의 칸톤인 스위스의 정부구조를 설명 듣는다. 칸톤은 자치주다. 버스로 대략 두 시간 거리다. 140킬로미터 정도의 거리다. 먼저 구시가지를 조망하려고 장미공원 앞에 차를 세운다. 보잘 것 없는 장미여서 이름이 무색하다. 그러나 고지대 둘레길을 따라 걸으면서 밑을 내려다보니 조붓한 강 양편으로 펼쳐진 구시가가 정겹게 다가온다. 의자가 군데군데 놓여 있고 잔디밭에 어린애와 같이 나온 가족들도 평화롭게 앉아서 자연을 즐긴다. 구시가지 8개의 분수와 시계탑을 돌아본다. 이 도시의 역사와 세계문화유산의 의미를 되짚어본다. 한길 정도의 소박한 분수의 물줄기에서는 어린 아이들이 뛰놀며 더위를 식히고 있다. 평지의 평면 포장면에서 빗줄기처럼 1미터 정도 높이로 간헐적으로 솟아오르는 분수는 아주 가난한 분수다. 그 상징적 의미 때문에 볼 뿐이다. 시계탑에서 걸어서 곰 공원까지 자유롭게 이동한다. 상가를 따라 회랑을 걸어가면서 눈으로 풍광을 즐긴다. 더위 때문인지 한산하다. 쇼핑을 졸업하고 사진촬영을 졸업해서 여행길이 가벼워진지가 오래다. 우리 부부가 제일먼저 곰 공원에 도착한다. 곰 우리를 수리중이어서 곰은 없다. 곰 우리 또한 작고 초라하다. 곰 상징도시여서 곰 공원이지 크기가 시골집 좁은 마당만하다. 곰 공원으로 가기 위해 걸으면서 보니 다리를 건너야 곰공원에 도착한다. 그 다리 밑 강이 아름답다. 강폭은 넓지 않으나 수심이 깊어 보이고 물의 색깔이 참으로 아름답다. 짙은 하늘색이고 투명하다. 교량의 높이도 높은 편이다. 간간이 고무보트를 탄 젊은 연인들이 빠른 속도로 내려오는 모습이 아름답다. 더위를 피하려고 곰공원 옆 맥주집에 들렸으나 더 더워서 나오고 말았다. 옆 관광상점에서 잠시 더위를 피하다 일행을 만나서 차로 엠버서더호텔에 도착한다. 김원장은 에코운동화를 하나 사서 신고 행복해한다. 그 모습이 참으로 순진하고 순수하게 느껴진다. 호텔방이 옆으로 달아낸 건물에 있어서 시멘트로 만든 샤워부스의 턱이 너무 깊어 아내가 사용 불가능하다. 저녁먹고 요청하여 방을 바꾸니 숨통이 트인다. 처음은 안 된다기에 마음이 상하여 인상을 좀 썼다. 그럴 필요까지는 없었는데…… 그러나 그 어필이 없었다면 아내는 더힘들었을 것이다. 에어컨이 있어서 덮지 않게 잠 잘 수 있었다. 7월 7일 화요일이다. 아침 6시에 일어나 산책에 나선다. 아내와 호텔을 한 바퀴 돌았다. 정문 쪽 앞은 차도고 그 건너는 공원, 그 뒤는 야산이다. 차도는 전철궤도와 같이 있고 정류장도 보인다. 숲은 벌써 건조한 노랑색이 나타나고 있다. 우리가 차에서 어제 내렸던 곳은 옆문이다. 길이 아래로 경사지고 겨우 차들이 교행할 정도의 조붓한 길이다. 마을길 같아서 걸어내려가다가 보니 왼편은 자연공원처럼 수목과 숲이 이어지고 오른편에는 5~7층 정도의 아담한 아파트촌이 이어진다. 좀 더 내려가니 양쪽 모두 3~5층 정도의 아파트와 단독 주택지다. 경사가 끝나는 곳에 이르니 아름다운 촌락이 나타난다. 마을회관처럼 지어진 집은 독일과 스위스제 측량기기와 사진기 등 소형 전시 박물관상점 같다. 문은 잠겨있지만 창속의 전시물은 살펴볼 수 있다. 아름다운 마을이다. 몇몇 사람들이 이곳의 아침을 열고 있다. 자전거로 이동하고 운전하여 자동차로 이동을 한다. 발걸음을 돌려 호텔로 되돌아오는데 오른편 아파트의 1층부터 2층, 3층, 4층, 5층의 베란다 창문을 폭 20센티미터 층계 간격 2센티미터 정도의 가느다란 나무사다리로 연결하여놓은 아파트들이 많다. 무엇일까? 자연공원의 고양이나 다람쥐들이 아파트 베란다로 올라와 사람들과 같이 놀 수 있도록 배려한 것으로 판단되어 신선한 감동을 받았다. 용도가 다른 것일 수도 있어서 단정은 유보하면서도 웬지 흐뭇한 기분이 이 아침을 상쾌하게 만들고 있다. 호텔에서 뷔페로 조식을 한 후 8시 30분 버스에 올라 65킬로미터를 달려서 1시간 뒤에 그루에르(Gruyeres) 古城에 도착한다. 오르는 주변에 상가와 식당 등이 즐비하다. 관광지 풍경이다. 고성의 내부 입장료는 10프랑이다. 한국인과 현지 안내 2명을 포함 모두 22명의 일행 중 우리 부부와 김원장 부부만 입장하여 비교적 상세하게 돌아보고 나와 버스를 탄다. 이 고성은 8백여년 전에 성주가 살던 곳이다. 가구들이 그때를 재현하고 특히 각층의 각 방마다 당시의 많은 목함(木函)들이 놓여있다. 전시된 도자기 중에는 중국 것도 있어서 의문이 생겼지만 안내인이나 안내 도록이 없어 의문을 남겨두고 나온다. 아내와 뛰다시피 다니며 보았기 때문에 아쉬움이 남는다. 섭씨 30도로 더운 날씨다. 4면의 회랑에서 사방을 살필 수 있고 적침의 동태파악과 방어 등을 하기에 적절한 위치와 시설이다. 외관과 내부를 살펴보지만 관광수준을 벗어나지 못한다. 치즈박물관으로 이동하여 치즈도 받고 제조과정도 살펴본다. 위생상태가 최상인 점이 인상적이다. 이곳 1층 상점에서 종훈이 모자를 샀다. 구름무늬의 예쁜 모자다. 1개뿐이었다. 건축사 김상언이 다가와 같이 보면서 예쁜 것 잘 샀다고 한다. 나중에 건축사라는 것을 알게 되었다. 몽트뢰(Montreux)로 이동하여 스플렌디드호텔에서 점심을 한다. 이곳으로 이동하면서 차도 양편의 빙하로 덮힌 원경의 산들과 근경의 잘 정리된 농지들이 잘 조화를 이루는 아름다움을 만끽한다. 초원으로 이어진 곳에 간간이 나타나는 빨간 지붕들이 옹기종기 나타나면서 정을 더하여준다. 몽트뢰의 인구는 2만명이란다. 건물 3층에 자리 잡은 식당 창문으로 레만호가 보인다. 점심은 쇠고기 덮밥이다. 식당 북쪽 벽에 동양 불상이 안치된 것이 특이하게 느껴진다. 점심을 먹고 레만호수 가를 거닌다. 축제기간이어서 그렇다고 하지만 1983년 겨울의 레만호수 느낌과는 너무 달라져있다. 호숫가 산책로에 늘어선 번거로운 가게들과 거기에 전시된 낮은 수준의 산만한 상품들, 그리고 수영과 뱃놀이를 할 수 있게 만들어놓은 댁크는 옛정취를 모두 삼켜버린 괴물 같았다. 상품에는 중국의 저가 상품도 보이고 온갖 잡동산이가 다 등장되어 있다. 댁크에는 수영복 입은 남녀들이 호수로 뛰어들어 자연의 아름다움을 오염시키고 있다. 천막 가게 뒤 호수가 돌 위에 앉아서 번거로움을 피하고 앉아 있다가 일행들 만나서 차로 이동한다. 한국대표재벌회사 삼성의 주가총액이 2백억달러라하는데 우리보다 많이 좁은 영토의 나라 스위스에는 2백 5십억달러 회사가 3개란다. 식후에 18km를 달려서 도착한 곳은 라보(Lavaux) 와이너리 시음장이다. 15시 30분 경 도착한다. 이동 중 차안에서 보니 왼편은 바다 같은 호수가 이어지고 오른편은 황량하고 거친 험한 언덕 위에 포도밭이 이어진다. 길 가는 높은 화강암축대로 이어지고 그 위는 포도밭이다. 햇볕이 호수 수면에 반사되어 포도밭으로 가고 풀 한포기 없는 언덕에 층층이 이어진 밭에 심어진 까칠한 포도밭에는 화강석에서 반사되는 햇볕이 포도밭을 덮는다. 레만호수가 있어 일교차가 심한 환경도 포도의 명산지 조건을 충분히 갖춘 것 같다. 곧바로 시음장에 들어선다. 이미 많은 이들이 시음을 하면서 설명을 듣고 있다. 우리 부부와 김원장 부부가 앉은 곳에 두 가지의 적색와인과 백색와인이 도착한다. 우리는 백색와인, 김원장네는 적색와인을 시음한다. 와인 생산에서 와인이 탄생하기까지와 이곳 와인의 특색을 설명한다. 판매도 하고 영상도 보여준다. 이곳 와인은 국내소비 만족도 때문에 수출은 못한다는 설명을 강조한다. 나 같은 문외한은 강한 맛에 도수가 좀 높다는 것 정도다. 이런 것을 라보와이너리투어라는 여행상품화한 것이다. 여기에서 나와 103km를 달려 로이커바트(Leukerbad)에 도착하였다. 도중 휴게소에 들려서 화장실을 이용하고 20분정도 휴식을 취한다. 화장실 사용료는 1프랑이다. 대부분 자동화 시설이다. 코인을 넣으면 문이 열리고 표 한 장이 나온다. 그 표는 상점의 물건 사는데 할인을 받는다. 다시 달리는 차도 양편은 대부분이 포도밭들이다. 축대, 스프링클러, 1미터크기의 포도나무들로 열병식을 하는 것 같다. 차안에서 나오는 외부 온도를 보니 섭씨 38도다. 신플론(Sinpldn) 부근에서 보니 원근의 빙하 설산이 수없이 나타나고 좌편 산 중턱에 수많은 대접형 흰색 안테나 군집이 보인다. 궁금하다. 통신기지? 정탐시설? 이제 고속도로가 끝나고 있다. 라디오주파수 전파망원경이라는 설명은 얻었지만 의문이 가시지 않는다. 길은 로이커바트로 이미 접어든 상태다. 험산의 외길을 달리고 있는 것이 차창으로 확인된다. 천 길 낭떠러지 구절양장 길이다. 거의 직각형 커브가 계속 나타난다. 교행차를 만나면 코너링이 불가능하여 서로 양보하며 멈추기를 계속한다. 우리 차는 현재 1,600미터 지점에 올라와 있다. 차창 밑으로 펼쳐지는 자연이 아스라하다. 이곳에도 포도밭이 조성되어 있다. 척박한 토지에 내린 긴 포도 뿌리는 많은 양질의 미네럴을 끌어 올려 양질의 포도를 만든단다. 로이커바트 고산지대에는 기원 전 4세기부터 사람이 거주하기 시작하여 현재는 약 1천 6백명 정도가 거주하고 있단다. 주민들은 주로 관광사업에 종사한단다. 2시간여를 달려서 헬리오파크호텔 앞에 차가 도착하였다. 공사 중이어서 좀 거리가 있는 곳에서 내려 걷는다. 여행가방을 방에 놓고 나와 조원장이 홍팀장 안내로 온천장 위치를 확인한다. 이 온천장은 괴테, 모파상, 레닌 등이 다녀간 유서 깊은 곳이다. 해발 2,000미터 내외의 산 중턱을 넘어 정상 가까운 지점에 30여 개의 온천장이 있는 온천 마을이 경이롭다. 우리가 간 온천장은 숙소 건너편 본관이다. 처음은 온천 풀장에 갔다. 아내와 김원장이 풀장으로 왔다. 넓지만 수온이 낮고 일반호텔의 수영장 크기보다는 좀 규모가 크다. 깊은 곳의 깊이는 나의 턱 정도다. 우리 셋 하고 일행 중 두 사람 정도만 수영장에 왔다. 텅텅 빈 수영장이다. 가운을 벗어 걸어놓고 입수하면 된다. 샤워실과 휴식 의자와 물놀이 판과 물놀이 줄 정도만 비치되어 있다. 이곳에서 몸을 조금 담그고 있다가 수온이 좀 더 높은 옆 수영장으로 문을 열고 이동한다. 별실이다. 규모는 반으로 줄어들었다. 아주 조용하고 우리 셋뿐이다. 조금 지나서 아내와 김원장이 같이 복도를 따라 야외 수영장으로 이동한다. 수온이 적절하다. 이곳 온천수의 수온은 섭씨 28~40도 정도란다. 우리 일행 6인과 구라파인 부부만 있다. 노천탕이며 규모가 앞 두 수영장의 중간 크기다. 안에 동그란 통이 있고 그 안은 간헐적으로 강한 수포가 나와서 마사지를 즐길 수 있다. 아내와 김원장은 그곳에 들어가서 즐긴다. 구라파인 부부와 나는 수영판과 수영줄을 타면서 주위 자연을 감상한다. 빙둘러친 알프스 영봉들에 잔설처럼 빙하가 붙어 있다. 빙하가 깎아내린 검은 절벽들에도 점점이 빙하가 붙어 있다. 얼마 지나지 않아 모든 빙하가 사라질 것 같아서 안타깝다. 이곳 야외 풀장의 경관은 참으로 이색적이고 상쾌하다. 빙둘러서 빙하가 깎아내린 검은 색의 다양한 모양을 자랑하는 장중한 수직벽들에 흰색의 빙벽들이 우리를 압도하다가 다소곳이 껴안아주곤

한다. 온천수에 등받이 부표줄을 놓고 그 위에 내등을 놓고 하늘을 보며 시선을 360도씩 회전하기를 반복한다. 이색 체험이다. 해발 2천 미터가 넘는 곳의 실내와 실외의 넓은 온천수영……. 이곳에서 산정상으로 케이블카 줄이 이어져 있다. 마을 식당에서 저녁을 먹었다. 뷔페겸 양식이다. 야채와 생선요리 맛이 좋았다. 길 옆에 성당이 있고 미사시간이 적혀 있다. 고색창연한 성당건물에서 이곳의 역사가 묻어난다. 성당문이 언제나 열려 있는 것이 스위스다. 저녁 9시도 백야지만 숙면한 밤이다. 7월 8일 수요일이다. 호텔에서 뷔페식으로 조식 후 9시 45분 출발하여 63킬로미터를 달려 태쉬(Tasch)로 이동한다. 도로 보수공사로 버스가 호텔까지 오지 못한단다. 짐을 소형차량으로 이동하고 일행은 20분 정도를 걸어서 버스로 이동하여야 한단다. 호텔에서 나와 고개 하나를 넘는 거리다. 우리 부부와 김원장 부부는 고령이어서 먼저 차로 이동하여 일행을 기다린다. 기다리면서 온천장 뒤 산봉우리 모습을 볼 수 있게 된 것이다. 깎아지른듯한 영봉들 사이로 흰 구름이 부딪히며 넘어가는 험준함을 본다. 온도는 섭씨 15도다. 높은 빙하가 갉아내린 절벽에는 하얀 빙하가 훨씬 더 많이 남아 있다. 북벽인 것 같다. 그 밑에도 인가가 있는지 좁은 길 하나가 나 있고 그 길에서 사람이 나온다. 꼬불꼬불 좁은 험로를 독일인 운전수는 요리조리 부드럽게 운전하면서 잘도 달린다. 우리가 탄 차는 길이가 13미터란다. 긴 차량이다. 10시 20분 고개 넘어 산 중턱에 이른다. 평화로운 마을이 발아래로 펼쳐진다. 1시간 30분 정도 달려서 태쉬에서 체르마트(Zermatt)로 가는 열차를 탄다. 입구를 통과하면서 표를 받는 구조인데 아내는 표가 없다고 못 들어오고 서서 당황한다. 매사에 너무 빈틈 없는 아내다. 체르마트 역까지는 15분 정도 걸렸다. 체르마트는 청정지역이어서 차를 통제하기 때문에 미리 준비한 작은 가방 1개만 들고 걸어서 호텔에 도착한다. 우리의 호텔은 폴룩스호텔이다. 이 호텔 점심은 겨우 요기할 수 있는 수준이다. 좁은 산장급 호텔이다. 호텔 앞은 차도고 뒤는 높은 절벽으로 산 정상으로 이어지는 지형이다. 뒤쪽 절벽에 예쁜 집과 그 밑에 산장이 우리를 아늑하게 만들어준다. 뒤쪽 베란다에 서서 왼쪽을 바라보면 마태호른이 바로 다가온다. 참으로 경이롭다. 아내를 불러서 같이 바라보기를 여러 차례 반복한다. 점심 후 쉬다가 걸어서 고르너그라트(Gornergrat)역으로 이동한다. 산악열차에 올라 홍팀장이 준 정보로 오른편 좌석에 앉아서 마테호른을 정상

쪽으로 이동하면서 바라본다. 4번째 역에서 서고 난 뒤 드디어 고르너그라트 종착역에서 우리가 내린다. 관리 직원들의 옷은 모두 방한복이다. 그러나 4~5명의 등산객들은 짧은 바지 차림이다. 이곳 정상은 해발 3,186미터다. 올라오면서 3,093미터 지역부터 숨이 가프다. 아내는 홍 팀장이 건네준 캔디를 입에 넣고 숨을 고르면서 내 손을 잡고 걷는다. 마테호른을 가장 멋진 구도로 바라볼 수 있는 곳이다. 사진을 졸업한지 오래인 우리 부부도 설원을 배경으로 자연스럽게 빠져들어 단체 사진과 부부 사진을 찍었다. 빙하가 녹아 호수를 이룬 곳도 내려다보인다. 그 위에서 사진작가 홍팀장이 한 컷을 찍고 안내 김영지도 사진을 찍어서 바로 메일로 보내 주었다. 사진을 보니 둘러싸인 설원에 간신히 난간턱에 의지하여 나란히 앉아있는 모습들이다. 30분 걷는 팀이 먼저 내려가고 우리 부부와 김원장은 고르너그라트산장 커피숍에 가서 홍팀장과 커피를 마시면서 창 밖에서 들어오는 마테호른의 모습에 취한다. 홍팀장이 다시 우리 부부를 창밖 마테호른 앞에 세워 한 컷을 찍어 보내주었다. Matterhorn은 1865년에 영국의 탐험가 E.휨퍼에 의해 최초의 등정이 이루어졌으나 하산하다가 4명이 추락사한 것으로 알려져 있다. 최근 발견한 미라 한 구가 일본인으로 판명된 것을 보면 일본인 등산가도 언젠가 정복을 시도한 것 같다. 마테호른이 너무 잘나서 넋을 잃고 바라보다가 시선을 아래로 내려보니 성스러운 자연의 파노라마가 나를 삼켜버리는 것 같다. 마테호른은 우편 빙하가 깊어 보이고 좌편의 드넓은 빙원이 거대하게 남아있다. 산악열차 출발시간에 맞추어 역으로 걸어내려가 열차에 올랐다. 홍팀장과 마주 앉게 되어서 한담을 나눈다. 그의 이미지 축적과 활용을 대화 소재로 삼았다. 도착역에서 걸어서 호텔에 온다. 한참 쉬고 나니 30분 걸은 팀이 도착한다. 역에서 조우는 아니어서 걷는 속도가 늦었던 것 같다. 체르마트 직선 중앙길을 왕래하며 여러 정보들을 익히는 저녁 산책을 아내와 즐긴다. 성당에도 들려 이곳의 종교문화를 접한다. 종훈 옷과 장난감도 보아두었다 내일 아침 사면 되기 때문이다. 가방, 겨울 옷, 여름 티를 보아두었다. 7월 9일 목요일이다. 체르마트 호텔에서 아침 식사 후 걸어서 기차역으로 이동한다. 9시 52분 빙하 특급열자(Glaccier express)를 타기 위해서다. 빙하 특급열차라는 이름보다는 느림보 협궤열차가 더 적절한 이름 같다. 열차에 오른다. 놀이동산 열차와 같다. 작고 좁고 낮고 예쁘다. 통로 양편에 좌석이 있고 모든 좌석은 작은 테이블의 양편에 2개씩 배치하였다. 여행 안내 팜플렛이 책상 위에 놓여 있다. 이동 구간은 체르마트에서부터 안드레마트(Andermatt)까지고 9시 52분 출발하여 12시 49분 도착이니 3시간 코스다. 진행 방향 양편의 자연을 감상하며 즐기는 열차여행이다. 어떤 이벤트나 안내도 없다. 자연을 즐기면서 한담을 하는 여행이다. 열차는 느릿하게 걷는 수준의 속도다. 아름다운 자연에 몸을 맡겨놓은 기분이다. 분지처럼 형성된 종착지 모리츠에 내려 점심을 먹는다. 가자미 생선요리 맛이 담백하고 좋았다. 바람이 세게 부는 지역이다. 자전거와 오토바이 여행객이 보인다. 이동하면서 빙하가 녹아 흐르는 강줄기, 험산 경사지에 포도 경작하는 방법, 목초지와 방목하는 소떼, 그 뒤로 펼쳐진 병풍 같은 산세에 정상의 빙하들, 여름 초목들의 싱그러움을 보았다. 겨울에는 운행이 통제되는 지역이다. 매년 5월에 개통된단다. 철길 양편의 시루떡 같이 각기 다른 색깔과 산세의 변화, 그 속에서 존재하는 사람들의 생활상들을 보고 생각하는 동안 열차는 종착역에 도착하여버린다. 느린 것도 아니구나. 빨랐다면 얼마나 더 허무하였을까? 도착하고 나니 아쉬운 생각이 든다. 먼저 도착하여 대기하고 있는 우리 버스에 올라 62킬로미터를 달려 아레슬루호트(Arreschlucht)로 이동한다. 소요시간은 1시간 30분 정도란다. 길은 구절양장이 이어진다. 점점 정상을 향해 올라간다. 차도 양편 초지의 녹색이 참 아름답다. 위로 빙하가 있어서 더 아름다운 것 같다. 한참을 오르다 보니 버스 밖은 섭씨 8도라는 전광판 안내가 뜬다. 독일인 기사는 운전의 정도를 지키는 것 같다. 그러나 중틱을 향하면서 길은 중간중간 일방통행이다. 코너링할 때마다 거의 교행이 불가능한 길이다. 중간을 지나면서 빙하가 녹고 있어서 낙석의 위험을 느끼는 곳이 빈번하다. 자연에 순응하면서 사는 삶을 생각한다. 어떤 신호도 없는 험한 길인데 서로를 배려하며 교행하는 차를 만난다. 간혹 승용차의 젊은 운전자가 급정거하는 모습이 보인다. 길의 상태를 몰라서 나타나는 현상 같다. 정상에 가까우면서 빙하가 녹아 샛강을 만들어 흘러가는 물줄기들이 많이 나타난다. 정상에 올라 휴식을 취하며 화장실을 이용한다. 정상에 호텔이 있고 매점이 있다. 우리 버스 한 대와 승용차 세대, 한참 뒤 오토바이 두 대가 와서 같이 휴식을 한다. 주차장 옆에서 빙하가 녹고 있다. 다가가서 손으로 만져보니 눈 같지만 눈이 아니다. 겉은 녹지만 그 강도가 얼음덩이다. 겉의 한줌을 쥐어다가 아내의 손에 쥐어준다. 만년설을 같이 느껴본다. 정상에서 우리가 내려갈 길 아래를 내려다본다. 빙하가 녹으며 많은 물길이 生發하고 있다. 아내는 가슴이 쿵쾅거려서 보기 어렵단다. 도로변에는 형형색색의 예쁜 꽃들이 만발하다. 바람에 야들야들거리는 생동감 넘치는 이름모를 꽃들은 여름이 만발한데 정상의 오른편은 빙하의 설원이 광범하게 펼쳐져 있다. 2천 3백 미터가 넘는 정상에서 론강의 시작점을 바라다본다. 빙하가 녹는 것이 슬프다. 이 빙하가 다 녹아 없어지면 스위스를 찾는이들이 얼마나 황량할 것인가? 내려가다 두 번째 고개를 넘는다. 계단식 수력발전소가 있다. 뿌연 물색이다. 이런 발전소가 스위스에 4백개 정도 있단다. 빙하가 마르면 수명을 다할 것이 아닌기? 다음에 나타나는 호수는 청색 물빛, 그다음에 나타나는 것은 잿빛 물색이다. 4단계의 발전소가 나타나고 그 좌우에도 이런 발전소가 산재해 있단다. 하늘에는 캐이블카가 다니고 있다. 어느새 우리 차는 아레슬루호트(Arreschlucht) 협곡의 東門 입구에 도착한다. 동문으로 들어가서 도보로 西門의 출구까지 가기로 한다. 대략 40분정도가 소요되는 거리란다. 동문에서 우리 부부가 맨 앞에 입장하여 걸어 나간다. 디근자 모양의 좁은 협곡이다. 빙하가 녹은 무거운 강물이 좁은 협곡에 힘차게 흐르고 그 양편은 빙하가 깎아놓은 천 길 낭떠러지다. 깎은 나이테를 보고 또 만져본다. 하늘만 빤히 올려다 보이는 곳이다. 입구에서 왼편 쪽에 폭 1미터 정도 넓이의 棧道로 길을 만들어놓았다. 수면으로부터 5미터 내외의 높이다. 잔도의 받침대와 난간은 중국과 달리 철제다. 스위스의 철 가공기술을 익히 알고 있는터라 좀 안심이 된다. 그러나 언젠가 문제가 있었던지 보수의 흔적들도 보인다. 교행이 힘들 정도의 폭인 곳도 있다. 가다가 왼쪽 별도의 터널을 만날 때가 많은데 그곳으로 가도 결국 같은 길에서 만난다. 안전상의 이유 때문에 만든 것 같다. 길은 절벽에 붙어서 꼬불꼬불 이어지기 때문에 뒤의 일행들을 볼 수가 없다. 앞으로 나아가면서 강물을 보고, 양편 절벽을 보고, 하늘을 보고, 절벽의 침식 나이테와 자연을 보면서 40여 분을 걸었다. 서문이 나타난다. 빠져나가는 길이다. 입구에 커다란 백수정탑이 보인다. 수정 산지인 것 같다. 빠져나가는 통로 상점에는 다양한 모양과 색깔의 수정들이 판매용 감상용으로 전시되어 있다. 광장에 나가니 우리가 탈 버스가 와서 대기하고 있다. 인터라겐(Interlaken)으로 가기위해서다. 인터라켄까지는 30킬로미터로 30분 정도 지나서 도착한다. 좋은 위치에 자리 잡은 메트로

폴호텔(Metropol Hotel)의 3층 32호실에 여장을 푼다. 저녁식사는 샬레(Chalt) 레스토랑에서 스위스 전통식인 퐁듀로 하였다. 치즈를 발효시킨 우리의 청국장 같은 오묘한 맛이다. 청국장 맛보다 퀴퀴함이 훨씬 더 짙다. 그것을 냄비 같은 곳에 끓이면서 거기에다 퐁듀용 빵을 찍어먹는 것이다. 퐁듀용 빵이란 식빵을 포크로 찍어먹기 좋게 4모로 잘라놓은 것이다. 몇 쪽을 즐겼다. 우리를 태우고 다니는 독일계 운전기사가 와서 많이 남긴 일행들의 것을 풍성하게 즐기는 모습이 보기 좋았다. 여유시간에 거리를 산책하면서 대부분이 시계로 가득 찬 길옆 상가를 보았다. 저녁 9시인데도 훤하다. 주변 산들 여기저기에 빙하가 있어서 시원하고 상쾌한 느낌이다. 가게에서 산 생수 에비앙 값은 한국보다 싼 것 같다. 김원장이 산 6병 한 세트를 나누어 각방 냉장고에 넣었다. 호텔 창문 정면에 빙벽을 깔고 있는 설산이 다가온다. 아내와 베란다로 나와서 그 설산을 같이 품는다. 시원 상쾌하다. 왼편의 산 정상에서 연이어 두 명씩 패러글라이딩을 하는 이들이 호텔 앞 잔디밭에 내려앉는다. 경쾌하고 보기 좋다. 7월 10일 금요일이다. 인터라겐의 첫 아침이다. 호텔 32호실 커튼을 걷고 베란다에 나서 본다. 호텔 양편의 초지는 패러글라이딩 착륙장이다. 초록이 함초롬하다. 눈을 들면 만년설이 아침의 양광을 받으면서 먼동이 터 옴을 알린다. 신선한 호흡을 하면서 아침 6시 30분 산책에 나선다. 호텔 앞 차도 양편에 초지가 있고 차도와 초지 사이에는 인도가 있다. 인도를 따라서 걸어 나간다. 인도에는 초지를 향한 벤치들이 놓여 있다. 몇 차례 왕래하다 들어와 아침식사를 뷔페로 한다. 정갈한 음식이고 쾌적한 식당분위기가 좋다. 붐비지 않는 것도 좋다. 버스로 스테헬베르크(Stechelberg)까지 20킬로미터를 간다. 약 30분 거리다. 11시경에 케이블카를 탄다. 영화 007의 무대였던 3천미터 높이의 쉴트호른에 오른다. 케이블카는 중간에 한번 쉬어서 오르게 하였다. 왼편은 단애고 오른쪽은 풀언덕 아래 맑은 계곡수가 아름답고 상쾌하다. 실개천이 많고 50센티미터 폭 정도의 山道가 정답다. 정상까지 도보로 왕복하는 이들이 있었다는 징표다. 요들송이 들려오는 듯한 산중의 촌락도 보인다. 초원에서 풀을 뜯는 소들도 보인다. 중간에서 한번을 조망하고 산정에서 다시 한번 조망하게 하였다. 드디어 쉴트호른에 올랐다. 스위스 3대영봉인 아이거, 뮈니히, 융프라우를 조망한다. 융프라우는 1983년 1월에 올랐는데 이곳에서 보니 아주 생소하다. 그때 아내와 마셨던 커피 맛을 회상한다. 360도를 회전하는 레스토랑에 아내와 마주 앉는다. 아내 앞에 큰 개가 와서 덜썩 앉는다. 안내견 같다. 개를 두려워하는 아내를 안정시킨다. 회전판이 두 단이어서 개는 외부고 우리는 내부다. 바로 헤어진다. 느끼지 못할 정도의 회전이다. 백여명 이상 앉을 수 있는 회전판에 식탁을 놓아 점심을 먹으면서 4면을 조망할 수 있게 만든 시설이다. 아래 층에는 상점들이 있다. 점심을 먹으면서 아내가 가지고 간 김봉투를 꺼내 나눈다. 한껏 부풀어올라서 동실동실하다. 홍팀장이 먹지 않고 일행에게 돌리면서 고산지역임을 알린다. 점심 후 공사가 진행되는 전면으로 몇 사람이 다녀온다. 30여 미터 거리다. 그곳이 정상이란다. 어떤 새로운 시설을 만들고 있다. 아내는 무섭다고 포기하고 나 혼자 다녀온다. 걸어가면서 우편 파놓은 단애를 본다. 모두 자잘한 쇠 조각 같은 토양이다. 빙하가 녹은 정상의 토양이다. 그곳에 작은 중장비를 올려다가 공사하고 있다. 정상에 원형 구조물의 토대를 앉히고 중앙에 철제 장대를 꽂아 놓았다. 좁은 정상의 공간이어서 큰 시설을 하기는 어려워 보인다. 아래는 천길 낭떠러지다. 주변의 빙하는 모두 녹아 없어졌다. 빙하가 녹으면 이곳에 올 사람이 많지 않을 터인데도 새로운 시설을 만드는 것이 인간인가? 착잡한 생각으로 되돌아온다. 이곳 상점에서 조원장이 빨간 케이스 위스키 납작 철제 술병을 산다. 내가 1983년 독일에서 사 지금까지 사용하는 것과 유사하다. 바로 뮈렌으로 하산한다. 뮈렌에서 김멜발트까지 트레킹이다. 마을 길을 따라 걸어서 내려간다. 길은 경사가 있어 조심하여 걸어야한다. 간간이 팥자갈을 길에 깔고 있어서 조심하여 걷는다. 등산용 스틱이 있으면 좋겠다. 우리 부부는 맨 앞서서 걷는다. 주변의 집들과 마을이 아름다운 전원이다. 경사가 심한 언덕에서도 초목이 자라고 소와 양이 자란다. 주변의 길 정리와 산세 점검이 잘 이루어지는 것 같다. 갑자기 작은 헬콥터 한 대가 우리가 진행하는 길 옆 초지에 앉는다. 소가 놀라서 먼저 달아난다. 그리고 한사람이 배낭을 지고 그 헬콥터에 올라 앉더니 이륙한다. 순식간이다. 이곳의 관리인 같아보였다. 김멜발트에서 케이블카를 타고 스테헬베르크로 왔다. 버스 기사가 일광욕을 즐기고 있어서 일행은 약속시간까지 마냥 기다려야 했다. 이것이 스위스다. 1983년 1월 레만호수에서 운전기사가 퇴근시간이라고 하면서 차를 둔 채로 퇴근해버려 우리가 얼마나 당황하였던가? 국민소득 높은 선진국 체험이다. 인터라겐호텔로 와서 또 하루 밤을 보낸다. 한식당에 가서 나는 비빔밥으로 저녁을 하였다. 다른 이들은 제육불고기와 꼬리곰탕이다. 한식당도 이곳은 다르다. 밥 한 공기 6프랑, 김치 한 접시 6프랑을 받고 있다. 그 소리가 정떨어지는 소리 같다. 정은 없고 합리만 있는 나라 같다. 저녁에 종훈, 진우 꾀꼬리 시계를 산다. 종훈 티셔스도 샀다. 7월 11일 토요일이다. 오늘은 여행을 즐기고 귀국행 KE918편 비행기에 오르는 날이다. 현지 홍팀장에게 아내가 한국에서 가져온 인삼캔디통 등을 준다. 마지막 날은 이런 선물을 받기 때문에 가방을 준비했다며 받아 넣고 감사해 한다. 오전 9시 블라우제(Blausee)까지 38킬로미터를 간다. 버스로 1시간정도 거리다. 버스가 서는 곳에 우리 일행뿐이다. 송어양식장에 들어간다. 자연을 이용한 양식장이어서 볼만하다. 입구를 지나면 오솔길을 따라 걷게 되고 오른편에 커피숍 겸 식당 겸 휴게소가 있고 그 앞에는 조그마한 작은 자연호수가 있다. 커피숍을 끼고 오른편으로 이동하면서 송어를 본다. 자연스런 물 흐름을 이용한 양어장이다. 개울에서 이동하는 송어가 크고 힘이 좋다. 자연산 답다. 커피숍에서 화장실을 사용하는데 찾기가 쉽지 않아서 사용 후 아내가 걱정되었다. 아내를 기다리고 있는데 혼자 나와 방향을 못 찾고 당황한다. 다가가서 같이 이동한다. 앞 호수를 한 바퀴 돌아본다. 김원장 내외가 뒤를 따른다. 출구 쪽 벤치에 우리 부부와 김원장 부부가 같이 앉아서 호수를 본다. 알프스 영봉이 호수 안에 들어 있다. 한담으로 호수와 어울리다가 출구로 나와 버스에 오른다. 김원장은 가는 곳마다 상점 관광에 취미가 있다. 김원장의 배려심과 조원장의 유머가 이번 여행의 행복을 더하여 준다. 버스에 올라서 슈탄스(Stans)까지 101킬로미터를 1시간 30여분 걸려 도착한다. 여기에서 점심을 먹는다. 식후 1898미터 높이 슈탄저호른(Stanzerthorn)에 오른다. 2층으로 된 케이블카다. 천정이 오픈된 케이블카다. 2층으로 올라가서 사방을 조망하며 오른다. 정상에 꾀나 넓은 조망대가 마련되어 있고 작은 광장도 있다. 상점과 음식점도 있다. 여기에서 10개의 호수와 이테리, 독일, 프랑스 3개국을 볼 수 있단다. 아내가 상점에서 아이스크림바 4개를 고른다. 내가 셈을 한다. 김원장 부부에게 두 개를 주어 4사람이 어린애처럼 좋아하면서 벤치에 나란히 앉아서 그것을 빨며 알프스를 조망한다. 더위를 잊기 위함이다. 노모가 장성한 불구 아들을 휠체어에 태워서 조망하기 좋은 곳을 찾아 힘들게 앉히는 것을 보면서 많은 생각을 한다. 모성애, 인간애, 자기 행복, 아들행복

등등. 이곳은 이번 여행의 내용으로 볼 때 사실상 마무리이다. 건축사 김상언의 인사를 받으며 여행 사연을 알았다. 내려오면서 보니 아마 예전에는 철길로 오른 것 같다. 그 흔적이 남아 있다. 등산로도 보였다. 하산하여 80킬로미터를 달려서 취리히에 도착한다. 자유 시간을 즐긴다. 우리 부부는 성당에 들려서 휴식하며 성당벽화를 감상하였다. 취리히 조우하우스켈러(Zeughauskeller Sa) 레스토랑에서 일행을 만나 저녁식사를 한다. 유서 깊은 식당이다. 여유롭게 식사하며 마지막 일정을 소화하였다. 늘 아내와 같이하는 깊은 행복감을 느낀다. 취리히 공항으로 1시간 30여분 정도 걸려서 이동한다. 운전기사와 작별인사를 나누고 공항 입국 수속처에서 홍팀장과 고마웠다는 인사로 헤어진다. 비즈니스카운터에서 출국 수속을 한다. 만석이어서 우리를 1등석에 모신다는 것이다. 특별히 한국인 근무자를 불러서 나는 기장석 옆 좌석이라는 설명을 하여준다. 아내는 내 옆 창측이다. 고마운 일이다. 1등석을 타고 한국에 왔다. 음식과 좌석이 좋고 편했다. 면세점에서 종훈과 진우 줄 초콜릿을 사고 종훈 장난감 황소도 산다. 트램으로 이동하며 헤매다가 비즈니스 라운지를 찾아내 휴식하며 차와 음식을 즐기다가 비행기에 올랐다. 11시간 비행이었지만 1등석이라 피로함이 없었다고 아내가 만족한다. 고맙고 감사하다. 아들네가 4백만원 딸네가 3백만원을 주어서 다녀온 여행이니 더욱 감사할 일이다. 내 희수기념으로 아내가 주선한 여행이다. 7월 12일 일요일이다. 예정대로 3시 반경 인천공항에 도착하여 택시로 집에 오면서 준철과 민아와 통화한다. 다들 건강하고 열심히 살고 있다. 고맙다. 바로 여행 짐을 풀어서 정리한다. 비가 내려서 시원하다. 저녁은 준철 가족과 같이 하였다. 종훈한테 선물을 주자 좋아하며 더 많이 달란다. 꾀꼬리시계, 배낭, 공, 티셔스, 겨울잠바, 종, 목조각 소 장난감 모두 좋아한다. 초콜릿은 1개만 먹게 하였다. 김상일 교수한테서 급한 전화가 왔다. 심양부총영사 부탁 전화 인데 이번 행사 때 심양고궁에서 중국 측 대표가 國泰民安을 써서 나에게 주면 내가 風調雨順을 붓글씨로 써서 중국 측에 전하는 순서가 있으니 꼭 참석하도록 부탁한다는 내용이다.

중국 선양瀋陽

  2015.7.15.(수)-18.(토) : 7월 15일 수요일이다. 선양에서 제2회 한중사행단 국제학술포럼이 있어서 나간다. 아침 5시에 택시가 왔다는 전화가 온다. 아내가 미리 연락한터다. 아내와 가방 한 개를 들고 택시에 오른다. 스위스에서 온지가 이틀이어서 아직 시차 적응이 덜된 상태다. 막힘없이 편하게 도착한다. 45분 정도 달린 것 같다. 곧 인천공항의 가족 수속 체크 처로 가서 비행기 표를 받아 출국장으로 가다가 우유와 샌드위치로 요기한다. 1시간 정도 비행하여 대한항공으로 7월 15일 8시 55분 선양 도착이다. 영사관 박민지 행정원이 승용차를 가지고 나와서 기다린다. 중국인 운전기사다. 45분 걸려서 동북대학교 국제교류관 호텔에 도착한다. 연도에 작년처럼 아파트 공사가 이어져 있다. 아내가 활기가 넘친다는 표현을 한다. 호텔 1605호 실을 배정하여준다. 우리 부부만 먼저 도착한 것이다. 최상층이고 별도로 미팅실 겸 도서실 공간이 잘 정비되고 세련된 여직원이 상주하는 층이다. 방에 들어가니 시설이 훌륭하고 안락의자와 과일 접시가 풍성하게 놓여 있다. 방에서 창문을 통한 비유가 일품이다. 남쪽은 혼하의 호수고 북쪽은 시야가 탁 트인 곳이다. 넓고 쾌적한 공간이다. 아내가 쾌적하게 좀 쉴 수 있다며 아주 기뻐한다. 다행이다. 구내 레스토랑에서 점심을 한 후도 방에서 쉬었다. 뷔페식인데 점심도 정갈하였다. 오후 5시 전화가 온다. 로비에서 기다리니 내려오라는 것이다. 호텔 입구에 차량이 대기하고 있다. 한국과 중국의 참가자들이다. 대부분 알만한 이고 작년에 왔던 이가 대부분이다. 거기에 성대, 전남대, 한국학진흥원, 한양대 소속 교수 등이 더 추가되었다. 그리고 중국인 교수도 보인다. 절강대 관야신, 연변대 서동일, 요녕대 장제 교수 등등. 북경에서 김상일 교수 동기 북경중의대를 나와서 개업 중인 황원장도 보인다. 서로 인사를 나눈다. 도착한 곳은 한국식당 신라관이다. 만찬은 부총영사인 유복근 박사가 주관한다. 즐겁게 상견례를 하고 저녁식사 뒤 호텔로 와서 쉬었다. 7월 16일 목요일 아침 10시에 버스가 와서 기다린다기에 내려갔다. 대형버스다. 타고 가서 우리 대사관저 앞에 차를 세운다. 좁은 길을 건너 붙어 있는 공원에 서서 본다. 우리 대사관, 그 옆이 미국 대사관, 그 뒤가 북한 대사관이 붙어 있고 철책으로 인도 진입을 차단하는 담이 있고 그 안에

중국의 경비경찰이 서 있다. 한참 후 신봉섭 총영사 일행이 나타나 차에 탔다. 오늘 답사 안내는 심양의 林文星이 한다. 차 안에 김밥과 음료수와 백두산 농심물 2병, 바나나 2개씩 든 비닐봉지가 각자 좌석 앞에 놓인다. 얼마 가다가 차 안에서 점심을 먹었다. 처음 도착한 곳은 瀋陽의 白塔이다. 현재는 선양시 東陵區 남탑가 남탑공원이다. 1643년 숭덕 8년에 건립된 것이다. 청 태종이 선양의 안정과 번영을 위하여 선양성 밖 동서남북에 4개의 탑과 절을 지은 것 중의 하나이다. 조선 연행사들이 선양 진입 전에 보았다는 기록들이 많이 남아 있다. 이곳에는 어제 밤 급히 준비하여 걸어놓은 현수막이 처 있다. 그 앞에 모여 이번 행사의 오프닝 세리머니, 곧 개회식을 하였다. 선양 고궁에서 하기로 되어 있었는데 며칠 전의 테러사건 때문에 취소되어서 궁여지책으로 밤 세워 준비했다는 총영사의 귀띔이다. 고궁에서 하였다면 내가 한국 측 대표로 風調雨順을 모필로 써서 중국 대표에게 건네주면, 중국 측 대표가 國泰民安을 써서 나에게 건네주는 것으로 개회식을 폐막하는 것으로 계획되어 있었다. 이 백탑은 노일전쟁 때 일본군이 파괴하였다. 노군의 망루가 되는 것을 막기 위함이었다. 전쟁은 파괴만 가져오는 인류의 적이다. 그 터에 복원한 것이어서 별로 흥미가 없다. 연행기를 보면 이 백탑의 상륜부에 풍경이 있었다. 이곳 공원 화장실이 깨끗한 수세식인 것을 보니 금석지감이 교차한다. 차에 올라 沙河堡로 이동한다. 처음 와보지만 연행기에 많이 보이는 아주 익숙한 곳이다. 소현세자가 이곳 150일 갈이의 경작지에서 농사를 지은 곳이다. 소현세자가 청나라에 있는 동안 심양관의 유지비용은 조선에서 조달하였으며, 청나라에서는 식량과 땔감만 주었다. 선양 생활 6년째부터 청나라는 식량 제공을 줄이면서 사하보 근처 150일 갈이, 野里江 근처 100일 갈이, 士乙古 근처에 300일 갈이의 경작지를 제공하였다. 이곳은 소현세자가 벼와 채소 농사를 지어 심양관 유지비용을 조달한 곳이다. 연행사들이 이곳을 지날 때마다 그때 일을 떠올리곤 한 곳이다. 잡초만 우거진 들판인데 주변에 아파트 신축 붐이 일어나 어수선하다. 이곳을 지나면서 차 안에서 연행록 知識讀과 知性讀을 다음해 3회 때 발표해야겠다는 생각을 가져본다. 차는 쉬지 않고 萬寶橋로 향하고 있다. 새로 난 길이 넓고 시원하다. 새로 놓은 다리 앞에 멈춘다. 요양시 동탑현 동탑향 만보교 북촌이다. 차는 주유소 앞에 선다. 건너편은 잔디 공원이고 화장실 건물이 있다. 주유소에서 교량 쪽으로 가다가 보니 이정표에 오른쪽으로 들어가면 만보교다. 샛길을 따라가면서 왼쪽 교량 쪽으로 실개천이 흐른다. 그 위에 낮은 돌 판이 몇 개 걸쳐있는데 그것이 만보교 의 현재 모습이다. 초라한 난간이 실망스럽다. 1621년 후금이 요양과 심양을 취한 뒤 에 만든 다리인데 8기군의 군량미가 이곳을 통해서 이동하였던 곳이다. 처음은 木橋 였다가 후에 石橋가 되었다. 박지원은 이곳 석교의 난간 석조각의 아름다움을 기록하 였다. 지금 이것은 아마도 흔적일 뿐 실제는 그 당시도 지금 흔적보다 훨씬 큰 다리였 을 것 같다. 새로 옆에 만든 다리를 통해서 가늠하여볼 수 있기 때문이다. 현재의 신 교량보다 좀 위쪽에 그와 유사한 만보교가 있었을 것이다. 길 건너 화장실에 가다보 니 야외놀이 용품인 텐트, 그 안의 의자, 나무와 나무에 연결하는 망 침대를 전시하고 파는 상인이 있다. 현재의 중국 선양과 요양의 풍속도다. 차는 다시 東京城을 향해 달린다. 요양 동쪽 태자하변 우측에 있다. 1622년 청 태조 누루하치가 이곳에 도읍을 정하였다. 현재는 허허벌판에 삼층 門樓 하나만 남아 있다. 관리인의 안내를 받는다. 문루 안에 청의 簡史가 지도와 함께 정리되어 있고, 팔기군의 일가 조직과 깃발이 설 명의 대상이다. 문루에 올라보니 허허벌판 遼野다. 다시 차에 올라서 동경릉으로 간 다. 누루하치가 東京에 도읍을 정하고 이곳에 선영을 모셔 현재의 東京陵이 있다. 마 을 안에 자리 잡고 있다. 촌장이 나와 설명한다. 집 안에 있는 능은 첫문을 열고 들어 서면 입구에 비석과 비각이 있고, 그 안에 또 한 문을 열고 들어가면 능이 있다. 능은 밖에서 능이 안 보이게 4면이 높은 벽돌 담벽이다. 능은 1미터 정도 높이의 4모 돌판 으로 기단을 둘렀으며 봉분은 시멘트를 덮었다. 그 옆 능은 누루하치의 사촌과 아들 이란다. 촌장이 만주어 보유자라 하여 만주어 인사를 들어본다. 어머니한테 전수받았 다고 한다. 대로변에 세워둔 버스에 올라 遼陽 白塔으로 향한다. 중화대가의 북쪽에 있다. 빨간색의 네모난 철골 구조물로 화려하게 구성하여놓은 사잇길 양편 노점상을 지나 길 건너 백탑을 만난다. 고색창연함을 느낄 수 있다. 약간의 보수만으로 원형이 보존된 백탑이다. 공원화 되어 있으며 보존이 잘되어 있고 관리상태도 좋았다. 높이 가 71미터로 8각 3층의 密檐式 구조다. 동북지역에서 가장 높은 塼塔이며 중국 6대 高塔 중 하나다. 백탑공원 안에 불교전래 초기인 東漢시대 지어졌다는 廣佑寺가 있 다. 1682년 강희제가 이곳에 와서 지었다는 시 한수가 전한다. 둘러보는 동안 어둠이 내리고 있다. 아내가 화장실에 가야겠다기에 임문성의 안내로 먼저 길건너 호텔로 이동한다. 깨끗하고 화려한 호텔 1층 연회장에 우리를 맞을 준비가 되어 있다. 시간이 여유로워서 연회장 맞은편의 차호와 인재 전시장에 들렸다. 격조있는 백자 차호세트가 윈도우에 있어 가격을 물어본다. 우리돈 1백만원이 넘는다. 요즈음의 중국 물가인 듯하다. 훌륭한 만찬을 즐긴다. 만찬 도중 우리 부부 뒤로 동국대 서인범, 김상일, 노대환, 김일환, 황원장이 술잔을 들고 둘러서서 건배를 한다. 다른이들의 생각이 떠올라 조용히 건배하고 제 자리로 돌려보낸다. 신봉섭 총영사도 만보교에서 헤어졌는데 이곳에서 저녁만찬에 동참하여 행복한 하루를 마무리하고 다시 버스에 올라서 저녁 9시경 숙소에 도착하였다. 7월 17일 금요일 오전 10시 숙소인 동북대 국제관 2층에서 제2회 사행단국제학술포럼이 시작된다. 1열의 중앙에 내 좌석이 지정되어있다. 오른편 옆에 신봉섭총영사, 그 옆이 요녕성 인민대외우호협회 여성 회장, 그 옆이 동북대 총장이 앉도록 푯말이 있고 양편 1열에 한·중 발표자가 앉게 명패를 붙여 놓았다. 한·중 학자 1백여 명의 청중이 모인 것 같다. 발표자와 토론자가 19명이다. 유복근 부총영사가 개회식 사회를 맡아 진행한다. 신봉섭 총영사의 치사, 요녕성인민대외우호협회장과 동북대 부총장의 환영사와 축사가 있다. 이어서 기념사진을 촬영하였다. 5분 휴식 후 이어서 바로 내가 첫발표자로 발표를 마쳤다. 시간이 모자라 상당 부분을 생략하고 마무리하였다. 오후 마지막 순서로 종합토론 및 결속사 사회를 한중연 신익철 교수가 맡아 진행한다. 결속사 첫 순서가 한국 측의 나로 지정되어 있고 다음이 중국 측의 요녕대 역사과 張杰 교수다. 나의 結束辭는 대략 다음과 같은 덕담이었다.

　주최 측의 준비와 진행이 성숙되고 성공적인 연토회가 된 것에 먼저 감사를 드린다. 특히 중국 측 요녕성인민대외우호협회 회장님과 관계인 여러분들께 감사를 드린다. 그리고 한국 측의 신봉섭 총영사님과 유복근 부총영사님과 관계인 여러분께 감사를 드린다. 저를 제외한 18분의 발표가 창의적이고, 진실하고, 성실한 점에 관해서도 발표자 여러분들께 감사를 드린다. 사회와 주제토론을 맡아서 이번 대회를 빛나게 한 양위레이 교수, 이상찬 교수, 서인범 교수, 이승수 교수께도 감사를 드린다. 어제 우리의 답사 안내를 하여주신 林文星 선생께도 감사를 드린다. 이번 연토회 발표에 인상적인 부분이 많았는데 그 중 1가지씩만 감사의 의미로 거론하려 한다.

이상찬 교수	교역장정으로 국제무역에서 商道의 문맥을 발견한 점은 신선하였습니다.
강동석 교수	18세기 연경을 생동감 있게 부상시켜 현장감의 전달이 인상적이었습니다.
노대환 교수	정건조, 강위, 이건창 등의 의식 변화의 동인 발견이 인상적이었습니다.
관야신 교수	여성답게 조선의 모자 패션 변화에 주목한 점 흥미로웠습니다.
신춘호 교수	사행노정 아카이브 구축 제안은 시의적절하고 신선한 관심을 집중시켰습니다.
장 제 교수	장우령과 이만수 형제간의 연인 같은 만남과 藝交를 부각시킨 점은 흥미로웠습니다.
서인범 교수	해로 사행에서 용왕신앙이 마조신앙으로의 대상 변화와 신선숭배 수용 등의 발견은 흥미로웠습니다.
김상일 교수	최유해와 오대빈이 시로 의사전달을 성공하며 소통한 점을 부상시킨 점은 흥미로웠습니다.
쉬동르 교수	관우의 신격화 과정과 현상을 점검한 점은 흥미를 유발시켰습니다.
정은주 교수	추사의 사행과 묵연을 찬란하게 조명시켜준 점은 신선하였습니다.
신해진 교수	선약해의 심양일기 전모를 부상시켜주고, 심양왕환일기의 작자를 위정철로 바로잡아 준 점은 학계에 기여도가 높았습니다.
잔스준 교수	한중 사신이 천산 유람에서 남긴 5종의 석각 소개는 매우 흥미롭고 관심을 집중시켰습니다.
이승수 교수	混河에 와서 혼하의 역사문맥을 새롭게 짚어 마지막을 따뜻하게 장식하였습니다.
신익철 교수	연구 착상이 신선하고, 연행로의 명산 제시도 신선하였으며, 명산기 역시 신선하여 신선함이 인상적이었습니다.
조융희 교수	김창업의 천산 유람기는 43쪽의 독립 유람기 성격이고 유산기의 백미로 평가한 점 흥미를 고조 시켰습니다.
김일환 교수	새삼스럽게 발견하는 3가지 사건의 발견 흥미로웠습니다.

창의적인 착상으로 생산적인 발표를 하여주신 여러분께 거듭 감사를 드립니다. 심양총영사관과 요녕성인민대외우호협회가 주관하는 이번과 같은 학술연토회가 더욱 발전적으로 지속되어 한국과 중국은 물론 동아세아와 세계의 공영과 평화에 더 큰 기여가 있기를 기원하면서 이 자리에 참여하신 모든 분들께도 감사를 드리고 학운을 빌면서 결속사에 가름합니다. 감사합니다.

이어서 장제 교수의 결속사는 중국측 발표자의 증원 요청과 임기중 교수의 세계기록유산 등재 요청에 전폭적으로 지지한다는 선언을 하였다. 신봉섭 총영사가 폐회선포를 하도록 되어 있었지만 신총영사의 요청으로 유복근 부총영사의 폐회사로 폐막하고 만찬장으로 이동하여 신봉섭 총영사의 만찬사를 듣기로 하고 모두 일어서 자리를 만찬장으로 옮겼다. 헤드테이블 신봉섭 총영사 왼 옆에 우리 부부가 앉고 오른 옆에 요녕성인민대외우호협회 부회장과 중국 측 인사가 앉았다. 중국 측의 장제 교수와 장스준 교수가 맞은편에 앉아서 화기애애한 자리로 만찬을 즐겼다. 중국 측 인사들은 나에게 관심이 집중되어 있다. 나이를 묻고, 중국의 임씨촌 이야기를 들려주고, 나의 시조 이야기를 묻는 등 분주한 술잔이 오갔다. 영사관의 깊숙한 이야기와 120명의 공관원 노고를 현장에서 느끼며 그들에게 감사와 연민의 정이 함께 떠오른다. 왠지 미안한 생각이 들기도 하였다. 고신대에서 현지 대학에 교수로 와 있는 부부 교수가 참석하여 아내를 통해서 사진을 한 장 같이 촬영하고 싶다는 특청이 있었다기에 응해주며 사연을 들었다. 명년 발표에 참여하고 싶다는 의사전달과 연행록에 관한 관심 때문이었다. 참여와 연구를 격려하여 주었다. 열하일기 3권만 가지고 왔다고 한다. 대만대학에서 부부가 고전문학으로 박사를 받은 이들이다. 한참 뒤 유복근 부총영사가 나와 사진 한 장을 남기고 싶다하여 늙은이의 모습을 드러내주었다. 모두 고맙고 고맙다. 명년에도 와 달라는 총영사와 부총영사의 간청을 받으면서 하루를 마무리한다. 왠지 공관장과 공관원들이 안쓰럽다. 7월 18일 토요일이다. 대한항공이 16시 35분 심양 출발이다. 나의 국제학술연토회 참석은 2004년부터 늘 부부 동행이다. 그 이전도 그랬지만 10여 년 전부터는 나의 곁에 아내가 있어야만 약을 챙기고 몸 상태가 변하면 응급조치를 하여야하기 때문이다. 모두들 금슬이 좋고 보기 좋다고 덕담을 하지만 아내는 늘 긴장하며 나를 보살피고 있다. 늘 고맙다. 아침 10시 각기 보고 싶은 곳을 향하여 모두 흩어진다. 나는 이번에도 아내랑 魯園古玩城을 간다. 택시 예약을 했는데 20분 지나도 오지 않아서 길가에 나가 택시를 잡아탄다. 운전기사가 너무 불안하게 운전을 한다. 아내가 몹시 불안해한다. 아내는 마약중독자인 것 같다고 하며 사색이다. 안정하라고 타이른다. 겨우 도착하였다. 작년의 반대편에 차를 세웠다. 건물이 들어서고 그 안에 아직 문 연 곳은 많지 않다. 회랑을 지나서 작년의 난장에 들어섰다. 1층과 2층을 한 바퀴 둘러본다. 눈에 드는 것이 없다. 난점의 앞길이 이제 자전거와 차만 있고 한 개의 난점도 없는 것이 작년과 다른 모습이다. 그만큼 정리되어가는 중국의 모습이다. 이곳 화장실도 수세식이고 비교적 깨끗하다. 책을 펴 논 난점은 이제 없어졌다. 대형 나무 문진이 필요는 하지만 너무 조악하여 구경만 한다. 골동취향의 볼 것이 점점 사라져가는 중국이다. 호텔로 돌아와서 샤워하고 쉬다가 식당에 내려가서 점심을 먹는다. 소면 두개와 야채 볶음쌈을 한 접시 시켰다. 아내가 만족한다. 모두 적절한 양에 정갈하고 야채와 생선요리여서 우리한테 맞는 점심이다. 미국인은 많은 양을 시켜 혼자 폭식을 하고 내국인 두 남자는 담배와 음식을 같이 먹으며 떠든다. 아직은 이렇다. 1시 30분 경 나오니 차가 대기 하고 있다. 공관의 박상종 경제연구원이 나왔다. 공항에 좀 일찍 도착하여 가족석 책인을 통과하여 종훈 토마스 뛰는 자동차를 사고 월병 두 상자를 사서 종훈과 진우에게 주기로 한다. 인천공항에 도착하여 택시 안에서 아내가 종훈과 진우네로 전화를 한다. 종훈네는 용인 에버랜드에 있고, 진우네는 집에서 좋은 소식을 전한다. 진우 전교 수석이고, 영어 개별과목 시험도 전교 수석이며, 서울과고 우선선발로 20일 월요판 조선일보 맛있는 공부에 취재되어 기사가 난다는 소식이다. 축하하여준다. 스위스에서 사온 뻐꾸기시계와 월병을 가져다 진우한테 주라고 아내가 딸에게 알린다. 즐겁게 집에 도착하였다. 연합뉴스에 내 발표에 관한 기사가 나와 있었다. 네이버와 구글을 통해서 읽어보았다.

모두 84여 회 출국하였다. 국제 학술활동과 문화여행 방문국 중 중국 24회, 말레시아 1회, 인도네시아 1회, 싱가포르 1회, 베트남 1회, 캄보디아 1회, 홍콩 2회, 마카오 1회, 일본11회, 미국 5회, 대만 4회, 영국 3회, 캐나다 2회, 태국 2회, 러시아 1회, 그리스, 이집트, 터키 1회, 독일 3회, 오스트리아 2회, 호주 2회, 뉴질랜드 2회, 프랑스 3회, 스위스 2회, 이태리, 스페인, 네덜란드, 피지 1회, 덴마크, 노르웨이, 스웨덴, 핀란드, 인도, 아프리카 탄자니아, 케냐 각 1회, 헝가리, 폴란드, 슬로바키아, 체코슬로바키아 1회, 미얀마 1회, 슬로베니아 1회, 크로아티아 1회, 보스니아 1회로 방문국은 겨우 62여 개국인 것 같다.

한국가사문학주해연구

우리가 이 세상에 태어나서 해보고 싶은 일을 선택하여 그 일을 할 수 있는 시간이 우리에게 얼마나 부여되어 있는 것인가를 생각하여보았습니다. 지나간 나의 삶은 국 어국문학이라는 외길을 걸어 왔으며 그 밖에는 어떤 길에도 들어선 일이 없었습니다. 그러나 돌이켜 살펴볼 때 연구실에 앉아서 국어국문학을 연구하기 위하여 보낸 시간 보다는 그 밖의 일들 - 강의, 보직, 사회봉사, 보편적인 생활인으로서의 삶 등 - 로 소 모한 시간이 훨씬 많았습니다. 연구를 하기 위하여 교수를 한 것이라기보다는 교수를 하기 위해서 틈틈이 연구를 하여 온 것 같아서 요즈음은 종종 회한과 자괴심을 갖는 때가 많아졌습니다. 처음 교수로 임용될 때의 생각과는 달리 그 결과는 주객이 전도 된 것 같기 때문입니다. 정년퇴직을 하고나서 학문적 삶을 마무리하는 장에 서서 그 동안 추진하여 왔던 몇 가지의 일들을 정리하면서 살펴보니 다소의 의욕은 가지고 있 었지만 성취는 대부분 그 의욕에 미치지 못하는 부실성이 많이 노출되고 있어서 새로 운 번민으로 괴로운 때가 많았습니다. 해당 분야의 학문 후속세대들에게 그런 번민의 의자를 넘겨주면서 더 발전적이고 더 창조적인 세계를 열어나가도록 당부 드리는 것 으로서 그런 부실의 책임을 면할 수밖에는 별다른 도리가 없을 것 같습니다. 나는 한 국고전문학 연구를 시작할 때 세 가지의 연구방향을 설정하였습니다. 첫째는 한국문 학의 사상적 원천으로서의 향가문학연구이고, 둘째는 한국문학의 정체성을 대표하는 갈래로서의 가사문학연구이며, 셋째는 한국문학과 한국문화의 교류 통로로서의 연행록 연구였습니다. 향가문학 연구는『신라가요와 기술물의 연구』가 그 한 결과물이었습니다. 한국문학사상의 원천은 초자연적인 힘의 논리인 주력관념이었으며, 그것이 한국인의 생각하기·한국인의 말하기·한국인의 글쓰기에서 항상 중요한 화두가 되어 있었다는 것입니다. 그런 까닭으로 그것이 마침내 향가의 시문법을 만들어냈고 그런 시문법은 현대시에까지 연면히 이어져 내려오고 있다는 것이었습니다. 가사문학연구는『한국가사문학연구사』·『한국가사학사』·『불교가사원전연구』『불교가사연구』·『연행가사연구』가 그 중간 보고서였습니다. 나는 향가를 연구하려고 향가학사를 썼던 것처럼 가사를 연구하려고 가사학사를 썼던 것입니다. 불교가사나 연행가사에 관한 연구서는 시대적인 요청에 따른 것뿐입니다. 한국가사의 연구사를 살펴보면 20세기 전반부까지의 연구자들은 수십 편 정도의 가사작품만을 가시권에 두고 연구를 진행하였습니다. 그러다가 20세기 후반에 와서는 시야를 수백 편으로까지 확대할 수 있는 여건이 조성되어 있었지만 작품의 산재성으로 인해서 연구의 실상은 거기에 미치지 못하고 있었습니다. 내 학문적인 삶의 무대는 20세기 후반부였기 때문에 한국가사문학을 연구하기 위해서는 가사작품을 집대성하는 작업으로부터 그 연구의 단초를 열어야 한다는 당위론적 과제를 갖게 되었다고 생각합니다. 이번에 펴내는 이 책은 그런 인(因)과 과(果)로서 탄생된 것입니다. 이제 21세기의 벽두에 이 책이 출판됨으로써 가사문학 연구자들은 2천편의 가사를 가시권에 두고 새로운 연구시대의 서막을 올리게 된 것입니다. 연행록연구는『연행록전집』1백권·『연행록전집일본소장편』3권·『속연행록전집』50권·『연행록연구』,『연행가사연구』가 그 중간 보고서입니다. 연행록의 연구를 생각한 것은, 한국문학이나 한국문화의 사상적 원천이나 정체성의 논의는 그 교류의 통로를 활짝 개방하고 살펴보아야 원만한 접근이 가능할 것이라고 생각하였기 때문입니다. 내가 학문의 길에 들어설 때 생각하였던 것은 정작 한국가사문학의 연구와 연행록의 연구였는데, 그 결과물을 보니 고작 그런 연구를 위한 준비작업을 하였을 뿐입니다. 결국 소중한 시간들을 준비 작업으로 소모하고 말았습니다. 갈 길은 많이 남아 있는데 해는 저물고 있습니다. 이번에 출간되는 가사의 주해연구는 내가 연구실에서 보낸 시간의 3분의 1정도를 소진시킨 것으로 생각되는데도 그 결과물은 부실한 부분이 너무 많아서 부끄럽기 그지없습니다. 앞으로 최소한 두 단계의 정리 작업은 반드시 더 이루어져야만 할 것 같습니다.

한국가사작품의 원전 수집은 1960년 학부시절부터 시작하였습니다. 수집된 작품의 원전을 1987년부터 1998년까지 전 50권의『역대가사문학전집』으로 펴낸바 있습니다. 그 원전정리의 목적은 이번에 펴내는『한국가사문학주해연구』에 두고 있었습니다. 그 무렵은 이상보 교수님의 영향과 도움이 컸습니다. 그리고 여러 공공도서관과 개인 소장자의 도움도 많이 받았습니다. 특히 고 강전섭 교수님, 유재영 교수님, 김문기 교수님 등이 개인소장 자료들을 모두 보여주셨습니다. 내 아내도 자기의 봉급을 털어서 가사작품의 수집에 많을 도움을 주었습니다. 초창기 원전 복사의 일은 박영희 학사가 많이 도왔으며, 목록작성의 단계에서는 윤태현 석사의 도움이 컸습니다. 나는 영인본 『역대가사문학전집』이 완간될 무렵부터 미발표 작품의 원전을 입력하기 시작하였으며, 같은 시기에 기발표 작품의 원문입력 작업도 병행하여나갔습니다. 그 일을 꾸준히 진행하여 2000년 초에 53개의 디스켓 분량으로 1차의 입력 작업이 마무리된 상태에서 학술진흥재단이 최초로 시행한 인문학육성과제 지원을 받게 되어서 이 책을 비교적 빠른 시일 안에 만들 수 있게 되었습니다. 과제의 제안 시기부터 1차년도까지는 이승남 박사와 고 조선영 박사가 참여하였으며, 2차년도에는 임종욱 박사와 박애경 박사가 참여하였습니다. 그리고 부분적으로 참여해준 학자들로는 이창희 박사, 김영수 박사, 고미숙 박사, 김종진 박사, 장정수 박사, 백순철 박사, 김상일 박사, 박수밀 박사, 신상구 박사, 임준철 박사, 박상란 박사, 김보근 박사, 김기종 석사, 조진희 석사, 채상우 석사 등 많은 이들이 이 작업에 참여하였습니다. 그 밖에도 지면 사정 때문에 일일이 거명하지 못하는 참여 연구자들이 많이 있었습니다. 그리고 이번의 이 작업 이전에 원전을 발굴하여 학계에 친절하게 소개하여 주신 여러 선학들이 있었습니다. 이 책이 학계에 다소라도 기여도가 인정된다면 그 공은 모두 그런 선학들과 후학 참여연구자들에게 골고루 나누어드려야 할 것입니다.

가사의 갈래 개념을 어떻게 정하느냐에 따라서 차이가 나기는 하겠지만, 한국가사 작품의 전승규모는 이본을 포함해서 대략 7천편 정도가 되는 것 같습니다. 이본의 전승양상과 원본추정 작업등의 과정을 거쳐서 가급적 중요한 작품들을 우선적으로 선정하여 해제와 주석을 붙여서 이번 책에 수록하였습니다. 여러 차례 첨삭과 교정의 과정을 거쳤지만 미흡한 곳이 많이 눈에 띄고 있습니다. 그런 보완작업은 불가피 뒷날로 미룰 수밖에 없습니다. 이번 20권의 책에는 모두 2,086편의 가사작품을 수록하였습니다. 이 책에 수록된 한국 가사문학 작품은 이제 우리 백성들 누구나 쉽게 읽을 수 있을 것입니다. 이번 책은 학술진흥재단에 제출한 과제명대로 『한국가사문학주해연구』(1~20권)·『한국가사문학원전연구』(1권)로 구성하였습니다. 그러나 『한국가사문학원전연구』는 원전연구를 진행하기 위한 준비서 정도의 수준일 뿐입니다. 이 연구과제는 많은 시간을 요구하고 있기 때문에 미흡한 그대로 우선 중간 보고서를 내는 것입니다.

내가 그동안 가사작품을 모으고 원전을 50권의 책으로 정리하여 펴낸 다음 그것을 다시 활자화하고 해제와 주석을 붙여서 이번에 21권의 책으로 세상에 내놓은 학문적 토양은 동국대학교입니다. 그래서 내 연구실을 동국대학교 가사문헌실이라고 이름 붙였던 것입니다. 그런 인연으로 본다면 이 책은 동국대학교 출판부에서 펴내는 것이 가장 적절하였겠지만 출판부의 사정이 여의치 않다고 하여서 부득이 아세아문화사에서 출판하게 되었습니다. 대학출판부에서도 해낼 수 없는 일을 아세아문화사 이영빈 사장님께서 흔쾌히 결정해주심으로써 이 책이 세상에 나오게 된 것입니다. 따라서 이영빈 사장님의 문화인식에 특별히 감사를 드립니다. 이 책은 한국학술진흥재단의 지원으로 마무리된 것입니다. 한국학술진흥재단에도 감사를 드립니다.

2005년 10월 20일
동봉양월지실(東峯涼月之室)에서
임기중(林基中) 삼가 적음

한국인의 옛 노래

이 책에 수록한 한국의 옛 노래 곧 시로 읽는 노래문학은 한국인들이 1세기 무렵부터 15세기 무렵까지 향유하였던 노래인데 현재도 한국인들 사이에서 애송되고 있는 작품들이다. 한국은 5천년의 역사를 가진 나라라고 말하고 있지만 기록되어 전승하는 구체적인 문학작품을 가지고 기술할 수 있는 한국문학의 역사는 대략 2천년 정도뿐이다. 한국은 고유한 언어와 고유한 문자를 가지고 있는 세계에서 몇 안 되는 행복한 나라다. 그러나 한국의 고유한 문자는 15세기 중엽에 와서야 만들어졌다. 이 책에 수록한 한국의 옛 노래는 15세기 중엽 이전의 한국 상고시대의 시가문학 작품들이다. 한국의 고유한 언어로 노래 불렀던 작품들을 한국의 고유한 문자가 아닌 중국 한자를 빌어서 표기한 작품들이거나 구전되던 것을 15세기 중엽 이후 한국의 고유문자로 기록한 작품들이다. 이 시대의 시가문학들은 창작 당시에는 주로 노래로 불렸던 작품들인데 현대인들은 그것을 시 작품으로 읽고 있기 때문에 시로 읽는 노래문학이라고 말할 수 있다. 한국의 상고시대 시가문학은 대부분 노래로 불려졌지만 읊는 시와 읽는 시도 있었다.

한국의 상고시대(1세기~15세기) 시가문학은 3세기부터 20세기 초엽까지 만들어진 40여 종의 각종 한국 고문헌들에 수록되어 전승되고 있다. 그 문헌들의 성격을 살펴보면 역사서와 지리서, 가집(歌集)과 악서(樂書), 개인문집과 여러 잡서류(雜書類) 등으로 매우 다양한 양상을 보여주고 있다. 그리고 어떤 작품들은 한국에서 만들어진 고문헌뿐만 아니라 중국이나 일본 등 동아세아 여러 나라에서 만들어진 고문헌들에도 수록되어 전승되고 있다. 이러한 현상을 통해서 우리는 한국 상고시대 시가문학의 생산층과 수용층의 다양성과 대중성을 알 수 있으며, 다른 한편으로는 작품유통의 원활성과 세계성을 확인할 수 있다. 이 책에 수록한 한국 상고시대 시가문학작품들은 국내외의 고문헌들을 모두 동원하여 정밀하게 이본을 대교(對校)하고 교감(校勘)한 뒤에 원본(原本)을 확정하고, 그 것을 한국 현대어로 적확(的確)하게 바꾸어 원본의 신뢰성을 확보한 것이다. 그리고 이 책에 수록한 작품, 작자, 작품의 중요 소재들은 모두 그 연대를 서력(西曆)으로 환산하고 확인절차를 거쳐서 통일성 있게 표기하였다.

한국 상고시대의 시가문학을 분포 지도로 만들어 살펴보면 한국영토의 최남단 제주도에서부터 최북단 압록강과 두만강 유역까지 고르게 분포되어 나타난다. 그리고 그것을 향유계층별로 나누어 살펴보면 지배계층과 피지배계층, 남성계층과 여성계층, 어른계층과 아이계층, 종교계층과 비종교계층 등 모든 국민을 총망라한 계층으로 나타난다. 이러한 현상은 한국 상고시대의 시가문학이 모든 한국 백성들의 문학이었으며 한민족의 문학이었다는 사실을 보여주고 있다. 한국 상고시대의 시가문학에 작품 소재로 등장하는 민족들을 살펴보면 한국 한민족을 비롯하여 중국 한족, 만족, 아랍족, 몽고족, 일본족 등 여러 민족들이 등장하고 있다. 이러한 현상은 한국 상고시대의 시가문학이 폭넓은 세계성을 가진 한국문학이었다는 사실을 보여 주고 있다. 한국 상고시대 시가문학의 내용을 살펴보면 이별의 슬픔과 놀이의 기쁨이 가장 높은 빈도로 두드러지게 나타난다. 이러한 현상은 한국인들이 살아온 지역적 특수성에서 기인한 수난사와 관련이 있는 것으로 여겨지며, 한국인들이 가지고 있는 게놈이라고 할 수 있는 낙천적 동질성을 보여주는 것이다. 한국 상고시대의 시가문학을 그 전승형태별로 살펴보면 노래와 이야기가 같이 전하는 것, 노래만 전하는 것, 노래는 전하지 않고 그 내용이나 유래만 전하는 것, 본래 노래의 한 부분이나 대의로 축약되어 전하는 것 등으로 나타난다. 이러한 현상은 전승의 유동성과 적층성을 보여주며 다른 한편으로는 시대에 따른 가치관의 변화와 인식의 차이를 보여준다. 이 책에 실린 한국 상고시대 시가문학의 갈래는 구전성을 가진 4행시 상고가요, 개인 창작가요인 4행, 8행, 10행시 향가, 구전성의 전통을 이어받은 것으로 백성들의 삶을 노래한 연시(stanzaic poem) 속요, 창작가요의 전통을 이어받은 것으로 권력을 상실한 특수 문인지배계층의 자존을 노래한 연시(stanzaic poem) 경기체가, 한국인들이 창출해낸 3행의 단형정형시 시조, 한국인들이 창출해낸 80행 이상의 장형시로 비연시(non-stanzaic poem)인 가사, 단형의 서정민요 등이다.

　동아세아의 여러 옛 문헌에 한국인들은 노래와 춤을 매우 좋아한 백성들이었다는 기록이 있다. 한국인들의 그런 낙천성은 항상 역경을 극복하면서 평화를 유지할 수 있는 에너지원이 되었다. 한국 상고시대 시가문학은 삶의 온갖 역경과 시련을 눈물로 카타르시스 시켜 평화와 행복과 기쁨의 삶으로 전환하는 현장성을 보여주는 것이 많다. 그리고 역경과 시련을 종교적 신앙심으로 극복하거나 해학과 위트로 날려버리는 지혜로운 삶의 모습이 나타나기도 한다. 따라서 21세기 지구촌 사람들에게 평화롭고 행복한 삶의 방법과 그 방향을 제시하는 데 여러 모로 기여할 수 있을 것이라고 생각한다. 아무쪼록 이 책이 지구촌 사람들의 지속가능한 행복한 삶에 어떠한 형태로든 기여할 수 있기를 기대하고 간절히 기원하면서 스페인어 번역서의 머리말에 갈음한다.

2008.4.30.
우리의 옛 노래(현암사, 1993.) 스페인어 번역서
편저자 임기중 Key-Zung, Lim 씀

사숙재전집私淑齋全集

　　문량공(文良公)의 십 팔대 손 강성창(姜聲昌)옹이 기축년 녹라(綠蘿)에 국역 사숙재전집(私淑齋全集)을 발간하려고 방대한 원고를 싸들고 찾아와 발간사를 청한다. 강옹께서는 강회백(姜淮伯, 1357~1402) 강석덕(姜碩德, 1395~1459) 강희안(姜希顔, 1418~1465) 3세의 문집 국역 진산세고(晉山世稿), 강인회(姜仁會, 1807~1881)의 문집 국역 춘파유고(春坡遺稿), 강천수(姜天秀, 1863~1951)의 문집 국역 거산유고(巨山遺稿) 등을 펴낸 바 있어서 그 성명(聲名)을 익히 알고 있던 터다.

　　강옹은 고희(古稀)에 아들한테 워드프로세서(word processor)를 배워서 문장 입력 방법과 종이 책 편집 방법을 숙지한 뒤 종중(宗中)의 문집을 국역하여 출간하는 작업을 진행하여 왔는데 나이와 건강 때문에 이 국역 사숙재전집은 그런 일련의 마지막 작업일 개연성(蓋然性)이 높다고 한다. 잠시 초대면의 담론(談論)에서 나는 진주 강문(晉州姜門)의 가학 계승(家學繼承)과 강옹의 집념어린 성취담(成就譚)에서 큰 감동을 받았다. 우리의 주변에는 강옹과 같이 훌륭한 생각과 근실한 실천력을 가지고 살아가는 이들이 있어서 여러 이웃들이 늘 행복할 수 있는 것이 아닌가.

　　문량공(文良公)은 조선왕조 세종부터 성종까지 여섯 대의 군왕(君王)을 보필하면서 조정의 문한(文翰)을 담당한 이다. 세조는 그를 강명지신(剛明之臣)의 으뜸이라고 평하였으며 범옹(泛翁)은 그를 유악지신(帷幄之臣)의 제일이라고 평하였다. 그는 박람강기(博覽强記)로 경서(經書)와 사서(史書)에 통달하여 전고(典故)에 밝았으며 타고난 자질에 덕성(德性)을 함양하고 학행(學行)을 쌓아 특히 문장에 능하였다. 문량공은 문한가(文翰家)에서 태어나 조부 통정공(通亭公)의 단아(端雅) 수려(秀麗)함, 부친 대민공(戴愍公)의 간략(簡略) 결백(潔白)함, 백씨 인재공(仁齋公)의 온화(溫和) 담박(淡泊)함의 강점을 모두 모아 가진 이다.

사숙재집(私淑齋集)은 삼봉집(三峰集), 양촌집(陽村集), 춘정집(春亭集), 보한재집(保閑齋集), 사가집(四佳集), 삼탄집(三灘集) 등과 아울러 조선왕조 초기를 대표하는 문집이다. 그 중에서도 사숙재집은 문화적인 격조(格調)와 실린 글의 품격(品格)이 아주 돋보이는 문집이다. 그런 까닭으로 사숙재집은 일찍이 세 번이나 간행된 바가 있다. 처음은 성종 14(1483)년 왕명으로 17권 4책이 간행되었다. 장남 귀손(龜孫)이 원고를 수집하고 편차하여 서거정(徐居正)이 서문을 썼다. 이것이 간행한 초간본이다. 다음은 순조 5(1805)년 12권 2책으로 간행되었다. 10대손 주선(柱善)이 가장 사본(家藏寫本)을 보완하여 편집한 것이다. 강주선(姜柱善)이 발문을 썼다. 이것이 목활자(木活字)로 간행한 중간본이다. 그 다음은 대한민국 임시정부 20(1938)년 3권 2책으로 간행되었다. 후손 대철(大喆)이 중간본을 저본(底本)으로 신활자(新活字)로 간행한 것이다. 1989년 민족문화추진회의 한국문집총간에는 위의 중간본을 수록하였으며 1999년 세종대왕기념사업회에서도 이 중간본을 번역하여 국역 사숙재집을 펴냈다. 그 중간본의 발문에는 사숙재집의 간행을 명한 성종이 승하하고 뒤따라서 숙헌공(肅憲公)의 장자 귀손(龜孫)이 세상을 떠나고 사평공(司評公)의 차자 학손(學孫)마저 유배됨에 따라 초간본 간행이 이루어지지 못하여 이제야 이 문집을 간행한다고 썼다. 그러나 일본의 봉좌문고(蓬左文庫)에 위의 초간본이 있어서 이우성(李佑成) 교수가 이를 서벽외사해외수일본(栖碧外史海外蒐佚本)이란 서명(書名)으로 1992년 아세아문화사에서 영인본으로 출판한 바 있기 때문에 초간본 사숙재집과의 대교(對校) 번역이 학계의 당위적(當爲的) 과제로 부상되어 있었다. 그런 중요한 과제의 하나를 강옹께서 조용히 해결하여 준 것이므로 종중은 물론 학계로서도 참으로 고마운 일이 아닐 수 없다.

이 국역 사숙재전집은 초간본을 중간본으로 보완하였으며 별록(別錄)으로 금양잡록(衿陽雜錄) 사시찬요초(四時纂要抄) 촌담해이(村淡解頤)를 덧붙인 것이다. 위의 아세아문화사 영인본 목차와 대조하여 보았더니 제1권에 5제, 제2권에 1제, 제4권에

1제, 제6권에 2제, 제9권에 1제, 제10권에 기(記) 1제, 제17권에 비음기(碑陰記) 1제
와 행장(行狀) 3제의 추가 보완이 이루어졌다. 따라서 국역 사숙재전집이라는 책이름
은 명실상부(名實相符)한 것임을 알 수 있다. 다소 아쉬운 점이 있다면 앞에서 거론
한 삼본(三本)을 대교(對校)하여 그 교합본(校合本)을 후첨(後添)하지 못한 점이지만
그런 작업은 전공 학자에게 맡기는 것이 순리일 수도 있다.

국역에서부터 입력 편집 자비출판 발송업무까지 여러 단계의 어려운 일들을 모두
맡아서 일인다역(一人多役)을 희생적으로 수행하고 계시는 강성창(姜聲昌)옹께 한국
인문학계의 한 사람으로서 깊은 경의(敬意)를 표하고 그 노고(勞苦)를 치하(致賀)드
리면서 앞으로 이 책이 각 분야에 여러 모로 큰 기여를 할 수 있기를 기원한다.

2009년 7월 상한(上澣)
동봉양월지실(東峯凉月之室)에서
동국대학교 명예교수 평택(平澤) 임기중(林基中) 삼가 적음

전자책을 내며

(주) 누리미디어 전자책 〈DVD연행록총간〉 서문

나는 평화와 공영을 지향하는 동아세아인들의 소통과 교류라는 화두를 가지고 연
행록의 발굴 작업에 착수하였다.

그 시대는 1960년대 후반 암울한 동서냉전시기였다. 복사기가 없었던 시기이므로
모필이나 철필로 원고를 필사하면서 개안의 시대를 열어나갔다. 그 뒤 습식복사기가
출현하자 곧바로 그 복사기를 사용하여 자료를 신속하게 획득하기 시작하였다. 그러
나 그 복사기를 사용한 원고는 시간이 지나면서 문자가 점차적으로 퇴색하는 것이 큰
결점이었다. 그것을 보완한 것이 현재 우리가 쓰고 있는 건식복사기다. 많은 원고를
이 복사기로 다시 교환하고 새로 획득하였다. 따라서 이 책의 원고는 앞의 3세대의
면모가 각기 다른 색깔로 나타나 있다. 當時는 목록작업이나 영인출판이 현재와 같은
상황이 아니었기 때문에 연행록의 발굴 작업은 많은 시간이 요청되었고 크고 작은 많

은 장벽이 수 없이 나타났다. 기실 한국문집총간의 출판제안은 그 단초가 연행록 수집을 좀 더 원활하게 하기위한 방편에서 발상된 것이었다. 원고의 수집이 어려웠던 것 이상으로 그 출판이 또한 어려웠다. 원고 상자 20여개가 출판사를 찾아다니는 동안 분실과 손상을 거듭하면서 5년이 지났다. 진행과 중단, 계속과 포기를 거듭하는 5년 이었다. 연행록전집 100권과 연행록속집 50권의 원고 또한 출판사를 거치지 않고 곧바로 인쇄소로 넘어가는 거친 운명을 피할 수가 없었다. 한·중과 한·일관계의 소통을 대상으로 하여 수집한 자료를 출판사의 사정으로 부득이 연행록만으로 한정하는 단계에서도 혼란스러움이 야기되고 오류가 발생하였다. 전공학자들이 페이지 붙이는 작업을 한 것이 아니기 때문에 그 단계에서도 오류가 발생하였다. 인쇄 전에 발견한 오류의 수정 또한 거의 반영되지 못하였다. 하나를 수정하면 연쇄적인 수정이 이루어져야 하는데 인쇄소로서는 그런 작업이 불가능하다는 것이기 때문이었다. 인쇄소에서 진행한 첨삭작업도 소통에 문제가 있었다. 자료정리는 보편적으로 이런저런 여러 단계를 거쳐서 정본이 확정되어 나오는 상례를 들어서 독자의 양해를 구할 수밖에 다른 도리가 없었다. 그래서 해결하지 못한 문제들을 전집의 서두에 제시하고 이메일 주소를 적어 오류수정 협조를 요청하였으며, 홈페이지를 개설하여 3년 동안 독자의 의견 수렴 기회를 가졌다. 그러나 아쉽게도 단 1건의 의견도 접수된 것이 없었다.

이제 발생한 오류와 미진한 문제들을 바로잡을 기회가 찾아왔다. 그것은 곧 전자출판으로 간추린 연행록총간을 출간하는 일이다. 독자들의 불편을 다소나마 해소하여드릴 수 있는 기회가 찾아와 감사하는 마음으로 이 전자책을 펴내기로 하였다. 이 전자책의 출판은 그런 의미가 있으며, 다른 한편으로 자료정리는 궁극적으로 定本의 확정에 있다는 두 가지의 의미를 가지고 있다. 앞으로 5년 뒤에 마무리 작업으로 이 총간의 보편을 출간하여 이 작업을 마무리 하고 싶은 것이 나의 나머지 소망이다. 그 소망이 꼭 이루어질 수 있기를 기원하여 본다.

자료를 수집하고 정리하여 연구자들에게 편의를 제공하는 일은 희생적 봉사에 속하는 영역이므로 그런 작업에는 학계의 깊은 이해와 협조가 요청된다. 따라서 관련 개인이나 기관 등에 어느 부문에서 다소의 불만스러운 점이 있다고 하더라도 다수의 연구자들을 위해서 넓은 아량으로 깊이 헤아려주기를 바란다. 이번의 간추린 연행록총간은 연대순·작자이름순·연행록이름순·세기별순의 찾아보기와 각 연행록의 목차 찾아보기를 붙이기로 하였다.

이제 21세기의 지구촌 사람들이 이 책에서 지난 시대 동아세아인들의 소통과 교류의 지혜를 터득하여 세계의 공영과 평화 유지에 크게 기여할 수 있기를 바란다. 그러한 가치를 인정하고 예감하면서 이해관계를 초월하여 이 전자책을 출판하기로 결심한 누리미디어 최일수 사장님과 최희수 상무님께 감사를 드린다.

2011년 1월 1일
문촌서옥(文邨書屋)에서 임기중 씀

취석위보取石爲寶

나이가 들어가면서 인연이라는 것을 자주 생각하게 됩니다. 추사(秋史)선생의 세한도 발문(歲寒圖跋文)과 해객금준제이도 제사(海客琴尊第二圖題辭)를 읽다가 석여(石如) 최호준 총장과 통화를 하게 되었습니다. 선친인 우석(又石) 최규명(崔圭明) 선생의 전각집을 만들고 있는데 원고를 보내겠으니 살펴보고 글을 한편 쓰라는 것입니다. 우리가 이 세상을 떠나면서 앉아 있었던 의자를 아무리 깨끗하게 정리하고 떠난다고 하여도 그 자리의 주변에는 언제나 여러 흔적들이 남아 있기 마련입니다. 그런 자취를 찾아보면서 우리는 의자의 주인공이 무엇을 생각하며 어떻게 이 세상을 살다 갔는가를 새삼스럽게 알아차릴 때가 많습니다. 고인의 정신세계 한 부분과 재회가 이루어지는 것이지요. 그런 다음 우리는 우리가 누구를 안다는 것이 얼마나 불완전한 지식인가를 반성하게 되는 때가 많습니다.

여러 해 전부터 양포 총장, 죽파 총장, 석여 총장 등과 오찬 한담 모임을 가져 왔는데 나도 처음부터 그 자리를 같이 하여왔습니다. 나만 총장 경험이 없는 사람이어서 때때로 외람된 생각도 들고 화제 밖에 있을 때도 있지만, 내심 가볍게 오우청담회(午友淸談會)라는 이름을 붙이면서 자리를 같이 하여왔습니다. 특히 석여 최총장은 행정학을 전공한 이인데도 어딘지 모르게 문기(文氣)가 느껴져서 가까워졌습니다. 그 이의 조촐한 자택 거실에서 처음 보았던 청자 접시 한 점과 그이의 체취에서 느껴지는 문기가 그분과의 이런 인연이 된 것 같습니다. 그런 문기가 선친의 영향도 있었겠다는 것을 안 것은 훨씬 뒤의 일입니다.

석여 최총장은 이미 선인의 유고 문집을 만들어서 널리 배포한 일이 있습니다. 그 문집을 받아 읽으면서 선친께서는 사업가라기보다는 지향점이 문인이었으며 전각가이고 예술적 감각이 뛰어난 예술인이었다는 것을 발견할 수 있었습니다. 당대를 대표하는 문인 예술가들과 폭넓게 교유한 기록과 남겨놓은 전각과 호고적(好古的) 아취를 즐긴 여러 단편적 유물들이 그것을 말해주고 있었습니다. 석여 총장의 문기와 예술적 감각은 선친의 그런 인자와 삶의 영향 때문인 것 같습니다. 그뿐 아니라 총명한 자녀들이 인간의 언어와 영성을 다루는 최고의 전문직에 올라 있는 것 또한 우석(又石) 선생께서 전각의 여러 장구(章句)들을 통해서 오래 발원(發願)하셨던 결과 인 것 같습니다.

나는 삶의 마디가 될 것이라는 생각이 들 때마다 취미삼아 석각(石刻)을 하나씩 만들어보았습니다. 석여 총장의 선친이 남긴 전각이 4백여 방이라는 말을 듣고, 찾아내 헤아려보니 5십방도 안 되는 초라한 것이었습니다. 석여 총장의 선친께서 얼마나 강한 집념을 가지고 오랫동안 각을 즐겼는지를 금방 알아차릴 수 있었습니다. 전각집의 원고를 찬찬히 살펴보니 그분의 전각 세계는 취미의 수준을 넘어서 이미 대가의 경지에 이른 것임을 쉽게 깨달을 수 있었습니다.

전각의 장구들을 눈여겨 살펴보니 중용(中庸), 대학(大學), 논어(論語), 맹자(孟子), 예기(禮記) 등의 유가어, 화엄경(華嚴經), 금강경(金剛經), 법구경(法句經) 등의 불가어, 노자(老子), 장자(莊子) 등의 도가어와 시경(詩經), 서경(書經), 주역(周易), 사기(史記), 한서(漢書), 포박자(抱朴子), 춘추(春秋), 당시(唐詩)에서 이백(李白), 두보(杜甫), 장구령(張九齡), 가도(賈島) 등과 한유(韓愈), 도연명(陶淵明), 소동파(蘇東坡), 굴원(屈原), 순자(荀子), 한비자어(韓非子語) 등이 호한(浩瀚)하게 다가왔습니다. 그뿐 아니라 여러 가지 익숙한 경구(警句) 들이 생동한 파동을 치면서 마음속을 파고들어왔습니다. 우석 선생의 학문적 시야와 깊이뿐 아니라 그분의 인생관과 세계관이 훤히 보이는 것 같았습니다.

전각 한방 한방에 눈을 맞추어 가다보니 시간 가는 것을 잊고 삼매경에 빠져 들고 말았습니다. 눈을 감고 조용히 생각하여 보니 일찍이 이양빙(李陽氷)이라는 이가 전각의 경지를 이렇게 말한 것이 떠올랐습니다. 그는 천지조화의 영감을 받은 신품(神品)이 있고, 미묘한 법을 얻은 기품(奇品)이 있으며, 정밀한 예술적 조화에 걸맞는 공품(工品)이 있고, 어지럽지 않게 배열한 교품(巧品)이 있다고 하였습니다. 우석 최규명 선생의 이 전각집은 그러한 면면을 낱낱이 확인하면서 감상하고 느껴볼만한 경지에 이른 듯합니다. 내가 보기에는 그 전법(篆法)과 장법(章法), 필법(筆法)과 도법(刀法)이 모두 한 경지를 이룬 자리에 이른 것 같습니다. 특히 장쾌한 도법에 압도당하는 듯 한 작품도 들어 있어서 보는 이들을 신선하게 하여주고 있습니다.

전각은 단순한 기능이나 기교의 예술이 아닙니다. 거기에 걸맞는 학문이 뒷받침해야 하고, 서예에 일가를 이루어야 하며, 미적 감각과 세련된 도법을 체득해야 가능한 종합예술입니다. 석여 총장의 선친인 우석(又石) 최규명(崔圭明) 선생의 이 전각집은 한 시대 전각의 아취(雅趣)에 관한 높은 경지를 보여주는 한 전범이 될 것 같습니다. 특히 취석에도 한결같은 아름다운 흐름이 나타나고 있어서 그분의 미적 감각에 경탄과 찬사를 아낄 수가 없습니다.

모든 것이 인연인 것 같습니다. 한 사람의 어떠한 결집된 정신세계는 반드시 그에 상응하는 필연적 결과물을 만들어내서 후세인들이 그것을 확인할 수 있도록 보여주는 것 같아요. 석여 총장이 4년 임기 동안의 모든 봉급을 취임식 때 미리 대학발전 기금으로 헌납한 미덕 또한 우석 선생의 전각에 새겨진 여러 장구들에 이미 들어 나 있는 것으로 다가왔습니다.

이 전각집의 출간을 마음 속 깊이 축하드리면서 이 책이 두고두고 여러 독자들의 오랜 아완雅玩이 되어서 보다 풍요롭고 격조 높은 정신세계를 형성하는데 여러 모로 많은 기여가 있기를 바랍니다.

2013년 7월 어느 날에
십취헌(十趣軒) 동봉양월지실(東峯凉月之室)에서
평택(平澤) 임기중(林基中) 삼가 씀

　무엇이 가치 있는 것일까. 어떤 일을 하는 것이 가치 있는 일일까. 시대마다 사람마다 생각이 같지 않을 것입니다. 삼명공(三溟公)의 6대손 강인구옹께서는 고희(古稀)에 스스로 정년퇴직을 결심하고 물러나 삼명공과 그 아드님 성사공(星沙公)의 연행록을 역주하여 세상에 널리 알려보려고 이공계 노령(老齡)의 전문 학자가 한문공부를 시작하였다고 들었습니다. 오래 전 선친께서 선대의 연행록을 손수 영인본으로 제작하여 전국의 도서관에 기증하였던 것이 그런 생각의 단초(端初)가 되었다고 들었습니다.

　명문가란 무엇일까. 문형(대제학)을 많이 배출한 기록만 있으면 명문가일까. 삼명공은 1805년 2월 고부사 서장관으로 연경을 다녀왔습니다. 삼명집에 연행록이라 제한 시편들이 들어있는데 확증은 없지만, 그분이 쓴 유헌록(輶軒錄)의 산일(散逸)로 여겨집니다. 아드님 성사공은 1829년 11월 진하겸 사은사행의 서장관, 1848년 10월 동지겸 사은사행의 정사, 1853년 4월 진하겸 사은사행의 정사로 세 차례나 연경을 다녀와서 1829년에는 유헌속록(輶軒續錄), 1853년에는 유헌삼록(輶軒三錄)을 남겼습니다.

　강인구옹께서는 2010년 유헌속록을 역주하여 책으로 펴내 전국 도서관과 학계에 기증하였고, 이번에 삼명집에 있는 연행록 시편들과 유헌삼록을 역주하여 한 권의 책으로 펴내서 그 일을 완성하여 냈습니다.

　조선왕조 때 이와 유사한 전통을 가진 가문이 적지 않았지만, 한 후예의 순수한 정성(精誠)과 현로(賢勞)로 이런 일을 독자적으로 성취하여 낸 것은 과문한 탓인지 모르겠으나, 이번 이 일이 처음인 것 같습니다. 그런 연유로 이 하서를 써서 경하를 드리게 되었습니다.

　연행록은 이 시대에도 동아세아의 평화와 공영을 위한 지혜(知慧)의 보고(寶庫)라고 말할 수 있습니다. 강인구옹께서 성취하여 낸 이러한 일련의 작업들은 21세기 지구촌 사람들의 평화와 공영에도 한 알의 밀알이 될 것임을 믿기에 더 감사한 마음으로 거듭 경하를 드립니다.

2015년 6월
문산수기촌(文山秀氣邨)에서
임기중(林基中) 씀

　도암 유풍연 박사께서 도암산고 원고 목차를 가지고 나와서 머리말을 청하여 생각하여 보았습니다.

　이 세상의 많은 사람들이 인연으로 존재하고, 그 인연이 많은 것을 생산하여 내는 것 같습니다. 내가 학창시절에 고향에 내려가면 인근에서 열심히 공부하는 여러 선배들의 이야기가 들려왔습니다. 도암 유선생께서 초등학교 교사로 재직하면서도 매일 새벽닭이 울면 일어나서 여러 경서들을 성독(聲讀)한 연후에 출근한다는 찬사를 들었던 기억이 지금도 생각납니다.

　도암선생의 선친 춘파공(春波公)께서는 우리 집안의 외손이신데, 우리 집안의 행사에 자주 오셨던 것을 기억하고 있습니다. 언변이 유창하시고 애주가이시며 온화하신 선비풍의 단아한 풍모이셨습니다. 그 무렵 저의 고숙의 장남이 대구사범에 들어갔기 때문에 두 분이 자리를 같이 하시면 장남을 전주사범에 보낸 이야기와 어울려서 좌중의 부러움을 사기도 하였습니다. 도암선생께서는 현재 제가 창문을 통해서 바라보는 남산의 동쪽줄기인 매봉 기슭의 독서당길아래에 있는 아파트에 살고 계십니다. 그곳은 조선 시대 우리의 선대 어른께서 임금의 휴가를 얻어 잠시 글을 읽었던 동호독서당(東湖讀書堂)이었던 인연이 있는 곳이기도 합니다.

　우리 사회에 초등학교 교사로 출발하여 고등학교 교사를 거쳐서 대학교 교수로 정년퇴임을 하신 분들이 몇 분이나 되는지 저는 잘 알 지 못하지만, 그런 신화를 이루어 낸 분들 중에서도 유풍년 박사는 직장생활과 학문세계에서 성취인의 표상으로 추천할만한 분입니다. 초등학교와 고등학교의 교사로 재직하면서 주경야독으로 한문공부를 계속하고, 한국에서 일가를 이룬 여러 한학자들을 쉼 없이 찾아다니며 학연을 맺고 학업에 몰두하였습니다.

　도암 유풍연 박사는 익재(益齋) 시연구로 본격적인 학문적 단초를 마련하여 여러 방면으로 관심 분야를 확대하여가면서 한국 한문학 연구의 토대 마련에 기여하였습니다. 주자가례(朱子家禮)를 역주하여 펴내고 가례집람(家禮輯覽)을 국역하고, 호남 지역 유학의 실상을 정리한 고창(高敞)의 유학(儒學)을 저술하여 전통 유학의 현대화에도 여러 모로 기여하였습니다.

도암 유풍연 박사는 수많은 비문을 써서 여러 종중의 일에 많은 도움을 주었으며, 당신 종중의 일에도 정성을 다 바쳐 치산과 수비 등의 사업을 여러 해 동안 헌신적으로 계속하여 보은의 실천이라는 본을 보여주기도 하였습니다.

도암 유풍연 박사는 팔순을 지나 구순을 향하는 노령이시지만 연부역강하고 근면 성실하심이 예나 이제나 한결 같으십니다. 요즈음도 여러 방면의 책들을 쉼 없이 번역하여 펴내고, 다른 한편으로는 후학들에게 경전을 강의하면서 열정을 보여주고 계십니다.

이 책은 도암 유풍연 박사의 그런 삶의 궤적에서 떨어진 값진 낙수(落穗)들이라고 말할 수 있습니다. 그러므로 이 책의 이름인 도암산고는 도암 낙수라고 하여도 좋을 것 같습니다. 도암 유풍연 박사의 인고의 노력과 학문적 성취와 이 책의 출간을 경하(慶賀)를 드립니다.

2016년 1월 10일
압구정(狎鷗亭) 관수재(觀水齋)에서
후학 임기중(林基中) 삼가 씀

7

세연을 다하신 어른에서

돌아가신 아버님의 삶先考松圃府君家狀

아버님은 휘가 노수(魯洙) 자가 성일(聖一) 호가 송포(松圃)시다. 1914년 12월 23일 전북 고창군 신림면 송룡리 356번지에서 태어나셨다. 이 집은 동쪽을 향해서 안채, 서쪽을 향해서 사랑채, 남쪽을 향해서 곡간채, 북쪽을 향해서 헛간채가 있는 입구자 형태의 말집 구조였다. 후에 아래채가 더해져서 한 울안에 있었다. 이집의 안채에서 아버님이 태어나셨으며, 아버님이 24세 때에 같은 곳에서 내가 태어났다. 아버님은 3남 3녀의 장남이셨는데 배려심이 깊고 항상 성실하고 근면하셔서 원근의 여러분들께 신뢰와 존경을 받으면서 사셨다. 슬하에 3남 5녀의 자녀를 두셨다. 내가 이 세상에 태어나서 처음 본 책은 학어집(學語集)이라는 책이다. 아버님이 손수 써서 오편철(五編綴)을 하여 만든 책이었다. 이 책을 들고 나에게 열심히 무엇인가를 말씀하여 주셨던 기억이 남아 있다. 그로부터 얼마를 지난 뒤에 할아버님한테 천자문千字文을 배웠다. 아버님은 내가 천자문을 배울 때까지도 냇물을 건너서 여러 마을로 한학 공부를 하러 다니셨다. 내가 대고모부(大姑母夫)이신 흥성(興城) 장인식(張仁植) 선생한테서 명심보감(明心寶鑑)을 배우기 시작할 무렵에야 한학 공부를 마치셨던 것 같다. 온화하고 인자한 분이셨다. 뱀날과 입춘 날에는 매년 뱀방과 입춘첩을 써서 우리 집에도 붙이게 하시고 이웃들에게도 나누어주셨다. 뱀방은 정월 첫 뱀날에 화투장만한 크기로 한지를 잘라서 방을 써서 기둥 아래쪽이나 담 벽의 아래쪽에 거꾸로 붙여 뱀이 나타나지 못하게 하는 방이다. 그 방에는 전라도 서예가인 창암 이삼만의 이름도 들어 있었다. 창암의 필세가 뱀도 무서워 할 만하다는 데서 나온 것이었을까. 아니면 다른 어떤 민속신앙의 사연이 있었을까. 그때 여쭈어보지 못한 것이 늘 아쉬움으로 남아 있었다. 까맣게 잊고 지내다가 얼마 전에야 그 까닭을 알게 되었다. 이삼만의 아버지 지철(枝喆)이 뱀에 물려 죽은 뒤에 그는 뱀만 보면 다 잡아 죽였다고 한다. 그래서 이삼만이 축사장군(逐邪將軍)으로 신격화 되었다고 한다. 내가 중학생이 되어서야 아버님의 춘첩을 보면서 비로소 필재가 있으신 분이라는 것을 깨달았다. 백의한사(白衣寒士)로서 순수한 농민으로 살다가 가셨다. 관인후덕(寬仁厚德)한 효자셨다. 화나신 안색이나 누구에게 큰 소리를 치는 것을 한 번도 본 일이 없었다. 돌아가신 뒤 우리 가족뿐 아니라 주변 분들도 그렇게 말씀하셨다. 애주가이시기도 하여 이백(李白)처럼 달을 따라서 1962년 11월 30일 48세로 세연(世緣)을 마치셨다. 학어집(學語集)은 1868년에 박재철(朴載哲)이 여러 책에서 학문에 관한 글을 뽑아내 해설하여 어린이들이 쉽게 읽고 그 뜻을 바로 이해할 수 있도록 만든 책이다.

돌아가신 어머님의 삶先妣高靈申氏家狀

어머님은 고령신씨(高靈申氏) 휘 배식培植과 강릉유씨(江陵劉氏) 사이에서 무남독녀(無男獨女)로 1916년 10월 20일 전라북도 고창군 신림면 신평리에서 태어나셨다. 휘는 기묘(奇妙)시고 택호(宅號)는 신평(新坪)이시다. 대사간 귀래정(歸來亭)의 후예시다. 어머님이 나에게 맨 처음 사주신 책은 문세영의 초판본 국어대사전이었다. 중학교 일학년 때였을 것이다. 시골에서 책을 사보는 일이 쉽지 않은 때였다. 이 책은 지금도 내 서재에 꽂혀 있다. 어머님은 평생 한 번도 거르지 않으시고 7월 23일 외할아버님의 생신에 음식을 장만하여 가지고 친정에 가셨다. 할아버님께서 늘 먼저 외할아버님의 생신 준비를 하시게 하였다. 외가는 냇물을 하나 건너야만 갈 수 있는 곳에 있었다. 장마로 인해서 냇물을 건너기 어려울 때가 있을 때는 언제나 할아버님은 힘 좋은 우리 집 일꾼을 동원하여 건널 수 있게 배려하셨다. 내가 그 길에 어머님을 따라간 때가 많았다. 외할머님은 당시로서는 아주 귀한 밀감(蜜柑)과 노루고기 장조림 등을 나에게 꺼내주셨던 기억이 있다. 외할머님은 아버님과 내가 먹을 인삼 상자를 어머님께 자주 보내주셨다. 봄이 오면 외할아버님이 우리 집에 오시는 때가 많았다. 어머님은 새로 돋아난 실파 요리와 고추장에 묻어놓았던 굴비를 꺼내 주안상을 차리시곤 하였다. 어머님은 증조모님을 모시고, 할머님과 할아버님을 모시고, 미혼의 두 고모와 우리 팔남매를 기르셨다. 한 집에서 사대가 같이 산 것이다. 당신의 삶은 매몰되어 없어지고 애타봉사愛他奉仕로 행복을 찾으셨다. 설과 추석 준비는 한 달포 전부터 시작하셨다. 설음식으로 정월 대보름까지 손님을 접대할 수 있어야 했다. 그런 모든 일을 어머님이 직접 평생 주간하셨다. 내 약혼식과 결혼식 때 서울에 오셨고 장손의 백일 날에 다시 내 집에 오셨다. 손자를 안아본 기쁨이 크셨지만 당신의 몸은 이미 돌이킬 수 없는 지경에 이르렀다. 수술이 불가능하게 진행된 위암이셨다. 드시고 싶으시다는 마지막 음식은 굴비였다. 고향 집에 다시 가시지 못하고 미아리 우리 집에서 병원 출입을 하시다가 1970년 4월 13일 54세로 세연(世緣)을 마치셨다. 애타(愛他)와 희생봉사(犧牲奉仕)의 삶으로 일관하신 효부(孝婦)셨다. 내 손목을 잡고 외가댁에 가실 때의 탈속(脫俗)한 어머님의 향훈(香薰)을 잊을 수가 없다. 나에게 마지막 하신 말씀은 너무 바삐 살지 말라고 하셨다.

돌아가신 할아버님의 삶祖考誠一府君家狀

할아버지는 고려말(高麗末) 훈업(勳業)과 청덕(淸德)으로 명신(名臣)이 되신 충정공(忠貞公)의 18세손으로 1897년 1월 14일에 태어나셨다. 2녀 1남 삼남매의 막내 아드님이시다. 일찍 아버님을 여의셨다. 첫째 대고모(大姑母)는 한학자 관향 경주(慶州) 이종구(李鐘求)님의 아내가 되셨고, 둘째 대고모(大姑母)는 한학자 관향 흥성(興城) 장인식(張仁植)님의 아내가 되셨다. 슬하에 3남 3녀를 두셨다. 나는 학교에 들어가기 전까지 이 대고모부 장선생님한테서 한문 공부를 하였다. 할아버님은 매사에 사리판단이 분명하시고 엄격하시었다. 가족과 친지에게 모든 잡기(雜技)를 엄금하셨다.

누구나 우리 집에서는 투전, 화투, 장기, 바둑 등 일체의 잡기를 할 수 없도록 통제하셨다. 그리고 모든 미신풍속(迷信風俗)의 접근을 엄금하셨다. 점복, 택일, 토정비결, 사주, 궁합, 정초의 독경까지도 모두 엄금하시었다. 가족 수가 많고 마당도 넓어서 강강수월래 놀이장소로 우리 집이 늘 선호되었지만 한 번도 허락하여주시지 않으셨다. 그것도 잡기로 판단하신 것이다. 그러나 넓게 포용하시고 아주 관대하신 것이 많았다. 일 년에 한두 번 찾아오는 지필묵(紙筆墨)의 보부상(褓負商)을 후대하여 올 때마다 우리 집 사랑방에서 하루를 쉬고 떠나게 하셨으며, 지필묵을 넉넉하게 구입하셨다. 가장 소중하게 생각하셨던 것은 책과 문방구였으며, 구입의 우선순위도 항상 책과 문방구가 먼저였다. 일 년에 한번 찾아오는 논이나 밭을 가는 데 쓰는 쟁기를 만드는 장인(匠人)도 우리 집 사랑에서 보름 정도씩 묵으면서 인근의 쟁기 만드는 일을 하고 떠나도록 배려하셨다. 아무리 흉년이 들어도 걸인(乞人) 후대(厚待)의 원칙을 지키도록 하셨다. 걸인에게 언제나 상을 차려주도록 하셨다. 항상 풍의(風儀)가 엄중(嚴重)하시고 사리(事理)가 명쾌(明快)하시어 중인(衆人)의 숭앙(崇仰)을 받으셨다. 1971년 2월 28일 75세로 송촌(松村) 집에서 세연(世緣)을 마치셨다.

돌아가신 할머님의 삶 祖妣慶州鄭氏家狀

할머님은 1894년 12월 13일에 성리학자 묵재(默齋) 정언충(鄭彦忠)의 후예로 태어나셨다. 관향은 경주(慶州)시고 택호(宅號)는 성남(城南)이시다. 단아하신 키에 관혼상제(冠婚喪祭)의 예절에 밝으시고 모시길쌈, 명주길쌈, 무명길쌈 등에 뛰어난 솜씨를 가지셨다. 위로는 홀로되신 시어머님을 모시고 아래로는 장남 내외와 차남 내외와 미혼의 삼남매와 우리 남매를 같은 집과 아랫집에 거느리고 사셨다. 한 울타리 안에서 사대(四代) 11명의 가족이 모여 사는 가족사의 중심에서 온 가족을 원만하고 평화롭고 행복하게 만들어주셨다. 할머님의 침묵과 인내는 내 그 어린 나이 때도 왜 저렇게 항변을 안 하실까? 안타까운 생각이 들게 하는 때가 많았다. 잘 못 알고 하는 잘못된 주장도 늘 듣고만 계셨다. 진외가(陳外家)에 가서 보면 할머님의 오빠 되시는 한

분이 할머님의 그런 성품을 가지신 것으로 보였다. 배려의 삶이 너무 고달프셨는지 안타깝게도 1949년 2월 8일 55세로 세연(世緣)을 마치셨다. 온 가족이 많이 슬퍼하였던 기억이 남아 있다. 5일장으로 모셨는데 출상 전날 밤 우리 집 마당에서 밤 세워 상여놀이가 있었다. 우리 집에서 만든 꽃상여였다. 매김소리에 따라서 유대군들이 뒷소리를 맞추어 가면서 할머님 생애의 마디마디를 하나씩 짚어 내려갔다. 유족과 공감대가 형성되면 유족들은 일제히 곡을 하였다. 여기저기서 보내온 팥죽 동이와 술동이, 무명베와 삼베가 많아서 상여놀이는 여러 단계로 나누어서 음식을 나누어 먹으면서 쉬는 시간이 많았다. 장지는 가깝고 만장의 행렬, 유족과 조객의 행렬은 길어서 상여는 최대한 느리게 지그재그식으로 이동하느라고 상여 앞에 올라탄 매김소리꾼이 온갖 지혜를 다 동원하였다. 아무리 더디게 걸어가도 할머님의 마지막길은 짧고도 짧았다.

8

빗돌에 새긴 글에서

송호공의 묘비

증사헌부집의 松湖 林公 樸의 묘비명

예부터 호남에 忠義 있는 선비가 많았지만 한 家門의 雙節인 錦湖의 直道殺身과 觀海의 立慬殉國이 가장 뚜렷하다 林公의 行錄은 사람의 간담을 서늘게 하며 눈시울을 뜨겁게 한다 公은 錦湖와 觀海의 親族이니 林氏 門中에는 어찌 그리 忠節이 화려한가 公의 휘는 樸 자는 仲質 아호는 松湖다 一五九七년 倭寇가 再侵하여 南原이 위급하였다 全羅兵使 李福男이 평소 공의 氣槪와 節操를 알고 倡義를 제안하자 公이 憤然히 일어나 妻子와 訣別하면서 나라가 위급한데 臣下로서 앉아 있을 수 없다 國家에 보답할 때가 바로 지금이다 하고 壯士를 모아 李兵使와 함께 고립된 南原城으로 들어갔다 포위된 城 안으로 毅然히 入城하는 것을 보고 明나라 장수 摠兵 楊元이 朝鮮의 男子는 오직 이 두 사람뿐이다고 하였다 倭寇가 城을 포위하고 계속 공격하므로 楊摠兵이 달아나자 城이 함락되고 말았다 公이 男子라면 이런 처지에 이르렀을 때 한번 죽음으로 足해야 한다며 북쪽에 四拜하고 李兵使와 같이 불 속에 뛰어들었다 그날이 八월 十六일이다 한 선비가 포위된 城 안에서 倭寇를 遮斷한 것은 그 純忠과 大節이 神明께 맹세할만하다 憤然히 生命을 바친 것은 風聲과 義烈이 紀綱을 키우고 忠義를 鼓動시킨다 一七四二년 旌閭를 내리고 一七四八년 司憲府 執義를 증직하였다 一九八〇년 정부는 南原 만인의총 忠烈祠에 公의 位牌를 모셨다 公의

十三세 아들이 奴婢와 같이 遺骸를 수습하러 싸움터로 들어갔다가 倭寇의 포로가 되므로 遺骸는 산골짜기 放置됨을 면치 못하였다 부인 陽城李氏는 아들 景發이 돌아오지 않자 죽은 것으로 여겨 男便은 忠에 죽고 아들은 孝에 죽었는데 未亡人이 살아서 무엇 하리요라며 自盡하였다 그 날이 一五九八년 四월 十三일이다 아아 忠 孝 烈이 한 시대 한 집안에 태어나다니 公은 羅州 松峴 마을에서 태어나 姑夫 橘亭 尹衢의 門下에서 修學했으며 小科를 거친 器局이 있고 穎秀한 젊은 선비였다 두 분의 幽宅은 나주시청 앞 羅州 松峴 理山 선영 아래 있었는데 二十一세기초 産業化 여파로 二〇〇九년 三월 二十六일 體魄의 平安을 祈願하며 이곳 松月洞 亥坐로 옮겨 모셨다 모실 때 뵈오니 頭上이 황금빛으로 영롱하셨다 아아 어찌 그리 곱고 고우신지 하늘도 무심치 않구나 公의 上世는 中國에서 온 八及이 始祖다 휘 彦脩는 忠貞公이며 휘 成味는 충간공이요 휘 尙陽은 상장군이니 모두 名臣이다 五代祖 휘 襠은 사복시정을 하고 고조 휘 從直은 병조참의를 하고 증조 휘 百根은 淸白吏로 진위현령이며 조 휘 曘는 통정대부에 부사직이며 부친 휘 應秀는 종사랑이다 公의 모친 延日鄭氏는 판돈령부사 彦澄의 따님이다 公은 幼時부터 度量이 넓고 志氣가 抗烈하여 大人의 氣象이었다 心身을 貞固謹節히 하여 格致誠正의 공부와 愼思明辨의 도를 꿰뚫어 宿儒들이 모두 敬重하였다 이에 宣祖께서 遺逸로 선교랑 사옹원봉사를 除授하였다 외아들 景發이 외아들 垈를 낳고 垈는 아들 다섯을 두었는데 宗喬 永喬 重錫 信喬 命喬이며 重錫은 出系하였다 玄孫 이하는 기록하지 못한다 公의 忠節을 아름다이 여겨 贊銘을 한다 倭寇 창궐하여 온나라 무너지니 草野 선비 生命 내 던지었네 화살 다해 城 무너지니 어디로 갈까 타오르는 火焰 속 한 줌 재가 되네 부인 烈婦 아들 孝子 종마저 忠誠하여 가정이 儀範하니 公 또한 足하리라 빛나고 고운 旌門 오래 증거 할 것이니 고운 일 銘文 쓰며 族誼敦篤 다짐하네

서기 二〇〇九년 四월상한 十一代孫
동국대학교 대학원장 문학박사 基中 삼가 씀

양포공의 송덕비

陽圃 義城金公翰周博士 頌德碑銘

上德은 形象이 없으며 드러남이 없고 자취가 없다. 그러나 가지지 않은 것이 없으며 있지 않은 곳이 없고 이루지 못하는 것이 없다. 上德은 萬物을 자라게 하지만 스스로를 드러내지 않는다. 上德은 德이라고 여기지 않으므로 이로써 德이 있다. 큰 德을 가진 사람은 恒常 자기의 德이 不足하다고 여긴다. 어느 時代나 어느 社會도 항상 德人이 있음으로써 그 周邊 사람들이 외롭지 않고 幸福한 것이다. 그런 德人 한 분이 우리 곁에 있어 그 行績의 一端을 몇 글자의 글에 담아 後世에 전한다. 그분의 성은 金氏요 본관은 義城이고 이름은 翰周며 아호는 陽圃다. 金博士께서는 一九三二년 二월 二十二일 慶尙北道 永川郡 北安面 柳上里 一六一번지에서 부친 載輝公과 모친 迎日 鄭氏의 二男二女 中 次男으로 誕生하였으며 草溪 鄭氏와 婚姻하여 二男一女를 두었다. 金博士께서는 어려서부터 英敏하고 勤勉하며 決斷力과 義俠心이 强하였다. 一九五○년 韓國戰爭이 일어나자 高等學生 身分임에도 毅然히 自願 入隊하여 救國의 先鋒에 섰으며 戰後에는 學問에 精進하여 一九七六년 韓國의 社會保障研究로 政治學博士를 받았다. 戰時에는 愛國의 一念으로 몸을 草芥처럼 祖國에 던지다가 平和의 時代가 열리자 百姓들의 疾病과 失業 老衰와 삶의 질에 關心을 가지고 그 根本的인 對策을 찾아보려는 賢努를 시작하였다. 金博士께서는 당신보다 나라와 백성의 문제를 먼저 생각하는 先公後私와 愛他奉仕로 삶의 序幕을 열었다. 着心은 삶의 方向과 價値觀을 결정하며 삶의 方向과 價値觀은 着心을 결정한다. 一九七七년부터 東國大學校 李瑄根 總長의 招聘을 받아 同校 敎授 겸 總務處長으로 在職하면서 學生 職員 敎授의 福祉施設 改善과 擴充에 劃期的인 寄與를 하여 大學社會의 水準 높은 福祉를 實現한 有能한 福祉行政家로 稱頌을 받았다. 一九八三년부터 京畿大學 學長으로 赴任하여 안팎의 여러 여건상 當時로서는 결코 쉽지 않았던 綜合大學 昇格의 難題를 厚德한 人間關係를 바탕으로 圓滿하게 成就하였으며 그 德望과 行政力을 인정받아 初代總長으로 推戴되어 大學發展 특히 大學의 國際化에 크게 寄與하였다. 一九八六년부터 가난한 學生들과 優秀한 學生들의 學費를 支援하여 國家의 棟梁才를 養成하려는 趣旨로 二水獎學財團을 設立하여 三千五百여명의 受惠者를 輩出하였다. 一九八九년부터 韓國社會의 모든 構成員들이 더불어 幸福하게 살아갈 수 있는 삶의 질을 具現하여 보려고 韓國社會政策研究院을 設立하여 韓國社會保障政策의 基盤을 다지는데 크게 寄與하였다. 一九六〇년대 學校法人 海印學園 理事長과 一九八〇년대 學校法人 久林學園 理事長으로 있을 때는 특히 德敎를 베풀었다. 一九七〇년대 유네스코 韓國委員會 事務總長 一九八〇년대 韓國敎職員共濟會 理事長 一九九〇년대 私立學校敎職員年金管理公團 理事長과 韓國指導者育成奬學財團 理事長으로 있으면서 指導者階層의 福祉와 德器의 具現을 위해 많은 努力하였다. 이러한 功勞가 멀리 바다 밖까지 미처 美國 일리노이주 오로라大學校와 中華民國 中國文化大學校에서 名譽法學博士와 名譽社會學博士學位를 받았으며 美國 미시건주 알마大學校와 오클라호마주 필립스大學校의 客員敎授로 招聘되었다. 金博士께서는 韓國社會保障論 現代福祉國家論 社會政策과 社會福祉 福祉國家危機論 등의 著書를 펴냈는데 모두 삶의 질을 向上시키고 改善하는 문제로 苦惱한 著述들이다. 이곳 鷹皐公 宗中 家族墓苑 곁에 이 돌을 세우는 것은 이런 德敎와 德風을 바람에서다. 이에 金博士의 卓績을 다음과 같이 贊銘한다. 배고픈 이 밥을 주고 목마른 이 물을 준 이, 일에는 熱情을 가지고 相對에는 溫情을 베푼 이, 關係에는 配慮를 먼저하고 因緣에는 善緣을 쌓은 이, 行政力이 卓越하나 學問을 더 崇尙한 이, 가졌지만 없는 이를 섬기고 위지만 아랫사람을 받든 이, 陽圃에 德雨를 내려 德海를 이룬 당신 德業相勸하리이다.

서기 二〇〇九년 七월 上澣
문학박사 平澤 林基中 삼가 씀

문촌의 가족사비

문학동네 임기중박사 가족사비文邨 林基中博士 家族史碑

　평택후인 임기중은 一庸 東峯 文邨과 圓中(후에 文山도 씀)을 아호와 법명으로 썼다. 일용은 석전과 우전 스승에게서 동봉은 생가의 앞산에서 문촌은 문학인 가정과 문학인 사회에서 원중은 종교계에서 왔다. 당호는 松泉鶴鷗亭 觀水齋 三希堂 知不足齋와 東峯涼月之室 十趣軒을 썼다. 나의 삶에서 도움 없이 성취한 일은 아무것도 없었다. 은혜 입고 왔다가 은혜 받고 가면서 그 고마움 되새기다가 이 돌을 놓고 간다. 임씨는 중국 은나라 마지막 왕자 휘 比干이 태시조고 휘 堅이 득성시조다. 장림산의 석실에서 탄생해서 임씨가 되었다고 전한다. 孔子는 은나라 세 어진이 중 비간을 으뜸으로 추앙하였다. 평택임씨는 중국 당나라 때 한림학사 병부시랑 충절공 휘 八及(제단은 충남 청양군 화성면 화암리. 숭모각은 충남 연기군 남면 양화리)이 경기도 평택(팽성 용주방. 경기도기념물 제74호로 지정된 평택시 팽성읍 안정리의 농성)에 와서 정착하면서 비롯된다. 득성시조로부터 84세로 추정되는 동도시조다. 그 뒤 휘 양저가 신라에서 태사벼슬을 하고 고려 때 휘 희가 대광영삼사 벼슬을 하였다. 충정공계 1세는 고려말 훈업과 청덕으로 명신이 된 고려 대광태위문하시중평장사평성부원군 충정공 휘 彦脩(묘는 경북 선산 교하. 제단비는 전남 나주시 송월동 향선재 뒤)다. 2세는 고려 광정대부문하시중평장사상호군 충간공 휘 成味(제단비는 위와 같은 곳)다. 충간공은 고려 우왕 때 밀직부사로 서경도순문사가 되어 각지의 왜구를 물리치고 그 뒤 판밀직부사로 영해에서도 많은 왜구를 물리쳤다. 3세는 조선 절충장군 상장군 휘 尙陽(제단비는 위와 같은 곳)이고 4세는 증 사복시정 행 사온서직장 직장공 휘 襠(묘는 나주시 송월동 향선재 뒤 나주시청 쪽)인데 나주로 터전을 옮겨 잡았다. 5세는 증 통정대부병조참의 행 충청도수군우후공 휘 從直(묘는 나주시 송월동 향선재 우편)이다. 6세는 세종 때 통훈대부 행 진위현령 百根(묘는 위와 같은 곳)으로 청백리에 녹선되었다. 7세는 통정대부부사직 사직공 휘 疇(묘는 나주시 송월동 향선재 우편. 나주 송현촌 이산에서 2009년 8월 31일 천장)다. 할머니 숙부인은 대제학 용재 성현의 손녀다. 8세는 종사랑 금송공 휘 應秀(묘는 나주시 송월동 향선재 우편)다. 할머니 연일정씨는 영의정 언징의 따님이다. 사직공 밑에서 성장한 금호공 휘 亨

秀는 중종 때 학문 문장 의기를 두루 갖춘 문신으로 을사사화 때 사약을 받으면서도 최후까지 당당한 의기를 보여주어 그 유풍의 여운을 오래 남겼다. 9세는 증 통훈대부 사헌부집의 행 선교랑사옹원봉사 송호공 휘 樸(위패는 전북 남원시 충렬사. 묘는 나주시 송월동 향선재 우편. 나주 송현촌 이산에서 2009년 8월 31일 천장. 정려는 나주시 송월동 송현촌에 관해공 정려와 나란히 있음. 후에 향선재 입구로 이전)이다. 관해공 휘 檜는 송강 정철의 문인이며 사위로 대제학 상촌 신흠의 추천으로 인조 때 광주목사였으며 문장과 글씨에 뛰어나고 이괄의 난 때 의로운 기개를 세상에 떨쳐 후대의 귀감이 되었다. 송호공은 금호공의 재종질이며 관해공의 삼종형으로 정유재란 때 의병을 일으켜 남원성에서 순절하였다. 송호공은 고숙인 윤귤정 구의 문하에서 수학할 때 자품이 총명하고 이해가 빠르며 입지가 굳고 확실하여 유일로 천거되어 사옹원 봉사가 되었다. 10세는 절효공 휘 景發(묘는 나주시 송월동 향선재 우편)이다. 남원성으로 아버님 송호공의 시신을 수습하러 갔다가 왜구의 포로가 되어 일본으로 압송되었다. 그러나 절치부심 지조를 지키면서 지내다가 8년만에 환국하여 6년간 추복시묘하였으므로 고을에서 절효거사라고 칭송하였다. 절효공 어머님 양성이씨는 아들마저 죽은 것으로 알고 자진하여 고금에 드문 거룩한 충효열 삼강이 한집안에서 함께 났다. 이러한 사실은 여러 해 동안 묻혀 있다가 뒤늦게 조정에 알려져 정려와 전답 오십결이 내려졌다. 11세는 증 통정대부승정원좌승지 승지공 휘 坐(묘는 전남 영암군 금정면 연보리 산 162번지)다. 정유재란 피화이후 12세 운노공 휘 宗喬부터 (묘는 상동 소재 승지공 아래) 13세 도원공 휘 溶(묘는 나주시 송월동 향선재 우편 직선 일백 보 거리 작은 계곡을 지나 3기의 신묘역에 있음. 나주 송현촌 이산에서 2009년 8월 31일 천장)까지 백의로 내려오다가 14세 국진공 휘 宇琮이 고창 성두로 터전을 옮겨 잡고(묘는 전북 고창군 신림면 송룡리 346~4번지) 15세 치수공 휘 東煥 (묘는 위와 같은 곳) 16세 영중공 휘 基遠(묘는 위와 같은 곳)까지 세거하였다. 17세 근여공 휘 永文(묘는 전북 고창군 신림면 송룡리 346~3번지)이 다시 이곳 송촌으로 터전을 옮겨와 18세 국경공 휘 相吉(1897.1.14.~ 1971.2.28. 묘는 위와 같은 곳) 19세 성일공 휘 魯洙(1914.12.23.~1962.11.30. 묘는 위와 같은 곳) 20세 문촌 基中(묘는 전북 고창군 신림면 송룡리 346-2번지)까지 세거하였다. 할아버지 국경공은 학문을 좋아하고 미신을 멀리 하였으며 사리판단이 엄정하였다. 할머니 경주정씨 휘 城

月(1894.12.13.~1949.2.8.)은 역학자 彦忠공의 후인으로 단아하고 아취가 있었으며 실천궁행의 덕을 가진 이다. 3남 3녀를 두었다. 아버지 성일공은 온유돈후하고 글씨를 잘 썼으며 일찍이 효자로 알려진 덕인인데 평생 화를 내는 일이 없었던 이다. 어머니 고령신씨 휘 喬妙(1916.10.20.~1970.4.13.)는 음운학자 叔舟공의 후인으로 장섬관후하고 고결한 인품과 따뜻한 지혜를 가진 이다. 나눔과 베풂을 실천한 효부로 알려졌다. 과묵경청과 깊은 배려심으로 늘 주변의 신뢰와 존경을 받은 이다. 3남 5녀를 두었으나 준수한 基豐과 총명한 基東은 일찍 떠났다. 외조부 휘 培植옹은 훤칠한 키로 형제간의 돈독한 우애를 만든 이며 늘 원만한 인간관계를 가지고 타인에 대한 배려심이 깊은 이다. 외조모 강릉유씨는 단아한 모습에 규모 있는 삶을 가꾸었으며 따뜻한 향기와 이성적 지혜를 가진 이다. 숙부 휘 魯采공과 숙모 장택고씨는 한 울안 위아래 집에서 단란하게 세거하였는데 숙부는 지도력과 결단력을 가진 이다. 막내삼촌 휘 魯鉉공은 인근에 널리 알려진 준재였는데 혼인도 하기 전에 떠났다. 文邨 基中(1938.4.9.~)은 밀양박씨 惠田 令淑(1944.3.29.~)과 혼인하여 濬哲과 旼莪 1남 1녀를 두었다. 惠田 아버지 炳崙공은 일본대학과 입명관대학에서 상학을 공부하였으며 과묵근실하고 매사에 한결같은 실천력을 가진 회계사다. 혜전 어머니 태안박씨는 진주여고와 일본에서 공부하고 교직에 있었는데 정의감이 강하고 여권신장을 주장하였으며 여성의 정절이 가정과 사회의 초석이 된다는 사상을 가진 이다. 문촌은 동국대학교 서울대학교 중국 북경대학교에서 한국고전문학을 공부하였으며 동국대학교 교수로 있었는데 자립정신과 중용의덕을 좌우명으로 삼았다. 합리와 배려 근검과 끈기를 실천하려고 노력하였으며 나를 낮추어야 남의 높임을 받을 수 있고 나를 제대로 부릴 수 있어야 가치 있는 삶을 살 수 있다는 사상을 가진 이다. 혜전은 이화여자대학교에서 한국현대문학을 공부하였으며 서울여자상업고등학교 교사와 상담실장으로 있었다. 규범적이고 근실하며 따뜻한 인간미를 가진 이며 근검절약과 분수에 만족하는 삶으로 소박한 행복을 추구한 이다. 감사하는 마음과 베푸는 실천이 삶을 행복하게 만들 수 있다는 사상을 가진 이다. 濬哲은 경주김씨 兒姸과 혼인하였다. 태연아버지 時俊공은 서울대학교와 중화민국 대만대학교에서 중국문학을 공부하고 서울대학교 교수로 있었으며 어머니 청주한씨는 이화여자대학교와 미국 위스콘신대학교에서 영문학을 공부하고 단국대학교 교수로 있었다. 준철은 고려대학교와 중국 북경대학교에서 한국한문학을 공부하였으며 고려대학교 연구교수를 거쳐 조선대학교 교수다. 현재는 고려대학교 교수로 있다. 태연은 이화여자대학교 서울대학교 중국 북경대학교에서 중국현대문학을 공부하였으며 서울대학교 강사를 거쳐 이화여자대학교 강의교수다. 현재는 서울시립대학교 교수로있다. 昳莪는 창원 黃承勳과 혼인하였다. 승훈 아버지 俊秀공은 서울대학교에서 약학을 공부하여 서울제약을 창업하고 어머니 경주이씨는 이화여자대학교에서 약학을 공부하여 서울제약 창업에 기여하였다. 민아는 이화여자대학교와 영국 사우셈턴시민대학에서 한국현대문학을 공부하였으며 이화정보학교 교사였다. 승훈은 연세대학교와 영국 사우셈턴 공대와 미국 스텐포드대학에서 정보통신학을 공부하였으며 동국대학교 교수다. 문촌은 학문과 교육 한 길에서 한 생애를 보냈다. 학계에서는 동악어문학회회장 한국국어국문학회회장을 맡아 처음으로 두 누리집을 만들어 학계의 교류와 소통을 원활하게 하였다. 정부에서는 교육부 한국학술진흥재단 초대 한국학술논문집평가위원회위원장을 맡아 한국교수평가의 기틀을 마련하였다. 교육계에서는 한국문학연구소소장 연구교류처장 교무처장 기획조정실장 문과대학학장 대학원대학원장을 맡아 초창기 교수평가제도의 시행과 대학행정전산화시스템 개발을 주도하였다. 문촌은 종이 책으로 조선조의가사 신라가요와기술물의연구 고전시가의실증적연구 우리의옛노래 우리세시풍속의노래 광개토왕비원석초기탁본집성 새로읽는향가문학 천재적인바보 한국문학의이삭 불교가사원전연구 불교가사연구 연행가사연구 연행록연구 한국가사학사 한국고전문학과세계인식 한국가사문학주해연구(1-20권) 한국가사문학원전연구 역대가사문학전집(1-51권) 교합가집(1-2권) 교합악부(1-2권) 교합아악부가집 교합송남잡지 연행록전집(1-100권) 연행록전집일본소장편(1-3권) 연행록해제(1-2권) 한국의교수문화 연행록속간(101-150권)과 전자책으로 조선종교문학집성(CD) 조선외교문학집성(CD) 한국역대가사문학집성(CD) 연행록총간(DVD) 등의 책을 펴냈다. 문촌은 우리 한민족이 가지고 있었던 힘의 관념을 체계화하여 향가연구에 새로운 길을 냈다. 한국문학사에서 한글문학을 대표하는 갈래는 가사문학이라고 생각하고 한국가사문학 작품을 수집 정리하여 이 분야의 연구기틀을 마련하였다. 한국문화의 중국영향과 중국문화의 한국영향이라는 화두를 가지고 연행록을 수집 정리하여 동아세아 교류사연구의 기반을 조성하였다. 동아세아 학계가 존재하지 않는 것으로 알고 있었던 광개토왕비원석초기탁본을 찾아내 그 해독과 해석의 연구토대를 마련하였다. 문촌의 지도로 학위를 받은 이들은 한국의 오출세 이승남 조선영 김종진 배연형 김기종 신상구 김보근 윤태현 정택규 안경희 홍기숙 엄은영 구혜수 박병욱 채영진 중국의 류따쥔劉大軍 일본의 고다마요시오兒玉仁夫 등이 있다. 수년 전에 동국대학교총장 김동익 박사가 문촌 부부의 주례사에서 두 사람이 모두 한국문학을 전공하였으므로 아들과 딸 하나씩은 반드시 한국문학을 전공하게 하여 국가에 보답하도록 하여야 한다고 하였다. 그 주례사대로 준철과 민아가 모두 한국문학을 전공하였다. 그리고 자부 태연과 그 부친은 중국문학을 전공하였으며 그 횐당은 영문학을 전공하였으므로 양가에 한중영문학전공자가 일곱이나 나와서 주례사에 넘치는 복락을 받았다. 그뿐 아니라 민아의 부군 승훈은 공학전공이고 그 부친과 자당은 모두 약학을 전공한 이들이어서 의학박사인 주례선생을 외롭지 않게 하여주는 가족구성원이 되었다. 멀리 웃어른들의 음덕과 가까이 좋은 인연들에 시간과 공간을 넘어서 어찌 감사하지 않을 수 있겠는가. 이에 위의 선영관리를 잘 당부하고 좋은 인연들을 기리는 뜻으로 송룡리355-0호 동356-0호(17세 근여공 휘 영문 18세 국경공 휘 상길 19세 성일공 휘 노수의 세거지며 20세 문촌 기중의 생가 터) 동338-3호 동360-1호 동592-0호 동593-0호 동594-0호 총7필지 4483m²를 수묘를 위한 토지로 지정하여 후세에 넘겨주니 소유자나 경작자는 늘 묘소를 정성껏 관리하여 주기 바란다. 옅은 학문과 소박한 취향 몇 가지로 모 없이 살다간 문촌 十趣翁은 갈재 맥 한 자락 내 고향 송촌 未坐原에 위로 여러 어른을 모시고 이승의 고마운 인연들을 생각하면서 아내 혜전과 함께 나란히 잠들다. 삶이란 내 서재에서 늘 바라보았던 저 한강 물과 같은 것을! 향기로운 제 색깔 간직하며 화합하여 흐르기가 어찌 그리 쉽겠는가. 그러나 새로운 동력은 늘 융합할 때 만들어내는 결실이 아니던가. 기쁨과 감사로 만났으니 헤어질 때도 기쁨과 감사로 헤어지자. 함박눈 내리는 고향 밤에 고요를 타고 오는 새봄의 목소리를 듣고 싶구나. 이 세상의 풀잎 하나 허공에 이는 바람까지도 따뜻하게 사랑하고 싶구나.

2010년 10월 10일
文邨學人 삼가 씀

송호공 정려를 옮겨 모시며

정려를 옮겨 모시며

이 정려는 송호(松湖) 임공(林公) 박(樸) 어른의
민족적 자존과 위국충절을 영원히 기리기 위하여
영조께서 내리신 것이다.

어른께서는 정유재란 때
비굴한 명분으로 목숨만 보존하려든
여러 관료들과는 달리

증광시에 합격한 젊은 선비의 몸으로 분연히 일어나
구국의 일념으로 목숨을 나라에 바쳐 순절한 이다.

우리 민족의 짓밟힌 자존심을 촉발시켜
실의에 찬 사민土民들을 구국의 대열로 이끈 이다.

산업화 물결에 밀려 나주시 송월동 372-1에서
이곳으로 옮겨 모심은 심히 송구스러운 일이지만
이 또한 어른의 충절과 깊이 소통하는 것으로 믿어
우리 후손들은 모두 이곳에 뜻을 모으기로 하였다.

2011년 11월 10일
11대손 문학박사 기중(基中)은 삼가 적고 합장함

관해공 정려를 옮겨 모시며

정려를 옮겨 모시며

이 정려는 관해(觀海) 임공(林公) 회(檜) 어른의
위국충절과 기국의 뛰어남을 영원히 기리기 위하여
인조께서 내리신 것이다.

어른께서는 송강 정철(鄭澈)의 문인으로 서랑이 되신 이다.

어른께서는 나라 안팎 사정이 한창 어려울 때
상촌 신흠(申欽)의 천거로 도성 옆 광주(廣州)목사가 되셨고
묵재 이귀(李貴)의 천거로 당시 가장 중요한 국책사업
남한산성 수축의 일을 맡으신 이다.

무신 이괄李适의 반란 때 경기도 경안역에서
그의 반국가적 야욕을 통렬하게 꾸짖다가 장렬하게 순국하신 이다.

산업화의 여파로 나주시 송월동 372-1에서
이곳으로 옮겨 모심은 심히 송구스러운 일이지만
어른의 대의와 충절에 소통할 것으로 믿어
우리 후손은 모두 이곳에 뜻을 모으기로 하였다.

2011년 11월 10일
11대 후손 문학박사 문촌(文邨) 기중(基中) 삼가 씀

아들의 기원 비

내 어머님 가신 나라
　　　해 돋는 나라
내 아버님 가신 나라
　　　달뜨는 나라

　　　2010년 10월 10일
　　아들 基中의 합장 발원

종이에 새겨 보내며

　종이에 새겨 보내는 글도 있는 것 같다. 종이도 천년을 간다는 말이 있지 않는가. 아내의 외숙모가 위창 오세창(1864~1953) 선생의 손녀시다. 그런 인연으로 장인과 장모님의 혼인예식 때 위창 선생이 써가지고 와서 축복하였다는 옥결금정(玉潔金貞) 이라는 현액(懸額)이 세전(世傳)되고 있다. 꺼내볼 때마다 금석문과 같은 느낌이 와 닿기 때문이다.

　옥결금정(玉潔金貞)은 옥처럼 깨끗하고 쇠처럼 굳은 정절(貞節)을 간직하고 살라는 축사인 것 같다. 옥처럼 깨끗한 인품과 충실하고 올바른 마음을 가지고 살아가라는 당부는 천년이 지나가도 변하지 않는 금언(金言)일 것이므로 금석문처럼 다가오는 종이에 새긴 금석문이라고 할만하다.

9

청탁받은 담론에서

2003년 2월의 문화인물 양주동 선생

1. 양주동 선생의 생애

양주동 선생의 생애를 4시기로 나누어서 정리하였다. 제 1기는 그가 태어나서 서울로 올라오기 전까지(1세, 1903~17세, 1919), 제 2기는 중동학교에 입학하여 와세다대학 영문과를 졸업할 때까지(18세, 1920~28세, 1930), 제 3기는 평양 숭실전문학교 교수로 부임하여 ≪영시백선≫을 발간할 때까지(29세, 1931~44세, 1946), 제 4기는 동국대학교 국문과 교수로 부임하여 타계할 때까지(45세, 1947~75세, 1977)로 나누어서 서술하였다.

그 보기문의 한 부분을 소개하면 다음과 같다.

양주동 선생은 음력으로 1903년 6월 24일, 양력으로 1903년 8월 16일에 경기도 개성에서 아버지 남원 양씨 원장(元章)과 어머니 강릉 김씨 사이의 외아들로 태어났다. 그는 그 이듬해 황해도 장연으로 이주하여 그곳에서 성장한다. 그는 여섯 살 때 아버지를 여의고 열두 살 때 어머니마저 여읜 천애의 고아가 된다.

양주동 선생은 1920(18세)년에 상경하여 중동학교 고등속성과에 입학한다. 그는 수학과 영어 학습에 열중하면서 1년 만에 중학교 전 과정을 마친다. 3.1운동 이듬해에 다시 신학문을 배우려고 서울로 올라온 것이다.

양주동 선생은 1928(26세)년에 평양 숭실전문학교 교수로 부임한다. 이듬해에 그는 〈조선의 맥박〉이라는 다음과 같은 시를 발표한다. 그리고 그 다음 해인 1930(28세)년에 시집 ≪조선의 맥박≫을 상재한다. 그는 1937(35세)년 ≪청구학총(青丘學叢)≫ 제 19호에 〈향가의 해독, 특히 원왕생가에 취하여〉라는 논문을 발표함으로써 일본 학계의 아성을 극복하고 뛰어넘어 한국학계에 혜성처럼 나타났다. 그 결과물이 1942.(40세)년 그가 쓴 향가 연구서 ≪조선고가연구(朝鮮古歌研究)≫다.

양주동 선생은 1947(45세)년 동국대학교 교수로 취임하여 고려가요 연구서 ≪여요전주(麗謠箋注)≫를 펴낸다. 양주동이 그의 생애에서 가장 크게 성취한 것은 한국인의 옛 노래를 연구한 학문이라고 할 수 있다. 그의 역저로 향가를 연구한 ≪조선고가연구≫와 고려가요를 연구한 ≪여요전주≫ 이 두 책은 그가 성취해낸 학문을 대표하는 결과물이다.

2. 양주동 선생과 한국문학과 그의 사상

양주동 선생의 업적에는 유달리 많은 칭호가 뒤따른다. 타고난 천재적 재질과 남다른 창작욕과 학구욕이 그런 다양한 이름을 남겨 놓은 것이다. 그는 한국문학을 위해서 태어난 사람이다. 그 시대가 한국문학을 위해서 양주동을 불러낸 것이라고도 할 수 있다. 양주동 선생은 한국문학을 올바로 읽고 새롭게 해석하기와 그 독창성과 세계성을 발견해 내면서 그것을 가르친 이다. 양주동 선생은 거기에 머물지 않고 시와 수필을 쓰고 비평을 하는 한편 외국문학과 한국문학을 번역과 번안으로 소개하면서 다른 하나의 광활한 지평을 열어나간 이다. 그는 민족의식과 극일 사상으로 척박한 한 시대를 개척해나간 비범한 문화인이다.

2-1. 고전문학 연구와 그 비평

양주동 선생은 한국문학 연구의 1세대 학자이다. 한국의 최남선, 정인보, 이광수, 방종현, 이희승, 조윤제, 이병기 등과 일본의 금택장삼랑(金澤庄三郎), 점패방지진(鮎貝房之進), 소창진평(小倉進平) 등이 그와 같은 시대의 학자였다. 그러나 그들 중에서 한국문학 연구로 일관한 대표적인 학자는 양주동과 조윤제, 이병기 세 사람뿐이다. 양주동 선생은 청나라 고증학의 영향을 받아 한국 고시가 주석에 큰 기여를 하였다. 양주동 선생의 학문은 그 수단과 방법으로는 국어학이지만, 목적은 국문학 곧 고전시가 연구다. 그 중에서도 향가와 고려가요의 연구다. 양주동 선생의 많은 학술 논저들 중 한국 고시가연구와 무관한 것은 5~6종에 불과하며, 대부분의 논저들이 향가와 고려가요에 관한 것이라는 사실이 이를 뒷받침해주고 있다. 양주동 선생의 한국 고시가 연구 업적은 크게 두 가지로 대별된다. 첫째는 해독과 주석의 어학적인 연구이고, 둘째는 그 밖의 것을 총괄하는 문학적인 연구다. 양주동 선생이 대학에서 전공한 서구문학 연구를 뒤로하고 한국문학 연구를 전공으로 선택한 것은 당시의 상황논리로 볼 때 일본을 이기고 민족적 자존심을 회복할 수 있는 극일의 유일한 방법은 학문뿐이라는 판단에 있었다. 이처럼 투철한 민족의식으로 무장된 정신세계와 동서양 겸전의 탁월한 문학적 소양, 그리고 당시로서는 새로운 연구방법이 동원되어서 향가와 고려가요의 성공적인 문학적 주석이란 미증유의 결실을 만들어냈다. 양주동 선생은 한국의 고시가연구에 대한 튼실한 기반을 조성하고 고시가 연구에서 공전절후의 천착을 하였다. 그래서 우리는 양주동 선생을 당대를 대표하는 국어국문학자라고 한다.

2-3. 현대문학 창작과 그 비평

양주동 선생은 "어려서부터 평소의 야망은 오로지 '불후(不朽)의 문장'에 있었으매, 시인, 비평가, 사상인이 될지언정 '학자'가 되리란 생각은 별로 없었다"고 한다. 그는 묵자, 순자, 공자처럼 '양자(梁子)'가 되어 위대한 사상가의 반열에 들기를 열망하였다. 첫째 시에 관한 것으로 그의 시집 《조선의 맥박》(1932)에는 시가 53편 수록되어 있다. 그의 시가 ≪조선의 맥박≫ 출간 이후에 발간된 사화집에 거의 수록되었다는 사실 하나만으로도 그의 시가 우리 문학에서 높이 평가되었다는 증거다. 평론에 관한 것으로 양주동은 수필 다음으로 많은 분량의 비평적 단문을 발표한 바 있다. 그의 비평적 산문은 대체로 그 길이가 짧고, 논쟁적인 내용이 많으며, 논지에서 자주 이탈하면서까지 지식과시형의 진술이 많고 주제에 관련된 논의보다 어휘와 부분적 국면에 대한 훈고학적 미세 담론이 우세한 비평적 양상을 흔히 드러내고 있다. 양주동의 창작과 비평 관련 작업은 이처럼 여러 영역에 걸쳐 광범위하고도 풍부한 성과를 거두고 있다. 양으로만 친다면 고전문학이나 어학 분야에서 거둔 업적보다 훨씬 다양하고 풍성한 편이다. 양주동은 사상보다 지식에 관심이 많았고 세계를 구성하는 원리에 관한 것보다 지식의 눈으로 부분적 현상을 조회하는 일에서 그의 재능은 발휘되었다. 한국문학사 속에서 그의 시와 비평과 수필 등 모든 작업이 중요한 문학사적 가치를 갖고 있다는 사실 역시 매우 분명한 것이다.

3. 양주동 선생의 우리 옛 노래 연구

≪고가연구(古歌研究)≫와 ≪여요전주(麗謠箋注)≫

1977년 2월 8일은 학계와 문단의 명사들, 문화인들과 문하생들, 가족과 친지들이 모여 경건한 마음가짐으로 양주동 선생을 멀리 떠나보내는 날이었다. 그 날 노산 이은상은 다음과 같은 조사를 하였다. 오늘 우리 학계에서 국학을 연구하는 열의와 그 경향이 높아진 것이 얼마나 다행한 일입니까. 형은 자타가 공인하는 일대의 국보됨에 틀림이 없는데, 우리는 그같이 다시 얻기 어려운 귀한 국보를 잃어버렸습니다. 이 어찌 슬픈 일이 아니겠습니까. 이은상이 양주동 선생을 국보라고 칭한 것은 그의 업적과 선구자적 선공이 많이 있지만, 그 중에서도 그가 신라가요를 연구한 필생의 명저 ≪고가연구≫를 이 세상에 내놓고 가기 때문이라고 마지막 마무리 평가를 하였다.

4. 양주동 선생의 시

양주동 선생은 1920년대 초부터 시를 쓰기 시작한다. 그때 그는 동경에 유학하여 와세다대학 예과에 적을 두고 있을 때다. 거기서 그는 백기만·유엽 등 문학 지망생들을 만나고 곧 그들과 의기투합하여 회람잡지≪앞≫을 발간한다. 그러나 양주동 선생이 시작활동을 본격적으로 한 시기는 1923년경부터라고 할 수 있다. 양주동 선생의 시단 출발을 말할 때 ≪기몽(記夢)≫은 매우 중요한 구실을 하는 작품이다. 이 작품은 그가 혼신의 힘을 기울여 발간한≪금성(金星)≫창간호에 그것도 '발간 서사'라는 부제를 달아 발표한 것이다. 이제 돌이켜보면 시인 양주동 선생이 한국어문연구로 방향을 돌린 것은 그 나름대로 현명한 처사였다.

5. 양주동 선생의 수필

양주동 선생이 1960년에 상재한 《문주반생기》의 저자 약력란에는 그가 시인, 수필가, 평론가라고 기록하고 있다. 시인과 평론가라는 말이야 누구도 부인할 수 없지만, 스스로가 수필가라는 용어를 쓰고 있는 데는 다소 생소한 느낌을 준다. 더구나 《국학연구론고》중 〈면학의 서〉를 위시한 14편의 수필에는 잡초(雜鈔)라는 항목으로 〈연북초존〉의 말미를 장식하고 있다. 이른바 동서양의 학문을 두루 섭렵한 양주동 스스로가 잡초의 글을 쓴 수필가라는 명칭을 사용한 데는 확실히 그만의 자긍이 들어 있다는 사실을 암시한다. 이런 사실은 양주동 선생이 문학 장르의 모두를 정복하고 싶었던 욕망이 있었음을 뜻한다. 한 사람의 생을 회고하자면 거기에는 재미가 아닌 숙연한 교훈을 앞세우려 한다. 더구나 문자로 집약된 글에 있어서는 엄숙의 옷을 입고 은신의 미소로 포장하려 할 때 감동이 사라지고 삭막한 인상만 남는다. 양주동 선생의 수필은 그의 인품이 표백되어 진솔하게 드러났기 때문에 은폐와 가식이 아니라 그의 음성처럼 구수하고 담백한 이야기와 만나는 즐거움을 준다. 어떻든 인생의 한 시대를 풍미한 삶의 도정에서 재주와 학문과 익살과 술, 그리고 문학이 어우러진 스펙터클의 변화 다양한 드라마를 생각하게 하는 것이 양주동 선생의 수필이다.

6. 양주동 선생의 비평

양주동 선생의 비평 활동은 1926년 벽두, 이광수와 논쟁을 펼치면서 비평가로서 문단의 위치를 확보하며 1933년경 전형기 비평의 대두 직전 국학연구로 전향하기까지 이어진다. 그의 비평활동 대부분은 우리 문학사의 흐름 안에서 이데올로기 문제로 민족·계급 양파의 대립이 표면화되던 시기에 집중되고 있다. 양주동의 절충주의 문학론이 민족문학론으로 귀결되는 것은 그 이론적 출발점에서부터 예측되고도 남는다. 예술이 본질적으로 내용 형식의 조화, 일치를 통해서 가치의 발현이 이루어진다는 것, 내용 형식의 극단적인 이원론을 일축하고 프로문학과 국민문학의 제휴를 강조한 것,

등등은 양주동이 모색했던 민족문학의 진로였다. 그의 절충주의 문학론은 민족문학과 프로문학을 식민지현실에 대응하는 문학의 방법으로 두 개의 문학운동으로 인정하고 민족문학의 논리로 논의할 수 있게 해주기 때문이다.(2003년 2월의 문화인물 양주동 선생. 2003.2.12. 동국대 학술문화관 강당. 임기중 교수의 기조강연)

한국인의 말하기와 작시어법

1. 머리말

생각은 어떤 것을 대상으로 삼아 잉태하며, 어떤 토대 위에서 전개되어 나간다. 그런 생각을 말과 글로 체계화시키면 사상이 된다. 좋은 생각을 좋은 말하기와 좋은 글쓰기로 체계화시키면 좋은 사상이 된다. 그러나 아무리 좋은 생각을 가지고 있다고 하더라도 그러한 과정을 거치지 못하면 좋은 사상이 되지 못한다. 한국인의 생각하기를 한국식의 글자와 한국식의 글쓰기 방식으로 쓴 문학은 서기 42년경의 구지가(龜旨歌)라는 노래가 처음이다. 그 뒤를 이어서 한자를 빌어 향찰(鄕札)이라는 한국식 글자로 쓴 향가문학이 나타나며, 이어서 우리 글자로 쓴 한글문학이 나타나 오늘에 이른다. 다른 한편으로는 기원전 17년 한국인의 생각하기를 중국식의 한자와 중국식의 글쓰기 방법으로 쓴 황조가(黃鳥歌)라는 작품이 있다. 이러한 전통을 잇는 문학이 삼국과 고려를 거쳐서 조선왕조 말까지 한국인의 생각하기와 글쓰기 방식의 주류를 형성하여 왔다. 이와 같은 한국 문학의 두 갈래의 흐름이 있기는 하지만, 두 갈래 모두 중국 문화와 뗄 수 없는 밀접한 관계를 가지고 있다. 한국불교는 중국 한자문화권의 흐름을 타고 한자로 체계화되어서 한국에 들어왔다. 이 글은 한국불교가 한국인의 생각하기에 어떤 변화를 가져왔으며, 그런 변화가 한국의 시문법(詩文法)을 어떻게 바꾸어 놓았는가를 살펴보려고 하는 것이다. 이 글에서 필자가 쓰고 있는 시문법이란 용어는 다음과 같이 설명할 수 있다. 시문법이란 시의 문법이다. 시를 짓는 측면에서 본다면 작시법(作詩法)이라 할 수 있는 것이며, 시를 이해하는 측면에서 본다면 시속에 존재하는 통일성이 있는 내면구조(內面構造)의 흐름이라고 할 수 있다. 이 글에서 필자가 거론하려고 하는 대상은 가장 한국적인 문학 전통을 가진 구지가 계통의 시문학을 대상으로 한국 불교가 한국 시문법을 어떻게 변화시켜 놓았는가를 살펴보고, 그러한 변화가 한국 문학사상으로 어떻게 전개되어 나가는가에 관심을 가져보려고 한다.

2. 한국인의 말하기 전통

한국어 이야기(tale, story)는 대략 세 가지의 뜻을 가지고 있다. 첫째는 '옛날 이야기를 하나만 들려주세요'라고 할 때처럼 선녀와 나무꾼같은 서사적 구성체인 민담이란 뜻이고, 둘째는 '아직 상세한 이야기를 듣지 못 하였다' 라고 할 때처럼 진술이란 뜻을 가지고 있다. 그리고 셋째는 '둘이서 열심히 이야기하고 있다'라고 할 때처럼 대화라는 뜻을 가지고 있다. 이처럼 한국어의 '이야기'는 한민족의 세 가지 언어현상을 포괄하는 원형적 표현이다. 이 세 가지의 언어현상에서 말하는 이와 듣는 이가 존재한다는 점은 같지만, 첫째와 둘째는 모놀로그(monologue)의 형식이고 셋째는 다이알로그(dialogue)의 형식이다. 한민족은 대화체인 다이알로그체(dialogue type)보다는 민담이나 진술이라는 모놀로그체(monologue type)를 훨씬 더 좋아하였다. 한국의 아버지들은 아들과 대화하는 것보다는 일장의 훈시하기를 더 좋아했으며, 한국의 할머니들은 손녀 손자와 대화하는 것보다는 옛날이야기 들려주는 것을 훨씬 더 좋아하였다. 그래서 한국에는 다이알로그(dialogue)를 좋아했던 서구문화와 다른 모놀로그문화(monologue culture)가 형성되어 있는 것이다. 한민족은 대화를 즐기는 민족이라기보다는 이야기하기를 좋아하는 민족이다. 그래서 단 둘이서 만나도 둘만의 이야기보다는 남의 이야기하기를 훨씬 더 즐기고 흥미 있어 한다. 여기에서 남의 이야기는 서사문학의 액자구조이고, 흥미는 서사문학의 본질이며, 발화자인 주역과 듣는 상대역은 서사문학의 주인공이라 할 수 있다. 언어의 기교가 사회를 지배한다고 생각했던 그리스는 많은 웅변가를 탄생시켰으며, 이야기가 가르치고 깨우침의 가장 좋은 도구라고 생각했던 한민족은 많은 이야기꾼(teller of tale, storyteller)을 탄생시켰다.[1]

그러나, 외교에서는 그런 이야기, 곧 서사적 구성체나 단순한 진술만 가지고는 설득력을 확보하는데 한계가 있고 동의요구를 구하는 일이 쉽지 않다. 따라서 한민족은 진술에는 강하지만 대화에는 취약성을 가지고 있어서 외교에서 항상 시련을 겪는 민족이다. 그러나 중국과의 외교는 오랫동안 비교적 원만하였다. 그 까닭은 어디에 있는 것일까. 시로서 대화를 하였기 때문이다. 한민족은 사랑하는 상대에게 "나는 너를 사랑한다.(I love you.)"와 같은 대화적 표현을 잘 하지 못 하는 민족이다. 그래서 어떤 서양 선교사가 세계에서 한국 여자가 가장 불행하다는 글을 쓴 일도 있다. 그의 주장은 한국 여자들은 태어나서 죽을 때까지 남자들한테 단 한 번도 그런 말을 들어보지 못하고 죽기 때문이라는 것이다. 그러나 한민족은 그런 표현을 구어체의 대화가 아닌 문어체, 곧 시적 대화로는 아주 잘 하는 민족이다. 대화로는 연애를 잘 못 하지만 연애편지, 곧 연애시로는 연애를 아주 잘 하는 민족적 전통을 가지고 있다. 따라서 한국 시는 대화체의 구조가 많은 것이 특징이다. 고구려 유리왕(B.C.19~A.D.18)의 황조가는 독백적 대화체의 시다(제 1유형). 신라 경덕왕(742~765) 때의 스님 월명사의 제망매가는 시 속에 대화가 들어 있는 시다(제 2유형). 그리고 고려 때(918~1392) 예성강 부근에 살았던 백성으로서 당나라 상인 하두강을 사이에 두고 이별과 재회를 하면서 남편과 그의 아내가 서로 주고받았던 예성강전곡과 예성강후곡은 시로 대화를 한 시다(제 3유형). 한민족은 漢字詩(제 1유형)거나 借字詩(제 2유형)거나 한글시(제 3유형)를 막론하고 대화체의 시를 많이 썼다. 그리고 지배계층(제 1유형)이나 종교계(제 2유형)나 일반서민계층(제 3유형)을 막론하고 대화체의 시를 즐겨 지었다. 이러한 현상은 근세조선(1392~1910)을 거쳐 현대에 이르기까지 줄곧 이어져 내려오는 한국의 시적 전통이다. 이처럼 한국인은 시적 대화(poetic dialogue), 곧 대화시(dialogue poetry)에는 아주 익숙한 민족이다. 따라서 한국인은 구어로 하는 대화보다는 시로 하는 대화를 즐기며, 시로 하는 이야기보다는 구어로 하는 이야기를 즐기는 민족이라고 할 수 있다. 그래서 담시나 서사시보다는 대화시가 많고, 기록된 소설이나 서사물보다는 구전되는 민담이나 전설이 더 많이 전승되고 있다.

---

1) 林基中, 韓國古典文學의 佛敎코드(code), 文學에 나타난 佛敎, 日本 大正大, p.52 參照. 1998.10.

3. 한국인의 작시어법

한국인의 생각하기는 모든 작시의 발상이 된다. 7~8세기 향가를 보기로 들어서 살펴보자. 한국인의 자연에 대응하기(혜성가, 도솔가), 서로 사랑하기(서동요, 원가), 질병에 대응하기(맹아득안가, 처용가), 서로 헤어지기(제망매가, 모죽지랑가), 사회 통합하기(서동요), 영원한 낙원으로 가기(제망매가, 원왕생가) 등의 생각이 작시의 발상이 되었다.[2] 이러한 작시의 발상에는 세계인들이 갖는 가장 보편적인 생각하기가 나타나면서 다른 한편으로는 한국인만이 갖는 특수한 생각하기가 드러난다. 따라서 이러한 것은 향가의 한국 문학적 특성과 세계 문학화의 가능성으로 연구할 만하다. 그런 작시의 발상은 작시법을 만들어내며, 작시법은 곧 시문법이 된다. 시를 짓는 이는 작시법으로 이해하고, 시를 해석하는 이는 시문법으로 이해한다.

한국의 불교사상은 주력(magic power)을 만들어내는 전통적 시문법과는 아주 다른 새로운 시문법과 새로운 감동의 정서를 만들어 낸다. 그런 시문법의 단서는 원효의 무애가에서 찾을 수 있다. 그는 천촌만락을 돌아다니면서 무애가를 불렀는데, 그 노래 말의 끝에는 '南無'와 관련된 불타의 사구(辭句)가 있었다.[3] 그 시어 곧 사구가 대중들을 감동시킨 것('咸作南無之稱')이다. 그 시어는 "남무아미타불"이었을 개연성이 있다. 원효의 미타정토사상은 「무애가」에 나타난 것처럼 대중적인 것인데, 대중적이 되려면 누구나 "남무아미타불"이란 염불만 하면 정토세계에 갈 수 있다는 것이어야 한다. 따라서 노랫말 끝에 "남무아미타불"이 놓였을 개연성이 있고 그 "남무아미타불"은 모든 대중이 같이 부른 것이어서 '함작남무지칭'이라고 하였을 것이다. 원효가 단초를 연 이와 같은 작시법(作詩法)은 7~8세기 우리말 시의 대표적인 시문법으로 자리잡아 고려와 조선조를 거쳐서 현대에 이르기까지 쓰여지고 있다. 이제 7~8세기의 시작품을 거론하여 보기로 한다. 먼저 도솔가를 살펴보기로 한다.

　　(가) 오늘 여기서 산화노래를 부르면서
　　　　뿌리는 꽃아, 너는

---

2) 임기중, 新羅歌謠와 記述物의 硏究, 261-296쪽, 二友出版社, 1981
3) 삼국유사, 권5, 원효불기의 "皆識佛陀之號 咸作南無之稱"

곧은 마음의 명을 부릴 수 있으므로
彌勒座主를 모셔라.⁴⁾

이 도솔가는 오는 정토인 미륵정토를 노래한 작품이다. 끝 行의 "彌勒座主를 모셔라"에서 '미륵좌주'는 이 시의 키워드(key word)이다. "한 하늘에 두 해가 뜸(二日竝現)"의 예징(豫徵)으로 나타난 고(苦)의 예토(穢土)를 미륵좌주를 맞이하는 것으로 낙(樂)의 정토(淨土)로 바꾸는 것은 '彌勒座主'라는 시어이다. 따라서 이 시어는 이 시의 혼이며, 이 시의 화룡점정(畵龍點睛)에 해당하는 핵심 시어이다. 이러한 시문법을 필자는 '點眼語 놓기의 시문법'이라고 이름한다. 아미타불상을 만들어 마지막 점안의식을 가져야 혼을 가진 부처님이 되는 것처럼 정토사상은 작시법에서 그런 시문법을 만들어 냈다. 이전의 구지가나 해가에서 볼 수 없었던 새로운 시문법이다. 그러나 여기에도 구지가나 해가의 시문법인 '呼稱(꽃아) + 命令(모셔라)'이란 시문법의 내면구조의 잠재적 틀로 유지되고 있다. 이 도솔가는 한국인의 말하기 전통으로 본다면 진술적(陳述的) 모놀로그 형식을 취하고 있다. 이제 원왕생가를 살펴보기로 한다.

　(나-1) 달님이시여, 이제
　　　　　西方까지 가셔서
　　　　　無量壽佛 앞에
　　　　　일러다가 사뢰소서./
　(나-2) "다짐(誓) 깊으신 부처님을 우러러
　　　　　두 손을 모아 올려
　　　　　'願往生 願往生'
　　　　　그리는 사람이 있다!"고 사뢰소서./
　(나-3) 아, 이 몸을 남겨두고
　　　　　四十八大願을 이루실까.⁵⁾/

---

4) 임기중, 시로 읽는 노래문학, 화동, 1994.8.20. 78-85 쪽
5) 삼국유사 권5 감통. 광덕 엄장. 현대어역은 임기중, 시로 읽는 노래문학, 화동, 1994, 60 쪽

이 원왕생가는 가는 정토인 미타정토를 노래한 작품이다. 이 시에는 맨 끝 의미단락 "아, 이 몸을 남겨두고 四十八大願을 이루실까"에 있는 '四十八大願'이 점안어(點眼語)로 놓인 것이다. 향가에서 십구체 향가는 (나-1), (나-2), (나-3)처럼 3개의 의미단락으로 구성되어 있다. 맨 끝 의미단락에 있는 '四十八大願'이라는 점안어를 놓기 위해서 첫번째 의미단락에 '無量壽佛', 두 번째, 의미단락에 '願往生 願往生'이라는 시어를 선택한 것이다. '無量壽佛'은 아미타불이 법장비구(法藏比丘) 때 중생구제를 위해 세운 48서원(誓願)을 십겁(十劫) 이전에 성취하여 성불하였으며, 현재 정토세계에 머물고 있는 부처님이다. 그리고 '願往生 願往生'은 48서원 중 제 18원(願)이 '열 번의 염불로 정토세계에 왕생하기를 원하는 것('十念往生願')'이어서 '願往生'이다. 따라서 '無量壽佛'이나 '願往生 願往生'은 모두 '四十八大願'으로 귀결된다. 그러나 여기에도 구지가나 해가의 시문법인 '呼稱(달님이시여) + 命令(사뢰서서)'이란 시문법은 내면구조의 잔재적 틀로 유지되고 있다. 마지막 의미단락 '四十八大願을 이루실까'는 타력에 의한 정토왕생의 희구이다. '이루실까'는 부정 의미의 의문형으로 '나를 버리고 가시는 임은 십리도 못 가서 발병 난다'와 같은 타력의지의 표현문법이다. 첫 단락과 둘째 단락의 끝 행 '사뢰소서'는 계속 옆으로 벌이기의 시문법이 발아된 곳이라고 할 수 있다. 이 문제는 뒤에서 다시 거론하기로 한다. 따라서 이 노래는 아미타불 곧 타력에 의해서 정토세계로 귀의하려는 염불사상의 노래이다. 이 원왕생가는 한국인의 말하기 전통으로 본다면 독백적 대화의 형식을 취하고 있다. 끝으로 제망매가를 살펴보기로 한다.

(다-1) 삶과 죽음의 갈림길은
　　　 여기 있으매 두려워지고,
　　　 "나는 간다."는 말도
　　　 못다 이르고 갑니까?/
(다-2) 어느 가을 이른 바람에
　　　 여기저기 떨어지는 나뭇잎처럼
　　　 한 가지에 나서도
　　　 가는 곳을 모르는가?/

(다-3) 아, 彌陀刹에서 만날 나는
　　　 道를 닦아 기다리련다.6)/

　이 제망매가는 가는 정토인 미타정토를 노래한 작품이다. 이 시의 점안어(點眼語)
는 맨 끝 의미단락 "아, 彌陀刹에서 만날 나는 道를 닦아 기다리련다"에 있는 '彌陀刹'
이다. 첫 번째 의미단락 (다-1)의 끝 行 '갑니까?'와 두 번째 의미단락 (다-2)의 끝 行
'모르는가?'는 모두 '가는가！', '모르는가！'라는 의미상의 감탄이다. 이것은 '너'에게
묻는 의문이라기보다는 '나'의 내부에서 우러나오는 슬픔의 감탄이다. 따라서 맨 끝
의미단락 "아, 彌陀刹에서 만날 나는 道를 닦아 기다리련다"도 '나'가 불도(佛道)를 닦
아 서방정토 미타찰에 가서 '너'를 만난다는 것이다. '너'는 망매(亡妹)이며 아미타불
이다. '나'의 의지적 감탄 (다-1) '가는가！'와 (다-2) '모르는가！'는 결국 맨 끝 의미단
락 '미타찰'로 귀결된다. 이것은 자력의지의 표현문법이다. 따라서 이 노래는 자력으
로 수행하여 자력으로 정토세계에 가겠다는 불교적 신념의 노래이다. 이처럼 시작품
에서 점안어는 시의 끝 행이나 끝 의미단락에 놓았다. 첫 단락과 둘째 단락의 끝 行
'...까(가)?'는 계속 옆으로 벌이기의 시문법이 발아된 곳이라 여겨진다. 이 문제는 뒤
에 다시 거론하기로 한다. 이런 점안어 놓기의 시문법은 고려가요 가시리의 '선ᄒ면'
과 같은 점안어 놓기의 시문법을 거쳐 후에 많은 불교가사에 나타난다. 이미 불교가
사의 중요한 작시문법으로 정착되었기 때문이다. 이 제망매가는 한국인의 말하기 전
통적으로 본다면 원왕생가처럼 독백적 대화의 형식을 취하고 있다. 불교가사에 보권염
불문본 서왕가, 조선가요집성본 서왕가, 권왕가, 왕생곡, 사체가, 천혼왕생극락가와 같
은 작품이 있다. 임기중의 불교가사 원전연구에 있는 이 작품들의 맨 끝 행은 다음과
같다.7)
　17~18세기 문헌의 불교가사에서는 다음과 같이 나타난다.

　넘불말고 어이흘고 南無阿彌陀佛.(보권염불문본 서왕가)

――――――――――――――――

6) 삼국유사 권5 감통. 월명사 도솔가. 임기중, 시로 읽는 노래문학, 화동, 1994. 84-85쪽
7) 임기중, 불교가사원전연구, 동국대학 출판부, 2000.10.10. 참조

태평가를 불러보세 南無阿彌陀佛.(조선가요집성본 서왕가)

19세기의 문헌의 불교가사에서는 다음과 같이 나타난다.

무위진락 수용ᄒᆞ세 南無阿彌陀佛 南無觀世音菩薩.(권왕가)
서셔도 阿彌陀佛 안져도 阿彌陀佛
이몸만 바라오면 극락으로 바로가오.(왕생곡)
가자구나 극락세계 가자구나 南無阿彌陀佛.(사체가)
무위진락 수용ᄒᆞ세 南無阿彌陀佛.(천혼왕생극락가)

이런 시문법은 앞에서 거론한 바와 같이 원효대사의 무애가에서 비롯한 것으로 여겨진다. 물론 그런 발상의 원천은 불경이며 불교이다. 제망매가는 구지가나 해가의 전통적 시문법을 과감하게 탈피함으로써 아주 세련된 새로운 서정시로 선탈(蟬脫)한 것이다.

위의 향가 작품 (가), (나), (다)와 앞에 든 불교가사는 그것이 오는 정토이건 가는 정토이건, 미륵정토이건 미타정토이건, 모두 그 정토가 시적 정서와 시적 감동의 점안어이기 때문에 결국 나의 정토이면서 우리의 정토가 된다.

4. 맺음말

앞에서 거론한 내용들 가운데서 중요한 몇 가지를 간추려서 정리하여 보면 다음과 같다.

첫째 한국인들의 생각하기와 말하기 전통이 한국의 작시 문법을 만들어 냈다고 할 수 있다. 둘째, 한국인들의 생각하기와 말하기에 큰 변화를 몰고 온 것은 불교이며, 그러한 변화는 한국의 전통적 시문법을 새로운 시문법으로 변화시켜 나갔다. 셋째, 한국에 불교가 들어오기 이전의 전통적 시문법은 호칭과 명령이 근간을 이루는 주가적(呪歌的) 구조였으나, 한국에 불교가 들어온 이후는 점안어(點眼語) 놓기라는 새로운 시문법으로 시를 쓰기 시작하였다. 넷째, 한국인은 말로 하는 대화는 익숙하지 않으나 글로 하는 대화는 아주 익숙한데 그러한 현상이 시에도 나타나 한국 시에는 유난히 대화체가 많은 것이 특색이다. 다섯째, 7~8세기에 등장한 점안어 놓기의 시문법은 15세기부터 서서히 법륜구조(法輪構造)의 시문법으로 바뀌지만 15세기 이후에도 점안어 놓기는 한국시에서 지속적으로 쓰였다. (1999.12.4. 문학과 언어학회와 위덕대학교 신라학연구소 공동주최 임기중 교수의 초청강연. 위덕대 중강당. 청탁은 '신라문학의 연구동향과 전망'이었다.)

연행록의 전승과 문학담론

1. 머리말

연행록은 세계에 존재하는 많은 문헌군 가운데서 아주 독특한 의미와 대단히 광범한 가치를 지니고 있는 기록유산이다. 연행록은 한국의 사신들이 원·명·청 왕조 때 중국의 수도에 나가서 그들이 해낸 일, 본 것, 들은 것, 느낀 것, 준 것, 받은 것, 체험한 것 등을 구체적이며 현장감 있게 써놓은, 동아세아는 물론 세계적으로도 아주 중요한 기록유산의 하나이다. 원나라 때 중국을 다녀온 기록은 빈왕록(賓王錄)이라는 이름을 붙였으며, 명나라 때 중국을 다녀온 기록은 조천록(朝天錄)이라 이름 붙인 것이 많고, 청나라 때 중국을 다녀온 것은 연행록(燕行綠)이라 이름 붙인 것이 많다. 그래서 조천록과 연행록이란 용어를 명·청 왕조를 변별하는 용어로 사용하려고 하는 경향까지 생겨났다. 그러나 명나라 때 중국을 다녀온 기록에도 연행록이라고 이름 붙인 것이 여러 종이 있기 때문에 이 글에서는 넓은 의미로 원·명·청 왕조 때 중국을 다녀와서 쓴 글을 연행록이라는 용어로 통일하여 쓰기로 한다. 따라서 이 글에서 연행록이란 용어는 한국인이 원·명·청 왕조에 중국을 다녀와서 써놓은 일반 기행록을 포함한 사행록(使行錄)을 일컫는다.

연행록은 고려부터 조선 왕조까지 7백여 년 동안 한국인들이 외교적인 통로로 중국에 나가서 보고들은 견문과 선진문물에 대한 체험들을 자유롭고 창의성 있게 기록한 것이다. 여기에는 한국과 동아세아, 동아세아와 세계 외교의 역학관계, 공식 비공식의 국제무역과 경제적 상황, 문화교류와 첨단 학술교류 등 아주 다양하고 많은 양의 정보가 생생한 모습으로 알알이 박혀져 있다. 연행록은 북경까지의 사행 노정, 제반 사행 의식과 절차, 중국의 역사와 전통과 제도, 인적 교류와 문화 교류, 북경의 서적 정보와 학술 활동, 중국의 전통 연희와 서양의 최신 연희, 북경의 서양 문물과 서양 서적, 중국과 서양의 과학기술, 그리고 민정, 풍속, 문학, 언어, 지리 등을 기본 내용으로 구성하고 있다. 한편 연행록에는 중국 쪽의 기록에서 찾아볼 수 없는 중요한 기록들과 중국 쪽에서 소홀하게 기록한 것을 아주 상세하고 구체적으로 기록한 것들도 적잖이 존재한다. 따라서 연행록은 동아세아 어느 분야의 연구에서도 참고하지 않을 수 없는 다양하고 방대한 기록의 보고이다.

그동안 이러한 연행록이 어떻게 전승되고 있는가에 관심을 보인 이는 중촌영효(中村榮孝), 김성칠(金聖七), 고병익(高柄翊), 성균관대 대동문화연구소(成均館大 大東文化硏究所), 황원구(黃元九), 전해종(全海宗), 최강현(崔康賢), 임기중(林基中) 등과 그밖에 몇 분들이 있다. 그러나 이들은 각기 다른 관심 분야에서 연구를 진행하였던 까닭으로 전체적인 전승 규모를 파악해 내지는 못하였다. 전승의 실상 파악이 제대로 이루어지지 않고 있었기 때문에 자료의 정리가 불가능하였으며, 정리된 자료를 활용할 수 없었기 때문에 원만한 연구를 수행하는데 어려움이 많았다. 따라서 이 두 가지의 당면과제를 극복하는데는 많은 분들의 도움이 절실하게 요청되기 때문에 정보의 교류가 있어야 된다고 생각되어서 아직 숙성되지 않은 글로 이런 발표를 한다.

2. 연행록의 전승

연행록 전승의 전반적인 실상을 파악하기 위해서는 먼저 연행의 목적, 연행사의 구성, 연행 회수 등에 관한 체계적이면서 종합적인 조사가 면밀하게 이루어져야 한다. 그동안 이런 문제와 관련된 계량적 통계가 몇 번 제시된 일이 있다. 전해종(全海宗)은 1637년부터 1894년까지 조선이 청나라에 파견한 사절단은 607번에 달한다고 하였으며,[1] 황원구(黃元九)는 청나라 때 정기 사절의 기록만도 최소 249종 이상이어야 한다고 하였다.[2] 전해종의 통계로 본다면 조선 사신이 청나라에 다녀올 때마다 그 일행 중 한 사람만 연행록을 썼다고 해도 청대의 것만 최소 607종의 연행록이 있어야

---

1) 全海宗, 中韓關係史論集, 중국사회과학원출판사, 1994. 194쪽
2) 黃元九, 燕行錄硏究의 課題, 한국문학연구, 제24집, 2001. 동국대 한국문학연구소

할 것이다. 그리고 황원구의 조사에 따른다면 조선의 정기사절이 청나라에 간 것은 249회였어야 할 것이다. 그러나 그런 조사 통계작업의 종합화나 이에 관한 신뢰성 있는 구체적인 결과물이 아직 정리되어 나오지 않고 있기 때문에 연행록 전승의 계량적 추정을 해보기 위해서는 불가피 이와 관련된 작업들을 직접 수행해보지 않을 수 없다. 직접 조사하여본 결과 현재 전하고 있는 연행록은 1271년부터 1894년까지 다음 [표-1]처럼 모두 615종이 있는 것으로 확인되었다.

그리고 한국 사신들의 중국왕래 횟수는 1271년부터 1894년까지, 13~14세기(1)는 117년 동안 31사행목적으로 59회를 왕래하였는데 2년에 1회 정도를 다녀왔다. 13~14세기(2)는 8년 동안 16사행목적으로 60회를 왕복하였는데 매년 8회 정도를 다녀왔다. 15세기는 100년 동안 45사행목적으로 698회를 왕래하였는데 매년 6~7회 정도를 다녀왔다. 16세기는 100년 동안 34사행목적으로 362회를 왕래하였는데 매년 4회 정도를 다녀왔다. 17세기는 100년 동안 73사행목적으로 278회를 왕래하였는데 매년 3회 정도를 다녀왔다. 18세기는 100년 동안 30사행목적으로 171회를 왕래하였는데 매년 2회 정도를 다녀왔다. 19세기는 100년 동안 31사행목적으로 167회를 왕래하였는데 매년 2회 정도를 다녀왔다. 이를 도표화하여 보면 [표-2]처럼 나타난다.

표-1 2015.12.31.현재 조사 완료된 연행록

세　기	현전 연행록	한문연행록	한글연행록	한글연행록가사
13세기	1건	1건		
14세기	2건	2건		
15세기	14건	13건	1건	
16세기	54건	54건		
17세기	200건	193건	7건	3(3)건
18세기	150건	138건	12건	3(1)건
19세기	194건	163건	31건	30(4)건
합　계	615건	564건	51건	36(8)건

(2015.12.31.현재 현전 연행록 통계. 괄호 안은 이본 제외)

표-2 2015.12.31.현재 조사된 연행횟수

세기별	총기간	사행목적수	총왕래횟수	연간왕래횟수	참고
13~14세기(1)	117년	31목적	59회	2년 1회	⑦
13~14세기(2)	8년	16목적	60회	매년 8회	①
15세기	100년	45목적	677(698)회	매년 6~7회	②
16세기	100년	34목적	362회	매년 4회	③
17세기	100년	73목적	277(278)회	매년 3회	④
18세기	100년	30목적	171회	매년 2회	⑤
19세기	100년	31목적	167회	매년 2회	⑥
계	625년	260목적	1795회	매년 평균3회	

(2015.12.31.현재 통계. 괄호 안은 목적 미상 포함)

3. 연행록의 문학담론

연행록은 조선왕조와 명·청 왕조를 대표하는 특수한 담론연합의 텍스트라고 할 수 있다. 연행록에는 정치, 경제, 외교, 문화, 예술, 학문, 종교 등에 관한 다양하면서도 풍부한 담론들이 존재한다. 이 글은 그런 담론들 가운데서 문학담론을 거론하려는 것이다. 조천록류가 고려와 명(1368~1392), 조선과 명(1392~1636)의 전형적인 조공관계가 만들어낸 기록물이라면, 연행록류는 조선과 청(1636~1894)의 의례적인 조공관계가 만들어낸 기록물이라고 할 수 있다. 그러나 이는 외교적인 공기록이 아니며 문학적인 사기록이다. 이런 기록물의 담당층은 각 시대를 대표하는 사류계층이기 때문에 비교적 수준 높은 문학성을 보여준다. 작자는 대개 상사·부사·서장관이나 그들의 종사관(從事官)들이다. 삼사(三使) 중에서는 서장관이 단연 많고, 그 밖의 작자 대부분은 종사관으로 수행한 문사들이다. 특히 종사관으로 수행한 문사들은 학술외교와 문화외교를 전담하고 있었는데, 그 중에서 시문(詩文)의 담론은 아주 중요한 외교의 한 수단이었다. 시문의 교류는 시주문종(詩主文從)의 방법을 택하였다. 시적 교류는 차운화답이 보편적이었으나, 차운화답과 그에 대한 합평(合評)으로 진행되는 때도 있었다. 이러한 일련의 작시와 합평 과정을 통해서 양국의 문사들은 서로 상대국 문단의 수준과 경향을 탐지할 수 있었으며, 정치와 사회 현실은 물론 역사 인식의 단면들

까지도 비교적 소상하게 파악할 수 있었다. 따라서 연행록은 한국과 중국 두 나라 시론(詩論)과 문론(文論)의 비교 연구에도 아주 중요한 자료적 가치가 있다고 여겨진다. 이러한 측면에서 문학 정보, 작품 합평, 시와 시화, 시로 하는 대화의 문제들을 실험적으로 살펴보려는 것이 이 글이다. 따라서 이 글은 위 담론들의 이론 구성을 실험하기 위한 탐색 단계의 글이다.

3-1. 문학 정보

연행록의 문학 정보 담론들은 그 질량 면에서 볼 때 앞으로 별도의 체계화가 이루어져야 할 것이다. 따라서 이 글에서는 그 시사적 접근에 머물 수밖에 없다. 김창업은 청나라 수재인 40대의 늠상생(廩庠生)을 만난다. 늠상생은 청나라 생원 제 1등급 관비생이다. 그는 곽여백(郭如栢)이란 선비였는데 호는 신보(新甫)이고 자는 확암(廓庵)이다. 수인사를 나눈 후 먼저 시를 보여달라고 요청한 것은 확암이다. 확암이 '저중근체(邸中近體)'라고 써서 김창업에게 내밀었을 때, 조선의 문장가 김창업은 '近體'라는 말의 뜻을 몰라서 당황한다. '體'가 '作'이란 뜻을 되물어서 안 뒤에야 동관(東關)에서 지은 절구 한 수를 내놓는다. 그는 도중에서 많은 시를 지었지만 청나라의 촉휘(觸諱는 금기임)에 저촉되어서 내놓을 수 없었다고 적고 있다. 조선 연행사에게 촉휘(觸諱)는 대개 그들의 대명관(對明觀)이었다.[3] 여기에서 김창업은 근체와 촉휘라는 문학 정보를 접하고 체험한다. 지식은 축구공의 내부처럼 유한한 것이며 축구공의 크고 작은 것처럼 개인차가 있는 것이다. 그러나 조선을 대표하는 50대의 문장가 김창업은 청나라 40대의 늠상생 앞에서 지식의 한계를 들어내면서 당황한다. 그러한 문제는 피차 당황할 이유가 없는 지식의 개인차에 속하는 것임에도 김창업의 인식은 거기에 미치지 못한다. 당시 조선과 청나라의 상황논리에서 기인한 조선 지식인의 불가피한 의식의 표출의 한 단면이라고 할 수 있겠으나 그렇다고 하여 조선 지식인들의 현실 인식과 그에 대한 주체적 대응이 적절하였다고 할 수는 없을 것이다. 이러한 사례들은 다른 연행록에서도 자주 나타나고 있다. 문학의 역사에서 검열과 그에 대한 저

---

3) 金昌業, 燕行日記, 144쪽

항의 문제는 동서고금에 많은 사례들이 존재한다. 기성의 질서로 구축된 권력과 가장 예민하게 충돌하는 것은 예술, 정치, 종교이다. 따라서 조선 연행사들의 긍정적이면서 가치지향적인 대명관은 청나라의 통치 이데올로기와 첨예하게 충돌할 수밖에 없었다. 그것이 이른바 청나라의 촉휘(觸諱)라는 검열제도이다. 청나라 관원이 수시로 불의에 검열하는 시기도 있었으며, 조선 연행사들이 부지불식간에 노출시킨 대명의식이 문제가 되는 때도 많았다. 명나라가 붕괴된 것은 지배계층의 극심한 부패가 몰고 온 필연적인 결과였음에도 불구하고 조선의 지식인들은 그에 대한 비판을 바탕으로 주체적이면서 독자적으로 새로운 가치체계를 모색하여 진로설정을 하기보다는 이미 역사의 뒤안길로 사라져버린 존명의식에 안주하는 비생산적 향수주의로 전락해버림으로써 병자호란 같은 국가적 위기를 자초하게 된다. 청나라 검열에 대한 저항이 주체적이라기보다는 대명 의존적 성격이 강하여 명나라가 존재하지 않는 상황에서 청나라 검열에 대한 그런 저항 이데올로기는 더 이상 지속될 수 없는 한계에 이름으로써 결국 새로운 가치를 창조하지 못하고 만다. 따라서 조선의 연행사들은 청나라의 검열제도를 창조적으로 극복하지 못하였다고 할 수 있다.

　서호수는 태화전 조참(朝參)에서 청나라 이조원(李調元)을 만난다. 그는 그로부터 15년 뒤 다시 연경에 다녀와서 쓴 연행기에 그때의 일을 다음과 같이 소개하고 있다.

雨村 李調元이 徐浩修에게 준 시

莫道相逢不相識　　서로 만나 모른다는 말을 마오,
早朝門外馬駸駸　　이른 아침 문 밖에서 쏜살같이 말달리리.[4]

　서호수는 그의 연행기에서 이조원이 "나와 왕복한 일도 자세하게 기록하였다"고 쓰고 있다.[5] 위 이조원의 시구에는 기민한 재치가 엿보인다. 그렇다면 이조원은 어떤 사람인가? 나환장(羅煥章) 주편의 이조원시주(李調元詩注)를[6] 살펴보면, 그는 옹정

---

4)　徐浩修, 燕行記, 165쪽
5)　徐浩修, 燕行記, 165쪽. 서호수의 연행기는 정조 14년(1790) 건륭황제의 만수절에 진하부사로 다녀온 사행록이다. 서호수는 이 연행기를 쓰기 15년 전인 병신년에 연경에 간 일이 있다.
6)　羅章煥 主編, 陳紅, 杜莉 註釋, 李調元詩注, 巴蜀書社, 1993.3.

12년(1734)에 나서 가경 7년(1802)에 기세(棄世)하였다. 호를 우촌(雨村), 또는 동산(童山)이라 하였으며 건륭 년 간에 중진사를 한 후 여러 관직에 있다가 건륭 50년에 그의 고향 사천(四川)으로 낙향하였다. 그의 시는 이백의 시와 같이 호방 표일하고, 자연의 풍격까지 두루 갖춘 뛰어난 작품이라고 높이 평가되고 있다. 그런데 서호수는 우촌(雨村)의 종부제(從父弟)인 정원(鼎元)한테 들은 이야기를 다음과 같이 적고 있다.

> 우촌(雨村)은 함해(涵海) 1부를 저작하였는데, 모두 185종으로 그 속에는 양승암(揚升菴)이 지은 40종과 우촌이 지은 40종과 그의 시화(詩話) 3권이 들어 있으며, 나와 왕복한 이야기도 자세히 기록하였다고 한다. 또 이서구, 유득공, 이덕무의 아름다운 글귀도 실었는데, 판 새기는 일이 겨우 끝나고, 우촌이 파직되어 판각을 갖고 사천(四川)으로 돌아갔다 한다.[7]

이와 같은 사실은 최근에 출판된 이조원시주에 대체적으로 드러나 있지만, 우촌시화(雨村詩話)가 10권으로 구성되어 있는데, 3권이라고 한 것이나, 이조원이 조선 연행사의 시를 아주 중시한 것처럼 쓰고 있으나 그런 흔적이 크게 드러나지 않는 것을 볼 때, 정확한 정보가 아닌 것 같다. 그러나, 이 이후의 조선 시와 이조원 시의 영향의 수수관계는 그 개연성이 충분히 존재할 것으로 추정된다. 이 문제는 후고의 과제로 미룬다. 우촌시화가 3권이라는 정보는 다음과 같은 경우를 상정하여 볼 수 있다. 만일 당시는 3권으로 구성되어 있었는데 사천에 낙향하여 10권으로 보완한 것이라면 정확한 정보였다고 할 수 있다. 그러나 그렇지 않다면 정확한 정보가 아닌 정보의 오차가 내재하고 있다는 것을 알 수 있다. 그리고 우촌이 조선 연행사의 시문을 높이 평가하여 그의 문집에도 기록한 것처럼 쓰고 있지만 이는 피차의 주관적 판단에 따른 추정적 정보이다. 이러한 점은 연행록의 담론 분석에서 항상 정보 오차와 오정보를 고려하면서 평형감각을 잃어서는 안 된다는 것을 시사하고 있는 대목이다.

---

7) 徐浩修, 燕行記, 165쪽

3-2. 작품 합평

김정중은 연경(燕京)에서 청나라 선비 정소백(程少伯)의 집을 찾아간다. 정소백은 그의 형 평기(萍寄)와 그의 종자(從子) 십연(十然)과 함께 김정중을 반겨 맞는다. 이 자리에서 정소백이 분운(分韻)을 청하자 김정중은 당시(唐詩) '細論文'이란 글귀를 고른다. 그리고 소백은 '細'자를, 십연은 '與'자를, 김정중은 '文'자를 얻는다. 맨 먼저 조선의 김정중이 아래와 같은 칠언시를 짓는다. 그리고 이어서 청나라의 소백(少伯)과 십연(十然)이 시를 내놓는다.

金正中의 시

吾生苦晚猶好古	말세에 태어났으되 옛 것 좋아해,
少讀河南夫子文	하남 부자의 글을 젊어서 읽었네.
座上春風門外雪	좌상에는 봄바람 문밖에는 눈,
恨未摳衣三沐薰	직접 뵙고 수업 못해 한이 되더니.
後世雲孫在京國	후세에 먼 자손이 경사에 있어,
典形猶存特出群	전형은 남아 있고 무리에 빼어나.
長安市上十萬家	장안의 거리에는 십만 집이요,
日夜車馬何紛紛	밤낮으로 거마만 어지러운데.
忽到程氏草堂裡	정 소백의 초당에 문득 이르니,
紙窓畵壁無塵氣	종이 창문 그림벽 티끌도 없네.
翻然出戶喜折屐	얼른 문에 나와서 몹시 반기고,
坐我胡床禮甚勤	호상에 나를 앉혀 예절 닦으며.
況復番番一幅錦	더우기 희디흰 한 폭 비단에,
筆能二分詩三分	글씨도 좋고 시도 훌륭해.
溫如滄海拾明珠	맑기는 창해에서 명주 거둔 듯,
皎若青山籠白雲	밝기는 청산 속에 백운 가둔 듯.
逖矣扶桑千里外	머나먼 부상 천 리 밖에 있다가,
不意今行得吾君	뜻밖에 이번 길에 님을 만나니.
君家仲容眉骨奇	님의 집 조카는 기품 잘나고,
咬菜脫粟窮典墳	가난에 마음 편코 옛글 통달해.

相看握手成三笑	서로 보고 손잡고 삼소 지으니,
牙頰生香日已曛	입가에 향기 일고 날은 저물어.
莫問平生我所爲	내 평생에 한 일을 묻지 마시오,
四十五十今無聞	마흔 넘어 쉰에 아직 무명이외다.[8]

청나라 문인 정소백은 조선 연행사의 수행문인 김정중이 지은 이 시를 읽고 "杜甫의 품위와 蘇洵의 기상이므로, 오랜 동안의 깊고 정교한 연구가 있지 않고는 이룰 수 없는 시"라 평한다. 그리고 정소백은 김정중의 앞 시를 읽고 다음과 같은 시를 짓는다.

少伯의 시

平生重交遊	평생에 벗 사귀기 소중히 여겨,
動輒忘氣勢	걸핏하면 기세를 잊어버렸네.
仰睎古風遠	옛 풍도 깊은 것을 우러러보고,
俯懷壯心厲	장한 마음 굳셈을 생각했도다.
偶遊燕市中	우연히 연경 안에 와서 지내며,
放眼祛捭蔽	뜻대로 구경하여 답답함 푸는데.
君從東海來	임자가 동해에서 이곳에 오매,
萬里結神契	만 리 밖의 神交를 맺었네.
語我殷俗存	나에게 말하기를 은 풍속 남아,
井田規古制	정전 옛 제도 그대로 있고.
三代法物在	삼대의 좋은 문물 보존되어서,
遵循仍勿替	지키고 바꾸지를 않는다 하네.
詩書夙所好	시서는 일찍부터 즐기는 바요,
禮義敢自勵	예의는 감히 스스로 닦아 왔으니.
高談豁心骨	고상한 이야기에 심신 트이고,
鄙俗忽已逝	비천한 습속이야 아주 떠났네.
譬觀滄海大	비유컨대 바다의 큰 것을 보고서,
始覺衆流細	뭇 냇물이 작은 줄 앎과 같아라.
何時復來遊	어느 때나 다시 와서 노시렵니까?

---

8) 김정중, 연행록, 451-454쪽

行李不敢滯	여행은 감히 지체 못하오리다.
相思如層雲	서로서로 그리움 구름 겹치듯,
行行仰天際	가며가며 하늘만 우러러보리.[9]

청나라 십연은 김정중의 앞 시를 읽고 다음과 같은 시를 짓는다.

十然의 시

空齋忽不懌	빈 방이 문득 싫어,
新歲作羇旅	새해에 길 떠나니.
昨日城西來	성서에서 어제 와,
遠客乍容與	먼 데 손님 만났네.
相隔三千里	삼천리나 막혔거늘,
何幸班荊敍	다행히도 한 자리에.
況且春風吹	더구나 춘풍 불고,
龍團爲君煮	님을 위해 용단 달여.
呵凍略陳辭	붓 녹혀 얘기하니,
古今略備擧	고금 얘기 갖추어.
且作斯文談	성학을 얘기하니,
未暇問出處	출처 물을 겨를 없네.
珠玉旣在望	글 솜씨 이미 높거늘,
敢云較角汝	감히 겨룰 생각하랴!
慙無東道情	부끄럽다 주인다운 맛없어,
未克速肥羝	살찐 양을 대접 못하니.
但得風雲篇	풍운의 시편만을 얻어서,
歸爲錦囊貯	금낭에 담아 돌아가소서.[10]

김정중은 이 시를 읽고 "글자마다 (古雅)하므로 염락(濂洛)의 여파(餘派)라"고 평
한다. 그리고 정소백은 앞의 김정중 시를 소중히 가보로 전해 후손들에게 천리 밖의

---

9) 金正中, 燕行錄, 451-454쪽
10) 김정중, 연행록, 451-454쪽

신교(神交)가 있었음을 알리겠다고 한다. 김정중도 두 사람의 시고(詩稿)를 가지고 돌아가서 서루(書樓)에 걸어두고, 때때로 읊으면서 잔을 들어 멀리 축원하겠다고 한다. 앞 세 편의 시와 시평(詩評)은 늘 있는 시회(詩會)에서의 작시(作詩)와 합평(合評)처럼 시(詩)와 평(評)을 서로 주고받는다. 이러한 작시와 시평의 담론들에는 항상 공통접점이 존재한다. 그것은 서로 긍정적인 평가를 위한 가치 발견하기이다. 따라서 담론 분석에서는 이러한 시평이 갖는 한계의 자각이 필요하다. 그러나 존재 가치의 발견이라는 측면에서 볼 때는 이러한 시평 담론들이 갖는 의미는 아주 큰 것이라고 할 수 있다. 시평 담론 분석에서 간과해서는 안 될 점은 즉흥성과 편향성을 극복하는 것이 과제라고 할 수 있다. 다음은 합평과 문학정보이다. 박사호는 연경에서 청나라 선비 소천(小泉)의 별장을 찾아가 용재(容齋), 운객(雲客), 중봉(中峰), 백암(白菴), 소백(少白)을 만난다. 이 곳에서 그들과 함께 학문과 시문에 관한 이야기로 하루를 보낸다. 청나라 선비들은 영재집과 초정집을 이미 다 읽고, "효효히 상고(尙古)한 기품이 있다"고 평할 만큼 조선의 시단 소식을 잘 알고 있다. 자하 신위, 종산 이규현, 호은 백한진, 지산 이만재 등과도 사귀고 있는 터였기 때문에 박사호와도 구면처럼 대화를 한다. 하루를 보내고 서로 해어질 때, 운객(雲客)은 눈물을 흘리면서 다음과 같은 오언절구 한 수를 지어 박사호한테 준다.

雲客의 시

久矣聞君名   그대 이름 들은 지 오래던 차에,
君來行有日   그대 왔다 또 가게 되었네.
更勸君一屭   다시 한 잔 그대에게 권하여,
悤悤將惜別   총총히 이별을 아끼려 하노라.[11]

운객이 지은 이 시를 받아 읽고 박사호는 다음과 같은 시를 지어서 답한다.

---

11) 朴思浩, 心田稿, 253쪽

朴思浩가 화답한 시

人生貴知心	인생은 마음을 앎이 귀하니,
百年當一日	백년이 하루와 같네.
四座且停盃	만좌가 술잔을 멈추고,
聽我歌遠別	내 작별의 노래를 듣는구나.[12]

이처럼 청나라와 조선 선비집단 사이의 문학 정보교류는 점점 그 깊이와 넓이를 더하여 간다. 청나라 선비들은 이제 단순한 정보의 입수 단계를 넘어서 영재집과 초정집을 구해 읽고 평가하는 단계에 이른다. 상당히 깊고 폭넓은 정보가 비교적 정확하게 교류되고 문학 작품의 수수관계가 이루어진다. 그리하여 문학에 대한 새로운 지식의 생성 기반이 마련된다. 이러한 기반의 생성이 구체적으로 어떠한 지식을 생성시켰으며 어떠한 규칙으로 작품을 창조하는데 기여하였는가는 앞으로 연행록 담론 연구의 과제라고 할 수 있다. 그들은 박사호의 앞 시를 다음과 같이 평한다. 중봉은 "淸古하고 淡遠하여 참으로 樂府의 上乘이다"고 하고, 운객은 "원숙하여 마음을 쓰지 않고도 兩漢의 유풍을 터득하였다" 고 평한다. 소천은 "지은이의 시가 아름답고 보는 이는 안목이 높으니 紅塵十丈에 어찌 사람이 없다하리요"라고 평하고, 소백은 "시가 매우 고고하여 漢人의 뜻을 터득하였다"고 평한다. 모두 긍정적인 평가를 전제한 긍적적 존재의 발견이다. 이러한 현상은 연행록 시평 담론이 갖는 한 특징이라고 할 수 있다. 그러한 특징은 시로 하는 외교, 시평으로 하는 외교라는 양국의 현실적 상황 인식에서 기인하고 있기 때문에 아주 특수한 문학 담론이라고 여겨진다. 따라서 연행록의 시평은 상대방의 작시에 대한 일관된 긍정적 평가라는 새로운 규칙을 탄생시키고 있다.

3-3. 시와 시화

김경선(金景善)은 연경에서 서양추천을 본다. 서양추천이란 이른바 서양의 그네놀이다. 거기에는 붉은 옷에 푸른 바지를 입고 술이 달린 검은 모자를 쓴 16명의 소년들

---

12) 박사호, 심전고, 253쪽

이 등장한다. 그들은 얼굴에 짙은 화장을 하고 있었다. 그들은 일제히 그네에 올라서 절조에 맞추어 허공을 오르내리고 완급을 조절하면서 신선처럼 논다. 조선의 김경선 일행은 여기에서 처음으로 서양 서커스를 본 것이다. 김경선은 이색 체험을 하면서 "아주 기이한 기예"라는 평을 한다. 그리고 그는 다음과 같이 쓰고 있다.

모기령(毛奇齡, 청대(淸代)의 사람)의 시화(詩話)에, ①"경사(京師)의 연회(宴會) 가운데에는 파간(爬竿)놀이라는 게 있는데, 곧 옛적의 심당(尋橦)놀이다. 그 제도는 두 동자(僮子)가 꽃무늬 배자에 붉은 바지를 입고, 장대를 타고 올라가서 거꾸로 서서 손을 휘둘러 춤을 추는 것인데 가장 기교 하다. 단지 배꼽만으로 장대를 받치고서 그 손과 발을 마치 매[鷹]가 날개 펴듯 벌리고, 더러는 손을 장대를 받치고서 마치 원숭이처럼 붙어서 발을 떼기도 하는데, 이와 같은 교묘한 놀이일 뿐이다. 일찍이 창평주(昌平州)에 문상 갔을 때 두 부인이 파간(爬竿)놀이하는 것을 보고, 처음에는 이상하게 여겼더니, 뒤에 왕건(王建-唐代의 사람)의 심당가(尋橦歌)를 읽게 되었다. 거기에,

　　　몸이 가볍고 발이 날래기가 남자보다 낫다.　　　　　　　身輕足捷勝男子

라는 어구가 있는 것으로 보아 원래 이는 여창(女娼)의 춤이지, 남동(男僮)의 춤은 아니었던 것이다. 다만 그 시에,

　　　짧은 상투를 거듭 빗질하여 금비녀 떨어뜨리고,　　　　重梳短髻下金鈿
　　　붉은 모자 푸른 수건이 각각 한쪽에 있구려.　　　　　　紅帽靑巾各一邊

라고 하였으니 , 여창 몇 사람을 사용한 듯 싶다. 그들은 각각 짧은 상투를 빗질해서 장식을 풀고, 더러는 붉은 모자로, 더러는 푸른 수건으로 머리털을 싸매고, 두 줄로 나눈 다음, 장대를 붙들고 오르게 되었던 모양이다. 그러므로,

　　　둘러 사면에서 먼저 오르려 다투네.　　　　　　　　　繞竿四面爭先緣

라고 하고, 또,

　　　오르내릴 적에 절름거리는 발에는 모두 버선 신었네,　　上下踽蹀皆着襪

라고 하였으니, 이 몇 사람들은 손으로 장대를 잡고 발등을 장대에 부착했다는 것을 역력히 볼 수 있다.

다만 처음에는 '심당(尋橦)'·'대간(戴竿)'이 본래 두 가지의 춤[舞] 이름이라고 생각했더니, 그 시의 뜻을 읽고 나서는, 한 가지 춤으로 여겨진다. 다음과 같은 시가 있는 것으로 보면,

백 명 남자가 들어도 일으켜지지 않을 큰 장대가,	大竿百夫擎不起
간들거리며 반쯤은 푸름 구름 속에 있구나.	飄颻半在靑雲裡
가냘픈 허리의 여인은 얼굴을 요동치 않고,	纖腰女兒不動容
이고 다니며 춤 한 차례 추는 일 끝마치네.	戴行直舞一曲終

여창 한 명은 장대를 이고, 여창 몇 명은 장대 위에 빙 둘러서 춤을 추되, 장대를 인 사람은 그대로 태연하게 달리니 이른바 '얼굴을 요동치 않고 이고 다닌다.'는 이것이야말로 매우 신기한 일이다.

강북(江北)에 경제(擎梯)라는 놀이가 있다. 즉 한 부인을 반듯이 눕히고 두 발을 들어 위로 향하게 하고 사다리 두 개를 두 발 사이에 세우게 한 다음, 한 여동(女童)을 시켜 사다리를 타고 춤을 추게 하는 것이니, 이는 곧 심당의 유의(遺意)인 것이다. 그러나 누워서 하는 것과 다니면서 하는 것은 수고로움과 편안함이 판이하게 다르다. 이것은 모름지기 건장한 부인으로서 힘이 센 자를 가려서 그 기예를 익힌 다음이라야 가하다. 다만 그 시에 또,

흩어질 때엔 생생한 안색이 만면하지만,	散時滿面生顏色
다니는 걸음은 전처럼 기력이 없구나.	行步依然無氣力

하였으니, 비록 잘 형용한 듯하나, 힘이 없는 자로서는 능히 익힐 바가 아닌 듯싶다." 하였다. ② 그렇다면 옛적의 심당은 이것과 서로 근사한 듯하니, 근대에 새로 생긴 것은 아니다. 또 여창의 재주가 더욱 기이할 것인데 궁궐 안이기 때문에 동자들은 시켜서 하게 한 것일까?13)(번호 ①②는 필자)

이처럼 작자 김경선은 서양 그네놀이를 보고 청나라 모기령(毛奇齡)의 시화(詩話)를 연상한다. 그 시화로 본다면 경사(京師) 연회 때의 놀이로 원래 심당(尋橦)놀이가

---

13) 김경선, 연원직지, 20-25쪽

있었는데, 그것이 뒤에 파간(爬竿)놀이가 되며, 이 서양그네놀이란 것이 이미 있었던 그 파간놀이와 유사한 것으로 추정해 본다. 당(唐)나라 때 사람인 왕건(王建)의 심당가(尋撞歌)를 볼 때도 그런 추정은 가능하다고 보고 있다. 그리고 심당대간(尋撞戴竿)이란 춤이 서양그네놀이의 연원일 수도 있다는 생각을 하고 있다. 작자는 강북의 경제(擎梯, 사다리를 들고 재주를 부리는 놀이) 놀이라는 것도 서양그네놀이와 어떤 관련이 있을 것으로 생각 해본다. 이처럼 작자는 해박한 지식으로 청나라 사람들이 서양 그네놀이라고 하는 것은 새로 생긴 것이 아니라 심당놀이에서 나온 것으로 보려고 한다. 김경선은 심당놀이, 파간놀이, 대간놀이, 강북의 경제가 서양추천 같은 것이어서 서양추천이라는 것이 새로운 것이라 할 수는 없으나, 앞 심당놀이 유형은 두어 명의 여자가 한 것인데 서양추천은 16명의 동자가 하는 것만 서로 다르다고 인식한다. 그러나 궁궐 안이기 때문에 여창을 동자로 바꾸었을 것이라고 추정하면서 서양추천이 새로울 것이 없다고 생각한다. 이 청나라 모기령의 시화는 관희서사와 관희시로 구성되어 있다. 묘기령의 시화는 이처럼 파간, 심당, 대간, 경제놀이를 관희시와 관희서사로 쓴 것이다. 여기에서 관희시는 그 놀이의 구체적 실상을 처음부터 끝까지 구현해 내고 있으며, 관희서사는 그런 관희시의 부연설명으로 일관한다. 결국 관희시와 관희서사는 상보적 관계를 가지고 있지만 관희시가 주이고 관희서사는 한낱 종속적 관계에 있음을 알 수 있다. 따라서 시화로 쓴 이 연희기는 연희를 이해하고 해석하는 데 단순한 연희서사보다 훨씬 더 구체적이고 사실적인 텍스트라는 것을 알 수 있다. 이처럼 김경선은 그의 연원직지에서 서양추천을 평가하고 묘기령의 시화를 들어 주체적으로 담론을 전개한다. 그리하여 불완전하지만 새로운 지식의 창조에 기여한다. 이러한 현상은 김경선이 연행에 앞서 기존에 생성된 많은 연행록을 광범하게 읽으면서 철저하게 준비한데서 비롯된 결과라고 할 수 있다.

3-4. 시로 하는 대화

상호간의 의사 표현 방법으로 시를 주고받음은 조선 연행사와 명과 청의 문인이나 관인 사이에서만 오갔던 특수한 외교관행만은 아니었다. 그보다는 당시 외교가에 보편적으로 두루 존재했던 외교의 한 방편이었다. 그러한 보기를 하나만 들어본다. 같은 외교목적으로 청나라에 온 안남국의 이부상서와 공부상서가 서호수에게 자연스럽게 화답시를 청하는 것을 볼 수 있다. 오늘날의 외교에서 외교관들이 어느 한 나라에 특정한 외교목적으로 나가서 그 나라에 모인 각 국 외교사절들과 각기 또 다른 외교 활동을 전개하는 현상과 같은 것으로 이해된다. 안남 이부상서 반휘익(潘輝益)이 조선 연행사 서호수의 화답을 청하면서 보낸 시로 다음과 같은 작품이 있다.

潘輝翼의 시

居邦分界海東南	나라 경계는 바다 동남으로 나뉘었으나,
共向明堂遠駕驂	다같이 명당을 향해 말을 몰아왔네.
文獻夙徵吾道在	문헌엔 우리의 도 밝혀져 있고,
柔懷全仰帝恩覃	돌봐주는 님의 은혜 뻗치기 바라네.
同風千古衣冠制	의관은 천고토록 풍속이 같고,
奇遇連朝指掌談	기이한 인연으로 아침마다 얘기 나누네.
騷雅擬追馮李舊	글 의논 풍(馮)·이(李)의 옛 일이 회상되니,
交情勝似飮醇甘	사귀는 정 술맛보다 더욱 짙어라.14)

이 시를 받고 조선 연행사 서호수가 안남 이부상서 반휘익에게 답한 시는 다음과 같다.

潘輝翼에게 화답한 徐浩修의 시

何處靑山是日南	어느 곳 청산이 일남의 땅이런가,
灣陽秋雨共停驂	만양의 가을비에 함께 말을 멈췄네.
使華夙昔修隣好	사신은 예전부터 인호(隣好)를 닦아왔고,
聲敎如今荷遠覃	성교는 지금도 멀리 멀리 미친다네.
法宴終朝聆雅樂	아침내 법연에서 아악을 듣노라고,
高情未暇付淸談	높은 우정 청담에 붙일 겨를 없었네.

---

14) 서호수, 연행기, 212-214쪽

新詩讀罷饒風味　　새 시편 읽고 나니 풍미가 푸짐하여,
頓覺中邊似蜜甘　　문득 속이 꿀맛 같이 느끼네.[15]

　앞의 반(潘)과 서(徐)의 칠언율시는 '帝恩'과 '聲教'를 찬양하고 기원하였다. 안남을 돌봐주는 청나라 건륭황제의 은혜가 앞으로 길이길이 뻗치기 바란다는 것이 반의 시고, 건륭황제의 덕이 지금도 멀리멀리 비치고 있다는 것이 서의 시다. '제은'과 '성교'는 군과 신의 관계면서, 군과 백성의 관계다. 따라서 반과 서는 청나라 황제의 신하이며, 안남인과 조선인은 결국 청나라 황제의 백성이라는 인식구도이다. 조공사행의 공통적인 관료의식과 외교관행이 잘 드러나 있다. 그리고, 반과 서의 시에는 '指掌談'과 '付淸談'으로 지속적 친선과 돈독한 우의를 강조하였다. '아침마다 얘기를 나눈다'거나 '청담에 붙일 겨를이 없다'는 언표는 강자에 대한 약자의 동병상련(同病相憐)이라기보다는 제후국 안에 존재하는 같은 형제라는 숙명의식이 더 강하다. 이런 의식은 약소국의 한계를 자각한 생존방식이었다고 할 수 있다. 그러므로 이런 친선외교는 주체적이라기보다는 숙명적 유대를 강조하는데 불과하다. 이들이 시로 전개하는 담론이 어떻게 진행되고 있는가를 몇 행의 시를 대비하면서 알아보기로 한다. 반과 서의 시 1행은 반의 '海東南'에 서가 '是日南'이라 답한다. 서의 시 2행은 반의 '遠駕驂'에 서가 '共停驂'이라 답한다. 반과 서의 시 4행에서는 반의 '帝恩覃'을 서가 '荷遠談'이라 답하였다. '해동남'이라는 것은 바다 동쪽에는 조선이 있고, 바다 남쪽에는 안남이 있다는 것이고, '시일남'이라는 것은 상하(常夏)의 나라가 곧 일남(日南은 안남임)이라는 것이다. 상대방 나라의 위치와 자연을 서로 이미 알고 있다는 친선 도모 성격의 첫인사이다. '원가참'과 '공정참'은 두 사람 모두 먼 나라에서 말을 몰아 청나라 연경(燕京)을 향해 왔고, 외교목적과 역할담당 또한 다르지 않다는 동질성을 내세운 것이다. 결국 이런 동질성은 황제의 은혜를 찬양하고, '길이길이'나 '멀리멀리'란 표현으로 그 은혜를 강조하며 기원하는 데로 모아졌다. 그리고 반과 서의 시 5행에서 반의 '指掌談'에는 서가 '付淸談'으로 답하고, 반과 서의 시 8행 반의 '飮醇甘'에는 서가 '似蜜甘'이라 답하였다. '아침마다 나누는 대화'나 '청담에 붙일 겨를이 없는 우정'은 이제는 우정

---

15)　서호수, 연행기, 212-214쪽

을 논한다는 것이 새삼스러울 정도로 친숙해진 사이가 되었음을 강조하는 대목이다. 그러하기 때문에 이제는 그 우정이 '술맛보다 더 짙고', '꿀맛같이 느껴진다'는 것이다. 이처럼 당시 외교가의 화답시는 자연스런 대화의 도구로 쓰였다. 가장 적은 양의 언어를 동원하여 가장 많은 내용을 예모를 갖추어서 응축해 표현할 수 있는 것은 시를 당해낼 그 어떠한 것도 존재하지 않는다. 이러한 것은 시로 전개하는 담론이라고 할 수 있을 것 같다. 따라서 연행록의 화답시는 시라는 형식으로 진행하는 특수한 담론 양식의 하나라고 말할 수 있을 것이다.

4. 맺음말

지금까지 거론한 내용들을 요약하여 정리하여 보면 대략 다음과 같은 몇 가지가 된다.

조선 사신들이 1271년부터 1893년까지 원·명·청에 사행한 총 회수는 1795회 이상이었다.

연행록은 조선왕조와 명·청 왕조를 대표하는 특수한 담론연합의 텍스트라고 할 수 있다. 연행록에는 정치, 경제, 외교, 문화, 예술, 학문, 종교 등에 관한 다양하면서도 풍부한 담론들이 존재한다. 이 글은 그런 담론들 가운데서 문학담론을 거론한 것이다. 연행록은 한국과 중국 두 나라 시학(詩學) 일반의 비교연구나 문론(文論)의 비교 연구에 아주 중요한 자료적 가치가 있다고 여겨진다. 이러한 측면에서 문학 정보, 작품 합평, 시와 시화, 시로 하는 대화의 문제들을 실험적으로 살펴본 것이 이 글이다. 연행록의 문학정보 담론 분석에서 주의할 점은 정보의 오차와 착오를 간과하여서는 안 되며, 항상 평형감각을 유지하여야 한다는 점이다. 연행록의 작시 합평의 담론은 모두 긍정적인 평가를 전제하는데서 출발한다. 이러한 현상은 연행록 시평 담론이 갖는 한 특징이라고 할 수 있다. 그러한 특징은 시로 하는 외교, 시평으로 하는 외교라는 한·중 양국의 현실적 상황 인식에서 기인하고 있기 때문에 아주 특수한 문학 담론의 하나라고 여겨진다. 따라서 연행록의 시평 담론은 상대방의 작시에 대한 일관된 긍정적 평가라는 새로운 규칙을 탄생시켰다고 할 수 있다. 연행록의 시와 시화의 담론은 불완전하지만 주체적으로 새로운 지식의 창조에 기여하고 있는 것이 특징이다.

연행록의 시로 하는 대화 담론은 가장 적은 양의 언어를 동원하여 가장 많은 내용을 예모(禮貌) 있게 응축하여 표현할 수 있는 것으로 시를 당해낼 그 어떠한 것도 존재하지 않기 때문에 생성된 특수한 현상이라고 할 수 있다. 따라서 연행록의 화답시는 시라는 형식으로 진행하는 특수한 담론 양식의 하나라고 말할 수 있을 것 같다.(2002.6.29. 부산대학교 한국문학회 임기중 교수의 초청강연, 부산대학교 세미나실)

18세기 연행록과 무자서행록

1. 연행록의 전승과 18세기 연행록

세계에 존재하는 많은 유형의 기록유산들 가운데서 연행록은 아주 특수한 문헌군이다. 한국과 중국을 두 개의 중심축으로 삼은 칠백여 년 동안의 동아시아 교섭사가 끊임없이 한알한알 영롱하게 박혀 현재까지 살아 숨쉬고 있는 것이 연행록이다. 연행록의 작자는 당대 우리나라를 대표하는 지배계층의 지식인 집단이다. 그들이 비교적 자유로운 생각과 대단히 경이로운 시각으로 세계를 새롭게 인식한 직접적인 결과물이 연행록이다. 한국인은 연행록의 정보 코드를 가지고 어둡게 닫힌 세계에서 밝게 열린 세계로 나아갈 수 있었다.

조선 숙종 때 김지남의 通文館志를 보면 조선왕조는 명나라와 청나라에 매년 정례사행(冬至·正朝·聖節·千秋)과　부정례사행(王薨·嗣位·册妃·建儲·先王追崇)을 보냈다는 것을 알 수 있다. 조선왕조 丙亂에서 韓末까지만 하여도 사행 회수는 定例使行과 各種 別使賫咨(별사재자. 賫咨官, 중국조정에 咨文을 가지고 가던 사신) 등을 합하여 대략 700여 회나 되는 것으로 알려져 있다. 이들 사행은 대개 正官이 30여 명으로 구성되나 실제 인원은 그보다 훨씬 더 많았다.[1] 그들 중 특히 書狀官·質問從事官·寫字官·畵員·伴倘·醫人 등의 신분을 가졌던 이들이 많은 公私 기록을 남겨놓았다.

---

1) 朝鮮貢使 正副使各一員 以其國大臣 或同姓親貴稱君者充 書狀官一員 大通官三員 護貢官二十四員 從人無定額 賞額凡三十名,『欽定大淸會典』卷39.

필자가 최근까지 조사한 바에 따르면 연행록은 현재 615여 종이 전승되고 있다. 그 중 18세기 연행록은 150 여종으로 전체 전승연행록의 24% 정도를 차지한다. 그리고 1271년부터 1894년까지 한국 사신들이 중국에 다녀온 횟수는 모두 1795여회가 된다. 18세기에는 171여회를 다녀왔으며 매년 평균 2회 정도를 왕래하였다.

18세기는 연행록의 기술사에서 볼 때 개별 연행록의 양적인 팽창이 비교적 완만하여진 시기라고 말할 수 있다. 17세기 연행록이 200여건, 19세기 연행록이 194건 전승되고 있기 때문이다. 그러나 연행록의 질적인 수준은 절정기였다고 말할 수 있다. 김창업의 老稼齋燕行日記(6책), 홍대용의 湛軒燕記(6책)와 을병연힝록(20책), 이기지의 一庵燕記(5책), 강호부의 桑蓬錄(6책), 박지원의 熱河日記(6책), 이계호의 연힝녹(燕行錄)(5책), 서호수의 熱河紀遊(4책), 이재학의 燕行記事(4책) 등과 같은 장편의 연행록들이 모두 이시기에 출현한다. 이러한 현상은 13세기 후반부터 17세기 말까지 찾아볼 수 없는 새로운 변화다. 장편 연행록의 출현은 기록내용의 다양한 확충과 기록대상의 깊이 있는 추적에서 기인된다. 그리고 기록의 자유로운 개방성과 관련이 있다. 이는 18세기 朝·淸 교류의 시대적인 상황논리와 맞물려 있는 것 같다. 다른 한편으로 이 시기의 연행록 기술자들은 대개 연행길에 오르기 전에 앞시대의 연행록을 구하여 읽으면서 개성적이고 이상적인 연행록의 작성을 구상하였다. 그리고 철저한 사전 준비를 다한 뒤에 연행 길에 올랐다. 연행 길에서는 면밀한 현장조사를 하고 그것을 누락 없이 메모하였다가 귀국 후에 그것을 토대로 하여 연행록의 초고를 작성하고 이를 여러 차례 보완하고 첨삭하여 마침내 충실한 연행록으로 탄생시켰다. 박지원의 熱河日記(1780) 등이 이런 과정을 거친 표본적인 사례의 연행록이다.

18세기는 본격적인 한글연행록이 출현하는 시기다. 홍대용의 을병연힝록(1766)·이노춘의 북연기힝(1783)·이계호의 연힝녹(1793)등이 모두 이 시기에 나타난다. 한편 17세기 단편의 한글가사체 연행록인 유명천의 燕行別曲(1694)·박권의 西征別曲(1695)에서 19세기 장편의 한글가사체 연행록인 김지수의 무자서힝록(1828)·홍순학의 병인연힝가(1866) 등으로 넘어가는 과도기가 이 18세기다. 이 과도기에 장편의 한글 가사체 연행록이 잉태되고 있었다. 따라서 18세기는 한글 번역체 연행록에서 한글 창작체 연행록으로, 한글 단편의 연행록이 한글 장편의 연행록으로 탈바꿈하는 시기이며 자아의 확립을 글로 실천하는 시기라고 여겨진다.

2. 18세기 연행록에서 詩文交流의 의미

　朝·淸의 交流에서 詩와 文은 국제언어이며, 외교언어이고, 문화언어였다. 17세기까지의 연행록에도 시문교류가 나타나고 있지만, 그것이 아주 현저하게 증가하는 시기는 18세기부터인 것 같다. 오랜 동안의 시문교류를 통해서 시와 문이 아주 자연스러운 외교언어로 자리 잡았기 때문이라 할 수 있다. 먼저 17세기 연행록의 차운화답시 1~2편을 살펴보기로 한다.

　김육은 인조 14년(1636) 병자호란이 발발되기 직전 동지사로 명나라에 다녀온다. 명나라 말기 명의 관리·군인·백성들이 모두 부패의 늪에 빠져 허우적거리고 있는 모습을 확인할 수 있었던 김육은 이 조경일록에서 명나라가 신흥 청나라를 대적할 수 없음을 예견하고 있다. 이 조경일록에 있는 김육의 시에 대한 명나라 提督의 차운화답시는 다음과 같다.

提督의 金堉에 대한 次韻和答詩

有酒能消旅館雪	술이 있으니 여관의 찬 눈을 녹일 수 있고,
聞鶯得見上林花	꾀꼬리 소리 들음에 상림의 꽃도 볼 수 있지요.
莫愁故國多惆悵	고국의 슬픈 사연 근심을 마소,
屈指相將己及瓜	손꼽아 세어 보니 이미 임기가 다가왔구려.[2]

瞻雲依北闕	구름을 우러르며 북궐에 의지하고,
就日正東來	해를 향하여 정동으로 오네.
四照連階映	사조는 섬돌을 연하여 비치고,
千瓊遍地堆	천경은 온 땅에 쌓이누나.
吹綿依弱柳	불어대는 솜인가 연약한 버들가진 듯하고,
粧藥趁新梅	곱게 차린 꽃이던가 새로 핀 매화송이 같도다.

---

2) 金堉, 朝京日錄, 346~347쪽.

葭管東風啓　　갈대재 율관에 동풍이 열리고,
吹律動飛灰　　율관을 불어 비회를 움직이리.3)

　　명나라 제독의 이 시가 김육의 어떠한 시에 화답한 것인지는 조경일록에 나타나
있지 않다. 속단하기는 어렵겠지만 아마 제독의 요청에 의한 贈詩였기 때문에 누락된
것이 아닐까 추측된다. 다른 조천록과 연행록들의 화답시로 유추해 볼 때 김육의 제
독에 대한 증시는 칠언시와 오언시 두 수였을 것 같다. 앞의 칠언시 1~2행은 김육의
감상적 客愁에 화답한 내용이 아니라는 것이 이 시의 3~4행에 드러나 있다. 김육이
당시 조선의 슬픈 사연을 근심하는 시를 써 보냈기 때문에 명나라 제독이 너무 근심
하지 말라는 위로의 시를 써서 화답한 것일 것이다. 술로써 객창의 찬 눈을 녹여야만
하는 암울한 상황 속에서 현실적으로 거의 가능성이 없는 상림의 꽃을 볼 수도 있다
는 것은 지극히 형식적인 자위일 뿐이다. 이것은 明末 조선 실학의 선구자 김육과
명나라의 국운을 짊어진 제독이 만들어 낸 현실적 공감대다. 이미 회생 불능의 상태
로 가라앉고 있는, 거함과 같은 명나라에 가서 조선 앞에 다가오고 있는 거센 파고의
위기를 막아 달라고 하소연하는 것은 때가 늦은 것이다. 그러하기 때문에 '이미 임기
가 다가왔구려'라고 종언을 고할 수밖에 없는 것이다. 이런 상황을 간파한 김육은 홀
로 서기의 일환으로 유황 구매에 적극성을 보였으나 그것 또한 때가 늦었던 것이다.
그가 사행 도중에 병자호란이 일어나 귀국이 늦어지는 결과를 빚고 말았기 때문이다.
김육은 병자호란이 발발되기 직전에 명나라에 마지막 동지사로 간 사람이다. 그때는
이미 청군의 공격을 예상하여 貢路의 변경을 요구하던 급박한 상황이 도래한 때이다.
이러한 급박한 상황 속에서 조선의 외교사절과 명나라 제독이 화답시로 국운을 건 담
판을 하고 있는 것은 외교사적 측면에서 우선 주목하지 않을 수 없다. 이때의 시는
감동적인 의사전달의 방법이라기보다는 가장 급박한 상황을 가장 간명한 언어로써 가
장 신속하게 전달하는 한 방편이었다. 그리고, 이때의 화답시는 가장 신속하게 서로
상대방의 의표를 꿰뚫어 볼 수 있는 힘을 가지고 있었다. 그러면서도 서로 상대방에
게 아무런 상처도 내지 않는, 아주 특수한 표현 도구라 할 수 있다. 당시 한국과 중국

---

　3) 김육, 조경일록, 346~347쪽.

외교시의 의미는 이런 데서 찾아볼 수 있다.

뒤의 五言詩 1~4행은 기하급수적으로 불어나는 간신들의 부패가 극에 달해 이미 국가의 중심축인 왕실까지 에워싸 왕권이 퇴색하고 무력화되어 있음을 상징적으로 표현하고 있다. 거기에 비해 상대적으로 세가 줄어들고 입지가 좁아지는 충신 지사의 존재 공간이 시야에서 사라지는 안타까움을 5~8행에 담고 있다. 그러나 명나라 제독은 비감하거나 흥분하지 않고 담담히 현실을 수용하는 역사인식을 보여 주고 있다. 조선 김육의 증시에는 아마 명의 현실에 회의를 품고 그 까닭을 알고 있는지를 물었을 것 같다. 그것은 시이기 때문에 물을 수 있었고, 그 대답 또한 시이기 때문에 가능한 것이었을 것이다. 따라서 단적으로 표현한다면 외교시의 기능과 역할은 이런 데 있다고 할 수 있다. 다음은 18세기 차운화답시 몇 편을 살펴보기로 한다.

서호수의 연행기는 정조 14년(1790) 건륭 황제의 만수절에 진하부사로 다녀온 사행록이다. 서호수는 당대 문벌가인 서명응의 아들로서 문헌비고와 홍재전서를 편찬한 사람이다. 서호수가 이 연행기를 쓰기 15년 전인 병신년에 연경에 갔을 때 태화전 朝參에서 이조원을 만나 서로 친숙해졌는데, 그때 이조원한테 받았던 시구를 기억하여 이 연행기에 다음과 같이 소개하고 있다.

雨村 李調元이 徐浩修에게 준 시

莫道相逢不相識　　서로 만나 모른다는 말을 마오.
早朝門外馬駸駸　　이른 아침 문밖에서 쏜살같이 말 달리리.[4]

이 시가 이조원의 화답시란 기록은 없지만, 이조원이 "나와 왕복한 일도 자세하게 기록하였다."고 쓴 것을 보면 화답시의 한 구절일 가능성이 높기 때문에 거론 대상으로 삼는다. 이조원의 시구에는 기민한 재치가 엿보인다. 그렇다면, 이조원은 어떤 사람인가? 羅章煥 주편의 李調元詩注를[5] 살펴보면, 그는 옹정 12년(1734)에 나서 가경 7년(1802)에 기세하였다. 호를 雨村, 또는 童山이라 하였으며, 건륭 연간에 중진사를

---

4) 徐浩修, 燕行記, 165쪽.
5) 羅章煥 주편, 陳紅, 杜莉 주석, 李調元詩注, 巴蜀書社, 1993. 3.

한 후 여러 관직에 있다가 건륭 50년에 그의 고향 四川으로 낙향하였다. 그의 시는 이백의 시와 같이 호방 표일하고, 자연의 풍격까지 두루 갖춘 뛰어난 작품이라고 높이 평가되고 있다. 서호수는 우촌의 從父弟인 鼎元한테 들은 이야기를 다음과 같이 적고 있다.

> 우촌은 함해(涵海) 1부를 저작하였는데, 모두 185종으로 그 속에는 양승암(揚升菴)이 지은 40종과 우촌이 지은 40종과 그의 시화(詩話) 3권이 들어 있으며, 나와 왕복한 이야기도 자세히 기록하였다고 한다. 또 이시랑 서구, 유득공, 이덕무의 아름다운 글귀도 실었는데, 판 새기는 일이 겨우 끝나고, 우촌이 파직되어 판각을 갖고 사천(四川)으로 돌아갔다 한다.[6]

이와 같은 사실은 최근의 이조원시주에 그대로 드러나 있으나, 雨村詩話가 10권인 점이나, 조선 연행사의 시를 중시한 흔적은 드러나지 않는다. 그러나, 이 이후의 조선 시가 이조원시에서 많은 영향을 받았을 가능성은 도처에서 발견된다.

화답시의 주고받음은 조선 연행사와 명과 청의 문인이나 관인 사이에서만 오갔던 특수한 외교 관행은 아니었다. 당시 외교가에 보편적으로 두루 존재했던 외교의 한 방편이었다. 그렇기 때문에, 같은 외교 목적으로 청나라에 온 안남국의 이부상서와 공부상서가 서호수에게 자연스럽게 화답시를 청한다. 오늘날의 외교에서 외교관들이 어느 한 나라에 특정한 외교목적으로 나가서 그 나라에 모인 각국 외교사절들과 각기 또 다른 외교 활동을 전개하는 현상과 같은 것으로 이해된다. 안남 이부상서 반휘익이 조선 연행사 서호수의 화답을 청하면서 보낸 시는 다음과 같은 것이 있다.

潘輝益의 시

居邦分界海東南	나라 경계는 바다 동남으로 나뉘었으나,
共向明堂遠駕驂	다같이 명당을 향해 말을 몰아왔네.
文獻夙徵吾道在	문헌엔 우리의 도 밝혀져 있고,
柔懷全仰帝恩覃	돌봐 주는 님의 은혜 뻗치기 바라네.

---

6) 徐浩修, 燕行記, 165쪽.

同風千古衣冠制	의관은 천고토록 풍속이 같고,
奇遇連朝指掌談	기이한 인연으로 아침마다 얘기 나누네.
騷雅擬追馮李舊	글 의논 풍(馮)·이(李)의 옛 일이 회상되니,
交情勝似飮醇甘	사귀는 정 술맛보다 더욱 짙어라.[7]

이 시를 받고 조선 연행사 서호수가 안남 이부상서 반휘익에게 화답한 시는 다음과 같다.

潘輝益에게 화답한 徐浩修의 시

何處靑山是日南	어느 곳 청산이 일남의 땅이런가,
灣陽秋雨共停驂	만양의 가을 비에 함께 말을 멈췄네.
使華夙昔修隣好	사신은 예전부터 인호(隣好)를 닦아 왔고,
聲敎如今荷遠覃	성교는 지금도 멀리멀리 미친다네.
法宴終朝聆雅樂	아침내 법연에서 아악을 듣노라고,
高情未暇付淸談	높은 우정 청담에 붙일 겨를 없었네.
新詩讀罷饒風味	새 시편 읽고 나니 풍미가 푸짐하여,
頓覺中邊似蜜甘	문득 속이 꿀맛같이 느끼네.[8]

먼저 반휘익의 시에 서호수가 화답한 시를 살펴본다. 앞의 潘과 徐의 칠언율시는 1~4행에서 '帝恩'과 '聲敎'를 찬양하고 기원하였다. 안남을 돌봐주는 청나라 건륭 황제의 은혜가 앞으로 길이길이 뻗치기 바란다는 것이 반의 시고, 건륭 황제의 덕이 지금도 멀리멀리 비치고 있다는 것이 서의 시다. '제은'과 '성교'는 군과 신의 관계면서 군과 백성의 관계다. 따라서, 반과 서는 청나라 황제의 신하며 안남인과 조선인은 결국 청나라 황제의 백성이라는 인식 구도다. 조공사행의 공통적인 관료의식과 외교관행이 잘 드러나 있다. 그리고, 반과 서의 시 5~6행에서는 '指掌談'과 '付淸談'으로 지속적 친선과 돈독한 우의를 강조하였다. '아침마다 얘기를 나눈다'거나 '청담에 붙일 겨를이 없다'는 언표는 강자에 대한 약자의 동병상련이라기보다는 제후국 안에 존재

---

7) 서호수, 연행기, 212·214쪽.
8) 서호수, 연행기, 212~214쪽.

하는 같은 형제라는 숙명 의식이 더 강하다. 이런 의식은 약소국의 한계를 자각한 생존 방식이었다고 할 수 있다. 그러므로 이런 친선외교는 주체적이라기보다는 숙명적 유대를 강조하는 데 불과하다. 이들이 화답시를 어떻게 쓰고 있는가를 이 시 몇 행의 대비를 통해서 알아보기로 한다. 반과 서의 시 1행은 반의 '海東南'에 서가 '是日南'이라 답한다. 반과 서의 시 2행은 반의 '원가참(遠駕驂)'에 서가 '공정참(共停驂)'이라 답한다. 반과 서의 시 4행에서는 반의 '제은담(帝恩覃)'을 서가 '하원담(荷遠談)'이라 답하였다. '해동남'이라는 것은 바다 동쪽에는 조선이 있고, 바다 남쪽에는 안남이 있다는 것이고, '시일남'이라는 것은 常夏의 나라가 곧 일남(日南은 안남임)이라는 것이다. 상대방 나라의 위치와 자연을 서로 이미 알고 있다는 친선 도모성 첫 인사다. '원가참'과 '공정참'은 두 사람 모두 먼 나라에서 말을 몰아 청나라 燕京을 향해 왔고, 외교 목적과 역할 담당 또한 다르지 않다는 동질성을 내세운 것이다. 결국 이런 동질성은 황제의 은혜를 찬양하고, '길이길이'나 '멀리멀리'란 표현으로 그 은혜를 강조하며 기원하는 데로 모아졌다. 그리고 반과 서의 시 5행에서 반의 '指掌談'에는 서가 '付淸談'으로 답하고, 반과 서의 시 8행 반의 '음순감(飮醇甘)'에는 서가 '사밀감(似蜜甘)'이라 답하였다. '아침마다 나누는 대화'나 '청담에 붙일 겨를이 없는 우정'은 이제는 우정을 논한다는 것이 새삼스럴 정도로 친숙해진 사이가 되었음을 강조하는 대목이다. 그렇기 때문에, 이제는 그 우정이 '술맛보다 더 짙고', '꿀맛같이 느껴진다'는 것이다. 이처럼 당시 외교가의 화답시는 자연스런 대화의 도구로 쓰였다. 가장 적은 양의 언어를 동원하여 가장 많은 내용을 예모를 갖추어서 응축해 표현할 수 있는 것은 시를 당해 낼 그 어떠한 것도 존재하지 않는다. 다음은 안남의 공부상서 무휘진(武輝瑨)이 조선 연행사 서호수에게 화답을 청하면서 보낸 시이다.

武輝瑨의 시

海之南與海之東	바다의 남쪽과 바다의 동쪽,
封域雖殊道脈通	나라는 다르지만 도는 통하네.
王會初來文獻竝	왕회에 처음이나 문헌은 같고,
皇莊此到觀瞻同	황장에 지금 와서 근첨을 함께 하네.

衣冠適有從今制　의관은 마침 지금 제도를 따랐으나,
縞紵寧無續古風　정분은 어찌 옛 풍속 없으랴.
伊昔使華誰似我　옛날 사신 그 누구가 우리처럼,
連朝談笑燕筵中　아침마다 한자리에 담소를 같이 하였던고.[9]

조선 연행사 서호수가 안남 공부상서 무휘진에게 보낸 화답시는 다음과 같다.

武輝瑨에게 화답한 시

家在三韓東復東　집이 삼한의 동쪽 끝에 있어,
日南消息杳難通　일남 소식 아득하게 몰랐었네.
行人遠到星初動　사신 길 멀리 오니 행차가 처음 움직이고,
天子高居海旣同　천자가 높이 있으니 사해가 같은 땅일세.
桐酒眞堪消永夜　동주 좋은 맛이 긴긴 밤을 잊을 만하지만,
飛車那得溯長風　어쩌면 나는 수레 얻어 긴 바람 타고 갈꼬.
知君萬里還鄕夢　그대의 만리 고향 가고픈 꿈도,
猶是鉤陳豹尾中　오히려 구진과 표미 사이에 있으리.[10]

이제 무휘진의 시에 서호수가 화답한 시를 살펴보기로 한다. 이 두 편의 칠언율시도 1~4행에서 무의 '근첨동(覲瞻同)'에 서가 '해기동(海旣同)'이라 하여 한 제후국의 신민임을 강조하고, 청나라 건륭 황제의 위덕을 기리면서 그 덕이 고루 미치기를 기원하고 있다. '지금 황장에 와서 근첨을 함께 한다'는 것이나, '천자가 높이 있으므로 사해가 같은 땅이다'는 것은 모두 청나라 건륭 황제의 성은을 찬양한 것이다. 그리고 무와 서의 시 5~8행의 핵심 시어는 앞의 화답시에서와 같이 무의 '호저(縞紵)'와 서의 '소영야(消永夜)'로 상징화된, 한 제후국 신민의 우의를 강조한 것이다. 따라서, 이 화답시도 제후국 신민으로서의 聖恩 찬양과 그 신민끼리의 우정 강조라는 동일 구도로 짜여져 있다. '옛 풍속이 담긴 정분'과 '긴 밤을 잊을 만한 정분'이라는 것은 끈끈하고 오래 지속되어 온 형제 우의의 강조다. 두 시의 몇 행을 대비하여 대화의 진행 구조를

---

9) 서호수, 연행기, 212~214쪽.
10) 서호수, 연행기, 212~214쪽.

알아보기로 한다. 무와 서의 시 1행에서 무의 '해지남여동(海之南與東)'에 대하여 서는 '삼한동부동(三韓東復東)'이라 답한다. 무와 서의 시 2행에서 무의 '도맥통(道脈通)'은 서가 '묘난통(杳難通)'이라 답하였다. 이것은 결국 서로 통하고 서로를 잘 안다는 의미다. 무와 서의 시 4행의 '근첨동'과 '해기동'은 서로 같은 처지, 같은 역할, 같은 목적 수행을 하는 것으로서, 서로 동일한 것이 것이 한군데로 귀결되어 가는 구조다. 그리고 무와 서의 시 8행에서 무의 '담소연연중(談笑燕筵中)'은 서가 '구진표미중(鉤陳豹尾中)'이라 답한다. 이 부분은 서로간 친숙의 밀도와 선린 우의를 강조하는 마무리다. 앞의 반과 서의 화답시 마무리보다 이곳의 무와 서 화답시 마무리가 시적으로 훨씬 돋보이는 성공을 거두었다. '술맛'과 '꿀맛'이란 시어보다는 '한자리의 담소'와 '구진과 표미 사이'란 언어 조직이 함축성이 높고 훨씬 더 창조적이기 때문이다. 이런 차별화는 서쪽에서 비롯되는 것이 아니며, 반쪽에서 만들어 낸 결과다. 따라서, 화답시는 상당부분 상대방의 시적 수준에 따라서, 그 다른 상대방 시의 수준이 좌우되는 군집성을 갖는다.

위에서 거론한 반과 무와 서의 화답시는 조선과 안남의 외교사절이, 한 외교 목적국 청나라 연경에서 만나 부수적 친선외교를 도모함에 있어서 국제공통어의 역할과 기능을 아무런 불편 없이 만족스럽게 수행해 내고 있다. 이처럼 당시 외교가의 화답시는 외교적 의전이 갖추어진 가장 수준 높은 고급의 국제적인 문화언어였다. 이런 유의 화답시 특색은 순차적인 대화의 연결이 있고, 단락별 부주제가 있다. 그리고, 이 부주제가 모여 하나의 궁극적 주제를 제시한다. 앞에 거론된 시에서 첫 인사로 시작하여 대화를 마무리하는 과정과 성은을 말하고 우정을 강조하는 두 가지의 부주제, 이 두 가지 부주제를 결합하여 중원 아래 조선과 안남이 존재함은 모두 중원 황제의 성은이기 때문에 그 성은을 찬양하고 기원한다는 궁극적 주제가 바로 그런 것이다.

3. 18세기 연행록에서 觀戱의 의미

정해진 일정에 따라 이동하고 일정한 규례 속에서 각기 맡은 바 책무를 수행해야 하는 것이 조선조의 연행사다. 청나라 때 간혹 조선 연행사들의 기록을 불시에 점검하는 일들이 일어나면서 연행사들의 사기록 작성이 다소 위축되는 경향이 있기는 했지만, 그러나, 문화 관련 정보의 기록은 오히려 더욱 더 활발하게 사기록화되어 나갔다. 명과 청의 연희는 조선과 명·청 양국의 주종적 외교 활동에서 파생되는 외교적 긴장감을 해소시키는 데 많은 기여를 하였으며, 양국이 서로 자연스럽게 문화교류를 하여 국교를 정상화하는 데도 가장 큰 구실을 한 특이한 외교 매체의 하나였다. 그래서 명과 청은 여러 나라 연행사들을 자주 황실 연희에 초청하거나, 그들의 관소로 연희패를 보내 연희를 보게 하는 일이 많았다.

18세기 연행록에는 대부분 연희기가 존재한다. 최덕중은 북경의 下馬宴에서 풍악이 시작되면 술을 올리고 잡희 정재를 한다고 하였다. 김창업은 그의 연행일기에서 원숭이놀이[猿戲]와 개놀이[犬戲]를 소개하고 있으며, 연희 곧 놀이의 대본인 演本으로 연희가 만들어진다는 것을 설명하고 있다. 이의현은 그의 연행잡지에서 북경의 아문(衙門) 환술장이들이 벌인 11종의 환술에 관해서 쓰고 있다. 서호수는 그의 연행기에서 연희에 관한 기록을 열하 피서산장 演戲殿의 상세한 조사 보고기로부터 시작하고 있다. 그는 피서산장의 그 연희전에서 演題가 16장으로 되어 있는 각기 다른 연희를 3회나 볼 수 있는 행운을 가졌다. 그뿐 아니라, 북경의 원명원으로 와서도 또 연제 16장의 새로운 연희를 보았다. 어떤 연행사의 기록에도 이처럼 연제 16장의 연희를 네 번씩이나 본 기록은 없다. 그는 또, 원명원에서 서유기를 보고 그의 연행기에 이 모든 것을 상세하게 쓰고 있다. 이압은 그의 연행기사에 북경에서 본 5종의 환술을 보고하고 있으며, 박지원은 조선의 백성들에게 보여 줄 목적으로 그의 열하일기에 북경에서 본 20종의 환술을 아주 리얼하게 기록하였다. 그는 연행록의 여러 환술기 중에서 가장 다양한 환술을 보고하고 있는데, 그 까닭은 환술장이들이 열하에 가서 천추절에 행할 환술을 북경에서 미리 연습하고 있는 것을 보았기 때문이다. 김정중은 그의 연행록에서 그가 해전(海甸)에서 본 등불놀이[燈戲]와 유리창에서 본 광대놀이 3종을 소개하고 있으며, 원명원에서 본 脚戲, 곧 씨름과 서양추천, 곧 서양의 서커스와 회자정희, 곧 회족의 서커스와 등불놀이[燈戲]에 관해서 아주 상세하게 보고하고 있다. 서유문은 그의 무오연행록에서 往程의 백상루 기악과 연광정의 기악을 소개하였다. 그리고 북경에 체류하는 동안에는 유리창에서 본 광대놀음과 환술, 또, 다른 광대놀음과 환술을 보고 그에 관해서 쓰고 있다. 이처럼 18세기 연행록의 연희기는 往

還과 북경 체류를 가리지 않고 활발하고 자유로운 시각으로 써 나갔다.

연행록에 연희 기사가 들어 있지 않은 연행록은 명과 청 왕조 교체기에 쓰여진 것과 병자호란 전후에 쓰여진 것뿐이다. 이 시대는 명과 청의 시대적 상황이 연희를 할 수도 즐길 수도 없었겠지만, 명과 청에서 설사 연희를 하고 있었다고 하더라도 조선 연행사들이 그것을 즐길 수 있는 정신적 여유나 명분이 없었을 것이다. 따라서 이 시기 연행록에 연희 기사가 나타나지 않는 것은 자연스럽게 이해된다. 이 두 시기를 제외하면 정상적으로 작성된 연행록에는 대개 연희 기사가 들어 있다. 18세기와 19세기의 연행록에 연희 기사가 집중되어 있는 것은 이 시기가 비교적 조선과 청 양국에 안정적으로 평화가 유지되고 있던 시기였기 때문이라 할 수 있다. 16~17세기의 연희 기사는 대개 부분적이고 단편적인 것이다. 그러나 18세기와 19세기의 연희 기사는 종합적이고 구체적이다. 이것은 당시 명과 청의 연희 실상과 관계가 있었던 것으로 여겨진다. 18세기와 19세기의 연희 기사는 연희의 제도, 演戲殿의 위치와 규모, 戲臺의 위치와 규모, 戲子의 구성, 戲子의 분장, 戲具와 戲器, 戲本과 演本, 연희의 내용, 관중의 반응, 연희의 교훈성, 觀戲의 평, 그리고 중국을 가볼 수 없는 조선 백성에 대한 배려 내용 등을 쓰고 있다. 조선 연행사들이 명과 청 왕조에서 가장 많은 호기심 갖고 가장 큰 충격을 받으면서 즐겨 보았던 연희는 幻戲였다. 그리고 가장 큰 규모의 환희는 김경선이 옥하관에서 본 33종의 환희다. 이보다 앞서 박지원은 그다음으로 큰 규모였던 20종의 환희를 보고 그의 환술기를 작성하였다. 대부분의 환희는 당시 11종으로 구성되어 있었다. 18세기 말에는 청나라 왕조에 새로운 환희가 등장하였다. 회자정희와 서양추천이 그것인데, 이는 조선 연행사들 한테 중국 환희사에 새로 등장한 레파토리로 받아들여졌으며 비상한 관심을 끄는 대상이 되었다.

16세기부터 19세기까지 나타난 연행록의 연희는 조선과 명·청의 조공 관계를 상당 부분 정상적인 외교 관계로 승화시키는 데 기여하고 있으며, 양국간에 긴장을 완화시키고 양국인의 인간적 체온을 연결하는 데 아주 중요한 매체가 되었다.

4. 19세기초 무자서힝록의 청나라 인식

18세기 연행록의 장편화 현상을 거쳐서 19세기 초에 출현한 장편 가사체 연행록이

戊子西行錄이다. 무자서행록은 金芝叟(1787~?)가 총 2,710句로 쓴 한글가사체 연행록이다. 그는 從事官(白衣寒士)이었다. 그는 1828(純祖 28·戊子·道光 8)년에 進賀兼謝恩行으로 연경을 다녀왔다. 그는 당시 40세 전후의 나이였다. 그들 일행의 일정은 순조 28년 4월 13일부터 같은 해 10월 3일까지 5개월 18일 총 168일간이었다. 먼저 무자서행록에 나타난 당시 청나라의 물유와 문물 인식에 관련된 부분들을 서술단위의 순차별로 세부목록을 작성하여 소개하여 보면 대략 다음과 같다.

화려한 집 치레, 의복제도, 머리모양, 纏足, 음식, 寺刹, 葬俗, 棺, 墳墓, 通州의 선박, 海甸에서 본 동물, 回刺의 토평연, 幻戱, 처음 본 코끼리와 禽畜, 처음 본 아라사인과 아라사문자, 임금사과의 환대, 처음 본 자명종, 처음 본 방화수, 천자의 모습과 輦, 새물이, 화초풀이, 특이한 음식, 의복풀이, 서적풀이와 각종 풀이, 拔齡과 藥材, 몽고스님, 太學과 成均館, 張際亮 陳方海 吳嘉賓 將湘南과 筆談, 음식제도, 처음 보는 과실, 술의 종류, 科擧제도와 科場, 回程의 연회, 冊肆, 市場 스케치, 문방제구, 毛物廛, 采風풀이, 과일전, 곡식전, 처음 본 약대, 철물전, 목물전, 상인들의 행각 등

이 중 몇 부분만 살펴보기로 한다. 먼저 科擧제도와 科場과 品階에 관한 기술을 읽어보기로 한다.

팔월초 팔일의 과거를 뵌다ㅎ니/ 우리ㄴ라 식년쳐로 삼년일츠 뿐이로다/ 향공의 쌔힌션비 한성시를 와셔보고/ 과거를 못ㅎ여도 다시향공 아니보며/ 향공을 ㅎ번ㅎ면 한성시는 셰번가지/ ㅎ던지 못ㅎ던지 못ㅎ야도 벼슬ㅎ니/ 회시의는 진스ㅎ고 진스ㅎ면 급졔일례/ 셰번의 못마치면 외임11)을 ㅎ야가니/ 칠품관 현감현령 우리나라 ㄴ힝12)갓고/ 공원13)이라 ㅎ는ㄷ는 과거뵈는 댱중이나/ 슈만간 집을짓고 흔간의 션비ㅎ나/ 드러간후 문줌으고 그속의셔 글지으니/ 첫놀 경의보고 둘직놀은 스셔의심/ 귀글노 지어보고 말직놀은 쵹문이라/ 초듕죵 스흘과거 이틀걸녀 뵈는고나/ 거긋말 드러보니 겟과거도 스졍14)쓴다/ 한달만의 방이ㄴ고 닉년봄의 회시로다/ 한성시의 쌔인스름 틱학싱 힝셰ㅎ고/ 명경과 또잇는

11) 외임(外任) : 지방 관청의 벼슬.
12) ㄴ힝(南行) : 음직(蔭職). 생원, 진사, 유학으로서 하는 벼슬의 통칭.
13) 공원(貢院) : 과거시험 보인 던 곳(부-353).
14) 사정(四正) : 자(子), 오(午), 묘(卯), 유(酉)의 네 방위. 해당 해에 과거시험을 보임.

딕 외오는 공부로다/ 명경싱 향공싱은 슴슝옷슨 아니닙고/ 아젼장교 갓튼것도 품슈잇셔 증ㅈ다니/ 마으락 쪽닥이의 각싁구슬 달아시되/ 푸른구슬 누른구슬 금증ㅈ 은증ㅈ며/ 산 호증ㅈ 슝품이오 홍보셕은 일품이라/ 황데는 우히업다[15] 증ㅈ업시 쓰는고나

이처럼 청나라에서 8월 8일에 보는 과거는 조선의 식년시처럼 3년에 1번 보는 과거 였다. 청나라는 향공에 합격하면 한성시를 보았다. 향공에 1번 합격을 하면 한성시를 3번까지 볼 수 있지만, 한성시에 합격을 못하여도 향공을 다시 보지는 않았다. 한성시 에 합격을 못하여도 외임 관직을 가질 수 있기 때문이었다. 한성시에 합격하면 태학 생이 되며 명경과는 암송으로 시험을 보았다. 조선에서 과거를 자(子), 오(午), 묘 (卯), 유(酉)년에 실시하는 것은 청나라 과거제도에서 사정(四正)을 쓰고 있는 것과 같은 것이었다. 청나라의 품계는 구슬과 증자와 보석으로 변별하였다. 이와 같은 것 이 김지수가 확인한 당시 청나라의 과거제도였다. 김지수는 조선 과거제도의 뿌리가 중국에 있지만 청나라와 조선의 과거제도가 꼭 같은 것만은 아니며 조선의 과거제도 는 조선적으로 변모되어 왔음을 확인하였다. 다음은 아라사인과 서양인과 횡서문자에 관한 서술이다.

괴골은 슈쳑쟝신 횐샹의 누른터럭 깁흔눈의/ 누른망ㅈ 날칸코가 놉다ᄒ여 슈십인을/ 느 리보되 긔기히 그러ᄒ고 가야미 갓튼글ㅈ/ 쥴쥴이 가로쓰고 슈면의 노횬셔쳑/ 즁국글이 틴반이라 듸쪄흔지 거긔스롬/ 즁국과 글이달나 도학이라 ᄒ는 거슨/ 쳔쥬학과 방불ᄒ 다……셔초와 쳥심환을 슈양코 아니받네/ 이시히 필담ᄒ니 글ㅈ는 셔트르나/ 강보록이 늘근스롬 긔상이 휴휴ᄒ다/ 간간이 노횬거슨 텬문도슈 공부 로다

이처럼 김지수가 아라사관에 가서 아라사인을 처음 보게 된다. 그는 아라사인의 용 모를 처음 보았으며 그들이 쓴 橫書문자를 난생 처음으로 보았다. 아라사인들은 김지 수가 주는 서초와 조선 청심환을 받지 않았다. 조선 연행사들을 만나면 으레 서초와 청심환을 받으려고 온갖 노력을 하던 당시 청나라 인사들과 아주 다른 모습을 체험한 것이다. 따라서 김지수는 아라사인을 긍정적으로 관찰하였다.

---

15) 우히업다 : 위가 없다. 윗 사람이 없다.

조선 후기 연행가사는 조선인의 실생활에 도움을 줄 수 있는 물유와 문물을 조사하여 소개하는데 역점을 두었다. 그러한 현상은 연행가사뿐 아니라 조선 후기 연행록에 나타나는 보편적 현상이다. 그런 실용적 인식기반에서 작성되고 있었던 조선 후기의 연행록은 가사라는 형식으로 쓰는 것이 가장 효과적이었다. 그런 까닭으로 무자서행록에는 다양한 많은 물유가 소개될 수 있었으며 새로운 선진 문물을 자유롭게 기술할 수 있었다. 18세기에서 19세기로 오면서 물유인식의 폭은 점점 확장되었으며 19세기에서도 후반기로 오면서 더욱더 확장되는 현상을 보여주고 있다. 물유에 대한 실용적 가치지향성이 점점 강조되고 있었기 때문이다. 문물인식에 관한 기술 역시 그와 같은 가치지향적 기반에서 이루어지고 있었다. 이러한 연행록의 실용적 물유인식 경향과 때를 같이하여 정약용의 物名攷, 이가환 등의 物譜, 유희의 物名考, 柳씨의 物名纂 등이 나타났다. 이것은 모두 물유에 대한 관심이 고조되고 그것에 대한 가치지향성이 고조되는 시대적 상황이 만들어낸 산물이다. 이렇게 해서 물유 곧 상품의 가치가 부상되며 그것이 곧 한국 산업발전에 여러 모로 기여하였다. 따라서 생활필수품의 가치가 제고되고 실생활에 필요한 공산품의 생산 활동이 가치 있는 일로 인식되어 갔다. 그래서 마침내 공상인의 신분격상으로까지 이어지는 계기가 되었다. 실생활에 필요한 공산품의 생산과 그 유통에 가치를 인정하는 계기가 되면서 기존의 가치관에 많은 변화를 가져오게 되었다. 이러한 현상은 조선후기 특히 19세기부터 더욱 활발해졌다. 그리하여 조선의 상업자본형성에 여러모로 기여하였다. 조선 전기와 후기의 초중반까지의 연행록에서는 역사. 인물, 학문, 제도, 예술, 문화, 시문 등이 보편적이며 공통적인 담론이었지만 18세기부터는 물유에 많은 관심이 드러났다. 이러한 물유에 대한 가치지향성은 문물인식의 실용적 가치기반을 형성하고 확충하면서 문물인식에서의 실용성 중시라는 변화를 가져오게 되었다. 따라서 이 시대 조선 연행사들의 대청의식은 비교적 객관적이고 합리적이었다. 예컨대 그들의 두발 복식 생활 태도 등을 조소하면서도 그들의 성도덕과 법 운용은 배울 바가 있다고 예찬한다. 한편 존명의식과 배청의식도 많이 균형을 잡아가고 있다. 청나라 문사들의 대조선의식도 조선을 탐구의 대상으로 보았으며 대등한 상대국으로 인식하려 하고 있다. 한편 일부 청나라 문사들의 존명의식이 조선으로 향하고 있었음도 알 수 있다.

5. 마무리

18세기 朝·淸의 交流는 실천적 행위로서 정치, 경제, 사회와 관념적 사고로서 예술, 종교, 철학이 각기 法輪의 여섯 날이 되어서 서로 맞물려 돌아간 아주 이상적인 외교시스템이었다. 연행록에 나타난 여러 현상들로 미루어 보면, 이 시기 정치적 교류에서의 주종적 관계는 의식의 내면세계에서 쌍방이 상당히 자유로워져 있었다. 이 시기 경제적 교류는 밀무역이 시장경제논리로 개편되는 개방성을 보이고 있었으며, 사회적 교류는 유학이라는 이데올로기로 상당부분 사회통합을 이루고 있었다. 예술은 주로 詩文 교류와 演戱를 통해서 정서적 교류가 원활하였으며, 종교는 민족종교와 외래종교에 대한 교류와 이해의 폭이 확장됨으로써 종교적 갈등을 상당부분 해소하고 있었다. 철학은 유학이라는 공통 담론으로 쌍방의 장벽을 비교적 쉽게 극복할 수 있었다. 이렇게 됨으로써 정치, 경제, 사회의 교류에서 나타나는 불협화음은 윤활유 역할을 잘 수행한 예술, 종교, 철학의 교류가 쌍방의 조화로운 평형감각을 유지시켜 줄 수 있었던 것 같다.(2004.3.23.11:00. 이화여대와 서강대 대학원 역사학 전공반 임기중 교수의 특강)

고려가요에서 살펴볼 몇 가지 문제

1.

발표자는 무엇을 발표하기 위하여 이곳에 나온 것이 아니고, 한국문학을 연구하는 학자들과 외국문학을 연구하는 학자들이 역사연구를 하는 학자들과 공동연구를 수행하여 우리 학문의 연구사에 새로운 한 장을 여는 소중한 발표를 듣기 위해서 이곳에 나왔습니다.

관점에 따라서 다소 차이가 있기는 하겠지만, 현재 향가와 고려가요는 대략 15~25편 안팎씩의 작품이 전승되고 있습니다. 향가와 고려가요는 전승되고 있는 작품의 수가 비슷합니다. 그리고 향가 연구의 시작이 좀 앞서기는 하지만, 향가와 고려가요는 대략 1세기의 연구사가 축적되어 있는 것 또한 비슷합니다. 그러나 연구논저의 수량으로 비교하여 본다면, 고려가요 연구 논저는 향가연구 논저의 3분의 1에도 미치지 못하는 실정입니다.[1] 향가는 한글 창제 이전에 한자를 빌려서 우리말을 적은, 표기 당시에도 아주 난해하였던 표기체계 이른바 향찰로 기록되어 있습니다. 고려가요는 한글 창제 이후에 우리말을 우리글로 적은 것으로 표기 당시에는 아주 쉬웠던 한글로 기록되어 있습니다. 향가는 고려 시대의 기록이며, 고려가요는 조선시대의 기록입니다. 그러나 향가와 고려가요를 공부하여 본 이라면 누구나 향가보다 더 난해한 것이 고려가요라는 공감 지대에서 서로 만나게 됩니다. 따라서 바로 이 점을 지난 20세기 고려가요 연구사의 총 정리라고 말할 수도 있을 것 같습니다.

이제 우리는 그러한 까닭을 면밀하게 탐색하여 나가면서, 다른 한편으로는 새로운 연구지평을 꾸준히 열어나가야 할 것 같습니다. 그렇게 하기 위해서는 이미 만들어진 불완전한 지식의 굴레에서 벗어나야 할 것입니다. 그리고 고정된 시각과 시야를 자유자재로 이동시키면서 연구영역을 더욱 확장시켜나갈 필요가 있습니다. 그뿐 아니라 새로운 해석의 대안들에 관해서 경청하는 자세가 요청됩니다. 그리고 경청한 뒤에는 반드시 지양 점을 향한 검증시스템을 작동해야 할 것입니다. 발표자는 새로운 연구방법의 시도에 대한 선입견적 거부반응이나 성급한 부정적 재단의 칼날을 함부로 날려버리는 신중하지 못한 판단을 반 학문적인 자세라고 생각하고 있는 사람입니다. 어느 분야의 학문도 종착역은 없을 것입니다. 학문이란 꾸준한 진행과정일 뿐일 것입니다. 아무런 시행착오가 없이 목적에 이르기가 쉽지 않은 속성을 가진 것이 학문일 것입니다. 따라서 학자가 지켜야 할 최소한의 덕목은 자기의 유한하고 불완전한 지식을 가지고 다른 학자들의 비교 우위에 이른 연구방법이나 지식을 오해하거나 오도하는 우를 범하지 않는 일일 것입니다.

앞에서 말한바와 같은 까닭으로 저는 이번 단국대학교 아시아 아메리카 문제연구소의 "중세 아랍시문학의 자장 속에 존재했던 안달루스 무왓샤하트와 고려가요의 비교연구"가 갖는 시사적인 의미를 높게 평가하면서 경청하고 싶은 것입니다. 발표자는

---

[1] 1996년 조사된 자료에 의하면 향가 관련 저술이 350여 책이며 논문은 2,400여 편이다. 그리고 고려가요 관련 저술은 103책이며 논문은 678여 편으로 되어있다. 최용수, 고려가요연구, 계명문화사, 1996. 참조)

이번 아세아 아메리카연구소 연구팀의 학술대회가 고려가요 연구사에 새로운 연구시대를 여는 희망적인 서막이 될 수 있기를 기대하여 봅니다. 그리하여 이번 학술대회가 21세기에 발전적인 도약의 연구 성과들을 이끌어내는 일에 견인차 역할을 수행할 수 있기를 바랍니다.

2.

지난 1세기 동안(1920년대부터 1990년대까지)의 고려가요 연구는[2] 크게 나누어 볼 때 4가지 방면에서 진행되고 있었다고 할 수 있습니다. 그 4가지 방면이란 ①서지 연구, ②어석 연구, ③문학 연구, ④비교 연구를 말하는 것입니다. 여기에서 고려가요 연구의 가장 중핵적인 기반조성을 할 수 있는 분야가 어석 연구일 것입니다. 그리고 가장 많은 가능성과 세계성을 가진 분야는 비교연구가 될 것입니다. 문학연구는 서지 연구, 어석 연구, 비교 연구와 유기적인 관련성을 가지고 있는 분야인데 일반론적 연구와 개별작품론적 연구성과가 양적으로 볼 때 3~4백여 편씩 거의 비슷한 수준으로 축적되어 있습니다.

먼저 어석 연구의 현황을 잠깐 살펴볼 필요가 있을 것 같습니다. 어석연구서로 우리 학계에 맨 처음 등장한 책은 1947년 을유문화사에서 나온 양주동 선생의 여요전주입니다. 이 책 이후에 박병채, 서재극, 김완진, 안병희 등 여러 국어학자들이 몇몇 어휘들에 관하여 발전적인 어석 대안을 내놓았습니다. 그러나 그 어석의 방법은 대부분 여요전주의 접근방법과 유사한 맥락에 존재한다고 보아야 할 것 같습니다. 문헌 기록에서 논거를 찾아내 새로운 어석을 시도하거나 구전되는 지방 말에서 논거를 찾아내 새로운 어석을 시도하는 방법은 양주동 선생이 여요전주에서 이미 그런 방법으로 어석을 시도하였기 때문입니다. 그런 어석 방법이 최선의 방법이라는 데는 발표자 또한 이론이 없지만, 이제 그런 방법과 병행하여 다양한 방면의 어석 방법들을 모색해 나가야 할 때인 것 같습니다. 그렇게 하지 않고서는 한계극복이 쉽지 않을 것 같기 때문입니다. 어석의 문제는 고려가요의 문학 연구뿐 아니라 고려가요 연구 전반과 맞물려

---

2) 고려가요의 연구는 1920년대부터 시작된다. 안자산의 고려시대의 가요가 1927.5.에 출간되었다.

있는 분야이기 때문에 연구의 시대마다 변증법적 도약이 계속될 수 있도록 진행되어 나가야할 과제라고 생각합니다.

비교연구는 발상적 단계에 머물러 있다고 보아야 할 것 같습니다. 宋詞나 宋樂曲과의 비교나 元曲과의 비교 연구의 단초를 열기는 하였지만 별다른 진척을 보지 못하고 있는 실정이며, 중국의 俗文學과의 비교 연구도 시작에 불과합니다. 이 분야는 지역과 시대를 확대하여 가면서 앞으로 많은 연구가 축적되어나가야 할 것 같습니다.

연구사의 흐름으로 볼 때 그렇게 될 수밖에 없는 자연스러운 현상이라고 생각하지만, 21세기가 열리면서 새로운 도약을 준비하는 실적들이 나온 것은[3] 주목하여 볼만합니다. 이러한 준비서들은 견실한 연구기반 조성을 하는데 기여하고 있기 때문에 새로운 한 시대의 고려가요 연구사를 희망적으로 전망할 수 있게 하여줍니다. 이제 지난 20세기의 고려가요 어석연구 현황들을 모두 일목요연하게 정리하여 제시하고, 그 어석들에 대한 면밀한 검증작업을 진행하여야 할 때 입니다. 그러나 그러한 작업은 단시일에 결론을 얻어낼 수 있는 용이한 작업이 아닐 것입니다. 따라서 그러한 작업이 진행되는 동안에도 여러 방면의 연구는 계속 진행되어야 하기 때문에 연구자들은 항상 기존 어석들에 대한 자설적 검증 시스템을 작동하고 있어야 할 것입니다.

3.

1) 고려가요의 인식

조선왕조 때 고려가요의 시어를 仙語, 方言, 佛家語라고 하였으며, 고려가요의 내용을 男女相悅之詞, 鄙俚之詞, 淫藝之詞, 淫詞, 妄誕, 俗樂, 詞俚不載라고 하였습니다. 이것은 이데올로기적 인식이며, 逆價値的 인식입니다. 仙語를 양주동 선생께서 신선풍의 말이라고 풀이한 이후 그 영향을 받아 후에 많은 학자들이 도가적인 언어로 이해하려 하였으나, 그렇게 풀이하면 이데올로기 인식이나 역가치적 인식에 상반되는 풀이가 되는 것입니다. 따라서 그런 뜻으로 쓰인 말이 라고 보기 어렵습니다. 발표자

---

3) ① 김명준, 고려속요집성, 다운샘, 2002. ② 최철, 박재민, 석주 고려가요, 이회, 2003. ③ 김명준, 악장가사주해, 다운샘, 2004. 악장가사연구, 다운샘, 2004.

는 중국 황정경과, 두보와 왕유와 백거이 등의 시어 용례를 들어서 仙語가 경망스런 말이나 가벼운 말이란 뜻이라는 해석 대안을 내본 일이 있습니다. 그리고 한국 조현범의 강남악부에 나오는 "仙語燕喃"이란 표현이 곧 仙語와 같이 쓰인 용례라고 발표한 바 있습니다.[4] 仙語는 남녀간의 사랑을 이야기하는 것처럼 경망스런 말이라는 뜻일 것입니다. 따라서 인식의 평형률을 확보하지 못한다면 연구의 정당성을 인정받기가 어렵게 될 것입니다. 현대를 사는 우리 연구자들의 인식은 세계성을 확보할 수 있어야 하기 때문입니다. 고려가요는 진솔한 사랑의 노래가 많다는 인식의 조선왕조 이데올로기적 표현이 위와 같이 표출된 것으로 보아야 될 것 같습니다.

2) 고려가요의 콘코던스(concordance)

한글로 표기된 시가로는 고려가요의 어휘군이 가장 오래된 것이므로 여러 모의 용도로 미루어 볼 때, 그 콘코던스를 만들어볼 필요성이 충분히 있는 것입니다. 그런 까닭으로 발표자는 카드작업 시대에 불완전하지만 그런 작업을 시도하여 본 일이 있습니다.[5] 고려가요에서 용례색인의 최빈치를 보여주는 어휘는 '나'와 '너'였습니다. 그리고 너의 최빈치는 '임'으로 나타났습니다. 따라서 고려가요는 '나'와 '너'의 관계를 노래한 시가 주류를 이루고 있으며 '너'에 대한 찬양과 追隨的 표현이 곧 '임'으로 나타나 있음을 알 수 있습니다. 찬가적 서정시가 주류를 이루고 있다는 해석이 가능할 것입니다. 찬양과 추수적인 표현의 '임'은 원초적 영상(primordial image)화, 곧 우리의 임으로 이어질 소지가 많은 시어입니다. 그 다음의 빈도가 '오다'와 '가다'로 '만남'과 '헤어짐'계통의 시어였으며, 세 번째의 빈도는 '울다'와 '괴다(사랑하다)'였습니다. 나와 너, 오다와 가다 사이에 존재하는 시어가 '울다'와 '괴다(사랑하다)'였습니다. 따라서 고려가요 전체를 해석하여 내는 스토리에서 그러한 어휘들은 중요한 話素的 구실을 하고 있다고 보아도 될 것 같습니다. 이러한 콘코던스는 지역과 시대와 민족단위 정서를 설명하여 내는데 기여할 수 있을 것으로 봅니다.

---

4) 임기중, 고전시가의 실증적 연구, 263-268쪽, 1992, 동국대 출판부.
5) 임기중, 위의 책, 356-398쪽.

3) 고려가요의 어석

청산별곡의 '잉무든'을 양주동 선생은 '이끼가 묻은'으로 풀이하였습니다. 그런데 그 후에 '이끼가 낀'으로 자설화한 학자가 있습니다. '이끼가 묻은'과 '이끼가 낀'은 시간차가 현격한 시어입니다. 후자로 볼 근거가 찾아지지 않는데도 하향적 자설화를 시도한 보기라고 할 수 있습니다. 양주동 선생은 '잉'을 이끼로 해석하기가 어렵지만 문헌적 논거가 '잇(이끼)'밖에 없어서 음운변화의 가능성 때문에 '이끼'라고 풀이한다고 하였습니다. 의문을 남기면서 대단히 신중한 접근을 시도한 것입니다. 여기에서 우리들은 당시에 사용되었던 어휘들이 현재 남아 있는 문헌들에 모두 기록되었다고 보기는 어렵다는데서 새로운 해석 대안을 찾아볼 필요가 있을 것입니다. 그뿐 아니라 문헌적 논거가 '잇=이끼(苔)' 뿐인가에 관해서도 다시 한 번 정밀하게 조사활동을 시도하여 볼 필요가 있을 것입니다. 발표자는 '잇'이 '이끼(苔)'뿐 만아니라 '잇꽃(紅花)'이라는 기록을 찾을 수 있었으며, 고려사와 조선왕조실록에서 고려 중기 이후 전국적으로 홍화의 재배가 유행하였음을 확인할 수가 있었습니다. '잉' 곧 '잇꽃(紅花)'이 마치 살 같은 세월이나 베올에 북지나 듯과 같은 자연스런 시어의 선택이 가능한 패션의 자장 안에 들어 있는 시어일 수 있다는 의미입니다. 따라서 어석의 문제도 당시의 생활문화라는 코드를 도외시해서는 안 된다는 것을 생각하여 보아야 할 것 같습니다.

4) 고려가요의 비교연구

발표자는 한국 달거리(달노래)와 중국 月歌(十二月歌)를 비교하여 본 일이 있습니다.[6] 처음 발표 당시에는 한국 달거리를 16편정도 찾을 수 있었으며, 중국 월가를 2편정도 확보할 수 있었습니다. 이 자료를 가지고 비교연구 작업을 수행하였습니다. 비교연구의 결론은 달거리와 월령체가는 서로 다른 갈래의 노래여서 동동은 중국의 월가와 같은 계통의 노래이며, 농가월령가는 중국의 시경 빈풍장과 예기 월령편과 같은 계통의 노래라는 것이었습니다. 그러나 현재 한국 달거리는 30여 편 정도를 쉽게 읽어볼 수 있으며, 중국 월가는 20~30여 편을 쉽게 찾아볼 수 있게 되었습니다. 중국

---

6) 임기중, 위의 책, 215-236쪽 참조

의 월가는 이보다 훨씬 더 많은 작품들을 찾을 수 있을 것입니다(중국의 각 성별 민속자료조사서 참조). 성안된 비교문학의 이론은 연구 당시보다 작품이 더 많이 출현하여 아무리 많이 확충된다고 하여도 그 이론의 보편적 적용과 해석이 항상 가능하여야 할 것입니다.

5) 세계성의 확보

삼국유사의 처용가와 처용이야기는 변신담으로 구성되어 있습니다. 동해용이 인간 처용으로, 인간처용이 門神으로 변신하고, 천연두가 疫神으로, 역신이 인간으로 변신을 합니다. 고려가요 처용가는 동해용 처용이 可視的인 인간으로 변신을 하고, 다시 변신을 완성하여 고려적으로 보편화됩니다. 이 때 처용이 아랍 상인이라고 가정하여도 변신담은 그대로 성립할 수 있을 것입니다. 인간은 인간의 한계상황을 자각하면서부터 그것을 극복하기 위하여 많은 생각을 하여왔습니다. 변신발상은 그러한 상상력의 산물입니다. 따라서 변신모티브는 동서고금의 문학에 수없이 반복되면서 지속적으로 적층되어 왔습니다. 그리고 바슐라르가 상상력의 최초의 기능을 짐승의 형태를 창조하는 것이라고 말했듯이 동양에서의 용변신은 별로 새로운 것이 아닙니다. 우리는 어느 시대의 문학을 연구하든지 그 연구 결과는 항상 현대인의 삶을 해석하는데 기여할 수 있어야하고, 보편적 세계성을 확보할 수 있는 이론이 되어야 할 것입니다. 현대인의 삶과 사고에 연결될 수 없는 연구결과는 동의요구를 구하는데 실패할 수밖에 없을 것이기 때문입니다.(2006.4.22. 단국대 아세아아메리카문제연구소 학술회의 서관 02:00~6:30. 임기중 교수의 주제발표)

연행록의 원전정리와 연구서출간

1. 문헌군의 인식과 그 존재의 실체 드러내기

연행록은 전 세계에 존재하고 있는 수많은 문헌군 가운데서 독특한 의미와 광범한 가치를 가지고 있는 우리민족의 자랑스러운 기록유산이다. 그러함에도 팔만대장경이나 조선왕조실록과 같은 문헌군처럼 중요한 문헌군으로 인식되지 못한 채로 20세기를 마감하였다. 그렇게 된 까닭은 이 문헌군이 가지고 있는 본질적인 특성 때문인 것 같다. 연행록은 공기록이 아니고 私記錄이다. 사기록은 그 본질이 제한적 귀속성을 가지고 있다. 연행록은 고려와 조선 왕조, 원·명·청 왕조를 배경으로 하고 있다. 왕조의 교체는 기존의 이념과 가치체계에 변화를 가져온다. 사기록이 그런 이념과 가치체계변화의 파고를 넘으려면 숨을 죽이고 潛在하여야 한다. 아무리 귀속성과 잠재성이 강하다고 하여도 그 존재의 實在性과 군집성에 대한 인식이 철저하였다면 이 문헌군은 오래전에 이미 그 실체를 다 드러낼 수 있었을 것이다. 발표자는 우리의 문헌군 드러내기 작업으로 미력이나마 세 분야에 관심을 가져 본 일이 있다. 첫째는 한국 가사문학작품에 관한 것이다. 1987년부터 2005년까지 진행된 출판 작업결과 한국가사문학작품은 이본을 포함하여 대략 7천여 편 정도가 전승되고 있는 것으로 파악되었다. 그 중 2천여 편은 입력과 주해작업을 하여 1장의 DVD와 20권의 책으로 펴낸 바 있지만 5천여 편은 아직 미완의 상태로 남아있다.[1] 둘째는 연행록에 관한 것이다. 연행록은 2001년부터 2006년까지 진행된 출판 작업결과 이본을 빼고 대략 5백여 종이 전승되고 있는 것으로 파악되었다.[2] 셋째는 광개토대왕비 원석탁본에 관한 것이다. 1993년부터 1995년까지 조사에서 중국 북경대학 도서관소장본 4종을 포함하여 중국에만 모두 6종의 원석탁본이 현전하고 있는 것을 조사하여 보고하고, 그 중 1종이 현전하고 있는 가장 오래된 탁본일 개연성이 있다고 보았다. 그리고 일본과 대만에 있는 2~3종을 포함하면 모두 8~9종의 완전한 원석탁본이 전승되고 있다고 판단하였다. 북경에만 모각본과 쌍구본을 포함하여 모두 13종의 탁본이 전승되고 있는 것도 조사하여 보고하고, 고전문학을 공부하는 사람의 안목으로 해독을 시도하여 본 일이 있다.[3] 당시까지 한국·북한·중국·일본의 역사학계는 원석탁본은 존재하지 않는 것으

---

1) 역대가사문학전집 1-51권, 1987~1997. 동서문화사와 아세아문화사. 한국가사문학주해연구 1-20권, 2005. 아세아문화사, 한국가사문학원전연구 21권, 2005. 아세아문화사, DVD한국가사문학집성, 2004. 누리미디어 참조
2) 연행록전집 1-100권, 2001. 동국대출판부, 연행록전집일본소장편1-3권, 2001. 한국문학연구소, 연행록속집 101-150권 참조

로 보려는 경향이 뚜렷하였다. 그러나 이 책의 출판이 계기가 되어 일본 동경대학의 원석탁본 전시회가 있었으며, 한국 역사학자들이 처음으로 그 원석탁본을 구경할 수 있게 되어 북경대학도서관 소장본을 비롯하여 중국·일본·대만 소장본 8~9종이 모두 원석탁본이라는 공감대를 형성하게 되는 계기가 되었다. 원석탁본의 확인과 그 인식 과정에서 일본 통일일보 기자단(실제는 일본 신문들의 문화부 기자단)과 프랑스 파리 대학 이옥 교수는 역사학계의 혼미를 극복하는데 진실한 역할을 수행하여 주었다. 문 헌군의 인식과 그 실체 드러내기 작업이 어떠한 의미를 갖는 것인가를 보여주는 한 좋은 보기라고 할 수 있어서 간략하게 언급하는 것이다. 앞의 세 가지 가운데서 발표 자가 가장 중요시하는 문헌군은 연행록이다. 연행록은 한국뿐만 아니라 동아세아 여 러 문헌군 가운데서 아주 특색이 있는 문헌군이라고 생각하기 때문이다. 연행록은 세 계 여러 나라의 많은 문헌군 가운데 놓고 볼 때에도 우리가 자랑하는 팔만대장경이나 조선왕조실록보다 훨씬 더 개별성과 세계성을 같이 가지고 있는 특색이 있는 문헌군 이다.

연행록은 고려부터 조선 왕조까지 6~7백여 년 동안 한국인들이 외교적인 통로로 중국에 나가서 보고들은 견문과 선진문물에 대한 체험들을 자유롭고 창의성 있게 기 록한 것이다. 여기에는 한국과 동아시아, 동아시아와 세계외교의 역학관계, 공식 비공 식의 국제무역과 경제적 상황, 문화교류와 첨단 학술교류 등 아주 다양하고 많은 양 의 정보가 생생한 모습으로 알알이 박혀 있다. 연행록은 북경까지의 사행노정, 여러 사행의식과 절차, 중국의 역사와 전통과 제도, 인적교류와 문화교류, 북경의 서적 정 보와 학술활동, 중국의 전통연희와 서양의 최신연희, 북경의 서양문물과 서양서적, 중 국과 서양의 과학기술, 그리고 민정, 풍속, 언어, 지리 등을 기본 내용으로 구성하고 있다. 한편 연행록에는 중국 쪽의 기록에서 찾아볼 수 없는 중요한 기록들과 중국 쪽 에서 소홀하게 기록한 것을 아주 상세하고 구체적으로 기록한 것들도 적잖이 존재한 다. 따라서 연행록은 동아시아 어느 분야의 연구에서도 참고하지 않을 수 없는 다양 하고 방대한 기록의 보고이다.

---

3) 임기중, 광개토왕비원석탁본집성, 1995. 동국대출판부 참조

그동안 이러한 연행록이 어떤 규모와 어떤 실상으로 전승되고 있는가에 관심을 보인 이는 나카무라 에이코(中村榮孝)와 성균관대 대동문화연구소, 그밖에 몇 분들이 더 있었다. 그러나 그들은 다른 분야에 더 많은 관심을 가지고 있었기 때문에 전체적인 전승규모를 파악하는 일에는 좀 소홀하였던 것 같다. 전승의 실상파악이 제대로 이루어지지 않고 있었기 때문에 문헌군의 존재의미에 대한 인식이 부족할 수밖에 없었으며, 이 분야에 관한 연구를 수행하는 데도 한계가 있을 수밖에 없었다. 또한 위와 같은 까닭으로 인해서 자료의 집대성이 불가능하였으며, 정리된 자료집을 활용할 수 없었기 때문에 원만한 연구를 수행하는 데도 한계가 있었다.

　연행록 전승의 전반적인 실상을 파악하기 위해서는 먼저 연행의 목적, 연행사의 구성, 연행 회수 등에 관한 체계적이면서 종합적인 조사가 면밀하게 선행되어야 한다. 부분적이기는 하지만 그동안 이러한 문제와 관련된 계량적 통계가 몇 번 제시된 일이 있다. 전해종은 1637년부터 1894년까지 조선이 청나라에 파견한 사절단은 607번에 달한다고 하였으며,[4] 황원구는 청나라 때 정기 사절의 기록만도 최소 249종 이상이어야 한다고 하였다.[5] 전해종의 통계로 본다면, 조선 사신이 청나라에 다녀올 때마다 그 일행 중 한 사람만 연행록을 썼다고 가정하여도 청대의 것만 최소 607종의 연행록이 있어야 할 것이다. 그리고 황원구의 조사에 따른다면 조선의 정기 사절이 청나라에 간 것은 249회 이상이었어야 할 것이다. 그러나 그런 조사 통계 작업의 종합화나 이에 관한 신뢰성 있는 구체적인 작업의 결과물이 아직 정리되어 나오지 않고 있기 때문에 연행록 전승의 계량적 추정을 해보기 위해서는 불가피 이와 관련된 작업을 직접 수행하여보지 않을 수 없다. 2015.12.31.현재 필자가 조사 한 연행록은 이본을 포함하여 13세기 1건, 14세기 2건, 15세기 14건, 16세기 54건, 17세기 200건, 18세기 150건, 19세기 194건으로 모두 615건이 전하고 있다. 그리고 한국 사신들의 중국왕래 횟수는 1271년부터 1894년까지, 13~14세기(1)는 117년 동안 31사행목적으로 59회를 왕래하였는데 2년에 1회 정도를 다녀왔다. 13~14세기(2)는 8년 동안 16사행목적으로 60회를 왕복하였는데 매년 8회 정도를 다녀왔다. 15세기는 100년 동안 45사

---

4) 全海宗, 中韓關係史論集, 중국사회과학원출판사, 1994. 194쪽.
5) 黃元九, 燕行錄研究의 課題, 한국문학연구, 제24집, 2001. 동국대 한국문학연구소, 참조.

행목적으로 698회를 왕래하였는데 매년 6~7회 정도를 다녀왔다. 16세기는 100년 동안 34사행목적으로 362회를 왕래하였는데 매년 4회 정도를 다녀왔다. 17세기는 100년 동안 73사행목적으로 278회를 왕래하였는데 매년 3회 정도를 다녀왔다. 18세기는 100년 동안 30사행목적으로 171회를 왕래하였는데 매년 2회 정도를 다녀왔다. 19세기는 100년 동안 31사행목적으로 167회를 왕래하였는데 매년 2회 정도를 다녀왔다. 이를 모두 합하면 625년 동안 260목적으로 1795회를 다녀왔다.

　현재 전승되고 있는 연행록을 그 노정별로 살펴보면 航海水路 기간에 27종이 생산되었고 나머지는 모두 육로연행록이다. 수로연행록은 명과 청의 교체기에 육로연행이 자유롭지 못하였던 1617년부터 1636년까지 대략 20여 년 동안에 작성되었다. 당시까지의 항해상황으로 유추하여 볼 때 수로는 육로보다 훨씬 위험도가 높았다. 항해기술이나 선박사정 등이 모두 열악하였기 때문이다. 그래서 연행사들은 주로 육로를 통해서 중국에 나갔으며, 수로를 통해서 중국에 나간 것은 육로의 통행이 원활하지 못 한 경우였다. 삼국시대는 고구려 때문에 육로가 막히자 백제나 신라가 뱃길을 통해서 당나라에 오갔다. 고려시대에도 거란이나 금나라 때문에 육로가 막히자 고려가 뱃길을 통해 송나라에 오갔다. 조선조에는 여진족의 세력이 강성해지다가 1616년에 누르하치가 후금을 세웠다. 그는 1621년에 요동을 쳐서 심양을 점령하고, 요양으로 도읍을 옮겼다. 그런 까닭으로 해서 조선도 수로를 이용한 것이다. 그러나 당시의 뱃길은 생사를 걸어야 하는 위험한 코스였다. 조선왕조 1617년 수로연행에서 살아 돌아온 安璥(1564~ ?)은 귀국 후에도 계속 死境體驗의 충격에서 벗어나지 못하였다. 자신이 그런 죽음을 경험한 이유가 文官이었기 때문이라고 생각하면서 그는 후손들에게 문관 벼슬을 하지 말라고 유언을 남길 정도였다. 그뿐 아니라 宣沙浦 인근의 안주 백성들은 연행사가 떠날 때마다 수행원으로 차출을 당했으므로, 언제 끌려갈지 몰라서 항상 불안에 싸여 있었다.[6] 그리고 1620년에는 광해군이 명나라 신종을 조문하려고 보낸, 陳慰使 박이서 進香使 유간 書狀官 정응두 일행은 육로를 통해 명나라에 갔다가 요동반도의 통행이 막히자 1621년 뱃길로 귀국을 하다가 폭풍을 만나서 모두 다 죽고

---

6) 安璥, 駕海朝天錄, 1617. 참조.

말았다. 이처럼 당시의 수로는 아주 위험한 연행로였다. 李忔(이흘, 1568~1630)이 水路後赴京使를 특기한 까닭도 그러한 연유 때문일 것이다.[7]

전승 연행록의 소장처는 한국과 일본과 미국이다. 중국에도 한두 종이 소장되어 있는 것으로 전문한 바 있으나 확인하지는 못하였다. 이것은 독립성이 인정되는 연행록의 전승규모다. 단편적인 시문이나 필담자료, 그리고 노정기나 연행도 등 관련 문건들의 전승규모는 다양하면서도 방대한 양이 따로 존재하고 있다. 앞으로 연행록의 연구에는 그러한 자료들이 모두 동원될 수 있을 것이다.

발표자가 연행록의 수집과 정리 작업을 진행하는 동안 필사의 시대에서 습식복사의 시대를 거쳐서 건식복사의 시대가 왔다. 그리고 카드 작성의 시대를 거쳐서 컴퓨터 워드작업 시대를 맞았다. 워드작업도 디스켓 시대를 지나 CD와 DVD 시대를 맞았다. 이와 같은 시대상황의 변화는 예기치 못한 여러 가지 오류를 파생시켰다. 한자의 입력이 자유롭지 못한데서 발생한 오류가 최근에야 발견되는가하면 서기나 연호 연대를 한번 잘 못 입력한 것이 시대의 혼선을 야기 시킨 경우도 나타났다. 연행록의 작자를 찾아 밝히는 일도 때때로 함정이 도사리고 있었다. 관변사료나 사전류의 오류가 함정이 되는 수도 있었다. 수집과 분류 작업 때도 장소나 시차 때문에 중복이나 판단의 착오를 범하기도 하였다. 수시로 이러한 부분들을 바로잡아왔지만 자료의 방대성 때문에 아직도 미진한 점이 있을 것으로 생각한다. 그러나 최근에 작자 미상의 연행록 한편의 작자가 새로 밝혀진 것이나, 작자의 성씨 표기가 잘 못된 것을 바로 잡은 것 등을 빠뜨리지 않고 반영하여 목록 작성을 마쳤다.[8] 앞으로 연행록의 연구가 축적되어 나가면 보완해야 할 곳이 더 드러날 수도 있을 것이다. 그러나 아주 중요한 사실의 하나는 연행록의 전승규모가 6백여 종이라는 실체를 확인하고 그것을 수집하여 간략한 해제를 붙여서 150권의 자료집으로 출간하였다는 것이다. 이 일을 진행하는 동안 가급적 내말과 내 생각을 인내로 끊어버리느라고 몹시 괴롭고 슬퍼질 때마다 적극적인 협조와 깊은 이해로 이 발표자를 격려하면서 붙잡아 주신 선학과 동학, 후학과

---

7) 水路後赴京使(林基中 編 燕行錄全集 13卷-183面, 雪汀先生朝天日記, 李忔(1568~1630), 仁祖7 崇禎2 己巳 1629. 參照.
8) 임기중, 한글연행록가사, 학고방, 2016. 참조

관계인사 여러분들을 항상 잊을 수가 없다. 따라서 이 작업이 다소의 공이라도 인정된다면 그 모든 것을 고스란히 그분들께 돌려드리고 싶다.

연행록은 13세기부터 19세기까지 6~7백여 년간 우리나라의 일급 學者群이 간단없이 기록하여 놓은 동아세아의 일급 문헌군이다. 전 세계로 시야를 확대하여 살펴보아도 이런 문헌군의 존재를 그 어디에서도 발견할 수가 없는, 아주 특색 있는 문헌군이다. 우리가 이와 같은 문헌유산을 가지고 있다는 것은 문화민족으로서의 큰 긍지이다. 아무쪼록 이 연행록 150권이 시대마다 우리민족의 정체성을 확립하고 지속발전이 가능한 가치체계를 확립하여 가는데 많은 기여를 할 수 있기 바란다. 연행록전집의 6차 증보현황은 다음 표와 같이 진행되었다.

	1차 (2001)	2차 (2001)	3차 (2008)	4차 (2011)	5차 (2013)	6차 (2016.2.)
간행물	연행록전집 (100권)	연행록전집 일본소장편 (3권)	연행록속집 (50권)	연행록총간 DB	연행록총간증 보판 DB	KRpia-on-line
특징	- 총 398종의 연행록 수록 - 동국대학교 출판부 발행 (001권-100권) - 한, 중, 일, 구미에 보급 되어 활용 중	- 일본에 있는 연행록자료 발굴 - 일본의 夫馬進(Fuma Susumu)과 공편출간 - 동국대학교 한국문학연구 소 발행 (1권-3권) - 한, 중, 일, 구미에 보급 되어 활용 중	- 170종 추가 수록. 총 568종 - 상서원 발행 - 자비 출판 기증 (101권-150권) - 한, 중, 일, 구미에 보급 되어 활용 중	- 정본화 작업을 거쳐 455종의 엄선된 연행록 수록 - 연행록 10여 종 추가 수록 - DB화 : 외장하드, DVD 10장, 웹사이트 - 한, 중, 일, 구미에 보급 되어 활용 중 - on-line 창에서 10여개 나라 사람들이 검색 활용 중(KRpia)	- 총 556종의 연행록 수록 - 신출연행록류, 수로연행록류, 열하일기류, 심양일기류 등 추가 수록 - DB화 : DVD 12장, 웹사이트 - 한, 중, 일, 구미에 보급 되어 활용 중 - on-line 창에서 10여개 나라 사람들이 검색 활용 중(KRpia)	- 1차 9건 추가 총 565종 수록 - on-line 창에서 10여개 나라 사람들이 검색 활용 중(KRpia)

2. 축적된 연구 성과물의 점검과 새로운 연구의 장 마련하기

이번에 숭실대학교 한국전통문예연구소 조규익 소장이 연행록 연구자들 가운데

100여명의 연구자를 엄선하여 그분들의 논문을 한 자리에 모아 10권의 책을 펴냈다. 이 연구총서의 발간은 앞으로 이 방면의 연구에 한 전환점을 만들어 나갈 수 있을 것이라고 생각하면서 크게 축하를 드린다.

연행록전집 출간 이후 동아세아 학계의 반응을 살펴보면 중국 학계의 반응이 가장 빠르고 적극적이며 활발한 것 같다. 이미 많은 개인 연구자들이 여러 지역에서 나타나고 있으며 그 실적 또한 다양한 편이다. 각 지역의 학국학 관련 여러 연구소들이 공동연구과제로 채택하고 있으며, 여러 경로를 통해서 이 분야 자료들을 모아 가고 있다. 그리고 한·중 또는 한·중·일 연행록학회의 설립을 요청하여오고 있다. 그뿐 아니라 여러 곳에서 출판 문의를 해오고 있는 실정이다. 그러나 아직은 동북공정과 같은 그런 연구경향은 드러나고 있지 않다. 순수 학문의 영역 쪽에 경도되어 있는 경향이다. 연행록전집의 작자 미상 18건 중 작자를 하나 찾아낸 것도 중국학자이며, 전집의 전반적인 검토를 면밀하게 마무리하여 한두 가지 편자와 다른 소견을 보내온 것도 중국학자들이다. 그 다음이 일본인 것 같다. 일본은 연행록연구 모임으로 30여명의 중견학자들이 수시로 교류를 진행하고 있다고 들었으며, 얼마 전에는 연행록전집에 실려 있는 맨 처음 연행록에 관한 연구발표가 있었다. 한국의 연구 실상을 면밀하게 파악하거나 검토하기에 앞서 성급하게 한국 연행록 연구의 수준에 관한 발언도 거침없이 내놓고 있는 실정이다. 그 발상이 어디에서 발아된 것인지는 확인하여보지 못하였지만 한국은 이번에 조규익 소장의 연구총서 간행을 그 첫 번째의 공식적인 반응이라고 보아야 할 것 같다. 연구사의 측면에서 볼 때 이 부분이 아주 중요한 의미를 갖는다고 본다.

조규익 소장은 이미 아주 중요한 한글 연행록을 찾아내 그 연구서를 펴낸바 있는 분으로서 이 분야의 대표급 학자라는 것을 우리들이 잘 알고 있다. 따라서 연구총서 출판의 구상을 조규익 소장이 하였다는 것은 당연한 귀결일 수 있다. 여기에 또한 총서출판의 깊은 의미가 내재하여 있다고 보아야 할 것이다. 이번 연행록연구총서의 출간은 동아세아 학계에 한국 연행록 연구의 축적된 실상을 알리는데 우선 큰 기여를 할 수 있을 것으로 본다. 그뿐 아니라 축적된 연구실적들을 한 자리에 모아 누구나 쉽게 총체적으로 점검하여 볼 수 있는 새로운 장을 마련하여 주었다는 의미를 가지고 있다. 그러한 점검을 통해서 앞으로 보완연구나 새로운 연구의 방향을 다각적으로 모색하여 나갈 수 있게 될 것이다. 21세기를 열면서 연행록연구총서 10권과 연행록전집 150권이 동아세아 학계에 그 모습을 새로 드러냈다. 이 쌍벽을 이루는 두 축의 집성물들은 앞으로 연행록연구의 새로운 지평을 열어나가는데 상호보완적으로 많은 창조적 기여를 할 수 있을 것으로 전망한다. 창작은 영감이 중요하지만 학문은 학문적 아이디어가 중요하다. 연행록연구총서의 출판은 누구나 다 생각할 수 있을 것 같지만 실상은 전혀 그렇지 않다. 따라서 이번 숭실대학교 한국전통문예연구소 조규익 소장이 펴낸 연행록연구총서 10권은 이 분야의 연구에서 여러 모로 기대 이상의 많은 기여를 할 수 있을 것으로 생각한다. 거듭 연구총서의 간행을 축하드리면서 두서없는 발표를 마친다.(2006.10.20.14:20-15:00. 숭실대학교 한국문예연구소 초청 임기중 교수의 기조 발표)

한중교류와 연행록

1.

이 글에서 연행록이라는 용어는 13세기부터 19세기까지 한국인들이 중국에 다녀와서 남긴 私的 사행기록의 통칭으로 쓴 것이지만 엄밀하게 말하면 보다 더 넓은 유사 개념어입니다. 한국 고전문학을 공부하는 사람이라면 누구나 韓·中 문화교류라는 話頭와 談論을 만나게 될 것입니다. 그리고 韓·中 文學談論의 구체적인 기록의 場들을 찾아보려고 노력할 것입니다. 필자는 그런 과정에서 연행록이라는 문헌군을 만났습니다. 연행록은 아주 흥미 있는 문헌군입니다. 일찍이 이 문헌군에 관심을 가져본이는 中村榮孝, 金聖七, 高柄翊 선생 등입니다. 당시 연행록은 100여종이 전하고 있을 것이라고 본 것이 학계의 보편화된 견해입니다. 연행록은 韓·中 두 나라를 主軸으로 삼은 동아세아 교섭사의 산물이며 다양한 談論聯合의 기록물입니다. 丙亂에서 韓末까지만도 定例使行과 各種 別使賚咨 등을 합하여 700여회나 往來한 것으로 되어 있습니다. 이들 使行은 正官이 30여명으로 구성되므로 실제 이동한 인원은 이보다 훨씬 더 많습니다. 그렇다면 조선왕조 것만도 최소 500여종 이상의 연행록이 전승되고 있어야만 할 것입니다. 이것이 필자가 세운 가설입니다. 이 가설은 연행록의 전 승규모를 정확하게 파악하는 문제입니다. 따라서 이 가설은 연행록 500여종을 수집하고 정리하여 학계에 제시하는 것을 목표로 삼은 것입니다.

『燕行錄全集 1-100』(2001. 동국대출판부)과 『燕行錄續集 101-150』(2007.1. 편집 완성원고)은 13세기부터 19세기까지의 연행록을 모아서 다음 단계의 정리작업을 감안하여 4가지 방법으로 편집한 중간보고서입니다. 『燕行錄全集』에 398종, 『燕行錄續集』에 168종을 수록하였습니다. 여기에 수록하지 못 한 것이 10여종 정도 더 남아 있습니다. 따라서 몇 종의 이본과 『定本燕行錄全集』에는 들어가지 못할 자료를 제외한다고 하여도 500여종의 연행록을 학계에 선보일 수 있게 된 것이므로 앞의 가설은 증명된 셈입니다.

전세계 여러 나라에는 많은 문헌군이 있습니다. 한국의 문헌군 가운데 『八萬大藏經』이나 『朝鮮王朝實錄』 같은 것은 널리 알려져 있으므로 그런 문헌군의 존재를 새삼스럽게 다시 드러낼 필요는 없습니다. 그러나 그렇게 드러나 있지 않은 어떤 중요한 문헌군이 존재한다면 그런 문헌군의 존재를 드러내는 작업은 의미가 있는 작업이라는 생각을 하여보았습니다. 연행록은 한국과 중국 간의 외교사에서 생성된 독특한 의미를 가진 사기록입니다. 연행록은 한국에 존재하는 문헌군 가운데서 가장 세계성을 가진 문헌군입니다. 東·南亞細亞 교섭사와 동·서양 교섭사에서 생성된 자유로운 시각의 다양하고 방대한 기록이기 때문입니다. 『八萬大藏經』은 불교 문헌군이며 이와 유사한 문헌군은 한국 밖에도 존재합니다. 『朝鮮王朝實錄』은 조선왕조만의 기록이라는 한계성을 가진 문헌군입니다. 그러나 연행록은 그 어느 나라에서도 그만한 분량의 유사문헌군이 나타난 적이 없는 세계성을 가진 특색 있는 문헌군입니다. 『燕行錄全集』 출간의 의미는 여기에 있습니다. 이 책의 출간작업을 진행하면서 明·淸 교체기 육로연행이 자유롭지 못하였던 1617년부터 1636년까지 20여 년 동안의 수로연행록도 찾아낼 수 있었습니다. 그리고 미궁에 빠져있던 국립도서관, 국립박물관, 군사박물관 所藏의 『航海朝天圖』가 蔡濟恭(1720~1799)의 '題李竹泉航海勝覽圖後'와 吳載純(1727~ 1792)의 '航海朝天圖跋'이 발견되어서 인조 2년(1624)에 주청사행 李德泂, 吳翻, 洪翼漢, 蔡濟恭 등을 따라갔던 畵員이 그린 것이라는 사실도 쉽게 확인할 수 있었습니다.[1] 이제 500여종 이상의 연행록으로『定本燕行錄全集』을 출판하는 일이 남아 있지만 그것은 어려운 일이 아니며 시간이 많이 걸리는 작업이 아닙니다. 그 다음은 원문을 현대활자로 바꾸고 번역과 주석을 한『譯註定本燕行錄全集』을 출판하는 것이 과제입니다.

연행록을 수집하고 정리하여 보려는 계획을 세울 때 燕行錄, 皇華集, 修信使日記, 關聯詩文, 關聯序跋 등을 모두 그 대상으로 삼았기 때문에 작업도 한동안 그렇게 진행하였습니다. 그러나 자료의 分量이 豫想을 뛰어넘어 일시에 책으로 소화할 수 있는 분량이 아니었습니다. 결국 연행록만 책으로 출판하게 되어 이미 작성된 목록과 수집된 원고를 첨삭하는 작업과정에서 혼란이 많이 발생하였습니다. 원고를 출판사에 넘길 무렵 목록을 가지고 이 분야 두 분의 선배 원로학자를 뵙고 조언도 듣고 의견을 교환하였지만 결론은 필자와 같았습니다. 보완을 전제로한 출간이 그것입니다. 수집의 장기화, 자료의 방대성, 소장처의 특수성, 진행기간에 복사환경의 변화와 그 정리도구의 변화 등으로 인하여 예상되는 문제들을 일시에 다 극복할 수 없었기 때문에 여러 차례『燕行錄解題』와『定本燕行錄全集』때 그런 문제들을 보완하겠다고 하였습니다. 이 전집간행기념 국제학술세미나 축사에서도 高炳翊 선생이 해제작업을 요청하였으며 發表者도 그런 計劃의 不可避性을 다시 설명한 바 있습니다. 따라서 일차로 그 정오표와 해제집 2책이 出刊되었습니다.

2.

이 글에서는 연행록에 나타난 국제공용어의 현상과 特徵 가운데서 次韻和答詩問題를 아주 간단하게 개관하여보려고 합니다. 朝天錄은 高麗와 명(1368~1392), 조선과 명(1392~1636)의 전형적인 조공관계가 만들어 낸 기록문학이며, 연행록은 조선과 청(1636~1894)의 의례적인 조공관계가 만들어 낸 기록문학입니다. 조천록과 연행록은 외교적인 공기록이 아니며, 문학적인 私記錄이기 때문에 문학적 접근이 요청됩니다. 이런 문학유산의 담당층은 모두 당시 상류사회의 士類階層들이기 때문에 자연스

---

1) 林基中,『增補版 燕行錄研究』, 一志社, 2006. pp.466-484 參照

럽게 수준 높은 문학성을 보여 주고 있습니다. 조천록과 연행록은 당시 한성과 연경을 外交目的으로 往來한 대략 5~6개월 내지 길게는 1년간의 여행기입니다. 조천사의 貢路는 해로와 陸路 두 가지가 있었으며, 연행사의 공로는 육로로 限定되어 있었습니다. 이 외교사절들이 연경에 체류할 수 있는 期間은 대략 한 달 남짓 정도였습니다. 조천록과 연행록의 작자는 대개 上使, 副使, 書狀官이나 그들의 從事官들입니다. 三使 중에서는 서장관이 단연 많고, 그 밖의 작자 대부분은 從事官으로 수행한 당대를 代表하는 문사들입니다. 특히 종사관으로 隨行한 문사들은 학술외교와 문화외교를 전담하고 있었는데, 그중에서 詩文의 交流는 가장 자연스럽고 중요한 외교의 한 수단이었습니다. 시문의 교류는 한결같이 詩主文從의 방법을 택하였습니다. 그리고 시적 교류는 次韻和答이 보편적이었으나, 차운화답과 그에 대한 合評으로 진행되는 때도 있었습니다. 이러한 일련의 作詩過程을 통해서 양국의 문사들은 서로 상대국 詩壇의 수준과 경향을 탐지할 수 있었으며, 정치현실과 사회현실은 물론 역사인식의 단면들까지도 비교적 소상하게 파악할 수 있었습니다. 따라서, 조천록과 연행록은 당시 한국과 중국 두 나라 詩學一般의 비교연구나 당시 詩文外交의 특징적 관행을 해명하는 데 있어서 아주 중요한 텍스트의 하나라고 할 수 있습니다. 연행록에서 살펴보면 국제공용어로 譯官의 언어와 필담과 次韻和答詩가 있습니다. 그 중에서 가장 밀도가 높고 가장 심층적이며 가장 세련된 국제공용어는 次韻和答詩입니다. 이 차운화답시가 가장 수준 높은 국제공용어였습니다. 따라서 作詩의 능력은 문학적 소양의 수준을 넘어서 수준 높은 외교의 능력으로 평가 받고 있었습니다. 이 글에서는 16세기부터 19세기까지의 연행록에서 조선 연행사와 명나라와 청나라 문인들의 次韻和答詩 몇 편을 가려 뽑아 그 外交的 기능과 의미를 살펴보겠습니다.

3.

앞에서 거론한 화답시는 다음과 같은 몇 가지의 특징이 드러납니다. 화답시의 작자와 작시는 대체로 명과 청의 황제, 관인, 문사의 시에 조선 연행사가 화답하거나, 조선 연행사의 시에 명과 청의 관인, 문사가 화답하는 두 가지 유형이 있습니다. 조선 연행사의 시에 명과 청의 황제가 화답하는 시는 잘 나타나지 않습니다. 항상 공석이나 공적인 경로에서의 화답시 주체는 명인과 청인이고, 조선 연행사는 그에 화답하는 객체로 나타납니다. 그러나 사적인 주석 같은 곳에서는 조선 연행사의 시에 명인과 청인 쪽에서 화답하는 경우도 간혹 있습니다. 청대에 와서 청나라 황제의 시에 조선 연행사가 화답시를 써 올리는 것은 보편화되었는데, 청나라 말기로 오면서 점점 더 빈번해집니다. 제도적으로는 청나라 황제 시에 화답하는 시는 조선의 정사, 부사, 書狀官이 짓도록 되어 있으나, 실제는 연행사의 수행문사들도 자유롭게 쓸 수 있었습니다. 청나라 황제의 시에 화답시를 지어 올리도록 하는 나라는 조선과 유구 등 한두 나라로 국한되어 있었습니다. 그 까닭은 문화수준과 시적수준이 조선 연행사를 제외하고는 청나라와 현격한 차이가 있었기 때문입니다. 화답시는 五言絶句, 七言絶句, 五言律詩, 七言律詩, 五言排律, 七言排律을 썼으며 賦를 쓰는 경우도 나타납니다. 그러나, 律詩를 많이 썼습니다. 그런 까닭은 전하고자 하는 내용이 절구로는 너무 짧고 排律로는 너무 장황하기 때문에 그렇게 된 것 같습니다. 화답시의 구성은 전반부에서 시를 쓰는 이가 먼저 자기를 소개합니다. 간혹 자기대신 상대를 지인으로 소개하는 경우도 있습니다. 그리고 후반부에서는 서로를 예찬하고 우의를 다지거나 석별의 정을 담습니다. 시어의 선택은 서로 만나고 있는 공간 연경을 가져다가 서로 헤어지는 시간과 연결하여 공감대를 만들어 냅니다. 조천록과 연행록의 화답시는 가장 수준 높은 국제언어였으며 가장 세련된 문화언어였습니다. 그리고 외교적 충돌을 부드럽게 회피할 수 있는 정화장치였습니다. 화답시로 대화를 하면 외교적 예모가 저절로 갖추어지고 의미의 전달이 심층적으로 파고들어서 역관의 입을 통한 표층적 전달의 한계를 극복할 수 있습니다. 바로 이런 점이 연행록의 화답시가 갖는 특징적 의미라고 할 수 있습니다. 이와 같이 화답시의 언어로 하는 외교방식은 현대외교에도 많은 귀감이 될 것 같습니다. 화답시는 상대방 시의 뛰어난 점을 발견하여 긍정적 평가를 하는 것이 관례로 되어 있습니다. 이런 현상은 화답시가 문화외교의 한 방편이었기 때문입니다. 상대를 인정하는 것이 곧 나를 인정받을 수 있다는 외교의 보편적 원리를 보여주고 있습니다. 이점은 힘의 논리가 지나치게 지배하는 현대의 외교전에 많은 반성적 교훈을 주고 있습니다.(2007.10.3. 홍콩 성시대학교 임기중 교수의 기조 발표)

연행록의 번역 현황

1.

　발표자는 연행록의 전승규모에 관심을 가져 보았습니다. 이 글에서 연행록이라는 용어는 13세기부터 19세기까지 한국인들이 사행목적으로 중국에 다녀와서 남긴 사적 사행기록의 通稱으로 쓰겠습니다. 조선과 명(1392~1636)의 전형적인 조공관계에서 탄생한 것을 대부분 조천록이라고 하였으며 조선과 청(1636~1894)의 의례적인 조공 관계에서 탄생한 것을 대부분 연행록이라고 표기하였지만, 이 글에서는 그 모두를 통칭하는 개념어로 연행록이라는 용어를 쓰겠습니다. 연행록은 외교적인 공기록이 아니며 문학적인 사기록입니다. 연행록은 한·중 두 나라를 주축으로 삼은 동아세아 교섭사의 산물이며 다양한 담론연합의 기록물입니다. 이들 사행은 정관이 30여명으로 구성되므로 실제 이동한 인원은 이보다 훨씬 더 많았습니다. 그렇다면 조선왕조 것만도 최소 500여종 이상의 연행록이 전승되고 있어야만 할 것입니다. 이것이 필자가 세워본 가설입니다. 이 가설은 연행록의 전승규모를 정확하게 파악하여 보려는 것이었습니다. 따라서 이 가설은 연행록 500여종을 蒐集·정리하여 그것을 학계에 제시함으로써 가설을 증명하는 것을 목표로 삼은 것입니다. 발표자가 펴낸 『燕行錄全集 1-100』(2001. 동국대출판부)과 『燕行錄續集 101-150』(2007.1. 편집 완성원고)은 13세기부터 19세기까지의 연행록을 모아서 4가지 방법으로 편집한 중간보고서입니다. 『燕行錄全集』에 398종, 『燕行錄續集』에 170종을 수록하였습니다. 여기에 수록하지는 못하였지만 확인된 것이 10여종 정도 더 남아 있습니다. 따라서 여기에 수록되어 있는 몇 종의 이본과 『定本燕行錄全集』에는 들어가지 못할 자료들을 제외한다고 하여도 500여종의 연행록을 학계에 소개하였으므로 앞의 가설은 증명된 셈입니다.

　전세계 여러 나라에는 많은 문헌군이 있습니다. 한국의 문헌군 가운데 『팔만대장경』이나 『조선왕조실록』 같은 것은 널리 알려져 있으므로 그런 문헌군의 존재를 새삼스럽게 다시 드러낼 필요는 없습니다. 그러나 그렇게 드러나 있지 않은 어떤 중요한 문헌군이 존재한다면 그런 문헌군의 존재를 드러내는 작업은 의미가 있는 작업이라는 생각을 하여보았습니다. 연행록은 한국과 중국 간의 외교사에서 생성된 독특한 의미를 가진 사기록입니다. 연행록은 한국에 존재하는 문헌군 가운데서 가장 세계성을 가진 문헌군입니다. 동·남아세아 교섭사와 동·서양 교섭사에서 생성된 자유로운 시각의 다양하고 방대한 기록이기 때문입니다. 『팔만대장경』은 불교 문헌군이며 이와 유사한 문헌군은 한국 밖에도 존재합니다. 『조선왕조실록』은 조선왕조만의 기록이라는 한계성을 가진 문헌군입니다. 그러나 연행록은 그 어느 나라에서도 그만한 분량의 유사문헌군이 나타난 적이 없는 세계성을 가진 특색 있는 문헌군입니다. 『연행록전집』출간의 의미는 여기에 있습니다. 이 책의 출간작업을 진행하면서 명·청 교체기 육로연행이 자유롭지 못하였던 1617년부터 1636년까지 20여 년 동안의 수로연행록 여러 종도 찾아낼 수 있었습니다. 그리고 미궁에 빠져있던 국립도서관, 국립박물관, 군사박물관 소장의 『항해조천도』가 蔡濟恭(1720~1799)의 '題李竹泉航海勝覽圖後'와 吳載純(1727~1792)의 '航海朝天圖跋'이 발견되어서 인조 2년(1624)에 奏請使行 李德泂, 吳翿, 洪翼漢, 蔡濟恭 등을 따라갔던 畵員이 그린 것이라는 사실도 쉽게 확인할 수 있었습니다. 이제 500여종 이상의 연행록으로 『정본연행록전집』을 출판하는 일이 남아 있습니다. 그 다음은 원문을 현대활자로 바꾸고 번역과 주석을 한 『譯註定本燕行錄全集』을 출판하는 것이 남은 과제입니다. 연행록을 수집하고 정리하여 보려는 계획을 세울 때 燕行錄, 皇華集, 修信使日記, 關聯詩文, 關聯序跋 등을 모두 그 대상으로 삼았기 때문에 작업도 한동안 그렇게 진행하였습니다. 그러나 자료의 분량이 예상을 뛰어넘어 일시에 책으로 소화할 수 있는 분량이 아니었습니다. 결국 연행록만 책으로 출판하게 되어 이미 작성된 목록과 수집된 원고를 첨삭하는 작업과정에서 혼란이 많이 발생하였습니다. 그런 문제들은 『연행록해제』와 『정본연행록전집』때 보완할 것입니다. 그 일환의 작업으로 일차의 정오표가 작성되었으며 해제집 2책이 출간되었습니다.

2.

연행록의 전승규모나 그 존재가치에 견주어 볼 때 번역현황은 이제 겨우 그 단초를 여는 단계에 머물러 있을 뿐입니다. 그 번역의 현황을 살펴보면 대략 다음과 같습니다.

1487	錦南漂海錄	崔　溥(1454~1504)	成宗18	成化23	丁未
1533	葆眞堂燕行日記	蘇　巡(?~1533~?)	中宗28	嘉靖12	癸巳
1574	荷谷朝天記 上·中·下	許　筬(1551~1588)	宣祖 7	萬曆 2	甲戌
1574	東還封事	趙　憲(1544~1592)	宣祖 7	萬曆 2	甲戌
1597	石塘公燕行錄	權　悏(1542~1618)	宣祖30	萬曆25	丁酉
1614	朝天錄	金中淸(1567~1629)	光海 6	萬曆42	甲寅
1623	北京紀行酬唱錄	趙　澈(1568~1631)	仁祖 1	天啓 3	癸亥
1624	浦朝天航海錄	洪翼漢(1586~1637)	仁祖 2	天啓 4	甲子
1636	朝京日錄	金　堉(1580~1658)	仁祖14	崇禎 9	丙子
1656	燕途紀行 上·中·下	麟坪大君㴭(1622~1658)	孝宗 7	順治13	丙申
1712	燕行錄	崔德中(?~1712~?)	肅宗38	康熙51	壬辰
1712	燕行日記 一-四	金昌業(1658~1721)	肅宗38	康熙51	壬辰
1719	燕行日錄	趙榮福(1672~1728)	肅宗45	康熙58	己亥
1720	庚子燕行雜識 上·下	李宜顯(1669~1745)	肅宗46	康熙59	庚子
1729	燕行錄	金舜協(1693~1732)	英祖 5	雍正 7	己酉
1777	燕行記事	李　押(1737~1795)	正祖 1	乾隆42	丁酉
1778	含忍錄 上·下	蔡濟恭(1720~1799)	正祖 2	乾隆43	戊戌
1780	熱河日記	朴趾源(1737~1805)	正祖 4	乾隆45	庚子
1790	燕行記	徐浩修(1736~1799)	正祖14	乾隆55	庚戌
1793	燕行錄	金正中(?~1793~?)	正祖17	乾隆58	癸丑
1798	戊午燕錄	徐有聞(1762~ ?)	正祖22	嘉慶 3	戊午
1801	燕臺再遊錄	柳得恭(1749~ ?)	純祖 1	嘉慶 6	辛酉
1803	薊山紀程	李海應(1775~1825)	純祖 3	嘉慶 8	癸亥
1828	赴燕日記	李在洽(? ~ ?)	純祖28	道光 8	戊子
1828	心田稿	朴思浩(?~1828~?)	純祖28	道光 8	戊子
1832	燕轅直指	金景善(1788~ ?)	純祖32	道光12	壬辰
1855	夢經堂日史	徐慶淳(1808~ ?)	哲宗 6	咸豐 5	乙卯

　　이번 조사에서 누락된 것을 감안하더라도 이처럼 한문본의 번역현황은 30여종 내
외에 불과합니다. 전승규모와 존재가치에 비하면 이제 겨우 번역과제의 인식단계에
이른 수준일 뿐입니다. 번역된 것 중 금남표해록은 여러 번역자에 의해서 가장 여러

번 중역된 것인데 정통 연행록이 아닙니다. 그리고 번역현황을 살펴볼 때 중요도에 따른 선별적 번역도 아닌 것입니다. 따라서 21세기 동아세아문헌의 현대어역 과제 중 연행록의 역주사업은 그 첫 번째의 대상이 될 것이라는 전망이 가능합니다.

3.

이 발표에서는 앞의 연행록 역주에서 사람이름(人名)·땅이름(地名)·벼슬이름(官職名)·중국어(漢語)의 표기와 그 주석에 관한 문제를 소략하게나마 간단히 언급하여 보려고 합니다.

현행 외래어 표기법(1986년 제정) 동양의 인명, 지명 표기(제2절)에 인명은 과거인과 현대인을 구분하여 과거인은 종전의 한자음대로 표기하고, 현대인은 원칙적으로 중국어 표기법에 따라 표기하되, 필요한 경우 한자를 병기한다.(제1항)라고 규정하였습니다. 따라서 燕行錄의 사람이름(人名) 표기는 종전의 한자음대로 표기하면 될 것입니다. 앞 燕行錄 번역서의 표기와 그 주석의 실상을 살펴보겠습니다.

> [보기] 고사기(高士奇): 청 강희 때의 문학가. 자는 담인(澹人).
> 　　　　고염무(顧炎武): 청조의 대학자. 자는 영인(寧人).

사람이름(人名) 표기는 문제가 없지만 그 주석의 양식은 많이 보완되어야 할 것 같습니다. 최소한 최근 인명사전의 양식을 기본으로 하여 원문의 이해에 충분한 도움을 줄 수 있는 수준이 되어야 할 것 같습니다. 생몰연대와 왕조의 연대를 서력으로 표기하고 원문 이해에 도움을 줄 수 있는 구체적인 설명을 추가하여야 할 것입니다.

중국의 역사 지명으로서 현재 쓰이지 않는 것은 우리 한자음대로 하고, 현재 지명과 동일한 것은 중국어 표기법에 따라 표기하되, 필요한 경우 한자를 병기한다.(제2항)라고 규정하였습니다. 연행록 번역서의 표기와 그 주석의 실상을 살펴보겠습니다.

> [보기] 남경(南京): 중국 강소성(江蘇省)의 수부(首府). 명초(明初)의 도읍터.
> 　　　　심양(瀋陽): 요동성(遼東省)의 도시(都市). 청조(淸朝)의 처음 수도(首都) 봉천(奉天). 성경(盛京)이라 했음.

정해진 규정대로라면 여기에서 남경(南京)은 난징(南京)으로 심양(瀋陽)은 선양(瀋陽)으로 표기되어야 할 터인데 그런 표기법에 따른 번역서는 전무한 실정입니다. 註釋 또한 중국 현대의 행정구역에 따른 설명이 아닙니다. 그렇다면 일러두기에서라도 그런 문제에 관한 언급이 마땅히 있어야 할 터인데 그렇지 않은 실정입니다. 따라서 현재로서는 정해진 규정대로 표기하고 현재의 행정구역으로 설명하여야 할 것입니다. 그뿐 아니라 아래 보기와 같은 地名註釋 방법도 모두 위와 같은 방법으로 바뀌어야 할 것입니다.

[보기] 명호도(鳴呼島): 날이 맑은 날 탑산(塔山)에서 바라다 보이는 섬.
　　　낭자산(狼子山): ① 청석령(靑石嶺)에서 20리, 책문(柵門)에서 262리. ② 소석령(小石嶺)
　　　　　과 마천령(摩天嶺) 사이에 있는 산(山). 낭자산(狼子山)이라고도 씀.

일본의 인명과 지명은 과거와 현대의 구분 없이 일본어 표기법에 따라 표기하는 것을 원칙으로 하되, 필요한 경우 한자를 병기한다.(제3항)라고 하였으므로 燕行錄 번역서의 표기도 이를 따라야 할 것입니다. 그리고 바다, 섬, 강, 산 등의 표기 세칙(제3절)에서 한자 사용 지역(일본, 중국)의 지명이 하나의 한자로 되어 있을 경우, '강', '산', '호', '섬' 등은 겹쳐 적는다.(제4항)라고 하고 그 보기로 온타케 산(御岳), 주장 강(珠江), 도시마 섬(利島), 하야카와 강(早川), 위산 산(玉山)을 들고 있으므로 燕行錄 번역서의 표기도 여기에 따라야 할 터인데 이 규정대로 표기한 번역서는 전무한 실정입니다. 현재로서는 燕行錄 번역서의 표기도 정해진 규정을 따라야 할 것입니다.

　燕行錄 번역서의 표기와 그 註釋의 실상에서 벼슬이름(官職名)을 살펴보기로 하겠습니다.

[보기] 명찬(鳴贊): 명·청대(明淸代)의 관명(官名)이다. 홍려시(鴻臚寺)에 소속되어 있으
　　　　며, 행도(行導)와 행례(行禮)·창찬(唱贊)의 일을 관장한다.
　　　가한(可汗): 임금을 뜻하는 만주의 원어
　　　돌리가한(突利可汗): 동돌궐(東突厥)의 추장.

예부상서(禮部尙書): 예부(禮部) 최고의 벼슬.
예부시랑(禮部侍郎): 예부의 버금 벼슬.

현대의 벼슬이름(官職名)에 견주어 설명하고 그 직능 설명이 명료하여야 할 것 같습니다. 그리고 어휘 단위를 구분하여 통일성과 일관성을 유지하는 주석이 이루어져야 할 것 같습니다. 가한(可汗)과 돌리가한(突利可汗)의 주석이 그런 반성의 보기입니다.

연행록 번역서의 표기와 그 주석의 실상에서 중국어(漢語)를 살펴보기로 하겠습니다.

[보기] 츠아츠아(吃啊吃啊): 드세요 드세요. 중국 사람이 음식 권할 때 쓰는 말.
간차(赶車): 수레 모는 사람.
간차적(赶車的): 마차몰이.
간차적(幹車的): 말몰잇군의 칭호.
간차지놈: 중국어 '桿車的'. 마차의 차부(車夫)를 이르는 말.

연행록 번역서의 표기와 그 주석에서 중국어(漢語) 구어 발음표기 방법의 통일성이 요청되고 그에 앞서서 그 범위와 원칙이 정해져야 할 것 같습니다.

앞의 소략한 언급에서 드러난 몇 가지 문제는 현행규정을 따르는 것이 원칙이겠지만, 부득이할 경우라면 통일성 있는 방법을 제시하여 그 당위성을 밝히고 번역에 임해야 할 것 같습니다.(2007.12.15.~16. 중국 북경 중앙민족대학 통번역 국제학술 연토회 임기중 교수의 기조강연)

19세기 연행록과 미술사 자료

1.

18~19세기 연행록의 복식문화를 중심으로 한 두 단면을 살펴보는 시간을 자저보기로 하겠습니다. 이 시기는 服飾觀에 큰 변화를 가져옵니다. 한족과 이른바 胡族의 복식관이 모두 조선족의 服制에 관심을 갖는 변화를 가져옵니다. 이것은 明代 복식을

선망하는 방편이었습니다. 단순히 복식의 復古에 머물러 있는 문화의식 차원이 아니라 淸朝에 대한 내밀한 반발 의식으로 나타납니다. 따라서, 조선족은 조선 복식에 대한 큰 긍지를 가지고 淸人과 교류하며, 한편 청인들은 그들의 복제에 대한 심한 열등의식을 가지고 조선족을 대합니다. 그러나, 淸朝文化는 조선 문화보다 선진한 것으로 조선인에게 신선한 충격을 주는 복식문화가 따로 있어서 조선 복제에 항상 영향을 주어 왔습니다. 당시의 복식 소재는 팽단(彭緞), 반포(斑布), 초포(蕉布), 대니(大呢), 우사포(藕絲布), 회회포(回回布), 서양홍포(西洋紅布), 대단(大緞), 견주(繭紬), 한단(漢緞), 문금채단(文錦綵緞), 야견주(野繭紬), 직금단(織金緞), 장융(糸章絨), 팔사단(八絲緞), 오사단(五絲緞), 우모단(雨毛緞), 망단(蟒緞), 회단(回緞), 회주(回紬), 표피(豹皮), 녹피(鹿皮), 학피(狢皮), 호피(虎皮), 청양피(靑羊皮), 청렵피(靑獵皮) 등이 보편적인 복식 소재로 조선과 淸朝에 거래되며 알려졌습니다.

2. 지존복식의 미술사적 측면

至尊服飾은 청대에 와서 구체적 관찰 대상이 되는데, 명대와 비교 서술을 하고 있기 때문에 명대의 지존복 정보도 간접적으로 알 수 있게 합니다. 지존 복식 중 동·서·남·북교(北郊)에서 각각 적(赤)·옥(玉)·청(靑)·황(黃)의 공복(公服)과 산호(珊瑚)·백옥(白玉)·청금방석(靑金方石)·호박대(琥珀帶)를 한다는 것과 조회(朝會) 때는 또, 이와 달리 황색복과 녹송석대(綠松石帶)를 착용한다는 사실이 조선에 알려집니다. 그리고 왕공(王公)의 조복(朝服), 보복(補服), 채복(采服), 평상복(平常服)에 관한 정확한 복제가 조선에 알려지며, 조선의 지존복이 청조적(淸朝的)인 권위주의로 보완됩니다. 품계 복식(品階服飾)은 명대(明代)의 특징적이고 제한적인 관점의 약술과는 달리 공후백(公侯伯)과 1품에서부터 9품(品)까지 문무관(文武官)의 관대(冠帶)·보복(補服)에 관한 체계적 기술과, 조복(朝服)에 관한 구체적 기술이 이루어집니다. 그리고 진사(進士), 거인(擧人), 관생(官生), 공생(貢生), 감생(監生)의 복식까지도 빠짐없이 기록하여 조선에 전합니다. 기술 방법이 모두 각각 개성과 특색을 가지고 나타나는 것을 볼 때, 일정한 문건을 보고 쓴 것이 아니라 견문과 관찰을 전문적으로 한 것임을 알 수 있습니다. 여기에서 연행사는 단순한 기술에 그치지 않고, 조선의 품계 복식이 품계별(品階別)로 정확히 제도화되지 못한 것을 비판하고 그 시정까지를 요청합니다. 조선의 복제(服制)가 명나라적인 것을 긍지를 가지고 청인들을 대했지만, 이 품계 복식만은 열등의식을 가지고 그 개선책이 시급함을 지적합니다. 따라서, 이러한 결과가 조선의 품계 복식에 어떠한 변화를 가져왔는가는 앞으로 구명해 내야 할 과제입니다.

지존 복식의 한 두 편모를 살펴보기로 하겠습니다. 청나라의 황제 복식(皇帝服飾)을 가장 상세히 쓴 이는 서호수(徐浩修, 1736~1799)입니다. 그는 특히 황제는 예복(禮服)·상복(常服)이 있었다고 단정적인 기술을 하고 나서 관대와 복식 제도에 대해 상세히 쓰고 있습니다. 그의 기록을 간추려 정리하면 다음과 같습니다. 먼저 황제의 관복제도(冠服制度)를 살펴보겠습니다.

禮服의 暖冠: 검은 여우가죽으로 선을 둘렀는데 겉은 푸르고 속은 붉다.
禮服의 凉冠: 붉은 비단으로 선을 두르며 겉은 희고 속은 붉다.

①모두 朱緯로 덮고 갓끈은 푸른 끈이다. 緯笠이라고도 하는데, 금빛으로 용무늬를 수놓았다. ②頂의 높이는 4겹인데, 위에 珍珠 하나를 쓰고 아래 3겹은 東珠 3을 꿰어서 龍 12칸을 만들었는데, 구슬의 수는 용의 수와 같다.
禮服의 服色: 南郊에서는 靑色, 北郊에서는 黃色, 東郊에서는 赤色, 西郊에서는 玉色을 쓰며, 朝會에는 黃色을 쓴다. 덮어 입은 옷은 어깨와 허리에 주름이 있고, 앞뒤가 正幅으로 되어 있어 장막과 같다. 12章을 갖추었고 五色의 채색을 베풀었다. 옷깃의 선과 소매의 선은 황금색으로 꽃무늬를 수놓은 푸른 비단으로 두르지만, 겨울은 貂皮로 선을 두른다. 곤복의 빛깔은 푸른색인데, 기다란 무릎덮개에 金絲를 짜서 용트림 무늬 셋을 수놓았다. 띠는 黃色 실띠를 쓰되, 南郊에서는 靑色과 金色으로 된 方石 4개를 쓰며, 北郊에서는 琥珀를 쓰며, 東郊에서는 珊瑚를 쓰고, 南郊에서는 白玉을 쓰고, 종묘와 朝會에서는 綠松石을 쓰는데, 모두 金을 물리고 구슬을 꿰어 엮었다. 띠 아래 左右便에는 金을 물린 고리에 佩囊(패낭)과 彩帛(치렁치렁 늘어뜨린 명주 끈)을 2개씩 찬다. 朝珠(淸나라 때 천자와 5品 이상의 문관, 4품 이상의 무관들이 목에 걸고 다닌 주로 산호, 마노…등인데 108개다.)는 東珠(混同江 등의 하천에서 산출되는 寶玉)를 사용한다.

采服의 冠頂: 이중으로 되어 있는데, 頂端에 긴 珠 1개를 물린다.

采服의 服色: 옷색은 푸르며, 袍의 빛깔은 누른 것을 숭상하고 옷 조각은 4조각으로 열린다. 12장을 갖추었고 五彩를 베풀었다. 옷깃과 소매는 용무늬를 수놓은 푸른 비단이고, 금색 꽃무늬의 푸른 비단으로 선을 둘렀다. 띠는 각색 寶石을 쓰고 朝珠는 잡보석과 여러 가지 香木으로 한다.

常服의 冠: 結綿頂을 사용한다.

常服의 服色: 袍色은 黃色을 숭상하나, 여러 가지 빛깔을 쓰기도 한다. 겉옷은 푸른빛을 쓰되, 무늬나 채색을 베풀지 않는다. 織造 무늬는 용트림과 各色 꽃무늬를 쓴다.

정조 14(1790)년 진하부사(進賀副使) 서호수(徐浩修)가 쓴 품계복식기(品階服飾記)의 내용은 다음과 같습니다. 品官의 朝服은 1品에서 8品에 이르기까지 金을 조각한 것으로 冠頂을 한다.

1品은 冠頂 위에 紅寶石을 쓰고, 그 가운데는 東珠로 꾸민다.

2品은 꽃을 조각한 珊瑚를 쓰고, 그 가운데는 紅寶石으로 꾸민다.

3品은 藍寶石을 쓰고 그 가운데는 2品과 같다.

4品은 靑金石을 쓰고 그 가운데는 藍寶石을 쓴다.

5品은 水晶을 쓰고, 그 가운데는 4品과 같다.

6品은 硨磲(차거)를 쓰고, 그 가운데는 水晶으로 꾸민다.

7品은 素金頂을 쓰고 그 가운데는 水晶으로 꾸민다.

8品은 鏤金頂을 쓴다.

9品은 鏤銀頂을 쓴다.

品官의 조복은 1品에서 3品까지 貂皮로 선을 두를 수 있고, 구렁이를 수놓은(蟒繡) 은금색 花文의 채색 비단을 쓸 수 있다. 7品 이상은 금색 花文의 채색 비단을 쓸 수 있다. 8品과 9品은 흰 비단을 쓴다.

品官의 補服은 文武職

　　1品은 鶴을 수놓고,

　　2品은 錦鶴을 수놓고,

　　3品은 孔雀을 수놓고,

　　4品은 雲雁을 수놓고,

　　5品은 白鷴(백한)을 수놓고,

6品은 白鷺를 수놓고,

7品은 鷄鷘(계칙)을 수놓고,

8品은 鵪鶉(요순)을 수놓고,

9品은 練雀을 수놓는다.

武官職

1品은 麒麟(기린)을 수놓고,

2品은 사자(獅)를 수놓고,

3品은 표범(豹)을 수놓고,

4品은 범(虎)을 수놓고,

5品은 곰(熊)을 수놓고,

6品은 칙범(彪)를 수놓고,

7品과 8品은 犀牛를 수놓고,

9品은 海馬를 수놓는다.

어사(御使)와 안찰사(按察使)는 모두 해치 보복(獬豸補服)이다. 초구(貂裘)는 4品 이상과 한림과도관(翰林科道官)이 사용한다.

品官의 帶는

1品은 金을 물린 方玉 4개를 사용하고, 紅寶石을 장식한다.

2品은 金을 조각한 圓板 4개를 사용하고, 1品의 경우와 같다.

3品은 金을 조각한 圓板 4개를 사용하고,

4品은 銀을 물린 鏤金圓板 4개를 사용하고,

5品은 銀을 물린 素金圓板 4개를 사용하고,

6品은 銀을 물린 玳瑁圓板 4개를 사용한다.

7品은 銀圓板 4개를 사용한다.

8品은 銀을 물린 明羊角圓板 4개를 사용한다.

9品은 銀을 물린 烏角圓板 4개를 사용한다.

정조 22(1798)년에 서장관 서유문(徐有聞)은 이것을 다음과 같이 쓰고 있습니다.

文官은 새, 武官은 짐승을 수놓아 가슴과 등에 가리개 한 것을 이른바 補服이라고 하니, 我國의 胸背란 말이다.

王公과 侯伯은 文武가 모두 蟒龍胸背며,

  1品 文官은 仙鶴胸背고,

  1品 武官은 麒麟胸背고,

  2品 文官은 金鶴胸背고,

  2品 武官은 獅子胸背고,

  3品 文官은 孔雀胸背고,

  3品 武官은 표범(豹)胸背고,

  4品 文官은 雲雁胸背고,

  4品 武官은 범(虎)胸背고,

  5品 文官은 白鶴胸背고,

  5品 武官은 곰(熊)胸背고,

  6品 文官은 노자(鸂鶒)胸背고,

  6品 武官은 추(鵮)胸背고,

  7品 文官은 溪鴨[계압:비오리]胸背고,

  7品 武官은 犀牛(서우)胸背고,

  9品 文官은 燕雀胸背고,

  9品 武官은 海馬胸背다.

都察院와 按察使와 科道官은 모두 우리나라 法官과 같은지라 品級을 의논치 아니하고 해치 흉배(獬豸胸背)를 붙인다. 朝會 때 입은 피오자는 같은 망포(蟒袍)이고, 1品부터 9品까지 용 같은 이무기(螭龍)를 수놓는데,

  1品·2品·3品은 9 이무기에 발톱이 4개이고,

  4品·5品은 8 이무기에 발톱이 4개이고,

  6品·7品·8品은 9品은 5 이무기에 발톱이 4개이다.

마래기[抹額]에 繪子(증자)를 달았는데, 王公侯伯과 文武 1品은 金으로 꽃바탕을 만들어 위는 紅寶石을 물리고 가운데는 東珠를 박았으며, 4品은 위에 靑金石을 물리고, 가운데 푸른 보석을 막았으며, 바탕은 모두 1品과 같다. 5品은 水晶을 물리고 가운데 푸른 보석을 박았으며, 6品은 車磲石(거거석)을 물리고, 가운데 水晶을 박았으며, 7品·8品·9品은 위에 물린 것이 없고, 가운데 작은 水晶을 박았다.

순조 3(1803)년에 동지사(冬至使)가 쓴 계산기정(薊山紀程)을 살펴보기로 하겠습니다. 조복(朝服)은 모두 망포(蟒袍)인데, 또한 피견(披肩), 첩수(倭袖) 등의 보복(補服) 명칭도 있습니다. 補服은,

  1品 文官은 鳳, 武官은 麒麟을 수놓고,
  2品 文官은 鶴, 武官은 사자(獅)를 수놓고,
  3品 文官은 난새(鸞), 武官은 표범(豹)을 수놓고,
  4品 文官은 화충(華虫), 武官은 범(虎)을 수놓고,
  5品 文官은 해오라기(鷺), 武官은 곰(熊)을 수놓고,
  6品 文官은 孔雀, 武官은 칡범(彪)을 수놓고,
  7品 아하는 文官은 메추리(鵪鶉), 武官은 海馬를 수놓는다.

기록하는 방법을 달리한 몇 가지 품계복식기(品階服飾記)를 소개하였습니다. 다소의 차이가 없는 것은 아니나, 전체의 구성과 내용이 유사한 점으로 볼 때, 계획적이고 면밀한 조사 활동의 기록임에 틀림없습니다.

숙종 38(1712)년에 김창업(金昌業)은 "우리나라가 스스로 관대지국(冠帶之國)이라 하나, 귀천(貴賤)과 품계 구별이 겨우 대(帶)와 귀자(貴子)에 불과하며, 보복(補服)에 이르러서는 일찌기 문무귀천(文武貴賤)의 구별을 두지 않았고, 부사(副使) 또한 백씨(伯氏; 上使였음)와 같이 선학(仙鶴)을 써서, 그 무늬가 문란하니 가소롭다."고 하여 조선의 품계 복식(品階服飾)이 청나라에 비하면 분명치 못하고 문란함을 지적하였습니다. 따라서 이후 조선의 품계 복식이 어떻게 변하였는가는 앞으로 연구할 과제입니다.

명·청의 품계 복식은 모정(帽頂)과 조복(朝服)과 보복(補服)의 구별이 엄격하여, 조선이 이 제도를 어떻게 변용시켜 수용하였는가는 이후 검토할 기회를 별도로 마련하려 하므로 이 글에서 다루지 않겠습니다.

순조 32(1832)년 서장관 김경선(金景善)의 복식기(服飾記)는 천자(天子)로부터 서민에 이르기까지 한결같이 고른 관심을 가지고 쓴 것인데, 그 중 품계 복식에 관한 내용을 소개합니다.

朝帽와 朝服制度

一品・親王의 世子・郡王의 長子・貝勒・貝子: 紅寶石頂子에 蟒袍玉帶와 仙鶴補服이며, 坐褥은 겨울 狼皮(낭피: 이리 가죽), 여름은 紅氈이다.

二品・補國將軍: 珊瑚頂子에 蟒袍金帶와 金鷄補服이며, 坐褥은 겨울은 獲皮(환피: 너구리 가죽), 여름은 紅氈이다.

三品・奉國將軍: 藍寶石頂子에 蟒袍金帶와 孔雀補服이며, 坐褥은 겨울은 貂皮, 여름은 紅氈이다.

四品・奉恩將軍: 靑金石頂子에 蟒袍金帶와 雲雁補服이며, 坐褥은 겨울은 野羊皮, 여름은 紅氈이다.

五品: 水晶頂子에 蟒袍金帶와 白鷴補服(백한; 흰황새)이며, 坐褥은 겨울은 靑羊貂皮, 여름은 白氈이다.

六品: 車磲(거거; 玉이름) 頂子에 蟒袍玳瑁帶와 鷺鷥(노사)補服이며, 坐褥은 겨울은 黑羊皮, 여름은 白氈이다.

七品: 素金頂子에 蟒袍銀帶와 鷄鶒(계측)補服이며, 坐褥은 겨울은 鹿皮, 여름은 白氈이다.

八品: 常金頂子에 蟒袍羊角帶와 鵪鶉(암순; 메추리)補服이며, 坐褥은 겨울은 狍皮, 여름은 白氈이다.

九品: 常銀頂子에 蟒袍五角帶와 練雀補服이며, 坐褥은 모두 狍皮이다.

進士・擧人・貢生은 모두 金頂이고, 生員・監生 들은 모두 銀頂이며, 평상시의 帽子도 이에 준하여 만든다. 거거(車磲)는 암백색(黯白色)이고, 수정은 양백색(亮白色)이며, 청금석(靑金石)은 암남색(黯藍色), 남보석(藍寶石)은 양남색(亮藍色)이다. 도찰원(都察院)과 외안찰사(外按察使)는 모두 해치(獬豸: 소처럼 생긴 神獸) 복식을 입는다. 망포(蟒袍)는 삼품 이상은 9망 4조(九蟒四爪)요, 사품 이하는 팔망(八蟒), 칠품 이하는 오망(五蟒)이다. 망포(蟒袍)와 보복(補服)은 공사(公事)가 아니면 입지 않는다.

김경선(金景善; 1788~1853)의 기록은 조모(朝帽)와 조복(朝服)의 명칭이 정제되어 있고, 노가재(老稼齋)의 연행일기(燕行日記)에서부터 관심 있게 이 문제를 살핀 사람이어서 별도로 소개한 것입니다.

서호수(徐浩修; 1736~1799)는 공작령(孔雀翎)에 대해 구체적인 기록을 남겼습니다. 공작령이란 청나라 때 공작의 깃을 관원의 모자에 장식하여 품급(品級)을 표시하는 것인데, 3원문(圓文), 2원문, 1원문으로 구분하여 3원문이 높은 품급이었습니다.

이에 대해 다음과 같이 썼습니다.

領端에 3圓文이 있는 것은 貝子가 쓰고, 2圓文은 鎭國公·輔國公·和碩額付가 쓰며, 1圓文은
內大臣 1·2·3·4 등의 待衛 및 前鋒護軍과 각 統領·參領·前鋒待衛가 모두 쓸 수 있다.
순조 28(1828)년 부연일기(赴燕日記)에서는 복식 소재(服飾素材)와 색깔별로 품급
을 알 수 있다고 하였는데, 다음과 같이 쓰고 있습니다.

天子는 黃色 옷을 입고, 軍兵과 士庶人은 靑色과 黑色의 바지 저고리를 입으며, 庶人은
褐袍를 입고, 下人부터는 모두 紋緞과 紋綃를 입으며, 속옷[褻衣]은 麻布·葛布 등 속으
로 흰 적삼과 흰 바지를 만들어 입는다.

이제까지 청의 품계 복식을 품계별로 소개하였습니다. 그런데, 최부(崔溥; 1454~
1504)가 성종 18(1487)년에 부영(傅榮)이란 사람에게 명나라의 산개(傘蓋)·관대·대
패(大牌)의 제도를 물었을 때 그가 이렇게 답한 바 있어 청과의 차이를 알 수 있게
합니다.

傘(산; 일산)과 紗帽는 등급이 없으며, 蓋(개; 수레위에 씌우는 덮개)는 1品과 2品은 茶褐羅
의 겉과 紅綃의 안과 三簷銀浮屠(삼첨은부도)이고, 3품과 4품은 앞의 것과 같은데도 浮屠는
紅色이고, 5품은 靑羅의 겉과 紅綃의 안과 二簷紅浮屠이고, 7품·8품·9품은 靑紬綃의 겉
과 紅綃의 안과 單簷紅浮屠, 帶는 1품은 玉帶, 2품은 犀帶·3품은 花金·4품은 光金·5품은
花銀·6품은 光銀·7품·8품·9품은 角帶이며, 牌는 文武職 1품에서 9품까지는 모두 錫牌를
갖는데, 한 면에는 所任의 衛門을 楷字로 쓰고, 한 면에는 '常川懸帶'란 4 글자를 篆字로
써서 皂隷(조례)가 이를 짊어지고, 武官職은 皂隷衛門이 있어 모두 이를 차고 있다.

앞에서 소개한 품계 복식 가운데서 항상 공통성을 띠고 나타나는 것은 띠[帶]입니
다. 이 띠가 조선의 성종·숙종·정조·순조 때는 어떤 변화가 있었는가를 알아보기
위해 [표-1]을 만들어 봅니다. 여기에서 확인할 수 있는 것은 청나라도 명나라의 품계
별 띠 제도(品階別帶制度)의 골격을 이어받고 있었다는 것입니다. 곧 1품(品)의 옥대
(玉帶) 3품과 4품의 금대(金帶), 8품과 9품의 각대(角帶)의 골격을 조금 변화시킨 것
뿐입니다. 이밖에 품계가 분명한 복식은 돈피복(獤皮服)이다. 이 돈피복은 종실(宗

室)의 왕위(王位)에 해당하는 이가 입었다는 것을 정조 22(1798)년에 서유문(徐有聞)는 두 군데서 쓰고 있습니다.

표-1 시대별 띠[帶]의 품계별(品階別) 변화

품계	명 왕 조 조선 : 성종18(1487)	청 왕 조		
		조선 : 숙종28(1712)	조선 : 정조14(1790)	조선 : 순조32(1832)
1品	玉　帶	玉板金鑲	金 물린 方玉	玉　帶
2品	犀　帶	起花金圓板	金 조각한 圓板	金　帶
3品	花金帶	起花金圓板	金 조각한 圓板	金　帶
4品	花金帶	起花金圓板	銀 물린 鏤金圓板	金　帶
5品	花銀帶	素金圓板	銀 물린 鏤金圓板	金　帶
6品	花銀帶	玳瑁圓板	銀 물린 鏤金圓板	玳瑁帶
7品	角　帶	素銀圓板	銀圓板	銀　帶
8品	角　帶	明羊角圓板	銀물린 明羊角圓板	羊角帶
9品	角　帶	角帶圓板	銀물린 烏角圓板	烏角帶

3. 수식 복식의 미술사적 측면

수식 복식(修飾服飾)은 청조(淸朝)에 아주 다양한 특색을 보여 줍니다. 명·청의 특징적 다양화와 동서 교류 확대가 이러한 다양화를 가속화 시켰습니다. 그리고 아계(丫髻), 홍전방관(紅氈方冠), 전두(纏頭) 등은 왕조(王朝)의 변화가 빚어낸 필연적 산물로 등장한 것입니다.

이와 같이 조선왕조 전기와 후기, 명대와 청대 복식은 계승적 변화와 의도적 이질화(異質化)의 변화라는 두 가지 현상을 보여 줌으로써, 조선 복식의 특성에도 이러한 현상이 어떤 형식으로든 영향을 미쳤을 것으로 생각됩니다. 따라서 조선 복식 연구에 있어서 이 문제는 당면한 당위론적 연구 과제의 하나라고 생각합니다.

다음은 수식 복식의 한 두 단면을 살펴보겠습니다. 수식 복식이란 옷에 더 꾸밈이 가해진 것입니다. 우리말로 꾸밈 복식이라 할 수 있습니다. 필자는 이 꾸밈 복식을 머리꾸밈[首飾]·허리꾸밈[腰飾]·손꾸밈[手飾]·발꾸밈[足飾]으로 나누어서 거론하려고 합니다.

먼저 조천록계와 연행록계의 머리꾸밈[首飾]에 대한 기록을 살펴보면 다음과 같습
니다.

- 무각흑건(無角黑巾; 귀가 없는 흑건): 江南 사람들이 썼다.
- 사모(紗帽): 江南의 官人들이 즐겨 썼다.
- 백포건(白布巾)·추포건(麤布巾): 江南의 喪人들이 썼다.
- 홍단(紅段): 즐겁고 경사스런 일이 있을 때, 붉은 비단을 어깨 위에 걸어 주고, 모자 꼭
  대기에 꽃을 꽂아 주어 영광되게 하였다.
- 융건(絨巾): 조선 崔溥가 받은 선물이니, 선물용 巾이다.
- 입모(笠帽): 조선 崔溥가 明의 사신한테 받은 선물용의 帽다. 여러 사람한테 받은 것을
  보면 흔한 것이다.
- 양모건(羊毛巾): 강남 사람들이 썼던 帽다.
- 흑필단모(黑匹緞帽): 위와 같다.
- 마미건(馬尾巾): 위와 같다.
- 유건(儒巾=民字巾): 대[竹]로 얽어 검은 布로 싸거나 종이를 발라서 옻칠을 한 것인데,
  조선의 士巾과 같은 것이다.
- 백립(白笠): 당시 4냥 4돈짜리 笠인데, 인기가 있었다.
- 면포관(綿布冠): 중들이 평상시에 썼던 冠으로 寢帽子와 같다.
- 자형관(紫荊冠): 형상이 뛰어남을 비유하는 말인데, 당시의 俗語다. 紫荊冠에 紅羅 옷
  을 입고, 呂洪 띠를 매고, 亮馬를 타고, 兩龍河 강변으로 가서 경치를 구경하라고 王俊
  公이 조선의 금주에게 필담으로 말하였다.
- 단립(壇笠): 기생들이 壇笠을 쓰고, 戰服을 입었다. 당시 妓女들의 보편적 首飾이다.
- 홍사건(紅絲巾): 皇帝의 호위병들이 썼던 戰笠과 유사한 것이다.
- 호모(胡帽): 胡人 男子들이 쓰고 다녔던 帽다.
- 위립(緯笠): 暖冠과 涼冠은 마주의 禮服에 속하는데, 이것을 緯笠이라고도 한다. 금빛
  으로 龍文을 놓았으며, 끈은 푸른색이다.
- 금선관(金蟬冠): 關帝의 塑像이 쓰고 있는 冠이다.
- 홍전방관(紅氈方冠): 옛 越常氏의 땅인 南掌 사신이 熱河에 왔을 때 쓰고 있던 冠이다.
  높이가 한 자 남짓 하고, 뒤에는 두 자 남짓한 주미개를 드리웠는데, 金絲와 珠具로 장
  식했다.
- 황관(黃冠): 道士가 쓰는 冠인데, 곧 道士를 黃冠이라고도 한다.

- 황좌계모(黃左髻帽): 西番의 四時에서 조공하던 帽다.
- 아계(丫髻): 머리 위에 작은 낭자를 만들어, 검은 비단으로 모자처럼 그것을 가리고 꽃을 꽂았는데, 이것을 丫髻라 한다.
- 문공관(文公冠): 조선의 망건과 비슷한 것이다.
- 절풍건(折風巾)·곡용립(曲容笠)·마은관(麻恩冠)·윤건(綸巾)·폭건(幅巾)·정자관(程子冠)·동파관(東坡冠): 당시 士夫들이 쓰고 싶었던 대로 썼던 冠과 巾.
- 방관(方冠): 중들이 검은 무명 수건으로 만들어 썼던 冠이다.
- 난모(煖帽): 중들도 겨울에 썼다. 方冠보다 앞뒤가 배나 길고, 검은 비단으로 솜을 두껍게 샀다.
- 양모(涼帽): 중들도 여름에 썼다. 藤으로 만들었다.
- 표피모(豹皮帽): 扈轎校尉(호교교위)들이 겨울에 썼다.
- 전모(氈帽): 扈轎校尉들이 여름에 썼다. 가난한 자들도 썼는데 조선의 감투[甘吐]와 비슷하다.
- 홍건(紅巾): 儀仗軍이 붉은 옷에다가 紅巾을 썼다.
- 효모(孝帽): 喪主가 쓰는 帽다. 楊大郁은 孝帽를 쓰고 일생을 마쳤기 때문에 楊孝帽라고 했다. 明나라 때도 孝帽가 있었다.
- 효화(孝花): 明나라 때, 기복·공복[碁功] 이하의 상인은 孝帽의 꼭대기에 모두 붉은 융(絨) 한 떨기를 달고, 그것을 花孝라고 하였다.
- 유모자(襦帽子): 僧徒들이 검은 綿布로 만들어 썼다. 높이가 높고, 위는 편편하고, 면은 좁다.
- 달피모(獺皮帽): 親軍들이 겨울에 썼다.
- 죽사점립(竹絲粘笠): 조선 사신 중 伴倘(반당)이 썼는데, 꼭대기에는 金花雲月을 세웠다.
- 당탄모(唐彈帽): 책문에서부터 교역 교섭을 했던 인기 있는 帽다.
- 오사모(烏紗帽): 皇太后 상사의 成服日에 썼던 帽다.
- 용자건(勇字巾): 조선의 軍牢가 썼다.
- 초모(草帽): 行喪에 軍樂이 길을 인도하는데, 이때 악기를 부는 자들이 깃을 꽂아 썼다. 明나라 군대 의식에서 기원된 듯하다. 조선 儀仗軍의 草帽도 여기서 나온 것으로 본다.
- 모건(帽巾): 검은 비단으로 만든다. 가난한 집 여자들이 썼다.
- 금엽화(金葉花): 미혼 여성은 가르마를 타는데, 이마의 왼쪽이나 오른쪽에 탄다. 또, 귀를 뚫어서 귀고리를 3~4개 달고 金葉花를 꽂는다. 백발 노인도 그렇게 장식하나 젊은

과부는 귀고리는 있어도 꽃은 꽂지 않는다.

- 전두(纏頭): 여자들이 黑緞으로 이마를 두르는데, 조선의 網巾과 흡사하며, 여기에 구슬을 꿰어서 장식을 하였는데, 그것을 纏頭라 하였다.
- 청갈두포(靑褐頭布): 道士가 쓰는 布다.
- 청갈전립(靑褐戰笠): 위와 같다.
- 총방관(驄方冠): 妓樂이 벌어지는데 술취한 사람이 쓰고 와서 下人에게 제지당했다는 사람이 썼으니 한량이 쓴 冠인 듯하다.
- 죽량립(竹涼笠): 조선의 선비들이 썼다.
- 풍채(風遮): 머리에 쓰는 防寒具다.
- 죽사립(竹絲笠): 軍牢가 竹絲笠에 푸른 깃을 꽂아 썼다. 대를 명주실로 엮어서 옻칠을 했다.
- 초모(草帽): 藤으로 만든 農笠이다.
- 황모(黃帽): 라마승이 쓴 모자다.
- 소모(小帽): 아이들이 쓰는 모자다.
- 금속관(金粟冠): 李太白의 塑像에 씌운 冠이다.

이제 허리의 꾸밈[腰飾]을 살펴보기로 합니다. 이 허리의 꾸밈은 넓게 보면 몸꾸밈까지를 포함한 것입니다.

- 袖刀(수도): 조선의 崔溥가 선물로 받은 것이다.
- 면경(面鏡)·은장도(銀粧刀): 예부상서 李相公이 조선의 사신 일행한테 얻으려 했으므로 淸나라에서 귀하게 여겼던 조선의 예물이다.
- 대모(玳瑁)·마노(瑪瑙): 길에 펼쳐 놓고 팔던 보석이었다.
- 마노는 부싯돌로도 팔았다.
- 안장식(鞍裝飾; 말안장 장식): 나무를 굽혀서 만들었다.
- 비장식(轡裝飾; 말고삐 장식): 나무를 굽혀서 만들었다. 구리나 철이 귀하기 때문이다.
- 패낭(佩囊): 王公과 百官의 장식이다.
- 표백(縹帛): 王公과 百官의 장식이다. 치렁치렁 늘어뜨린 명주 끈인데, 좌우의 띠 아래 드리워져 장식으로 삼는다.
- 대모장도(玳瑁粧刀)·청은장도(靑銀粧刀)·환도(還刀)·장도(粧刀)·초도(鞘刀): 北京의 禮單이다.

- 화포(和布): 비단 주머니를 말하는데, 上使가 大和布 1쌍, 小和布 5쌍을 선물로 받았으므로 꽤 귀한 선물이다.
- 비연병(鼻煙瓶): 琥珀·金貝·水晶·珊瑚 같은 것으로 만들었는데, 鼻煙이란 담배가루를 거기에 담았다.
- 하포(河包)·빙구자(憑口子): 수놓은 주머니인데 좌우에 쌌다. 담배주머니(煙包)·茶香·粧刀·부시(火鎌) 등을 넣었다.
- 도장식(刀裝飾): 魚皮·象牙로 칼을 장식한 것을 말한다.
- 공죽장(邛竹杖): 西南夷란 나라에서 나는 대로 만든 지팡이인데, 장건이 대하에 있을 때 본 것이다.
- 비연호(鼻煙壺): 코 담배통이다. 만주인들이 차고 다니다가 이것을 콧속에 넣으면 가슴이 후련해진다고 한다.

다음은 손꾸밈[手飾]을 살펴보기로 합니다.

손꾸밈[手飾]으로 대표적인 것은 선자(扇子; 부채)입니다. 여자의 경우 팔찌가 있지만, 이것은 조천록계와 연행록계의 기록에 잘 보이지 않습니다. 예물단자(禮物單子)에 들어 있는 것은 가급적 거론을 생략합니다. 너무 많은 양이면서 한번 예물단자에 들면 계속해서 예물에 들어 있지 않은 경우가 별로 없기 때문입니다.

- 칠선(漆扇): 조선 성종 때 조선 부채로 明에서 인기가 있었다.
- 보선(寶扇): 조선의 上使와 副使가 스님 奇玄과 明友가 내놓은 寶扇에 시를 써 주었으니, 당시에 明의 上品 부채다.
- 칠별선(漆別扇): 조선 부채로 明의 도독에 보낼 수 있을 만큼 上品 부채다.
- 칠환선(漆環扇): 回謝品으로 보낸 上品의 조선 부채다.
- 금선(金扇): 조선 사신 홍익한이 선물로 받은 명나라 부채다.
- 明의 도독이 詩를 써서 書狀官에게 선물로 준 부채다.
- 별선(別扇): 조선의 부채로 淸에서 인기 있는 부채다. 文選 한 질 값과 別扇 8자루 값이 같았다. 禮單에도 항상 들어 있을 만큼 상품의 부채다.
- 유선(油扇): 조선의 기름 먹인 부채로 明·淸 시대 예물로 가져갔던 上品의부채다.
- 왜선(倭扇): 유구의 陳善 등이 崔溥에게 준 선물로 유구국 상품의 부채다.
- 승두선(僧頭扇): 자루가 둥그렇게 만들어진 조선 부채다.

- 우선(羽扇): 諸葛武侯의 塑像 손에 들린 부채다.
- 단용적선(單龍赤扇)·난봉적선(鸞鳳赤扇)·치미선(雉尾扇)·공작선(孔雀扇)·단용황선 (單龍黃扇)·쌍용적선(雙龍赤扇)·쌍용황선(雙龍黃 扇)·수자황선(壽字黃扇): 禮物로 가져간 조선 부채다.
- 항선(抗扇): 抗州에서 생산되는 부채다.
- 접선(摺扇): 청의 상품 부채로 삼명대사가 조선 사신에게 준 答禮品이다.
- 조선 부채로는 별선(別扇)과 유선(油扇)이 가장 많이 명·청으로 나갔습니다.

끝으로 발꾸밈을 살펴보겠습니다.

발꾸밈[足飾]에 관한 것은 전족(纏足)에 대한 기록이 가장 많습니다. 그 유래와 시행 연대, 견문과 금지, 거기에 얽힌 많은 이야기들이 간단없이 기록되었습니다. 그러나, 전족은 거론을 생략합니다.

- 고혜(藁鞋; 짚신): 明·淸에서는 볼 수 없었던 조선 신이다.
- 피혜(皮鞋): 明·淸의 官人들이 신었다.
- 당혜(唐鞋): 淸代에 많이 신었다. 胡女들도 즐겨 신었다.
- 피말(皮襪; 가죽버선): 柵門과 瀋陽 지역에서 모두 이것을 신고 있었다.
- 어저피(魚苧皮): 신발의 테두리를 공단이나 갈포를 사용하고, 바닥에는 魚苧皮를 깔았다. 魚苧는 귀한 것이지만 조선에도 있었다.
- 궁족(弓足): 纏足이라고도 하였다. 전족 유래〈Ⅳ-291〉, 전족 금지〈ⅩⅠ-231〉, 전족 시행 연대〈Ⅶ-1-108〉, 전족 관련 기록〈Ⅲ-2-233~243〉〈Ⅳ-218, 462〉
- 옹혜(革雍鞋; 수여자목신): 明代 江南의 官人 신발이었다.
- 혜(鞋): 淸代 남녀 귀천인이 두루 신었다. 베, 비단 등으로 만들었다.
- 화(靴; 수여자목신): 淸代 남녀 귀천인이 두루 신었다.
- 망혜(芒鞋): 짚신인데 明代에 江南에서 신었다.

(2007.12.8.10:00-12:00. 홍익대학교 대학원 미술사학 전공반 임기중 교수의 특강. 홍익대학교 홍문관)

세 가지 가설과 몇 가지 의문

1.

발표 제목이 假說과 疑問인 것처럼 들을 내용이 별로 없는 基調講演입니다. 所重한 시간을 이렇게 쓰게 되어서 송구스러운 생각이 듭니다. 그러나 몇 가지 문제를 생각하여 보다가 이런 제목을 택한 데는 다소의 까닭이 있습니다. 발표자가 관심을 가져오던 작업들 가운데서 세 가지 古文獻羣에 관한 것을 同學들과 더불어 같이 한 번 생각하여 보는 것도 아주 의미 없는 일은 아닐 것 같아서 택한 제목입니다. 발표자는 『新羅歌謠와 記述物의 硏究』(1981)를 쓴 다음 세 가지의 假說을 가지고 있었습니다. 돌이켜 생각하여보면 硏究文獻의 限界性 克服이라는 쉽지 않은 課題를 가지고 많은 시간을 보낸 後遺症의 副産物이었던 것 같습니다.

1) 우리가 잘 알고 있듯이 一然스님의 생애와 저술활동 등을 알려면 閔漬가 撰한 普覺國師碑銘과 山立이 述한 高麗麟角寺普覺國師碑陰記를 解讀해야만 합니다. 그러나 1980년대 이전은 古拓本 몇 종을 가지고 전체 碑文 가운데 解讀 가능한 범위가 고작 절반 수준에 머무는 것이었습니다. 그러다가 1980년대에 와서 碑銘의 全文과 陰記의 復原本을 참고할 수 있게 되었습니다. 黃壽永 선생은 당시까지 전하는 모든 拓本을 동원하여 보완작업을 하고 諸家의 解讀을 종합적으로 점검한 뒤 그 보완작업의 결과물을 내놓았습니다. 그분은 誤讀한 글자, 缺字, 잘못 添加한 글자를 54자나 바로 잡았습니다. 그러함에도 '方丈後'일 것 같은데 이를 '方丈. 後'로, '住世轉'일 것 같은데 이를 '住世. 轉'으로 읽고 있습니다. 校正의 문제일 수도 있을 것입니다. 그리고 이 碑를 세운 淸玢을 '法珍', '淸珍', 또는 '淸玢', '法珍', '淸珍'의 혼돈상황을 깔끔하게 克服하지 못하고 넘어갔습니다. 鮮明한 拓本을 보면 淸玢을 의심할 학자는 아무도 없을 것입니다.[1] 이 碑文이 완전한 해독에 이르지 못한 까닭으로 인하여 1980년대 이전에 쓴 關聯論著들에는 적지 않은 誤謬들이 있습니다. 좋은 拓本의 價値와

---

1) 林基中, 『고전시가의 실증적 연구』, 동국대출판부, 1992. pp.7-20 참조

그 解讀의 意味를 우리들에게 刻印시켜주는 한 보기로 말씀드린 것입니다. 발표자는 1980년대 초부터 취미활동으로 古碑拓本 작업을 진행하고 있었습니다. 韓國의 石碑 拓本하면 韓國人한테서 제일 먼저 떠오르는 대상이 있습니다. 그것은 곧 廣開土王陵 碑拓本입니다. 이 石碑는 廣開土王이 죽은 뒤 만 2년째 되는 414년(장수왕 3년 9월 29일)에 세워진 것입니다. 이 石碑가 再發見된 뒤 北韓을 포함한 韓·中·日 학계가 1993년도까지 100여 년 동안 調査하고 硏究한 결과는 1890년대 이전의 原石拓本(原碑의 磨耗, 剝落, 石齒 상태를 있는 그대로 採拓한 拓本)은 거의 남아있지 않다는 결론이었습니다.[2] 현재 전하고 있는 拓本은 대개 碑文이 잘 보이도록 손질한 加工拓本(原碑가 더 잘 보이도록 손질을 한 石齒加墨本, 雙鉤本, 付塗本, 摹刻本 등)이 주류를 이루고 있다는 것입니다. 陵碑가 再發見된 것은 1870년대 중반에서 1880년대 초반으로 볼 수 있습니다. 再發見으로부터 10여 년 동안 中國人들이 採拓한 原石拓本이 한 종도 전하지 않고 있다는 것은 의심을 갖지 않을 수 없는 아주 중요한 사안입니다. 中國은 拓本의 나라입니다. 中國에는 전 지역에 전문 拓工들이 많이 있습니다. 中國에는 어느 시대나 많은 金石學者들이 있습니다. 廣開土王陵碑는 中國 영토에 있습니다. 中國의 古文獻群은 대개 善本으로 분류되어 잘 관리되고 있으며 보존에도 전통적인 방법 외에 나름대로 다각적인 노력을 기울이고 있습니다. 그런 狀況論理로 미루어본다면 古大碑가 再發見 될 당시에 採拓한 原石拓本이 현재 中國에 전하고 있어야만 합니다. 이것이 발표자가 세운 첫 번째의 假說입니다. 이 가설은 原石拓本의 存在與否를 밝히는 문제입니다. 따라서 이 가설은 1890년대 이전의 신뢰할 수 있는 原石拓本을 찾아내 北韓을 포함한 韓·中·日 학계에 제시하는 것을 궁극적인 목표로 삼는 것입니다.

2) 韓國 古典文學을 공부하는 사람이라면 누구나 韓·中 文化交流라는 話頭와 談論을 만나게 될 것입니다. 그리고 韓·中 文學談論의 구체적인 기록의 장들을 찾아보려고 노력할 것입니다. 발표자는 그런 과정에서 燕行錄이라는 文獻群을 만났습니다. 발표자만의 단독결정이었다면 아마 1970년대 학위논문의 주제는 연행록 연구가 되었

---

2) 한국정신문화연구원, 『한국민족문화대백과사전』, 1994. pp.148-153 참조

을 것입니다. 燕行錄은 아주 흥미 있는 文獻羣입니다. 일찍이 이 文獻羣에 관심을 가져본 이는 나카무라 에이코(中村榮孝), 金聖七, 高柄翊 선생 등입니다. 당시 燕行錄은 100여종이 전하고 있을 것이라고 본 것이 우리 학계의 普遍化된 見解입니다. 燕行錄은 韓·中 두 나라를 축으로 삼은 東亞細亞 交涉史의 産物이며 다양한 談論聯合의 記錄物입니다. 丙亂에서 韓末까지만도 定例使行과 각종 별사재자(別使賫咨) 등을 합하여 700여회나 왕래한 것으로 되어 있습니다. 이들 使行은 正官이 30여명으로 구성되므로 실제 이동한 인원은 이보다 훨씬 더 많습니다. 그렇다면 朝鮮王朝 것만도 최소 500여종 이상의 燕行錄이 전하고 있어야만 할 것입니다. 이것이 발표자가 세운 두 번째의 假說입니다. 이 가설은 연행록의 전승규모를 정확하게 파악하는 문제입니다. 따라서 이 가설은 燕行錄 500여종을 수집하고 정리하여 학계에 제시하는 것을 목표로 삼는 것입니다.

3) 한국의 古書와 古文書에 애정을 가지면서 가장 자주 만난 것이 한문 經書類와 국한문 歌辭類입니다. 특히 韓紙에 붓으로 쓴 날 자료는 대부분이 국한문 歌辭類나 한문 簡札類입니다. 한 동안은 꼭 필요한 것이 아니면 일부러 외면을 하고 지낼 정도로 흔했습니다. 1960년대로 기억하는데 한글 창제 이후 우리 민족의 보편적 글쓰기 양식에 관심을 가져보다가 歌辭라는 갈래에 특별한 애착을 갖게 되었습니다. 바로 歌辭를 수집하기 시작하였습니다. 그 후 몇 차례에 걸쳐서 沈載完, 鄭炳昱, 朴乙洙 교수 등이 古時調를 집중적으로 수집하고 정리하여 전집류의 책을 출간하였습니다. 마침내 고시조 4,500여수가 集大成 되어 출간된 것입니다. 이 무렵까지 歌辭는 고작 1,500여 편의 作品目錄 작성만 가능한 단계였습니다. 古時調와 같은 蒐集·整理는 한 번도 시도된 일이 없었습니다. 그렇게 된 까닭은 여러 가지 쉽지 않은 상황들이 내재하고 있었을 것입니다. 朝鮮王朝 시대 고시조가 敎養文學이라면 가사는 生活文學이라고 말할 수 있을 것입니다. 歌辭文學은 한글 창제 이후 백성들의 일반적 글쓰기를 대표하는 典型이라고 할 수 있습니다. 그렇다면 歌辭는 古時調보다 훨씬 더 많은 양이 전하고 있어야만 할 것입니다. 이것이 발표자가 세운 세 번째의 假說입니다. 이 가설은 歌辭作品의 전승규모를 정확하게 파악하는 문제입니다. 따라서 이 가설은

歌辭作品을 최소한 4,500여 편 이상 수집하고 정리하여 학계에 제시하는 것을 목표로 삼는 것입니다.

2.

위의 세 가지 假說은 實證的 論據가 될 수 있는 資料를 蒐集하고 整理하여 學界에 提示함으로써 假說의 檢證을 시도하는 작업이다. 따라서 實證的 資料의 提示가 가장 중요한 核心입니다. 이 작업은 학계에 새로운 文獻群을 드러내 보이면서 다른 한편으로는 새로운 研究의 活路를 열어주는데 다소라도 寄與를 할 수 있을 것이라고 보았기 때문에 여러 가지 험난한 상황들을 감수하면서 진행하여 보았습니다. 그 결과물로 미흡한 점이 많이 있지만 다음과 같은 책이 출판되었습니다.

1) 『廣開土王碑原石初期拓本集成』 (1995. 동국대출판부)

이 책은 1990년 8월부터 1993년 8월까지 基礎調査를 하고, 1993년 9월부터 1995년 11월까지 實物調査·解讀·註釋·飜譯을 하고, 지난 100여 년간 축적된 諸家의 解讀 22종을 모아 釋文集成을 만들고, 그 釋文의 對比表를 만들어 붙여 出刊한 것입니다. 이 책에 수록한 4종의 拓本은 北京大學 善本室에 所藏된 原石拓本 1종과 北京大學 未整理書庫에서 찾아낸 潘祖蔭(1830~1890) 舊藏拓本으로 推定되는 原石初期拓本 3종입니다. 지난 100여 년 동안의 廣開土王陵碑研究史에서 단 한번도 擧論 대상으로 삼은 적이 없었던 未公開 拓本들입니다. 善本室의 拓本은 절차를 밟으면 누구나 閱覽할 수 있는 상황이었지만, 지난 100여 년 동안 韓國·北韓·日本 학자들은 물론 中國學者들까지도 단 한 번도 거론 대상으로 삼지 않았던 것입니다. 쉽게 이해하기 어려운 局面입니다. 未整理書庫의 拓本은 3종이 1덩어리로 묶여서 원형대로 잘 보존 되고 있었습니다. 그 拓本 3종을 차례대로 펼치면서 살펴본 결과 拓出 당시의 碑身 상태와 現場 사정이 비교적 鮮明하게 드러나 있었습니다. 再發見 뒤 맨 처음 採拓한 것으로 推定되는 한 拓本은(題箋 :高句麗平安好太王墓誌碑全部. 전12폭. no.1) 石苔와 石泥 자국이 아주 많은 탁본이었습니다. 다음 한 拓本은(題箋 :高句麗

平安好太王墓誌碑全部. 전12폭. no.2) 石苔와 石泥 자국이 약간 적은 것으로 앞 탁본의 상호 補完拓本으로 보였습니다. 약간의 손상이 있는 탁본이었습니다. 이 拓本이 碑身을 닦고 맨 처음 가볍게 採拓을 試圖하여본 것일 가능성도 있습니다. 마지막한 拓本은(題箋 :晉高麗好太王碑 李龍精拓整紙本 五分第三, 전4폭. no.3) 潘祖蔭의 題箋과 陸和九의 題跋이 붙어 있고 이 두 사람의 藏書印과 落款이 찍혀 있는 탁본이었습니다. 이 拓本은 碑身의 實相을 소상하게 알아볼 수 있도록 하기 위하여 4면에 모두 여백을 주어 拓出하고 특별히 4폭으로 구성하여 整紙하였으며 양질의 高麗紙를 사용하였습니다. 앞의 全12幅으로 구성한 2종의 탁본은 모두 皮紙를 사용하였습니다. 이 3종의 拓本이 어떤 의미를 갖는 것인가를 잠시 생각하여 보기로 하겠습니다.

題箋을 "晉高麗好太王碑 李龍精拓整紙本 五分第三"(전4폭)이라고 쓴 탁본은 筆跡을 확인하여 본 결과 潘祖蔭(1830~1890)의 親筆 題箋인 것으로 드러났습니다. 앞에서 언급한 것처럼 이 拓本은 碑身의 현장감을 구현하려고 특별히 4폭으로 整紙하였습니다. 이 題箋은 潘祖蔭이 李龍(李大龍, 李雲從)[3]을 시켜 採拓해 온 5벌의 탁본 중에서 3번째로 拓出해 낸 것이며 그 5벌 중에서 이것이 가장 良質의 最善本이라는 사실을 밝히고 있습니다. 潘祖蔭이 이 拓本을 가장 소중하게 여기면서 所藏하고 있었다는 사실을 알려 주는 아주 중요한 기록입니다. 潘祖蔭의 題箋 좌측에는 陸和九(1884~?)의 題跋이 붙어 있는데, 陸和九의 題跋 역시 이와 같은 사실을 정확하게 뒷받침하여 주고 있습니다. 陸和九는 그 題跋에서 "이 拓本은 潘祖蔭이 李龍(號 雲從)을 시켜서 精拓해 온 것인데, 그 題箋은 潘祖蔭이 친히 쓴 것이고, 隸古齋에서 입수한 것"이라고 하였습니다.[4] 이 탁본의 背面에는 潘祖蔭 것으로 보이는 藏書印이 찍혀 있습니다. 潘祖蔭이 最善本 1종만 골라서 所藏하지 않고 굳이 石苔와 石泥가 많이 묻은 위 1-2번의 첫 拓出 탁본 2종과 함께 最善本 1종을 같이 소장한 까닭은 그것이 再發見 後 처음으로 拓出한 處女拓本이었기 때문이었을 것입니다. 이 未整理書

---

3) 李大龍을 李龍으로 표기한 까닭은 林基中의 『廣開土王碑原石初期拓本集成』, 東國大出版部, 1995. pp.362-364 참조

4) 林基中, 『廣開土王碑原石初期拓本集成』, 東國大出版部, 1995. pp.355-367 참조
  林基中, 『한국고전문학과 세계인식』, 도서출판 역락, 2003. pp.58-616 참조

庫의 潘祖蔭 舊藏拓本 제 2 면 背面에는 다른 탁본에서 찾아볼 수 없는 특이한 기록이 하나 더 있습니다. 그 기록은 "末行六字未剗作六"이라는 8자인데, 제 2면의 最終行 最終 字로부터 6字(제36번째 글자부터 제41번째 글자까지)를 정확하게 拓出해 낼 수 없다는 碑面의 상태에 관한 現場報告性 내용을 담고 있습니다. 이 기록은 探拓 당시 현장에서 拓工(潘祖蔭의 題簽에 의하면 李大龍)이 직접 써넣었을 것으로 추정되며, 探拓할 때부터 아주 細心한 注意를 기울인 研究用 精拓本이라는 사실을 설명하고 있습니다. 아울러 이 탁본 이전에는 이 碑面의 磨損 정도나 剝落 상태에 대한 정보가 全無한 상태였다는 這間의 사정들을 정확하게 전해주는 결정적 端緒입니다. 碑面現況의 정보가 일반화되고, 그런 정보를 모두 共有하고 있는 상황 아래서는 굳이 그런 기록이 필요하지 않기 때문입니다. 그뿐 아니라 題簽에 '晉'이라고 쓴 것도 이와 같은 맥락으로 해석할 수 있기 때문입니다. 이 拓本 이후에 나타난 어느 탁본에서도 이와 같은 기록을 찾아볼 수 없다는 것은 이 拓本이 再發見 이후 最初의 拓本일 수 있다는 信賴性을 더욱 강하게 뒷받침하여 주고 있는 것입니다.

追跡調査를 하여본 결과 北京大學 未整理書庫에 있었던 3종의 탁본은 潘祖蔭의 舊藏拓本인데, 隸古齋를 거쳐서 新中國 성립 이전 中國大學 國文系 교수 陸和九의 손에 들어갔고, 北京大學에서 이 拓本을 수집한 孫貫文은 陸和九의 제자였던 因緣으로 인해서 北京大學이 所藏할 수 있었던 것 같습니다.

처음부터 碑身의 상태를 報告하면서 研究用으로 精拓되고·探拓者·所藏者·그 傳來經緯 등이 소상하게 기록되어 전하는 탁본은 현재 未整理書庫에 있는 이 潘祖蔭의 舊藏拓本뿐이라는 점에 주목하지 않을 수 없습니다. 이 拓本 이외는 그 어느 拓本에서도 그런 구체적인 사실의 기록은 찾아볼 수가 없습니다.

中國 淸나라 말기는 金石學이 大盛한 시기입니다. 潘祖蔭(1830~1890)은 그 시기를 대표하는 金石愛護家이며 뛰어난 金石學者입니다.("涉獵百家 喜收藏 儲金石甚富"一中國人名辭典) 그는 咸豊 年間에 進士·同治 年間에 侍郞·光緖 年間에 尙書(從一品)라는 높은 官職에 올라 있었습니다. 潘祖蔭은 당시에 有數한 金石學者가 되기 위해서는 마땅히 갖추어야만 하는 權力·財力·金石學에 대한 造詣와 愛着이라는 3박자의 필요충분조건을 모두 갖춘 유일한 사람입니다. 그가 그런 높은 官職에 올라

있으면서 한창 金石文을 蒐集하고 왕성한 研究活動을 전개하고 있던 때에 廣開土王陵碑는 再發見되었습니다. 潘祖蔭의 활동 무대였던 北京地域에서 비교적 가까운 거리에 있는 中國 東北地方에서 어떤 이색적인 金石文이 出現하였다고 할 경우, 그 拓本을 맨 먼저 手中에 넣을 수 있는 사람을 當時의 中國에서 찾는다면 그는 곧 潘祖蔭일 수밖에 없다는 것이("治事勤 日寅而起"―中國人名辭典) 自明한 狀況論理입니다. 그런데 앞에서 소개한 潘祖蔭의 舊藏拓本에 붙어 있는 潘祖蔭의 親筆題簽과 陸和九의 題跋은 이와 같은 狀況論理를 明徵하게 뒷받침해 주고 있습니다.

葉昌熾는 『語石』에서 "李大龍(雲從)이 두 번이나 가서('再往返') 精拓本을 해왔다"고 쓰고 있습니다. 그리고 劉承幹의 跋에는 "光緖 15년(1889) 盛昱이 李大龍을 시켜서 탁본을 해왔는데, 이것이 널리 퍼져나갔다"고 썼습니다. 張延厚의 跋에는 "光緖初에 潘祖蔭이 맨 먼저 李大龍을 시켜서 採拓해 왔는데, 그것이 잘 유통되지 않자 盛昱이 李大龍을 시켜서 50벌을 採拓해다가 金石同好人들이 구해볼 수 있게 하였다"고 기록하고 있습니다. 이 3종의 기록들을 종합하여 보면, 光緖 15년 이전인 光緖初에 이미 潘祖蔭이 李大龍을 시켜서 拓本을 해왔다는 사실이 記錄으로 立證됩니다. 題簽 "李龍精拓整紙本 五分第三"을 보면 그때 5벌을 採拓하여 온 것 같습니다. 그 중 潘祖蔭이 1-3번 拓本을 所藏하고 나머지 두 벌을 金石 愛護家들에게 유통시켰던 것 같습니다. 발표자가 여기 소개하는 未整理書庫의 潘祖蔭 舊藏拓本은 그런 사실들을 實物과 記錄으로 밝혀주고 있습니다. 이렇게 되면 그 동안 迷宮에 빠져 있었던 앞의 기록 "再往返"의 해석 문제가 實證的으로 明快하게 풀리게 됨은 물론이고, 未整理書庫의 潘祖蔭 舊藏拓本이 光緖 初年(1875~1880년대 초반으로 추정)에 拓出된 현재 전하고 있는 最初이며 最古의 拓本일 수밖에 없다는 當爲性도 확보되는 것입니다. 뒤에 盛昱이 李大龍을 시켜서 여러 벌을 採拓하여 왔다는 것은 需要에 따른 조처였을 것이므로 많은 양의 탁본들이 商業用으로 제작되고 있었음을 전해주는 現況報告라고 말할 수 있을 것입니다. 따라서 1890년 이전 再發見 당시에 採拓한 原石初期拓本 3종이 현재 전하고 있다는 사실이 確認되어 假說이 證明된 것입니다.[5]

---

5) 林基中, 『廣開土王碑原石初期拓本集成』, 東國大出版部, 1995. pp.361-367 참조

예기치 못한 많은 抵抗과 迂餘曲折이 있었지만 결국 이 調査와 出版을 契機로 하여 韓國과 北韓, 日本과 臺灣, 中國 학계에서 原石拓本의 存在與否에 관한 論難이 終熄될 수 있었습니다. 그리고 이 분야의 여러 혼돈과 혼란스럽던 사안들이 서서히 克服되어 갔습니다. 한편 原石拓本(原石初期拓本, 原石拓本 등)과 加工拓本(石齒加墨本, 雙鉤本, 付塗本, 摹刻本 등)이 辨別되면서 日本과 臺灣에 소장된 原石拓本에 관한 是非도 終熄되었습니다. 이제 信賴性이 確保된 여러 종의 原石拓本을 동원하여 읽지 않은 解讀은 어느 해독이 되었든 그대로 받아드리기 어렵다는 생각을 누구나 가질 수 있게 되었습니다.

2) 『燕行錄全集 1-100』(2001. 동국대출판부)
　『燕行錄續集 101-150』(2007.1. 편집 完成原稿. 연내 출간)(2008.3.상서원)

이 책은 13세기부터 19세기까지의 燕行錄 566종을 모아서 다음 段階의 整理作業을 勘案하여 4가지 方法으로 編輯하여 整理한 中間報告書입니다. 『燕行錄全集』에 398종, 『燕行錄續集』에 168종을 收錄하였습니다. 여기에 수록하지 못 한 것이 10여 종 정도 더 남아 있습니다. 따라서 몇 종의 異本과 『定本燕行錄全集』에는 들어가지 못할 자료를 제외한다고 하여도 500여종의 燕行錄을 학계에 선보일 수 있게 된 것이므로 앞의 假說은 證明된 셈입니다.

전 세계 여러 나라에는 많은 文獻羣이 있습니다. 韓國의 文獻羣 가운데 『八萬大藏經』이나 『朝鮮王朝實錄』 같은 것은 널리 알려져 있으므로 그런 文獻羣의 존재를 새삼스럽게 다시 드러낼 필요는 없습니다. 그러나 그렇게 드러나 있지 않은 어떤 중요한 文獻羣이 존재한다면 그런 文獻羣의 存在를 드러내는 작업은 의미가 있는 작업이라는 생각을 하여보았습니다. 燕行錄은 韓國과 中國 간의 外交史에서 生成된 獨特한 意味를 가진 私記錄입니다. 연행록은 한국에 존재하는 文獻羣 가운데서 가장 世界性을 가진 文獻羣입니다. 東・南亞細亞 交涉史와 東・西洋 交涉史에서 生成된 자유로운 視覺의 多樣하고 尨大한 記錄이기 때문입니다. 『八萬大藏經』은 불교 文獻羣이며 이와 유사한 문헌군은 韓國 밖에도 존재합니다. 『朝鮮王朝實錄』은 朝鮮王朝만의 記錄이라는 限界性을 가진 文獻羣입니다. 그러나 燕行錄은 그 어느 나라에서도 그만한 양의 類似文獻群이 나타난 적이 없는 世界性을 가진 특색 있는 文獻群입니다.『燕行錄全集』출간의 의미는 여기에 있습니다. 이 책의 출간 작업을 진행하면서 明·淸 交替期 陸路燕行이 자유롭지 못하였던 1617년부터 1636년까지 20여 년 동안의 水路燕行錄 여러종도 찾아낼 수 있었습니다. 그리고 迷宮에 빠져있던 국립도서관, 국립박물관, 군사박물관 소장의『航海朝天圖』가 蔡濟恭(1720~1799)의 '題李竹泉航海勝覽圖後'와 吳載純(1727~1792)의 '航海朝天圖跋'이 발견되어서 仁祖 2년(1624)에 奏請使行 李德泂, 吳翻, 洪翼漢, 蔡裕後 등을 따라갔던 畵員이 그린 것이라는 사실도 쉽게 확인할 수 있었습니다.[6] 이제 500여종 이상의 연행록으로『定本燕行錄全集』을 출판하는 일이 남아 있지만 그것은 어려운 일이 아니며 시간이 많이 걸리는 작업이 아닙니다. 그 다음은 原文을 현대 활자로 바꾸고 飜譯과 註釋을 한『譯註定本燕行錄全集』을 출판하는 것이 과제입니다.

3) 『韓國歌辭文學註解研究 1-20』(2005. 아세아문화사)
   『韓國歌辭文學原典研究 21』(2005. 아세아문화사)

이 책은 진행 중인 작업의 中間報告書입니다.『한국가사문학주해연구』에는 2,086편의 歌辭作品을 수록하였습니다. 그리고 『한국가사문학원전연구』에는 현재 (2004.11.30.) 전하고 있는 歌辭作品 6,678편의 目錄을 提示하였습니다. 앞으로 2,500여 편의 歌辭를 더 註解하여 학계에 제시하여야 4,500여 편의 歌辭集이 誕生하는 것입니다. 이미 출간된 판형으로 20권 분량의 책이 또 다시 더 나와야 하는 것입니다. 발표자의 삶과 건강이 얼마나 더 남아 있는지는 알 수 없지만 아마도 이 세상에서 마무리하고 떠날 수 있는 분량이 아닌 것 같습니다. 그러나 전하는 가사의 목록 제시가 4,500여 편을 훨씬 넘어 현재 7,000여 편에(2004.11.30.현재 전하고 있는 歌辭作品 目錄 6,678편) 이르고 있는 것으로 推定되므로 앞의 假說은 證明이 된 셈입니다.

이 작업은 『校合歌集, 校合樂府, 校合雅樂部歌集 1-5』과 『歷代歌辭文學全集 1-50』으로 먼저 原典整理를 試圖하였습니다. 行方을 알 수 없어 궁금해 하던『雅樂

---

6) 林基中,『증보판 연행록연구』, 일지사, 2006. pp.466-484 참조

部歌集』寫本을 찾았습니다. 그 무렵 연세대학 金東旭 선생이 '羅孫書室通信'을 내고 있었는데 당신이 수집한 한글 詩歌資料를 모두 林基中 교수한테 넘겨준다고 公知를 하였습니다. 뜻밖의 일이 벌어진 것입니다. 어느 날 연구실로 오라는 전화를 받고 달려갔습니다. 『歌集』 상권과 하권 두 책을 내주며 무엇이 되었든 만들어 내보라고 요청을 하였습니다. 그 책의 所藏 경위에 관해서는 약간의 암시적 알림만을 주고 말았습니다. 『雅樂部歌集』과 『歌集』을 비교하며 읽어보았습니다. 因緣을 따라 나타났다 사라지는 資料들의 움직임이 예사롭지 않게 생각되었습니다. 그렇다면 이제 『樂府』를 만나야 궁금증을 풀 수 있다는 생각이 떠올랐습니다. 고려대학 도서관에서 『樂府』 2책을 복사하여왔습니다. 그러나 『樂府』는 책이라고 말하기 어려운 자료묶음이었습니다. 수시로 써 모았기 때문에 종이의 종류도 各樣各色이며 종이의 크기도 각기 달랐습니다. 編次도 정리되어 있지 않았습니다. 編次를 확정하고 일정한 책의 규격으로 정리를 마무리하는 데 꼬박 두 달이 걸렸습니다. 겨울 방학 내내 이 한 작업에만 매달렸습니다. 이런 과정을 거쳐 『校合歌集』, 『校合樂府』, 『校合雅樂部歌集』을 출간하고 거기에 들어있는 歌辭作品을 모두 抽出해 냈습니다. 참고로 말씀드리면 『註解樂府』는 이 『校合樂府』를 原典으로 삼은 것입니다. 그리고 이어서 『歷代歌辭文學全集』이라는 이름으로 歌辭文學의 原典을 蒐集하여 整理해 냈습니다. 이 기간에 原典의 입력 작업도 竝行하고 있었습니다. 『歷代歌辭文學全集』의 제1차 작업은 原典을 복사하여 原典 그대로 묶은 다음에 제2차 작업에서 蒐集된 모든 작품을 작품이름 가나다순으로 배열하여 펴냈습니다. 原典의 입력 작업을 전제로 한 編輯方法이었습니다. 주로 책으로 된 원전만을 대상으로 삼았지만 몇 권의 두루마리도 포함되어 있습니다. 이 책을 母本으로 삼아서 『韓國歌辭文學註解研究』가 誕生하였습니다. 앞으로 目錄化한 歌辭를 모두 입력하여 註解하고 모든 異本을 對校하여 原本을 확정한 후 『定本韓國歌辭文學註解研究』를 탄생시키는 것이 과제입니다.

3.

어떤 작업을 계속하다보면 하고 있는 일에 관한 疑問이 年輪과 함께 더 늘어만 가는 것 같습니다. 疑問은 풀리는 양보다는 擴張되어가는 양이 더 많아지는 屬性을 가진 것 같습니다. 그런 疑問들이 擴張되어가면서 무엇을 자신 있게 말하기가 점점 더 어려워지는 것 같습니다. 따라서 그런 많은 疑問들을 어떻게 다 말할 수가 있겠습니까? 여기에서 말하고자 하는 몇 가지의 疑問이란 앞의 작업을 진행하고 있는 동안이나 또는 만족할 수는 없지만 未完의 어떤 中間報告書가 나온 다음에 나타나는 反應들 가운데서 同學들과 더불어 같이 한번 생각해보고 싶었던 것 중 몇 가지를 생각나는 대로 말씀드려보려고 하는 것입니다. 아주 斷面的인 一時的 현상에 불과하겠지만 韓國·中國·日本·臺灣에서 나타나는 反應들을 비교하면서 살펴볼 필요가 있을 것 같습니다.

1) 1995년 11월 30일 『廣開土王碑原石初期拓本集成』이 출간되어 原石初期拓本의 實相이 학계에 公開되었지만 不信과 混亂은 다 가시지 않고 계속되고 있었습니다. 이보다 1년 앞서 1994년 11월 9일 '廣開土大王碑硏究의 再照明'이란 학술세미나가 있었습니다. 討論이 끝나고 晚餐시간에 파리대학에서 온 李鈺 교수가 告白聖事性 話頭를 꺼냈습니다. 參加學者들 모두 異口同聲으로 原石拓本을 본 일이 없었기 때문에 混亂은 不可避했다는 狀況論理로 그 동안의 혼란스럽던 狀況의 原因이 診斷되었습니다. 그 후 1년이 지났지만 混亂이 다 克服되는 것 같지 않았습니다. 調査를 진행하고 있을 때는 韓國 學界에서 알려오는 지나치게 민감한 反應에 많은 苦悶을 해야 했습니다. 기억에 남는 衝擊的인 傳言으로는 "교수가 외국에 나가면 다 한번씩 그래보는 것이다", "요즈음 서울 仁寺洞에 그런 拓本들이 至賤으로 돌아다니고 있다", "지난 백 년 동안 잠자고 있던 소경이 잠꼬대 같은 소리를 하고 있다"와 같은 것이 들어있어서 꾸준한 沈默과 많은 忍耐가 要請되었습니다. 當事者가 그 자리에 있지 않다고 하더라도 또는 相對가 이름이 없는 어떤 모자란 學人이라고 하더라도 그런 語法들이 공부하는 이들의 적절한 意思表現法이라고 말할 수 있을 것인지 의문스럽습니다. 왜 그렇게까지 冷笑的이고 慘酷했어야 하는지 현재까지도 풀리지 않고 있는 의문입니다. 歸國 후의 한 학술발표에서는 "辛卯年 기사가 잘 보이지 않는데 그 拓本이 무슨 의미가 있다는 말인가"라는 本質的 爭點에서 아주 벗어난 隸屬反應도 있었습니다. 學問이 어떤 이데올로기를 위해서 존재해야 하는 것인지 의문입니다. 책이

출판된 직후 1996년 3월 日本에서 日本 學術記者團의 질문지에 답하는 형식으로 원고를 써달라는 원고청탁서가 왔습니다. 그 중 10여 개 항목의 질문문항은 전문학자의 참여 없이는 작성이 불가능한 아주 專門的이고 銳角化 된 것이었습니다. 그들은 그 原稿를 報道하고 中國에서 이 분야 전공학자를 초청하여 事實確認의 세미나를 하였습니다. 그리고 加工拓本 是非의 論難이 되었던 그들의 所藏拓本 1종을 자신 있게 原石拓本이라고 展示하였습니다. 아쉽게도 韓國에는 완전한 原石拓本이 단 한 종도 所藏되어 있지 않습니다. 그리고 中國과 臺灣의 학자 두 분이 책에서 解讀誤謬 두 글자를 指摘하여 왔습니다. 中國에서 비교적 진실성과 신뢰성이 인정되는 이 陵碑의 解讀書를 펴냈던 한 교수는 『廣開土王碑原石初期拓本集成』과 『國岡上廣開土境平安好太王碑』(林基中, 調査原稿 編輯本, 1995.1.15. 한국방송공사)를 가지고 添削補完書를 출간하여 보내왔습니다. 그 무렵 韓國의 어떤 잡지에 전공학자 한 분이 北京大學에 간 韓國의 한 書誌學者 어깨 너머로 情報를 入手하여 林基中 교수가 앞의 拓本을 調査하였다는 글을 썼습니다. 그런 荒唐한 글쓰기가 어떻게 可能했던 것인지 지금까지도 의문이 남아 있습니다. 假定을 하여 만약 그 서지학자가 그런 자료에 관하여 어떤 정보를 가지고 있으면서도 그냥 지나쳤다면 지난 한 세기 동안 東亞世亞 人文學界에 큰 爭點으로 浮上되어 있던 世界的인 學術情報를 魚魯不辨도 못하고 있었다는 것인데 貶下의 화살이 어디로 가는 것인지도 의문입니다. 『三國遺事』의 薯童 이야기는 황금덩어리를 보고 그 가치를 아는 사람과 모르는 사람의 차이를 들려주고 있습니다. 生産性이 별로 없는 消耗的인 左衝右突式 글쓰기가 어떤 의미를 갖는 것인지 의문입니다. 어느 전공학자는 北京大學에 가서 보았더니 林基中 교수가 말한 潘祖蔭의 落款(藏書印)이 없다고 하고, 후에는 潘祖蔭의 落款(藏書印)이 아니라고 하였습니다. 있어야 아니라는 주장이 성립될 터인데 어떻게 그런 주장이 가능한 것인지도 의문입니다. 뒤에 北京의 한 전공학자는 綿密하게 調査하여 判讀하여 본 결과 潘祖蔭의 落款인 것 같다는 발표를 하였습니다. 참고로 말씀드리면 앞에서 거론된 原石初期拓本 3종은 이후에 閱覽과 撮影이 許容된다고 하여도 『廣開土王碑原石初期拓本集成』에서 볼 수 있는 완전한 이미지를 다시 확보하기는 어려울 것입니다. 두 번의 촬영 때 剝落이 너무 많았기 때문입니다. 최근에는 『廣開土王碑原石初期拓本

集成』에 있는 탁본 사진을 마음대로 복제하여 책도 만들어내고, 어떤 論著에서는 탁본 사진의 出處를 北京大學 所藏이라고 밝히면서 이 책의 탁본 사진을 사용하고 있습니다. 그리고 탁본의 연대를 恣意的으로 推定하여 쓰고 있는데 그렇게 할 수 있는 것인지도 의문입니다. 北京大學에 所藏된 廣開土王碑拓本은 세 所藏處에 여러 종류가 所藏되어 있습니다. 그리고 當事者가 촬영을 하지 않았다면 出處를 분명히 밝혀야 할 것 같으며 拓出 年代도 異見이 있다면 論著로 反論을 내고 난 다음에 그렇게 써야 되는 것이 아닌지 의문입니다. 어떤 학자는 拓本 1면으로 4면의 碑文을 모두 읽은 것 같은데 나머지 3면의 根據拓本을 마땅히 提示하여야 하지 않을지 의문입니다. 最初의 原石初期拓本을 3년 간 交涉하여 들여왔다는 4冊本 拓本을 국가 감정기관이 주관하여 감정한 일이 있습니다. 소수 의견이지만 原石初期拓本이 아니라는 判定이 났습니다. 그러나 이 분야 저명학자들의 이름과 그분들의 소견을 일일이 밝히면서 기사를 쓰고 그것을 근거로 어느 일간신문이 두 번씩이나 1면의 특종기사로 最初의 原石初期拓本이라고 보도하였습니다. 그 뒤 그 기사를 쓴 기자만 문제가 되는 것도 이해가 잘 안되는 의문입니다. 그리고 廣開土王陵碑의 模寫碑가 韓國 여러 곳에 몇 개가 세워졌지만, 原石拓本을 1종도 所藏하지 못한 韓國이 原石拓本 模寫碑는 하나도 세운 일이 없습니다. 立碑 방법이 비교적 쉽고 名分이 분명한 데도 그렇게는 하지 않는 까닭도 의문입니다. 옛 金石文의 解讀은 良質의 拓本을 確保하는 것이 곧 解讀의 信賴性을 確保하는 지름길인 점을 유의하여야 할 것 같습니다.

정오표를 드릴 기회가 없었기 때문에 여기에서 『廣開土王碑原石初期拓本集成』을 다음과 같이 몇 군데 바로잡습니다.

p.004　　7행4번째字, 16번째字, 12행21번째字의 '者'는 '省'으로 고침

p.342　　林基中 釋文의 제2면 9-34번字의 '睚'(目 밑에 正을 써도 같은 글자)은 '長'으로 고쳐 읽음

p.357　　14행1번째字의 '劃'은 '畫'으로 고침

p.357　　15행18번째字, 37번째字의 '劃'은 '剡'으로 고침

p.357　　15행20번째字, 15행39번째字 '云'은 '六'으로 고침

p.362　　20행16번째字의 '劃'은 '畫'으로 고침

p.364   7행24번째字의 '牙'는 '雅'로 고침

p.365   14행38번째字, 15행9번째字의 '劃'은 '畫'으로 고침

p.384   25행18번째字의 '정'은 '장', 25행20번째字의 '旺'은 '長'으로 고쳐 읽음

   2) 燕行錄을 蒐集하고 整理하여 보려는 계획을 세울 때 燕行錄, 皇華集, 修信使日記, 관련 詩文, 관련 序跋 등을 모두 그 대상으로 삼았기 때문에 작업도 한동안 그렇게 진행하였습니다. 그러나 자료의 양이 예상을 뛰어넘어 일시에 책으로 소화할 수 있는 분량이 아니었습니다. 결국 燕行錄만 책으로 출판하게 되어 이미 작성된 목록과 수집된 원고를 添削하는 작업과정에서 混亂이 많이 발생하였습니다. 예상되는 문제들을 일시에 다 극복할 수 없었기 때문에 구두 발표와 글을 통해서 여러 차례『燕行錄解題』와『定本燕行錄全集』때 그런 문제들을 補完하겠다고 하였습니다. 日本의 교수 한 분이 발표자의 연구실에 찾아왔습니다. 그것이 인연이 되어서 그분의 요청에 따라 원래『燕行錄續集』에 수록할 예정이었던 日本 所藏 연행록의 정리를 예정보다 좀 앞당길 수 있었습니다. 그분의 학문적인 열정과 外國人 교수로서 韓國學資料에 관한 정보력을 높이 평가하고 싶습니다. 燕行錄 관련 정보와 자료 일부를 서로 共有하면서 韓國의 관련 研究書와 解題集 등을 보내드렸습니다. 그러나 그분은 韓國의 蓄積된 研究實績들을 綿密하게 검토하지 않은 채 煽動的인 언어를 동원하여 너무 性急한 글을 쓴 것 같습니다. 燕行錄의 세계에서 先行 燕行錄의 일부를 가져다 自己化하여 쓴 사례는 韓國에서 여러 차례 擧論된 사안으로 그런 解題가 들어 있는 解題集도 보내드렸습니다. 그런 常識化된 내용을 가지고 그분이 처음 발견한 큰 사건처럼 글을 썼습니다.『燕行錄全集』의 정오표 여부도 확인하지 않고 그분이 발표한 발표장에서 거론된 것까지를 그분이 발견한 것처럼 글을 썼습니다.『點馬行錄』이 어떤 책인지는 그분만 알고 있는 특별한 전문지식이 아니며 韓國에서 고등학교를 졸업하여도 알 수 있는 널리 알려진 책입니다. 燕京까지 다녀오지 않은 자료가, 그분이 지적한 한둘만도 아닙니다. 韓國의 전공학자들이『燕行錄全集』의 目錄을 살펴보지 못하였을 것이라는 假定의 成立도 不可能한 일입니다. 그렇다면 마땅히 그분이 심각하게 문제 삼은 부분의 까닭을 알아볼 수 있는 水準의 眼目이 있어야 할 것 같은데 안타깝

게도 글의 내용으로만 보면 전혀 그렇게 보이지 않습니다. 收錄範疇 문제는 여러 차례 公私席에서 擧論하였던 문제이며 學界의 研究現實을 勘案하고 『定本燕行錄全集』의 出現을 前提로 한 最善의 方法을 택한 것입니다. 編輯方法을 4가지로 한 것도 解題를 10項目으로 한 것도 公私席에서 여러 차례 擧論한 문제이며 그분이 이렇게 해야 한다고 提示한 1가지 編輯方法이나 4항목의 不安全하고 偏狹한 解題方法보다는 훨씬 卓越한 方法일 것입니다. 그분을 처음 만난 날 『燕行錄全集』에 이어서 國內의 未蒐集本과 日本 등의 國外所藏本으로 『燕行錄續集』出刊作業을 진행하고 있다고 말하였기 때문에 『燕行錄續集』이 나오는 것도 잘 알고 있을 것입니다. 그리고 발표자가 異本까지 蒐集하였으며 어떤 異本은 『燕行錄全集』에 이미 收錄한 사실도 잘 알고 있을 것입니다. 그러나 글의 내용은 그런 사실을 전혀 모르는 것처럼 썼습니다. 그분은 『控于錄』이 4가지의 異本이 있다는 사실이나 『歸鹿集』의 '燕行日記'는 '燕行錄'이 아닌 단편의 '燕行詩'라는 사실을 파악하지 못하고 글을 썼습니다. 그분이 情報의 正確性 與否를 미처 自覺하지 못한 것 같고 '燕行錄'과 '燕行詩'를 混沌한 결과인 것 같습니다. 표면적으로는 그분이 그런 진행 상황들을 전혀 모르고 글을 쓴 것처럼 썼지만 달리 생각을 하여보면 그런 진행상황을 다 看破하고 있으면서 쓴 것 같습니다. 그분이 스스로 優越한 지식과 廣範한 정보를 가지고 있는 것으로 생각하면서 쓴 내용들은 대부분 이미 韓國에서 論議되었거나 常識化된 것이어서 韓國學界를 貶下하기에 앞서 먼저 더 誠實하고 眞實한 공부를 해야 하는 것은 아닌지 의문입니다. 어떤 까닭으로 왜 그렇게 성급한 글을 썼는지 의문입니다. 中國에서는 많은 研究者들이 이 全集을 활용하면서 때때로 확인 문의가 오고 많은 研究實績을 계속하여 내놓고 있지만 그런 글을 쓴 이가 없습니다. 항상 자료 활용을 쉽게 할 수 있는 환경조성에 대한 감사가 앞서고 있습니다. 어느 분야에서 名聲이 있는 學者라고 하더라도 國內外의 蓄積된 先行研究結果를 綿密하게 檢討하여 보지 않은 채 새로운 發見이나 獨創的인 내용이 별로 없는 글을 쓰면서 그것을 아주 偉大한 發見을 하고 매우 獨創的인 견해인 것처럼 錯覺하여 傲慢한 자세로 글을 쓴다면, 그 글에 다소의 獨創性이나 勞作이 들어있다고 하더라도 그런 부분까지도 결국 信賴性을 떨어뜨리고 마는 결과를 가져오는 것이 아닌지 의문입니다. 學問하는 사람은 知識의 本質的 限界性은 물론 偏狹性과 不完全性에 관한 自己省察과 智慧가 있어야 할 것 같습니다. 발표자는 발표자가 진행한 작업들에 施行錯誤도 있고 誤謬도 있으며 생각이 미치지 못한 부분도 있을 것임을 잘 알고 있습니다. 항상 스스로도 만족하지 못하지만 계속 기다릴 수만은 없으므로 중간보고서로라도 좋으니 내놓으라는 독촉을 받으면서 보완작업을 전제로 출판하는 것이 자료집입니다. 누구나 많은 자료를 다루다 보면 예기치 못한 오류가 발생할 수도 있고 생각이 미치지 못 하는 부분이 있을 수도 있습니다. 그런 오류를 바로잡아주고 생각을 擴張시켜주는 指摘은 아주 고마운 일입니다. 발표자의 경우 그런 指摘을 하여준 분은 平生의 道伴으로 記憶하고 있으며 그것을 反映할 때도 지적한 분에 대한 고마움을 늘 기억합니다. 그리고 때로는 어느 분의 가르침이라는 것을 밝히기도 합니다. 正道를 벗어난 客氣와 衒學을 警戒하면서 謙遜한 마음가짐으로 眞實한 공부를 해야 할 것 같습니다.

3) 韓國文學의 硏究史에서 보면 歌辭文學은 1백편 미만의 작품을 거론대상으로 삼아서 연구하던 시대가 있습니다. 이어서 1백편이 훨씬 넘는 작품을 가지고 歌辭文學을 오랫동안 거론하다가 이제 수 천편에 달하는 작품으로 歌辭文學을 연구할 수 있는 與件이 造成되었습니다. 따라서 歌辭文學의 槪念論議에서부터 樣式的 特色과 갈래의 範疇, 生産階層과 受容階層, 形式과 內容, 文學言語와 文學的 特色 등 여러 側面에서 새로운 接近이 필요하다고 생각합니다. 그런 까닭으로『韓國歌辭文學註解 硏究』와『韓國歌辭文學原典硏究』는 가급적 그런 새로운 논의가 모두 자유로울 수 있도록 만들어 보았습니다. 先學들이 歌辭라는 이름으로 整理하였던 資料들을 可及的 있는 그대로 認定하여 살린 것입니다. 旣存의 理論을 가지고 歌辭 장르가 아니라는 性急한 速斷에서 벗어나『定本韓國歌辭文學全集』을 만들어낼 때까지 처음부터 歌辭를 다시 살펴보자는 趣旨입니다. 한 보기로 中國의『敦煌歌辭集』을 살펴보면 우리 先學들이 歌辭集에 넣은 작품들은 그대로 모두 歌辭라고 보아도 될 것 같습니다. 韓國文學의 장르 이론이 만들어지기 이전으로 돌아가서 다시 한번 생각하여 볼 필요가 있을 것 같습니다. 歌辭文學을 整理하면서 이미 만들어진 이론에 여러 疑問들이 나타났기 때문입니다. 韓國歌辭文學은 古典文學의 여러 갈래 가운데서 原典資料를

정리하지 못한 체 연구가 진행되어온 유일한 장르입니다. 따라서 작품의 전승규모 또한 가늠하여 보기가 쉽지 않았습니다. 한글 창제 이후 歌辭體 글쓰기는 한글문장의 가장 普遍的 典型인 것 같습니다. 이러한 점들이 韓國歌辭文學의 原典整理가 필요한 까닭이라고 말할 수 있습니다. 따라서 歌辭文學 작품을 모두 모아 정확한 목록을 확정한 뒤 原典을 確定하고 그것을 註解하여 보려고 하였습니다. 그러나 原典確定 작업은 試圖에 불과하였을 뿐이며 註解 또한 매우 不完全한 試圖가 되고 말았습니다. 전승규모의 파악도 異本을 포함하여 6천 5백여 편 정도를 目錄化하여 보고 대략 7천 편 정도가 전하는 것으로 推定하여 보았지만 정확한 것은 아닙니다. 가급적 책으로 만들어진 자료만을 대상으로 하여 정리하였기 때문에 漏落된 작품이 많고 歌辭의 旣存概念에서 벗어난 작품 또한 여러 편이 들어 있습니다. 어설프고 아주 성근 작업이 되고 말았습니다. 그런 판을 벌려놓고 後學들에게 이보다 완벽한 정리를 당부한다는 것은 어찌 보면 부끄러운 일입니다. 窮極的인 疑問은 『定本韓國歌辭文學全集』에 몇 편의 작품을 收錄할 수 있을까에 있습니다. 언젠가는 後學들이 그것을 알려줄 것으로 期待합니다. 최근 어디에서 이 작업을 모두 가져다가 새로 통합 DB를 구축하겠다는 계획을 세운 것 같은데 그렇게 할 수 있는 일인지가 의문이고, 그것보다는 미입력 작품을 새로 입력하는 일이 훨씬 더 중요한 先決課題가 아닌지 묻고 싶습니다. 전하고 있는 모든 작품을 입력하여 對校하고 原典을 確定하여 『定本韓國歌辭文學全集』을 出刊하는 일이 于先事業이 되어야 할 것입니다. 참고로 말씀드려 둘 것은 발표자가 진행하고 있는 작업들은 어느 유형이거나 처음단계 때는 包括性을 優先視하고 있다는 점입니다. 册을 위한 册보다는 硏究를 위한 資料集에 더 比重을 두기 때문입니다. 燕行錄이나 歌辭文學 모두 『定本燕行錄全集』, 『定本韓國歌辭文學全集』으로 마무리 되는 작업입니다. 따라서 발표자가 作成해나가고 있는 燕行錄이나 歌辭의 目錄도 校正과 添削이 계속 진행되고 있으므로 항상 最新目錄을 참고하여 주시는 것이 좋을 것입니다.

　발표자는 앞의 작업들을 진행하는 동안 硏究者들이 어떤 方法으로 무슨 作業을 하든지 그것이 순수한 硏究目的일 경우 그 작업을 성급하게 自己的으로 判斷하고 速斷하여 貶下하거나 毁謗을 해서는 안 될 것 같다는 敎訓을 얻었습니다. 작업을 진행하면서 살펴보면 協調的인 도움을 주는 쪽보다 非協助를 넘어서 毁謗을 하는 쪽이 많을 때가 있습니다. 作家에게 항상 靈感이 필요하다면 研究者에게는 항상 아이디어가 필요한 것 같습니다. 따라서 상대방의 學問的 아이디어를 認定할 수 있어야 자기의 創造的 아이디어를 開發할 수 있을 것 입니다. 貶下나 毁謗은 아이디어 隸屬일 뿐이기 때문입니다. 그리고 先行研究者의 깊은 思慮나 넓은 視野를 미처 읽지 못하는 부분이 없는지를 생각할 줄 알아야 할 것 같습니다. 先行 연구자의 결과물이나 견해에는 먼저 빈 마음을 가지고 謙遜하게 傾聽하는 段階가 필요할 것 같습니다. 글 한편을 써서 앞선 모든 實績들을 한꺼번에 撲滅시켜버리려는 一書百滅의 過慾을 가져서는 안 될 것 같습니다. 消滅性 글쓰기는 학문의 生産性을 抹殺할 뿐입니다. 相生性 글쓰기를 해야 학문의 生産性을 높일 수 있을 것입니다.

발표자는 몇 가지 자료의 숲 속에 빠져 헤매다가 소중한 시간을 많이 낭비하고 말았습니다. 자료의 수집이나 그 정리 작업이 궁극적인 목적이 아니었지만 결국 그 길에서 많은 시간을 낭비하고 말았습니다. 가급적 발표자와 같은 자료의 늪에 빠져들지 않기를 바랍니다. 개인이 그런 작업의 희생자가 되어서는 안 된다는 생각 때문입니다. 疑問에서 말문을 조금 연 것처럼 그런 작업을 하는 한 누구나 低劣한 狀況들을 모두 피해 갈 수만은 없기 때문입니다. 그리고 늘 번거롭기만 하지 그만한 학문적 내실을 기대할 수가 없기 때문입니다. 봉사하고 희생하는 작업이라는 명분논리로 自慰할 수도 있겠지만 그것으로 학문적 공허감을 채울 수는 없는 것 같습니다.

말은 항상 表現한 만큼의 後悔와 束縛을 가져오는 것을 알면서도 이번에도 또 너무 많은 말을 하였습니다. 어느 분에게 상처를 주는 말이 있었다면 그 부분은 모두 지워주시기를 간곡하게 당부 드리면서 이만 마치겠습니다. 두서도 없고 내용도 없는 講演을 傾聽하여주셔서 고맙습니다. (2007.9.15. 10:00-12:00. 경희대학교 청운관. 사단법인 한국어문교육연구회 제167차 학술대회 임기중 교수의 기조강연)

Abstract

Three Hypotheses and Some Questions

This keynote speech is to present three hypotheses and some issues caused by them.

The first hypothesis is that the original rubbed copy of King Gwangaeto' Monument, which was taken when the Monument was rediscovered, should be kept somewhere in China. The goal of this hypothesis is to present the rubbed copy which was possibly produced even before the 1890s.

The second hypothesis assumes that at least 500 Yeonhangnoks(travel sketches) exist. This second hypothesis is to find out how many of Yeonhangnoks is being handed down. Our goal is to collect and arrange over 500 Yeonhangnoks and present them to the academia.

The final hypothesis assumes in the case of Gasa(an old form of Korean verse), the scale of transmission should be much bigger than Gosijo(an old Korean verse). We need to collect and arrange at least 4,500 Gasas as the aim is to identify how many Gasas and Gosijos are handed down and present them to the academic world.

In 1995, we proved the first hypothesis by including four rubbed copies on rough stone, which was found before the 1890s, in The early rubbed copy of rough stone of King Gwangaeto's Monument.

From 2001 to 2007 the second hypothesis was proved by including 566 Yeonhangnoks which were collected during 2001-2007 in A collection of Yeonhangnok and A sequel to Yeonhongnok.

The final hypothesis was proved in 2004 when 2,086 Gasas were recorded in An annotation study of Korean Gasa literary and an index of 6,678 Gasas in A Study of the original book of Korean Gasa Literary.

During the process, some issues were raised, so the keynote speech aims at tackling with them.(2007.9.15.10:00-12:00.)

무아봉공 無我奉公

　1943년 판『불교정전』에는 원불교 교리를 4가지로 집약한 4대강령을 맨 앞에 내놓고 있다. 정각정행, 지은보은, 불교보급, 무아봉공이 그것이다. 현재의『원불교교전』에 있는 교리도에는 불교보급이 불법 활용으로 바뀌어 있다. 보급은 대타적(對他的) 표현이며 활용은 대자적(對自的) 표현이다. 바뀔 수밖에 없는 당위성을 발견할 수 있다. 그래야만 정각정행, 지은보은, 불법 활용이라는 내향적 내공이 모두 무아봉공이라는 외향적 활불의 목표를 지향할 수 있기 때문이다. 원불교는 정각정행으로 시작하여 궁극적으로는 무아봉공을 지향하는 종교이다. 정각정행과 무아봉공은 원불교의 알파요 오메가라고 말할 수 있다. 이 시간은 그런 무아봉공을 잠시 같이 생각하여 보는 시간이다. 다음의 7가지 화두(話頭)를 생산하여 공유하는 것으로 이 경강시간을 쓰려고 한다.

　첫째, 경강(經講)과 강경(講經)은 같을까 다를까? 다르다면 어떻게 다를까?

　둘째, 무아봉공(無我奉公)과 멸사봉공(滅私奉公)은 같을까 다를까? 다르다면 어떻게 다를까?

　셋째, 무아(無我)와 멸사(滅私)는 같을까 다를까? 다르다면 어떻게 다를까?

　넷째, 봉공(奉公)과 봉사(奉仕)는 같을까 다를까? 다르다면 어떻게 다를까?

　다섯째, 무아(無我)와 무상(無相)은 같을까 다를까? 다르다면 어떻게 다를까?

　여섯째, 왜 무상봉공(無相奉公)이 아니고 무아봉공(無我奉公)일까?

　일곱째, 나(我)는 찾아야 할 존재일까 버려야 할 존재일까? 마음은 혜복의 원천일까 죄악의 원천일까? 욕망(慾望)은 행복의 씨앗일까 불행의 씨앗일까?

　이러한 화두를 가지고 참구하다보면 무아봉공(無我奉公)의 참 모습을 만날 수 있을 것이고 누구나 곧 무아봉공인(無我奉公人)이 될 수 있을 것이라고 생각한다. 여러 종교들은 제 각기 지향하는 이상적인 인간상을 하나씩 가지고 있다. 불교는 보살이 되는 것이고, 유교는 군자가 되는 것이다. 그렇다면 원불교가 지향하는 이상적인 인간상은 무엇일까. 봉공인(奉公人)이다. 보살님, 군자님 같은 호칭처럼 원불교의 도반들을 오늘부터 봉공님으로 호칭하여 보는 것이 어떨까. 본래 원중이 아니지만 그 법명을 주면 圓中이 되듯이 봉공님으로 호칭을 하면 奉公人이 될 것이다. 원불교는 무아봉공인(無我奉公人)의 표상을 아주 구체적으로 제시하면서 교단형성을 한 종교다. 그 실재적 표상(表象)이 곧 9인 선진님들이다. 따라서 원불교인은 출가한 분이나 재가자 모두가 무아봉공(無我奉公)을 기본 덕목으로 삼는다. 재가자가 지향하는 거진출진도 무아봉공을 통해서 구현될 것이며, 원불교 교전의 모든 내용은 결국 무아봉공으로 귀결되기 때문에 따로 어떤 교전 인용이 더 요청되지 않는다. 처처불상(處處佛像)이요 사사불공(事事佛供)이라. 무아무불아(無我無不我)요 무가무불가(無家無不家)라. 두루 잘 알고 있는 말씀을, 이 해의 끝자락에 또 한번 더 같이 생각하여보는 시간을 가져본다. 실유불성(悉有佛性)이라면 실유봉공심(悉有奉公心)일 것이다.

농사짓는 농부가 나와 가족은 물론, 쌀을 먹을 여러 사람을 생각하면서 농약을 적게 쓴다면 그것이 곧 무아봉공일 것이다. 책을 쓴 사람이 독자를 위하여 오류와 미진하였던 부분을 보완하고 수정하여 다시 좋은 책을 펴내준다면 그 일 또한 무아봉공일 것이다. 아내가 부엌에서 세제를 적게 쓰는 것도 무아봉공이며, 남편이 자동차의 공회전을 오래 하지 않는 것도 무아봉공일 것이다. 내가 處處佛像 事事佛供한다는 것을 認識하면, 그 순간 유아봉공이 될 것이며, 그러한 認識이 없이 處處佛像 事事佛供을 하면 무아봉공일 것이다.

처음 화두 경강(經講)과 강경(講經), 끝 화두 무아봉공(無我奉公)을 잠시 좀 더 생각하여보기로 한다. 강경(講經)은 經을 講한다는 정상적 漢文의 造語法이다. 타동사에 목적어를 더한 것이다. 佛家에서는 삼국시대부터 佛經을 해석하는 講經儀式의 전통이 존재하였다. 9세기 前半 日本 스님 圓仁이 중국 唐나라의 불교성지를 돌아보고 기록한 『入唐求法巡禮行記』라는 旅行記에 보면 法華院에서 보았던 신라스님들의 講經儀式을 기록하고 있다. 儒家에서는 고려시대 시작한 과거의 시험 과목으로 儒經을 暗誦하고 解釋케 하는 講經의 전통이 존재하였다. 이처럼 佛家에서나 儒家에서나 모두 講經이었다. 圓佛敎에서는 왜 造語法에 맞지 않게 글자의 위치를 바꾸어서 經講이라는 용어를 쓰고 있을까. 조어법의 한 보기를 들어보자. 出家와 出嫁는 모두 정상 조어법으로 된 단어다. 정상적으로 집을 나가는 것이다. 그러나 비정상적 조어법으로 된 家出이란 단어는 비정상적으로 집을 나가는 것이다. 이와 같이 본다면 講經은 정상, 經講은 비정상이 된다. 따라서 講經은 일반사전에 있으나 經講은 원불교 사전에만 있다. 만일 經講이 원불교의 辨別的 正常造語라면 一般辭典에도 그렇게 올려야만 할 것이다. 이제 원불교가 그 답을 내놓아야 할 때다. 經講은 다음 3가지의 가설이 가능하다.

첫째는, 한문 조어법을 잘 몰라서 經講이라고 하였다.
둘째는, 한문 조어법을 알면서도 우리말식 조어법으로 쓰기 위해서였다.
셋째는, 佛家나 儒家의 講經과 圓佛敎의 經講을 辨別하기 위해서였다.

원불교의 입장에서는 둘째나 셋째여야만 설득력을 확보할 수 있다. 나는 셋째라고 생각한다. 儒·佛의 강경은 사람이 자의적으로 經을 講하는 것이기 때문에 講經이지만, 圓佛敎는 經이 사람에게 講하기 때문에 圓佛敎 敎典이 주체가 된다는 변별성을 생각하면서 經講이란 조어가 된 것이 아닐까 생각한다. 그런 해석이 가능한 까닭은 "나를 믿지 말고 법을 믿어야 한다"는 대종사의 말씀이 論據가 될 수 있기 때문이다. 얼마 전 코리안 타임(korean time)이 어느 사전에 표제로 등장하였다는 기사를 보았다. 그렇다면 經講도 국어사전에 수록이 가능할 것이다. 그 해석의 대안 마련이 중요하다. 상당히 비중 있는 문제다. 圓佛敎의 普遍性과 特殊性을 동시에 확보할 중요사안이기 때문이다.

다음은 無我奉公을 잠시 좀 더 생각하여 보기로 한다. 基督敎는 왼손이 하는 것을 오른손이 모르게 하라. 또는 네 이웃을 내 몸 같이 사랑하라고 하였다. 부분으로 전체를 해석하는 서양적 사고 방법의 표현 방법이다. 내 몸이 곧 내 이웃이어야 하고, 내 이웃이 곧 내 몸이어야 한다. 내 이웃과 내 몸은 다르지 않으며 같은 것이라고 생각하여야 한다는 가르침이다. 佛敎는 同體大悲를 가르친다. 부처나 중생이 한 몸이라고 생각하는데서 일어나는 慈悲心을 나와 너는 물론이고 나와 나의 대상이 모두 한 몸이라는 마음을 가질 때 진정한 자비심이 나온다는 것이다. 전체로 부분을 해석하는 동양적 사고 방법의 표현 방법이다. 부처가 곧 중생이고, 중생이 곧 부처다. 부처나 중생이 다르지 않고 같은 것이라고 생각하여야 한다는 가르침이다. 圓佛敎의 無我奉公은 내가 없는 奉公, 곧 나를 가지고 전체를 해석하는 방법이라고 말 할 수 있다. 한국적 思考다. 이 때 公은 貴公인데 내가 없기 때문에(無我) 결국은 共이다. 禮記에도 大道 之行 天下爲公이라고 하였는데 여기에서 公은 곧 共이다. 너가 곧 나다는 독일의 합리주의적 발상이다. 인간관계를 처음부터 나와 부모로 가르치는 한국은 주정주의를 확산시켰으며, 인간관계를 처음부터 나와 너로 가르치기 시작한 독일은 합리주의를 확산시켰다. 원불교는 기독교의 西洋的 思考나, 불교의 東洋的 思考의 表現方法과 좀 다른 韓國的 表現方法 '나'를 가지고 모든 것을 해석하는 방법을 택하고 있다. 그렇다면 '나'는 무엇인가? 이것이 중요한 화두가 되어야 하는 종교가 圓佛敎다. 나의 실체는 물론 마음이다. 지난 주 유엔 산하 기구에서 여러 종교인들 모임이 있었다고 한다. 원불교 대표도 참석한다고 읽었다. 나는 21세기에 세계 모든 종교인들의 共通 話頭는 모든 反을 親으로 바꾸는 것이 되어야 한다고 생각한다. 반일이 친일로, 반미가 친미로, 반중이 친중으로, 나아가서 궁극적으로는 反 他宗敎를 親 他宗敎로 바꾸는 것이어야 한다고 생각한다. 이것이 곧 기독교의 네 이웃을 내 몸같이, 불교의 동체대비, 원불교의 무아봉공 하는 길이 될 것이며, 인류의 평화와 공영에 기여하는 방법이 될 것이다. 21세기 지구촌 종교인 들은 19세기 아일랜드 극작가 버나드 쇼의 묘비명을 읽으면서 종교문제를 다시 생각해 보아야 할 때라고 생각한다. 내내 항상 행복하시기 바라면서 제 말씀 마칩니다.(2008. 봄. 강남교당 임기중 교수의 경강)

익산미륵사지 사리봉안기

1. 먼저 소통을 위한 가벼운 장비 몇 가지를 갖추어보기로 하겠습니다.

   1) 思惟와 表現의 문제를 잠깐 생각해 보기로 하겠습니다.

   제가 오늘 이 자리에 와서 여러 奉公님들께 몇 말씀드리게 되는 것이 우연일까요? 필연일까요? 因緣이겠지요. 이것은 불교적 사유이며 원불교적 사유입니다. 그러나 그것을 하느님의 뜻이라고 표현한다면, 이것은 기독교적 사유며 천주교적 사유입니다. 이러한 것을 思惟와 表現의 각기 다른 색깔이라고 말할 수 있을 것입니다. 따라서 이러한 思惟와 表現의 각기 다른 색깔들을 제대로 인식하지 못한다면 항상 원활한 소통은 불가능하며 경우에 따라서는 핵심코드를 영원히 상실해버릴 수도 있습니다. 思惟와 表現의 문제는 단순한 색깔의 차이를 넘어서 세계관의 차이인 경우가 훨씬 더 많기 때문에 언제나 깊이 있는 思考와 올바른 受容이 요청되는 것입니다.

생각(思考)과 思想은 같을까요? 다를까요? 생각은 밖으로 드러나기 이전 내 마음 안에 존재하는 것이며, 그것을 말이나 글로 체계화하여 밖으로 나타내면 사상이 됩니다. 따라서 좋은 생각이 훌륭한 사상이 될 수는 있지만, 아무리 훌륭한 생각을 가지고 있다 하여도 그것이 모두 다 좋은 사상으로 나타나는 것은 아닙니다. 그런 까닭으로 어떤 사상을 제대로 이해하고 해석하려면 그 생각의 잉태발상과 체계화과정으로 거슬러 올라가 볼 필요가 있습니다.

眞實(실제)과 方便(표현), 眞理와 方便은 같을까요? 다를까요? 방편은 진실(진리)을 이해시키는 수단일 뿐이며, 그것이 곧 진실(진리)은 아닙니다. 그러나 방편은 진실(진리)에 이르게 하는 정도의 깊이와 성패를 좌우하기 때문에 매우 중요한 부분입니다. 그것은 실제와 표현의 문제이기도 합니다. 어떤 보기를 하나 들어 살펴보는 것이 어떨까요? 지식, 곧 안다는 것이 무엇일까요? 이런 생각을 한번 방편적 표현으로 바꾸어 보십시다. 일원상을 가지고 표현하여 보지요. 지식은 유한한 것이므로 원의 내부와 같은 것입니다. 지식은 개인차가 있으므로 큰 원이나 작은 원과 같습니다. 무지는 무한한 것이므로 원의 외부와 같습니다. 지식의 양이 많은 큰 원은 외부 무지의 접촉 영역이 그만큼 넓습니다. 지식의 양이 적은 원은 외부 무지의 접촉 영역이 그만큼 좁습니다. 따라서 아는 것이 많은 사람은 모르는 것이 많은 사람이며, 아는 것이 적은 사람은 모르는 것이 적은 사람입니다. 따라서 모든 것을 다 아는 사람은 아무것도 모르는 사람입니다. 무불통지란 곧 무지와 같은 것이지요. 아는 것이 없으면 모르는 것도 없고, 모르는 것이 없으면 아는 것도 없다는 논리적 등식이 성립되지요. 이러한 방편적 표현이 知에 이르는 인식과정의 하나라고 말할 수 있을 것입니다. 앎의 세계나 깨달음의 세계에 관한 方便이 다르지 않습니다. 佛敎의 禪的 표현방편이 탄생하는 까닭입니다.

이러한 방편적 표현은 時代感覺에 맞는 新鮮性과 論理性을 가지고 있어야 원활한 소통이 이루어집니다. 따라서 여러 종교의 방편으로서의 經典은 時代感覺에 맞는 新鮮性과 論理性을 확보할 수 있도록 그 개편작업을 꾸준히 지속하여야 세계성을 확보하면서 원만하게 소통할 수 있는 것입니다. 21세기에 回敎가 전 세계적으로 많은 신도를 가지고 있지만, 그 경전으로 인해서 세계화에 장벽이 생겨나는 까닭을 깊이 살피면서 圓佛敎 敎典의 앞날을 열어나가야 할 것입니다. 경전은 진리를 전달하는 방편이기 때문입니다. 대중의 옷은 시대별 패션이 관심의 생명이기 때문입니다.

2) 眞實(眞理)과 그 受容의 문제를 잠깐 생각해 보기로 하겠습니다.

보이는 것(可視的인 것)과 안 보이는 것(不可視的인 것)의 정도가 같을까요 다를까요? 보아도 보이지 않는 것이 있으며, 들어도 들리지 않는 것이 있습니다. 그런가하면 안보여도 보이는 것이 있으며, 안 들려도 들리는 것도 있습니다. 그것은 모두 個人差 때문인 것입니다. 그런 개인차는 무엇이 만들어낼까요? 부처님께서는 根機라는 용어로 설명을 하셨습니다. 機란 중생한테 善이 숨어있는 상태라는 뜻입니다. 根機에 따라서 眞實(眞理)을 受容하는 폭과 깊이가 제 각기 다를 수밖에 없는 것, 그것이 곧 개인차겠지요. 부처님 눈에는 부처만 보이고 돼지의 눈에는 돼지만 보인다는 무학대사와 이태조의 대화가 그런 根機에 따른 개인차를 말한 것이겠지요. 그런 개인차를 없애는 방법은 이론적으로는 매우 간단한 것입니다. 모두 진실의 순도가 같다면 개인차가 나타나지 않겠지요. 진실한 만큼만 진실이 보이고, 선한만큼만 선이 보인다는 평범한 논리구조인 것입니다. 지식이나 깨달음도 가지고 있는 정도만큼만 받아드려지겠지요.

3) 表現과 傳達의 문제를 잠깐 생각하여 보기로 하겠습니다.

정상적인 상황 속에서 일어나는 표현과 전달의 문제를 잠깐 생각하여보겠습니다. 역시 일원상을 가지고 생각해보는 것이 좋을 것 같습니다. 이제 圓을 하나 그리고 그 위에 3角形을 하나 그려봅시다. 원 밖으로 나간 3모서리부분은 표현이 전달되지 못하는 부분입니다. 원 안과 3각형 밖에 있는 부분은 표현이 잘못 전달되는 부분입니다. 그리고 표현된 대로 전달되는 부분은 원 안이면서 3각형의 안 부분이 되는 것입니다.

이처럼 표현과 전달의 문제는 완벽을 기대하기 어려운 본질을 가지고 있는 것입니다. 아무리 잘 표현한다고 하여도 그 전달은 일부 전달되지 않거나 와전되며, 그 나머지도 수용자의 능력만큼만 전달되고 마는 것입니다. 아주 쉬운 보기를 하나 들어보지요. "그는 이야기를 잘한다."라고 표현 했을 때, 여기에서 "이야기"는 무엇일까요?

한국어 이야기(tale, story)는 대략 세 가지의 뜻을 가지고 있습니다. 첫째는 '옛날이야기를 하나만 들려주세요'라고 할 때처럼 '선녀와 나무꾼' 같은 서사적 구성체인 민담이란 뜻이고, 둘째는 '아직 상세한 이야기를 듣지 못했다'라고 할 때처럼 진술이란 뜻을 가지고 있습니다. 그리고 셋째는 '둘이서 열심히 이야기하고 있다'라고 할 때처럼 대화라는 뜻을 가지고 있습니다. 이처럼 한국어의 '이야기'는 한민족의 세 가지 언어현상을 포괄하는 원형적 표현인 것입니다. 이 세 가지의 언어현상에서 말하는 이와 듣는 이가 존재한다는 점은 같지만, 첫째와 둘째는 모놀로그(monologue)의 형식이고 셋째는 다이알로그(dialogue)의 형식입니다. 한민족은 대화체인 다이알로그체(dialogue type)보다는 민담이나 진술이라는 모놀로그체(mono-logue type)를 훨씬 더 좋아하였습니다. 한국의 아버지들은 아들과 대화하는 것보다는 일장의 훈시하기를 더 좋아했으며, 한국의 할머니들은 손녀, 손자와 대화하는 것보다는 옛날이야기를 들려주는 것을 훨씬 더 좋아하였습니다. 그래서 한국에는 다이알로그(dialogue)를 좋아했던 서구문화와 다른 모놀로그 문화(monologue culture)가 형성되어 있는 것입니다. 한민족은 대화를 즐기는 민족이라기보다는 이야기하기를 좋아하는 민족입니다. 그래서 단 둘이서 만나도 둘만의 이야기보다는 남의 이야기하기를 훨씬 더 즐기고 흥미 있어 합니다. 이처럼 깊이 듣기의 장비를 갖추지 않는다면 眞實(眞理)의 깊이에 이르기가 매우 어려운 것입니다.

圓佛敎 백주년을 준비하는 이 시점에 益山 彌勒寺址 舍利奉安記가 출토되어 화제가 되고 있습니다. 소태산 대종사께서 총부 자리를 정할 때 길을 떠나는 도반에게 지침 하나를 주었다고 들었습니다. "전주는 쳐다보지도 말고 가야한다"가 그 한 지침이었다고 합니다. 그렇게 하여 益山총부가 정해졌다고 들었습니다. 그 益山에서 이번에 사리봉안기가 출토되었습니다. 이것이 우연일까요. 아니면 필연일까요? 佛敎的 思惟로 因緣이라면 어떤 의미를 갖는 것일까요?

세계 제2차 대전 당시 나치 독일의 유대인 수용소 폴란드 아우슈비츠에 가면 George Santiana의 다음과 같은 말이 적혀 있습니다. "역사를 기억하지 않는 사람은 그 역사를 다시 살기 마련이다" 그리고 중국의 孫子兵法에는 "速度戰에서는 큰 것이 작은 것을 이기는 것이 아니라, 빠른 것이 느린 것을 이긴다"고 적혀 있습니다. 우리들의 삶에서는 언제나 과거를 읽을 수 있고 당대를 읽을 수 있는 지혜가 요청됩니다. 그런 智慧는 어디에서 나올 수 있을까요. 깨달음에서 나올 수 있을 것입니다.

금년 벽두 국립문화재연구소는 국보11호 익산 미륵사지 석탑을 해체 보수하는 과정에서 金製舍利奉安記와 遺物 6백여점이 출토되었다고 발표하였습니다. 이어서 여러 언론매체들이 1370년 만에 베일을 벗은 백제 미륵사의 비밀, 또는 善化公主가 미륵사를 창건하였다는 것은 사실이 아니라는 표제로 많은 보도를 하였습니다.

화면 4쪽을 보시겠습니다.

문제의 금제 사리봉안기는 가로 15.5, 세로 10.5센티의 크기고 앞면에 11행 9자씩 모두 99자, 뒷면에 11행 94자 모두 193자를 음각하였습니다. 뒷면 1행은 舍利를 띄지 않으려고 10자가 되었으며 이로 인해서 10행은 8자가 되었습니다. 마지막 11행을 俱成佛道로 독립시킨 점도 깊은 배려가 보이는 곳입니다.

그것을 현대어로 정갈하게 다듬어서 표현해보면 다음과 같습니다.

앞쪽
① 竊以法王出世隨機赴　② 感應物現身如水中月　③ 是以託生王宮示滅雙
④ 樹遺形八斛利益三千　⑤ 遂使光曜五色行遶七　⑥ 遍神通變化不可思議
⑦ 我百濟王后佐平沙宅　⑧ 積德女種善因於曠劫　⑨ 受勝報於今生撫育萬
⑩ 民棟梁三寶故能謹捨　⑪ 淨財造立伽藍以己亥

뒤쪽
① 年正月廿九日奉迎舍利　② 願使世世供養劫劫無　③ 盡用此善根仰資 大王
④ 陛下年壽與山岳齊固　⑤ 寶曆共天地同久上弘　⑥ 正法下化蒼生又願王
⑦ 后卽身心同水鏡照法　⑧ 界而恒明身若金剛等　⑨ 虛空而不滅七世久遠
⑩ 並蒙福利凡是有心　　⑪俱成佛道
① 곰곰이 생각하여 보니 부처님께서 이 세상에 나오셔서 근기에 따라 감응하시고 그 몸

을 드러내시는 것이 마치 물속에 달이 비치는 것과 같습니다. 부처님께서는 왕궁에서 태어나셨다가 쌍수 아래서 열반하시면서 많은 사리를 남겨놓으셔 온 세상을 유익하게 하셨습니다. 따라서 오색사리를 오른쪽으로 7번 돌면서 경의를 표한다면 신통변화가 불가사의할 것입니다.

② 우리 백제왕후께서는 좌평사택적덕의 따님으로서 아주 오랜 세월 동안 착한 인연을 심은 까닭으로 이생에 수승한 과보를 받고 태어나셔서 모든 백성들을 어루만져 기르시고 불교계의 棟梁이 되셔서 淨財를 희사하여 伽藍을 세우시고 己亥年 正月 29日에 舍利를 받들어 모시게 되었습니다.

③ 바라옵건대 세세토록 공양하고 영원토록 다함이 없이 이 善根을 資糧삼아 대왕폐하의 수명이 산악처럼 굳고 그 치세가 天地와 같이 영구하여 위로는 正法을 널리 펴시고 아래로는 蒼生을 교화하게 하옵소서. 또 바라옵건대 왕후의 마음은 水鏡처럼 법계를 비추어 밝히시며 그분의 몸은 금강석처럼 강건하시고 허공처럼 불멸하시어 세세토록 함께 福利를 누리게 하옵소서. 모든 중생들과 함께 佛道를 이루게 하옵소서.

이와 같이 3개의 의미 단락으로 작성되어 있습니다. 여기에서 왕과 왕비의 수명장수를 發願하는 것은 다른 願刹에 관한 기록들에서 흔히 볼 수 있는 보편적 표현입니다. 그러나 무왕의 "上弘正法下化蒼生"과 왕비의 "俱成佛道"는 마치 "上求菩提下化衆生"과 같은 菩薩心 표현으로 새로운 패러다임의 佛敎的 理想世界를 발원하고 있습니다. 불교적인 사회통합으로서의 대 이상 국가의 실현을 發願하고 있는 것입니다. 이것은 삼국유사 서동(무왕)과 선화공주의 미륵사의 창사연기와 대응되는 내용입니다. 新婚(서동과 선화)과 新寺(미륵사, 또는 왕흥사), 그리고 후세불인 新佛(彌勒佛)은 모두 새로운 패러다임의 제시와 그 발원인 것입니다.

2. 說話的 事實과 歷史的 事實의 문제를 잠깐 생각하여 보기로 하겠습니다.

설화적 사실과 역사적 사실은 같을 까요 다를까요? 설화적 사실과 역사적 사실은 어느 것이 더 진실할까요? 일연스님이 쓴 삼국유사의 무왕기록과 사리봉안기를 대비하여 살펴보지요.

화면 1-3쪽을 보시겠습니다.

다른 점이 4군데 나타납니다. 삼국유사의 間註가 그것입니다. 그것은 說話의 傳承性이며 積層性입니다. 익히 알고 계시는 바와 같이 神話와 傳說과 民譚을 說話라고 합니다. 설화는 傳承性과 積層性이 있으며 興味素를 가지고 있습니다. 삼국유사 무왕기록은 2가지의 敍事單位로 構成되어 있습니다. 앞은 서동(무왕)과 선화공주의 러브스토리고, 뒤는 彌勒寺의 創建緣起입니다. 서동(무왕)과 선화공주의 러브스토리에는 "사랑은 국경이 없다"와 "딸 많은 집 셋째 딸은 묻지 말고 데려가라"라는 우리의 전통적인 속담이 들어 있습니다. 서동(무왕)과 선화공주의 러브스토리는 전형적인 한국형 러브스토리입니다. 한국형 러브스토리의 전형은 귀인 신분의 여자와 천인 신분의 남자가 신분의 장벽을 극복하고 사랑을 성취하는 것입니다. ①바보온달과 평강공주, ②賤民의 바보 같은 아들과 宰相의 예쁘고 총명한 무남독녀, ③부잣집 딸과 그 집 머슴과의 러브스토리가 그러한 전형입니다. 한국적 신분질서, 한국적 성 폐쇄윤리, 한국적 남존여비, 한국적 전통윤리가 그런 러브스토리의 興味素를 만들고 있는 것이지요. 서동과 온달은 모두 편모슬하고 몹시 가난했습니다. 서동은 마를 캐 연명했으며 온달은 느티나무 껍질을 먹으면서 연명합니다. 선화공주는 절세의 미인이며 평강공주는 재기 넘치는 재원입니다. 선화공주와 평강공주는 사랑해서는 안 될 사람을 사랑했다하여 모두 왕실에서 쫓겨납니다. 그리고 둘 다 패물을 가지고 나와서 자립합니다. 서동과 온달은 진평왕과 평강왕의 인정을 받아 왕이 되고 대장군이 됩니다. 이것이 설화적 진실입니다. 따라서 역사적 사실은 설화의 소재가 될 수는 있지만 그렇다고 하여 설화적 사실이 곧 역사가 될 수는 없는 것이지요. 설화적 사실은 설화의 세계에서는 역사적 사실보다 훨씬 더 진실한 것입니다. 이 진실은 대중의 진실이면서 시공을 뛰어넘는 진실인 것입니다. 역사적 사실에서 三峰 鄭道傳을 한 보기로 들어볼까요. 그는 역적일까요 공신일까요? 史觀에 따라서 달라지는 가변적 사실은 진실을 오도할 수 있는 본질을 내포하고 있는 것입니다. 그러나 설화적 진실은 불변의 진실인 것입니다. 역사가 설화보다 더 진실하다는 선입견적 지식은 생각의 깊이와 관련되는 부분일 뿐인 것입니다.

3. 사회통합으로서의 서동전승의 문제를 잠깐 생각하여 보기로 하겠습니다.

종교의 중요한 기능 중 하나가 사회통합입니다. 混亂과 分裂을 抑制하고 사회적 질서를 유지하기 위해서는 사회의 規範과 價値觀이 강화되어야 하고 구성원들의 親密感과 同類意識을 가져야 합니다. 종교는 그런 요청에 잘 부응함으로써 사회통합의 기능을 원만하게 수행합니다. 불교는 사회통합의 기능이 아주 강한 종교입니다. 佛敎는 理性으로 眞理를 發見하고 스스로 깨닫게 하는 人本型의 宗敎입니다. 우리는 역사 문맥에서 政治體制의 宗敎的 合法化를 자주 만나게 됩니다. 儒敎는 天命의 관념으로 정치체제를 합법화 하였습니다. 천명은 왕위에 주어지는 것으로 인식합니다. 따라서 천명은 왕권의 교체까지를 합법화합니다. 동남아세아 현대정치사에서 小乘佛敎는 상당부분 정치체제를 합법화하고 있습니다. 國王은 前生의 因果며 미래 보살이라는 관념이 정치권력을 강화한 사례를 볼 수 있습니다.

　백제와 신라는 각기 다른 정치제도를 가졌습니다. 따라서 문화적 통합을 보장할 수가 없었습니다. 그런 상황에서 생각해 낼 수 있는 것이 구조적 통합입니다. 구조적 통합은 백제왕과 신라왕의 비공식적 접촉과 우정관계를 통해서만 가능합니다. 서동과 선화는 국적과 신분의 장벽이 있습니다. 서동요로 이 두 가지 장벽을 극복합니다. 그렇게 하여 사랑이 성취됩니다. 이것이 총체적 사회통합입니다. 백제의 황금은 서동과 선화공주가 공동으로 발견합니다. 신라로 보내는 데는 백제의 知命法師와 동음명의 신라의 知明法師가 협력합니다. 미륵사 창건도 백제와 신라가 협력합니다. 이 모두가 사회통합의 단서가 되는 코드들인 것입니다.

　불교의 十魔는 10煩惱를 말하는 것입니다. 이 魔가 마(薯)로 說話化하면서 善化(善花)의 발상이 되었을 개연성이 있습니다. 善根이 마(薯) 캐는 賤民의 발상일 수 있기 때문입니다. 3째 딸은 전래하는 속담의 당시적 수용으로 설화소를 강화하는 장치입니다. 貪瞋癡 3毒을 없애는 것을 3善根이라고 합니다. 善根을 심으면 善果를 얻는다는 불교적 사유가 善化公主를 가져올 수 있는 설화적 발상일 수 있는 것입니다. 十魔의 하나인 善根魔에서 마 캐는 발상을 얻을 수 있는 것이지요. 신라 진평왕을 백정이라 하고 그의 부인을 마야부인 김씨라고 한 것이나, 백제 무왕의 아버지를 법왕이라고 한 것이 모두 불교적 발상이기 때문입니다. 백정과 마야부인은 석가모니의 부모고 법왕은 곧 석가모니입니다.

　화면 5쪽을 보시겠습니다. 이제 『삼국사기』와 『삼국유사』의 기록을 가지고 백제와 신라가 가장 우호적이었던 시기인 백제 동성왕과 신라 소지왕 때의 양국 사정을 살펴봅시다.

이처럼 이 시기는 백제와 신라의 관계가 매우 우호적이었습니다. 백제와 신라가 연합하여 고구려를 물리치고, 백제와 신라가 우호적 관계를 유지하기 위해서 사신을 교환했습니다. 그뿐 아니라 백제가 신라에 구원병을 보내기도 하고 신라가 백제에 구원병을 보내기도 하였습니다. 백제와 신라는 국혼까지 하여 사회통합의 성취도가 최고조에 달한 시기였습니다. 양국 간에 가장 원만한 관계를 유지한 가장 이상적인 시기였습니다. 그러나 이후 두 나라는 대립적 관계로 전쟁이 계속되면서 양국 국민의 의식과 양국 지배계층의 의식 속에는 항상 그 시기가 동경의 시기로 자리 잡고 있었을 것입니다.

다음은 위와 같은 사료를 바탕으로 백제와 신라가 가장 대립적이었던 시기인 백제 무왕과 신라 진평왕 때의 양국 사정을 살펴보기로 합시다.

이처럼 이 시기에는 백제와 신라와의 전쟁이 9차례나 있었습니다. 그 중 백제가 신라를 공략한 것이 7차례이고, 신라가 백제를 공략한 것은 2차례에 불과합니다. 이와 같이 이 시기는 백제와 신라 간에 영토확장과 주도권 확보를 위한 치열한 전쟁이 계속된 전란기였습니다. 한편 고구려는 백제와 신라가 우호적 관계를 유지했던 시기나 대립적인 관계에 있던 시기를 막론하고 백제와 신라를 끊임없이 공략하고 있었습니다. 따라서 무왕과 진평왕 때 백제와 신라는 1백여 년 전 왕조였던 동성왕과 소지왕 시기의 백제와 신라 평화유지 시기를 동경하고 그러한 양국관계를 기대하였을 것입니다. 그런 소원담으로 만들어진 것이 '서동요'와 그 기술물이라고 할 수 있습니다. 백제 무왕과 신라 진평왕의 공주가 결혼하는 국혼의 성취는 동성왕과 소지왕 때의 국혼성취로 인한 양국의 우호적 관계를 상상적으로 재구성한 소원성취담이라고 볼 수 있습니다. 그리고 당시 신라의 대덕이었던 지명법사와 같은 법명을 가진 백제 지명법사의 도움으로 서동이 왕위에 오르는 것이나, 신라 진평왕이 보낸 백공의 도움을 받아 백제의 미륵사가 세워지는 것은 모두 불교적인 사회통합을 발원한 발원담이라고 할 수 있는 것입니다. 역사적 사실의 소재가 이런 소원성취담과 발원담에 의해서 기술물화되어 나타나는 것은 당시 양국인이 가지고 있었던 자연스런 의식의 발로였다고 여겨집니다. 무왕과 진평왕 시기의 백제와 신라의 상황은 앞의 기록에 있는 것처럼 전쟁에서 7 대 2로 백제가 우세하였던 때입니다. 그래서 사회통합의 요구는 신라 쪽이 더 강하게 나타납니다. 그것도 불교를 통한 사회통합의 요구가 신라 위주로 나타납니다. 미륵사는 신라 선화공주의 발원으로 신라 진평왕이 백공을 보내서 창건된다는 것이 바로 그런 구체적인 논거가 됩니다.

이것은 어떤 초자연적인 힘에 의한 사회통합을 기원한 것이 아니라, 전 왕조의 역사적 사실을 이성적이고 우회적으로 상기시켜 사회통합을 유도하고 있는 것입니다. 그리고 불교를 사회통합의 도구로 사용합니다. 이러한 것은 인본형 사회통합의 한 전형인 것입니다. 백제 무왕과 신라 선화공주의 혼사는 출신가문과 지역을 구조적으로 통합하는 것입니다. 그리고 천인 서동과 귀인 선화공주의 결혼은 사회계층을 통합하고 있는 것입니다. 이러한 것은 곧 구조적 사회통합의 본령인 것입니다.

따라서 서동전승은 인본형 사회통합과 구조적 사회통합의 한 전형으로서 백제와 신라인들의 의식이 각인된 하나의 化石帶로 오늘날 우리 앞에 나타난 것이라고 보아야 할 것입니다.

4. 새로운 패러다임으로서의 한국종교 문제를 잠깐 생각하여 보기로 하겠습니다.

19세기 말부터 20세기 초까지 한국에서는 새로운 패러다임의 종교가 등장하는 시기입니다. 이를 한국종교사에서 본다면 한국의 새 판짜기 종교시대라고 말할 수 있을 것입니다.

水雲 崔濟愚(1824~1864)는 경북 경주 출신입니다. 경주 용담정에서 수련을 하여, 사람이 곧 하늘이라는 人乃天의 동학교를 창건합니다. 이것을 흔히 인문개벽이라고 합니다. 하늘과 사람이란 수직적 사고를 수평적 사고로 바꾼 後天開闢 사상입니다.

一夫 金恒(1826~1898)은 충남 논산 출신입니다. 그는 우주와 인간사의 전면적 혁신으로서 正易思想을 들고 나옵니다. 周易은 先天이고 正易은 後天이라는 사상입니다. 1년은 365일이 아니며 360일이어야 한다는 우주의 질서를 바꾸는 後天開闢 사상입니다. 그는 神人一如의 後天開闢을 들고 나왔습니다. 이것 역시 수직적 사고를 수평적 사고로 바꾼 後天開闢 사상입니다.

甑山 姜一淳(1871~1909)은 전북 고부 출신입니다. 그는 전북 김제시 금산면 청도리 동곡마을에서 天地公事로 三界를 開闢하여 後天仙境열어간다는 개벽사상을 들고

나왔습니다. 지금 세상은 다했으므로 새 세상을 전개하자는 後天開闢 사상이 그것입니다. 그는 後天開闢에 의한 後天仙境을 제시하였습니다. 그는 天尊과 地尊보다 人尊을 중시하는 人尊時代를 열어 가야한다는 人尊思想을 가지고 나왔습니다. 그리고 相剋의 시대를 청산하고 相生의 시대로 전환해야 한다고 하면서 男女同權의 男女平等思想도 주장하였습니다.

少太山 朴重彬 대종사(1891~1943)는 잘 알고 계시는 것처럼 전남 영광 출신입니다. 少太山께서는 精神開闢을 통한 이상적인 佛國土의 실현을 들고 나오셨습니다. 수운선생의 人乃天思想, 일부선생의 神人一如思想, 증산선생의 人尊思想은 이념적인 면이 강합니다. 그러나 少太山께서는 無我奉公의 삶을 통한 現世的인 佛國土의 실현이란 명제로 실천불교 쪽에 더 비중을 두었습니다. 따라서 원불교는 생활불교, 또는 한국의 새 불교라고 말할 수 있는 종교입니다.

이러한 한민족 민족종교들은 한국종교사에서 볼 때 최치원이 말한 한국 고유의 玄妙之道나 불교의 彌勒下生思想 등의 맥락에서 시대적 요청에 따라서 새로운 패러다임으로 출현한 것이라고 이해할 수 있을 것입니다.

원불교는 익산에 원불교총부를 마련하였습니다. 이곳은 1400여 년 전에 백제 무왕 부부가 이상적 불국토를 발원하면서 미륵사를 창건한 인연이 깊은 곳입니다. 그분들은 "上弘正法"과 "俱成佛道"를 發願하였습니다. 이것은 원불교의 "正覺正行"과 "無我奉公"에 대응되는 표현이어서 불교적 사유로 생각해 볼 때 인연이라고 할 것 같습니다.

"上弘正法"에서 弘은 法華經 불교 포교의 3궤범인 弘敎三軌를 생각케하는 곳입니다. 弘敎三軌란 ①大慈大悲心으로 房을 삼고, ②柔和忍辱을 옷으로 삼고, ③一切法空을 上佐로 삼는 다는 것을 말합니다.

따라서 원불교 개교 1백주년을 준비하는 21세기 벽두에 익산 미륵사지 사리봉안기의 출토는 宿世의 因緣으로 받아드려야 할 것 같습니다. 이제 많은 지혜를 널리 결집시켜 21세기의 새로운 원불교, 세계를 향한 세계인의 원불교로 蟬脫하라는 소명으로 인식해야 할 것 같습니다.

미륵보살은 석가의 예언에 따라 그의 수가 4천세가(56억 7천만년) 되었을 때 세상에 下生하여 龍華樹 아래서 成佛하고 三會에서 설법할 것을 약속한 미래불입니다.

따라서 삼국유사 용화산 아래 미륵삼존의 출현은 후세불의 출현 곧 후천개벽과 같은 불교적 사유인 것입니다.

기독교의 주후 2천년이나 불교의 불후 4천세 등은 모두 새로운 패러다임을 예고하는 종교적 지혜가 담겨있는 것들입니다. 기독교의 예수 재림, 불교의 미륵을 출세, 천도교의 수운 갱생 등이 모두 시대에 맞는 새로운 패러다임의 종교 출현을 요청하는 종교적 본질을 말하고 있는 것입니다. 이것은 시대적 상황에 맞는 종교적 변모를 요구하는 메시지인 것입니다.

따라서 원불교 개교 1백주년을 맞는 21세기 벽두에, 원불교가 세계 인류를 위해서 새로운 종교적 좌표설정을 어떻게 해야 할 것인가를 세계 종교사에서 체득해야 한다는 시대적 요청일 것 같습니다. 그 중 하나로 저는 이러한 요청을 하나 하고 싶습니다. 21세기 원불교인들이여 시대가 요청하는 신선한 언어를 가지고 나와 주십시오. 시대적 감각에 맞는 아주 신선한 언어의 새로운 메시지를 준비하여 주십시오.(2009. 03.18.14:20-15:20. 원불교여성회 임기중 교수의 초청강연. 원불교 서울회관 4층)

연행록의 관심분야 몇 가지

1.

나는 연행록 전공 학자가 아니다. 鄕歌文學 연구가 전공이며『新羅歌謠와 記述物의 硏究』가 전공 저서다. 자료에 관심을 가졌던 3분야의 중간 보고서로『역대가사문학전집 50권, 1998. 가사문학주해연구 20권, 2005』,『광개토왕비원석초기탁본집성, 1995』,『연행록전집 100권, 2001, 연행록속집 50권, 2008』등이 있는데 모두 주 전공이 아니다. 처음 의도한 바는 있었지만 성취하지 못한 어설픈 중간 보고물일뿐이다. 이런 어설픈 중간보고물에 대한 의미와 평가는 처음부터 기대치가 없기 때문에 발표자의 필요성에 의해 그저 묵묵히 자유롭게 진행하고 있을 뿐이다. 때때로 잘 못 이해한 것을 가지고 객기를 부리는 언설이나 생각하는 바가 어떤 수준에 미치지 못하는 언설들도 적지 않았지만 시간이 흐르면 깨닫게 될 때가 있을 터여서 굳이 어떤 소명을 할 필요성도 느끼지 않고 있었다. 가령 연행사나 종사관 같은 용어의 시비 거리를 비롯하여 정오에 관한 견해 등등 한두 가지가 아니다. 가사와 연행록은 몇 편이 남아 있을까? 광개토왕비 원석탁본이 있을까 없을까? 이런 화두가 위와 같은 3가지의 중간 보고서를 탄생시켰다고 할 수 있다. 그 중 연행록에 관한 관심분야 몇 가지를 같이 생각하여 보기로 한다.

2. 전승 현황과 정리방법 몇 가지

1) 연행록 범주의 자료는 대략 5백여 종 내외가 전하고 있는 것 같다. 수집된 자료로 보면 그 처음과 마지막이 다음과 같이 나타난다. 최초의 연행록을 무엇으로 거론했는가를 살펴 보면 학계의 실정이 참으로 딱한 처지인데도 왜 그렇게도 당당한지 쉽게 이해가 되지 않는 부분이 있다. 마지막 연행록에 관해서도 예외가 아니었다.

1273　賓王錄 李承休(1224~1300)　　　元宗14 至元10 癸酉
1894　甲午燕行錄 金東浩(1860~1921)　　高宗31 光緒20 甲午

2) 편집문제는 다음과 같이 생각하여 보았다. 범주는 ㉠燕京 限定與否 ㉡표류기 수록 여부 ㉢일반여행기 수록 여부 ㉣심행록 유형 수록 여부 ㉤국경문제 중국 회담기 수록 여부 ㉥증별시 수록 여부 ㉦필담록 수록 여부 등이 문제였다. 편차는 ㉠이름순, ㉡작자이름 가나다 순, ㉢연행 연대순 ㉣작자 출생연대순 등이 문제였다. 연행록 이름표기는 ㉠간지 ㉡아호 ㉢관직 등의 접두로 변별 여부가 문제였다. 작자 탐색은 모두 확인 가능하나 많은 시간과 집요한 접근이 요청되었다.

판형은 1면1쪽, 1면4쪽, 국배판, 국판 등이 문제였다. 기타 문제는 수집 정리의 직간접적 방해가 큰 문제였다.

3) 추진 계획은
　　㉠정본 확정 → ㉡입력·번역·주석 → ㉢검색 환경 조성 → ㉣중문·영문 전환
　　→ ㉤유네스코 기록유산 등재를 생각하였다.

4) 정오표는 다음과 같은 정오표를 작성하여 배포하였다.

燕行錄全集 001-100卷 正誤表, (編者 林基中 作成)

燕行錄全集日本所藏編 001-003卷 正誤表(編者 林基中 作成)

燕行錄續集 101-150卷 正誤表(編者 林基中 作成)

5) 참고 사항은 원래 연행사·통신사·영접사의 기록과 표류기와 황화집을 동시에 출판하려고 하였다. 100권과 50권의 책을 동시에 출판한다는 계획이 한국 출판사정에 맞지 않았다. 자료의 특성 때문에 한국에서 오류 없이 출판을 진행한다는 것이 매우 어려웠다. 수록 범위의 개념과 자료의 실상 사이에서 여러 문제가 발생하였다. 오류를 범하는 경로가 상식을 벗어나 통제가 불가능하였다. 자료의 수집 기간이 너무 길었으며 지나치게 간헐적이었다. 여러 해 동안 출판사를 전전하면서 원고의 분실과 보완이 너무 잦았다. 팩스와 전화로 교정 요청을 하는 과정에서 소통과 반영에 문제가 있었다. 행초서의 한문표기와 유사한 책 이름 때문에 작업과정에서 혼선이 많았다. 전집의 서두에 확보하지 못한 자료들을 공개하고 작자와 연대를 밝히지 못한 것들을 제시하면서 독자의 신고처 e-mail 주소를 써놓았지만 한건도 접수된 것이 없었다. 편자의 홈페이지에도 목록을 공개하고 오류 신고를 받았지만 신고된 것이 없었다. 해제집에서 바로잡으려 하였으나 그런 기회가 주어지지 않았다. 독자들께 늘 큰 부채와 같은 송구스러운 마음을 갖게 되어 정오표를 만들어서 보답하기로 하였다. 미진한 것이 또 발견될 수도 있을 것이므로 발견되면 다음 주소로 신고하여 주시기 바랍니다. e-mail:limkz@dongguk.edu

2. 소통 방법 몇 가지 중 和答詩

청나라 황제와 조선사신의 내밀한 대화는 시로써 이루어진다. 시라는 형식을 빌지 않고는 중국의 황제와 조선연행사가 내밀한 대화를 할 수가 없었다. 상대방의 마음에 스며드는 외교의 유일한 방편이 화답시였다. 따라서 시를 못하면 연행사가 될 수 없었으며, 시를 잘 못하는 연행사는 항상 시 잘하는 문사를 대동하고 연경에 가야만 했다. 연행록의 화답시는 가장 능률적이고 가장 수준 높은 국제 언어였으며 시를 잘 못하면 유능한 외교관이 될 수 없었다. 연행록 화답시의 의미와 기능은 이와 같이 일반 화답시와 다른 독특한 기능을 가지고 있다.

3. 흥미의 집중 몇 가지 중 演戱記

명과 청 왕조 교체기에 쓰여진 연행록을 제외하고 연희 기사가 들어 있지 않은 연행록은 많지 않다. 18세기와 19세기의 연행록에 연희 기사가 집중되어 있는 것은 이 시기가 비교적 조선과 청 양국에 안정적으로 평화가 유지되고 있던 시기였기 때문이라 할 수 있다.

연행록의 연희 기사는 당시 조선의 연희와 명과 청의 연희를 모두 기록 대상으로 삼고 있으나, 조선 연희는 기악이 유일한 것이고 명과 청의 연희는 기록 조사와 견문을 종합한 광범한 것이다. 그리고 16세기의 연희 기사는 부분적이고 단편적인 것이나 18세기와 19세기의 연희 기사는 종합적이고 구체적이다. 특히 18세기와 19세기의 연희 기사는 연희의 제도, 演戱殿의 위치와 규모, 戱臺의 위치와 규모, 戱子의 구성, 戱子의 분장, 戱具와 戱器, 戱本과 演本, 연희의 내용, 관중의 반응, 연희의 교훈성, 觀戱評, 그리고 중국을 가볼 수 없는 조선 백성에 대한 배려 내용까지 쓰고 있다.

16세기부터 19세기까지 나타난 연행록의 연희는 조선과 명·청의 조공 관계를 상당 부분 정상적인 외교 관계로 승화시키는 데 기여하고 있으며, 양국간에 긴장을 완화시키고 양국인의 인간적 체온을 연결하는 데 아주 중요한 매체가 되었다.

4. 관심의 심도 몇 가지 중 服飾

연행록에는 服飾記라는 항목을 설정하여 전문적 식견으로 상세하게 기록한 것, 우리 民族 服飾과 비교하는 관점에서 적은 것, 영향의 수수 관계에 초점을 맞춘 것, 우리의 민족 복식에 대한 자긍심을 가지고 복식을 거론한 것, 服飾을 의식하지 않고 써 놓은 기록이지만 服飾 연구에 중요한 정보를 제공하는 것들이 다양하게 자리 잡고 있다. 어떤 것은 단편적이지만 어떤 것은 아주 구체적인 묘사가 있어서 실물을 보여 주는 것 같은 자료들도 있다.

연행록의 복식 자료들은 큰 갈래로서 민족별 복식, 왕조별 복식, 유형별 복식을 설정할 수 있다. 그리고 거기에 따른 작은 갈래로는 민족별 복식에 중국 복식, 소수민족 복식, 조선 복식이 있으며, 왕조별 복식에는 조선전기 곧 명대의 복식, 조선후기 곧 청대의 복식이 있다. 유형별 복식에는 복식 素材, 至尊服飾, 品階服飾, 一般 복식, 下人 복식, 軍人 복식, 宗敎 복식, 四禮服飾, 歷史服飾, 修飾服飾, 服飾管理가 있다.

5. 인식의 변화 몇 가지 중 物類

19세기 무자서행록과 병인연행가에 나타난 물류 인식부분을 서술 단위별로 살펴보면 놀랄만한 변화가 보인다. 물류와 화폐경제의 관계를 통해서 물류의 상품성과 가치성을 새롭게 인식한다. 이러한 연행록의 물류 인식 경향의 출현을 전후하여 정약용(1762~1836)의 물명고(物名攷, 物名括 또는 物名類라고도 함), 이가환과 이재위의 물보(物譜, 1802년), 유희의 물명고(物名考, 物名類考라고도 함, 1820년), 유(柳)씨의 물명찬(物名纂, 1890년) 등이 나타나는데 이것은 모두 물류에 대한 관심이 고조되고 그것에 대한 가치 지향의 사조가 만들어낸 산물이다. 이렇게 해서 물류 곧 상품의 가치가 부상되며 그것이 곧 한국 산업발전에 여러 모로 기여하였을 것이다. 따라서 생활필수품의 가치가 제고되면서 실생활에 필요한 공산품의 생산 활동이 가치 있는 일로 인식되어 갔을 것이다. 사농공상의 기존 질서에 변화를 가져와 마침내 공상인의 신분격상으로까지 이어지는 계기가 되었다고 할 수 있다.

6. 연행 노정 두 가지 중 水路

수로연행록은 명과 청의 교체기에 육로연행이 자유롭지 못하였던 1617년부터 1636년까지 대략 20여 년 동안에 작성되었다. 당시까지의 항해 상황으로 유추하여 볼 때 수로는 육로보다 훨씬 위험도가 높았을 것이다. 항해기술이나 선박 사정 등이 모두 열악하였기 때문이다. 그래서 연행사들은 주로 육로를 통해서 중국에 나갔으며, 수로를 통해서 중국에 나간 것은 육로의 통행이 원활하지 못한 경우였다. 삼국시대는 고구려 때문에 육로가 막히자 백제나 신라가 뱃길을 통해서 당나라에 오갔다. 고려시대에도 거란이나 금나라 때문에 육로가 막히자 고려가 뱃길을 통해 송나라에 오갔다.

조선조에는 여진족의 세력이 강성해지다가 1616년에 누르하치가 후금을 세웠다. 그는 1621년에 요동을 쳐서 심양을 점령하고, 요양으로 도읍을 옮겼다. 이런 까닭으로 해서 조선도 수로를 이용한 것이다. 그러나 당시의 뱃길은 생사를 걸어야 하는 위험한 코스였다. 수로연행록은 현재 여러 건이 전하고 있다.

7. 기록 방법 몇 가지 중 畫卷

항해조천도는 국립중앙도서관 소장본(題簽:燕行圖幅), 국립중앙박물관 소장황색표지본(題簽:航海朝天圖), 국립중앙박물관 소장청색표지본(題簽:無題簽), 이성원씨 개인소장본(題簽:梯航勝覽 乾·坤) 등 4종이 전하고 있다. 이 항해조천도 는 각기 전체가 25장면씩으로 구성되어 있는데 그것을 3단위로 나누어서 읽어볼 수 있다. 1단위는 조선 郭山 旋槎浦에서 登州 蓬萊閣까지(1~5면) 모두 5장면, 2단위는 登州府에서 燕京까지(6~24면) 모두 15장면, 3단위는 燕京에서 다시 旋槎浦까지 1장면이다. 이처럼 항해조천도는 전체를 25장면 3단위로 구성하여 작성한 당시의 요동반도와 산동반도 연해안과 그 내륙의 실상도이다. 항해조천도의 생성단계는 4단계까지 추적이 가능하며 대략 3백여 년 동안에 걸쳐서 생성되고 있었다. 항해조천도는 해로연행의 안전대책을 강구하기 위해서 생산한 것이다. 누구나 수시로 쉽게 활용이 가능하도록 실용적 목적으로 제작한 것이며 신뢰성을 높이기 위해서 입체적 역동성을 확보하는 방법을 고안하여 냈다. 그리고 상보적 활용이 가능하도록 복합적 방법을 동원하여 다양한 정보의 활용을 원활하게 할 수 있게 하였다.(2009.04.24.16:00-17:00. 한양대학교 대학원 임기중 교수의 특강. 인문관 2층 멀티미디어실)

덕담의 어법

한자문화권에서 사는 사람들이 오랫동안의 삶에서 깨달은 지혜로 덕(德)이라는 것이 있다. "덕이 있는 사람은 외롭지 않고 늘 많은 이웃이 있다.[德不孤必有隣]"는 말도 있고, "덕 있는 삶을 살지 않는다면 망망대해의 배 안에 함께 타고 있는 다른 사람들이 모두 적이나 다름없다.[若不修德 舟中人皆敵]"는 말도 있다. 향약(鄕約)의 네 강목 중에도 "좋은 행실인 덕을 서로 권장한다[德業相勸]"는 것이 들어 있다. 혼담(婚談)에서도 덕망이 높은 집안이라는 덕문(德門)을 제일의 가치기준으로 꼽는다. 불가(佛家)에서도 아미타불의 명호를 덕본(德本)이라고 하는데, 선법(善法)의 근본이라는 뜻으로 쓰고 있다. 그래서 새해의 첫날도 덕담(德談)으로 시작하는 것이다.

19세기를 산 유만공(柳晩恭)은 그의 세시풍요(歲時風謠)에서 당시의 덕담을 "새해를 송축하는 진중한 말[頌祝新年珍重語]은 아들 낳고 또 부자가 되라고 한다[生男又作富家翁]"고 하였다. 이 덕담을 21세기 초의 구어(口語)로 바꾸어본다면 "올해에는 생남(生男)하신다죠"나 "올해에는 아파트를 마련하셨다죠"가 될 것 같다. 이처럼 덕담은 다양한 소원 성취에 관한 것을 미리 성취한 것으로 표현하는 어법을 쓰며 진중한 어법을 쓴다. 덕담은 다양한 소원을 담을 수 있는 큰 그릇이다. 소원하는 것은 무엇이나 다 담아서 미리 성취할 수 있으므로 늘 새로운 행복을 창조해 낼 수 있는 말이다. 덕담은, 덕담을 할 때 소원이 이미 성취된 이야기다. 하고자 하는 것을 이미 성취하였으므로 덕담을 할 때는 항상 행복할 수 있다. 따라서 모든 사람들은 덕담의 자장(磁

場) 안에 존재하고 있는 한 항상 행복할 수 있는 것이다. 앞으로 소원하는 바를 덕담에 담는 순간 이미 성취되어버리는 덕담의 어법, 이런 어법을 선험어법(先驗語法)이라고 이름 붙일 수 있을 것 같다.

덕담의 선험어법은 새해의 첫날에만 써 온 것이 아니다. 귀여운 손자가 배가 아플 때 할머니들은 손자의 배를 어루만지다가 "이제 배가 다 나았다"라고 하면서 배에서 손을 내린다. 배가 나은 것을 미리 성취한 것이다. 직설적 표현의 선험어법으로 바라는 바를 이미 성취하고 있는 것이다. 희빈 장씨가 득세하여 횡포가 심할 때 "장다리는 한철이나 미나리는 사철이라"는 노래가 유행하였다. 앞으로 장희빈(張禧嬪)이 아니라 민후(閔后)가 승리자가 될 것이라는 것을 미리 성취하고 있는 노래다. 이 노래는 은유적 표현의 선험어법으로 바라는 바를 이미 성취하고 있는 것이다. 이렇게 하여 체질화된 선험어법은 구어(口語)뿐 아니라 문어(文語)에서도 많이 써 왔다. 서동요의 "선화공주님은 남 그윽히 얼어두고 맛둥방을 밤에 몰래 안고 가다"는 서동이 선화공주를 만나기도 전에 노래 속에서 이미 선화공주가 서동을 안고 가는 것으로 선험적 성취를 한다. 혜성가의 "길 쓸 별 바라보고 혜성이여! 사뢴 사람이 있구나! 이보아 무슨 혜성이 있을까"도 혜성을 소멸시키기 위해서 지은 것이 이 노래인데, 혜성이 어디 있느냐고 하여 혜성이 이미 사라지고 없다는 것을 선험적으로 성취한다.

보통 사람들의 새해의 덕담은 "올해에는 생남(生男)하셨다죠"와 같이 대부분 체질화된 직설적 선험어법을 쓴다. 가족이 바라는 일이 순조롭게 이루어졌으므로 덕담을 듣는 순간은 가족이 행복할 수 있다. 농경시대의 국왕들도 새해를 맞으면서 "올해에는 풍년(豊年)이 들었다죠"와 같은 취지의 덕담을 하였다. 체질화된 직설적 선험어법을 썼다. 백성들이 바라는 풍년이 들었으므로 그날 하루 온 백성들은 풍요로운 행복을 누릴 수 있는 것이다. 얼마 전 많은 이들의 존경을 받던 한 종교지도자의 새해 덕담은 "산은 산이요 물은 물이다"였다. 초표현기교로 격상된 선험어법이다. 새해라는 것은 원래 없는 것이다. 마음이 만들어내고 있을 뿐이다. 일체(一切)가 유심조(唯心造)인 것이다. 이런 덕담을 들으면서 우리는 눈을 안으로 돌려 잃었던 자기를 다시 바라보기도 하고, 신선한 충격을 받으면서 자유롭고 행복할 수도 있다. 시공을 초월하여 모든 인류의 존경을 받고 있는 종교지도자의 한 분은 이 세상에 태어나서 "이

우주에 존재하는 모든 것은 제 각기 자기보다 더 존귀한 것이 없다[天上天下唯我獨尊]"는 덕담을 하였다. 우주적 세계관이 담긴 초월적 선험어법이다. 원래 나와 네가 따로 존재하는 것이 아니며, 생명체와 무 생명체가 다른 것도 아니다. 모두 다 동격(同格)이며 제 각기 다 존귀한 존재이므로 서로의 존재를 인정하면서 동체대비(同體大悲)의 마음을 가져야 한다는 깨침의 큰 덕담이다. 이처럼 덕담은 작은 덕담과 큰 덕담이 있고, 격이 낮은 덕담과 격이 높은 덕담이 있다. 덕담은 시공의 담을 넘지 못하는 덕담도 있고, 담을 넘어서 시공을 초월하는 덕담도 있다.

덕담의 선험어법은 우리 민족의 지혜가 만들어 낸 특색 있는 조어법(造語法)인 것 같다. 그것은 삶의 질을 높일 수 있는 행복 창조의 어법이기도 하다. 따라서 이 어법은 우리가 간직할 소중한 어법이라고 생각된다. 그러나 생각하여볼 것은 어떤 지도자가 새해에 민주주의와 자본주의 시대를 사는 백성들이 행복하게 잘 살기 위해서는 "깽판치는 백성이 되어서는 안 된다"는 덕담을 하였다면, 그 내용이 아무리 좋다고 하더라도 덕담의 어법에 맞지 않을 뿐 아니라 좋은 덕담이 못 된다는 것이다.

인성(人性)의 평가에서 덕성(德性)스럽다는 말이 최고의 찬사였던 때가 있다. 거기에 대치될 수 있는 요즈음의 찬사를 찾아본다면 아마 성형외과에서 만들어 내는 '날씬하다'가 될 것 같다. 덕이 속에 있으면 반드시 겉으로 나타나는 '덕윤신(德潤身)'의 '윤(潤)'이 말라빠진 외형으로 바꾸어진 것 아닌가. 이렇게 외형만을 최고의 가치로 추구하여 간다면 사람다운 사람의 향기는 어디 가서 만날 수 있겠는가. 덕정(德政)과 덕치(德治)가 아쉬운 때다. 지도계층 사람들의 덕에 의한 감화, 곧 덕풍(德風)이 그리운 시대다. 좋은 덕담은 그 대안의 하나가 될 수 있을 것이다.

선험어법을 쓴다고 해서 다 좋은 덕담이 되는 것은 아니다. 덕담은 진중(珍重)해야 한다. 그렇지 않으면 본래의 기능을 상실하며 한낱 투식어로 전락되고 만다. 덕담은 신선한 말과 격조 있는 말을 골라 써야 한다. 그렇지 않으면 즐거움과 행복을 줄 수 없다. 덕담은 하는 이나 듣는 이가 모두 다 즐겁고 행복할 수 있어야 한다. 그렇지 않은 덕담은 덕담이 아니다. 항상 어법에 맞는 덕담을 주고받으면서 살아갈 수 있는 사회가 된다면, 그것이 바로 행복한 사회일 것이다.(語文生活 제114호, 2007. 봄호)

저자소개

임기중(林基中)

현) 동국대학교 명예교수

펴낸 책
조선조의 가사(1979) / 신라가요와 기술물의 연구(1981) / 고전시가의 실증적 연구(1992) / 우리의 옛노래(1993) / 우리 세시풍속의 노래(1993) / 시로 읽는 노래문학(1994) / 광개토왕비원석초기탁본집성(1995) / 가사문학연구사(1998) / 한국문학의 이삭(1998) / 천재적인 바보(1998) / 불교가사 원전연구(2000) / 불교가사연구(2001) / 연행가사연구(2001) / 불교가사독해사전(2002) / 옛노래 시로 읽기(2002) / 연행록연구(2002) / 한국가사학사(2003) / 한국고전문학과 세계인식(2003) / 한국가사문학주해연구 1-20(2005) / 한국가사문학원전연구 21(2005) / 20세기후반 한국의 교수문화(2007) / Cantos clasicos de Corea, Hiperion, Espana.(2011) / 연행록연구층위(2014) / 한글연행록가사(2016).

원전
교합가집(일.이)(1982) / 교합악부(상.하)(1982) / 교합아악부가집(1982) / 교합송남잡지(1.2.3.4.5)(1987) / 국강상광개토경평안호태왕비(1995) / 역대가사문학전집(1-51) (1987~1998) / 연행록전집(1-100)(2001) / 연행록전집일본소장편(1-3)(2001) / 연행록속집(101-150)(2008).

전자책
CD 조선종교문학집성 - 불교편(2003) / CD 조선외교문학집성 - 연행록(2003) / DVD 한국역대가사문학집성(2005) / DVD연행록총간 - 10장57GB(2011) / 증보연행록총간DVD - 12장60GB(2013).

인문학과 아완雅玩

초판 인쇄 2017년 2월 15일
초판 발행 2017년 2월 25일

지 은 이 | 임기중
펴 낸 이 | 하운근
펴 낸 곳 | 學古房

주   소 | 경기도 고양시 덕양구 통일로 140 삼송테크노밸리 A동 B224
전   화 | (02)353-9908 편집부(02)356-9903
팩   스 | (02)6959-8234
홈페이지 | http://hakgobang.co.kr
전자우편 | hakgobang@naver.com, hakgobang@chol.com
등록번호 | 제311-1994-000001호

ISBN   978-89-6071-647-6 03800

값 38,000원

이 도서의 국립중앙도서관 출판예정도서목록(CIP)은 서지정보유통지원시스템 홈페이지
(http://seoji.nl.go.kr)와 국가자료공동목록시스템(http://www.nl.go.kr/kolisnet)에서 이용
하실 수 있습니다. (CIP제어번호 : CIP2017004040)